Julia Conrad
Der Aufstand der Drachen

SERIE PIPER

Zu diesem Buch

Als eines Tages die Blutstropfen eines ermordeten Kaisers durch die Felsen von Urchulaks Gefängnis sickern, erwacht der einst wegen Verrats aus dem Himmel verbannte Drache aus seiner Erstarrung. Von Vergeltungsgedanken erfüllt, plant er, seine alten Feinde für ihre Taten büßen zu lassen. Satt gefressen an den Seelen der Menschen, mutiert er schon bald zu einem mächtigen Koloss, der unbesiegbar scheint und alles verschlingt, was sich ihm in den Weg stellt. Doch auch die Hohen des Himmels sind nicht untätig und schicken sieben Auserwählte in den Kampf, darunter die Drachenjungfrau Miranda, um die Welt von der Bestie zu befreien … Mit »Die Drachen« landete Julia Conrad einen Aufsehen erregenden Bestsellererfolg. »Der Aufstand der Drachen« führt das fesselnde Abenteuer fort.

Julia Conrad, geboren 1950 in Wien, ist Autorin des Bestsellers »Die Drachen«. Sie liebt starke Hunde, schöne Katzen und zahme Ratten. Die menschenscheue Einzelgängerin lebt im Herzen von Wien.

Julia Conrad

DER AUFSTAND DER DRACHEN

ROMAN

Piper München Zürich

Von Julia Conrad liegen in der Serie Piper vor:
Die Drachen (6617)
Der Aufstand der Drachen (6620)

Über Tolkiens Geschöpfe liegen bei Piper vor:
Markus Heitz: Die Zwerge
Markus Heitz: Der Krieg der Zwerge
Markus Heitz: Die Rache der Zwerge
Stan Nicholls: Die Orks (auch Serie Piper 8613)
Michael Peinkofer: Die Rückkehr der Orks
Michael Peinkofer: Der Schwur der Orks
Karl-Heinz Witzko: Die Kobolde
Tolkiens Geschöpfe (hrsg. von Franz Rottensteiner, Erik Simon, auch Serie Piper 6627)
Tolkiens Erbe (hrsg. von Erik Simon, Friedel Wahren, auch Serie Piper 8589)
Tolkiens Zauber (hrsg. von Karen Haber, Serie Piper 6610)
Mary Gentle: Die letzte Schlacht der Orks (Serie Piper 8533)

Dieses Taschenbuch wurde auf FSC-zertifiziertem Papier gedruckt. FSC (Forest Stewardship Council) ist eine nichtstaatliche, gemeinnützige Organisation, die sich für eine ökologische und sozialverantwortliche Nutzung der Wälder unserer Erde einsetzt (vgl. Logo auf der Umschlagrückseite).

Originalausgabe
Juli 2007

Umschlagkonzeption: Büro Hamburg
Umschlaggestaltung: HildenDesign, München – www.hildendesign.de
Umschlagabbildung: Jason Engle
Karte: Erhard Ringer
Satz: Filmsatz Schröter, München
Papier: Munken Print von Arctic Paper Munkedals AB, Schweden
Druck und Bindung: Clausen & Bosse, Leck
Printed in Germany ISBN 978-3-492-26620-8

www.piper.de

»Sieben müssen sich verwandeln, aber sie wissen nicht, was sie nach der Verwandlung sein werden. Wenn sie es wagen, sich darauf einzulassen, werden Frieden und Gerechtigkeit auf Murchmaros herrschen.«

Diamantmeer
Berge von Carrachon
Reich des Kadaverfürsten
Luifinlas
Zorgh
Dundris
Heulende Berge
Feuerberge
Chiritai
Regenwälder
Fort Timlach
Thurazim
Königreiche der Inseln
Saphirmeer
Thamaz
Vulkaninseln
Reich der Makakau
Macrecourt
Exil der Mokabiter
Jademeer
Chatundra

Die Maske des Urchulak

Der Fremdling

Im Süden von Erde-Wind-Feuerland erstreckte sich ein trostloser Sumpf, an dessen Rand die Trümmer einer alten Siedlung lagen. Die benachbarten Völker nannten das verhasste und gefürchtete Land den »Bauch des Gagoon«, denn das flache Meer zwischen den Inselrücken dampfte unablässig und brachte heiße Nebelbänke hervor, die sich in elliptischen Bahnen drehten und die Brutstätte des gefürchteten Wirbelwindes bildeten. Umgestürzte Säulen verrotteten in den ölig schillernden Tümpeln, zerstörte Fundamente ragten aus dem Dickicht von Bambus und Schachtelhalm hervor. Inmitten der Ruinen öffnete sich ein von Sumpfreben halb überwachsenes gewaltiges Loch, das sich bis tief ins Innere der Erde hineinfraß.

An diesem Ort, viele Meilen unter der Oberfläche von Erde-Wind-Feuerland, hing ein böses Wesen seinen Träumen nach. Der graue Drache Urchulak, wie die Menschen den Unterirdischen nannten (sein wirklicher Name entstammte einer Sprache, die keine menschliche oder drachische Zunge hätte aussprechen können), stammte nicht aus der Welt, die die drei Mutterjungfrauen Mandora, Plotho und Cuifín – die Schöpferdrachinnen – ins Leben gerufen hatten. Sein Ursprung lag in einer anderen Welt, die fern in der Schwärze des

Alls schwebte. Viele Meilen unter der Erdoberfläche wälzte sich der Drache zischend und knisternd in den Tunneln, die er sich gewühlt hatte, und erhellte sie mit seinem eigenen fahlen Licht. Ein zuckender Strom aus giftigem, von unheiligem Leben erfüllten Metall zog sich wie eine ungeheure Wirbelsäule über das gesamte Festland. An beiden Enden dieser Wirbelsäule wuchs ein monströser, ständig seine Gestalt wechselnder Kopf hervor. Die beiden Gehirne in den Köpfen, die unabhängig voneinander denken konnten, sannen und grübelten unablässig. Und die Gedanken waren von nichts anderem erfüllt als von Hass, Rache und Niedertracht.

An einem glühenden Sommertag schob dieses Wesen sein südliches Haupt aus der Höhle, um drei seltsame Kreaturen zu begrüßen, die gekommen waren, um ihm einen Besuch abzustatten. Die drei waren die Könige der Basilisken und die schändlichsten Wesen auf dem gesamten Erde-Wind-Feuerland. Auf Totenkopflibellen ritten sie heran und stiegen vor dem Eingang der Höhle ab. Bunt gefärbt wie die Todesfrösche auf den Vulkaninseln, waren sie ebenso giftig und Verderben bringend wie ihre Reiter. Kju, der Goldene, vermochte mit bloßem Blick Land, Luft und Wasser zu vergiften. Sein Bruder Zan trug ein drittes Auge auf dem goldschuppigen Kopf, dessen böser Blick jedes lebende Wesen vor Furcht erstarren und tot zusammenbrechen ließ. Roc, der Blutige, verbarg am Ende seines Schwanzes einen giftigen Stachel, dessen Stich seinen Opfern das Fleisch von den Knochen riss. Die drei wurden auch »Haucher« genannt, weil ihr Atem alles Lebendige verdorrte, ja sogar Felsen zum Zerspringen brachte. Wie ihr Erzeuger hassten sie das Licht von Sonne und Mond. Sie träumten von dem Tag, da sie beide verschlingen würden, auf dass eine ewige Sonnenfinsternis sich über dem Land ausbreite.

Diese Geschöpfe traten in den Eingang der Höhle und lauschten der Stimme, die aus dem funkenerfüllten, knisternden Dunkel drang.

»Freunde und Brüder«, sprach diese Stimme. Ihr Klang jagte selbst den Ungeheuern kalte Schauer über den Rücken. »Seid gegrüßt! Ich habe Euch gerufen, um Euch zu sagen, dass mein Plan der Vollendung nahe ist und die Tage des Friedens in Murchmaros gezählt sind. Bald werden wir diese Welt nach unserem Willen beherrschen.«

»So habt Ihr einen Weg gefunden, feste Gestalt anzunehmen?«, fragte König Kju, dessen Glotzaugen sich wie die eines Chamäleons nach oben und unten sowie im Kreis herumdrehen konnten. Sie waren von einer hornigen Nickhaut bedeckt, die er stets fast völlig geschlossen hielt, denn wenn er die Augen weit öffnete, verbrannte und verwitterte ihr glühender Blick alles Lebendige.

»Das habe ich«, antwortete der Urchulak. Um seine Worte zu beweisen, schob er einen Teil seines Körpers ins Freie und verwandelte ihn in die nebelhafte, überlebensgroße Gestalt eines Ritters. »Und wenn Ihr meine Reden noch einmal unterbrecht, kleiner Kju, so soll es Euch übel bekommen.« Mit Vergnügen stellte er fest, dass die Basilisken bei dieser Rede erschraken.

»Nun hört zu und schweigt! Ihr wisst, wie sehr ich Majdanmajakakis hasse: die Mutter des Lebens, die ewige Schlange, die unablässig sich selbst verzehrt und zum Maul heraus wieder gebiert. An ihr vor allem will ich Rache nehmen. Sie hat mich einst aus dem Himmel gerissen und fortgeschleudert auf diesen Planeten, der damals noch kaum geboren war. Da sie selbst für mich unerreichbar ist, will ich zumindest die Welt in den Abgrund reißen, in die sie mich verbannt hat, denn ich weiß wohl, wie sehr sie diese kleine Welt liebt.«

Er schwieg eine Weile stille und hing seinen Erinnerungen nach, wie es ihm gelungen war, aus seinem Todesschlaf zu erwachen. Dann sprach er weiter, allerdings mehr im Zwiegespräch mit sich selbst als zu den drei Königen. »Als die Allmutter mich in die Erde eines fremden Planeten verbannt hatte, war ich viele Jahrtausende lang stumm und starr. Doch eines Tages wurde das Blut eines Kaisers auf den Felsen über meinem Gefängnis vergossen, und es schenkte mir, was ich zum Leben brauchte. Das edle Blut hatte mich aus meiner Erstarrung erweckt, sodass ich frei wurde, zu denken und zu planen – den Untergang von Chatundra zu planen!«

»Groß ist Eure Weisheit, und unergründlich sind Eure Gedanken«, krächzte Zan unterwürfig, und seine Brüder rasselten zustimmend mit den Schuppen.

Der Urchulak missachtete die kriecherische Ehrenbezeugung. »Ihr wisst«, fuhr er fort, »dass ich viele verschiedene Pläne wälzte, wie ich Murchmaros vernichten könnte. Aber sie alle scheiterten daran, dass ich – da ich aus einer anderen Welt stamme – auf dieser Welt keine feste Gestalt annehmen kann. So war ich wohl wach, aber kraftlos wie ein Gelähmter.«

Tiefer Groll überkam ihn bei dem Gedanken daran. So mächtig er in seiner eigenen Welt gewesen war, so hilflos war er in dieser. Wie ein niemals endendes Gewitter tobte er in seinem unterirdischen Haus und hatte doch nicht die Kraft gehabt, auch nur einen einzigen Stein aufzuheben und zu werfen. Dass die Umgebung der beiden Orte, an denen seine Häupter aus der Erde ragten, zu Landstrichen des Schreckens geworden waren, aus denen selbst die Aaskäfer flohen, verdankte er allein der tödlichen Kraft seiner Blitze. Aus den Höhlen der Häupter schleuderte er sie wie ein Zitterrochen die seinen aus einem Felsspalt. Dann jedoch hatte er einen Weg gefunden, Gestalt anzunehmen.

»Und welcher Weg war das, o Erhabener?«, rief Zan, der genau wusste, dass der Urchulak mit all seiner List und Klugheit vor ihnen prahlen wollte.

Dieser antwortete: »Ich bemerkte, dass sowohl die Basilisken als auch die Menschen großen Wert auf meine Absonderungen legen. Sie gebärdeten sich wie närrisch, wenn sie einen der erstarrten gelben Brocken fanden, zu denen der aus meinen Mäulern triefende, ätzende Speichel gerann. Es befiel sie ein Wahnsinn, der sie zu meinen willigen Sklaven machte. Aus den Basilisken konnte ich freilich darüber hinaus keinen Nutzen ziehen, denn obwohl sie auf dem Gold klebten wie Muscheln auf Felsen und sich an dessen Ausdünstungen mästeten, haben sie keine Seelen, die mich gestärkt hätten. Denn wie Ihr wisst, meine edlen Freunde, sind sie leere Hüllen, angetrieben von einem dämonischen Willen.« Er hielt inne und sprach dann langsam weiter, wobei er jedes einzelne Wort genoss. »Die Menschen jedoch, merket wohl, die haben Seelen. Als immer mehr von ihnen meinem Gold verfielen, stellte ich fest, dass ich die Seelen solcher Menschen in Besitz nehmen konnte. Es war ein Leichtes, die kostbare Essenz aus ihren Körpern zu saugen und sie an mich zu fesseln. Wie Funken um ein Feuer tanzen, flatterten ihre winzigen Energien um meine starke, Verderben bringende Energie, vergrößerten und mästeten mich, wurden zu meinen Boten, meinen Augen und Ohren, meinen Fingern, die sich immer weiter ausstreckten und neue Seelen an sich zogen. Nun bin ich stark genug, nach meinem Belieben menschliche Gestalt anzunehmen.«

Die drei Basilisken spendeten ihm übermäßigen Beifall. Sie verehrten ihn seiner Macht und Stärke wegen, und zugleich fürchteten sie seine Bosheit, deren Tiefe sie wohl ergründet hatten.

Mit tückischer Freude sprach er zu den Helfershelfern, die

er sich erwählt hatte. »Lange habe ich in der Finsternis meiner Gefangenschaft an einem Plan geschmiedet, und nun bin ich sicher, dass ich den besten Weg gefunden habe, das Land völlig zu verderben. Ich habe eine List gefunden, mich zum Herrscher des Landes zu machen – nein, nicht nur zu dessen Herrscher, sondern zu dessen Gott! Alle Menschen sollen mich anbeten. Meine beiden Töchter Twynneth und Twyfald sollen die kaiserlichen Throne im Norden und Süden erringen. Auf den höchsten Thron jedoch, den der Mitte, will ich ein noch viel verderblicheres Wesen setzen, nämlich einen Mischling aus Menschen und Basilisken.«

Er brach in ein gewaltiges Zischen boshafter Heiterkeit aus, als er sah, wie erstaunt die drei kleinen Unholde dreinblickten. Es war nämlich dieser Plan nicht so einfach, wie es scheinen mochte, denn die Basilisken waren nicht dazu geschaffen, sich auf menschliche Art zu vermehren. Es fehlten ihnen von Natur aus die dazu nötigen Körperteile, und nur Magie konnte das Geschlecht mit dem der Menschen vermischen. Aber der graue Urchulak hatte genügend Zeit gehabt, Wege zu ersinnen, wie er auch das ermöglichen konnte.

Er wusste, wie sehr Majdanmajakakis und die drei Mutterjungfrauen das Menschengeschlecht liebten, das sie geschaffen hatten. Sie verabscheuten das Gezücht der Basilisken, die aus Fäulnis und Unrat hervorgegangen waren. Was konnte die Schöpferinnen härter treffen, als wenn es ihm gelang, die beiden Arten von Geschöpfen zu vermischen? Welcher Hohn, wenn ihre Welt von einem Geschlecht besiedelt würde, das die Schönheit und Klugheit der Menschen besaß, aber das faulende Herz der Tarasquen!

»Ich habe eine sehr erfreuliche Aufgabe für Euch, deren Erfüllung Ihr mir gewiss nicht abschlagen werdet. Ihr sollt nämlich heiraten«, zischte der graue Urchulak.

Die drei Unholde starrten einander an, unsicher, was er wohl mit diesem Scherz meinte. Denn was konnte es anderes sein als ein Scherz? Die Basilisken, Drydds Enkel, waren die Einzigen seiner Geschöpfe, die ebenso auf dem trockenen Land wie im Wasser leben konnten. Kju, Roc und Zan hatten das Chaos von Phurams Sturz und die blutigen Schlachten des großen Drachenkrieges genutzt, um sich in den zerstörten Menschenstädten Thamaz und Thurazim festzusetzen und alles Land dazwischen in ihre Gewalt zu bringen. Aber zu heiraten wäre ihnen nicht im Traum eingefallen.

Da sprach der Urchulak jedoch bereits weiter. »Zerbrecht Euch nicht die Köpfe mit Nachdenken. Ich habe das Denken schon für Euch vollbracht. Es wird Euch gefallen, was ich mit Euch vorhabe, denn Ihr werdet schöne Weiber zu Frauen nehmen – Menschenweiber, die Kinder gebären werden, damit Eure Nachkommen die gesamte Erde beherrschen.«

Als Roc das breite Krötenmaul zu einer Frage öffnete, spie er warnend einen Regen von Funken. »Still! Ich weiß, was ich tue. Mir ist schon Größeres gelungen. Sind nicht auch die Mokabiter Kinder von Drachen und Menschen, die sich ebenso wenig auf dem natürlichen Wege vereinigen können? Was meint Ihr wohl, wie diese hervorgebracht wurden? Die Purpurdrachen verstanden sich auf die Kunst, ihre innerste Essenz mit der von Menschen zu vermischen, die mit ihnen eins im Herzen und im Geiste waren. So entstanden Kinder aus Fleisch und Blut. Dasselbe könnt – mit meiner Hilfe – Ihr bewerkstelligen.«

Zan, der genau wusste, wie sich Menschenfrauen bei seinem Anblick verhielten, murmelte etwas Unverständliches.

Der Urchulak, der seine Gedanken gelesen hatte, zischte spöttisch. »Fragt Ihr mich, edler Zan, welches Menschenweib so blind und närrisch wäre, in die Arme eines Basilisken zu sinken? Ich sage es Euch: Viele, denn sie sind toll nach Macht und Pracht. Ich habe bereits drei Frauen ausgesucht, die bereit wären, einen Stein am Wegrand zu heiraten, wenn es ihnen eine Krone einbrächte.«

»Wer sind sie?«, fragte Roc, dem der Plan immer besser gefiel.

Der Urchulak streckte die Hand aus und zeichnete weiche Linien in die Luft. Aus Nebel formten sich drei weiße Gestalten, von fließenden Gewändern umweht, mit kalkig bleichen Gesichtern und flatternden Haaren. Von den drei Frauen war eine schöner als die andere, doch ihre wie aus Elfenbein geschnittenen Gesichter wirkten hart und kalt, mit unergründlichen Augen und blutdürstenden Lippen.

»Gefallen sie Euch, Ihr Könige der Unterwelt?«, fragte der Urchulak mit grauenvollem Lächeln. »Das sind Kule, Bulta und Mersa, die drei Königinnen der Mokabiter. Jede von ihnen hat schon einige Menschen getötet, jede von ihnen ist erfahren in der schwarzen Magie und vertraut im Umgang mit bösen Geistern, sodass Ihr ihnen nicht allzu fremd sein werdet.«

»Wissen sie denn, was sie erwartet?«, wollte Zan wissen.

»Ja. Sie lechzen nach Gold und nach der Macht über ganz Chatundra und werden bereitwilligst ihre Hände in die Euren legen.« Er lachte – ein Lachen, das wie das Klingeln eines silbernen Glöckchens klang und doch jedem lebenden Wesen Schauer des Entsetzens über den Rücken gejagt hätte. »Ihr und Eure Gattinnen werdet in Fort Timlach, der Stadt der Schildkröte, herrschen und auf dem Thron der Mitte sitzen, der für meine Tochter Twayn bestimmt war – Fluch über die Ungetreue! Von dort werdet Ihr die Welt mit Wesen bevölkern, welche die Herzen von Tarasquen, aber die Körper von Menschen besitzen. Mit der Zeit werden sie sich immer inniger mit den Menschen vermischen, und eine Zeit wird kommen, da alle Menschen auf Chatundra die Herzen von Basilisken haben. Dann wird Majdanmajakakis ihre Welt beklagen und verfluchen.«

Er stieß ein Lachen aus, und fahle Flammen flackerten aus seinem halb geformten Mund. »Und während Ihr Euch darauf vorbereitet, das Hochzeitslager zu besteigen, übe auch ich mich in der Minne. Mein erster Schritt wird es sein, eine schöne menschliche Gestalt anzunehmen und damit die junge Kronprätendentin Tartulla von Chiritai zu betören. Sie ist jung, sie ist überaus schön, und sie hat nicht mehr Verstand als ein Bund Stroh. Ich werde sie zur Kaiserin machen und ihr Herz gewinnen. Auf diese Weise wird sie eine der mächtigsten Frauen von Erde-Wind-Feuerland und gleichzeitig meine willige Sklavin sein. Und dann ... aber langsam, langsam! Wir wollen eins nach dem anderen angehen.«

Sein giftiger, in fahle Flammen gehüllter Körper pulsierte vor Lust.

»Erlaubt Ihr mir, etwas zu sagen?«, fragte Roc vorsichtig.

Der Graue gestattete es gnädig, und der Basilisk bemerkte mit unterwürfiger Miene: »Eure Pläne sind klug und großartig. Gewiss habt Ihr schon längst bedacht, was die Prophezeiungen besagen – dass nämlich drei Kaiserinnen aus den Geschlechtern der Menschen und Drachen auftreten werden, um die Throne des Nordens, des Südens und der Mitte zu besteigen. Was werdet Ihr tun, wenn sie ihr Anrecht auf diese Throne behaupten?«

»Ich werde sie töten und ihre Seelen verzehren«, erwiderte der graue Drache. »Und nun langweilt mich nicht länger mit Eurer Gegenwart.«

Chiritai

Zwei junge Ritter, Coloban und Ennewein mit Namen, schritten die Freitreppe des Palastes hinauf. Auf dem obersten Treppenabsatz blieben sie stehen und blickten über Chiritai hinweg – über die schönste aller Städte auf Erde-Wind-Feuerland, mächtig und kühn erbaut und Heimstatt vieler stolzer Ritter und Helden. Wie viele andere auch stammten die beiden Jünglinge aus dem Volk der Sundaris, die einst in der Stadt Thurazim im Süden geherrscht hatten und Anbeter des Sonnengottes gewesen waren. Wenn die jungen Ritter mit ihrem wehenden Blondhaar und den strahlenden, hellen Augen durch die Straßen ritten, so schien es manchem Fremdling, dass in ihnen der Sonnendrache Phuram Gestalt angenommen hatte. Stolz, kühn und mutig waren sie, Meister des Schwertkampfes und des Speerwurfs, furchtlos im Kampf, aber auch hartherzig, götterlos und nur der eigenen Ehre verpflichtet. Sie stritten häufig untereinander, und so hatte es in Chiritai seit Kaiser Thilmos Tod keinen neuen Kaiser gegeben.

Eben darüber sprachen die beiden Edelleute auf ihrem Weg zur Ratsversammlung. »Ich bin gespannt«, sagte Coloban halb vergnügt, halb ärgerlich, »welche von den Fürsten heute wieder versuchen werden, einen ihrer Günstlinge auf den Thron zu setzen. Fast jede Woche nennen sie einen anderen Namen, und doch ist keiner es wert, Nachfolger Kaiser Viborgs zu werden.«

»Mit Ausnahme der schönen Tartulla, willst du wohl sagen«, antwortete der Freund lächelnd.

Tartulla, die ehrgeizigste dieser Kronprätendenten, war die Urenkelin des letzten Kaisers (oder, wie ihn andere nannten, des Thronräubers) Thilmo. Vor allem die jungen Männer der Stadt waren auf ihrer Seite, denn sie war außergewöhnlich schön und so wollüstig wie eine junge Stute. Und jedermann in Chiritai wusste, dass Coloban trunken vor Liebe zu der begehrenswerten Frau war. Sie nahm seine Liebesschwüre gern entgegen, und das Gerücht ging, dass sie ihn zum Kaiser machen wollte, sobald sie selbst den Thron erobert hätte. Vorderhand aber musste sie ihrer großen Jugend wegen den Platz auf dem Thron dem Regenten überlassen, einem würdigen alten Adligen.

Dass eine junge Frau sich inmitten der kühnen Ritter um den Thron bewarb, war in Chatundra nichts Ungewöhnliches. Seit das Dreigestirn der Mutterjungfrauen wieder den Himmel erleuchtete, hatten sich die Frauen viel Macht und Einfluss zu verschaffen gewusst. Bei den Mokabitern war es immer schon möglich gewesen, dass eine zu allem entschlossene Frau ihre männlichen Gegner aus dem Rennen warf, vor allem dann, wenn sie sich gut auf das Giftmischen und die Beschwörung von Würgegeistern verstand. Aber erst seit mit dem Sturz des rebellischen Sonnengottes Phuram auch der Gottkaiser von Thurazim und seine mächtige Priesterschaft untergegangen waren, sammelte sich fast alle Macht in den Händen von Frauen.

»Komm«, sagte Ennewein und ergriff seinen Freund am Arm, »du darfst nicht zu spät in die Versammlung kommen. Tartulla könnte es dir übel nehmen.«

Coloban eilte neben ihm her.

Viele Ritter hatten sich im prächtigen Thronsaal der Zitadelle von Chiritai versammelt, gemeinsam mit dem Regenten, den Räten der Stadt und den Priestern der verschiedenen Tempel, um über die Angelegenheiten des Stadtstaates zu beratschlagen, als der Urchulak dort erschien. Er hatte gelernt, seinen Körper in jede Form zu pressen. So kam es, dass mitten in den vertraulichen Gesprächen der Edlen und Mächtigen wie von einem Windstoß aufgerissen, die elfenbeinbeschlagene Tür des Saales aufsprang. Ohne dass die Wachen ihn hindern konnten, trat ein Mann in schlichter bäuerlicher Kleidung ein. Sein langes schmutziges Hemd hing ihm, nachlässig gegürtet, bis auf die Knie, seine Füße und Waden waren mit Lederstreifen umwickelt, sein langer Bart und sein bis über die Schultern hängendes Haupthaar fettig und lausig. Vor dem Thron warf er sich der Länge nach hin und schrie: »Erbarmen, weise Väter und Mütter des Landes, Erbarmen! Rettet uns arme Bauern vor dem Ungeheuer, das unsere Hütten verzehrt!«

Der Regent und seine Räte waren so verblüfft über das freche Eindringen des Menschen, dass sie ihn nur stumm anstarrten. Doch Coloban sprang mit gezogenem Schwert auf und drohte: »Soll ich dir deinen Rübenkopf vom Leib schlagen, Bauernsau, die ungerufen in die Gemächer der Adligen eindringt?«

Der Bauer erhob sich auf die Knie und flehte demütig um Verzeihung für sein schlechtes Benehmen. Er habe nicht anders handeln können, winselte er mit kläglicher Stimme, da er kaum mehr als ein Tier sei und ohne Kenntnis höfischer Sitten. Nichts anderes habe ihn bewegt als die Hoffnung, zu Füßen der Hohen Schutz vor dem großen Unglück zu finden, das ihn und seinesgleichen betroffen habe. Dabei schoss er dem Jüngling aus seinen tief liegenden, wässrig farblosen Augen aber einen so teuflischen Blick zu, dass Coloban trotz aller Entschuldigungen mit dem blanken Schwert fast über ihn hergefallen wäre. Nur ein Wink des Regenten hielt ihn zurück.

»Lass den Tölpel, da er nun schon einmal da ist, sein Anliegen vorbringen«, befahl dieser. »Aber sprich schnell! Was ist dein Begehr?«

Nun begann der Bauer zu erzählen. Er wohne, so sagte er, mit anderen Waldbauern gemeinsam in einer der wilden Schluchten der Toarch kin Mur, der Heulenden Berge, die sich unmittelbar hinter Chiritai bis in die Wolken erhoben. Dort habe sich nun, angelockt von einer Goldader im Felsen, ein fürchterlicher Drache niedergelassen: eine Kreatur mit sieben Häuptern, eines scheußlicher als das andere, und so mörderischen, nadelscharfen und stahlharten Zähnen, dass die Bauern ihn Nagelfang nannten. Schon habe er die meisten ihrer mageren Tiere gefressen und werde bald nicht davor zurückscheuen, auch sie zu verzehren.

Der Regent lauschte aufmerksam, aber nur ein Punkt der Geschichte schien ihm von echter Bedeutung. »Eine Goldader, sagst du? Wo?«

Der Bauer antwortete bereitwillig. Der Ort heiße Nebelschlucht und sei ein viele Klafter tiefer Spalt im Gestein, so schmal, als habe eine Axt hineingehauen. Von dem Gold wisse er, weil es bereits von oben zu sehen sei, viele Brocken, manche faustgroß, andere so groß wie ein Laib Käse. Auf diesem Gold sitze nun der entsetzliche Drache und verlasse sein Lager nur, um blutige Verwüstungen unter dem armen Volk anzurichten.

Coloban dachte bei sich, dass er nichts dagegen einzuwenden hätte, wenn der Drache Nagelfang diesen bäurischen

Untam verzehrte, dessen Gesicht und Stimme ihm von einem Herzschlag zum anderen immer widerwärtiger wurden. Aber er kannte den Regenten und seine Gier nach Gold. Er wusste, dass er augenblicklich befehlen würde, den Drachen zu töten und das Gold in die kaiserliche Schatzkammer zu schaffen. Also hob er rasch die Hand und rief, er sei bereit, als Diener der schönen Tartulla gegen das Untier zu Felde zu ziehen und den Schatz zu bergen. Andere Jünglinge und Männer stimmten mit ein.

Nachdem man den Bauern noch einmal genau nach dem Ort befragt hatte, jagte man ihn fort. Er ging ohne Widerrede, aber kaum war er an den Wachen vorbei und sah sich in einer düsteren Torwölbung unbeachtet, als ein Nebel ihn einhüllte, und in diesem Nebel veränderte sich seine ganze äußere Erscheinung.

Wenig später ließen die Wachen am Thronsaal einen Mann mit der Gestalt und Kleidung eines fahrenden Ritters eintreten. Sein Haar war lang und von einem bleichen Blond, sein Gesicht edel. Nur die tief liegenden, tückischen Augen gemahnten an den erbärmlichen Bauern. Bescheiden blieb er im Hintergrund an einer Säule stehen und lauschte dem eifrigen Geschrei der jungen Ritter, die sich einer nach dem anderen erbötig machten, in die Nebelschlucht zu ziehen. Nachdem schließlich zwölf von ihnen ausgewählt worden waren, trat er vor und bat in vornehmer höfischer Art um Gehör. Als ihm dies gewährt wurde, kniete er vor Tartulla nieder und bot ihr seine Dienste an.

Tartulla blickte ihn an und errötete tief. Ihre Stimme bebte ein wenig, als sie fragte: »Wer seid Ihr? Und warum bietet Ihr mir Eure Dienste an?«

»Mein Name ist Kattebras. Ich bin ein Ritter ohne Land«, erwiderte er mit sanfter, zwingender Stimme, »und meine

Dienste biete ich Euch an, weil ich bestätigt finde, was man mir erzählt hat: dass Ihr schöner seid als alle Frauen von Chatundra und strahlend wie die Sonne am Himmel.«

Er sah mit boshaftem Vergnügen, wie der junge Coloban die Stirn runzelte, als er das hörte. Es gefiel ihm wohl gar nicht, dass der Fremdling sich mit solch schmeichelnden Worten an die Geliebte wandte. Aber was nützte es ihm? Kattebras hatte all seine zauberische Kraft in seine höflichen Worte gelegt. Er hatte der Frau zu verstehen gegeben, dass sie es nicht mit einem gewöhnlichen Mann zu tun hatte, sondern mit einem Wesen höherer Ordnung. Zufrieden beobachtete er, dass Tartulla auf wundersame Weise sofort von dem Ritter ohne Land eingenommen war. Sie erhob sich und stand mit majestätischer Gebärde vor der Versammlung, in der viele liebestolle Augen ihre Schönheit verschlangen. Blassblondes, lockiges Haar umfloss ein herzförmiges Gesicht mit schimmernden großen Augen, deren helle Farbe nicht deutlich zu bestimmen war – sie mochte blassblau oder blassgrün sein –, und einem scharlachroten, verheißungsvollen Mund. Umweht von farbigen Schleiern, reckte sich ihr alabasterweißer Körper in die Höhe. Mit herrischer Gebärde hob sie den Arm.

»Regent!«, rief sie. »Ich verlange, dass dieser edle Fremdling mit den Rittern von Chiritai in den Kampf gegen den Drachen ziehen darf, da er mir sein Schwert zu Füßen gelegt hat!«

Dagegen murrten einige der Ritter, die den Ruhm eines erfolgreichen Drachenkampfes für sich einheimsen wollten, und noch lauter murrten die Verliebten, denen es gar nicht gefiel, wie Tartulla bei der Rede des Unbekannten errötet war. Auch der Regent zögerte, und beim Anblick des Mannes überkam ihn ein unbestimmter Abscheu. Doch Tartulla litt keine Zurückweisung. Mit blitzenden Augen und erhitzten Wangen rief sie: »So habt Ihr Ritter Angst, von dem Fremden beschämt zu werden, und wollt ihm deshalb die Teilnahme am Kampf nicht erlauben! Ihr seht wohl schon voraus, dass er den Lorbeerkranz erringen wird, der Euch zu hoch hängt! Ihr Feiglinge! Habt Ihr den Mut, Euch mit ihm zu messen, so tut es im Streit gegen den Drachen, und es möge der Bessere siegen – aber schämt Euch für Euer Gemurre, das einen Helden aus der Arena ausschließen will!«

So höhnte und stichelte sie, bis Coloban zornig ausrief: »Möge er denn mit uns kommen, was kümmert es mich, ob er dabei ist oder nicht!« Und Ennewein kam seinem Freund zu Hilfe und lachte. »Lasst ihn mitziehen! Wenn er kühner ist als die Ritter von Chiritai, so wollen wir alle uns tief vor ihm verneigen. Ist er es aber nicht, so wollen wir ihn verkehrt auf einen Esel setzen und so aus der Stadt führen.«

Das rief helles Gelächter unter den Rittern hervor, und der Regent, der Tartulla nicht unnötig gegen sich aufbringen wollte, lud den Fremden mit höflichen Worten ein, sich den Drachentötern anzuschließen.

Der Drache Nagelfang

Schon am nächsten Morgen zogen die Recken aus der Burg, bewaffnet wie zum Krieg und auf eisengepanzerten Echsen, unter deren schweren Schritten der Boden dröhnte. Nur Coloban ritt auf einem Pferd, dem Abzeichen seines Reichtums und seiner hervorragenden Stellung, denn Pferde waren so selten und kostbar, dass nur die Höchsten und Mächtigsten solche Tiere besaßen. Ihre Rüstungen waren schimmernd hell und trugen das Wappen von Chiritai: drei Blitze in einem Sonnenrad. Über ihnen im Wind flog die Fahne der Stadt mit ihren silbernen Fransen und Troddeln. Auch Kattebras war erschienen, in einer armseligen, rostigen Rüstung und auf einem grauen Pferd, das einem Totengerippe ähnlicher sah als einem Schlachtross. Es war nicht nur Furcht erregend hässlich, sondern auch so wild und bissig, dass selbst die Kriegsechsen angewidert schnaubten und kollerten, wenn es ihnen zu nahe kam.

Der Urchulak hatte es mit seiner Aufmachung bewusst herausgefordert, dass die anderen Ritter über ihn lachten.

»Ei, edler Herr«, neckten sie ihn, »habt Ihr Euch einen verbeulten Topf anstelle eines Helms aufgesetzt?«

»Hat ein Flickschuster Euch Eure Rüstung zusammengenäht, da sie in alle ihre Teile zu zerfallen droht?«

»Was für ein herrliches Pferd habt Ihr da, guter Freund! Seine Zähne sind so lang und gelb wie die eines Totenschädels, seine Augenhöhlen so tief wie die Löcher, in denen ein Hund seinen Knochen vergräbt, und sein Fell so rau und struppig wie das eines Wolfes! Was habt Ihr bezahlt für den scheußlichen Klepper? Denn gewiss muss es sehr teuer gewesen sein, da man ein solch hässliches Pferd in ganze Chatundra kein zweites Mal findet.«

So verspotteten sie ihn, aber er lächelte nur hochmütig und gab keine Antwort. Mochten sie lachen! Je mehr sie ihn jetzt verhöhnten, desto tiefer wäre nachher ihre Demütigung, wenn sie in die Falle rannten, die er ihnen gestellt hatte.

Geschöpf aus einer fremden Welt, das er war, hatte Kattebras feinere Ohren als ein menschliches Wesen. So hörte er (und verbarg ein tückisches Lächeln dabei), wie Ritter Ennewein, der treueste Freund und Gefährte des Günstlings Coloban, diesem ins Ohr flüsterte: »Ich weiß nicht recht, was ich von dem Menschen halten soll. Er scheint mir eine Ähnlichkeit mit dem üblen Bauern zu haben, der in unsere Ratsversammlung platzte, und doch ist er ein ganz anderer. Haben sie nicht beide dieselben bösen Augen? Wie Quecksilber gleißen sie! Sieh ihn nur an! Eine Schlange schliche davon, müsste sie ihm in die Augen schauen.«

Coloban jedoch, der schlechter Laune war, schalt ihn einen Narren, dass er eine Ähnlichkeit erkennen wollte zwischen dem schmierigen Bauerntölpel und dem fremden Ritter, dessen Wesen und Haltung trotz seiner Armseligkeit vornehm waren. Ungeduldig trieb er sein Kriegsross an.

Es dauerte nicht lange, bis sie die Umgebung der Nebelschlucht erreichten. Chiritai lag unmittelbar auf der Schulter eines Vorgebirges, hinter dem sich der mächtige Gebirgswall der Toarch kin Luris erhob. Schon wurde die Luft kalt, und der Koniferenwald, der das Umfeld der goldenen Stadt bedeckte, war erfüllt von geheimnisvoll schwebenden Nebelschwaden und flüsternden Stimmen.

Kattebras merkte, dass den Männern unheimlich wurde. Er hörte sie miteinander flüstern.

»Woher ist der Bauer gekommen?«, fragte Zolas mit gedämpfter Stimme. »Ich sehe hier weit und breit keine menschliche Heimstatt!«

Fingar, der berühmte Bogenschütze, runzelte die Brauen. »Vielleicht war er überhaupt kein Mensch, sondern ein boshafter Waldgeist, der uns zum Narren hielt.«

Coloban wurde zornig, als er solche Worte hörte, denn seine Gedanken waren bei dem Gold, das er dem Drachen zu entreißen hoffte, und dem Ruhm, den er dafür bei Tartulla gewinnen würde. Aber die anderen hörten nicht auf mit ihren ängstlichen Reden. So kühn sie im Streit waren, so kindisch furchtsam waren viele Helden, wenn sie sich Geistern und Gespenstern gegenüber wähnten.

»Hat man nicht immer schon darüber geredet, dass in den Waldschluchten die bösen Geister spuken, die der Kadaverfürst Zarzunabas aus den Bergen von Carrachon sendet?«

»Wie oft«, tuschelte der Ritter Borim seinem Gefährten zu, »habe ich als Wächter auf den Zinnen von Chiritai spukhafte Heere über die Flanken der Berge herabbrausen gesehen! Da stürmten Reiter und Fußvolk über Felswände, auf denen nicht einmal ein Bergdrache Halt gefunden hätte. Wie die Gischt einer Welle an Land sprüht, so jagten über die eisbedeckten Gipfel weiße Drachen heran, geritten von titanischen Recken. Und doch war alles nur Trug und Blendwerk. Ein einziger Windstoß zerfetzte Reiter und Schützen, bis von dem gesamten erschreckenden Heer nichts blieb als ein paar Nebelfetzen.«

Kattebras hielt die Hand im eisernen Handschuh vor den Mund, damit sie sein Grinsen nicht sehen konnten. Ihr Narren!, dachte er. Vor Zarzunabas habt ihr Angst, der doch nichts anderes ist als eine gefangene Nebelwolke. Den wirklichen Feind kennt und seht ihr nicht. Aber wartet nur, ihr Toren, ihr werdet ihn noch rechtzeitig sehen!

Immer höher wuchsen die felsigen, baumbestandenen Hänge zu beiden Seiten der Reiter empor, immer schmaler wurde der Streifen des hellen Himmels, den sie über ihren Köpfen noch sehen konnten. Bald umhüllte sie ein Zwielicht, das waberte und wisperte und über die Gesichter der Männer streifte wie Spinnennetze. Es war feucht in der engen Schlucht, durch die sie nur einer hinter dem anderen reiten konnten. Ein türkisgrüner Bach schäumte neben dem Pfad, glasklar und doch von einem solchen Hauch des Unheils umschwebt, dass keiner der Männer daraus hätte trinken mögen.

»Das Wasser ist grün wie Gift!«, rief Ennewein aus.

»Alles hier ist Gift«, murmelte einer seiner Begleiter. »Der Wald ist verflucht, und nur Verfluchtes kann daraus hervorkommen.«

Da drang plötzlich durch den dichten Wald das ferne Brüllen eines riesigen Ungeheuers. Ein roter Schein über den Baumwipfeln zeigte an, dass es ein Feuer speiender Drache war. Und hätte es noch eines Beweises bedurft, so krachten jetzt brechende Zweige. Ganze Baumstämme wurden von riesigen Tatzen niedergetrampelt. Rötlicher Dunst drang durch das Zwielicht, und der bittere Geruch brennenden Holzes erfüllte die Luft. Dann wälzte sich dumpf und schwerfällig etwas heran, das nur als faltige schwarze Masse unter den Bäumen erkennbar war.

Schon beim ersten Anzeichen des nahenden Feindes hatten die Recken sich um ihren Anführer geschart. Coloban erläuterte ihnen den Plan des Angriffs. Er befahl: »Je zwei und zwei sollen absitzen und sich auf den steilen Hängen unter den Koniferenbäumen verbergen, während die Übrigen die Aufmerksamkeit des Ungeheuers auf sich ziehen. Wartet geduldig. Ist es dann ganz in eure Nähe gekommen, so sollen die vier Verborgenen sich darauf stürzen und es mit ihren Speeren von der Seite angreifen, während die anderen von vorn darauf eindringen.«

Die Ritter legten die Hand auf die Brust. »Wir hören und gehorchen«, antworteten sie und eilten, ihre Plätze einzunehmen.

Im Unterschied zu allen anderen Bewohnern des Erde-Wind-Feuerlandes waren die Bewohner von Chiritai niemals Freunde der Himmelsflügler gewesen. Weder verehrten sie die drei Drachenjungfrauen, die die Welt Chatundra erschaffen hatten, noch verkehrten sie mit den hochgeborenen Rosenfeuerdrachen, die unsterblich und vom Bösen unbefleckt waren. Sie hatten auch nichts übrig für die weniger vornehmen, aber edlen und gutherzigen Drachen, die an anderen Höfen als Berater und Beschützer lebten. So hätten sie einen jeden Drachen gehasst und verabscheut, der sich ihnen zeigte – aber das Ungetüm, das aus der abgründigen Kluft in der Nebelschlucht auf sie zukroch, erschütterte ihre tapferen Herzen. Selbst Ennewein, der außer einigen Stollenwürmern noch nie einen Drachen gesehen hatte, wusste sofort, dass es kein Drache war, den die Mutterjungfrauen erschaffen hatten, sondern ein Kadaverdrache: eine monströse Ausgeburt der Tiefe, halb lebendig, halb tot und von einem dämonischen Willen beseelt.

Nur Kattebras schauderte nicht. Schließlich hatte er selbst diesen Drachen ausgesucht und sich besondere Mühe gegeben, unter dem Gezücht einen besonders großen und hässlichen unter Höllenzwang zu beschwören, damit er ihm dienstbar war.

Das Ungeheuer hatte keine rechte Gestalt, schien nichts zu sein als ein riesenhafter, runzliger und rußiger Sack, der sich auf Gänsefüßen vorwärtsschleppte. Vorn auf dieser Ungestalt jedoch schwankten sieben Hälse, jeder so lang und dick wie der Mastbaum eines Schiffes, und auf jedem Hals saßen drei Köpfe. Die Gesichter wirkten wie Totenschädel, die gewaltige, gekrümmte und gerippte Hörner trugen. Aus ihren Kiefern wuchsen Zähne, wie der Bauer sie beschrieben hatte, lang und spitz wie Nägel und so scharf, dass sie im Vorbeikriechen Bäume zerbissen. Als Mähne wuchsen ihnen züngelnde, vom Gift blau angeschwollene Ottern vom Scheitel bis zum halben Rücken. Ätzender Geifer troff zwischen den Zähnen hervor und ließ alles Gras, worauf er tropfte, zischend verdorren. Aus jedem Schädel hing eine Zunge, lang wie eine Karrenpeitsche und geformt wie ein hohles Rohr, aus dem die Kreatur giftige Pfeile abschoss. Dabei ließ sie unablässig einen schaurigen, pfeifenden Laut hören, den Menschenohren kaum ertragen konnten.

Ein paar Herzschläge lang erstarrten die tapferen Ritter vor Schrecken. Dann jedoch fanden sie ihren Mut wieder. Mit einem singenden Kampfschrei stürmte Coloban als Erster voran, dem Ungeheuer entgegen.

Augenblicklich fuhren von allen Seiten die Schädel auf ihn zu, und er konnte kaum rasch genug seinen Schild schwingen, um sich gegen den sprühenden Geifer zu schützen. Wie Kriegshämmer dröhnten die Köpfe, vorwärtspeitschend, gegen den Schild, fast erlahmte ihm der Arm unter dem furchtbaren Anprall. Doch er war kühn und gewandt, und mit einem gut gezielten Schlag seines Schwertes Hirnung trennte er einen Schädel vom Hals. Schwarzes Blut schoss aus der

Wunde, kochend und rauchend wie Pech, und brannte einen ausgedehnten Fleck in den Waldboden.

Auf seinen Kriegsschrei hin stürmten zwei der Gefährten, Eppelin und Zolas, aus dem Versteck am Waldhang. Mit ihren Schwertern und Speeren griffen sie den schwarzen Drachen von der Seite an. Der fuhr herum, um vieles schneller, als man es von einem so plump aussehenden Tier hätte erwarten mögen. Wie eine gewaltige Peitsche schwang der äußerste Hals rückwärts zur Flanke. Krachend traf er den Ritter Zolas. So furchtbar war die Wucht des Schlages, dass trotz der ehernen Rüstung die Knochen des Unglücklichen von Kopf bis Fuß zersplitterten und sein Blut nach allen Seiten spritzte. Eppelin, der neben ihm geritten war, stieß mit dem Jagdspeer nach den zischenden und züngelnden Köpfen. Wirklich gelang es ihm, einen davon zu töten, doch die beiden übrigen Köpfe an dem Hals fuhren mit verdoppelter Wut auf ihn los. Wegen der Enge der Schlucht konnte er nicht ausweichen: Nach hinten versperrte ihm der ungeschlachte Leib des Untiers den Weg, nach vorn dessen wild tanzende Hälse. Und so trieb er seine Kriegsechse vorwärts, mitten hinein in den Wirrwarr der Hälse. Einen schlug er mit dem Schwert entzwei, da fuhr ein weiterer Schlangenhals auf ihn los. Entsetzensschreie der Gefährten erhoben sich von allen Seiten, als einer der Schädel sich in seiner Brust, der andere in seinem Kopf verbiss. Nun wussten sie, warum die Bauern das Ungetüm Nagelfang nannten: Als würden sie von zwei Schmiedehämmern gegeneinander getrieben, schlossen sich die Zahnreihen und verschränkten sich ineinander. Dutzende nagelscharfe Spitzen trieben sie in den Kopf und Leib des Ritters, der zwischen ihnen zu einem blutigen Brei zermalmt wurde. Teile seiner Rüstung fielen herab, vermischt mit blutigen Fleischbrocken, als das Untier seine Beute hoch in die Höhe schwang und damit über den Baumwipfeln herumfuhr. Dann peitschte der Hals nach vorn, und mitten zwischen die entsetzten Ritter schleuderte er eine bis zur Unkenntlichkeit zermalmte Masse aus Eisen, Leder, Fleisch und weiß schimmernden Knochen.

Nun drangen die anderen Reiter mit donnerndem Kriegsgeschrei vor, um die toten Gefährten zu rächen. Coloban duckte sich unter seinen Schild, trieb sein kampfesmutiges Ross voran. So gelangte er unter die Wölbung des Halses, dessen Schädel von oben auf ihn herabstoßen wollten. Laut hallte sein Kriegsruf, als er sich herumschwang und mit erhobenem Schwert den mastdicken Hals spaltete. Bis zum Griff drang Hirnung in den schrecklichen Leib ein, und nur der Griff blieb dem Ritter in der Hand, denn im Blut des Drachen löste sich das Eisen auf und zerrann. Doch dieser Hals des Scheusals sank zu Boden, und es verblieben nur noch sechs Hälse, mit denen die Helden zu kämpfen hatten.

Ennewein tat es seinem Freund gleich und stürmte gegen einen weiteren Hals an, doch Colobans Beispiel lehrte ihn, dass er sein gutes Schwert Ordrun verlieren würde, wenn er es in das höllische Fleisch stieß. So griff er mit dem Speer an. Tatsächlich gelang es ihm, diesen zwischen die Augen eines der herumfahrenden Köpfe zu bohren. Das Erlöschen der fürchterlichen Augen verriet ihm, dass er diesen einen getötet hatte.

»Für Chiritai! Für die Dame Tartulla!«, hallte es von allen Seiten, und mit kühnem Mut drangen die Recken gemeinsam auf das Scheusal ein. Das wehrte sich wütend. Pfeifend flogen die Pfeile aus den hohlen Zungen und trafen manchen Helden an den unbedeckten Stellen des Körpers. Doch schien ihre Kraft gering, und die Männer meinten, sie hätten nicht mehr als einen Kratzer davongetragen. Welches Gift in ihre Adern drang, wussten sie nicht.

Kattebras' schlechte Rüstung war bedeckt von dem galligen schwarzen Geifer, den die Mäuler versprühten. Das Schwert rauchte in seiner Hand, doch er trieb sein beinernes Ross ein ums andere Mal zum Angriff gegen den brüllenden Riesen und schrie wie alle anderen: »Für die Dame Tartulla!«

Schweißbedeckt stürmten sie vorwärts, hustend und keuchend in dem bitteren Rauch, den die Brände auf allen Seiten erzeugten. Einige hatten schon brennende Wunden erlitten von den nagelscharfen Zähnen und dem ätzenden Geifer. Andere hatte der Schwung der peitschenden Hälse von ihren Reittieren gefegt und zu Boden geschmettert. Aber wer sich auf den Beinen oder im Sattel halten konnte, stürmte wieder voran. Der Ritter Fingar schwang sein breites Schwert mit beiden Händen und hieb einen der Hälse ab. Der krümmte sich auf dem Boden und ringelte sich wie eine riesige Schlange, spie Blut und Geifer. Drei weitere der knöchernen Schädel stürzten sich auf Fingar, und so giftig war der Hauch, der aus ihren Rachen drang, dass er von seiner Kriegsechse stürzte und von den drei Köpfen zu Tode gebissen wurde. Umsonst versuchten die Übrigen ihn zu retten. Selbst den Harnisch bissen die Zahnreihen durch, als wäre er ein dünnes Hemd, und trennten Helm und Schädel, Knochen und Hirn mit einem einzigen Biss durch. Dumpf lagerte der Geruch von Blut und Qualm über der finsteren Schlucht; dumpf dröhnte das Brüllen des verwundeten Untiers. Zwei Ritter hatten sich im letzten Augenblick verwundet in den Wald am Eingang der Schlucht retten können, wo sie bewusstlos niedersanken. Der tapfere Borim fiel, zertrampelt von seiner eigenen Kriegsechse, die vor dem züngelnden Maul des Drachen floh. Die Echse jedoch wurde dem Drachen zum Verhängnis. Wütend schossen alle seine verbliebenen Hälse zugleich vor und packten das Tier. Diesen Augenblick nutzten Coloban und Ennewein gemeinsam, sich vorzukämpfen bis zu der Stelle, wo die sieben Hälse in einer monströsen Knolle aus dem Leib hervorwuchsen. Beide zugleich stießen ihre Speere in diese Knolle, und Ennewein schwang sein Schwert Ordrun und hieb einen langen Schlitz in das faulige Fleisch.

Da brüllte Nagelfang so gellend auf, dass die Berge erbebten. Sein Fleisch barst, und wie der Inhalt einer Pestbeule ergoss sich ein gräulicher Strom von Unrat aus dem Innern des riesigen Leibes. Schreiend sprangen die Männer zurück, an deren Stiefel die eklige Flut brandete. Jene, die noch im Sattel saßen, schafften es kaum, ihre Tiere zu bändigen, denn aus dem Schleim stieg ein Gestank auf wie aus offenen Gräbern. So übel war der Hauch, und ein so wirksames Gift hatten die Pfeile bereits unbemerkt ins Blut der Männer geschossen, dass sie allesamt von Visionen überwältigt wurden.

Ein Irrbild erschien ihnen, dass der sterbende Drache anschwoll, bis der runzlige, schuppige schwarze Rücken das Firmament berührte und seine Rachen sich vor ihnen öffneten wie die Tore der Unterwelt, aus denen Heerscharen böser Geister auf sie einstürmten. Vom Gift geblendet, sahen sie ihre Speere und Schwerter nicht mehr und meinten, schwache Krautstängel in den Händen zu halten. Sie glaubten auch, ihre Rüstungen seien in Brand geraten und wollten ihnen auf dem Leib schmelzen, sodass sie entsetzt die Riemen aufrissen und Harnisch und Helm, Beinschienen und Handschuhe von sich warfen. Da ergriffen sie einer wie der andere schreiend die Flucht und kümmerten sich nicht mehr um den Drachen, sondern ritten und rannten davon, über Stock und Stein wie flüchtige Hasen.

Ein schändliches Bild war es, das sich den Bürgern von Chiritai bot, als die viel gerühmten Helden kreischend wie ängstliche Mägde von der Walstatt in die Stadt zurückkehrten, wo sich jeder in einem anderen Winkel versteckte: der eine hinter den Fässern im Keller, der andere hinter den Truhen in seiner Schatzkammer und ein Dritter im Kornkasten auf dem Speicher. Erst nach Stunden ließ die Wirkung des täuschenden Giftes nach. Nun kamen sie einer nach dem anderen aus ihren Verstecken hervor, fuhren sich über die Augen und rieben sich die Stirn, bis ihnen wieder einfiel, dass sie gegen einen Drachen gekämpft hatten. Da begriffen sie auch, dass die kleinen Pfeile, die das Vieh gegen sie geschleudert hatte, voll eines tückisch wirkenden Giftes gewesen waren und dass die Schreckbilder eines Traumes sie in die Flucht geschlagen hatten. Aber wer wollte ihnen das glauben? Die Bürger, welche ihre feige Rückkehr gesehen hatten, verhöhnten sie und lachten sie aus.

»Ihr seid allesamt Feiglinge!«, riefen sie ihnen zu. »Denn seht, der Fremde Kattebras, der mit euch gezogen ist, mit der schlechtesten Rüstung angetan und auf einem Ross wie eine Schindmähre, der hat dem Drachen standgehalten, vor dem ihr geflohen seid. Ihr Memmen und Feiglinge!«

Tatsächlich war Kattebras auf der Walstatt zurückgeblieben, nachdem alle anderen geflohen waren. Ein böses Lächeln umspielte seine Lippen, als er von seinem Ross stieg und sich dem Kadaver des Drachen näherte. Achtlos stieg er über die Leichen der Tapferen hinweg, die im grünen Gras lagen. »Narren«, flüsterte er. Dann trat er an den verendeten Drachen heran und schnitt ihm die Zungenspitzen ab, zum Beweis, dass das Untier wirklich getötet worden war.

Kattebras lud die Toten und die beiden Verwundeten auf die Tiere, setzte sich auf sein mageres Ross und kehrte zurück nach Chiritai. Dort wies er der Kronprätendentin die Zungen des Drachen vor und erzählte, wie ihre Verehrer geflohen waren, während er als Einziger dem Drachen standgehalten und ihn besiegt hatte. »Schickt Eure Männer in die Nebelschlucht«, sagte er, »und sie werden den Kadaver des Drachen dort liegen sehen, gleichermaßen die Goldbrocken in der Kluft.«

Tatsächlich brachten die ausgesandten Männer viele Säcke mit Gold mit, von denen Tartulla einen Großteil für sich behielt. Von da an war Kattebras der Günstling der jungen Frau. Coloban und seine Freunde durften sich glücklich schätzen, dass sie nicht allesamt aus ihrer Nähe verbannt wurden, sondern bei den Tafelrunden wenigstens am untersten Ende des Tisches sitzen durften.

Das Wesen, das aus den Tiefen des Alls auf das Erde-Wind-Feuerland gestürzt war, hatte seinen ersten Sieg errungen.

Mord im Schloss

Kattebras wartete nicht lange, bis er zum nächsten Schlag ausholte. Listig, wie er war, wollte er die schöne Tartulla mit stärkeren Fesseln als denen der Leidenschaft an sich binden – den Fesseln eines gemeinsam begangenen Verbrechens.

Er wusste, wie sehr Tartulla seine eindrucksvolle Erscheinung schätzte – hatte sie ihn nicht sofort nach seinem Sieg mit einer silbernen Rüstung beschenkt? Er wusste auch, dass sie noch mehr seine Liebeskünste schätzte, die sie schon bald in vollen Zügen genoss. Am besten aber gefiel ihr, dass er ihre ehrgeizigen Pläne, Kaiserin zu werden, bedingungslos unterstützte.

Diesen Plänen stand nur der alte Regent im Wege, den die Bürger von Chiritai, der endlosen Streitereien der Kronprätendenten müde, bereits als Statthalter betrachteten. Es war im Volk schon die Rede davon, überhaupt keinen Kaiser und keine Kaiserin mehr zu wählen, sondern dem würdigen Greis die Regierung zu überlassen. Außerdem war der Alte ein entschiedener Gegner Tartullas, die er ein böses, verschlagenes Weib nannte. Solange er Sitz und Stimme im Kronrat hatte, waren ihre Aussichten, jemals Kaiserin zu werden, sehr gering.

Tartulla klagte häufig über dieses Hindernis auf ihrem Weg zur Macht, bis Kattebras eines Nachts mit einer Kerze in der

Hand ihre Gemächer betrat und mit feinem Lächeln ihre Hand ergriff. »Kommt mit, Dame«, flüsterte er, »und Ihr sollt etwas sehen, das Eurem Herzen wohl gefallen wird.« Mit diesen Worten zog er sie – die kaum Zeit hatte, sich einen Kapuzenmantel über das Nachthemd zu werfen und in die Pantoffeln zu schlüpfen – hinter sich her, hinaus auf den finsteren Gang und weiter durch viele Gänge, bis er vor einer Tür stehen blieb. Dort legte er den Finger auf die Lippen und bedeutete ihr, ihm lautlos zu folgen.

Er führte sie in ein Gemach, das sie noch nie zuvor betreten hatte. Dort ließ Kattebras ihr freilich keine Zeit, sich darüber zu wundern. Er hob die Kerze und zeigte ihr den dicken, kostbar gekleideten alten Mann, der laut schnarchend bäuchlings auf einem Diwan lag. Kattebras' tief in den Höhlen liegenden Augen schienen im Dunkeln zu glühen wie Drachenaugen. Er bedeutete ihr, den Mann umzudrehen. Sie gehorchte und sah mit Staunen, dass es der Regent war.

»Wie kommt er hierher?«, flüsterte sie.

Kattebras drückte sie eng an sich. »Frag lieber: Wer weiß, dass er hier ist? Denn meine Antwort lautet: Niemand weiß es, außer dir und mir.«

»Hast du ihn vergiftet?«, fragte sie, den Blick starr auf das rot gedunsene Gesicht des alten Mannes gerichtet.

»Nein, nur betrunken gemacht. Der Rest ist deine Sache«, erwiderte er. Dabei hob er die Kerze so hoch, dass ihr Licht auf eine von der Decke herabhängende Seidenschnur fiel, deren Enden über das Kissen schleiften.

Tartulla schauderte. Doch Kattebras las in ihrem Herzen, dass nicht der Gedanke an einen Mord sie frösteln ließ, sondern der bloße Widerwille dagegen, eigene Hand anlegen zu müssen. Sie hätte es lieber gesehen, hätte Kattebras selbst zu Ende geführt, was er begonnen hatte. Aber er bestand darauf, dass sie selbst den edlen Greis tötete – nur so könne sie ihm beweisen, dass es tatsächlich ihr eiserner Wille sei, den Kaiserthron zu erringen.

Kattebras hob den Alten an, der im tiefen Rausch vor sich hin murmelte. Tartulla knüpfte ihm die Schlinge mit wild klopfendem Herzen um den Hals. Als Kattebras ihn fallen ließ, hing er in einer grausig verrenkten Haltung mit erhobenem Oberkörper bäuchlings über dem Bett, die Beine schlaff ausgestreckt, die Hände an den Seiten schleifend. Sein anschwellendes Gesicht war so grässlich anzusehen, dass Tartulla aus dem Todeszimmer fliehen und sich in ihren Gemächern verstecken wollte. Kattebras indes hielt sie mit eiserner Hand fest.

»Zeig mir, dass du mutig bist!«, flüsterte er ihr mit brünstiger Stimme ins Ohr. »Zeig mir, dass du bereit bist, einen harten Weg zu gehen, um den Thron zu erreichen.«

Und gewaltsam umschlang er die halb ohnmächtige Schöne, küsste und liebkoste sie und trug sie schließlich auf das kostbar zugerichtete Bett. Dort liebte er sie, während zwei Schritte weiter der Regent unter krampfhaftem Zucken und Röcheln verschied. Es war eine schaurige Nacht für Tartulla. Immer wieder blickte sie über die Schulter ihres Geliebten hinweg auf die ungelenk zuckende Gestalt des Gehängten. Er erwachte nicht genug aus seinem schweren Rausch, um sich aus der würgenden Schlinge zu befreien, war aber auch nicht so betrunken, dass er von seinem Schicksal nichts bemerkt hätte. Tartulla war knapp davor, Kattebras von sich zu stoßen und schreiend zu fliehen. Aber so gewaltig war der Zauber, den er auf sie ausübte, dass ihre Stimmung urplötzlich umschlug und die Gegenwart des Ermordeten sie mit einer jähen und wütenden Lust erfüllte.

Kattebras lächelte zufrieden, als er ihre rasende Hingabe spürte. Von jetzt an war sie in seiner Hand. Doch er hatte keine Eile. Es wäre kein kluger Gedanke gewesen, in rascher Folge zuzuschlagen – eine solche Häufung von Todesfällen hätte die Bürger misstrauisch gemacht. Viele hatten noch gut in Erinnerung, dass Tartullas Urgroßvater Thilmo auf den Thron gestiegen war, nachdem der große Kaiser Viborg auf sehr verdächtige Weise zu Tode gekommen war. Es gab andere Mittel, die weniger blutig und ebenso wirkungsvoll waren.

Als der Morgen bereits graute, stieg Kattebras vom Bett und trat neben den Diwan, auf dem der Regent sein Leben längst ausgehaucht hatte. Mit einer geschickten Bewegung öffnete er dem Toten den Mund, zog die Zunge heraus und schnitt sie ab, worauf er sie in eine kleine, fest verschließbare Dose legte.

»Was tust du da?«, stammelte Tartulla erschreckt. Es war ihr nicht leichtgefallen, einen Mord zu begehen; dass das ehrwürdige Opfer nun auch noch auf solch groteske Weise geschändet wurde, ließ ihr die Haare zu Berge stehen.

Kattebras blickte sie an. »Jede Zunge, die gegen dich gesprochen hat, wird für dich sprechen, wenn ich diese hier erst der richtigen magischen Behandlung unterzogen habe. In Kürze werden alle dafür stimmen, dich zur Kaiserin zu erheben.«

Mit diesen mysteriösen Worten verließ er sie.

Tartulla hätte sich jedoch erst recht gewundert, hätte sie sehen können, was geschah, nachdem er auf den finsteren Korridor hinausgetreten war. Dort nämlich ließ er seine Maske fallen und nahm die irdische Gestalt an, die seiner eigentlichen am ähnlichsten war. Ein riesiger grauer Tausendfüßler, im Dunkel leuchtend wie eine Masse winziger Blitze, huschte über die gewundene Treppe davon und hinterließ einen schwachen stechenden Geruch.

Geheime Pläne

Es kam, wie der geheimnisvolle Fremde vorausgesagt hatte. Der Zauber wirkte. Plötzlich stimmten alle Ritter dafür, die junge Frau zur Kaiserin zu erwählen. Tartulla bestieg den Thron und machte Kattebras noch am selben Tag zu ihrem Mitregenten. Sie kümmerte sich nicht um die eindringlichen Warnungen, die ihr zuteil geworden waren, sowohl von den Getreuen unter ihren Rittern als auch von den Himmlischen, die ihr warnende Vorzeichen sandten. Häufig waren ihr im Traum die Ritter Borim, Fingar, Eppelin und Zolas erschienen, die dem Kadaverdrachen zum Opfer gefallen waren, und hatten ihr Schicksal beklagt. Ein Unhold habe sie mit List und Tücke aus der Welt gerissen und in das Reich der Schatten gestürzt, um sich in das Herz der Kaiserin zu schleichen. Nachdem er ihre Getreuen verdorben habe, wolle er nun auch sie, Tartulla, verderben. Dräuend erschien ihr auch immer wieder der gemordete Regent, schrecklich anzusehen mit seinem gedunsenen Antlitz und der roten Furche rund um den Hals, schüttelte die Faust gegen sie und schwor ihr Rache. Er enthüllte ihr aber auch immer wieder, dass sie nur das Werkzeug eines listigen Teufels gewesen sei, der erst Chiritai und dann das gesamte Land in den Abgrund stürzen wollte. Es waren grause Träume, und wenn Tartulla schweißgebadet aus einer solchen nächtlichen Heimsuchung erwachte, fand sie die Oberdecke ihres Lagers mit Blut befleckt und auf dem weißen Teppich vor dem Bett nasse Spuren, als habe dort jemand mit blutigen Füßen gestanden. Das Blut verschwand dann allgemach wieder, ehe die Zofen und Mägde es zu sehen bekamen, aber der Kaiserin blieb ein Grauen.

Freilich war sie nicht verständig genug, sich von diesem Grauen auch lenken und leiten zu lassen. Kattebras blieb ihr Leitstern am Himmel, mochten seine Pläne noch so tückisch und götterlos sein, und sie verschwor sich ihm mit Leib und Seele, zu ihrem eigenen Schaden und dem des gesamten Erde-Wind-Feuerlandes.

Am Abend des Tages, an dem Tartulla zur Kaiserin gekrönt worden war, lustwandelten die beiden Mächtigen auf der Stadtmauer von Chiritai. Sie blickten hinab auf die Stadt mit ihren Säulen, Kuppeln, Wandelgängen, Tempeln und gewundenen Straßen. Der Abend war dunstig, denn es regnete viel in Chatundra, und oft hatte die Erde den letzten Guss noch nicht aufgesogen, da prasselte schon der nächste herab. Feucht und schwer wedelten die Zykadeen im Wind. Von den turmhohen Schachtelhalmen und den grünen Segeln der Lattiche troff Wasser. Das Grün innerhalb der Stadtmauern war kunstvoll beschnitten, geschickte Hände hatten die steifen Hecken zu lebensechten Gestalten von Hornechsen, Drachen und Salamandern getrimmt.

Tartulla atmete tief durch, als ihr Blick über die Stadt glitt. Ihre Augen leuchteten, und ihre zarte Brust bebte vor unterdrückter Erregung.

Kattebras las in ihrem Herzen wie in einem offenen Buch. Er kannte jeden ihrer Gedanken.

Kaiserin von Chiritai! Seit sie ein Kind gewesen war, hatte die Gier in ihrem Herzen gebrannt, diesen Titel zu tragen.

Und doch schien es ihr jetzt, dass sie nur die erste Stufe einer Treppe erstiegen hatte, die sie zu höchsten Ehren führen würde – über alle Menschen hinaus, bis in die Höhen, in denen die Unsterblichen wohnten. Törichtes Weib! Sie wusste nicht, dass sie nur die Brücke war, über die Kattebras auf seinem Weg hinwegschritt.

Seine Pläne reichten viel weiter als die ihren. Schon längst war ihm bewusst geworden, dass Chiritai eine Residenzstadt ohne Reich war. Außerhalb der Stadtmauern lagen nur einige kümmerliche Bauerndörfer, hingeduckt an den feindseligen Flanken der Heulenden Berge. Die Wut der Stürme, die von den eisüberkrusteten Hörnern der Gipfel herabstürzten, machte jede Besiedlung unmöglich. Auch der dichte Koniferenwald schützte nicht, denn in diesem Wald hausten Mächte, die Chiritai nicht wohl gesonnen waren. Geister trieben ihr Unwesen in den finsteren, unzugänglichen Schluchten, und die Drachen, die dort in ihren urtümlichen Stollen hausten, behandelten die Menschen als unerwünschte Eindringlinge. Sie fraßen sie nicht gerade – dafür sorgte das Verbot der Mutterjungfrauen, anderen Lebewesen ein Leid anzutun –, aber sie wandten ihre ganze List auf, um ihnen das Leben sauer zu machen. Nachts rumpelten Steine auf den Hängen, Feuerschein loderte auf, und die ängstlichen Siedler sahen gewaltige Schatten auf den Geröllhalden hin und her kriechen und hörten sie mit dumpfen Stimmen brüllen. Auch pflegten die Drachen bei Nacht feurig glühend über die Dörfer dahinzubrausen, sodass das Vieh voller Panik in alle Richtungen floh und das Gras auf den kümmerlichen Wiesen verschmorte. Wo einer nachts unterwegs war, packten sie ihn am Kragen und schleppten ihn meilenweit davon. Danach musste er aufs Mühseligste seinen Weg nach Hause suchen. Selbst die mutigsten Siedler kehrten bald wieder in den Schutz der hohen Basaltmauern zurück, und Kattebras musste einsehen, dass die schöne neue Stadt nie mehr wäre als ein Außenposten in der Wildnis.

Deshalb sprach er Tartulla auf die Pläne an, über denen sie gemeinsam brüteten. »Ich weiß, dass du vorhast, die alten Residenzstädte Thamaz und Thurazim im Süden wieder aufzubauen. Dein Wunsch ist auch der meine. Eine einzige ungeheure Stadt soll daraus werden, die den Namen Tartullazim tragen und herrlicher sein soll als alles, was man auf Chatundra jemals erblickte.«

Tartulla nickte. »Es soll eine Stadt werden, wie sie sich nicht einmal die Kaiser der Sundaris erbauen konnten – eine Stadt aus purem Gold. Ich werde von der neuen Metropole aus breite Straßen in den Dschungel hauen und von Truppen sichern lassen, damit auf diesen Straßen alles Gold des Nordens und Südens in die Stadt gebracht werden kann.«

Er lächelte im Stillen über ihren eitlen, kindischen Plan. Wo die alten Kaiser der Sundaris Götterstatuen und Altäre aus purem Gold errichtet hatten, wollte Tartulla Paläste, Triumphbogen und selbst Wohnhäuser daraus errichten. Die gesamte Stadt sollte ein einziger goldener Tempel sein – aber es wären keine Göttinnen, die darin angebetet würden, sondern es sollte die herrliche, die majestätische Kaiserin Tartulla sein, die, nicht von Menschen geboren, eines Tages von den Sternen herabgestiegen war, um die Welt zu beherrschen.

Der Unhold kannte den Stachel wohl, der in ihrer Seele steckte und ihren Verstand ebenso wie ihr Herz vergiftete. Es fraß an ihr, dass sie von Thilmo abstammte, der seine Eltern nicht gekannt hatte und im bescheidenen Waisenhaus von Fort Timlach aufgewachsen war. Andere hätten sich wohl eher geschämt, von einem Mann abzustammen, der durch Verrat an den Mutterjungfrauen zum Vertrauten eines Kaisers aufgestiegen war und später im dringenden Verdacht gestanden hatte, seinen Lehnsherren feige ermordet zu haben, aber solche Skrupel kannte Tartulla nicht. Sie ärgerte sich einzig und allein darüber, nicht von vornehmer Abkunft zu sein, und Tag und Nacht wälzte sie Pläne, wie sie eine so überragende Stellung erringen könnte, dass sie diesen eingebildeten Makel vergaß.

Kattebras unterstützte die wilden Phantasien des einfältigen Weibs auf jede nur erdenkliche Weise, denn so ließ sie sich am besten für seine eigenen Pläne gebrauchen. »Bedenke«, sagte er, »dass zwischen Chiritai und den Städten, die du gewinnen willst, nur einige wenige kleine Dschungelvölker hausen, die beim geringsten Angriff fliehen oder untergehen würden. In der alten Festungsstadt Fort Timlach regiert ein von Trunksucht und Völlerei schwach und fett gewordener Bürgermeister, der sich dir bereitwilligst unterwerfen wird. Dann steht der Gründung von Tartullazim nichts mehr im Weg.« Sein finsteres Herz genoss die Arglosigkeit, mit der das törichte Weib ihm jedes Wort glaubte, während er insgeheim schon darüber nachsann, wie er sie loswerden konnte, wenn er ihrer Hilfe nicht mehr bedurfte, denn der Abscheuliche liebte kein einziges lebendes Wesen. Er hatte ganz andere Pläne damit, wen er in der neu gegründeten Reichsstadt auf den Thron setzen würde. Da waren seine beiden halb menschlichen, halb dämonischen Töchter, von denen Tartulla nichts wusste. Wenn es so weit wäre, würde er Twynneth und Twyfald, die man die Pestschwestern nannte, zu Kaiserinnen des Nordens und des Südens einsetzen, und sie würden die Erde beherrschen mit Aussatz, Fieber und fauligen Schwären. Allen lebenden Wesen würden sie die Seelen entziehen, um so immer mächtiger und fetter zu werden.

»Wenn du einen Rat von mir annehmen willst«, sagte er,

»so höre: Rüste nicht offen zum Krieg, sondern gib die Nachricht aus, es sei ein großes Turnier angesagt, bei dem alle waffenfähigen Männer, seien sie hoch oder niedrig geboren, zum Kampf antreten dürften. Das wird die Knaben und Männer von Chiritai ebenso anlocken wie die in den Dörfern, aber auch viele fremde und fahrende Ritter. Manche werden aus Kampfeslust kommen, manche in der Hoffnung, ein wertvolles Geschenk oder einen höheren Stand zu erringen, wieder andere wird der Wunsch treiben, sich dein Herz gewogen zu machen. Lass alle, die kommen, freundlich empfangen und gut unterbringen, und die Schönsten von ihnen – alle, die Nachkommen der hochgewachsenen blonden Sundaris mit den hellen Augen sind – lass in einem besonderen Gebäude beherbergen. Dort wollen wir sie häufig besuchen und mit den jungen Recken von deinem Plan sprechen, Tartullazim zu gründen und alles auszurotten, was sich dir widersetzt, um das alte Reich der Gottkaiser wieder aufzurichten. So wirst du bald deine eigene Leibgarde aus kühnen und kampfeslustigen Männern haben, die mit Stolz das Zeichen der drei Blitze auf silbernem Grund am schwarzen Harnisch tragen und von einer Zeit träumen, in der die Sundaris wieder von einem Ende Chatundras bis zum anderen herrschen werden.«

In Gedanken setzte er hinzu: Und keiner von ihnen, auch du nicht, wird wissen, dass sie nur Sicheln und Sensen sind, die der Schnitter Hohn lachend zerbrechen wird, sobald sie ihr blutiges Werk getan haben!

Sie seufzte tief und lehnte den schönen Kopf an seine eisengepanzerte Schulter. »Als Himmelskaiserin werde ich über ganz Erde-Wind-Feuerland herrschen, und du mit mir, Geliebter.«

Kattebras spürte ihr leidenschaftliches Verlangen, als sie nach seiner Hand griff. Er war mit seiner Wirkung auf die schöne Stute (wie die jungen Männer sie respektlos nannten, wenn sie untereinander waren) sehr zufrieden, aber er war noch nicht am Ziel angelangt. Er hatte das Richtige getan, als er durch die Risse und Fugen in seiner menschlichen Maske sein wahres Wesen hervorblitzen ließ. Seine List stachelte ihre Neugier an – und ihren Hochmut. Es würde nicht mehr lange dauern, bis sie ihn fragte.

Wie zufällig lenkte er ihre Schritte weg von den Mauern an einen wilden Ort, wo die Bastionen an den Felsen der Vorberge endeten und eine schmale Schlucht bildeten. Dorthin kam selten jemand. Kattebras nutzte die Einsamkeit des Ortes, um Tartullas Begierde mit Zärtlichkeiten anzustacheln, und bald hatte er erreicht, was er wollte. Sie brachte die Frage vor, die ihr schon lange auf der Zunge lag.

»Geliebter«, flüsterte sie, »ich denke viel über dich nach. Nie habe ich einen Mann wie dich kennengelernt.«

»Ich bin nur ein armer Ritter«, entgegnete er mit falscher Bescheidenheit.

»Nein, das bist du nicht!«, widersprach sie entschlossen. »Ich habe mir Gedanken darüber gemacht, wie du den Kampf mit dem Drachen Nagelfang ausgefochten hast. Er konnte meine besten Ritter in die Flucht schlagen, aber du hast ihm standgehalten.« Sie hielt seine Hand fest und sah ihm geradewegs in die Augen. Halb im Ernst, halb im Scherz fragte sie: »Bist du ein überirdisches Wesen?«

Er lachte. »Wie? Nur weil deine Ritter Feiglinge sind, hältst du mich für einen Geist?«

Sie wurde ungeduldig. Mit scharfer Stimme erklärte sie: »Ich will dir offen sagen, was ich denke. Ich bin mir wohl bewusst, wie ich auf Männer wirke. Viele lieben und begehren mich. Aber ich habe noch keinen geliebt, und ich weiß, dass ein Mann, der eine solche Wirkung auf mich ausübt wie du, mein Herr Kattebras, nicht von Fleisch und Blut sein kann. Ich frage dich, und ich erwarte eine klare Antwort, wenn du nicht mein Missfallen erregen willst: Stimmt es, was ich argwöhne? Bist du einer von Zarzunabas' Geistern, der menschliche Gestalt angenommen hat, um mir zu gefallen?«

Seine Augen blitzten auf. Mit Gewalt packte er sie und küsste sie. »Sag mir«, rief er, »küsst so ein bleicher Nebelgeist?«

Tartulla machte sich mit heißen Wangen los. »Nein«, stammelte sie, noch bebend von der wilden Leidenschaft des Kusses. »Aber es gibt noch andere Geister als die des Kadaverfürsten. Sag mir, wer du bist! Ich fühle es im Herzen, dass kein Menschenmann so sein kann wie du, so stark, so stolz, so Furcht erregend! Bist du ein hoher Drache? Offenbare dich mir, wer immer du bist! Ich werde nicht erschrecken, auch wenn du die Gestalt eines Drachenfürsten annimmst.«

Kattebras blieb stehen und legte ihr die Hände auf die Schultern. Seine durchdringenden Augen funkelten. »Deine Weisheit hat mich durchschaut. Sieh also meine wahre Gestalt!«

Tartulla starrte ihn atemlos an, bebend vor Triumph, Neugier und auch Furcht, denn trotz ihrer kühnen Worte war sie nicht sicher, ob sie im Stande wäre, jeden Anblick zu ertragen, der sich ihr bot.

Kattebras merkte das wohl, und so sagte er: »Gib mir deinen Schleier! Sieh, hier ist eine Felszacke, an die will ich dich binden, damit du mir nicht entfliehst, wenn mein Anblick dich zu sehr erschrecken sollte.« Rasch schlang er das feine Gewebe zu einem Band und fesselte die junge Kaiserin an die Felszacke.

Dann trat er einen Schritt zurück. »Sieh nun!«, rief er. »Aber hüte dich, mich zu berühren, es könnte dein Tod sein.«

Sie starrte ihn an, weiß wie Schnee, aber zitternd vor Erregung und Leidenschaft.

Langsam ließ er die Maske des Herrn Kattebras fallen. Sein bleiches Gesicht, sein Körper wurden immer durchsichtiger, bis es schien, als flatterten Schleier eines feinen Gewebes aus den Arm- und Halslöchern der Rüstung. Dann fiel mit einem plötzlichen Krachen die eiserne Hülle zu Boden. Über ihr erhob sich eine knisternde Nebelwolke, in der es zuckte und prasselte wie von Tausenden winziger Blitze. Diese Wolke schwoll an, wurde größer und größer. Bald füllte sie die enge Schlucht und wuchs darüber hinaus. Eine milchig-graue Dämmerung umschleierte die Bastionen und die Felsen dahinter. Im Zwielicht zuckten Blitze, und ein unheimliches Pulsen wurde hörbar wie der dumpfe Herzschlag einer geisterhaften Kreatur. Der Urchulak besaß kein Herz, doch die Energie, aus der sein Körper bestand, vibrierte stoßweise. So gewaltig war seine Kraft, dass es wie Donnergetöse von den Felsen zurückhallte, als er sich ruckartig ausstreckte und zusammenzog. In dem engen Tal war er gezwungen, seinen Körper kurz und dick zu machen, und so ballte sich seine gesamte Energie auf einem Raum von wenigen tausend Schritten zusammen.

Triumphierend sah er, wie Tartulla in diesem Gewittersturm die Haare vom Kopf zu fliegen drohten und ihr Gesicht so weiß wie Alabaster wurde. Aus starren Augen blickte sie ihn an, mehr tot als lebendig vor Schreck, doch fest entschlossen, der Erscheinung standzuhalten. Das Pulsen seines Körpers rumorte in der Schlucht wie der Lärm eines Wasserfalls. Fahle Lichter zuckten und zischten um seine undeutliche Gestalt, und die Luft war rau vom Dunst der gewittrigen Entladungen. Plötzlich ließ er sich fallen und klumpte zu einer glitzernden, unruhigen Masse zusammen, die einer riesigen Quecksilberkugel ähnelte. Wie Quecksilber zerfiel sie in Hunderte andere Kugeln, die nach allen Richtungen auseinanderrollten. Tartullas heiserer Schreckensschrei gellte ihm in den Ohren. Er wälzte sich auf dem Boden und nahm die Gestalt eines langen, blendend gleißenden Schlauchs an, der sich hin und her schlängelte wie eine zornige Viper und an seinem äußersten Ende das Gesicht des Herrn Kattebras trug, das zu einer scheußlichen Fratze zerronnen war.

So plagte und quälte er die entsetzte Kaiserin mit den schauerlichsten Phantasmen, und erst als ihm schien, dass sie in Ohnmacht sänke, nahm er langsam wieder die vertraute Gestalt des schönen Ritters an. Er trat vor sie hin und löste die Fessel des Schleiers.

Tartulla sank ihm halb ohnmächtig in die Arme. Doch sie hatte immer noch Kraft genug, ihn zu fragen: »Da ich nun deine Gestalt kenne, sag mir auch deinen Namen.«

»Das kann ich nicht. Mein Name wurde mir in einer Welt gegeben, die so verschieden von der deinen ist, dass eure Zungen ihn nicht aussprechen und eure Ohren ihn nicht hören können. Ich will dir aber sagen, wie man mich hier nennt: Urchulak, der graue Drache.«

Obwohl sie immer noch zitterte wie ein Grashalm im Sturm, hauchte sie: »So will ich dich unter diesem Namen lieben, auf Gedeih und Verderb, was auch immer über mich kommen möge. Gemeinsam wollen wir unsere Pläne verwirklichen.«

Kattebras zog sie wie von Zärtlichkeit übermannt an die Brust, doch hinter ihrem Rücken lächelte er teuflisch. Törichtes Weib!, dachte er. Ich habe Pläne, die selbst deine Schlechtigkeit sich nicht ausmalen kann, aber das wirst du erst erkennen, wenn es für dich zu spät ist.

Mirandas Berufung

Die Geisterschlacht

»Kommt mit, Maide Miranda, Ihr werdet staunen, was es zu sehen gibt! Von allem, was Ihr bei Eurem Besuch im Makakau-Reich erlebt habt, werdet Ihr nicht so viel zu erzählen haben wie von diesem Ereignis.«

Miranda, die Drachentochter, blickte den Sprecher neugierig an. »Wollt Ihr mir denn nicht verraten, worum es geht? Ihr macht mich neugierig!«

Jamíle, der ranghöchste Luftdrache auf der Grenzbefestigung des Makakau-Landes, blinzelte dem Mädchen verschwörerisch zu. »Es ist viel schöner, wenn Ihr es vorher nicht wisst, Maide! Kommt, die Mondin geht auf, es fängt bald an – wir müssen uns beeilen!« Und mit flatterndem Schweif flog er der Jungfrau voraus die steile Wendeltreppe hinauf, die auf den höchsten Turm der Bastion führte.

Miranda folgte ihm, so schnell sie konnte. Die Turmstiege war zu eng, als dass sie ihre Drachengestalt hätte annehmen können, also musste sie laufen. Es war nicht leicht, siebenhundertunddreiundfünfzig hohe steinerne Stufen bis zu der überdachten Brüstung hinaufzurennen. Atemlos kam sie dort oben an. Das brennende Rot auf den Wangen stand ihr gut, denn für gewöhnlich war sie ein wenig bleich und allzu weißhäutig, wie es häufig mit kupferrotem Haar einhergeht. Sie war – zu ihrem großen Leidwesen – nicht so aufregend schön wie manch andere Jungfer, aber sie sah sehr aufgeweckt aus, wie es sich für eine Schülerin der Indigolöwen gehörte. Ihre Augen blickten mit warmherziger Neugier in die Welt, die sie gerade eben erst zu erforschen anfing.

Auf den Zinnen des Wachtturms, der die gewaltige Mauer an der Grenze des Makakau-Reiches überragte, taten zwei Luftdrachen Dienst, einer blau, einer rot – der altgediente Späher Jamíle und der junge Quinquin, der erst kürzlich den Wächtern zugeteilt worden war. Dieser schnellte ehrerbietig hoch, als er in dem schlanken, rothaarigen Edelfräulein die Tochter des berühmten Rosenfeuerdrachen Vauvenal erkannte. Er wollte eine kapriziöse Verbeugung in der Luft vollführen, aber in seinem Eifer schnellte er zu heftig vorwärts und schlug einen Salto, ehe er sich gefangen hatte und die geplanten höflichen Worte der Begrüßung hervorbrachte.

Miranda lachte über sein Missgeschick und umarmte ihn freundlich. »Übereilt Euch nicht, Ekoya« – das war der offizielle Titel aller Drachen, die mit den Menschen freundschaftlich verbunden waren –, »sonst schnellt Ihr noch über die Brüstung hinaus! Aber jetzt sagt mir, wo es etwas zu sehen gibt!«

Quinquin deutete mit der Vorderpranke nach Norden.

Der Abend sank über dem mächtigen Bauwerk. Am Himmel zeigten sich die ersten Sterne, über ihnen allen das Dreigestirn, das unverrückbar im Zentrum des Firmaments stand, das Zeichen der drei Mutterjungfrauen.

Jenseits der Bastionen erstreckte sich eine sumpfige Ebene, deren Eintönigkeit nur die trostlosen Trümmer der einst mächtigen Stadt Thamaz und fern am Horizont die Ruinen des goldenen Thurazim unterbrachen. Alles war dunkel, denn das Volk, das die Ruinen und die Verstecke in den Sümpfen besiedelte, scheute das Licht. Miranda wusste das, und so stieß sie einen überraschten Schrei aus, als sie plötzlich Lichter aufzucken sah. Sie waren klein wie Irrlichter und hatten auch dieselbe blasse, bläulich grüne Farbe, aber da sie sehr fern waren, mussten sie an ihrem Ursprungsort bedeutend größer sein – so groß wie die Lagerfeuer einer Heerschar. »Sieh nur, Ekoya Jamíle, sieh!«, rief sie aus. »Da sind Menschen! Woher sind sie gekommen?«

»Es ist Blendwerk«, erwiderte der erfahrene Jamíle. »Aber bleibt und wartet, was Ihr noch sehen werdet, denn es ist ein seltsames Schauspiel. Ich war auch völlig verblüfft, als ich vor Jahren hierherkam, aber seither habe ich mich daran gewöhnt. Horcht!«

Miranda lauschte. Von Norden her schwebten Geräusche auf dem Wind, schwach und fern, aber für die feinen Ohren der jungen Halbdrachin deutlich vernehmbar. Durch die Luft rollte der Lärm einer Heerschar auf sie zu. Deutlich unterschied Miranda das dumpfe Trampeln der Kriegsechsen in ihren eisernen Panzern, das Rasseln des Kriegsgeräts, das sie auf ihren Rücken daherschleppten, und dazwischen den regelmäßigen Schritt der Bewaffneten. Sie hörte das Rumpeln der Räder schwerer Maschinen und das Poltern der Trommeln, auf denen die Schlägel im Takt der Marschierenden sprangen. Alle diese Geräusche näherten sich jedoch nicht unten auf der Erde, sondern kamen in einer Ebene mit der Höhe des Wachtturms auf sie zu – mitten in der leeren Luft!

»Was ist das?«, rief Quinquin erstaunt und wollte hochflattern, um das sonderbare Treiben näher zu untersuchen, aber Jamíle packte mit der Schnauze seine Schwanzspitze und zog ihn energisch zurück.

»Bleib sitzen! Und Ihr, Fräulein, wagt Euch auch nicht zu weit vor! Sie haben es nicht gern, wenn man ihnen zu nahe kommt. Ich weiß nicht, was Euch geschehen würde. Sie mögen aussehen wie Schall und Rauch, aber es sind doch Geister, und wir kennen ihre Kräfte nicht.«

Quinquin gehorchte. Die zierlichen Krallen um den Rand der Zinne geklammert, kauerte er wie ein Wasserspeier auf der höchsten Turmspitze und spähte mit leuchtenden Augen in die Dämmerung. Auch Miranda zog sich einige Schritte weit von der Brüstung zurück und spähte neugierig durch die Schießscharten. Das Herz klopfte ihr heftig. Sie spürte, dass ihr ein Erlebnis bevorstand, wie sie in ihrem ruhigen und behüteten Leben bei den Indigolöwen noch keines gesehen hatte. Zwar war sie mutig, aber ihr Mut war noch nie auf die Probe gestellt worden, und sie war klug genug, das zu wissen.

Immer näher kam das Gepolter der Trommeln und der marschierenden Truppen, bis die Luft ringsum vibrierte. Die Soldaten in ihren Stuben hatten es auch gehört, aber da sie alle schon seit längerer Zeit auf diesem Posten stationiert waren, bliesen sie keinen Alarm. Sie traten nur an die Fensterluken und spähten hinaus, um ein Schauspiel zu beobachten, das Abwechslung in ihren eintönigen Alltag am Rande der Purpursümpfe brachte.

Miranda, die noch nie eine Schlacht miterlebt hatte, empfand ein leises Grauen, als sich der Lärm des unsichtbaren Heeres erhob und ihr in den Ohren dröhnte. Es klang, als sitze sie mitten in einem Schlachtfeld. Wirbelnde Nebelfetzen flogen inmitten des Lärms, formlos erst, aber alsbald zu Formen verschmelzend. Immer deutlicher bildeten sie die bleichen Gestalten riesiger Echsen, in kunstvoll geschmiedete Panzer gehüllt, die mit gesenkten Nasenhörnern vorantrotteten, bereit, jeden Feind aufzuspießen. Dann verwandelten sich andere Schemen in Männer, die furchtlos mit starken Schritten herbeieilten, mitten in der leeren Luft schwebend, aber mit einem so entschlossenen Tritt, als marschierten sie auf fester Erde. Sie trugen Schilde von altmodischer Machart, auf denen das Siegeszeichen der Nordlinge glänzte – drei Blitze in einem Sonnenrad –, und lange Schwerter, die fahle Blitze aussandten, wenn die Männer sie zückten. Es waren schöne Männer, hochgewachsen, schlank und sehnig, mit schmalen Gesichtern und hellem Haar, das in langen Schweifen hinter ihnen herwehte. Aber wie sie da durch die Luft marschierten waren sie alle so bleich und farblos wie Nebel, und auf ihren Gesichtern lag die Bitterkeit des Todes. Grimmig schritten sie voran. Ihr Anführer war ein herrlicher Mensch, ein wahrer Abkomme der Sundaris aus der Zeit, als sie noch nicht verkommen waren, so stolz und schön, dass man meinen mochte, der Sonnendrache Phuram selbst reite auf einem weißen Ross heran. Aber auch er hatte das Angesicht eines Toten.

Miranda sah, wie er sich in den Steigbügeln aufrichtete und sein Schwert dreimal blitzend über den Kopf schwang, wobei er seinen Männern den Befehl zum Angriff zurief. Ein Kriegsgeschrei wie Löwengebrüll antwortete ihm, und die gespenstischen Scharen der Recken stürmten voran, ihrem Feldherrn nach. Der stürzte sich in die Schlacht wie ein Drache, und alle seine Männer stürmten hinter ihm her. Allerdings konnte Miranda nicht sehen, gegen wen sie so wütend ankämpften. Kein Feind war zu sehen, nur die schimmernden Scharen der Nordlinge selbst, deren Schemen vor den Augen des staunenden Mädchens wuchsen und schwankten, zerrannen und wieder zusammenflossen. Wie Wolken stürmten sie über den nächtlichen Himmel. In ihren toten Augen loderte der Glanz von Irrlichtern, sie fletschten beinerne Zähne, und wenn Miranda den einen oder anderen genauer zu sehen bekam, so schien es ihr, dass ihre Hände die von Skeletten waren. Finstere Qual lag auf ihren Zügen. Auch die Pferde und Echsen verloren das Fleisch von den Knochen, wurden zu Skeletten in schwarzen Rüstungen, und doch jagten sie dahin wie Lebendige. Manchmal meinte Miranda die Rufe zu verstehen, die aus ihren lippenlosen Mündern drangen: »Für Chiritai! Für Chiritai!« Und dann wieder: »Tod den Basilisken! Tod den Tarasquen!«

Der gesamte nächtliche Himmel war nun erfüllt vom Toben der furchtbaren Heerschar. Trommeln rumpelten, Hörner heulten, die Echsen stießen ihre mit hohler Stimme gebrüllten Kampfschreie aus, und mit dem Gewieher der wütenden Rosse mischte sich das Schreien der Männer, die in wahnsinniger Wut hin und her jagten, die Köpfe ihrer Pferde alle paar Schritt herumrissen und wieder kehrtmachten. Miranda schien es, dass sie den Feind nicht finden konnten, gegen den sie ausgezogen waren. Immer schrecklicher wurde ihr Zorn. Grünes Feuer fuhr aus den Nüstern der Echsen und Rosse, in den Augenhöhlen der Männer loderte ein giftiger Glanz, und furchtbare Flüche drangen aus ihren löchrigen Kehlen.

Der Heerführer vor allem war außer sich vor Zorn. Gefolgt von einem Waffenträger und einem jungen Knappen, die ihm nicht von der Seite wichen, sprengte er hin und her, hieb mit seinem Schwert gegen den Boden und hob es zum Himmel. Da flüsterte der Knappe ihm etwas zu, und mit einem lauten Ruf stürmte der Ritter davon, abseits des Heeres. Er schien etwas zwischen den Hügeln zu suchen. Ungeduldig sprang er ab und beugte sich nieder, und im selben Augenblick riss der Knappe sein Schwert aus der Scheide und schlug ihm hinterrücks den Kopf ab, so blitzschnell, dass der Waffenträger von der Mordtat nichts merkte – und das Schicksal seines Herrn teilte, noch ehe ihm bewusst wurde, welcher Verrat da geschehen war. Der Jüngling wischte sein Schwert an dem Toten ab, spuckte verächtlich aus und schwang sich wieder auf sein Pferd, das ihn blitzschnell in eine andere Richtung davontrug.

»Der Schurke!«, rief Miranda, so empört, als hätte sich die Szene leibhaftig vor ihren Augen abgespielt und nicht nur als ein Tanz von Schemen.

Doch da fesselte bereits ein anderes Schauspiel ihren Blick. Kaum war der Ritter zu Boden gesunken, erhob sich inmitten der Geisterreiter eine blutrote Wolke. Ein furchtbares Klagegeheul schallte über die nächtliche Ebene. Fäuste hoben sich drohend, Tausende von Stimmen verfluchten den Mörder. »Fluch! Fluch!«, tönte es. Die Echsen streckten die gezackten Hälse und stießen ein dumpfes, schauriges Brüllen aus. Blut tropfte aus der Wolke und strömte auf die Ebene herab. Wo die schweren Tropfen aufschlugen und in der Erde versanken, bildete sich die seltsame Form eines riesenhaften, halb durchsichtigen Tausendfüßlers, dessen zierliches Rückgrat buckelte und sich streckte, wobei es feine bläuliche Blitze versprühte.

Langsam richtete dieses seltsame Wesen sich immer höher und höher auf, bis es auf einem Ende seines zitternden Körpers stand, und wie Wolken vor dem Sturm herziehen, änderte sich seine Gestalt. Immer ähnlicher wurde es einem riesigen Mann, an dessen Gesicht nur die gleißenden Augen deutlich erkennbar waren. Es schien, als habe er Flügel oder trage einen weiten Mantel, aber bald veränderte sich auch diese Form und wurde zu den Schemen zweier Frauen, die – weitaus kleiner als er – zu seinen beiden Seiten standen. Trotz ihrer schwachen, nebelhaften Erscheinung erkannte Miranda deutlich, dass es zwei grausige Halbdrachinnen waren mit Schlangenleibern und gezackten Flügeln. Statt eines Gesichts hatten sie blinde Platten aus Fleisch, in denen zwei Reihen eiserner Zähne standen.

Miranda staunte noch, da schien es ihr, dass der Nebelmann ihr das Gesicht zuwandte und dass die wie Quecksilber gleißenden Augen sie mit einem wachen, erkennenden Blick anstarrten. Angesichts der Bosheit, die sie daraus anfunkelte, stieß sie einen lauten Schreckensschrei aus. Doch schon war der Blick wieder erloschen. Zugleich verloren die Schemen ihre Gestalt, wurden zu ziehenden Wolken, das Brüllen verwandelte sich in das Grollen des Donners. Der Tausendfüßler verschwand, und was eben noch ein geisterhaftes Schauspiel gewesen war, wurde zu einem Gewitter, das über den Sümpfen losbrach.

Miranda, Quinquin und Jamíle brachten sich in aller Eile vor dem niederprasselnden Regen in Sicherheit, indem sie in die Turmstube schlüpften. Dort überhäufte das neugierige Fräulein seine Gefährten mit Fragen. »Wer sind sie? Wie lange geht das schon so? Was bedeutet es? Wer ist der tückische Knabe? Wer der herrliche Ritter? Was hat es auf sich mit dem Wolkenmann und den beiden grässlichen Weibern?«

Von allen diesen Fragen konnte Jamíle ihr jedoch nur wenige beantworten. »Viel weiß ich auch nicht. Der glänzende Ritter ist Kaiser Viborg, der vor hundert Jahren die Nordlinge in eine Schlacht gegen die Basilisken führte, doch ist keiner von ihnen jemals zurückgekehrt. Was mit ihnen geschehen ist, verrät uns auch dieses Geisterheer nicht. Die Nordlinge pflegen keinen Umgang mit den Makakau. Sie sind ein stolzes und törichtes Volk. Sie glauben, besser als alle anderen zu sein, weil sie weiß wie Fischbäuche sind und Haare wie frisches Stroh haben. Aber die Geisterreiter wurden schon von vielen gesehen, und es ist nicht gut, ihnen zu nahe zu kommen. Ich hörte da eine Geschichte ...«

Miranda, die sehr ungeduldig werden konnte, wenn nicht alles nach ihrem Willen ging, unterbrach ihn energisch. »Es muss doch jemanden geben, der weiß, was diese Schlacht in den Wolken und der Fluch bedeuten.«

»Ich bin nur ein einfacher Armeedrache«, entschuldigte sich Jamíle, »und mein Gefährte Quinquin ebenfalls. Wenn Ihr Antworten sucht, so fragt Ihr am besten Ekoya Fayanbraz, den weisen Hofdrachen des Königs.«

Miranda nahm sich vor, den edlen Drachen sofort zu befragen. Sie war tief beeindruckt von dem Schauspiel in den Lüften, und sie war nicht nur neugierig, sondern auf seltsame Weise betroffen. Sie war am anderen Ende von Chatundra aufgewachsen, in Dundris, der Stadt der Indigolöwen, und kannte Chiritai nur von gelegentlichen Ausflügen aus der Luft. Und doch schien es ihr, dass diese Schlacht etwas mit ihrem eigenen Leben zu tun hatte. Sie konnte sich freilich nicht vorstellen, auf welche Weise. Zwar hatte sie bei den Indigolöwen Fechten und Bogenschießen gelernt, doch nur um Geist und Körper zu schulen. Sie war keine Schildjungfrau, die in den Krieg zog. Es war ihre Absicht, eine Gelehrte zu werden. Warum bedrückte das sonderbare Schauspiel in den Wolken sie so, als gehe es dabei um ihr eigenes Leben?

Sie verabschiedete sich von den beiden freundlichen Drachen und stieg langsam, tief in Gedanken versunken, die siebenhundertunddreiundfünfzig Stufen wieder hinunter.

Es war das erste Mal, dass sie die Universität in Dundris verlassen hatte, um – da sie nun fünfzehn Jahre alt war – ihre Antrittsbesuche an den vornehmen Höfen von Chatundra zu machen, wie es sich für die Tochter eines Rosenfeuerdrachen gehörte. Ihr Vater Vauvenal war im ganzen Erde-Wind-Feuer-Land bekannt als »der Drachenritter« oder auch »der Troubadour«: Gern begab er sich in Menschengestalt an die Höfe der Fürsten und ließ dort seine schmelzend süße Stimme erklingen. Er war überhaupt ständig auf Reisen, vor allem jetzt, da ihn das Verhängnis der Unsterblichen getroffen hatte: Mirandas Mutter war eine Menschenfrau gewesen, ihm in allen Tugenden und Vorzügen ebenbürtig, aber sterblich und dem raschen Verfall der Menschenrasse unterworfen. Erst kürzlich hatten Gatte und Tochter sie in den altertümlichen Grüften von Gurguntai bestattet, wo der Drachenfürst Kulabac die Ruhestätten der edelsten Wesen von Chatundra bewachte. Miranda wusste wohl, dass sie der einzige Trost war, der ihrem Vater geblieben war, und sie wusste auch, dass es ihm nicht leichtfiel, sie in die Gesellschaft einzuführen. Über kurz oder lang würde es bedeuten, dass ein Prinz oder Drachenritter ihr seine Aufwartung machte, und der edle Vauvenal fürchtete sich wie alle Väter davor, seinen Schatz zu verlieren. Noch hatte Miranda nicht die Absicht, ihn zu verlassen, und war heilfroh, dass er keine Anstalten machte, ihr einen Ehemann aufzudrängen. Die Kinder von König Ekone und Königin Mumakuk waren noch zu klein, um in Frage zu kommen, sodass sie sich bei ihrem Besuch bei den freundlichen Makakau überaus wohlfühlte.

Ekoya Fayanbraz

Noch am selben Abend kehrte Miranda von der Besichtigung der Grenzfestungen zurück in den Bambuspalast ihrer Gastgeber. Sie weilte dort als Gast von König Ekone und Königin Mumakuk, während ihr Vater Vauvenal ganz in der Nähe der Sphinx Wyvern einen Besuch abstattete. Nachdem sie in aller Eile dem Königspaar ihre Rückkehr gemeldet und einige höfliche Worte über die eindrucksvolle Stärke der Grenzbefestigungen geäußert hatte, machte sie sich auf die Suche nach Ekoya Fayanbraz. Sie fand ihn an seinem üblichen Platz auf einem Teppich im Thronsaal.

Kein Volk auf Chatundra schätzte die Himmelsflügler so hoch wie die braunhäutigen Südländer, die die Vulkaninseln bewohnten. Drachen waren für die Makakau der Inbegriff von Fruchtbarkeit, Kraft und Kampfeskraft, von Lebensfreude und robuster Gesundheit. Deshalb wurden ihnen zahllose Lobgesänge und Freudentänze gewidmet. Auch waren sie überzeugt davon, dass die guten Drachen die Menschen vor bösen Geistern beschützten und Albträume fraßen, noch ehe diese durch die Ritzen ihrer Bambushütten schlüpfen und die Schlafenden plagen konnten. Dieser Fayanbraz nun war ein vornehmer Drache aus der zweiten Schöpfungsperiode, ein Bulemay, um nur weniges geringer als die in der Dämmerung der Zeiten erschaffenen Rosenfeuerdrachen. Er war nicht nur außergewöhnlich weise und geistreich, sondern verstand auch alle Sprachen und diente seinem Herrn und seiner Herrin daher häufig als Übersetzer.

Das Einzige, was ihn von den Rosenfeuerdrachen unterschied, war seine Unfähigkeit, die Gestalt nach Belieben zu wechseln. Aber das hätte Fayanbraz wohl auch nicht getan, hätte er es gekonnt, so angetan war er von seinem Äußeren. Und das war auch wirklich atemberaubend. Er maß volle siebzehn Schritte von der Schnauze bis zur Schwanzspitze, sodass er sich zusammenrollen musste, um in den Thronsaal zu passen. Wie der oberste Priester der Makakau einen Zeremonienmantel aus Muscheln trug, so war Fayanbraz geschmückt mit einem natürlichen Mantel aus Schuppen, die zu Juwelen erstarrten Federn glichen. Auf seinem Haupt ragte ein purpurroter, geringelter und gekrümmter Federstoß in die Höhe, der am hinteren Ende in eine lange Mähne überging. Sein Bart war sieben Schritte lang und so wollig weich wie das Haar einer Jungfrau.

Stets saßen links und rechts von seinem Kopf zwei der Königskinder, ein Knabe und ein Mädchen. Sie fächelten ihm mit Palmwedeln frische Luft zu und flochten die Strähnen, die von Kopf und Kinn herabflossen, zu Zöpfen und Quasten. Dieselben Kinder reichten ihm auch Leckerbissen, saftige Früchte, getrockneten Honig und mit Rohrzucker glasierte Kuchen, wie sie sonst nur Ehrengästen angeboten wurden. Abends reinigten sie ihm die Zähne mit zerfaserten Süßholzstäbchen. Und wenn er sich zum Bad in den Teich begab, der sonst der Königsfamilie vorbehalten war, übergossen sie ihn mit Milchwasser und bestreuten seine Schuppen mit Gewürzblüten, um ihnen einen zarten Duft zu verleihen.

König Ekone und seine Frau Mumakuk legten großen Wert

darauf, sich das Wohlwollen ihres Drachen zu erhalten. Wenn er auch offizieller Hofdrache war, so war er doch in keiner Weise gezwungen, dieses Amt auszuüben. Niemand hatte je einen Bulemay gezähmt oder gar unterworfen. Er tat es freiwillig. Aus Zuneigung zu den Makakau und ihren Königen, wie er oft lautstark erklärte, aber auch aus eher eigensüchtigen Gründen. Welcher andere Drache wurde schon mit Milchwasser gewaschen und jeden Tag von einer Königsfamilie geherzt und geküsst?

Miranda eilte die Stufen zum Thron hinauf und begrüßte den Vornehmen mit aller Höflichkeit. Eifrig erzählte sie ihm von ihrem Erlebnis an der Grenzbefestigung. »Die Drachen dort wussten das Ereignis nicht zu deuten, aber sie sagten mir, Ihr in Eurer Weisheit wüsstet, worum es dabei geht, und könntet mir den Sinn erläutern.«

»Warum wollt Ihr das wissen, edles Fräulein?«, fragte der Drache, wobei er die Augen halb schloss, bis nur noch ein gelbes Glitzern unter den roten Schuppen der Lider sichtbar war. »Ihr seid keine Schildjungfrau. Seit wann kümmert Ihr Euch um Kämpfe, die in grauer Vorzeit stattfanden?«

»Ich weiß es selbst nicht«, gestand Miranda. »Aber es drückte mich, als hätte es etwas mit mir selbst zu tun. Könnt Ihr mir nicht helfen?«

»Es ist sehr seltsam«, murmelte Fayanbraz, »dass Ihr mich fragt ... sehr seltsam.«

»So sagt schon, sagt schon!«, rief Miranda und klatschte in ihrer Aufregung wie ein Kind in die Hände. Angesichts eines so hohen Drachen wagte sie nicht, ihrer Ungeduld die Zügel schießen zu lassen und am Ende gar unhöflich zu werden, aber ganz bezähmen konnte sie ihre brennende Wissbegier nicht. »Wer war der Mann, der Kaiser Viborg tötete? Und was bedeutet der Fluch?«

»Langsam, langsam, Fräulein, so erzählt man keine Geschichte!«, rief Fayanbraz. »Nun, das war so …« Er befahl den Königskindern, die lauschend an seinen Ohren saßen, ihn mit Miranda allein zu lassen. Dies machte die Jungfer natürlich noch neugieriger.

»Hört«, begann Fayanbraz endlich. »Viborg war ein junger Ritter der Sundaris. Kurz vor dem Untergang der Stadt Thurazim und ihrer Kaiser zog er nach Norden, um in Chiritai eine neue Hauptstadt zu errichten.«

»Das habe ich von den Indigolöwen gelernt«, fiel Miranda eifrig ein. »Er wurde Kaiser und baute die Ruinenstadt Chiritai wieder auf und …«

»Nun, wenn Ihr alles selbst wisst, was soll ich Euch dann noch erzählen?«, fragte der Drache leicht beleidigt.

Miranda begriff, dass sie eine grobe Unhöflichkeit begangen hatte und entschuldigte sich hastig.

Nun erzählte der Drache. »Vor hundert Jahren, nach dem großen Drachenkrieg und der Erlösung der Mutterjungfrauen, zog dieser Kaiser Viborg mit einem Heer von dreitausend Reisigen nach Süden. Er wollte auch den letzten Schandfleck von der erneuerten Erde tilgen, nämlich das Gezücht der Basilisken oder Tarasquen, die sich in den Ruinen der Städte Thamaz und Thurazim eingenistet hatten. Viborg, müsst Ihr wissen, war ein hochmütiger Mann, der auf sein Schwert und seinen Speer mehr vertraute als auf die Himmlischen. Er hatte sich eingebildet, es müsse ihm ein Leichtes sein, diese krötenhaften kleinen Wesen zu vernichten. Aber es kam anders. Dreitausend Helden waren mit ihm fortgezogen, doch außer seinem Knappen Thilmo kehrte kein Einziger nach Chiritai zurück. Vom Kaiser bis zum jüngsten Knappen blieben sie in den Purpursümpfen verschwunden.«

Mit seiner tiefen, wie ein Brummhorn dröhnenden Stimme stimmte der Drache das Fragment einer alten Ballade an.

»Es brütet der Nebel, der Donner grollt dumpf.
Die Irrlichter tanzen über dem Sumpf.
Das Reich der Tarasquen, der schaurigen Brut,
verhöhnet der Edlen und Tapferen Mut.
Doch siehe, was stürmt aus dem Nebel einher?
Von Norden her strömt's wie ein silbernes Meer,
gekrönt von der Fahnen bunt fliegendem Glanz,
den goldenen Wimpel in wirbelndem Tanz.
Der Hufe Gedonner erschüttert die Erd,
die mächtigen Echsen, von Eisen beschwert.
Belastet mit Kriegern, mit Äxten und Speer,
so reiten sie über die Ebene her.
Da dröhnen die Trommeln, da jubelt das Horn,
der Reittiere Flanken stößt blutig der Sporn,
da klirren die Schwerter, da gleißet der Schild,
da lachen die Männer, so schön und so wild,
des Kaisers gewaltiger eiserner Tross.
Und vornweg auf dem springenden Ross
der Kaiser selbst, so jung und so kühn.
Drei Blitze auf seinem Harnische glühn,
der weiß nichts von Angst, und der weiß nichts von Not –
Herr Viborg, du reitest in deinen Tod!«

Miranda starrte ihn an. »Wie entsetzlich!«, rief sie. »Aber sagt mir, der Kaiser Viborg – wer erschlug ihn, und warum musste er sterben?«

»Wenn Ihr die Geisterschlacht gesehen habt«, erwiderte Ekoya Fayanbraz, »so habt Ihr auch gesehen, dass es sein eigener Knappe war, der ihn erschlug. Das war ein schöner, aber falscher Knabe namens Thilmo. Dieser erzählte den Leuten in Chiritai, er sei krank geworden, ehe sie noch das Schlachtfeld erreicht hatten. Er sei in einer Bauernkate zurückgelassen worden, sodass er nichts darüber berichten könne, was mit dem Heer geschehen sei. Eine Lüge von vielen, und Schlimmeres noch als Lügen! Thilmo war einer der dreizehn gewesen, die berufen waren, die Mutterjungfrauen zu erlösen. Doch verriet er seine Gefährten und schlug sich auf die Seite der feindlichen Sundaris. Er stieg hoch in der Gunst des Kaisers und lohnte es ihm damit, dass er ihn meuchlerisch ermordete. Thilmo, der doppelte Verräter, bestieg den Thron, aber er blieb nicht lange darauf sitzen. War es nun die Strafe des Dreigestirns oder das Böse, das in Chiritai am Werk war – er starb nach kurzer Zeit an einer hitzigen Krankheit, die ihn von einem Augenblick auf den anderen befiel. Und wieder tuschelte das Volk, dass es kein natürlicher Tod gewesen sei.

Die Mutterjungfrauen aber verfluchten den blutbefleckten Thron und bestimmten, dass in Chiritai nie wieder ein Kaiser oder eine Kaiserin rechtmäßig auf dem Thron sitzen solle. Stattdessen sollten drei Kaiserinnen über das gesamte Erde-Wind-Feuerland regieren, die eine im Bambuspalast hier, die andere in der Mitte des Landes und die dritte im Norden, in der vieltausendjährigen Drachenstadt Zorgh auf dem Gipfel der Feurigen Berge – und mit ihnen vier Könige oder Königinnen, auf dass Chatundra sieben Herrscher und Herrscherinnen hätte.«

Als er eine Pause einlegte, nahm Miranda das als Zeichen, dass sie etwas fragen durfte. »Aber Ihr sagt, es sind seither hundert Jahre vergangen! Trotz allem, was die Indigolöwen mich über die Geschichte des Landes gelehrt haben, weiß ich nichts von drei Kaiserinnen.«

»Sie sind auch noch nicht hervorgetreten«, erwiderte der Drache und warf ihr dabei wieder einen dieser rätselhaften Blicke aus halb geschlossenen Augen zu. »Zwar sind zwei von ihnen bereits erkannt worden, aber sie sind noch Kinder und nicht tauglich, ein Reich zu regieren. Von der dritten weiß man noch nicht, wer sie ist. Sie werden erst ihren Thron besteigen, nachdem über Chatundra ein Mann ganz aus Gold geherrscht hat ...«

»Ganz aus Gold? Wie soll das möglich sein?«, rief Miranda erstaunt.

»Vieles ist möglich«, antwortete der Drache düster. »Denn der Mord an einem rechtmäßigen Kaiser hatte mehr und schlimmere Folgen, als der Mörder selbst ahnte. Das edle Blut rann durch die Ritzen und Spalten der Felsen in die Tiefe und erweckte dort ein Wesen, das nie hätte erweckt werden sollen: den grauen Urchulak. Jetzt, da er wach ist, kann niemand ihn wieder in Schlaf versetzen oder gar töten, kein Mensch, kein Drache, kein anderes Wesen, das auf Chatundra lebt. Ewig ist sein Leben und unersättlich seine Bosheit.«

»Wieso kann niemand ihn töten?«, forschte Miranda.

»Er ist ein Geschöpf aus einer anderen Welt, die nichts mit der unseren zu tun hat. Es ist sehr, sehr lange her – manche behaupten sogar, es sei vor der Zeit gewesen, als die Mutterjungfrauen die ersten lebenden Wesen erschufen –, da fiel er in der Dämmerung unserer Welt aus dem nächtlichen Himmel. Er war ein Ding ohne Farbe und ohne Form, in einen Mantel aus zuckenden Blitzen gekleidet. Wie Quecksilber auseinanderläuft und wieder zusammenrinnt, rann er auseinander, als er in der Erde versickerte. Er streckte sich so lang, dass sein Leib von der Stadt Chiritai im Norden bis hinunter zu den Ruinen von Thamaz reicht. So lag er viele Jahrtausende lang. Aber als das Blut des Kaisers auf ihn herabtropfte, ging eine Veränderung mit ihm vor. Er erwachte aus seinem starren Schlummer. Listig und einfallsreich, wie er ist, fand er Wege, sich eine Gestalt zu schaffen, sodass er jetzt als Mensch erscheinen kann. Wartet, ich will Euch sein Bildnis zeigen, denn ich habe sein Gesicht gesehen, als er ins Reich der Makakau kam.«

Dabei blies der Drache seinen Atem heftig aus den Nüstern und formte einen nebligen Ball, in dem sich bald ein immer klareres Bild zeigte. Fayanbraz beherrschte die Kunst der hohen Drachen, aus dem Rauch ihres Atems beliebige Gestalten zu formen, die vollkommen der Natur glichen. So deutlich schwebte das Bildnis im Raum, als sei der Abgebildete selbst anwesend, nur war es ohne jede Farbe außer schwarz, grau und weiß. Ein langes, vornehmes Gesicht von wächsern bleicher Farbe wurde sichtbar. Helles, buschiges Haar wuchs in einem lang gezogenen Spitz tief in die Stirn, während es an den Schläfen bis beinahe zur Scheitelwölbung zurückwich. Die Augen waren gleißend hell und durchdringend, die Adlernase kühn gebogen.

Miranda betrachtete das Bild und spürte, wie ein Schauder sie durchrann. »Er ist sehr schön«, stammelte sie, beeindruckt und erschrocken zugleich. »Aber seine Augen sind böse.«

»Sein Herz ist böse«, erwiderte der Drache, während er das Bildnis wieder verwehen ließ. »Es ist angefüllt mit kalter Finsternis, in der kein Funke Licht brennt. Ihr müsst wissen, dass ich das Herz eines Menschen sehen kann, wenn ich mit ihm rede. Seines war wie die Leere zwischen den Sternen, so leer und so tot. In der Gestalt, die Ihr gesehen habt, nennt er sich Ritter Kattebras. Erst vor Kurzem ist es ihm gelungen, sich in das Herz der Kronprätendentin Tartulla von Chiritai zu schleichen und sie sich gefügig zu machen – ein Umstand, der uns hohe Drachen mit großer Besorgnis erfüllt. Das ist aber nur ein Teil seines Plans. Alte Prophezeiungen sagen, dass er sich einen Riesenleib aus Gold schaffen wird, in dem er über Chatundra herrschen wird. Erst zu dieser Zeit werden die drei Kaiserinnen ihre Throne besteigen.«

»Ihr habt ihn gesehen?«, fragte Miranda atemlos. »Warum kam er zu den Makakau?«

»Er kam, um herauszufinden, ob wir wissen, wer die zukünftigen Kaiserinnen sind und wo sie sich aufhalten«, erwiderte der Drache grimmigen Blicks. »Denn dann würde er sie auf der Stelle töten, um seine eigenen missgeborenen, halb drachischen Töchter an ihre Stelle zu setzen.«

Er wollte nicht mehr sagen, sondern fragte nun seinerseits Miranda aus: wer sie erzogen habe, was sie alles gelernt habe, ob sie schon verlobt sei (Miranda errötete bei dieser Frage verlegen, denn noch liebte sie ihren Vater mehr als alle anderen Männer) und welche Laufbahn ihre Familie für sie geplant habe. Dann entließ er sie unter dem Vorwand, er sei müde.

Miranda verabschiedete sich höflich und ließ sich von den Dienerinnen zu Bett bringen.

Sie schlief rasch ein, da sie von dem langen Flug und den vielen Aufregungen äußerst ermüdet war, aber ein beunruhigender Traum, wie sie noch niemals einen gehabt hatte, suchte sie in der Nacht heim.

Mirandas Traum vom goldenen Mann

In ihrem Traum schwebte sie über das Erde-Wind-Feuerland hinweg, das bei den Menschen Chatundra hieß. Als sie so durch die Luft trieb, wurde sie gewahr, dass sich über dem Jademeer eine riesige trichterförmige Wolke erhob. Mit jeder Umdrehung wurde diese größer. Sie wuchs rasch zu einem pechschwarzen Kreisel aus rasenden Wolken an, die an den Rändern stahlblau schimmerten. Wie ein Raubtier stürzte sich der Gagoon, der Verderben bringende Wirbelwind, auf die sumpfige Ebene zwischen den Ruinenstädten Thamaz und Thurazim. Dichter Dampf stieg auf und fiel augenblicklich als siedend heißer Regen wieder zur Erde nieder. Schwärme von totem Seegetier hagelten auf Wasser und Land nieder. Orkanböen brausten vom Meer her über das Land und rissen nieder, was sie nur erreichen konnten. Mit dem Sturm prasselte salziger Regen auf die Erde herab. Ströme heißen Meerwassers peitschten die Erde und verdampften zischend, bis der Regenwald an den Rändern der Purpursümpfe hinter dampfenden Schleiern verschwand.

Über dem Tosen des Sturms wurde jedoch noch ein anderes Geräusch hörbar – ein widerwärtiges Schlürfen und Schmatzen, als würden die gefürchteten Sümpfe von unsichtbaren Kräften umgerührt. Der Morast wallte und warf Blasen, stieg viele Menschenschritte hoch empor, fiel wieder zusammen ... Und dann erhob sich eine Erscheinung, schimmernd im Glanz der Blitze und reingewaschen vom hemmungslos stürzenden Regen. Eine menschliche Gestalt war es, in allen Einzelheiten edel und schön geformt, bis auf die Füße, die nicht menschlich waren, sondern die Form eisenbeschlagener Hufe hatten. Sie war aus Gold gegossen wie einst die Statuen des Sonnengottes in Thurazim. In stummem Entsetzen beobachtete Miranda, wie aus dem Chaos des Wirbelsturms und der Sümpfe ein Koloss geboren wurde, der bis ans Firmament reichte. Donnernd erzitterte die vom Sturmwind gepeinigte Erde, als er einen goldenen Huf ins Herz der Kaiserstadt Thurazim stellte und den anderen mitten ins Herz des dunklen Thamaz. Der Schatten des Kolosses verdunkelte den halben Kontinent.

Der goldene Riese ähnelte den Statuen des Kaisers. Wie diese Bildwerke hatte er ein Gesicht vorn und eines hinten am Kopf. Das vordere, das alle Merkmale männlicher Schönheit in sich vereinte, war jenes des Ritters Kattebras. Das hintere hingegen sah erschreckend hässlich und bösartig aus – eine Basiliskenfratze mit viereckig aufgerissenem Maul, platten Zügen und tief in den Höhlen liegenden Augen. Auf seiner Brust war ein Schild angebracht, auf dem in verschiedenen Sprachen der Drachen und Menschen zu lesen stand:

> *»Dies ist der Höchste, die Gestalt aller Macht und Herrlichkeit auf Murchmaros, und ihn anzubeten ist Pflicht aller lebenden Wesen, bei Gefahr grausamer Strafen und des Verlustes von Leben und Seele.«*

Nun regte die Goldgestalt ihre Hände: Mit Leichtigkeit pflückte sie Sonne und Mondin vom Himmel und schleuderte beide in die Tiefen des kochenden Meeres. Zwielicht breitete sich über die Welt. Grauenhaft gähnte der Rachen des Riesen. Miranda meinte, er würde schreien, stattdessen jedoch sog er gewaltig den Atem ein. Starr vor Grauen beobachtete die Jungfrau, wie ein Strom von Winzlingen von der Erde emporgesaugt wurde: Klein wie Ameisen, wirbelten Lebewesen von einem unwiderstehlichen Strudel erfasst in den höhlenartig gähnenden Rachen. Drachen und Menschen, Könige und Ritter, Echsen, Martichoren und Mesris, alles, was auf dem Erde-Wind-Feuerland lebte, ja selbst die Bewohner des Meeres verschwanden in einem grauen Schlauch, der wie der Rüssel eines Wirbelwindes alles Lebendige einsaugte. Als auch das Letzte verschwunden war, hielt der Riese einen Augenblick lang inne, wandte sich mit einem Ruck um, bis er ihr die gräuliche Rückseite zukehrte, und spie dann aus, was er eingesaugt hatte. Aber jetzt waren es andere Wesen, die aus dem Sturmrüssel ausgestoßen wurden. Tausende von Basilisken wurden wie Spreu im Wind in die Sturmnacht geblasen, sprühten über das Erde-Wind-Feuerland hin und nahmen es von einem Ende bis zum anderen in Besitz. Wimmelnd wie Maden in faulem Fleisch wühlten sie sich allerorts unter die Oberfläche und durchzogen den Leib der Erde mit ihren labyrinthischen Gängen.

Zum zweiten Mal erhob der Koloss sich auf die Zehen und griff wiederum nach dem Himmel. In dessen Zenit schwebte das Dreigestirn, das als Einzige von allen Sternenkonstellationen seinen Ort nicht veränderte, sondern unverrückbar an derselben Stelle leuchtete, silbern bei Nacht, bernsteinfarben bei Tag. In seinen Sternen wohnten die drei Mutterjungfrauen Mandora, Plotho und Cuifín, aus deren Händen alles Leben auf der kleinen Welt hervorgegangen war. Mit roher Faust packte der Koloss zu – und mit einem grässlichen Triumphschrei riss er das Dreigestirn vom Firmament, schleuderte es zu Boden und trat es unter die Füße.

Mit einem Schlag veränderte sich die Welt. Die Blitze verhielten in ihrer Bewegung. Der Regen verharrte zwischen Himmel und Erde. Der Orkan stockte mitten in der Wut, mit der er die Palmfarne und Zykadeen zu Boden zwang. Und in diesem gefrorenen Augenblick legte der Koloss den goldlockigen Kopf in den Nacken und stieß ein entsetzliches Lachen aus. Es drang bis in den höchsten Himmel, wo die Urmutter Majdanmajakakis, die rote Kaiserin, auf ihrem Thron saß.

Noch während sein Gelächter die Luft erfüllte, spürte Miranda, wie eine unabwendbare Kraft sie hochhob und in das Geschehen hineinschleuderte. Nicht mehr Herrin ihres Willens, fühlte sie sich gezwungen, sich dem Koloss zu nähern. Ihre Flügel trugen sie trotz ihres Widerstandes hoch hinauf in die Luft zu seinem menschlichen Gesicht. Größer als alle Statuen war es, die sie jemals gesehen hatte, und dennoch schien es ihr, dass sie einander ansahen wie zwei Menschen. Er betrachtete sie lange und prüfend, mit einem Blick, unter dem das Herz der unerfahrenen Miranda heftig zu pochen begann. Denn so übermenschlich riesig und erschreckend er war, so schön war er auch.

»Willkommen, Maide Miranda, Vauvenals Tochter«, sprach er. Seine Stimme hallte über das ganze Land und war doch gesittet und höflich anzuhören. »Sah ich Euch nicht gestern auf der Wehrmauer der Makakau sitzen und dem Treiben der Geister zuschauen? Kommt näher, Jungfer, kommt näher!«

Wieder wurde sie näher an ihn herangezogen, so verwirrt von seiner Macht und Schönheit, dass es ihr unmöglich war, ein Wort zu sagen.

»Ihr seid schön, Maide Miranda«, sagte er, »und von edlem Geblüt, würdig, auf einem der hohen Throne von Murchmaros zu sitzen. Es gefiele mir besser, Euch als Kaiserin zu sehen als meine hässlichen Töchter. Seht Euer Reich!«

Dabei streckte er die Hand aus, und wie wenn man einen Schleier hinwegzieht, wurde zu ihren Füßen ganz Chatundra sichtbar. Wo sich jetzt der endlose Dschungel erstreckte, lagen dicht an dicht Städte mit goldenen Türmen und Kuppeln, eine herrlicher als die andere. Auf dem Meer schwammen Schiffe mit goldenen Segeln. Auf den Heerstraßen schleppten endlose Karawanen von Lastechsen das kostbare Metall in die größte aller Städte. Sie befand sich an der Stelle, wo sich die Ruinen von Thamaz und Thurazim erhoben. Und während sie hinsah, wuchs zwischen diesen beiden Städten etwas aus der Erde empor. Erst war es ein viereckiger Sockel, der langsam in den Himmel stieg, bis er die höchsten Türme überragte, und dann wuchs auf diesem Sockel ein Thron in die Höhe, ganz aus Gold und mit Juwelen eingelegt, so herrlich, dass er Miranda wie der Sitz einer der Himmlischen erschien. Er ragte bis zu den Wolken hinauf und leuchtete wie ein Gestirn, sodass der Sonnendrache Phuram und die Monddrachin Datura vor seinem Glanz verblassten.

»Auf diesem Thron«, flüsterte der Goldene, »sollt Ihr sitzen, Miranda, und allein über ganz Murchmaros herrschen. Wir beide wollen es unter uns aufteilen – ich als Gott und Ihr als Himmelskaiserin.«

Miranda wehrte erschrocken ab. Zwar war sie wie gebannt von seinen Augen, doch sie spürte den Trug in seiner Stimme und die Heimtücke in seinem Lächeln. Voller Abscheu rief sie: »Nimmermehr!«

Da verschwand das Lächeln, und die schönen Züge wandelten sich zur Fratze. »Dann seid vernichtet!«, knirschte er.

Sie wehrte sich entsetzt, als er den riesigen Mund aufriss. Im nächsten Augenblick sah sie alles, wie es Träumen eigen ist, gleichermaßen von innen wie von außen. Sie stürzte in den nachtschwarzen Schlund, sah aber gleichzeitig, wie aus dem viereckigen Maul die Flammen schlugen. Der Kopf des Ungeheuers glühte wie ein Hochofen und schmolz in dieser Glut, bis seine Züge sich verzerrten. Gleich darauf erschlaffte die bislang starre Gestalt und sank zischend in sich zusammen …

Mit einem erstickten Aufschrei fuhr die Jungfer in ihrem Bett hoch und rang keuchend nach Atem. Sie beruhigte sich erst wieder, als sie durch das hohe, unverhüllte Fenster hinausblickte und ein friedliches Bild sah. Am Himmel leuchtete Datura, die Monddrachin, in dem silbernen Spinnennetz, in dem sie Nacht für Nacht über den Himmel schwebte. Die Enden des Netzes trugen die zwölf Fallum Fey, zierliche, halb durchsichtige Drachen in Gestalt geflügelter Seepferdchen. Rundum schwamm ein Schwarm der winzigen, blitzenden Kreaturen, die von den Menschen Sternschnuppen genannt wurden.

Miranda atmete auf, doch war sie zu erschreckt von ihrem Traum, um gleich wieder schlafen zu gehen. Sie stand auf, schürte das Feuer und setzte sich davor, um sich zu wärmen und im freundlichen Flammenlicht ihren Gedanken nachzuhängen.

Der feurige Bote

Ein Zischen schreckte sie aus ihren Gedanken. Erst dachte sie, der Wind pfeife an den Fenstern, aber dann merkte sie, dass das Zischen aus dem Kamin kam. Sie wollte ein Scheit nachlegen, da sprang eine Flamme auf, die viel höher und länger war als alle anderen. Wie eine Schlange aus ihrem Loch fuhr sie aus dem Kamin und tanzte wirbelnd vor den Augen des erschrockenen Mädchens. Bei jeder Drehung nahm sie deutlicher Gestalt an. Bald wandelte sie sich in ein hübsches, in Feuer gekleidetes Wesen, das halb wie ein zierlicher Mensch und halb wie ein geflügelter Drache aussah. Funken sprühten ihm wie ein Schleier um die Glieder, während es auf und ab loderte und Miranda aus Augen wie flüssiger Bernstein anfunkelte.

Mit einer Stimme, so zart wie die eines Vogels, rief es ihr zu: »Ich bin Vlysch, Beauftragter der Königin der Kaaden-Bûl, der geflügelten Feuerschlangen im Innern der Erde. Ich habe eine Botschaft für Euch, Miranda, Vauvenals Tochter. Merket sie gut! Aus kaltem Gold wird ein Herrscher über Chatundra erstehen, gegen den weder Drachen noch Menschen etwas auszurichten vermögen. Aber die Feuerdrachen der Tiefe können seine Werke vernichten, wenn ihre Wünsche erfüllt werden.«

»Und – und was wünscht Ihr?«, stammelte Miranda, den Blick starr auf das springende Feuerschweifchen gerichtet.

»Das sollt Ihr erfahren, wenn das Konzil der weiblichen Wesen stattfindet.«

Miranda, die mit diesen Worten nichts anzufangen wusste, erwiderte zweifelnd: »Ich habe Eure Botschaft zwar gehört, aber ich weiß nichts damit anzufangen. Niemand wird mir glauben, dass Ihr zu mir gesprochen habt.«

»Ich weiß«, antwortete der Salamander. »Aber sagt Eurem Vater, was ich Euch mitgeteilt habe, und sagt es auch der Sphinx Wyvern und der Jungfer Lilibeth, die in den Purpursümpfen lebt. Wenn sie Euch nicht glauben, so sollen sie in die Stadt der Schildkröte gehen und ein leeres Stück Pergament in den feurigen Brunnen dort werfen. Dann werden sie eine Antwort erhalten, an der sie nicht zweifeln können.«

»Aber warum sagt Ihr es mir?«, rief Miranda, die noch nie von einer Jungfer Lilibeth gehört hatte. »Wenn Ihr eine Botschaft an die Sphinx und an die Jungfer Lilibeth habt, warum springt Ihr nicht aus ihrem Herdfeuer?«

»Ei, warum?«, rief das Feuergeschöpf spöttisch. »Seid Ihr es nicht, Miranda, Vauvenals Tochter, die dazu berufen ist, Kaiserin der Mitte von Chatundra zu werden und die Töchter des Urchulak zu vernichten?« Damit verschwand es unter den anderen Flammen, und das Mädchen sah nichts weiter als das wabernde Flammenspiel des Kamins, in den der Nachtwind von oben kräftig hineinpfiff.

Stumm und benommen saß Miranda da und starrte ins Feuer. Es drängte sie, aufzuspringen und zu Fayanbraz zu laufen. Aber die Angst umklammerte ihr Herz, er könnte ihr sagen, sie müsse dem Salamander gehorchen. Sie fürchtete sich davor, was dann geschehen würde. Zwar hatte sie oft, wenn die Barden der Indigolöwen die Heldengesänge der alten Zeit sangen, davon geträumt, selbst Abenteuer zu bestehen und Heldentaten zu vollbringen. Doch dabei hatte sie an schöne, romantische Abenteuer gedacht, nicht an Kämpfe mit turmhohen goldenen Männern. Und wie würde sie überhaupt dastehen, wenn sie ihnen allen erzählte, sie sei zur Kaiserin der Mitte von Chatundra berufen? Gewiss, sie stammte aus einem vornehmen Haus, das würdig gewesen wäre, eine Herrscherin hervorzubringen, aber niemand hatte sie zum Regieren erzogen. Wenn sie nun erklärte, das Feuergeschöpf habe sie als zukünftige Kaiserin bezeichnet, hielte man sie dann nicht für hochmütig? Oder für eine närrische Träumerin, die am Feuer eingeschlafen war und sich einbildete, einen Salamander gesehen zu haben?

Immer mehr drängte sich ihr der Gedanke auf, dass sie sich getäuscht haben musste. Hatte sie sich nicht schon recht schläfrig gefühlt, als sie sich beim schwachen Licht an den Kamin setzte? War sie am Ende tatsächlich eingeschlafen und hatte geträumt?

Ja, so war es gewesen. Gewiss. Und wegen eines bloßen Traumes musste sie sich nicht aufmachen und zu ihrem Vater und der Sphinx fliegen.

Zufrieden ging sie schlafen.

Freilich, so einfach, wie die unerfahrene Jungfer sich das gedacht hatte, war die Sache nicht abgetan. Fürchterliche Träume plagten den Schlaf der Widerspenstigen. Kurz nach Mitternacht erwachte sie aus Albträumen, um sich einer noch schlimmeren Wirklichkeit gegenüberzusehen.

Es kam nämlich ein zweiter Bote, aber diesmal war es kein possierliches Feuerschweifchen. Aus dem Ofenloch fuhr eine Schlange, so lang und dick wie ein Weberbaum, mit einer Feuerkrone auf dem Kopf. Dieses Untier flitzte blitzschnell im Zimmer umher, oben und unten, hinten und vorn und als feuriges Rad im Kreis herum. Vom bloßen Zuschauen wurde Miranda der Kopf ganz wirr. Sie konnte nicht einmal schreien. Schließlich kam die Feuerschlange zu ihrem Bett gekrochen.

»Was soll das heißen, dass du unsere Botschaft nicht hören willst?«, fragte sie mit zischender Stimme. »Höre: Du hast nicht geträumt, wie du selber sehr gut weißt. Also eile und benachrichtige deinen Vater! Wenn du in einer Stunde noch hier bist, wird ein glühender Feuerdrache aus dem Kamin fahren und dich so sehr versengen, dass du schwarz wie eines Köhlers Tochter wirst und es dein Leben lang bleibst.«

Damit kroch das Reptil wieder in den Kamin, das Feuer loderte wild auf und sank wieder zusammen.

Diesmal zögerte Miranda nicht länger. Sie rannte barfuß und im Nachtkleid durch die langen dunklen Korridore des Bambuspalastes und stürmte in den Thronsaal, in dem Fayanbraz des Nachts zu schlafen pflegte.

Ein Gespräch mit Ekoya Fayanbraz

Die Wächter an der Tür erkannten die vornehme Jungfrau. Sie ließen sie anstandslos eintreten, wiewohl sie sich wunderten, was sie in tiefer Nacht barfuß und kaum bekleidet im Thronsaal zu suchen hatte. Miranda hastete durch die schwarze Kaverne, deren schattenverhangene Weite durch die wenigen Öllämpchen eher noch bedrückender wirkte. Vor dem Drachen, der schlaftrunken ein Auge zum glühenden Schlitz öffnete, fiel sie auf die Knie und umschlang seinen schuppigen Nacken.

»Fayanbraz, Ihr müsst mir helfen!«, rief sie. »Sonst kommt ein glühender Salamander aus dem Kamin und schwärzt mich, aber ich kann es einfach nicht glauben!«

»Langsam, langsam, Maide!«, beschwichtigte sie der Hofdrache. »Erzählt mir von Anfang an und in klaren Sätzen, was Euch solche Sorgen bereitet. Nur so kann ich Euch helfen.«

Miranda nahm sich zusammen. Sie holte tief Atem und schilderte ihm, was sie in dieser Nacht schon alles heimgesucht hatte, angefangen von dem Albtraum, in dem ihr der goldene Koloss erschienen war, bis zu der Drohung der Schlange. Mit zitternder Stimme fügte sie hinzu: »Ich kann und mag aber nicht glauben, dass die Feurigen die Wahrheit gesagt haben! Ach, Fayanbraz, wie sollte ich die Kaiserin der

Mitte sein? Gewiss, ich bin die Tochter eines vornehmen Drachen. Aber ich bin noch nicht einmal aus der Schule entlassen und wüsste auch gar nicht, was eine Kaiserin zu tun hat …«

Fayanbraz unterbrach sie entschieden. »Die Feurigen lügen nie, denn sie sind Geschöpfe der Allmutter Majdanmajakakis und viel älter und weiser als die irdischen Drachen. Wenn sie Euch mitgeteilt haben, dass Ihr Kaiserin werdet, so ist das ganz gewiss richtig.«

Miranda war den Tränen nahe. Sie fühlte sich wie ein Mensch, der einen Becher erfrischenden Wassers erbittet und stattdessen von einem Wasserfall überschwemmt wird. Zwar hatte sie eine hohe Meinung von sich selbst und war auch überzeugt, dass ihr Ehrerbietung gebührte – aber der Thron einer Kaiserin der Mitte war dem jungen Mädchen denn doch zu hoch. »Aber ich habe doch keine Ahnung, wie man sich als Kaiserin zu verhalten hat!«

»Das muss Euch jetzt nicht kümmern, Maide Miranda. Noch sitzt Ihr nicht auf dem Thron, und noch seid Ihr nicht verwandelt.«

Miranda starrte ihn stirnrunzelnd an. »Verwandelt?«

»Ja. Alle Sieben müssen sich verwandeln. Habt Ihr nie von der Prophezeiung des Steins von Cullen gehört? Sie besagt, dass Glück und Frieden in Chatundra herrschen werden, wenn die drei Kaiserinnen und vier Könige und Königinnen auf ihren Thronen sitzen werden. Aber diese Sieben müssen zuvor verwandelt werden, und sie werden nicht wissen, worin sie verwandelt werden.«

Miranda stockte der Atem. Nicht genug damit, dass ihr eine Bürde aufgeladen wurde, die sie nicht tragen konnte, sollte sie nun auch noch verwandelt werden? Und nicht wissen, welche Gestalt sie annähme? Es schien ihr, dass der Salamander eher eine Verwünschung als eine frohe Botschaft überbracht hatte.

Fayanbraz riss sie jedoch aus ihren Gedanken, indem er hastig fortfuhr: »Macht Euch darüber keine Gedanken. Wichtig ist jetzt vor allem, dass Ihr die Botschaft zu Eurem Vater, der Sphinx Wyvern und der Jungfer Lilibeth bringt.«

»Ich weiß nicht einmal, wer diese Jungfer Lilibeth ist.«

»Aber ich weiß es. Sie ist jene der drei Töchter des grauen Urchulak, die sich von ihm lossagte und seine Feindin wurde. Früher trug sie den dämonischen Namen Twayn, den sie ablegte, als sie sich dem Licht zuwandte. Lilibeth muss auf jeden Fall erfahren, dass die dritte Kaiserin bekannt geworden ist, denn damit nehmen große und bedeutende Ereignisse ihren Anfang im Erde-Wind-Feuerland. Euer Traum beweist es. Der Urchulak wird eine solch gewaltige Macht gewinnen, dass man sein Standbild als einen Gott verehren wird. Vieles wird von Euch abhängen, Miranda. Nun wisst Ihr auch, warum Ihr so zutiefst berührt wart, als Jamíle und Quinquin Euch das Schauspiel des Geisterheeres zeigten. Der Mord an Kaiser Viborg und der Aufstieg des Urchulak sind aufs Innigste mit Eurem eigenen Leben verbunden. Ich bin gewiss, dass es von Euch abhängen wird, ob er sich zum Herrscher über ganz Murchmaros aufwerfen kann oder wieder in die Tiefe hinabgestürzt wird.«

»Von mir!«, schrie Miranda entsetzt auf und umklammerte beide Arme über der Brust. »Seid Ihr von Sinnen – ich meine, täuscht Ihr Euch da auch gewiss nicht?«

Fayanbraz war zu erhaben, um eine solche Frage einer Antwort zu würdigen. Stattdessen befahl er: »Beauftragt den Wächter an der Saaltür, König und Königin zu wecken! Dann begebt Euch selbst in Euer Schlafgemach und kleidet Euch an, denn es ziemt sich nicht, im Nachtgewand mit Majestäten zu sprechen. Ihr müsst Euch in aller Eile auf den Weg machen. Ich selbst werde Euch begleiten, denn von nun an seid Ihr keinen Augenblick mehr Eures Lebens sicher. Wenn der Urchulak von Eurer Berufung erfährt, wird er alles daransetzen, Euch auf der Stelle zu töten.«

»Ei, Ihr macht mir Mut, Fayanbraz!«, rief Miranda, die bei dieser unheilvollen Ankündigung die Tränen nicht mehr zurückhalten konnte. Als wäre es nicht schon schlimm genug gewesen, so Hals über Kopf zur Kaiserin berufen zu werden, wurde sie auch von einem Todfeind verfolgt! Aber dann rannte sie, wie es ihr befohlen war, in ihre Schlafkammer, um sich anzukleiden.

Als sie in den Thronsaal zurückkehrte, war das Königspaar des Makakau-Landes bereits geweckt worden und hatte von Fayanbraz erfahren, was die Ursache der nächtlichen Aufregung war.

»Vater und Mutter des Landes«, sagte Fayanbraz, den offiziellen Titel der Herrscher gebrauchend, »ich selbst werde Maide Miranda auf der Stelle zum Palast der Sphinx begleiten, damit ihr Vater so rasch wie möglich von der Botschaft der Feurigen erfährt. Ich werde dafür sorgen, dass ihr unterwegs kein Unheil zustößt, denn von nun an lebt sie in steter Gefahr. Der Schurke, der schon den beiden jüngeren Kaiserinnen nachstellte, wird alles daransetzen, sie in seine Gewalt zu bringen.«

Königin Mumakuk, die eine sehr mütterliche Frau war – sie hatte vierzehn Kinder geboren und war Großmutter von zweiundsiebzig Enkeln –, drückte Miranda schützend an sich und streichelte ihr über das rote Haar. »Fayanbraz wird dich gut beschützen, Liebchen«, tröstete sie. »Er ist der größte und stärkste Drache im ganzen Land, es gibt keinen, der ihn überwinden könnte. Willst du noch frühstücken, bevor du fliegst?«

Miranda schüttelte den Kopf. Sie hätte keinen Bissen Nusskuchen und keinen Schluck Echsenmilch hinuntergebracht. Ihre Kehle war wie zugeschnürt vor Aufregung. In ihren Schläfen brauste das Blut, und ihre Hände und Füße fühlten sich eiskalt an. Als sorgloses Schulmädchen war sie zu Bett gegangen – und nun war sie zur Kaiserin berufen, und der grausige Urchulak hing ihr an den Fersen!

Fayanbraz unterstützte sie. »Wir müssen eilen, Mutter des Landes. Im Palast der Sphinx ist Miranda sicherer als hier, denn so stark unsere Wehrmauern auch sind, so können sie doch die Magie des grauen Drachen nicht abhalten. Wyvern jedoch kann sie auch davor beschützen. Seid Ihr bereit, Maide?«

Miranda nickte.

Der Flug

Die Morgensonne ging eben auf, als Miranda mit leichten Schlägen ihrer kobaltblauen Schwingen in den Himmel stieg. Fayanbraz folgte ihr. Da er schon eine Weile nicht mehr geflogen war, bewegten sich seine Schwingen etwas ungelenk und knatterten wie ein Ungewitter, als er kräftig damit schlug. Die beiden Drachen flogen hoch unter den Wolken, damit sie das Land weithin überblicken konnten. Der Anblick der geheilten Erde tröstete die Jungfer ein wenig über ihren Schrecken hinweg und beruhigte sie. Das Land, das der Aufrührer Phuram einst mit seinen tödlichen Strahlen weithin zur Wüste verbrannt hatte, grünte wieder in üppiger Pracht.

Eine gezüchtigte Sonne, zu gewöhnlicher Größe geschrumpft, sandte ihre Strahlen auf einen immergrünen Wald, der im ersten Morgenlicht wie ein Diamantenteppich glänzte. Von den Koniferenwäldern des Nordens über den Regenwald im Mittelreich bis zu den Mangrovendschungeln des Südens rauschte das Laub. Früchte sprossen, und Blumen blühten, süße Quellen sprangen aus den Felsen und stürzten in schäumenden Wasserfällen zu Tal. Es herrschte Frieden, denn die beiden Gestirndrachen Phuram und Datura – Sonne und Mond – gingen wieder Hand in Hand, Bruder und Schwester, die schönsten Geschöpfe der Drachengöttinnen. Sie verströmten mildes Licht bei Tag und bei Nacht. In der Ferne erhob sich der titanische Felsenwall der Heulenden Berge, deren gletschergekrönte, von wimmernden Winddämonen umtanzte Gipfel selbst einem Drachen ein ernsthaftes Hindernis entgegensetzten. Dahinter verbarg sich das geheimnisvolle Heiligtum der Mutterjungfrau Mandora, der Tempel von Luifinlas. Auf den Vorbergen erhob sich die neue Kaiserstadt Chiritai, und im Nordosten auf den Gipfeln der Vulkanberge lagen die Ruinen der uralten, verfallenen Drachenstadt Zorgh. Schroffe Felstürme, von denen jeder einen prächtigen Drachenhorst abgab, ragten über den höchsten Wipfeln auf.

Gewaltige Palmfarne mit Blattwedeln, so lang und breit wie ein Boot, Riesenbambus und Schuppenbäume bedeckten als dichter Urwald die ehemaligen Wüsten. Turmhohe Bärlapp- und Schachtelhalmpflanzen schwankten im warmen Wind. Weiße Riesenschnecken mit grün und golden irisierenden Gehäusen, jedes so groß wie eine herrschaftliche Kalesche, fraßen gemächlich breite Schneisen in die üppige Vegetation. Rot und orange gebänderte Tausendfüßler huschten ängstlich von Deckung zu Deckung. Bei den Zauberpriestern der Dschungelvölker waren die schreckhaften Tiere äußerst beliebt, da sie bei der geringsten Erregung ein berauschendes Gift verspritzten. Blau gepanzerte Aaskäfer suchten am Boden nach den Überresten von Pflanzen und Tieren. Krabben stocherten im Moder der Tümpelränder nach Kleinlebewesen, wobei sie sich summend und scherenklickend in ihrer eigenen Sprache unterhielten.

Es war eine friedliche Welt, die die erlösten Mutterjungfrauen erschaffen hatten. Drachen, Menschen und Tiere vertrugen sich – von gelegentlichen Zwischenfällen abgesehen – gut miteinander. Selbst Raubtiere wie der gewaltige rote Berglöwe, der Martichoras, ernährten sich nur vom Aas der Wesen, die durch Unfall oder Krankheit zu Tode gekommen waren, und verschonten die Lebenden.

Die Luft über dem Regenwald war warm, feucht und trüb, und nur die scharfen Augen eines Drachen konnten sie weithin durchdringen. Fayanbraz, der sich gern als Fremdenführer betätigte, zeigte Miranda die ferne Insel Macrecourt, die südlichste der Vulkaninseln, und erzählte ihr, dass dort ein halb drachisches Volk, die Mokabiter, in der Verbannung lebte. Im großen Drachenkrieg nämlich waren die Mokabiter unterlegen und gezwungen gewesen, die Makakau um Schutz anzuflehen. Der war ihnen auch gewährt worden. Die einfachen Leute durften sich im Land ansiedeln; das Herrschergeschlecht allerdings, in dem sich alle Bosheit dieses Volkes gleichsam in destillierter Form fand, wurde mitsamt seinen Hofschranzen auf die Insel Macrecourt verbannt, in einen ehemaligen Garten der Makakau-Könige.

Miranda – abenteuerlustig und neugierig auf alles – hätte die Leute gern kennengelernt. Ihr Begleiter warnte sie allerdings aufs Entschiedenste: Niemand wolle irgendetwas mit den Mokabitern zu tun haben. »Sie können froh und dankbar sein, dass der König der Makakau ihnen nach ihrer Niederlage auf dieser Insel barmherzig Zuflucht gewährt hat, anstatt sie alle den wilden Eishörnern des Nordens als Beute zu überlassen, wie sie es verdient hätten. Sie dürfen nicht noch verlangen, dass irgendjemand sie mag!«

»Aber ich bin auch eine Halbdrachin«, wandte Miranda ein.

»Das ist etwas anderes, Maide. Die Mokabiter sind keine Abkommen edler Drachen und Menschen, wie Ihr es seid, sondern Hybriden aus den wilden Drachen der Vulkankrater und einem Volk verschlagener und zauberkundiger Menschen, dessen Adlige man die Höllenzwinger nannte. Außerdem sind sie scheußlich anzusehen, weil sie nicht wie die vornehmen Halbdrachen ihre Gestalt wechseln, sondern beide Gestalten zugleich in sich tragen.«

Das alles erzählte er der Drachenjungfer mit vielen Einzelheiten, um ihren Widerwillen zu erwecken. Miranda hörte aufmerksam zu und nahm sich vor, diesem bemerkenswerten Volk bei der ersten Gelegenheit einen Besuch abzustatten.

Fayanbraz warnte Miranda, es könne ihr übel werden, wenn sie über die Purpursümpfe flögen, denn so zart waren die Sinne der Mirminay und so vornehm ihre Herzen, dass der bloße Anhauch des Bösen sie quälte. Sie empfanden es wie eine unsichtbare Dornenhecke, durch die sie sich zwängen mussten. Je höher ein Drache in der natürlichen Ordnung stand, desto empfindlicher war er gegenüber dem schaurigen Anhauch der Verderbnis. Auf diese Weise war es dem Kadaverfürsten Zarzunabas einst gelungen, die Drachen lange Zeit daran zu hindern, den Heulenden Bergen nahe zu kommen, indem er alles Land davor unter einen Bann der Bosheit legte. Es nützte ihnen auch nichts, dass sie die Fähigkeit hatten, in andere Dimensionen zu fliehen, denn das aus den Grüften der Basilisken aufsteigende Böse spann seine schwarzen Spinnweben auch in den höheren Dimensionen.

Miranda überstand den Flug über die Purpursümpfe allerdings ohne Schwierigkeiten, wohl weil sie zur Hälfte Mensch war und die menschlichen Sinne zu grob waren, das Netz der Bosheit zu spüren. Nur die feuchtwarme Luft und der Dampf machten ihr, die an die klare Kühle des Nordens gewöhnt war, zu schaffen.

Sie hatten kaum zwei Meilen zurückgelegt, als Fayanbraz – der sich unterwegs immer wieder über die Schulter blickte – einen zornigen Laut ausstieß und den Flug beschleunigte.

»Was ist?«, rief Miranda erschrocken.

»Oh, nichts – nichts Besonderes«, stieß der Bulemay hervor. »Nur ein Schwarm Totenkopflibellen, der in dieselbe Richtung zieht wie wir. Es sind ekelhafte Geschöpfe, denen man nicht über den Weg fliegen möchte, deshalb beeile ich mich.«

Er sagte nichts weiter, aber Miranda brauchte ihn auch nicht zu fragen. Neugierig, wie sie war, hatte sie im Lauf ihres Besuches längst herausgefunden, was es mit den Totenkopflibellen auf sich hatte. Sie lebten in dem Landstrich, den Fayanbraz und Miranda eben überflogen, den Purpursümpfen. Der Name, den sie mit fingerlangen, silbrigen Insekten gemein hatte, täuschte: Ausgewachsen erreichten sie die Größe eines gepanzerten Ritters samt Pferd. Diese unheimlichen, starren und glotzäugigen Tiere konnten ihre Fangmasken zwanzig Menschenschritte weit schleudern und ihre ahnungslosen Opfer blitzschnell ergreifen, um sie dann zwischen den hürnenen Kiefern zu zermalmen. Das einzig Liebenswerte an ihnen war die Tatsache, dass sie sich mangels anderer Nahrung hauptsächlich mit Basilisken den Bauch vollschlugen.

»Können sie uns etwas antun?«, rief Miranda besorgt. Sie war froh, dass sie in ihrer Drachengestalt weitgehend unangreifbar war, einmal abgesehen von der klassischen Schwachstelle aller Drachentiere, dem empfindlichen Bauch.

»Ach was!«, rief Fayanbraz mit gekünstelter Leichtigkeit. »Ich habe nur keine Lust, durch einen ganzen Schwarm der aschgrauen, rasselnden Dinger zu fliegen.«

Miranda merkte jedoch, dass er log, um sie zu beruhigen. Er bereitete sich auf einen Kampf vor, denn sie hörte ihn die Feuer in seinem Innern aufheizen. In seinem Bauch rumorte es, als fahre jemand mit einem Schürhaken in einem riesigen Ofen herum. Sie beeilte sich, es ihm gleichzutun. Während sie mechanisch die Flügel hob und senkte, richtete sie ihre

Aufmerksamkeit auf die Brennkammern in ihrem Innern und sandte alle Energie, die ihr Körper erübrigen konnte, zu dieser Stelle. Wie immer, wenn alle ihre Gedanken sich dem inneren Feuer zuwandten, empfand sie ein eigentümliches Frösteln in den Vorder- und Hinterbeinen. Sie hatte den Eindruck, in einer Blase eiskalter Luft zu fliegen, da ihr Leib alle Kraft in den Brennkammern sammelte. Miranda war jung und vollblütig, und so dauerte es nicht lange, bis ihre Energie sich in siedende Hitze verwandelte. Sollte sie jetzt jemand bedrohen, so würde sie die Glut in ihrem Innern ausstoßen, die sich an der frischen Luft entzünden und als Flammenstrom aus ihrer gepanzerten Schnauze schießen würde.

Die schwarze Wolke der Totenkopflibellen kam immer näher; deutlich war das sirrende Geräusch zu hören, das ihre dürren Flügel erzeugten. Schon sah Miranda deutlich die im Sonnenlicht glitzernden Glotzaugen und die vibrierenden Antennen. Die ersten Totenkopflibellen, die ihr in die Nähe kamen, sausten im Sturzflug abwärts, bis sie sich unmittelbar unter ihr befanden, wandten sich blitzschnell auf den Rücken – wobei ihre rüttelnden Flügel sie in der Luft hielten – und schleuderten ihre Fangmasken von unten herauf gegen den schutzlosen Drachenbauch.

Miranda gelang es gerade noch, sich gleichzeitig einzukrümmen und zur Seite zu drehen, ehe die beweglichen Reißzähne der Maske große Fleischstücke aus ihrem weichen Bauch gerissen hätten. Zutiefst erschrocken – sie war noch nie in ihrem jungen Leben ernsthaft angegriffen worden –, aber auch erzürnt fuhr sie herum. Mehr instinktiv als bewusst riss sie den Rachen auf und ließ den Feuerstrom hervorschießen. Zwei Dutzend Libellen loderten auf wie verdorrte Blätter und torkelten rauchend zu Boden. Der Rest wich zurück, verharrte rüttelnd in der Luft und versuchte dann eine plumpe

Finte, indem zwei der Räuber dicht an Mirandas Nase vorbeischossen. Sie war jedoch gewitzt genug zu merken, dass sie nur von einem weiteren Angriff gegen ihren Bauch abgelenkt werden sollte. Diesmal warf sie sich mitten im Flug rücklings, streckte ruckartig die mächtigen, klauenbewehrten Hinterbeine aus und schleuderte die herbeistürmenden Libellen mit einem Fußtritt von sich. Das angreifende Dutzend verwandelte sich in ein rasselndes, raschelndes Durcheinander. Ein neuer Feuerstoß, und der Trupp flog als explodierender Feuerball nach allen Richtungen. Einige der Scheusale schossen mit lodernden Flügeln davon, Miranda genau ins Gesicht, und während sie damit beschäftigt war, sie fortzuscheuchen, fuhr eine weitere Libelle im Sturzflug auf ihren Bauch los. Nur eine blitzschnelle Rolle rückwärts bewahrte die junge Drachin davor, verletzt zu werden. Als ein neuer Ansturm einsetzte, zog sie scharf die Hinterklauen hoch, fuhr mit den Vorderklauen in die papieren knisternde Schar und riss das gesamte Nest in Fetzen. Im heißen Wind der Feuerstöße, die Fayanbraz gegen seine Angreifer sandte, trudelten abgerissene Flügel, durchsichtig und spröde, klauenbewehrte Hakenbeine und plumpe Köpfe mit riesigen Schildaugen umher.

Der alte Drache verließ sich völlig auf seine Feuerkraft, und die war tatsächlich gewaltig. Miranda, die sich ganz auf die Feinde konzentrierte, bekam plötzlich einen Streifschuss höllischer Glut ab, der ihr die Hüfte versengte. Sie krümmte sich vor Schmerz zusammen und drohte abzusacken, da der jähe Schmerz sie im Flug innehalten ließ. In einer Mischung aus Wut, Schmerz und Verzweiflung stieß sie alle Energie aus, die noch in ihren Brennkammern siedete, und ein Flammenstoß, dreißig Menschenschritte lang, fuhr schrill pfeifend aus ihrem Rachen. Seine Kraft war so groß, dass er eine flammende Schneise in den Libellenschwarm riss und das überlebende

Geziefer mit knatternden Flügeln die Flucht ergriff. Fayanbraz sandte ihnen eine waagrechte Feuersäule nach, die die Nachhut verbrannte und die Flucht der üblen Gesellschaft beschleunigte, dann wandte er sich der kläglich flatternden Miranda zu.

»Was ist Euch, Maide?«, rief er besorgt. »Haben sie Euch verletzt? Fluch über den Urchulak! Denn gewisslich war es kein anderer als er, der uns das Geziefer nachsandte!«

»Ich bin verwundet«, antwortete Miranda und fügte tapfer hinzu: »Es war aber eher der Schreck als der Schmerz, der mich ins Taumeln brachte.«

Fayanbraz warf einen Blick auf die braun angesengten Schuppen über der Hüfte und erkannte auf einen Blick, dass er selbst es gewesen war, der das Unheil angerichtet hatte. Mit einem Ausruf, halb Fluch, halb Klageschrei, eilte er herbei und ließ sich unter Miranda sinken. »Ihr könnt in diesem Zustand nicht fliegen! Lasst Euch auf meinen Rücken nieder und nehmt Eure menschliche Gestalt an. Ich will Euch tragen.«

Miranda gehorchte. Zwar war die Verletzung nicht so schlimm, dass sie aus eigener Kraft nicht hätte fliegen können, aber ihr ganzer Körper bebte noch vor Schrecken nach dem ersten überstandenen Kampf ihres Lebens. Ihr war kalt und heiß, ihre Kehle schmerzte von dem vielen Feuerspeien, ihr Kopf fühlte sich an, als sei er mit halb verschmorten Libellen gestopft. Sie ließ sich erleichtert auf den mächtigen Rücken des Hofdrachen sinken und nahm ihre Menschengestalt an, die weitaus kleiner und daher leichter zu tragen war.

»Meint Ihr«, rief sie laut, um den Flugwind zu übertönen, der an ihren Ohren vorbeirauschte, »dass der Böse bereits weiß, was geschehen ist? Von wem sollte er es erfahren haben?«

»Das weiß ich auch nicht«, erwiderte Fayanbraz über die Schulter zurück. »Aber wie Ihr wisst, können alle hohen Drachen Gedanken lesen, und er ist einer der hohen Drachen, wenn auch nicht in unserer Welt, sondern in seiner eigenen. Ich habe keine Ahnung, über welche Fähigkeiten und Kräfte er zudem noch verfügt. Aber ich bin überzeugt, dass der Angriff des Libellenschwarms kein Zufall war. Für gewöhnlich sind diese Kreaturen Einzelgänger, sie jagen jede für sich und neiden einander jedes dürre Basiliskenbein, das eine von ihnen ergattert hat. Da sie nun mit einem einzigen Willen angegriffen haben, bin ich überzeugt, dass sie gesandt wurden. Doch seht, wir haben die Sümpfe hinter uns gelassen und sind schon wieder über dem Regenwald! Ein kleines Stück Weg noch, und wir landen vor dem Palast der Sphinx.«

Wenig später flog er in weiten, eleganten Kurven einem Palast entgegen, der in düsterer Pracht aus dem Regenwald aufragte. Auf der Zufahrt, die von Schachtelhalmbäumen flankiert zum Haupttor führte, landete er. »Ihr seid nun sicher«, sagte er. »Entschuldigt mich bei der Sphinx! Ich muss zurück, um auf meine Familie zu achten.« Damit erhob er sich wieder in die Lüfte.

Miranda trat auf den Eingang zu. Sie hätte in jedem Fall ihre menschliche Gestalt wieder annehmen müssen, denn das Tor und die Außentreppe des Sphinxpalastes waren für die Maße von Menschen und nicht von Drachen gemacht. Sie bot nun den Anblick eines zierlichen, rothaarigen Edelfräuleins; ihre Schuppenhaut hatte sich in höfische blaue Kleidung verwandelt.

Sie schritt auf das Gebäude zu und hörte, wie der Turmwächter – ein silber-blau geschuppter junger Luftdrache – ihre Ankunft mit einem lang hallenden, melodischen Schrei ankündigte.

Miranda fühlte sich ein wenig beklommen. Alle sprachen mit tiefer Ehrfurcht von der Sphinx, die eine Seherin war und viele geheime Dinge wusste. Auch Vauvenal nannte sie immer »die hohe Frau«. Zwar hatte Miranda gelernt, sich auch im Kreis der Vornehmsten gesittet zu bewegen, aber sie spürte im Herzen, dass es mehr brauchte als gute Manieren, um Wyverns Wohlgefallen zu erringen.

In Wyverns Haus

Gynnevise

Da der Turmwächter sie angekündigt hatte, eilten die Diener bereits herbei – kleine, graugrüne Drachen, die wie Menschen aufrecht auf zwei Beinen gingen. Sie öffneten das Tor, und die Besucherin wurde in das Innere des Palastes geführt, das ganz in dunkelgrüner Jade gestaltet war. Es sah kurios aus, wie die kleinen Drachen sich vor ihr verbeugten, nämlich so tief, dass sie sich ganz zusammenrollten und in dieser Haltung überschlugen, ehe sie wieder auf die Beine kamen. Miranda fühlte sich höchst geschmeichelt von der Ehrerbietung, die man ihr entgegenbrachte, und ihre Selbstsicherheit wuchs.

Man stieg eine hohe Treppe hinauf in einen Salon, der äußerst kunstvoll, aber zugleich bedrückend düster eingerichtet war. In den Ecken brannten auf bronzenen Pylonen Fackeln, die den Raum erhellten. Dort trat ihr die Sphinx entgegen.

Vom Scheitel bis zur Taille war sie eine schöne Frau mit honigbrauner Haut, langen Flechten schwarzbraunen Haars und prächtigen Brüsten, aber ihr Unterleib war der einer aufrecht stehenden Löwin. Auf dem Rücken trug sie zwei kleine häutige Flügel, die nicht zum Fliegen taugten. Ihr Gesicht war edel, aber fremdartig und melancholisch, denn viele der Bilder, die sie in ihren Visionen sehen musste, verdüsterten ihr Gemüt.

Miranda sank in einen formvollendeten Hofknicks und versuchte darüber hinwegzusehen, dass die Sphinx lediglich mit ihren langen Haarflechten bekleidet war. Sie sagte sich, dass sie selbst als Drachin ja auch nur Schuppen trug und die Frau immerhin bis zur Hüfte von einem gelbbraunen, löwenähnlichen Fell bedeckt war, aber es verwirrte sie doch – und vor allem führte es ihr vor Augen, dass sie selbst noch längst keine erwachsene Frau war. Neidvoll betrachtete sie die prallen, honigfarbenen Brüste der Sphinx, den runden Bauch und das kraftvolle Hinterteil, an dem ein armlanger Löwenschwanz hing. Sie beneidete die Sphinx umsonst. Wie viele andere Mischwesen war Wyvern unfruchtbar, und das bereitete ihr großen Kummer.

Wyvern warf einen einzigen Blick auf das angebrannte Kleid und fragte stirnrunzelnd: »Hat man dich verfolgt, als du hierherkamst?«

»Ja. Ein Schwarm Totenkopflibellen. Sie wollten ...«

»Lass mich erst deine Wunde ansehen«, unterbrach die Sphinx. Zu dem Diener, der das Mädchen hereingeleitet hatte, sagte sie: »Lauf und hol das Mittel gegen Verbrennungen aus dem Kräutersaal.«

Miranda hob das Kleid. Die Sphinx begutachtete die Wunde im Licht einer Fackel, die sie aus dem Halter an der Wand genommen hatte, und rief erstaunt: »Das hat Drachenfeuer getan. Hast du mit einem anderen Drachen gekämpft?«

»Nein. Es war ein unglücklicher Zufall.« Und sie erzählte, was sich ereignet hatte – dass Ekoya Fayanbraz sie zum Palast begleitet hatte, dass die Totenkopflibellen sie angegriffen hatten und sie in der Hitze des Gefechts ein paar Flammen abbekommen hatte. »Es tut nicht weh«, erklärte sie tapfer.

Wyvern lächelte. Sie nahm dem zurückkehrenden Diener ein Tablett ab, auf dem einige frisch gepflückte Blätter und eine Dose lagen, bestrich die Wunde mit der Salbe aus der Dose und bedeckte sie mit den Blättern. Augenblicklich ließ der sengende Schmerz nach, das gepeinigte Fleisch entspannte sich, und ein Gefühl von Kühle und Frische durchrieselte Mirandas Körper. »Oh, das tut gut!«, seufzte sie.

»Es ist ein altbewährtes Mittel.« Wyvern befestigte den Verband mit Baststreifen und zog das Kleid wieder darüber. »Die Wunde wird bald geheilt sein. Nun komm, ich möchte dir meine Kinder vorstellen.«

Sie rief ins Nebenzimmer, und gleich darauf erschienen drei etwa neunjährige Kinder, ein Knabe und zwei Mädchen, die sich um Wyvern drängten. Da Miranda nichts von ihrer Unfruchtbarkeit wusste, nahm sie an, dass es ihre leiblichen Töchter und ihr Sohn seien.

Der Knabe war zwar keine männliche Sphinx, aber doch ein ungewöhnliches Wesen. Er war sehr dünn und blass, sein dichtes Haar rostbraun, seine Augen goldbraun mit längs geschlitzten Pupillen. Auch waren seine Nägel hart und hornig wie Krallen, und seine buckligen Schulterblätter verrieten die Ansätze von Flügeln, die sich nicht weiter entwickelt hatten. Teile seiner Haut waren mit rosafarbenen, blau umrandeten Schuppen bedeckt, so zart und weich wie Rosenblätter, sodass sie eher einer Zeichnung ähnelten als einem wirklichen Schuppenkleid. Er war ganz offensichtlich ein Hybride. Das war zwar keine Besonderheit auf Chatundra, wo Menschen und Drachen schon so lange gemeinsam lebten, aber Miranda hatte noch nie ein solches Wesen gesehen. Jedenfalls war der Knabe ungezogen, denn als sie ihn neugierig anstarrte, öffnete er – wohlweislich hinter dem Rücken seiner Mutter – den Mund und spie ihr eine schweflige kleine Flamme entgegen. Miranda war verblüfft und verärgert und nahe daran, ihre vornehme Erziehung zu vergessen, sich in eine Drachin zu verwandeln und ihm einen Feuerstoß entgegenzuspucken, der ihm alle Haare vom Kopf gebrannt hätte. Aber ihr Vater hatte sie nicht umsonst den weisen Indigolöwen zur Erziehung überlassen, die es verstanden, alle schädlichen Triebe zu bändigen. So beherrschte sie sich und begnügte sich damit, dem Jungen einen verächtlichen Blick zuzuwerfen.

»Das ist Gynnevise, von dem ich mir große Dinge erwarte«, stellte Wyvern ihn vor.

Entschlossen, ihn für seine Frechheit zu bestrafen, bemerkte Miranda in herablassendem Ton: »Welch reizendes Kind.« Befriedigt stellte sie fest, dass der Junge sich über die Bezeichnung »Kind« ärgerte.

»Und das sind Süleymin und Sela.« Beide waren, genau wie Gynnevise, neun Jahre alt, aber so verschieden wie Tag und Nacht. Das eine Mädchen, Süleymin, war an Haut und Haaren schneeweiß, mit farblosen Augen wie Bergkristall, die im Feuerschein rot leuchteten. Das zweite Mädchen, Sela, ebenso zierlich und liebreizend, war an Haut und Haar pechschwarz, viel dunkler als selbst die anthrazitfarbenen Ka-Ne, so schwarz, wie man noch nie einen Menschen auf Chatundra gesehen hatte. Beide trugen weiße Hemdkleider. Sie waren sehr höfliche, wohlerzogene Mädchen, richtige kleine Prinzessinnen. Miranda wunderte sich nicht, als die Sphinx ihr sagte, sie seien berufen, dereinst die Kaiserinnen des Nordens und des Südens zu werden.

»Und ich«, verkündete der Junge großspurig, »bin der Beste von allen, denn ich werde Kaiser der Mitte!«

»Nein, das wirst du nicht«, widersprach die weiße Schwester, und die schwarze fügte hinzu: »Du wirst nur die Kaiserin der Mitte heiraten, das ist ein Unterschied!« Und lachend neckte sie ihn: »So ist es dir prophezeit, und du musst sie nehmen, auch wenn sie spukhässlich und ein böses, zänkisches Weib wäre!«

Miranda, die sich nicht auskannte, blickte fragend die Sphinx an, und diese erklärte: »Die Kinder haben recht. Süleymin und Sela werden Kaiserinnen werden, die eine in der hohen Zitadelle von Zorgh, die andere im Bambuspalast im Reich der Makakau, aber Gynnevise wird die Kaiserin der Mitte heiraten.« Sie lächelte Miranda auf eine sehr merkwürdige Weise an und fügte hinzu: »Es ist sein Schicksal, sie zu nehmen, und das ihre, ihn zum Gatten zu haben, das ist das Schlimme an Prophezeiungen.«

»Und wenn er einfach nicht will?«, fragte Miranda, die den Blick nicht von dem schmächtigen, boshaften Knaben wenden konnte. »Oder sie nicht will? Kann man sich denn seinem Schicksal nicht entziehen?«

»Doch, gewiss«, erwiderte die Sphinx. »Aber es bringt keinen Segen, es zu tun. Jetzt komm, wir wollen zu deinem Vater gehen. Er sitzt auf dem Balkon, denn es ist warm und feucht, und die Luft im Hause ist stickig.«

Miranda folgte der Hausherrin auf den Balkon hinaus, der sich in Schwindel erregender Höhe weit ausladend über die Wipfel der Schachtelhalmbäume hinausschwang. Wäre Miranda nicht an das dunkle Grün des Waldes gewöhnt gewesen, der Dundris umschloss, so hätte sie wohl Angst bekommen angesichts der ungeheuren Schuppenbäume, Farne und Zykadeen, in deren weichem Blattwerk die Springwürmer umherschnellten. Die Drachendiener servierten Erfrischungen: Wasser und Wein, Nusskuchen, dazu frische Schösslinge, Blätter, fleischige rosafarbene Blüten und süße Früchte. So war es allerorten bei den guten Völkern üblich. Seit die Mutterjungfrauen wieder über die Welt herrschten, brachte die Erde so viele essbare Pflanzen und Pflanzentiere hervor, dass Fleisch oder Fisch zu essen als tierische Sitte galt, die sich für höhere Wesen nicht schickte.

Vauvenal erhob sich überrascht, als er sein Kind so unvermutet wiedersah. Als Mensch hatte er die Gestalt eines hochgewachsenen, breitschultrigen Kavaliers mit langen, rotblonden Haaren und einem freundlichen Gesicht. Stets trug er seine Drachenfarben, Kobaltblau und Lilienweiß, an seiner Kleidung. »Miranda!«, rief er. »Was führt dich hierher? Gefällt es dir nicht mehr bei den Makakau? Hattest du Streit?«

»Nichts dergleichen, lieber Vater«, antwortete die Jungfer. »Ich muss Euch und Thainach Wyvern« – sie verwendete die korrekte Anrede für einen weisen, hochstehenden Menschen – »eine so seltsame Geschichte erzählen, dass Ihr sie mir kaum glauben werdet.«

»Erzähle immerhin«, schlug Wyvern vor, und Vauvenal – der zu allen seinen schätzenswerten Eigenschaften sehr neugierig war – nickte ebenfalls. Die beiden Mädchen hatten sich auf einen Diwan gesetzt, wo sie ihre Stickrahmen auf den Schoß nahmen und ihre zierliche Arbeit fortsetzten. Gynnevise war entweder mürrisch oder schüchtern, denn er drehte ihnen den Rücken zu und fütterte mit seinem Nusskuchen die Springwürmer, die in halsbrecherischen Sprüngen herbeistürzten, auf der breiten Balustrade hin und her rannten und sich um die Krümel rauften.

Also sprach die Jungfer zu ihnen von allem, was sie erlebt hatte, von der Geisterschlacht, die sie beobachtet hatte, bis zu dem Erlebnis mit dem Feuerschweifchen und der Schlange und dem Angriff der Totenkopflibellen auf dem Weg zum Palast. »Ich kann es selbst nicht glauben«, bekannte sie unbehaglich, denn jetzt kam es ihr ausgesprochen lächerlich vor, sich als zukünftige Kaiserin von Chatundra zu präsentieren. »Aber so sagte das Feuerwesen: Ich würde Kaiserin der Mitte in Chatundra werden und den Urchulak vernichten, den das Blut des Kaisers aufgeweckt hat.«

Da fuhr der Junge herum, der bislang so gleichgültig getan hatte, und starrte sie an. Dann stieß er ein tief empfundenes »Oh – bäh!« aus und verließ eilig den Balkon. Sie kümmerte sich nicht weiter um das kleine Scheusal, sondern blickte Rat suchend ihren Vater und die Sphinx an. Beide waren tief betroffen. Sie schwiegen eine ganze Weile, dann murmelte Vauvenal: »Wie der Salamander sagte – wir können eine Probe machen, ob auch alles mit rechten Dingen zugeht. Das sollten wir tun.«

»Lilibeth muss es unbedingt erfahren«, fiel die Sphinx ein. Sie wandte sich an Miranda. »Ich werde mit dir zu ihr fliegen, da ich sie sehr gut kenne und … Habt Ihr Eurer Tochter denn überhaupt schon von Lilibeth erzählt, Troubadour?«

»Nein. Warum sollte ich auch? Es ist eine so traurige und düstere Geschichte …« Als er Mirandas besorgten Gesichtsausdruck sah, setzte er rasch hinzu: »Du hast nichts zu befürchten, sie ist keine böse Frau.«

»Komm, wir wollen uns beeilen«, fiel die Sphinx hastig ein, bevor er weiterreden konnte. »Dann sind wir wieder zurück, bevor die Dämmerung sinkt. Ihr wisst Euch doch allein zu behelfen, Vauvenal? Meine Diener stehen zu Eurer Verfügung.«

Miranda erinnerte sich, dass Ekoya Fayanbraz die geheimnisvolle Lilibeth als eine Tochter des grauen Urchulak bezeichnet hatte, die sich von ihrem Vater losgesagt hatte und zu seiner erbitterten Feindin geworden war. Sie hätte gern Näheres gewusst, beschloss jedoch, Wyvern erst zu fragen, wenn sie in Ruhe miteinander reden konnten.

Die Sphinx führte ihre Besucherin über viele Treppen auf das flache Dach des Palastes hinauf, während sie ihr erzählte, dass Süleymin, Sela und Gynnevise nicht ihre eigenen Kinder waren. »Vor neun Monaten«, erklärte sie, »standen die Sterne in einer außerordentlichen Konstellation, und auch andere Zeichen verrieten mir, dass besondere Ereignisse eintreten würden. Damals wurden mir in einer inneren Schauung drei Frauen bezeichnet, und ich spürte, dass ich sie unbedingt zu mir holen müsste. Ihre Namen tun nichts zur Sache, sie waren Werkzeuge, mehr nicht. Dein Vater half mir, sie ausfindig zu machen und in mein Haus zu bringen. Er fand die Erste unter den Makakau, die Zweite unter den Bewohnern von Chiritai und die Dritte auf der Insel Macrecourt, dem Exil der mokabitischen Adligen. Alle drei waren schwanger, und alle drei erzählten mir, dass sie merkwürdige Visionen und Gesichte hatten und dass die Kinder, die sie erwarteten, ihnen als etwas Besonderes, aber auch Unheimliches erschienen. Ich lud sie ein, bei mir zu bleiben. Meine Dienerinnen und ich betreuten sie bis zur Zeit der Niederkunft. Sie gebaren alle drei am selben Tag und zur selben Stunde, an der eine Sonnenfinsternis den hellen Mittag verdunkelte.«

»Das ist gewiss ein bedeutsames Zeichen!«, bestätigte Miranda, die von den Indigolöwen auch in der Kenntnis von Omen und Vorzeichen unterrichtet worden war.

Wyvern nickte und fuhr fort: »Noch merkwürdiger aber war etwas anderes. Da die Mütter mehrere Monde lang bei mir wohnten, sprachen wir viel miteinander, und ich erfuhr unter anderem, dass die Makakau, ihr Mann und ihre beiden Familien seit langer Zeit von reinstem dunklem Blut waren, mit zimtfarbener Haut und pechschwarzem Haar. Die Frau aus Chiritai war weiß wie Schnee und blond wie Flachs, mit kaum einem Schimmer Farbe in Haut und Haar. Die Mokabiterin, ebenfalls ein schönes Weib, gehörte dem Teil des Klans an, der sich nicht mit den Drachen vermischt hat, was von manchen gelobt, von anderen aber abfällig betrachtet wurde. Dennoch gebar die Makakau ein schneeweißes Mädchen, die Mutter aus Chiritai ein Mädchen, so schwarz wie Ebenholz, und die Mokabiterin den Hybriden Gynnevise. Die Kinder wuchsen auch erstaunlich schnell heran. Jeder Monat war für sie wie ein Jahr, sodass sie heute, da noch kein ganzes Jahr vergangen ist, wie Neunjährige wirken. Nun war ich mir völlig sicher, dass sie zu Besonderem auserwählt wurden. Und das umso mehr, als ich später hörte, dass der Urchulak in allen Landen herumfragte, ob irgendwo Kinder mit einem besonderen Zeichen geboren worden seien. Zweifellos haben uns die Himmlischen diese Kinder gesandt, damit ein neues und besseres Geschlecht unter den Menschen heranwächst.«

Miranda nickte ernsthaft, aber sie war den Tränen nahe. Gynnevise mochte ja etwas ganz Besonderes sein, aber das änderte nichts an der Tatsache, dass er ein kleines Scheusal war und sie ihn nicht haben wollte.

Wenigstens lenkte der Anblick des Daches sie von ihrem Trübsinn ab, denn dieses Dach, so lang und breit wie ein Exerzierplatz, war nicht kahl und leer, sondern zu einem kunstvollen Garten gestaltet. Auf der Brustwehr reckten sich, von Wind und Wetter grünlich verfärbt, schauerliche Echsen, Harpyien und Stymphaliten und drohten mit aufgerissenen Rachen dem Wind, der von Süden her Sturmwolken herauftrieb. Der Boden aus glatten Jadeplatten war durchzogen von Bewässerungskanälen, und überall standen gewaltige steinerne Tröge und Schalen, in denen Palmfarne, Bambus und die herrlichen, halb beseelten Blumen des Regenwaldes wuchsen. Die Luft war erfüllt von ihrem Honigduft und ihrem flötenden Gesang. Im Schatten der Palmfarne standen auch starke, geschmiedete Käfige, in denen gefährliche Pflanzen und Tiere gehalten wurden und denen Miranda nicht nahe kommen durfte, da sie häufig ihre Stachel und Zungen durch das Gitter herausstreckten.

Die Sphinx nannte diesen sonnigen Ort ihren Weisheitsgarten. Wie sie Miranda erklärte, war sie immerzu damit beschäftigt, Neues über Murchmaros, seine Drachen, Menschen, Tiere und Pflanzen zu lernen und ihre ohnehin schon gewaltige Bibliothek zu erweitern. Zu diesem Zweck sandte sie ihre Diener aus, seltene und scheue Wesen zu fangen. Aber sie behielt die Gefangenen nur so lange, wie sie brauchte, um ihnen Fragen zu stellen. Dann wurden sie wieder an ihren Ort zurückgebracht und freigelassen. Das Fragen fiel der Sphinx leicht, denn die Sphingen sprechen und verstehen – wie auch die hohen Drachen – alle Sprachen.

Der Mann im Käfig

Miranda war tief beeindruckt von der Weisheit der hohen Frau. Der Kopf schwirrte ihr so von Fragen, dass sie nicht auf ihre Umgebung achtete. Und so wurde sie plötzlich scharf in den Arm gezwickt, während ihr gleichzeitig eine flinke Hand die Samtschleife vom Ärmel riss. Als sie aufschrie und zurücksprang, erhob sich ein keckerndes Lachen in dem Eisenkäfig, den sie übersehen hatte.

»Willst du wohl!«, rief Wyvern neben ihr, streng und zornig. Das Wesen im Käfig wich daraufhin in die hinterste Ecke zurück und keifte in einer wüsten Sprache so zornig heraus, dass Miranda nicht die Hälfte davon verstand.

Miranda pochte das Herz, aber die Neugier gewann rasch die Oberhand über ihren Schrecken, und sie spähte in das schattenverhangene Gelass.

In dem Käfig kauerte auf einem Haufen Kissen und Decken ein halb nacktes Wesen, von dessen Kleidung nur noch die kniehohen, ledernen Stulpenstiefel einigermaßen vollständig waren. Es war ein Mann – eine dürre Heuschrecke von einem Mann, giftig und bissig, mit einem blassgrün gescheckten Bauch, den verschlagenen gelben Augen eines Purpurdrachen und spitzen Zähnen in einem schlaffen, schief stehenden Mund. Strähniges schwarzes Haar hing ihm wie Seetang über die Schultern. Kaum sah er das Mädchen, als er zeternd auf sie losfuhr.

»Was gafft Ihr, Jüngferlein?«, rief er und streckte die knochigen Hände mit den langen Fingernägeln durch das Gitter, sodass Miranda rasch einen weiteren Schritt zurücksprang. »Kommt mir nur nahe, und ich will Euch grün und blau zwicken und Euch die Haare einzeln ausreißen!«

Nun trat Wyvern an den Käfig heran und drohte dem Mann mit dem Finger. »Still, still, mein Graf Lubis, sonst wird es nichts mit dem Essen!«, warnte sie ihn.

»Werft Euren Fraß den Hunden vor, wenn sie ihn wollen!«, rief das böse Geschöpf. Aber offenbar hatte die Drohung ihn doch beeindruckt, denn er zog sich knurrend und murrend zurück und keifte in seiner Ecke. »Ihr habt mir versprochen, dass Ihr mich nur gefangen und aus meiner lieben Heimat verschleppt habt, weil Ihr Weisheit von mir lernen wollt, hohe Frau. Und nun zeigt Ihr Euch unbarmherzig gegenüber einem Hilflosen, der bei Wind und Wetter nackt und hungrig in einem Käfig sitzt ... Ach, welch ein Elend!«

Dabei sah er so jämmerlich aus, dass die mitleidige Miranda ihren zerrissenen Ärmel und den blauen Fleck vergaß und Wyvern fragte: »Ihr lasst ihn doch nicht wirklich hier hungern und frieren? Und seht nur, er hat nichts, um seine Blöße zu bedecken! Wollt Ihr ihm nicht Kleider geben?«

»Ei«, rief Wyvern, »er hat mir schon drei Decken zerfetzt und besudelt, und er lässt sich so wenig anziehen wie ein Springwurm! Er ist so böse, zänkisch und hinterhältig wie nur je ein Mokabiter, und wenn er nach Hause nach Macrecourt kommt, wird er allen erzählen ...«

Miranda starrte fasziniert in den Käfig. »Ihr seid ein Mokabiter?«, fragte sie.

»Gewiss doch, und ich bin es mit Stolz«, erwiderte der Gefangene. Dabei stand er auf, schob mit der Geste eines Kavaliers die wenigen Lumpen zurecht, die ihm noch am Leib hingen, und machte eine formvollendete Verbeugung. »Mein Name ist Graf Lubis, und darf ich nach dem Euren fragen, edle Jungfrau?«

»Ich … ich bin Miranda, die Tochter des Drachenfürsten Vauvenal«, stammelte das Mädchen, überrumpelt von dem plötzlichen Wechsel zu feiner höfischer Art.

»Euer Anblick entzückt meine Augen«, erwiderte der halb nackte Graf. Wirklich glühten und funkelten seine Drachenaugen in einem so lüsternen Licht, dass die unschuldige Miranda dankbar war über die dicken Eisenstäbe zwischen ihnen. »Welche Schönheit! Welch zarte Stimme! Wie bedauerlich, dass es mir die Umstände nicht erlauben, Euch Eurem Stand gemäß zu unterhalten und zu bewirten, denn sie gibt mir nicht einmal Fleisch zu essen, sondern nur Gras und Blätter …«

Wyvern grollte wie eine Löwin, und er verbesserte sich rasch: »Nun, es mögen auch einige gebratene Pilze und süße Früchte dabei sein, so genau weiß ich das nicht. Aber kann man eine Jungfer aus drachischem Hause denn in einen Käfig einladen, selbst wenn man ihr …«

»Ihr esst Fleisch?«, unterbrach ihn die wissbegierige Jungfer. »Wie kommt es, dass die Mokabiter allein unter allen Völkern noch Fleisch essen?«

»Nun, sollen wir etwa Gras fressen auf der elenden Fieberinsel, auf die man uns verbannt hat?«, gab der Graf schnippisch zurück. »Ihr kennt wohl unsere Geschichte nicht?«

»Und sie wird sie heute auch nicht kennenlernen, mein Graf Lubis«, unterbrach die Sphinx das Gespräch. »Sie ist nur kurz mein Gast, also macht Euch erst gar keine Hoffnungen. Bereitet Euch lieber darauf vor, mir heute Abend noch Rede und Antwort zu stehen, denn ich will Euch noch zu den Bräuchen Eures Volkes befragen.«

Damit ergriff sie Mirandas Arm und zog sie weg. Hinter ihnen hallte die schnarrende Stimme des Grafen: »Ich will Euch alle Fragen beantworten, aber vergesst nicht, mich gut zu ernähren! Wenn ich Hunger habe, kann ich mich an nichts erinnern, und vergesst vor allem nicht die Amphore Palmwein!«

Die Sphinx trat an die Brustwehr, schlug mit den Fingerknöcheln der Rechten an eine der metallenen Flugechsen und rief einige Worte, die das Mädchen nicht verstand. Augenblicklich lief ein Zucken und Zittern durch den von Grünspan überzogenen Leib, die blinden Augen öffneten sich und wurden sehend, die starren Flügel regten sich, und so wurde die gesamte Echse lebendig. Mit einem Sprung verließ sie die Brustwehr und ließ die Sphinx aufsteigen.

Miranda blieb nichts anderes übrig, als eilig ihre Drachengestalt anzunehmen, wenn sie nicht allein gelassen werden wollte. Ängstlich, aber auch überaus neugierig flatterte sie hinter der Sphinx her, die auf ihrem Reittier bereits das Dach verlassen hatte.

Die Jungfer Lilibeth

Während sie flogen, stellte Wyvern ihr viele Fragen und mahnte sie schließlich, niemandem von der Prophezeiung zu erzählen. »Es erfüllt mich mit Hoffnung und Bangen zugleich, dass nun die Zeit der drei Kaiserinnen gekommen ist, denn sie wird große Veränderungen über Chatundra bringen. Wenn es dir gelingt, den grauen Urchulak zu vernichten, wird ein altes Übel verschwinden. Aber wenn nicht, wird es dein Tod und der meiner Kinder sein, und ein furchtbares Unheil wird über das Land hereinbrechen ...« Sie blickte so düster vor sich hin, dass Miranda nicht mehr wagte, sie anzusprechen.

Nach kurzem Flug überquerten sie einen violett schimmernden kleinen See, in dessen Mitte eine Insel lag. »Dort unten«, erklärte Wyvern, »wohnt Lilibeth.«

Miranda blickte sich ebenso neugierig wie ängstlich um.

Die Insel allein wirkte nicht bedrohlich. Ganz im Gegenteil, sie machte einen lieblichen Eindruck, den selbst der verfallene Turm in der Mitte nicht störte. Überwachsen von Orchideenranken, ähnelte er mehr einem erdbraunen, verrotteten Riesenbaum als einem von Menschen erbauten Bollwerk. Lange Bärte leuchtend grüner Flechten hingen daran herab. Zuckerrohr schwankte mit übermannshohen Stängeln rund um die Mauern. Vor dem Drachenkrieg, so erzählte ihr

Wyvern, war der Turm ein Außenposten an einer einsamen Grenze gewesen, den je nach Kriegsglück einmal die Kaiserlichen, dann wieder die Mokabiter besetzt hielten. Jetzt wohnte schon seit langer Zeit Lilibeth darin.

»Komm, wir wollen landen«, forderte die Sphinx Miranda auf. »Aber geh nicht auf dem Boden nieder, sondern auf den Wipfeln der hohen Palmen dort. Du wirst gleich sehen, warum ich dir das rate.«

Und wirklich: Einen Herzschlag später stürzten aus dem Tor des Wächterturms drei Hunde hervor, jeder so groß wie ein Kalb und von einem Aussehen, das Miranda aufs Heftigste erschreckte. Ihre Haut war nackt, runzlig und schwarz wie Leder, bedeckt von vielen dicken schwärzlichen Warzen. Nur auf dem Rücken trugen sie einen weißen Borstenkamm und am Scheitel einen schneeweißen Haarbusch, so hoch und dünn wie das Gras, das man Waisenmädchenhaar nennt. Ihre Augen waren milchig weiß wie die von Blinden. Sie liefen schnüffelnd und knurrend umher, die Schnauzen am Boden, und wollten schon an den Palmen hochspringen, auf denen die Besucherinnen saßen, da rief eine Stimme, so überirdisch süß wie die einer Drachin: »Aus, aus, meine Kleinen, meine Schätzchen, meine Lieblinge! Hierher, Ger, Gyfri und Gorm!«

Aus dem offen stehenden Tor des Turmes war eine Frau getreten. »Ihr seid es, Wyvern!«, rief sie. »Und wen habt Ihr da mitgebracht? Kommt nur ruhig her, meine Hündchen sind brav und gehorsam!«

Dass es eine Frau war, schloss Miranda freilich nur aus der Stimme und dem tiefroten langen Kleid. Eine über und über mit Silberstickereien besetzte Schleppe hing über die Stufen herunter. Ihr Kopf war bis über die Schultern unter einem dichten schwarzen Schleier verborgen, und ihre Hände steckten in roten Samthandschuhen.

Gehorsam nahm Miranda ihre menschliche Gestalt an und schritt neben der Sphinx auf die geheimnisvolle Bewohnerin des Eilandes zu. Die Dame geleitete ihre Gäste ins Innere des Turms. Eine Wendeltreppe führte hinauf in ein großes achteckiges Gemach, das auf die seltsamste Weise eingerichtet war – oder eher wahllos angefüllt mit einer Unmenge von kostbaren Dingen, die halb aus dem Schlafgemach einer reichen Dame, halb aus dem Laboratorium eines Alchimisten stammten. Prachtvolle, mit bernsteinfarbenen Blumen bestickte rote Seidenvorhänge verhüllten nur zum Teil ein üppiges Alkovenbett, vor dem drei Kissen lagen, offenbar die Schlafplätze der Hunde. Rundum drängten sich Kante an Kante ein Putztisch mit Spiegel, ein Tischchen für Brettspiele, ein langer Tisch mit vielerlei farbigen Glaskolben und eine Unzahl von Vasen, Gemälden, Stühlen und Lampen. Die Wände zwischen den Fenstern waren bedeckt von raumhohen Schränken aus einem dunklen, wohlriechenden Holz, deren gläserne Regale mit seltsamen Objekten gefüllt waren. In einer Wand gähnte das Feuerloch eines gewaltigen Marmorkamins, der zugleich als Esse für die Alchimistenküche diente.

Die Hunde waren ihrer Herrin gefolgt und ließen sich, jetzt gänzlich unbekümmert um die Gegenwart der Fremden, auf ihren Kissen nieder. Miranda und die Sphinx wurden aufgefordert, sich auf einen Diwan im Winkel zu setzen, dem gegenüber ein Lehnstuhl mit hoher, kunstvoll geschnitzter Lehne stand. Darin ließ die Dame sich nieder.

»Ihr habt mir also eine wichtige Nachricht zu überbringen?«, fragte die Verschleierte. Ihre Stimme klang ein wenig dumpf, denn der Schleier war dicht und dick gewebt, nicht die kleinste Spur ihrer Züge war sichtbar, was Miranda außerordentlich beunruhigte. Sie war überaus froh, dass die Sphinx sie begleitet hatte.

Wyvern nickte. »Erzähl Lilibeth, was du uns erzählt hast.«

Miranda seufzte. Widerwillig wiederholte sie ihre Geschichte. Abermals gab es eine heftige Reaktion in dem Augenblick, als sie davon sprach, zur Kaiserin der Mitte berufen zu sein. Lilibeth hob die Hände und schrie auf: »Oh! Oh! Ihr Schöpferinnen, lasst nicht zu, dass mein Vater sie tötet!«

Es klang erschreckend trauervoll und verzweifelt. Schon wünschte sich Miranda, der Salamander sei niemals aus ihrem Herdfeuer gekrochen.

»Mein Vater«, wiederholte die Verschleierte händeringend. »Mein schrecklicher Vater! Er will meine Schwestern als Kaiserinnen einsetzen. Verratet niemandem, dass Ihr zur Kaiserin berufen seid! Er wird alles daransetzen, Euch zu töten, ebenso wie die beiden Prinzessinnen. Ach, hätte ich doch die Kraft, ihn zu vernichten!«

Nach einer Weile fasste sie sich wieder, und da Miranda ihr auch den Traum vom goldenen Mann erzählte, so sagte sie: »Dieser Traum allein beweist schon, dass Ihr die rechte Kaiserin seid, denn es ist mein Vater, der diese Gestalt annehmen wird.«

Den Basilisken, so erzählte ihnen die Verwunschene, habe der Urchulak befohlen, sie sollten alles Gold der Kaiser in die südliche Höhle schleppen und aufhäufen. Dann würde er dank seiner magischen Kraft eine Statue daraus formen, so groß, wie man im Erde-Wind-Feuerland noch keine gesehen hatte, und sie zwischen Thamaz und Thurazim aufrichten. In diese Statue würde er schlüpfen wie die Hand in den Handschuh und sie mit seinem Wesen und Willen erfüllen, sodass sie lebte und sprach, drohte und strafte. Bald würden sie damit fertig sein, ihm das Gold herbeizuschleppen. Dann würde er vor den Menschen stehen als einer von ihnen, deutlich erkennbar und doch turmhoch überlegen, ein neuer Gott, denn die Menschen wollten ihre Götter als ihr Ebenbild sehen – nicht wie sie – die Menschen – waren, sondern wie sie gern sein wollten. Deshalb liebten sie hohe und mächtige Götter, die zornig und gnadenlos waren, Blitze schleuderten und mit Stimmen wie ein Wirbelsturm brüllten.

»Er täuscht die Närrin Tartulla, die junge Kaiserin von Chiritai«, erklärte Lilibeth. »Er hat die Gestalt eines fahrenden Ritters angenommen und ihr Herz mit seiner Zauberkraft erobert. Sie meint, er werde sie an seine Seite berufen, wenn er die Welt beherrscht, aber er denkt nicht daran, sich mit einem irdischen Weib zu belasten. Sobald sie ihm Chiritai in die Hände gespielt hat, wird er sie vernichten. Er duldet niemanden neben sich. Das werden eines Tages auch Twynneth und Twyfald feststellen müssen, aber meine Schwestern sind ebenso einfältig wie böse. Er führt alle Welt an der Nase herum. Die drei Könige der Basilisken gehorchen ihm, weil er ihnen versprochen hat, sie zu Königen im Reich der Mitte zu machen. Aber sie werden alle enttäuscht sein, denn er liebt niemanden und nichts außer sich selbst.«

»Ihr habt noch nicht herausgefunden, wie es möglich wäre, ihn zu vernichten?«, fiel die Sphinx ein.

»Nein. Tag und Nacht sinne ich, ob es nicht doch einen Weg gibt, den Spruch zu erfüllen. Aber wer vermag die Toten aus dem Grab zurückholen?«

»Die Toten aus dem Grab?«, fragte Miranda, die bei aller Aufregung und Sorge ihre angeborene Neugier nicht unterdrücken konnte.

Lilibeth nickte. »Auf meiner Suche bin ich auf einen alten Spruch gestoßen, den ich für einen Hinweis halte, wie wir meinen Vater vernichten könnten.

Wo die Lebenden fliehen,
Kämpfen die Toten.
Wo Lebende sterben,
Leben die Toten.
Wo lebende Augen erblinden,
Sehen die Toten.
Was ein Schwert nicht zerschneiden kann,
Schneidet der Hass.

Es scheint mir, dass die Bewohner des Totenreiches in der Lage sind, ihn zu töten. Da er viele Menschen ins Verderben gelockt und heimtückisch vernichtet hat, sind wohl auch viele willens, es zu tun. Aber den Eingang ins Totenreich kennen nur die Anhänger der schwarzen Magie, und von ihnen ist keine Hilfe zu erwarten. Sie allein sind auch in der Lage, die Toten zu beschwören, aber was würde uns das nützen? Kann Gerechtigkeit durch Ungerechtigkeit hervorgebracht werden, Gutes durch Böses? Immerzu suche ich einen Weg, den Unsterblichen zu vernichten, aber ich finde ihn nicht. Nun, da er so stark geworden ist und gelernt hat, menschliche Gestalt anzunehmen, fürchte ich, dass es mir niemals gelingen wird. Er wächst, er wächst, und ich kann sein Wachstum nicht aufhalten!« Sie schluchzte so wild auf, dass die besorgten Hunde herbeieilten und sich mit Händelecken und Schwanzwedeln bemühten, ihre Herrin zu trösten.

»Fasst Euch!«, mahnte die Sphinx. »Noch ist nichts verloren. Ich bin gewiss, dass die Macht der Schöpferdrachinnen auf unserer Seite ist. Ihr wisst, wie viele gute Omen und Vorzeichen die Geburt von Süleymin und Sela begleiteten, und die Feurigen selbst haben Miranda prophezeit, dass sie Kaiserin werden soll, das macht mir Mut.« Sie erhob sich. »Nun, da wir die Nachricht überbracht haben, wollen wir uns wieder verabschieden. Ich möchte nicht zu spät zurückkommen, da ich noch vieles mit Vauvenal und Miranda zu besprechen habe.«

Im Hof stieg die Sphinx wieder auf ihr Reittier, Miranda nahm ihre Drachengestalt an, und die beiden erhoben sich in die Lüfte.

Kaum hatten sie die Höhe erreicht, als Wyvern das Wort ergriff. »Ich wollte dir vorher nichts über Lilibeth erzählen, damit du sie kennenlernst, ohne Angst und Grauen zu empfinden. Dir war doch nicht bange vor ihr, oder?«

Miranda hätte sich gern damit gebrüstet, dass sie sich keineswegs gefürchtet habe, aber die Indigolöwen hatten sie gelehrt, ehrlich zu sein. Außerdem wusste sie nicht, welche Fähigkeiten die weise Sphinx hatte – ob sie eine Lüge nicht sofort erkannte und sie dafür verachten würde. Also gestand sie ehrlich: »Doch, sie war mir sehr unheimlich mit ihrer dicken Vermummung.«

»Sie wäre dir noch viel unheimlicher ohne ihren schwarzen Schleier«, wandte die Sphinx ein, »denn man sagt, sie habe eiserne Zähne und statt eines Gesichts nur eine blinde Platte aus Fleisch.«

Miranda erschrak so heftig, dass sie zu flattern begann und Mühe hatte, zu ruhigen Flügelschlägen zurückzufinden. »Ich bin froh, dass Ihr mir das nicht vorher gesagt habt«, stieß sie hervor. »Aber als sie redete, wirkte sie nicht schrecklich, sondern nur traurig und unglücklich. Erzählt mir nun ihre Geschichte, wenn es Euch gefällt.«

»Als der Urchulak aus dem Himmel fiel«, begann die Sphinx, »und auf der Erde aufschlug, da spritzten drei Tropfen seines quecksilbrigen Leibes davon und vereinten sich danach nicht mehr mit ihm, sondern wurden zu eigenständigen Wesen: zu Twynneth, Twyfald und Twayn, die man seine

Töchter nennt. Sie hausten in einem unterirdischen Palast aus Bronze auf einer Insel im Jademeer. Dort nannte man sie die Pestschwestern, denn sie vertrieben sich die Zeit damit, die Menschen mit Stechmücken, Blutegeln und fauligen Fiebern zu plagen. Aber eines Tages erfuhren wir, dass die jüngste der Pestschwestern, Twayn, ihren Sinn geändert hatte. Als nämlich der Urchulak auf die Erde stürzte und die drei Tropfen seines Leibes auf irdischen Boden spritzten, fiel einer davon auf Erde, die den Mutterjungfrauen geweiht war. So war in Twayn etwas Gutes entstanden, das den anderen mangelte. Sie verließ ihren unterirdischen Palast und wagte sich, begleitet von ihren drei schrecklichen Hunden, immer höher und höher hinaus. Sie blieb immer länger auf der Oberfläche, bis ein neugieriger Drache die düstere Jungfrau entdeckte und sie in ein Gespräch verwickelte. Dieser Drache war dein Vater ... Andere Drachen und hohe Wesen mischten sich ein. Sie ermutigten die Jungfrau und stellten ihr alle Freuden vor Augen, die die Welt des Lichts bietet, und eines Tages war es so weit: Twayn sagte sich von ihrem Vater und ihren Schwestern los, nahm den menschlichen Namen Lilibeth an und gelobte den Mutterjungfrauen Treue.

Der Urchulak tobte vor ohnmächtiger Wut und schleuderte einen schauerlichen Fluch auf die Verräterin, ja, er hätte sie auf der Stelle getötet, wenn er es vermocht hätte. Denn Twayn kehrte sich nicht nur von ihm ab, sondern mit flammendem Zorn gegen ihn; sie schwor, einen Weg zu finden, wie sie ihn vernichten könnte ...«

»Was war das für ein Fluch?«, fragte Miranda.

»Er machte ihr das Heiraten so schwer wie möglich. In seinem Zorn verwünschte er sie in dem Sinne, dass sie ihr schreckliches Aussehen niemals ablegen dürfe, ehe ein Mann sie unbesehen liebe. Finde sie aber einen geeigneten Gatten, so sei sie dennoch nicht gerettet, denn dann müsse sie ihm eine schwere Prüfung auferlegen, die der Urchulak ersonnen hätte. Könne der Mann diese Prüfung nicht bestehen, dann würden die Hunde ihn in tausend blutige Fetzen reißen.«

Miranda empfand Mitleid mit der verwunschenen Jungfrau, aber mehr noch mit sich selbst. Sie hätte gern schlichtweg abgelehnt, Kaiserin der Mitte zu werden. Dann hätte sie keine Angst um ihr Leben haben und Gynnevise nicht heiraten müssen. Natürlich konnte sie darüber mit Wyvern nicht sprechen, aber eher hätte sie einen Springwurm zum Mann genommen als diesen boshaften Knaben, der obendrein noch viel zu jung für sie war.

»Hörst du mir zu?«, fragte Wyvern.

Miranda schreckte zusammen. »Doch, doch«, antwortete sie hastig und beeilte sich, auf gleiche Höhe mit der fliegenden Echse zu kommen. Wyvern glaubte ihren Beteuerungen nicht, denn sie wiederholte, was sie gesagt hatte. »Lilibeth konnte uns viel über ihren Vater verraten«, sagte sie. »Denn da sie ursprünglich ein Teil von ihm war, sind ihre Gedanken mit den seinen verbunden, und sie kann – wenn auch nur selten ganz deutlich – erkennen, was er plant und ausführt. Er hat einen Weg gefunden, wie er in einer Welt, die nicht die seine ist, Kraft an sich ziehen kann. Das Mittel, das er entdeckt hat, ist das Gold. Der Geifer, der aus seinen beiden Mäulern trieft, gerinnt zu Gold, und dieses Gold zieht die Menschen so unwiderstehlich an, dass ihre Seelen an ihm kleben bleiben wie Muscheln an einem Felsen. Daher betrachten die Weisen das Gold mit Argwohn und nennen es voll Verachtung seiner gelben Farbe wegen Pupulsac, ›Piss-Stein‹. So hat er über hundert Jahre hinweg fremde Kraft in sich aufgesogen und die Gestalt eines fahrenden Ritters angenommen. In dieser Gestalt gewinnt er immer mehr Einfluss in Chiritai.«

»Ihr meint …«, begann Miranda.

»Der Besuch deines Vaters in meinem Haus ist kein Zufall und keine bloße Laune«, unterbrach sie die Sphinx. »Er kam, um seine Sorge über die Entwicklung in Chiritai mit mir zu teilen. Zwar erhebt sich inmitten der Kaiserstadt immer noch der prächtige dreieckige Tempel, dessen Grundstein Kaiser Viborg gelegt hatte, als die drei Schwestern aus der Verbannung zurückkehrten, aber nur wenige Bewohner finden den Weg dorthin oder in die anderen Tempel der Stadt. Wenn es einen Gott, eine Göttin in Chiritai gibt, so ist es das Pupulsac, das unerschöpflich aus dem Rachen des Unterirdischen strömt. Und die Anbeter dieser verderblichen Gottheit verwandeln sich in ihrem innersten Wesen: Aus Edlen und Tapferen wurden Raubritter und Wucherer. Geiz, Habsucht und Intrige regieren in der Stadt. Ihre Verstorbenen steigen nicht in die Sphären auf, sondern spuken als Schatzgeister in den Gewölben, an das Gold gekettet, das sie zu Lebzeiten an sich gerafft hatten. Geblendet vom Glanz des Pupulsac, träumen viele von ihnen davon, die alte Residenzstadt Thurazim wieder aufzubauen. Der Fluch des Goldes von Chiritai, der schon einmal ein ganzes Volk dahingerafft hat, wirkt wieder.

Wir sehen, wie er ein weiteres Volk ins Verderben stürzt. Die Kronprätendentin Tartulla ist eigensinnig und überzeugt, dass sie die Macht und das Recht hat, die Welt nach ihrem Willen zu regieren. Sie ist eine seltsame und unheilvolle Frau. Sie träumt davon, das alte Kaiserreich in Thurazim wiederherzustellen und noch zu erweitern, bis es von den Heulenden Bergen bis hinunter zum südlichsten Ende des Kontinents reicht. Es heißt, sie habe schon oft über dem Gedanken gebrütet, das Königreich der Makakau zu erobern und zu versklaven, die Mokabiter auf ihrer Insel auszurotten und die kleinen Völker in dem endlosen Wald zu vernichten. Wenn es dann so weit ist, will sie die Städte Thurazim und Thamaz wieder aufbauen lassen und sie zu einer einzigen Stadt verbinden, die den Namen Tartullazim tragen soll. Und sie ist so besessen vom Gold, wie es nicht einmal die Gottkaiser der Sundaris waren. Ich weiß, dass sie zu stolz ist, einen Menschenmann zum Gefährten zu nehmen, und davon träumt, sich mit einem Wesen hoher Ordnung zu vermählen … aber welches gute Wesen mag schon eine solche Frau haben?«

»Wohl kaum eines«, antwortete Miranda.

»Da hast du recht«, bestätigte die Sphinx. »Und so kam es, dass sie aus Stolz und Unverstand den Urchulak zu ihrem Freund machte, der doch keines Menschen Freund ist.«

In Wyverns Haus

Als sie in den Palast zurückgekehrt waren, fanden sie dort eine Nachricht von Vauvenal vor.

Thainach Wyvern und meine liebe Tochter Miranda,
ich bin in die Stadt der Schildkröte geflogen, um zu überprüfen, ob die Nachricht an Miranda der Wahrheit entspricht. Wie der Bote geraten hat, will ich ein Stück Pergament in den feurigen Brunnen werfen. Wenn es die Nachricht der Feuerschlangen bestätigt, so müssen wir uns augenblicklich darum kümmern, Miranda vor Anschlägen des Urchulak zu beschützen.
Ich weiß, dass ich Euch vertrauen kann, dass Ihr meine Tochter gut behütet, und werde mich beeilen zurückzukehren.
Ergebenst der Eure,
Dein Dich liebender Vater,
Vauvenal

Die Sphinx erwies sich als überaus freundlich und besorgt. Sie lud Miranda ein, sich die Zeit bis zur Rückkehr ihres Vaters damit zu vertreiben, dass sie den Palast kennenlernte. Zu dritt – der Junge lief hinter ihnen her und weigerte sich beharrlich, mit der Besucherin zu reden – schritten sie durch endlose Zimmerfluchten. Dabei erzählte die Sphinx den beiden Jüngeren aus der Vergangenheit. Wyvern gehörte zu den Wesen, deren Leben sich über viele tausend Menschenjahre erstreckte, und so reichte ihre Erinnerung mühelos in die Zeit zurück, als der Wasserdrache Drydd erstmals versucht hatte, die Herrschaft über die Welt an sich zu reißen. Damals waren seine Armeen daran gescheitert, dass die fremden Elemente Luft, Erde und Feuer sie vernichteten. Aus diesem Krieg stammten die vielen absonderlichen Siegestrophäen, die in den halbdunklen Gemächern in großen Glaskästen ausgestellt waren und Miranda immer wieder Schrecken einjagten. Unvermutet sah sie sich von einem gedörrten Fischschädel angegrinst oder betrachtete die abstoßenden Elfenbeinschnitzereien in einigen der Vitrinen. Tatsächlich waren die Beutestücke, die die Sieger damals dem Reich des Wasserfürsten entrissen hatten, zumeist von höchst befremdender Natur: Da gab es monströse Skelette und groteske Gegenstände wie die schweren, mit Muscheln und Bernstein verzierten, altersschwarzen Schmuckstücke in einem Kasten. Trotz ihrer überaus kunstvollen Ausfertigung erweckten sie einen rohen und seltsam unmenschlichen Eindruck. Es gab kleine Waffenrüstungen aus Hummerscheren und Krabbenschalen, die nicht für Menschen gemacht waren.

Miranda war zugleich abgestoßen und fasziniert. Ihr Blick hing an den schweren, grünspanig verfärbten Schmuckstücken, auf welchen in dunklem Feuer bernsteinene Gemmen glühten.

Die Sphinx, die die Neugier ihres Gastes bemerkt hatte, blieb stehen. »Gefällt es dir? Was du hier siehst, war der Brautschmuck eines Meerweibes.«

Miranda erinnerte sich daran, was sie auf der Universität gelernt hatte. Solche Meerweiber waren, wie auch die Meermänner, seltsame Kreaturen mit platten Gesichtern und runden, ausdruckslosen rötlichen Augen, die weder Mensch noch Tier waren, sich im Schlamm zwischen Wasser und Land suhlten und alles Warmblütige ertränkten, das ihnen in die kalten Hände fiel.

Wyvern erzählte von den seltsamen Wesen. Miranda lauschte fasziniert, fühlte sich aber innerlich hin und her gerissen. Zwar hörte sie gern Geschichten von Helden und Ungeheuern, grausamen Schurken und tapferen Kämpfern und träumte oft selbst davon, eine Heldenjungfrau zu sein – doch war ihr auch klar, dass blutige Kämpfe nur in Träumen spannend und aufregend waren. Der Kampf mit den Totenkopflibellen war ein Erlebnis gewesen, das sie nicht wiederholen wollte.

Gynnevise musste in ihrem Herzen gelesen haben, denn er bemerkte boshaft: »Ihr macht dem Mägdlein Angst, Frau Mutter, wenn Ihr von den schrecklichen Geschöpfen der Tiefe erzählt.«

Wyvern, die wohl durchschaute, dass der Junge die Besucherin nur ärgern wollte, lächelte, fragte jedoch: »Hast du Angst, Miranda?«

»Nein«, erwiderte diese gereizt. Dann setzte sie zögernd hinzu: »Ich meine, ich habe keine Angst vor den Meerweibern und solchen Wesen. Aber ich fürchte mich, wenn ich an alle die unheilvollen Worte denke, die ich von Fayanbraz und Lilibeth gehört habe. Am liebsten wäre es mir, wenn der Feuerschweif niemals aus meinem Herd gefahren wäre. Und doch: Wenn ich Euch zuhöre, werden meine Wangen heiß, ich atme rasch, und Bilder tauchen in meinem Geist auf. Ich sehe mich dann große Taten begehen …« Dann schämte sie sich für ihre Worte, weil sie Angst bekam, der Junge könne sie auslachen. Er verzog das Gesicht auch schon zu einem Grinsen, aber Wyvern warf ihm einen scharfen Blick zu, und er schwieg.

Während sie weitererzählte, schritt die Sphinx in immer neue Zimmer voraus, in dem dasselbe grünliche Zwielicht herrschte wie in allen anderen. Miranda, die der Frau auf den Fersen folgte, spürte, wie sich allmählich eine würgende Beklemmung auf sie senkte. Jetzt, da ihre Sinne übersättigt waren und die erste Verblüffung und Faszination über die hier angehäuften Reichtümer nachließen, spürte sie die bedrückende Atmosphäre der ungelüfteten Räume. Eine kalte Bedrohung ging von den wuchtigen, ungewöhnlich geformten Möbelstücken und schweren Tapisserien aus. Sie hätte keine Nacht allein in diesen Zimmern verbringen wollen.

Eines der Gemächer enthielt nichts weiter als eine mannshohe Steinplatte, in die viele fremdartige Zeichen eingemeißelt waren. Als Wyvern das Licht näher hielt, entdeckte Miranda, dass es eine Landkarte von Chatundra war – deutlich erkannte sie die Bergketten der Feuerberge und der Heulenden Berge. Aber in vieler Hinsicht sah dieses Chatundra anders aus als jenes, das sie kannte. Es war mehr als doppelt so breit, umgeben von einem breiten Saum großer Inseln, die sich auf beiden Seiten der Landmasse von den Schneegipfeln der Toarch kin Mur, der Heulenden Berge, im äußersten Norden bis hinunter zum Reich der Makakau zogen. Berge waren eingezeichnet, aber was noch seltsamer war – auch Städte, deren Namen ihr völlig fremd vorkamen. Eingemeißelt in diese Landkarte waren sieben Sterne, und auf allen vier Seiten war sie von einer Schrift in altertümlichen Glyphen umgeben, die Miranda nicht entziffern konnte.

»Das«, sagte Wyvern, »ist der Stein von Cullen. Er wurde bei einem Seebeben vom Grund des Meeres gehoben und auf eine Insel namens Cullen geworfen, wo gelehrte Drachen ihn fanden und seine Bedeutung erkannten. Wir wissen nicht, aus welcher Zeit er stammt, aber er muss uralt sein, denn die älteten Wesen können sich nicht erinnern, jemals etwas davon gehört oder ihn gesehen zu haben. Selbst die Schrift ist unbekannt, doch gelang es, sie zu entziffern.« Sie wies mit der Hand auf die winzigen Türme, die die Lage unbekannter Städte symbolisieren. »Niemand von uns kann sich erinnern, dass es jemals das Land gab, welches hier eingezeichnet ist, gar nicht zu reden von den Städten. Erst als wir den Stein entzifferten, erkannten wir, dass er nicht Vergangenes abbildet, sondern Zukünftiges weissagt.«

Mit angehaltenem Atem betrachtete Miranda die tief eingegrabenen Zeichen. »Ihr meint, Chatundra wird eines Tages so aussehen, wie es hier dargestellt ist? Viel größer und mit Städten, von deren Existenz wir heute nicht einmal träumen?«

»So ist es. Und es wird ein guter Tag sein, denn diese Glyphen« – sie tippte auf Kartuschen, die an vier Ecken in den Stein gehauen waren und rätselhafte Zeichen enthielten – »bedeuten: Frieden, Wohlstand, Gerechtigkeit, Weisheit. Siehst du die sieben Sterne hier? Sieben Kronen werden in dieser Zukunft über Chatundra herrschen, drei Kaiserinnen und vier Könige oder Königinnen.« Sie berührte drei der Türme mit dem Zeigefinger und wies Miranda darauf hin, dass sie sich an folgenden Stellen befanden: Der erste Turm markierte den Ort, wo im tiefen Süden die Hauptstadt der Makakau lag; der zweite kennzeichnete im Mittelreich die Garnisonsstadt Fort Timlach – dort war ein um vieles größerer Turm eingezeichnet, der vermutlich die Hauptstadt des gesamten Landes symbolisierte –; und zuletzt wies ein dritter Turm im hohen Norden auf der Schulter der Feuerberge auf die altertümliche Drachenstadt Zorgh hin. »Ich bin überzeugt, dass der Stein von Cullen die Zeit voraussagt, da die drei Kaiserinnen herrschen werden und die Kaiserin der Mitte die höchste von ihnen ist.«

»Aber Chatundra ist nicht so groß, wie es hier dargestellt ist.«

Wyvern nickte, entgegnete jedoch: »Noch hat der Wasserdrache Drydd viel Land in seinem Besitz, um das er die Mutterjungfrauen betrog. Wenn er es eines Tages zurückgibt, sei es freiwillig oder unter Zwang, mag das Land so aussehen wie hier. Dann werden die Sieben darin herrschen, und die Welt wird erneuert werden, denn die Himmlischen werden sie verwandeln, bevor sie ihre Throne besteigen.«

Miranda erinnerte sich an ihr Gespräch mit Fayanbraz. Sie erschrak bei dem Gedanken, dass auf diesem jahrtausendealten Stück Felsen ihr Schicksal geschrieben stand und dass darin von dieser selben unheimlichen Verwandlung die Rede war. Sie lauschte angespannt, als Wyvern weiterredete.

»Dieser Stein«, erklärte die Sphinx, »erzählt uns, dass die Allmutter Majdanmajakakis und die drei Mutterjungfrauen eines Tages die Geduld verlieren werden mit den Kaisern und Königen, die ihre Welt beherrschen, da es zu viel Habgier, Laster und Kriegslust unter ihnen gibt. Daher sollen die Sieben den Thron nicht besteigen dürfen, wie sie sind, sondern: *Sieben sollen sich verwandeln, aber sie wissen vorher nicht, worin sie verwandelt werden. Wenn sie sich dem Willen der Himmlischen beugen, werden sie Chatundra in Frieden und Weisheit regieren.*«

»Dann bin ich eine von diesen Sieben«, antwortete Miranda, die sich todunglücklich fühlte. »Und mit Euren Kindern sind wir vier. Aber wer sind die anderen drei?«

»Das weiß ich noch nicht. Es wird zweifellos zur rechten Zeit offenbart werden.«

Miranda hätte fliehen mögen, fort aus den düsteren Gemächern des Jadepalastes, fort aus ihrem gesamten Schicksal. Sie fühlte sich wie außerhalb der Welt stehend. Ihr Los war festgelegt und entschieden worden, noch bevor sie geboren war, es ließ sich nicht ändern. Sie musste in ein Wesen verwandelt werden, das sie nicht kannte, und sie musste Gynnevise zum Mann nehmen. Dieser zweite Fluch allerdings schien den ersten zumindest zu mildern. Dass sie nach der Verwandlung einen Knaben heiraten sollte, bedeutete, dass sie zumindest in keinen Baum, Felsenstein und in kein Ungeheuer der tiefen Meere verwandelt werden sollte. Bei den Indigolöwen hatte sie viele Geschichten von Jungfrauen gehört, die aus dem einen oder anderen Grund in Felsentürme verwandelt worden waren, in riesige Bäume oder gar in weinende Regenwolken, aber keine von ihnen hatte danach noch geheiratet. Wenn sie aber nun in ein Scheusal wie Lilibeth verwandelt wurde und den Rest ihres Lebens das Gesicht unter einem dichten, kohlschwarzen Schleier verstecken musste?

»Du bist traurig?«, fragte Wyvern sanft.

Miranda wollte in Gegenwart des Jungen nicht zeigen, wie jämmerlich ihr zumute war; also versteckte sie sich hinter einem Vorwand. »Nein, nicht traurig. Ich bin nur ein wenig müde von all den tausend Dingen, die es hier zu sehen gibt.«

»Dann wollen wir für heute ein Ende machen und dich mit einem Abendessen erfrischen.«

Da es allmählich dunkel wurde, gab Wyvern Befehl, die Tore des Palastes zu schließen und auch an den Fenstern im Erdgeschoss die eisernen Läden vorzulegen. »Wer so nahe am Reich der Basilisken wohnt wie wir«, erklärte sie der Drachenjungfer, »muss gewisse Vorsichtsmaßnahmen ergreifen. Wir wollen nicht nachts davon aufwachen, dass uns irgendein Würger auf der Brust sitzt und die Finger schon an unserer Gurgel hat. Denn der Urchulak ahnt, dass ich die beiden zukünftigen Kaiserinnen in meinem Haus verborgen halte. Er sendet seine Sklaven aus, sie zu vernichten, da er selbst zu feige ist, es zu versuchen. Er weiß wohl, dass ich die Kraft habe, seine Angriffe zurückzuschlagen, und hütet seine eigene Haut, während er das dumme Basiliskenvolk in den Kampf hetzt.«

Das erschreckte Miranda, die in ihrem Haus in Dundris noch nie vor irgendetwas Angst gehabt hatte. Sie hörte mit Freuden, dass sie im Zimmer der beiden Prinzessinnen übernachten würde, vor dessen Tür schlaflose Drachendiener die ganze Nacht hindurch Wache hielten. Zwar hätte sie es niemals eingestanden, aber sie hatte große Angst davor, allein in dem riesigen Labyrinth zu schlafen.

Wyvern fuhr fort: »So schickt er immer wieder seine niedrigsten Diener vor, damit sie mein Haus angreifen und die Kinder entführen oder töten. Es ist mir noch jedes Mal gelungen, sie zurückzuschlagen. Du hast nichts zu befürchten, solange du hier bist.«

Das Abendessen war bescheiden, und danach lud die Sphinx die Besucherin ein, sich mit ihr und den drei Kindern an den offenen Kamin in der Bibliothek zu setzen. Ein Feuer brannte darin. Die Nächte waren so feucht und kalt, wie die Tage im Regenwald heiß und feucht waren. Wer sein Feuer ausgehen ließ, wurde bald eine Beute von Schimmel und Mehltau. Hier fühlte Miranda sich wohl, obwohl die Bibliothek ihr wie eine riesige schwarze Kaverne vorkam, in der nur der Platz unmittelbar vor dem Feuer erhellt war. Noch mehr freute sie sich, als die Tür aufging und eine junge Drachin hereinschlüpfte, die Wyvern ihr als das Kindermädchen Minneloise vorstellte. Sie hatte einen Kopf wie ein Seepferdchen, lang und dünn, mit riesigen Perlenaugen, und einen mit schwarzen Arabesken auf apfelgrünem Grund gezierten Körper, dessen mächtige Muskelringe klingelten und klirrten, wenn sie sich bewegte. Sofort legte sie sich wie ein ringförmiger Ofen um die Kinder, die sich behaglich an ihre feuergefüllten Flanken kuschelten, und bot ihnen ihre Vorder- und Hinterpranken als Armlehnen eines natürlichen Sofas dar.

Wenig später kamen auch einige alte Dienstboten und Wyverns Zofe Mala herein, die das Vorrecht genossen, die abendliche Freizeit mit ihrer Herrschaft zu verbringen. Sie setzten sich mit ihren Stickrahmen und Schnitzereien auf Kissen, die an der Wand aufgereiht lagen.

Miranda erfuhr, dass Wyvern jeden Abend damit verbrachte, ihre Kinder zu unterrichten. Sie bat dann eines der Kleinen, ein Buch auszuwählen, las daraus vor oder gebot einem der Kinder, aus einem Buch seiner Wahl vorzulesen. Diesmal war Gynnevise an der Reihe. Er schleppte einen Wälzer herbei, so hoch und breit, dass er ihn zum Lesen vor sich auf den Boden legen musste, und las dann mit seiner hohen, klaren Knabenstimme aus dem »Gesang von den vergangenen Zeiten« vor, wie der Wasserfürst Drydd den Plan gefasst hatte, seine Schwestern bei der Aufteilung der Welt zu betrügen.

»Klaget und zürnet! Betrug ist geschehn in vergangenen Zeiten.
Denn als die Drachen dereinst alles Leben erschufen,
da betrog Drydd, der Graue, Gewaltige, seine drei Schwestern.
Tief in den Schluchten der Wasser, der bleigrauen Tetys,
verborgen in Schlünden, die niemals ein Auge gesehen,
da herrschte der vierte der alles erschaffenden Drachen,
der Meister der Kälte, des Dunkels, des unfruchtbar salzigen Wassers:
Drydd war sein Name, der Fürst des Entsetzens.
Er hasste die Mutterjungfrauen und hasste

das Feuer, die Luft und die milde, gebärende Erde. Alles wollte der grässliche Unhold verschlingen.
Hört! Je ein Viertel der Erde sollte den Schöpfern gehören:
Mandora das Feuer, den Schwestern Plotho und Cuífin, den Schönen,
die milde, gebärende Erde, die süße Luft unterm Himmel.
Doch Drydd schlang hinein in den Rachen,
ergriff, was ihm nicht mehr gehörte,
und überzog weites Land mit der bleigrauen Tetys, dem Wasser des Urmeers.
Viele Länder versanken da in den eisigen Fluten.
Feuer erloschen, und unfruchtbar wurde die Erde,
die nun verschwand in den finsteren Tiefen des Ozeans.
Nirgends mehr brannte ein Feuer, ertränkt in der salzigen Tiefe.
Fische schwammen, wo es den Vögeln zu fliegen bestimmt war,
und die Erde wurde zu fruchtlosem Schlick in den nächtigen Schlünden.
Zorn flammte auf, als die Schwestern das sahen,
und wo Friede einst herrschte, entbrannten erbitterte Kriege.
Hass lohte hier und da, und die Liebe erstarrte.
Ach, kommt denn nie mehr die Zeit, da Gerechtigkeit herrsche?«

Als Gynnevise zu Ende gelesen hatte, lobte die Sphinx ihn für sein Vorlesen und lud die Kinder dann ein, Fragen zu stellen. Miranda fühlte sich fasziniert von der weisen Mutter und den drei klugen, wissbegierigen Kindern. Sie lauschte aufmerksam dem Gespräch.

Auf einmal schnellte eine Flamme aus dem Kamin und

drehte sich so geschwind um die eigene Achse, dass nach allen Seiten die Funken davonflogen. Wie ein lebendiges Wesen sprang sie auf Gynnevise zu, verschlang sich über seinem Kopf zu einem Kranz und schwebte ein paar Herzschläge lang in der Luft. Dann fuhr sie auf Miranda los.

Das Mädchen erschrak heftig und wollte sie mit beiden Händen abwehren, aber das feurige Ding – in dem sie nun ganz deutlich einen Salamander erkannte, vielleicht sogar denselben, der sich ihr gegenüber Vlysch genannt hatte – wich blitzschnell ihren Händen aus und schwebte über ihrem Scheitel, wo es einen zweiten leuchtenden Kranz bildete. Dann huschte es zurück in die Flammen.

»Seht!«, rief die Zofe Mala entzückt. »Seht nur, ein Salamander, und er hat den jungen Herrn und das Fräulein begrüßt! Welche Freude! Die Salamander haben Euch lieb, junger Herr, junge Dame, das hat Großes für Euer zukünftiges Leben zu bedeuten!«

Miranda errötete peinlich berührt, als der Junge sie daraufhin ansah und angewidert die Stirn runzelte. Sie war erleichtert, als Wyvern aufstand und zu verstehen gab, dass die abendliche Zusammenkunft beendet sei. Die Dienerschaft verschwand mit ihren Schnitzereien und Stickrahmen, Minneloise sammelte die drei Kinder ein und trug sie auf dem Rücken zu ihren Schlafgemächern. Miranda jedoch blieb auf die Bitten ihrer Gastgeberin hin noch ein Weilchen bei dieser sitzen.

»Dir ist Seltsames und Ungewöhnliches widerfahren«, sagte Wyvern, als sie allein waren. »Deine Berufung ist sehr plötzlich gekommen und hat dich unerwartet getroffen. Es wird dir guttun, wenn wir ein wenig darüber reden, was da auf dich zukommt.« Dann setzte sie plötzlich hinzu: »Die Kaaden-Bûl haben offenbar großen Gefallen an dir gefunden, nachdem sie selbst einen Boten geschickt haben, der dir deine

Berufung verkündet. Sonst kümmern sich die Feurigen kaum um die Belange der Irdischen.«

»Es geschah gewiss aus Wertschätzung für meinen Vater«, wehrte die Jungfer bescheiden ab. »Er erzählte mir, dass er zuweilen an den Kraterseen der Vulkanberge für sie sang.«

»Das wundert mich nicht, denn die Stimme deines Vaters ist unvergleichlich schön«, erwiderte die Sphinx. »Aber man wird dich bald nicht mehr Vauvenals Tochter nennen, sondern dein eigener Name wird berühmt sein auf ganz Murchmaros. Du bist zu einem hohen und schweren Schicksal auserwählt worden, und viele Gefahren warten auf dich.«

Miranda seufzte. »Kann ich nicht bei Euch und Euren Töchtern bleiben, bis die Zeit gekommen ist, da ich den Thron besteigen soll? Unter Eurem Schutz hätte ich nichts zu fürchten.«

»Das mag sein«, erwiderte die Sphinx, während sie sich nach Löwenart vor dem Feuer hinlagerte und die Arme unter der Brust verschränkte. »Aber das Schicksal der beiden Mädchen ist ein anderes als das deine. Sie müssen hierbleiben, du musst in die Welt hinausgehen. Vor allem musst du mit der Kaiserin Tartulla reden.«

Miranda wurde bang bei dem Gedanken, der mächtigen Kaiserin gegenüberzutreten, aber die Sphinx, die es merkte, wies sie zurecht. »Gestern noch hätte ich deine Scheu verstanden, Miranda, als du nichts warst als eine unerfahrene Jungfer, wenn auch aus edlem Hause. Heute aber bist du die zukünftige Kaiserin der Mitte und wirst rechtens auf einem Thron sitzen. Tartulla hingegen ist nichts weiter als ein Weib, das sich gegen den Willen der Mutterjungfrauen an einen Thron klammert, dessen Untergang bereits beschlossen ist. Fasse dich jetzt, und sieh die Welt um dich mit den Augen einer zukünftigen Kaiserin!«

Miranda versuchte es nach Kräften, aber es wollte ihr nicht recht gelingen. »Es ist sehr schwierig«, murmelte sie verlegen.

»So rufe die Kraft der Mutterjungfrauen an. Die dir dieses Schicksal auferlegt haben, werden dir auch helfen, es zu tragen.«

Das beruhigte die Drachenjungfrau ein wenig. Allmählich gelang es Wyvern, in der unerfahrenen Jungfer einen kühnen Mut zu erwecken. Mirandas Schrecken angesichts ihrer Berufung wandelte sich in Vorfreude. Sie stellte der Sphinx viele Fragen, was eine Kaiserin tun und wissen müsse, worauf die Sphinx antwortete: »Zu dem allem werden wir dir verhelfen, sobald du deinen Thron bestiegen hast, aber zuvor wartet noch eine andere und viel schwierigere Aufgabe auf dich, nämlich den Untergang des Urchulak zu bewirken. In dieser Angelegenheit kann ich dir keine Hilfe leisten. Ich weiß auch nicht, was ihn, den Unsterblichen, davon abhalten könnte, unsere Welt zu verwüsten. Du hast gehört, dass selbst Lilibeth es nicht weiß – wohl hat sie die Prophezeiung, aber dieser Weg ist uns versperrt, da nur schwarze Magie die Toten beschwören kann. Ich setze meine Hoffnung auf das Konzil der weiblichen Wesen, das uns dann ein Rat sein wird. Denn immerhin haben die Feurigen uns Hilfe versprochen.«

»Sind sie denn weiser und mächtiger als alle anderen Drachen?«, fragte Miranda. »Ich dachte immer, die Rosenfeuerdrachen, die Mirminay, seien die Mächtigsten.«

»Die Feurigen haben ein tieferes Wissen«, antwortete die Sphinx. »Denn in ihrem Wesen sind sie dem Ursprung aller Dinge, dem glühenden Bûl, näher als alle anderen Wesen. Sie wurden von Majdanmajakakis ins Leben gerufen, als die Oberfläche von Murchmaros noch ein kochender See aus giftigen Gasen war. Aber sie sind wild und schrecklich, und wehe dem, der ihren Zorn erregt! Du musst mit großer Höflichkeit mit ihnen umgehen, selbst wenn es nur ein Feuerschweifchen ist, das zu dir spricht.«

Miranda, die sich mit Schaudern an die schreckliche Schlange in ihrem Zimmer erinnerte, versprach es bereitwillig.

»Dann wollen wir jetzt schlafen gehen, denn du hast für einen Tag genug gelernt«, sagte Wyvern. »Komm, ich geleite dich in deine Schlafkammer.«

Der Angriff der Basilisken

Miranda schlief zwar rasch ein, aber seltsame Träume ängstigten sie. Sie sah sich in einer düsteren Felshöhle auf einem riesigen steinernen Altar liegen, hingestreckt wie ein Opferlamm. Mit ihr lagen dort sechs andere Menschen, von denen sie jedoch nur Gynnevise und den Mokabiter, Graf Lubis, erkennen konnte. Etwas Schreckliches stand ihr bevor, obwohl sie nicht wusste, was es sein mochte. Dann schwand der Traum. Sie meinte zu sehen, wie ein Ritter in voller Rüstung in die Schlafkammer trat und sich über ihr Bett beugte. Lähmende Schwere breitete sich in ihren Gliedern aus, als sie das schöne, bleiche Gesicht des Herrn Kattebras erkannte.

»Miranda«, flüsterte er, und seine Stimme klang so süß, dass ein Rausch die Jungfer überkam, »Maide Miranda, warum willst du die Macht mit zwei Kindern teilen, wenn du allein über Murchmaros herrschen kannst?« Er spreizte beide Hände in den silbernen Kettenhandschuhen. »Ein Griff, ein Druck, und es ist getan. Sie sind schwach ... du bist eine Drachentochter. Warum willst du dich damit begnügen, eine unter dreien zu sein?«

Miranda wollte schreien, wollte aufspringen, aber der Blick seiner Quecksilberaugen bannte sie.

»Erhebe dich!«, flüsterte er. Und wirklich: Sie stieg waagrecht, wie sie lag, im Bett in die Höhe. »Tritt auf den Boden!« Und es geschah.

»Nun geh zu den Betten der beiden und töte sie!« Bei dem Wort jedoch überkam Miranda ein solches Entsetzen, dass ihre Kräfte zurückkehrten. Sie fand die Herrschaft über ihre Stimme wieder und schrie gellend.

Mirandas lauter Aufschrei weckte die beiden Prinzessinnen. Sogleich fragten sie besorgt, was ihr zugestoßen sei. Miranda erzählte, dass ein schauerlicher Traum sie geängstigt habe. Sie gab ihnen einen Teil davon wieder (davon, dass Kattebras sie gedrängt hatte, die beiden Mädchen zu ermorden, erwähnte sie aber nichts). Die Prinzessinnen beschworen sie augenblicklich, sie müssten zu ihrer Mutter laufen und ihr davon erzählen. Miranda wollte erst nicht, aber dann hatte sie solche Angst, allein zu sein, dass sie sich überreden ließ. Sie eilten durch lange, dunkle Korridore, treppauf, treppab durch den nächtlichen Palast, bis sie abermals in die große Bibliothek kamen.

Offenbar schlief die Sphinx niemals oder nur wenig. Obwohl tiefe Nacht herrschte, saß sie am Feuer, ein dickes Buch auf dem Schoß, und schrieb eifrig auf, was ihr der Mokabiter erzählte. Dieser saß ihr gegenüber, mit einer Kette um die Fußknöchel an einen Ring gefesselt, der in den Kamin eingemauert war. Neben ihm stand ein Tischchen, das mit gebratenen Pilzen, Früchten, Nusskuchen und Palmwein bedeckt war. Während er gierig aß und trank und sich die Finger ableckte, erzählte er der Sphinx eifrig von seinem Volk und dessen Bräuchen und Sitten (die freilich zum größten Teil Unsitten waren).

Als die Mädchen in die Bibliothek stürmten, fuhr er so heftig auf, dass die Kette rasselte. Seine gelben Drachenaugen leuchteten erregt. »Ei«, zischte er, »sieh an! Die Jungen! Die Schönen!«

Miranda war heilfroh, dass er ihr nicht nahekommen konnte. Sie trug nichts als ihr Unterkleid, denn sie hatte in der Eile ganz vergessen, sich anzuziehen. Die beiden Prinzessinnen achteten jedoch gar nicht auf ihn, sondern riefen ihrer Mutter zu, Miranda habe einen bedeutsamen Traum gehabt, den sie sich unbedingt anhören solle.

Als Miranda stockend vor Aufregung die nächtliche Vision berichtete – wobei sie wiederum einiges ausließ –, runzelte die Sphinx die Stirn und murmelte, das sei tatsächlich ein sehr bedeutsamer Traum. Sie müsse erst darüber nachdenken, und sie wolle auch mit dem Troubadour darüber sprechen, sobald er heimgekehrt sei.

Während sie noch so sprachen, klopfte es leise an die Tür der Bibliothek. Gleich darauf huschte einer der Drachendiener herein, sprang auf den Kamin, um das Ohr der hochgewachsenen Sphinx zu erreichen, und flüsterte ihr etwas zu. Sie lauschte aufmerksam, dann befahl sie den Prinzessinnen, wieder zu Bett zu gehen, Miranda aber solle mit ihr kommen.

»Und ich? Was ist mit mir?«, schrie der Graf, der sich so plötzlich allein gelassen sah. »Warum kümmert Ihr Euch nicht mehr um mich?«

»Ihr«, beschied ihn die Sphinx, »habt Gesellschaft genug am Essen und am Wein, also geduldet Euch. Und seid im Übrigen froh, dass Ihr hier zwischen festen Mauern sitzt und nicht in Eurem Käfig auf dem Dach, denn ein böses Volk ist unterwegs.«

Darauf schwieg der zänkische Graf hübsch stille und beschäftigte sich mit dem Essen.

Die Sphinx ergriff Mirandas Hand und zog das Mädchen

mit sich, während der schlanke, leichtfüßige grüne Zwergdrache mit einer Laterne vorauslief. Sie gelangten über viele steile, enge Treppen auf das Dach, wo Wyvern den Diener wegschickte und Miranda an die Brustwehr führte. Dort blickten sie beide zwischen den metallenen Echsen und Harpyien hinab.

Miranda stieß einen leisen Schreckensschrei aus. Am Ende der Auffahrt erblickte sie einen wimmelnden Haufen grünlicher Lichter, die wie Irrwische hin und her sprangen, dabei aber immerzu näher kamen. »Was ist das?«, flüsterte sie.

»Basilisken«, erwiderte die Sphinx. »Zweifellos hat ihr Angriff heute etwas mit dir und deinem Kampf mit den Totenkopflibellen zu tun. Willst du sie aus der Nähe besehen?«

Miranda wusste nicht recht, ob sie das wirklich wollte, aber die Sphinx ließ ihr keine Zeit zum Nachdenken. Dicht hintereinander flogen sie durch die schmale Schneise der Auffahrt zwischen den himmelhohen Schachtelhalmbäumen heran. Als Miranda nach unten blickte, sah sie, dass die Dienerschaft mit brennenden Fackeln aus dem Haus gelaufen kam, aber in der Mitte der Allee haltmachte und dort eine lebende Barriere bildete. Dann drehte sie sich um, und da waren alle die bronzenen Tiere auf der Brustwehr lebendig geworden und rauschten hinter ihnen her. Ihre Flügel erzeugten einen so gewaltigen Wind, dass die Blätter der Bananenbäume schwankten wie Boote auf stürmischer See und der Riesenbambus sich zur Seite neigte.

Schon hatten sie die anstürmende Schar erreicht, und zum ersten Mal in ihrem Leben sah Miranda lebende Basilisken. Ihr Herz erstarrte vor Abscheu beim Anblick der monströsen Kreaturen. Sie waren nicht größer als siebenjährige Kinder, aber von einer so schauerlichen Gestalt, dass ein Schrecken von ihnen ausging. Ihre Hände und Füße waren die von Skeletten, aber von einer dürren Haut überzogen, auf der borstiges schwarzes Haar sprosste. Manche hatten zwei, andere vier Füße, manche auch einen Schwanz, an dessen Ende ein Skorpionstachel saß. Auf den Schultern trugen sie einen dicken, buckligen Kopf mit schillernden Fischaugen in einem gelben Gesicht. Nie hatte Miranda etwas so Abstoßendes gesehen. Noch schlimmer als der Anblick war der würgende Sumpfgeruch, der von den Wesen aufstieg, und ihr bösartiges Schnattern und Zähneklappern. Als sie die fliegenden Wesen sahen, sprangen sie zähnefletschend hoch in die Luft, um danach zu beißen, und streckten die langfingrigen Klauen aus, um die Fliegenden zu sich herabzuziehen. Dabei rannten sie in einem wilden Durcheinander dem Palast entgegen. Zwischen ihnen wimmelten viele dicke, gelbliche Schlangen mit plumpen Köpfen, aus deren Kiefern das Gift triefte, und noch viele andere Kreaturen der Sümpfe: Wasserschlangen und Eidechsen, Frösche und Kröten sowie schillernde Wasserkäfer. Für gewöhnlich hegte Miranda keinen Abscheu vor solchen Tieren. Sie pflegte sogar sorgsam aufzupassen, dass sie auf regennassen Wegen keines von ihnen zertrat. Aber was hier herbeieilte, hatte nichts mit den possierlichen Bewohnern feuchter Stätten gemeinsam. Dies war das Gezücht der Purpursümpfe – graues Getier mit scheckigen, aufgedunsenen Bäuchen, das sich mit krankhaft verschrobenen Hopsern bewegte. Miranda sah missgestaltete Pratzen vor sich, widerlich pulsierende gelb gefleckte Bäuche, die starren, geriffelten Panzer großer Insekten. Und dazwischen krochen Tiere, wie sie noch keine gesehen hatte. Sie gehörten weder dem Wasser noch dem Land, sondern waren Mischlinge, kriechende Fische, stieläugige Wasserschlangen, denen kurze Flügel gewachsen waren, Scheusale mit Hummerscheren, die aufrecht auf dem hintersten Paar ihrer acht Beine gingen, rötliche

Krabben mit bösartig angehobenen Skorpionschwänzen und anderes widerliches Gelichter mehr.

Alle zischten, gackerten und schnarrten in einer wilden Kakofonie durcheinander. Wo sie über die Steinplatten der Allee rannten, hinterließen sie ekelhafte Spuren aus zähem Schleim.

Da stürmten ihnen aber auch schon die bronzenen Kreaturen entgegen, und ein wilder Kampf brach aus. Kreischend fuhren die Harpyien und Stymphaliten auf das Gezücht los und stiegen wieder in die Höhe, jeder mit einer sich windenden Schlange im Schnabel. Sie zwickten ihnen den Kopf ab und ließen den Kadaver zu Boden fallen. Ebenso verfuhren sie mit den Basilisken, wo immer sie einen solchen zu fassen bekamen. Die Nacht hallte wider vom wütenden Gekreisch der kleinen Scheusale. Wo ein Schnabel sie gepackt hatte, setzten sie alle Kraft daran, den Vogel noch im Flug zu erwürgen oder ihm mit langen Knochenfingern die Augen auszuquetschen, was ihnen hin und wieder auch gelang. Dann wurden die so Verwundeten augenblicklich wieder zu Bronze. Sie stürzten mitsamt ihrer Beute mit einem donnernden Schlag auf die Steine der Allee hinunter, wo sie zerbarsten.

Andere stürmten gegen die Sumpfkreaturen an, packten sie und schmetterten sie gegen den Steinboden, wie eine Drossel ein Schneckenhaus knackt. Die krummen Schnäbel der Metallvögel und die spitzen, scharfzähnigen Rachen der Echsen wüteten unter dem Gezücht, bis der Boden bedeckt war von abgerissenen Scheren, Stacheln, Skorpionschwänzen und Stielaugen. Aber die meiste Wut tobte gegen die Basilisken.

Miranda sah, dass nun auf dem Balkon zwölf weibliche Bogenschützen standen, junge Sphingen, die sich auf ihren Löwentatzen aufrichteten und mit den menschlichen Händen den Bogen spannten. Die Pfeile, die sie auf den Bogen legten, waren vorn in Pech getaucht und brannten mit heller Flamme. Singend fuhren die feurigen Geschosse von der Sehne, und jeder Pfeil traf sein Ziel. Miranda spürte, wie ihr Herz erbebte, als sie die prächtigen Gestalten auf dem Balkon sah. Sie wäre gern eine von ihnen gewesen, eine geschmeidige Kämpferin, die ihre flammenden Pfeile gegen das Geziefer abschösse. Eine jähe Kampfeswut gewann die Oberhand über ihre Furcht und Unsicherheit. Unwillkürlich stieß sie einen lauten drachischen Kriegsruf aus und wunderte sich selbst darüber, welcher schreckenerregende Schrei ihrer Kehle entstiegen war.

Auf den Steinen ringelte sich eine wachsende Schar Schlangen. Bald entdeckte Miranda auch, woher sie kamen: Wenn nämlich ein Vogel seine Beute auseinanderbiss, so wurden aus Kopf und Schwanz zwei ganze Schlangen, die von Neuem zischend zum Angriff eilten. »Seht nur, seht!«, rief sie erschrocken. »Es werden immer mehr, je heftiger Eure Vögel sie zerbeißen!«

Die Sphinx wies zur Antwort auf ihre Dienerschaft, die sich mit den brennenden Fackeln quer über die Allee aufgestellt hatte. Diese stürzten nun herbei. Wo eine Schlange in zwei Teilen vom Himmel fiel, brannten sie rasch mit ihren Fackeln die beiden Enden aus, dann musste das Untier tot und zerstückelt liegen bleiben. Die Basilisken heulten vor Wut, wenn sie es sahen, und stürmten gegen die dienstbaren Drachen an. Die aber wichen dem Kampf aus und begnügten sich damit, die Schlangen zu verbrennen. Schon dachte Miranda, wie es sein könne, dass eine so hohe Frau wie die Sphinx eine so feige Dienerschaft habe. Da bemerkte sie, dass die grünen Drachen nicht aus Feigheit auswichen, sondern mit ihrem Zurückweichen die Basilisken an eine bestimmte Stelle der Allee lockten. Und gleich darauf erkannte sie die List der

Sphinx: Kaum hatten die Ungeheuer diese Stelle betreten, als eine der Flugechsen blitzschnell zwischen zwei hohen, einander zugeneigten Bäumen durchflog und das Seil zerbiss, das sie heimlich verknüpfte. Augenblicklich schnellte ein verborgenes Netz hoch und riss die ganze Schar der Tarasquen samt ihren Schlangen in die Höhe, wo sie hängen blieben, durcheinanderkrabbelnd wie Seegetier in einem Fischernetz.

»Weg mit ihnen!«, befahl Wyvern, und die Vögel eilten herbei, packten das Netz an seinen Enden und schleppten es fort, ohne auf das wüste Gegacker der Gefangenen zu achten.

»Wohin bringen sie sie?«, fragte Miranda, deren Herz von der Aufregung des Kampfes heftig pochte.

»In die Pechgruben«, antwortete die Sphinx. »Von dort können sie nicht mehr entkommen und müssen mitsamt dem Netz versinken.« Sie befahl den Vögeln und Flugechsen, auf die Brustwehr zurückzukehren und wieder zu Bronze zu werden. Wenig später stand sie neben Miranda – die wieder ihre menschliche Gestalt angenommen hatte – auf dem Dach.

Der Jungfer lag eine Frage auf der Zunge, die ihr vorwitzig erschien, die sie aber doch gern stellen wollte. Sie räusperte sich so lange, bis Wyvern fragte: »Nun? Hast du eine Frage an mich?«

»Ja«, antwortete Miranda, halb erleichtert, halb verlegen. »Ekoya Fayanbraz berichtete mir, das Böseste, was Chatundra hervorgebracht habe, seien die Mokabiter. Dennoch sehe ich, dass Ihr den Grafen Lubis mit Milde behandelt und ihn nicht wie die Basilisken in die Pechgruben habt werfen lassen. Ist es unhöflich, nach dem Grund für diese Unterscheidung zu fragen?«

»Nein«, erwiderte die Sphinx. »Im Gegenteil, es ist eine sehr kluge Frage. Sie ist auch einfach zu beantworten. Der Graf Lubis ist ein Mensch, wie es alle sind, die aus dem Schoß eines Weibes geboren wurden. Die Basilisken aber sind Geschöpfe von solcher Art, als fülle man tönerne Töpfe mit dem Geist des Bösen und verschließe sie. Sie haben weder Herz noch Seele und sind auch nicht von den Mutterjungfrauen erschaffen. Mein Graf Lubis ist so liebenswürdig wie ein Springwurm, dem man auf den Schwanz getreten hat, und so vertrauenswürdig wie schmelzendes Eis. So sind die meisten Mokabiter, aber lass dich davon nicht irre machen. Auch wenn sie eitel, hinterhältig und habgierig sind, so haben sie doch eine Stelle im Herzen, die sie daran erinnert, dass sie Menschen sind und kein Gräuelgezücht lichtloser Abgründe. Sie wissen, wie sich Liebe anfühlt, auch wenn sie sie zumeist mit rücksichtsloser Lust vermischen; sie wissen, wie es ist, einen Freund zu haben, sie halten trotz endloser Zänkereien und gegenseitiger Beschimpfungen zusammen – und das alles unterscheidet sie von den Tarasquen. Aber selbst wenn das alles nicht wäre, so spräche doch eines für sie: Es waren ursprünglich die Mutterjungfrauen, die sie erschaffen haben. Mein Respekt gilt mehr den Schöpferinnen als dem Geschöpf. Was sie gemacht haben, darf ich nicht zerstören, es sei denn, um das eigene Leben zu retten. Ganz abgesehen davon«, fügte sie abrupt hinzu, »dass ich den Grafen sehr possierlich finde. Er bellt viel schärfer, als er beißt.«

Sie fasste Miranda am Arm und bedeutete ihr, ins Innere des Palastes zurückzukehren.

Heimflug

Am nächsten Morgen kam Vauvenal zurück. Miranda hörte von ihrem Vater, wie er die Probe mit dem Pergament gemacht und tatsächlich von den in der Tiefe wohnenden Feuerdrachen die Bestätigung erfahren hatte: Seine Tochter war zur Kaiserin der Mitte bestimmt. Ein Schauder durchlief sie, wenn sie daran dachte, dass ihr Schicksal damit festgelegt war. Sie hatte eigentlich geplant, eine Gelehrte zu werden, aber nun waren alle ihre Pläne zunichte geworden. Höhere Mächte hatten sie dazu bestimmt, Kaiserin zu werden. Sie konnte und wollte sich dieser Bestimmung nicht entziehen, obwohl es ihr schwerfiel. Eben noch war sie eine unbeschwerte Jungfer gewesen, die ihre ersten Schritte in die höfische Welt von Chatundra tat, und nun musste sie sich darauf vorbereiten, über diese Welt zu herrschen! Sie hoffte sehr, die Mutterjungfrauen, die sie zu diesem hohen Amt bestimmt hatten, würden ihr auch die dazu notwendige Weisheit und Kraft geben, wie die Sphinx es ihr versprochen hatte.

Miranda und ihr Vater kehrten im Flug heim nach Dundris, wo die Jungfer studierte und Vauvenal ganz in der Nähe seinen Palast hatte. Sie waren bei klarem Himmel und strahlendem Sonnenschein aufgebrochen, doch kaum hatten sie Wyverns Palast eine halbe Echsenmeile hinter sich gelassen, als im Südosten eine tintenschwarze Wolkenbank aufstieg und der Wind böig wurde.

»Es kommt schlechtes Wetter«, bemerkte Miranda und hoffte, dass es tatsächlich nur schlechtes Wetter war. Die Wolkenbank erhob sich genau in der Richtung, in der der Urchulak seine Behausung hatte. Sie schwoll so bedrohlich schnell an, dass sie eher an ein intelligentes und bösartiges Raubtier erinnerte als an ein blindes Phänomen aus Hitze und Feuchtigkeit. Lange Streifen schossen daraus hervor, die wie Krallenfinger nach den beiden Drachen zu greifen schienen.

Vauvenal warf einen Blick über die Schulter zurück und antwortete kurz angebunden: »Lass uns von hier verschwinden. Was immer es ist, ich möchte ihm nicht begegnen.«

Sie beschleunigten ihren Flügelschlag, bis sie wie zwei blaue Sturmwolken über den Himmel jagten. Aber die Finsternis im Südosten war schneller.

Eine ungeheure schwarze Masse schien den Raum zwischen Himmel und Erde auszufüllen. Es sah aus, als verfolge ein schwankender, torkelnder Turm von gigantischer Größe die fliegenden Drachen. Feuchte Luft schlug ihnen um die Ohren, schwer und heiß wie in Wasser getränkte Tücher. Eine dumpfe Stille senkte sich über die ganze Welt, in der nur ein einziges Geräusch zu hören war – das Zischen und Fauchen des Turmes, der hinter ihnen hereilte. Jetzt erkannte Miranda auch, was es war: ein Zyklon, der eine Wasserhose mit sich schleppte!

»Zu Boden, Tochter, zu Boden!«, schrie Vauvenal. »Es ist stärker als wir, und wenn es uns zu fassen bekommt, bringt es uns um!«

Miranda breitete die Flügel weit aus, senkte den Kopf und steuerte im Sturzflug den Boden an. Sie ließ sich fallen, bis sie sich knapp über den Wipfeln der Schachtelhalmbäume befand, konnte jedoch nicht tiefer gehen. Ihr Drachenleib war zu groß, um sich durch eine Lücke in den filzigen Zweigen zu zwängen, ihr Menschenleib aber wäre sechzig Schritte tief auf die Erde gestürzt. Um nach einer Lichtung im Regenwald zu suchen, hätte sie in größerer Höhe fliegen müssen, doch wagte sie es nicht mehr, in die Lüfte zurückzukehren. Panik ergriff sie, als sie keinen Ausweg fand. Und die Gefahr kam immer näher! Die riesige schwarze Säule raste schwankend auf sie zu. Ein heftiger Sturm begleitete sie, und hinter ihr wallte und waberte eine Nebelwand. Zahllose Blitze erhellten die dichte Wolkenmasse. In ihrem Heckwasser erkannte Miranda durch die wirbelnden Schwaden hindurch zerraufte Schachtelhalme, geknickte Bäume, verfilzte Massen aus Laub und Zweigen, die durch den Regen gewirbelt wurden. In ihrem Gehirn hämmerte das Blut, und die seltsamsten Bilder flammten vor ihren Augen. Sie sah es kommen, dass dieser schauerliche Wirbel sie verschlingen und zerschmettern würde, wenn sie nicht rasch eine Zuflucht fand.

»Hierher, Miranda!«, überschrie Vauvenal das Toben der Elemente. Miranda sah durch Wasserfälle von warmem Regen hindurch, dass er sich in die türkisgrüne Laubmasse des Dschungeldaches bohrte wie ein Maulwurf in die Erde. Mit seinen mächtigen Vorderpranken riss er Äste, Zweige und die Blätter, so groß wie Boote, beiseite und wühlte sich in den Wald. Miranda warf sich so scharf herum, dass ihre aufgestellten Flügel wie Segel den vollen Aufprall des Windes einfingen und sie gefährlich zur Seite kippte. Im letzten Augenblick gelang es ihr, sich aufzurichten und ihrem Vater zu folgen, statt wie ein gekentertes Schiff in den Wipfeln zu hängen. Schnauze voran fuhr sie in den Tunnel, den er aufgerissen hatte. Über ihr trommelte der Regen auf die Blätter, so hart, dass mannshohe Fontänen hochspritzten. Ein schrilles Heulen peinigte ihre Ohren und machte sie taub für jedes andere Geräusch. Schlimmer als die Raserei von Sturm und Wasser aber war das Gefühl, dass in den Elementen ein noch ärgerer Feind lauerte, ein planendes, denkendes und hassendes Wesen, das es auf sie abgesehen hatte. Sie spürte, wie lange, zackige Blitzfinger nach ihr schnappten, wie die Luft um sie herum zischte und knisterte, als flüsterte der Verfolger ihr tödliche Zauberworte ins Ohr, und der scharfe, bittere Geruch des Gewitters sie einhüllte. Plötzlich schoss einer der Finger vor, ein Blitz explodierte unmittelbar vor ihren Augen, und ein sengender Schmerz fuhr ihr am Rücken entlang, als hätte eine glühende Kralle über ihre Schuppen gekratzt. Mit einem schrillen Aufschrei stürzte sie sich kopfüber in den Tunnel, den ihr Vater im Dschungel geöffnet hatte. Beinahe senkrecht fuhr sie durch Laub und Zweige, Lianen und Dornen, landete im Kopfstand auf festem Boden und verhedderte sich prompt so hoffnungslos in den Ranken, dass sie neuerlich in Panik geriet. Wie eine Fliege im Spinnennetz kämpfte sie mit allen vier Beinen darum, sich zu befreien, schnappte mit den scharfen Zähnen nach den Ranken, biss sie mittendurch und trampelte mit den Vorderklauen das Gebüsch platt, in dem sie gelandet war. Endlich schaffte sie es, keuchend und zitternd vor Aufregung, sich so weit zu befreien, dass sie zu Boden sinken konnte, und sobald sie sich in ihre Menschengestalt verwandelt hatte, ließ die Umklammerung der Schlinggewächse nach. Erleichtert spürte sie, dass der Angriff ihr keine ernsthafte Verletzung zugefügt hatte. Nur ihr Kleid war am Rücken entlang aufgerissen und versengt.

In einiger Entfernung saß ihr Vater in seiner Menschengestalt auf einem umgestürzten Mammutbaumstamm und blickte ingrimmig vor sich hin. »Der Schurke!«, knirschte er zwischen den Zähnen hervor. »Es wäre besser gewesen, ich hätte dich in Wyverns Obhut gelassen. Sie kann ihre Töchter vor ihm schützen, sie hätte auch dich beschützt. Ich bringe dich zu ihr zurück!«

Miranda hatte sich jedoch bereits wieder so weit gefasst, dass sie energisch den Kopf schüttelte. »Nein, Vater, nein! Das will ich nicht. Ich habe bereits mit ihr darüber gesprochen, und sie sagte, es sei nicht meine Bestimmung, bei ihr und den beiden Prinzessinnen zu bleiben.« Tröstend setzte sie hinzu: »Hab keine Angst um mich! Ich werde gut auf mich aufpassen, und in deinem Palast geschieht mir nichts.«

Vauvenal war immer noch besorgt. »Es bedrückt mich, dass er so schnell herausgefunden hat, wen er verfolgen muss. Ich weiß, dass er es war, der in diesem Unwetter steckte, und ich bin überzeugt, dass – ha! Bei allen feurigen Drachenschwänzen der Welt!« Mit diesem Fluch sprang er von seinem Sitz auf und hatte gerade noch Zeit, sich seitwärts in die Büsche zu werfen, denn da fuhr von oben ein senkrechter Blitz herab und krachte, bleiches Feuer speiend, genau in den Baumstamm, auf dem er eben noch gesessen hatte.

Miranda stürzte auf ihren Vater zu. Zwar waren die Rosenfeuerdrachen unsterblich, doch waren sie nicht vor Verletzungen gefeit. Erleichtert stellte sie fest, dass ihm außer dem Schrecken nichts geschehen war. Auch schien dieser letzte mörderische Blitzschlag die Kraft des Urchulak erschöpft zu haben, denn der Regen ließ plötzlich nach, die pechschwarzen Wolken lösten sich voneinander und ließen ein Stückchen Himmel durchscheinen – vor allem aber spürte Miranda, wie der Druck einer dämonischen Gegenwart sich auflöste und das böse Wesen sich im Gewitter zurückzog. Offenbar hatte es nicht die Kraft, sich weit von seinem unterirdischen Aufenthaltsort zu entfernen.

Eine Weile blieben sie noch sitzen und warteten. Als der

Himmel schließlich wieder rein und klar war, stieg Vauvenal in seiner Drachengestalt durch den Tunnel auf, den er geschaffen hatte, und Miranda folgte ihm. Es war etwas mühselig, da sie beim Aufsteigen ihre Flügel benutzen mussten, was in dem engen Raum nicht einfach war, aber sie schafften es, und einmal auf den Wipfeln angekommen, erhoben sie sich steil in die Luft.

Sie flogen nordwärts, über die halb im Urwald versunkenen Gebäude der ehemaligen Garnisonsstadt Fort Timlach hinweg, die man die Stadt der Schildkröte nannte. Von hier waren die Retter der Mutterjungfrauen vor über hundert Jahren zu ihrer großen Queste aufgebrochen. Die mächtigen dunkelgrauen Granitmauern schnitten ein Achteck aus dem wuchernden Urwald. Es bildete gleichsam den Körper, an dem die Bastionen wie die Pranken einer Schildkröte vorsprangen und ein plumpes Kuppelgebäude den Kopf bildete. Zu Zeiten der mächtigen Gottkaiser von Thurazim war Fort Timlach von Leben und Gedränge erfüllt gewesen. Die Soldaten des Kaisers exerzierten auf den riesigen Feldern, die der Regenwald inzwischen verschlungen hatte, Händler und Marketenderinnen erfüllten die Höfe mit ihrem Geschrei, und Fürsten und Prinzen ritten durch die jubelnde Menge. Es war ein Quell des Lebens inmitten der feindlichen Wüste gewesen. Das Wort Timlach bedeutete in der Sprache der Kaiserlichen »Kessel«, aber auch »Wanst, Wampe«. So nannten es die Soldaten, die dort nach ihren langen, hungrigen und durstigen Wüstenexpeditionen wieder reichlich Speise und Trank vorfanden. Aber seitdem der letzte Kaiser Hugues im Wahnsinn gestorben und seine Residenz Thurazim in Trümmer gefallen war, war auch Fort Timlach in einen bleiernen Schlaf gesunken. Nur wenige Menschen lebten dort, meist Nachkommen der Soldaten. Sie hatten in den einstigen

Paradehöfen ihre Gemüsegärten angelegt, tränkten ihre Echsen an der kaiserlichen Wasserleitung und erzählten einander Geschichten von ihrer glorreichen Vergangenheit.

Miranda blickte auf die Stadt hinunter, und der Gedanke, dass von dort die Bestätigung ihrer Berufung gekommen war, fachte das Feuer ihres Mutes und ihrer Entschlossenheit an. »Vater«, sagte sie, »ich will Chiritai besuchen und Kaiserin Tartullas Pläne erfahren.«

Es war eine kühne Ankündigung, denn bisher war der besorgte Vater strikt dagegen gewesen, dass Miranda die Residenzstadt besuchte. »Ich will nicht, dass du dorthin gehst«, wandte er daher auch jetzt gleich ein.

Aber diesmal beugte Miranda sich seinem Willen nicht. »Vater, die Dinge liegen jetzt anders als noch vor wenigen Tagen. Ich bin die zukünftige Kaiserin der Mitte. Ich muss mit Tartulla sprechen.«

»Sie ist gefährlich und heimtückisch, und wenn sie erfährt, wer du bist, wird sie versuchen, dir zu schaden. Schlimmer noch: Sie wird es dem Urchulak sagen, und er wird dir von Neuem nach dem Leben trachten.«

Miranda wusste das, und ihr Herz klopfte heftig bei dem Gedanken an den Unheimlichen, den sie sich zum bitteren Feind gemacht hatte, aber sie blieb bei ihrer Meinung. Wyverns Worte hallten ihr noch im Ohr: »Man kann sich wohl seinem Schicksal entziehen, aber es bringt keinen Segen.« Sie war entschlossen, sich unter den Schutz der Mutterjungfrauen zu stellen und ihrer Berufung zu folgen, überzeugt, dass dieser Weg nicht nur der edelste, sondern auch der sicherste war.

»Vater, ich bin überzeugt, dass ich nur dann mit dem Schutz der Himmlischen rechnen kann, wenn ich mich in mein Schicksal füge.«

Seufzend gab der edle Drache nach. Miranda hatte erwartet, dass er sie nicht hindern werde, trotz seiner Sorge um sie. Sie hatte ihn oft genug sagen hören, dass Edelsinn darin bestehe, sich den Weisungen der Himmlischen zu fügen, selbst wenn man ein unsterblicher Rosenfeuerdrache war. »Sei aber vorsichtig!«, warnte er sie. »Das heißt, mach Tartulla darauf aufmerksam, dass sie es mit einer Drachentochter von hohem Rang zu tun hat und nicht mit irgendeinem Würmchen. Die Leute von Chiritai wissen nicht viel über uns, daher musst du ihr klarmachen, wer du bist. Erscheine mit großem Pomp bei ihr und gib ihr zu verstehen, dass sie mit dir rechnen muss, auch wenn sie sich über dich ärgert.«

Miranda gefiel dieser Gedanke durchaus. Auch wenn sie zur Kaiserin der Mitte berufen war, so war sie doch ein junges Mädchen, das noch seine Freude daran hatte, in allem drachischen Prunk bei der stolzen Kaiserin vorzufahren. Sie hatte jedoch die Absicht – von der sie ihrem Vater nichts sagte –, sich zuerst einmal in aller Stille in Chiritai umzuhören, damit sie erfuhr, was die Leute dort in Wahrheit dachten.

Chiritai

Die Rächer

Nicht alle in Chiritai waren Herrn Kattebras so wohl gesinnt wie die Kaiserin. Im Geheimen wurden die Fäden einer Verschwörung gegen Tartulla und ihren neuen Günstling geknüpft. Die Verschwörer waren Freunde und Angehörige jener vier Ritter – Borim, Fingar, Eppelin und Zolas –, die Kattebras in den Tod gelockt hatte. Sie sannen auf Rache für das vorzeitige und schimpfliche Ende der Edlen. Freilich wussten sie nichts über das wahre Wesen des Verhassten. Sie hielten ihn für einen fahrenden Ritter, der über magische Künste verfügte und damit das Truggebilde des himmelhohen Drachen vorgegaukelt hatte. So waren sie überzeugt, dass ein kühner Mut und ein scharfes Schwert ihm ein für alle Male den Garaus machen würden.

In tiefer Nacht trafen sie sich in einem Haus am Stadtrand, um ihre Pläne zu besprechen. Dass sie Kattebras töten wollten, stand von Anfang an fest, nur ob Tartulla sein Schicksal teilen sollte, darüber diskutierten sie noch.

»Sie ist so schuldig wie er, also soll sie mit ihm sterben«, sagten die einen.

»Am Tod unserer Edlen ist sie unschuldig, denn damals wusste sie noch nicht, welch tückisches Gaukelspiel er treibt«, hielten andere dagegen.

Schließlich kamen sie überein, dass sie ihm eine Falle stellen wollten. War er allein, so sollte er auch allein sterben, waren andere bei ihm, und sei es die Kaiserin, so müssten sie in dieselbe Grube fahren. Es waren fünf, die sich verschworen hatten, die Tat auf Gedeih und Verderb auszuführen, drei Männer und zwei Frauen, alle von edlem Blut und tapferem Wesen. Sie hatten herausgefunden, dass Kattebras sich einmal in sieben Tagen zu den Heulenden Bergen aufmachte. Als sie ihm heimlich folgten, sahen sie, wie er in den Schlund hinunterschlüpfte, in dem die Goldbrocken lagen. Sie meinten, er hole Gold – wie hätten sie wissen können, dass er in diesen Nächten hineinschlüpfte in den riesenhaften, gestaltlosen Leib in den unterirdischen Tunneln?

»Hier wollen wir auf ihn lauern«, schlug einer der Verschwörer vor und wies auf den Plan der Stadt. Die Stelle, die er bezeichnete, befand sich am Stadtrand, wo entlang einer einsamen Straße einige verfallene Häuser standen. »Hier werden wir uns verstecken und dann alle zugleich auf ihn losstürzen.«

Am leichtesten wäre es zweifellos gewesen, aus einem Hinterhalt einen Pfeil abzuschießen, der den Widersacher durchbohrt hätte. Aber alle fünf waren einig, dass Kattebras wissen sollte, warum er starb und wer ihn tötete. Deshalb brachten sie nicht nur ihre Waffen mit, als sie bei sinkender Nacht ihre Echsen sattelten und zu dem vereinbarten Treffpunkt ritten, sondern auch eiserne Ketten und ein schweres Halseisen, um den Gefangenen festzuhalten, während ihm der Prozess gemacht würde.

Es war eine kühle, frische Nacht, durchwürzt vom Duft der Koniferenwälder, die sich hoch an den steinernen Flanken der Heulenden Berge hinaufzogen. Auf einem einzeln stehenden Felsenturm schimmerte zuweilen ein rotes Licht auf. Dort hauste der alte Knucker, ein Stollenwurm, der schon auf seinem windigen Horst gewohnt hatte, als Chiritai noch ein wüstes Ruinenfeld war. Die Gipfel der mächtigen Toarch kin Mur verschwanden hinter flatternden Schnee- und Eisfahnen. Die fünf Verschwörer trafen sich jenseits der Stadtmauern und ritten schweigend nebeneinanderher. Sie sprachen kein Wort, in jedem Herzen brannten gerechter Zorn und der Wunsch, an dem tückischen Mörder Rache zu nehmen.

Als sie das leer stehende Haus erreicht hatten, banden sie ihre Echsen unter den Nadelbäumen an und schlichen zu Fuß in das Versteck. Die Mondin ging eben auf, als sie in den Schatten der Räume im Erdgeschoss schlüpften. Es war die rechte Zeit: Kattebras pflegte kurz nach Daturas Aufgang die Stadt zu verlassen. Er ritt dann allein auf seinem großen, geisterhaften grauen Pferd, das im Dunkeln ein fahles Licht ausströmte; noch nie hatten die Späher ihn in Begleitung gesehen.

Rasch trafen sie die letzten Vorbereitungen. Vorsorglich befestigten sie das schwere Halseisen an einem Ring in der Mauer und legten die Schellen für Hand- und Fußgelenke bereit. Dann legten sie den Harnisch an, setzten den Helm auf und griffen nach ihrem Bogen. Lange Schwerter, so scharf, dass sie ein im Wasser treibendes Blatt zerteilten, hingen an ihrem Wehrgehenk. Wehe dem, der in die Hände dieser rachedürstenden Schar fiel!

Sie mussten nicht lange warten. Hufgetrappel näherte sich auf der bergwärts führenden Straße. Ilmira, die älteste Tochter des ermordeten Ritters Eppelin, spähte aus dem Fensterloch. »Er ist es«, flüsterte sie.

Sie spannten die Bogen. »Denkt daran«, raunte Borimson, Erbe des Ritters Borim, »sendet eure Pfeile in seine Beine, damit er nicht fliehen kann! Tötet ihn nicht! Ich will nicht, dass er aus der Welt fährt, ohne zu wissen, wer ihn hinausgeschickt hat.«

Das Trappeln wurde immer lauter. Als es auf gleicher Höhe wie das Fenster zu hören war, sprang Ilmira auf. Sie zog den Bogen ans Ohr. Der Pfeil schwirrte, und augenblicklich verstummte der Lärm der Hufe, begleitet von einem schrillen Wiehern und einem menschlichen Schrei.

»Wir haben ihn!«, schrie Fingars' Witwe. Sie nahm sich nicht die Zeit, ihrerseits einen Pfeil abzuschießen, sondern stürzte mit wehendem Haar aus dem Versteck hervor. Rache brannte in ihrem Herzen. Schon schwang sie das Schwert über dem Kopf und wollte zuschlagen, als die anderen sie riefen, und so wandte sie sich zur Seite und richtete den Schlag gegen das Pferd, dessen mächtiger Schädel zu Boden fiel. Ströme von Blut rannen aus dem durchhauenen Nacken. Der Leib schwankte auf den vier Beinen, torkelte und kippte, wobei er den verwundeten Reiter unter sich auf dem Boden festklemmte.

Rasende Jubelschreie durchschnitten die Nacht. Von allen Seiten drangen die Verschwörer mit gezückten Waffen auf Kattebras ein, der unter der Last des Pferdekadavers sein Schwert nicht erreichen konnte. Wäre da nicht der Wunsch gewesen, ihn feierlich zu verurteilen, hätten sie ihn an Ort und Stelle in Stücke gehauen. So griffen sie zu, packten mit gepanzerten Fäusten sein Haar, seinen Mantel, sein Bein, zerrten an ihm wie Hyänen an einer Beute, bis es ihnen gelungen war, ihn hervorzuziehen. Schwertspitzen wiesen auf seine Kehle und auf sein Herz.

»Komm gutwillig mit, Schurke, damit wir dir Recht sprechen, oder wir zerstückeln dich auf der Stelle!«, donnerte Borimson.

Kattebras schien aufs Erste völlig überrumpelt von dem

plötzlichen Angriff, dem Tod seines Pferdes und der Hilflosigkeit seiner Lage. Aber kaum war er frei, als er aufsprang, ohne auf den Pfeil zu achten, der in seinem Oberschenkel steckte, und sein Schwert aus der Scheide riss. »Hunde und Verräter!«, knirschte er. »Wer seid ihr, Wegelagerer, die ihr dem Regenten der Kaiserin Tartulla ans Leben wollt?«

»Rächer sind wir!«, rief Ilmira und schob mit einer stolzen Gebärde das Helmvisier zurück. »Kennst du mich, und kanntest du meinen Vater, den edlen Ritter Eppelin? Kämpf oder stirb!«

Und nun erhob sich ein wilder Waffengang, in dem Kattebras als Einziger gegen fünf zu allem entschlossene Schwertträger kämpfte. Die nächtliche Straße hallte von den klirrenden Schwertschlägen und dem Keuchen der Kämpfer wider. Bald mussten die Verschwörer feststellen, dass man Kattebras nicht umsonst einen Meister des Schwertes nannte. Er sprang hin und her, wehrte hier einen Schlag ab, unterlief dort einen weiteren. Dabei musste er ohne Schild kämpfen, denn der seinige lag unter dem Pferdekadaver. Auch trug er keine Rüstung, sondern nur einen leichten Brustharnisch, wie es bei waffenfähigen Männern auch dann üblich war, wenn sie nicht gewappnet gingen. Alles lag an seiner Schnelligkeit und Geschicklichkeit.

Beide Seiten kämpften mit bitterem Grimm. Die Verschwörer erfüllte der Gedanke an die elenden Leichen ihrer Verwandten, die man unter dem Spott und Schimpf des Volkes in die Stadt getragen hatte. Kattebras jedoch war voller Wut, weil die Menschenwürmer es gewagt hatten, ihn anzugreifen. Er wollte sie bestrafen, und er wollte es auf ihre Art tun, mit dem Schwert. Es wäre ihm ein Leichtes gewesen, sich in einen Tausendfüßler zu verwandeln und wie ein grauer Blitz in der Finsternis zu verschwinden, ehe sie ihm auch nur einen Ritzer hätten zufügen können. Aber er fürchtete, dass dann sein Geheimnis bekannt geworden wäre – und dass er sich zum Gespött von ganz Chiritai gemacht hätte: der edle Regent Kattebras, ein wuselnder Wurm!

Nein, er wollte sie in der Gestalt vernichten, die ihm von Tag zu Tag mehr ans Herz wuchs: als ein Ritter der Nordlinge!

Mit einem durchdringenden, pfeifenden Schrei sprang er vorwärts, auf Ilmira zu, die eben einen wuchtigen Schlag nach seiner Brust führte. Von unten blockierte sein Schwert den Schlag, schleuderte ihr die Waffe aus der geprellten Hand. Blitzschnell nachsetzend nutzte er die Gelegenheit und rammte ihr die Klinge mit furchtbarer Gewalt unter den Rippen durch das Kettenhemd hindurch in den Leib. Sie stolperte, mehr überrascht als erschreckt, wollte einen Pfeil aus dem Köcher ziehen – und merkte, wie heißes Blut unter dem Kettenhemd hervorquoll. Als sie sich vorbeugte, sprang ihr Blut in den Mund, sie taumelte … und fiel unter dem tödlichen Schlag, mit dem Kattebras' Schwert ihr durch die Halswirbel fuhr.

»Ilmira! Rächt Ilmira!«, brüllten die anderen, besinnungslos vor Wut, als sie die Edelste und Schönste ihrer Gruppe tot im Staub liegen sahen. Ein Gewitter blitzender Schläge drang auf Kattebras ein, der seine ganze Kraft und Geschicklichkeit aufbieten musste, um sie alle zu parieren. Noch gelang es ihm, Borimson mit einem Hieb so hart am Schenkel zu treffen, dass der Jüngling zu Boden stürzte. Da fuhr ihm das Schwert, das Fingars' Witwe führte, mit gewaltiger Wut durch Fleisch und Knochen und schnitt ihm die linke Hand über dem Handgelenk ab.

Zischend und fauchend wandte er sich der Frau zu. Zwar spürte sein vorgetäuschter Leib weder den Schmerz, noch vermisste er die abgehauene Hand, aber besinnungsloser

Hass auf den Menschenwurm, der es gewagt hatte, ihn zu verletzen, quoll in ihm hoch. Ein silberner Blitz zuckte auf, ein Schlag pfiff durch die Luft, und die tapfere Frau fiel unter einem Hieb, der ihr den erhobenen Arm vom Körper trennte. Überströmt von Blut, brach sie zusammen, alle Flüche der Unterwelt auf den Lippen, und verschied an der furchtbaren Wunde.

Nur noch zwei standen im Kampf gegen ihn – Tarebin, ein Knabe von erst vierzehn Jahren, der jüngste Bruder des edlen und gütigen Zolas, und der alte Vater desselben. Seite an Seite drangen der Greis und das Kind auf den Mörder ein, die Zähne zusammengebissen, die Faust um das Schwert geklammert. Wie Drachen kämpften sie, furchtlos und voller Todesverachtung. Auch gelang es dem Alten, Kattebras die Schwertspitze mit einer Wucht in den Magen zu stoßen, die jeden menschlichen Gegner im Handumdrehen gefällt hätte. Das Kind schlug weiter nach dem Stumpf der Hand und hieb ihn zwischen Schulter und Ellbogen noch einmal durch. Doch dann mähte Kattebras mit einem heimtückischen Hieb den Knaben nieder. Die Kraft des alten Mannes brach, als er nach dem ältesten nun auch den jüngsten Sohn sterbend zu seinen Füßen liegen sah.

»Fluch!«, brüllte er in schauriger Wut. »Fluch über dich, Kreatur, die du kein Mensch bist. Mögen alle Dämonen, die deinesgleichen peinigen, über dich kommen! Möge unser Blut dich verfolgen bis …«

Da riss Kattebras mit grausem Gelächter das Schwert hoch und rammte es mit einer Hand durch den Harnisch hindurch in die Brust des alten Recken.

Berauscht von der Wut des Kampfes stand der Unhold noch eine Weile keuchend zwischen den Toten. Dann überlegte er, wie er sich am besten aus der Situation – die ihn vollkommen überrascht hatte – loswinden könnte. Auf jeden Fall wollte er die Leichen loswerden, denn dass sie allesamt enge Verwandte der vier im Drachenkampf gefallenen Ritter waren, hätte eine unangenehme Aufmerksamkeit auf diesen Kampf gelenkt. Zuerst aber musste er sich und sein Pferd wieder in Ordnung bringen.

Gern hätte er die Seelen der Gefallenen in sich aufgesaugt, um so die Kraft zu gewinnen, die er brauchte, um den verlorenen Arm wiederherzustellen. Aber da er ihren Hass gesehen hatte, wagte er es nicht: Hassende Seelen minderten seine Kraft, statt sie zu vermehren. Er wühlte in seiner Satteltasche, zog eine Salbendose hervor und bestrich den durchhauenen Hals des Pferdes auf beiden Schnittflächen, dann fügte er ihn zusammen. Gleich darauf stand das Teufelstier auf und wieherte ihn mit gefletschten Zähnen an.

»Da!«, befahl er, auf die blutüberströmten Leichen weisend. »Friss dich satt.«

Und wirklich beugte das grässliche Ross den Hals, packte mit den Zähnen zu und verzehrte die Toten mit Haut und Haar. Seine Augen glühten grün vor Lust, es stampfte mutwillig, während es das blutige Fleisch zermalmte und die Knochen zwischen den Backenzähnen zerknackte. Während es sich gütlich tat, sammelte sein Meister die Waffen und Rüstungen der Erschlagenen auf und warf sie in ein dichtes, dorniges Gebüsch. Dann stieg er in den Sattel des Menschenfressers und zischte ihm ins Ohr: »Auf, auf! Bring mich in mein Haus, ich muss ruhen und neue Kraft gewinnen.«

Mirandas Besuch in Chiritai

Miranda wartete nicht lange damit, ihre Pläne zu verwirklichen. Zu günstig war die Gelegenheit, als sie von ihren Spähern erfuhr, dass Herr Kattebras plötzlich aus Chiritai verschwunden war und sich auf eine längere Reise begeben hatte. Rasch suchte sie den Palast ihres Vaters auf, um einige notwendige Kleinigkeiten zu holen. Sie befahl seinem Majordomus und Schatzhüter Balor – einem Tatzelwurm, der vorn die Gestalt einer schwarzen Katze und hinten die eines ebenso schwarzen Salamanders hatte –, sie zu begleiten.

Balor, treuer Diener seines Herrn, protestierte heftig. »Das ist gefährlich, edles Fräulein! Chiritai ist ein böser Ort, und Ihr lauft Gefahr, ins Unglück zu geraten, wenn Ihr ohne Schutz und Schirm dorthin geht.«

Miranda wusste das wohl, aber sie hatte nun einmal ihren Entschluss gefasst. »Ich habe doch dich bei mir, mein guter Balor«, widersprach sie, halb im Ernst, halb im Scherz. »Wenn mir jemand schaden will, hilfst du mir aus der Klemme.«

Der Tatzelwurm schüttelte vorwurfsvoll den Kopf. »Scherzt nicht!« Da er schon so viele hundert Jahre in Vauvenals Diensten stand, nahm er sich die Freiheit heraus, mit dessen Tochter ernsthaft und offen zu reden. »Ihr habt auf der Universität der Indigolöwen gewiss viel gelernt, aber Ihr habt, mit Verlaub gesagt, noch keine Ahnung davon, wie schlecht die Welt sein kann! Und schon gar nicht wisst Ihr, wie heimtückisch solche Kreaturen wie der Urchulak sein können. Ihr habt noch nicht das Zehnte von seiner Bosheit erlebt! Einem Angriff der Basilisken und einem Unwetter zu widerstehen ist ein Kinderspiel dagegen, sich seiner wahren Bosheit stellen zu müssen.«

So redete er, aber je mehr Vorhaltungen er der Jungfer machte, desto entschlossener wurde sie. Schließlich wurde sie ärgerlich und fuhr ihn an: »Wenn du nicht mit mir kommst, so fliege ich eben allein! Ich brauche keinen grämlichen alten Wurm neben mir, der andauernd nur Trübsal bläst und finstere Prophezeiungen ausstößt!«

Sie allein fliegen lassen – das wollte der treue Tatzelwurm nun erst recht nicht. Also schwieg er und machte sich mürrisch daran, die Kästchen und Schatullen, die sie mitnehmen wollte, mit Juwelen zu füllen. Dann nahm Miranda ihre Drachengestalt an, der Majordomus setzte sich zwischen ihre Schultern, und sie flogen nach Chiritai.

Miranda war beeindruckt von dem Anblick, der sich ihren staunenden Augen eröffnete. Aus ihrer erhabenen Perspektive bot sich das Bild eines ummauerten Gartens, in dem bunte Winzlige geschäftig herumwimmelten. Eines musste man den Leuten von Chiritai lassen: Der Reichtum hatte sie nicht zur Faulheit verführt. Sie schufteten wie in den ersten Tagen, als sie noch um jeden Bissen Brot hatten kämpfen müssen. Müßiggang galt als das übelste Laster von allen, und so sah man allerorten selbst schwerreiche Männer und Frauen in bescheidener Kleidung bei der niedrigsten Arbeit. »Wer nicht arbeitet, soll auch nicht essen«, hieß der Leitspruch der goldenen Stadt. Nach wie vor patrouillierten die kaiserlichen Soldaten die Straßen und hatten ein scharfes Auge auf jeden, der herumlungerte und sich drücken wollte.

Miranda landete in einiger Entfernung vom Tor auf einer Wiese, auf der viele weiße Echsen gemächlich das würzige Berggras abweideten, und nahm dort ihre menschliche Gestalt an.

»Ihr wollt die Stadt doch nicht etwa als Mensch betreten? Ihr seid von Sinnen!«, rief der Tatzelwurm entsetzt, als er ihre Vorbereitungen beobachtete, sich in eine reisende Juwelenhändlerin zu verwandeln.

»Wie denn sonst?«, antwortete Miranda gereizt. »Was bist du doch für eine trübselige Unke! Soll ich mich etwa als Drache durch die engen Straßen zwängen und mit meinen Flügeln jeden erschlagen, der das Unglück hat, mir zu begegnen? Und was meinst du wohl, wie ich mich als Drache unauffällig umhören soll?«

»Lasst es bleiben, edles Fräulein, lasst es bleiben!«, rief der Tatzelwurm, wobei er sich feierlich auf die Hinterpratzen erhob und mit einer schwarzen Katzenpfote drohte. Er sah so komisch aus dabei, dass Miranda lachen musste.

»Husch, in deinen Korb!«, befahl sie, wobei sie einen großen Weidenkorb öffnete. Dann berührte sie eine der Echsen an der Stirn und machte sie so ihrem Willen untertan. Geduldig ließ das mächtige Tier sich mit Kästchen und Truhen beladen, und als Miranda aufstieg, folgte es ihren Anweisungen.

Die Wächter ließen Herrin und Diener ohne Anstand passieren, denn reiche Händler von auswärts waren höchst beliebt in der Kaiserstadt. Man fragte sie nur flüchtig nach ihrem Namen und ihrer Herkunft. Miranda nannte sich Saide und gab vor, aus dem fernen Süden zu kommen, über den die Wächter sicher nichts Näheres wussten, und da sie eine unbewaffnete Jungfrau war, ließ man sie in die Stadt.

Miranda strebte auch gleich auf die Karawanserei nahe

dem Haupttor zu, ließ ihre Echse im Stall unterbringen und setzte sich zu einer Mahlzeit nieder. Auf einem Tisch stellte sie ihre Waren zur Schau, die prächtiger waren als alles, was die Einwohner je gesehen hatten, stammten sie doch aus ihres Vaters Drachenschatz, der sogar bei den Himmelsflüglern berühmt war.

Wie sie erwartet hatte, dauerte es nicht lange, bis immer mehr Gäste die hübsche junge Händlerin neugierig musterten. Dann kamen einige zu ihrem Tisch, bewunderten ihre Juwelen und luden sie auf Naschwerk und Wein ein. Wenig später saß sie im Mittelpunkt einer atemlos lauschenden Menge.

Miranda hatte die Gabe ihres Vaters geerbt, aufregende und ergreifende Geschichten zu erzählen und Balladen zu singen. Sie zeigte den Versammelten ihre Schmuckschatullen. Zu jedem Rubin, Diamant, Lapislazuli- und Jaspisstein wusste sie eine so aufregende Geschichte zu berichten, dass die Leute Essen und Trinken vergaßen und mit offenem Mund dasaßen. »Seht, seht, ihr guten Leute, diesen riesigen Smaragd! Wisst ihr, woher er stammt? Geradewegs aus dem Palast des Wasserdrachen Drydd, wo er als Lampe eine unterirdische Kammer erhellte. Eine Wasserfrau kämmte in seinem Licht ihr Haar und bewunderte ihren Schmuck. Er kam ans Tageslicht, als ein furchtbarer Orkan die Tiefen des Tetysmeeres aufwühlte und viele der unterseeischen Schätze an den Strand warf ... Und seht den Rubin hier! Ist er nicht so rot wie Blut, das wie aus einem Herzen quillt? Ich will euch seine Geschichte erzählen, doch ich sage euch jetzt schon, ihr Frauen werdet vor Mitgefühl weinen ... Aber das ist alles nichts gegen diesen Diamanten! Was meint ihr wohl, was er wert ist? Ein Haus? Einen Palast? Nein! Ganz Chiritai würde nicht ausreichen, ihn zu bezahlen. Und doch will ihn niemand kaufen, ja, es möchte ihn niemand geschenkt haben, denn es ist ein Unglücksdiamant. Reiche und glückliche Menschen erwarben ihn: Noch ehe die Mondin dreimal umgelaufen war, waren ihre Paläste abgebrannt, ihre Liebsten gestorben, ihr Gold und Silber gestohlen. Ich verkaufe ihn nicht – soll ich mir denn euer Unglück aufs Haupt laden? Ich zeige ihn nur her, damit ihr lernt, dass großer Gewinn auch großes Unglück bringt. Doch lasst uns von fröhlichen Dingen sprechen! Ist dieser Rosenquarz nicht so lieblich wie die Morgenröte? Auch um ihn dreht sich eine sonderbare Geschichte …«

Es war dies nicht einfach eine Maske, die sie sich zugelegt hatte. Drachen liebten es ja genauso wie die Menschen, heldische Gesänge, Schauergeschichten, Märchen und Späße zu hören. Listig und geschickt kam Miranda bald auf Helden und gewaltige Ritter zu sprechen, und es dauerte nicht lange, bis einer rief: »Oh, meine Dame, Ihr mögt wohl große Helden gesehen haben, aber sicher noch keinen wie unseren edlen Herrn Kattebras, den Freund der Kaiserin! Da habt Ihr einen Mann, in dem die mächtigen Kaiser der Vorzeit wiederauferstanden sind!«

Sofort stimmten viele andere ein und bestätigten, was der Erste gesagt hatte. Miranda stellte sich unwissend und bekam zu hören, was sie wissen wollte: Das Äußere sowie die Taten und Worte des geheimnisvollen Herrn Kattebras, alles wurde ihr aufs Genaueste beschrieben. Ohne es zu merken, bestätigten ihr die Leute, dass der Fremde äußerst verdächtig war. Er war wie aus dem Nichts erschienen und hatte auf der Stelle das Herz der Kaiserin so sehr bezaubert, dass sie ihn zu ihrem Mitregenten ernannte. Er kam und ging, ohne dass man wusste, woher und wohin. Wer ihn sah, war außer sich vor Entzücken über seine Schönheit, seine Weisheit, seinen Mut und sein vornehmes Wesen. Aber zugleich empfanden die meisten Menschen ein gewisses Unbehagen in seiner Gegenwart. Sie versuchten sich dieses Gefühl auszureden, nannten es Ehrfurcht vor einem hohen Herrn, Respekt vor einem Edlen, der unerreichbar hoch über ihnen stand. Doch wenn sie nicht auf ihre Worte achteten, entschlüpften ihnen, für die aufmerksamen Ohren der Drachenjungfrau deutlich erkennbar, Hinweise darauf, dass sie dem so hoch Gelobten nicht zu nahe kommen wollten. Was sie Ehrfurcht nannten, war Furcht, was sie Scheu nannten, war Abscheu.

Selbst die noch wenig erfahrene Miranda erkannte darin ganz deutlich das Kennzeichen eines bösen Geistes, der sein innerstes Wesen bei aller schlauen Mummerei nicht zu verbergen imstande war. Die Menschen rochen, auch wenn es ihnen unbewusst war, den Gestank des Urchulak, der durch alle Ritzen und Sprünge der schönen menschlichen Maske drang.

Einige schienen diesen Geruch deutlicher zu spüren als andere. Miranda hörte, dass ein junger Edelmann namens Coloban und seine engsten Freunde dem umschwärmten Herrn Kattebras die kalte Schulter gezeigt hatten – ja, mehr noch, sie hatten die Kaiserin mit scharfen Worten vor ihm gewarnt, ohne allerdings Gehör zu finden. Tartulla war so bezaubert von dem Unbekannten, dass sie kein böses Wort gegen ihn hören wollte und ihm blindlings vertraute. Sie hatte auf der Stelle ihren bisherigen Günstling – eben jenen Ritter Coloban – verstoßen und nichts mehr von ihm wissen wollen. Der Jüngling war jedoch nicht so einfach bereit gewesen, diese Niederlage hinzunehmen. Als er merkte, dass er Tartulla mit Bitten und Vorhaltungen nicht zurückgewinnen konnte, hatte er beschlossen, eine unerhörte Heldentat zu vollbringen, so großartig, dass ihr nichts anderes übrig bliebe, als ihn wieder an ihre Seite zu erheben. In die Purpursümpfe wollte er ziehen und die Basilisken vernichten, die Schande Chatundras. Sobald diese Tat vollbracht war, würde er auch gleich die Mokabiter ausrotten – bis auf ein Dutzend, das man lebendig fangen und zur öffentlichen Belustigung in Käfigen zur Schau stellen würde.

Miranda verspürte ein banges Vorgefühl, als sie das hörte. Es erschien ihr als eine sehr unvorsichtige Tat, gegen die Tarasquen ins Feld zu reiten. Sie sagte jedoch nichts, sondern nickte und lächelte zu allem, was man ihr erzählte.

Mitten im fröhlichsten Geplauder wurde die Türe zur Karawanserei aufgerissen, und Ritter in schwarzen Harnischen, auf denen das Zeichen von Chiritai – drei Blitze in einem Sonnenrad – prangten, stürmten herein. Sie waren mit Bogen und Speeren bewaffnet. Augenblicklich verstummten die Gäste. Ein Hauch kalter Furcht legte sich über die Versammelten. Alle, die eben noch mit der fremden Händlerin geplaudert hatten, versuchten unauffällig zu ihren Tischen zurückzuschleichen oder gleich durch die Hintertür zu entkommen. Miranda sah auf, mehr verblüfft als erschrocken. Sie war überzeugt, dass sie nichts getan hatte, was in irgendeiner Weise verdächtig war, also nahmen die Bewaffneten wohl nur die übliche Kontrolle vor.

Einer der Ritter trat an ihren Tisch und redete sie mit harter Stimme an. Er war ein schöner junger Mann, hochgewachsen, mit hellblondem Haar und vornehmen Zügen. Seine Augen aber waren hart wie Diamantsplitter. »Es ist hier Brauch, dass Fremde sich ausweisen. Also? Wer seid Ihr, und woher kommt Ihr?«

Sie antwortete sanft und höflich. »Ich habe mich bereits beim Torwächter zu erkennen gegeben. Mein Name ist Saide. Ich komme aus dem Süden und bereise das Land, um Edelsteine zu kaufen und zu verkaufen. Man sagte mir, dass in

Chiritai, der schönsten aller Städte, große Nachfrage danach herrsche.«

Sie lächelte den Ritter an, aber er erwiderte ihr Lächeln nicht. »Zeigt Eure Waren!«, befahl er barsch. »Und was enthält der Korb da?« Er hob ihn auf und schüttelte Balor heraus. Es gelang ihm jedoch nicht, den Tatzelwurm zu packen, denn der war flink wie eine Katze und zugleich so schlüpfrig wie ein Salamander. Blitzschnell fuhr er unter den Tisch, schlängelte sich zwischen den Beinen der Gäste hindurch und war verschwunden. Mit zornigem Grunzen griff der Ritter nach den übrigen Kästen und Truhen, leerte sie auf dem Tisch aus und wühlte in den Juwelen.

Miranda merkte, dass er in Gedanken nicht bei der Sache war. Sie bekam Angst, als ihr klar wurde, dass er die Überprüfung nur vorschützte. Hatte Balor etwa recht gehabt, und der Urchulak hatte herausgefunden, dass die Juwelenhändlerin Saide in Wirklichkeit jene Miranda war, die er schon dreimal zu vernichten versucht hatte? Der Drang überkam sie, sich in einen mächtigen Drachen zu verwandeln und zu entfliehen. Aber sofort wurde ihr klar, dass eine solche Verwandlung ihr nichts gebracht hätte. Die Gewölbe der Karawanserei waren so niedrig und die Pforten so schmal, dass sie sich selbst in Gefangenschaft gebracht hätte. Um ein fest gebautes Haus niederzureißen, dazu reichten ihre Kräfte nicht aus.

Der Ritter schob die Edelsteine zusammen. »Ihr habt schöne Waren«, murmelte er und verzog das schmale, kantige Gesicht in einem misslungenen Versuch, sie freundlich anzulächeln. »Die Kaiserin sähe sie gern. Wir haben den Auftrag, Euch in den Palast zu geleiten.«

Miranda spürte, wie ihr Herz hämmerte. Sie glaubte kein Wort. Sicher diente der Vorwand nur dazu, sie der Kaiserin und ihrem Mitregenten vorzuführen, damit diese sich vergewissern konnten, wer sie in Wirklichkeit war, um sie dann an Ort und Stelle zu vernichten. Auf keinen Fall durfte es ihnen gelingen, sie in den Palast zu schleppen. Dieser war mit seinen dicken Mauern und starken Pfeilern eine noch viel schlimmere Drachenfalle als die Karawanserei. Sie musste sich fürs Erste fügen, bis sie an einen offenen Platz gelangten, wo sie die Flügel ausbreiten und sich davonmachen konnte – und auch dann noch war sie in Gefahr. Sobald sie sich in die Lüfte erhob, bot ihr ungeschützter Bauch den Bogenschützen ein weiß leuchtendes Ziel.

Also stellte sie sich einfältig und zeigte dem Ritter ein strahlendes Lächeln. »Gewiss, ich komme gern!« Eilig sammelte sie die Juwelen in ihre Behältnisse. Sie durfte sie jedoch nicht selbst tragen, sondern einer der Gewappneten streckte mit einem heimtückischen Lächeln die Hände aus und sagte: »Erlaubt, dass ich Eure Schätze trage. Die Last ist zu schwer für eine zarte junge Dame.«

Miranda spürte, wie eine kalte Übelkeit in ihr aufstieg. Es war offenkundig, dass die Ritter gar nicht vorhatten, ihr die Schatullen jemals wieder auszuhändigen. Wahrscheinlich würden sie unterwegs stehlen, so viel sie fassen konnten, und den Rest der Kaiserin übergeben.

Sie warf einen Blick in die Runde. Die Gäste saßen stumm an ihren Tischen, den Blick tief gesenkt, und wagten sich vor Furcht kaum zu rühren. Die Drachentochter begriff, dass in Chiritai ein hartes Regiment herrschte und die Bürger der »goldenen Blume des Nordens« in steter Angst vor den Gewappneten der Kaiserin lebten. Widerstand zu leisten schien völlig unsinnig. Die Männer waren bewaffnet und wussten diese Waffen zu handhaben. Sie konnte nur hoffen, ihnen zu entfliehen, wenn sie sich an der richtigen Stelle blitzschnell verwandelte.

Bis dahin aber spielte sie die Rolle der Juwelenhändlerin, die unerwartet in den kaiserlichen Palast gebeten wurde. Als sei sie überwältigt vor Entzücken, plapperte sie ununterbrochen. »Oh, welche Ehre! Welche Freude! Ich habe aber auch wunderbare Steine zu verkaufen, die es wert sind, den Hals einer Kaiserin zu schmücken. Die edle Tartulla wird entzückt sein, denn ich habe einen Halsschmuck aus Diamanten und weißen Perlen ...«

Plötzlich spürte sie, wie etwas unter ihre Röcke schlüpfte und mit einer Pfote ihr Bein berührte. Balor! Sie hatte sich bereits Sorgen gemacht, wie sie entfliehen konnte, ohne ihn zurückzulassen. Nun hatte der kluge Tatzelwurm selbst einen Weg gefunden. Leicht und geschmeidig, wie er war, hängte er sich an die Innenseite eines Rocks und bildete ein schmales Pölsterchen über den Hüften.

»Ach, ich kann es nicht erwarten, die Kaiserin von Angesicht zu Angesicht zu sehen!«, rief Miranda aus und drängte von selbst zur Tür. Sie sah aus dem Augenwinkel, wie die Ritter einander boshaft angrinsten, tat aber, als hätte sie nichts gemerkt. Fröhlich weiterschwatzend trippelte sie auf den Vorplatz der Karawanserei hinaus. Auch dort war die Gasse noch so eng wie der Hals einer Amphore. Sie brauchte Platz, um ihren zwölf Schritt langen Drachenleib zu bewegen und vor allem, um ihre Schwingen zum Flug zu entfalten. Was sie tun sollte, wenn der gesamte Weg zum Palast durch enge und obendrein von Quergängen überwölbte Gassen führte, daran wagte sie gar nicht zu denken. Zweifellos waren die Kerker dieser großen Stadt tief und sicher, sodass auch ein Drache nicht so leicht entfliehen konnte.

Es ging einige steile Treppen hinauf, durch weitere Gassen und über viereckige kleine Plätze, die mehr Ähnlichkeit mit Hinterhöfen hatten. Die Ritter machten sich unterwegs auf eine Weise über die Jungfer lustig, die nur einer ausgemachten Törin nicht verdächtig vorgekommen wäre. Sie ließen deutlich durchblicken, dass die Hoffnungen der jungen Händlerin auf ein gutes Geschäft und das Wohlwollen der Kaiserin auf schreckliche Weise zunichtegemacht werden sollten. Kaum konnten sie sich das Lachen verbeißen, als Miranda weiterhin die Unwissende spielte.

Am Ende einer steilen Treppe öffnete sich plötzlich ein Platz, der wesentlich weiträumiger war als alle bisherigen. Auf seiner gegenüberliegenden Seite erhob sich das gewaltige weiße Stufengebäude des kaiserlichen Palastes. Es bot einen so überwältigenden Anblick, dass Miranda einige Herzschläge lang ihre gefährliche Lage vergaß und in einen Ruf echten Staunens ausbrach. »Wie schön! Wie schön!«, rief sie. Das Gebäude aus dem schneeweißen Stein der Heulenden Berge war an allen Ecken und Kanten mit Gold verziert. Es funkelte und gleißte in der Sonne. Selbst die breite Freitreppe, die zum Eingang hinaufführte, war mit Gold eingefasst. Standarten mit silbernen Troddeln und Quasten flatterten auf der marmornen Balustrade, die die Stiege begleitete.

»Ja«, bemerkte der Ritter, der die Schar anführte, »ein schöner Ort, sehr geeignet dafür, eine lange Zeit hier zu verbringen.« Dabei grinste er breit, und seine Kameraden lachten ebenfalls. Das Gelächter brach jedoch unvermittelt ab, als das zarte junge Mädchen sich plötzlich dehnte und streckte, anschwoll, sich blitzschnell im Kreis drehte und einen Feuerstoß durch die Nase schnob. Es war kein besonders eindrucksvolles Feuer, da Miranda keine Zeit gehabt hatte, ihre Brennkammern aufzuladen. Die Ritter konnten allerdings von Glück reden, dass es so war, denn sonst wären sie alle zu Asche verbrannt. So fauchten ihnen nur ein paar Flammen ins

Gesicht, die ihnen die Bärte absengten und die Bogen in Brand setzten. Im nächsten Augenblick schleuderte der ständig wachsende Drache sie mit Schlägen seines schuppigen Schwanzes und seiner Schwingen beiseite. Diejenigen, die wieder aufspringen wollten, wurden von dem Luftdruck an den Boden gepresst, den die auf und nieder schwingenden Flügel erzeugten.

Miranda war zornig über die Heimtücke der Männer. So stieg sie nicht sogleich empor, sondern flatterte auf und ließ sich, alle vier Klauenbeine von sich gestreckt, auf die Ritter fallen – immer wieder, bis die Männer nicht mehr wussten, wie sie sich schützen sollten. Zwar drangen die Klauen nicht durch ihre Harnische, aber von einem so großen Wesen herumgerollt und gestoßen zu werden, war ebenso schmerzhaft wie erniedrigend. Der Schlossplatz hallte von Flüchen und Schmerzensschreien wider, als Miranda sich vergewisserte, dass Balor sicher auf ihrem Rücken kauerte, steil in die Höhe stieg und sich mit einer langen, lodernden Feuerzunge verabschiedete.

Der Tatzelwurm hatte ihr einiges zu sagen, während sie dahinflogen. Er wetterte ununterbrochen über Mirandas Leichtsinn. Sie konnte froh sein, dass sie bei dem pfeifenden Flugwind nicht alles hörte, was der erboste und besorgte Majordomus von sich gab. Nachdem sie sich wieder ein wenig beruhigt hatte, kam ihr der Gedanke, dass es vielleicht gar nicht der Urchulak gewesen war, der die Hand nach ihr ausgestreckt hatte – denn der wusste ja, dass sie sich in eine Drachin verwandeln konnte und dass eine Handvoll Bogenschützen nicht in der Lage war, sie gefangen zu nehmen. Vielleicht hatten die Ritter der Stadtwache die Gewohnheit, hübsche junge Fremde unter dem Vorwand, sie zum Palast zu begleiten, in ihre Gewalt zu bringen? Sie schauderte bei dem Gedanken.

Erst als sie wieder beim väterlichen Palast angelangt waren, gab sie dem aufgeregten Tatzelwurm Antwort. »Du hast ja recht, mein treuer Balor. Ich war leichtsinnig.«

»Wenn Ihr es nur einseht!«, knurrte der Schatzhüter.

»Ich werde es aber kein zweites Mal sein. Ich besuche die Kaiserin – und sie wird sich wundern, wen sie vor sich hat!«

Diesmal folgte sie dem Rat ihres Vaters. Sie rief die Dienerschaft zusammen und schickte einen Herold vor, der sie mit großem Gepränge, wie es einer Tochter aus edlem drachischem Hause gebührte, bei der Kaiserin anmelden sollte. Sie wollte Tartulla eine Gelegenheit geben, sich zu erklären und vielleicht Vernunft anzunehmen. Freilich war ihr klar, dass sie kaum Aussicht auf Erfolg hatte. Denn wer konnte ein ebenso machtgieriges wie liebestolles Weib von seinen Plänen abbringen?

Ein unerwarteter Todesfall

Die Zeit war gekommen, da Kattebras beschloss, sich einiger weiterer Feinde zu entledigen. Mit Coloban würde er nicht mehr lange Ärger haben, den würden ihm die Basilisken vom Hals schaffen, aber seine Freunde Ajolan und Ennewein standen ihm im Wege.

Er hatte alles vorbereitet. Voll gleisnerischer Freundlichkeit erschien er in dem Turmzimmer, wo der junge Ritter Coloban am Fenster stand und auf die gewundene Straße hinabsah, während er die Ankunft seines Freundes Ajolan erwartete. Coloban, ein reicher und kühner junger Edelmann, war ein echter Sohn des Volkes, das diese Stadt erneuert hatte. Hochgewachsen und breitschultrig, mit wallendem blondem Haar und Augen, so blau und klar wie der Morgenhimmel über den Bergen, war er einer der schönsten Männer in Chiritai und der Liebling des Volkes.

Kattebras begrüßte ihn mit heuchlerischer Liebenswürdigkeit und trat neben ihn ans Fenster.

Es war ein herrlicher Anblick, der sich ihm bot. Vor hundert Jahren noch ein Ruinenfeld, war die Stadt jetzt ein Juwel aus weißem Stein und gleißendem Gold. Übereinandergetürmt erhoben sich Tempel und Türme, Wohnhäuser und Kornspeicher, auf ansteigenden Plattformen gebaut, zu himmelhohen Bastionen. Von außen erschienen sie wie glatte, kantige Basaltwände, da alle Fenster nach innen gekehrt waren, um der Wut der von den Heulenden Bergen herabstürzenden Fallwinde zu trotzen. Der ganze Reichtum und die ganze Schönheit der Stadt Chiritai lag verborgen in ihrem Innern. Dort breiteten sich zwischen den schneeweißen Mauern auf den Plattformen duftende Gärten aus. In umhegten Höfen wuchsen die Feldfrüchte, von denen sich die Bewohner ernährten. In marmornen Zisternen sprudelten die eisigen Quellen.

»Ich höre«, sagte Kattebras, »Ihr seid zu einer Tat entschlossen, die kein anderer wagt.«

Der Jüngling, der bei seinem Eintreten mürrisch das Gesicht verzogen hatte, fühlte sich geschmeichelt. »Es ist eine große Tat, ja!«, antwortete er freundlicher, als er dem Regenten sonst begegnet wäre. »Seht!« Dabei trat er an sein Lesepult und zeigte Kattebras das Buch, das er gerade studierte.

Sammlung und Verzeichnis der lebenden Wesen, erstellt vom Magister Ninian, dem Gelehrten aus Thurazim, und nach seinem Tode fortgeführt von seinen Schülern am Tempel der Mandora in Luifinlas.

Der Basilisk oder Tarasque ist ein kleines Ding, nicht größer als ein siebenjährig Kind, der jedoch äußerst gifftig ist und Menschen und Thieren grossen Schaden zufüget. Erst wurden sie erzeugt von Tarasque, dem Sohn des Wasserfürsten Drydd, doch gibt es bei dieser Art weder Männer noch Weiber, sodass sie sich nicht auf die natürliche Weise fortpflanzen können. Vielmehr entstehet aus dem, was ein Basilisk verschlungen und verdaut hat, in seinem Innern ein Ei, aus welchem ein Neuer seiner Art kräuchet, ungetüm und hässlich, wie es bei einer aus Aasen entstandenen Creatura zu erwarten ist. Auf seinem Rücken ist der Basilisk mit einem Hauffen kleiner Stacheln oder Gräten bewaffnet, welche spitzig, scharff und gifftig sind und womit er sich denen, die ihn ergreifen wollen, zu widersetzen pfleget. Garstig und ungeschlacht ist ihr Aussehen, doch von Menschenart, wie sie auch ein wenig von der Menschen Verstand und ein inneres Wesen haben. Daher können sie eigentlich nicht mit Recht Thier genannt werden, denn kein Thier ist verständig, es ist aber auch keines aus sich heraus böse. Diese Creaturae jedoch sind ohne Anlass und aus der bloßen Natur ihres Wesens heraus tückisch und boshafftig. Ihr Wesen ist verderbt und verschlagen, allezeit auf Mord und Schlächterei gesinnet, voll Gier nach Blut und Gold.

Woher dieses Wesen gekömmet, welches doch gewiss nicht von den Mutterjungfrauen erschafft ward, so gibt es große Zweyffel und viele Disputationes unter den Gelehrten. Man glaubt auch, dass ein solcher Ort, wo sich Tarasquen aufhalten, reich an Gold, Silber und anderen Ertzen sey, sintemalen diese Creaturae sich von denen gifftigen schweffiichten Dünsten nähren und so selbst zu einem Gifte werden. Sie haben aber kein ander Ziel und Plan als alles, was ettwa edler seyn möchte als sie, zu zerstören und in ihresgleichen zu verwandeln, dahero sie auch verhasst und sehr gefürchtet sind ob ihrer großen Bossheit.

»Seht Ihr?«, wandte er sich an Kattebras. »Ich studiere das Wesen der Kreaturen, die ich in Kürze mit Stumpf und Stiel ausrotten werde. Ich will wissen, was ich unter den Hufen meines Rosses zerstampfe.«

Aber Kattebras blickte ihm ins Herz und wusste, dass die Prahlerei in seiner Stimme in scharfem Gegensatz stand zu dem Bangen, welches sein Herz erfüllte. Noch nie war der Jüngling in einen solchen Krieg gezogen. Zwar beherrschte er die Kriegskunst aufs Beste. Doch war ihm klar, dass er gelernt hatte, gegen Menschen zu kämpfen, nicht gegen das schauerliche Gezücht, das unter der Erde hauste wie Asseln. Jenes Gezücht, das sich nicht im offenen Kampf stellte, sondern aus dunklen Ecken würgend hervorsprang und giftige

Bisse versetzte, in unterirdischen Stollen den Eindringlingen nachschlich und die Letzten mit seinen Spinnenfingern erwürgte, ohne dass es die zuvor Gehenden merkten. Dass er auf eigene Kosten ein Heer aufgestellt hatte, um die Tarasquen zu vernichten, dazu hatte ihn nur seine glühende Liebe zu der schönen Kaiserin Tartulla bewogen. In einer Heldentat, wie sie seit Kaiser Viborg keiner mehr gewagt hatte, sah er den einzigen Weg, den neuen Günstling Kattebras zu verdrängen und den Platz an der Seite der Kaiserin für sich zu erobern.

Kattebras tat sein Bestes, ihm Mut zu machen, hoffte er doch, dass dieser Mut ihn in den Abgrund stürzen würde. »Es sind ihrer viele, aber wie ich gehört habe, ist es wirklich ein kleinwüchsiges Gezücht, und obwohl sie in Massen angreifen, so meine ich, ein tapferer Ritter, der wohl bewaffnet und geübt ist, könnte sie von der Erde vertilgen.« Dann erzählte er ihm, was er von den Basilisken wusste.

Ein geordnetes Heer aufzustellen war ihnen völlig unmöglich, ständig zankten sie untereinander, die Stärkeren fraßen die Schwächeren. Die Mütter bissen der eigenen Brut die Köpfe ab, kaum dass sie aus den Eiern geschlüpft war. Alte, Kranke und Verwundete wurden unbarmherzig angefallen und aufgefressen. Einer betrog, bestahl und übervorteilte den anderen, wo es nur ging. Wenn es zu einem Kampf kam, umtanzten sie voll Schadenfreude jeden ihrer Artgenossen, der von einem tödlichen Hieb getroffen worden war, und vergaßen oft darüber den Gegner.

In ebendiesem Augenblick trat Colobans Freund ein, der treue Ajolan. Er warf einen angewiderten Blick auf den Regenten. Als er hörte, wovon sie gesprochen hatten, beeilte er sich, den Freund in seinen Zweifeln zu bestärken. »Wenn du dir nur raten ließest, Coloban! Erinnerst du dich nicht, wie es den Mannen des Kaisers erging, die nach Süden zogen und von denen keiner zurückkehrte?«

Coloban wusste es nur zu gut.

»Bedenke dich, lieber Freund!«, mahnte ihn Ajolan. »Wolltest du gegen Menschen in einen Krieg ziehen, so würde ich keinen Augenblick zögern, dich jetzt schon als Sieger zu preisen. Aber die Basilisken sind Geschöpfe der Unnatur, wenn nicht gar der schwarzen Magie. Gegen sie zu kämpfen ist etwas anderes, als gegen ehrliche Ritter oder selbst einen kühnen Räuber auf die Walstatt zu treten. Du weißt nicht, über welche Kräfte sie verfügen. Was hilft dir dein scharfes Schwert und deine Kunst, wenn sie mit Zauberwaffen gegen dich anrennen, die weder Speer noch Schwert, weder Mut noch Kunst zerhauen können?«

So redete er auf den Freund ein, zutiefst besorgt um dessen Leben und Gesundheit. Aber Coloban wollte nicht mit sich reden lassen. Wie alle Liebeswahnsinnigen konnte er an nichts anderes denken als daran, die Geliebte zu erobern. Jede noch so verzweifelte Tat schien ihm recht, wenn er nur hoffen konnte, ihre Gunst zu gewinnen. Mit heiserer Stimme stieß er hervor: »Wenn es mir gelingt, die Basilisken, diese Plage der Welt, auszurotten bis zum Letzten ihrer Art, so muss Tartulla mich loben. Wenn ihr Blick erst wieder auf mir ruht, so wird auch ihre Liebe von Neuem erwachen!«

Ajolan zog sich mit einem tiefen Seufzer zurück. »Du bist unbelehrbar, mein armer Freund«, sagte er, »und wirst noch großes Leiden davon haben, das spüre ich im Herzen. Ach, dass ich dich von deinem Plan abbringen könnte! Ich will morgen wiederkommen, vielleicht lässt du dann mit dir reden.«

Ohne auf die zornigen Blicke des jungen Ritters zu achten, verließ er das Gemach und schritt entschlossen den langen, aus bleichem Stein gemauerten Korridor entlang. Kattebras folgte ihm auf den Fersen.

»Was schleicht Ihr hinter mir her?«, fragte Ajolan verdrießlich.

Mit einer Verbeugung und einem unterwürfigen Lächeln antwortete Kattebras: »Ich benutze nur denselben Korridor wie Ihr, da dieser zu der großen Treppe führt.«

Doch als sie an einer Tür vorbeikamen, riss er diese plötzlich mit einer Hand auf, und mit der anderen Hand zerrte er den verblüfften Jüngling hinter sich her in die Kammer dahinter. Es war einer der unbenutzten Räume der Burg. Die Fensterläden waren geschlossen, sodass das Sonnenlicht nur in schwachen Streifen in den Raum sickerte, und auf dem Boden lag als einziges Einrichtungsstück ein abgetretener Teppich.

»Was treibt Ihr für Narrenstücke?«, schrie Ajolan, dem eben bewusst wurde, dass die Tür hinter ihm ins Schloss gefallen war.

Kattebras huschte blitzschnell zwischen ihn und die Tür und drückte den Riegel herab. »Euer Leben ist verwirkt«, zischte er. Dabei riss er seinen Dolch aus der Scheide und drang, den spitzzackigen Stahl hoch erhoben, auf Ajolan ein. Der merkte nun, dass er in eine Falle gegangen war und der Regent es auf sein Leben abgesehen hatte. Wie Kattebras auch, trug er innerhalb der Zitadelle kein Schwert, also blieb ihm auch nur sein scharfer Dolch.

»Schurke!«, rief er dem Angreifer entgegen. »Ich wusste vom ersten Tag an, dass Ihr ein Raubritter und Wegelagerer seid, wenn nicht noch Schlimmeres, und sollte ich diesen Kampf überleben, so werde ich der Kaiserin die Augen öffnen über Euer wahres Wesen.«

»Ei, macht Euch keine Mühe«, erwiderte Kattebras, während er hin und her schnellend wie eine Schlange nach einer

Gelegenheit suchte, Ajolans Verteidigung zu unterlaufen. »Sie kennt mein wahres Wesen gut genug. Und nun spart Euren Atem, Freund! Es gilt!« Mit einem tierischen Fauchen sprang er bei diesem letzten Wort vorwärts, stieß zu. Er hätte Ajolan in den Hals getroffen, wäre er nicht unvermutet über eine aufgeklappte Ecke des Teppichs gestolpert. So war es Ajolan, der dem Angreifer den Dolch von unten in die Achsel stieß.

Kattebras fluchte wie ein Dämon der Finsternis. Seine Stimme zischte wie siedendes Pech, als er unter infernalischen Verwünschungen von Neuem auf sein Opfer losstürmte. Schulter an Schulter prallten die beiden zusammen. Ajolan, der noch immer glaubte, dass er es mit einem Menschen zu tun hatte, war überzeugt, dass sein Stoß Kattebras' linken Arm gelähmt hatte, und beging den folgenschweren Fehler, nicht auf diesen zu achten. Ein Schrei des Entsetzens entfuhr ihm, als Kattebras schnell wie ein Taschenspieler den Dolch von einer Hand in die andere wechselte und mit der Linken einen furchtbaren Stoß gegen seinen Leib führte.

Wiederum rettete ihn nur ein Zufall – die Sporen an Kattebras' Stiefeln verhakten sich im Gewebe des Teppichs, und so ging auch dieser Stoß fehl. Ajolan, der nun ahnte, dass er nicht gegen Fleisch und Blut kämpfte, zog ein Knie hoch und trat mit aller Wucht gegen die Lenden des Gegners, traf ihn auch … und trat in etwas Weiches, in dem sein Fuß sich verfing wie in einem fransigen Vorhang.

Fassungslos starrte er das Ding an, das auf ihn losfuhr. Halb war es noch ein Mann, halb ein riesiger, grau glitzernder Tausendfüßler, dessen zangenbewehrte Beine sich angriffslustig nach seinem Gesicht ausstreckten. Der Atem stockte ihm. Es war nicht die schiere Hässlichkeit der Kreatur, die ihn so entsetzte, sondern deren grausiger Hauch. Blitze umzuckten das

Geschöpf, eine mächtige Spannung knisterte um seinen weichen, in ununterbrochener Bewegung befindlichen Leib. Ajolan blinzelte, hörte, wie ihm das Blut in den Ohren rauschte, wie die Haare auf den Armen und der Brust sich stichelnd reckten. Eine tödliche Aura umgab das Scheusal, und die machte es ihm unmöglich, einen Stich anzubringen. Kraftlos fiel ihm der Dolch aus den Händen.

Weich und wuselnd, fast körperlos und doch mit der Kraft einer tödlichen Schlange schnellte das Geschöpf vorwärts und berührte ihn. Ein zischender Schlag fuhr ihm durch den Körper. Er spürte, wie sich Hände und Füße verkrampften. Dann wurde ihm schwarz vor Augen. Sein Gehirn war wie mit schwarzen Tüchern gefüllt. Wieder zischte ein Schlag. Die Tücher gerieten in Brand, zischend und Funken sprühend. Dann knallte es, als springe ein eisenbeschlagener Huf auf Steinplatten, der Ritter fühlte, wie er stürzte, und die Seele entfuhr seinem Körper.

Kattebras hob seinen Dolch auf und huschte zur Tür. Er hielt sich nicht damit auf, diese zu öffnen, sondern glitt bei geschlossenem Riegel wie ein Geist durch das massive Holz und verschwand in der gegenüberliegenden Wand.

Ajolans Leiche wurde erst gefunden, als der üble Dunst der Verwesung aus dem verlassenen Raum drang. Diener erbrachen die Tür und fanden den toten Ritter in der Kammer, den eigenen Dolch noch in der Hand. Doch es war weder eine Wunde an dem aufgeschwollenen Leichnam noch ein Schnitt in den Kleidern zu entdecken, und der Riegel der Tür, die jetzt in Trümmern in den Angeln hing, steckte in der Schlaufe.

Da es keinen Beweis für eine Übeltat gab, wurde der Leichnam bestattet, und man sprach nicht mehr über die Sache –

jedenfalls nicht laut. Viele Freunde und Verwandte des Verstorbenen wollten freilich nicht aufhören zu flüstern, es müsse dem Herrn Kattebras sehr gelegen gekommen sein, dass Ajolan starb – jener Ajolan, der den Freund nach Kräften von dem verzweifelten Abenteuer hatte abhalten wollen. Und wirklich: Obwohl Coloban tief um seinen treuen Freund trauerte, dachte er nicht daran, dessen Gedächtnis zu ehren, indem er seinen Rat beherzigte. Er zog mit wehenden Fahnen und klingendem Spiel die breite Heerstraße nach Süden, in die Purpursümpfe, in denen Kaiser Viborgs Männer ein jämmerliches Ende gefunden hatten.

Die Kaiserin von Chiritai

Die junge Kaiserin von Chiritai, Tartulla, saß in ihrem Audienzzimmer, umgeben von ihren Hofdamen, wie die Sonne inmitten rosiger Wolken erstrahlt, und erwartete den angekündigten Besuch der Drachenjungfrau. Und während sie wartete, dachte sie nach.

Sie wusste, dass Coloban, den man schon als ihren Gemahl und künftigen Kaiser gesehen hatte, in den Krieg ziehen wollte. Tartulla fühlte sogar ein leises Bedauern, wenn sie sich daran erinnerte, wie beharrlich der junge Edelmann sie umworben hatte. Sie würde seine Artigkeiten vermissen. Ihrer nimmersatten Eitelkeit fehlte der Schmeichler, aber das war auch alles, was sie für den unglücklichen Ritter empfand. Wenn ihr kaltes, stolzes Herz überhaupt zu irgendwelchen Gefühlen fähig war, so galten sie Kattebras und keinem anderen Mann auf der Welt. Als er in ihr Leben getreten war, war in ihrem nach Gold und Macht gierenden Herzen eine seltsame Flamme aufgelodert – eine Flamme, die weder sie selbst noch jemand anderen wärmte. Sie erleuchtete die Dunkelheit ihrer Seele nicht, sengte und glühte nur, sodass Tartulla oft nicht wusste, was Lust und was Schmerz war. Mit einem Schlag war sie ihm völlig verfallen. Nichts galt ihr mehr als sein Wort.

Angesichts der bösen Gedanken und Pläne, die sie hegte, war es der jungen Kaiserin nicht angenehm gewesen, als Miranda ihren Besuch ankündigte. Sie wusste, dass Drachen klug und nicht leicht zu täuschen waren, und fürchtete, die Rosenfeuerdrachin könne ihre Absichten herausfinden. Aber sich kurzerhand weigern, sie zu empfangen, konnte sie auch nicht. Dazu war ihr Vater zu einflussreich und hatte zu viele bedeutende Freunde und Mitstreiter. Vor allem stand er auf gutem Fuß mit der mächtigen Schwesternschaft und wurde – wenn er als Mann auch nicht am Konzil der weiblichen Wesen teilnehmen durfte – in alles eingeweiht, was man dort besprach und beschloss. Sie musste die junge Drachin daher mit aller Freundlichkeit und Höflichkeit willkommen heißen und abwarten, was sie ihr zu sagen hatte.

Da blies auch schon der Turmwächter. Als die Kaiserin sich über das Fenstersims lehnte, sah sie eine gewaltige Kavalkade den steilen Weg zum Burgtor heraufreiten. Voran flogen zwei blaue Luftdrachen, die flatternde Bänder hinter sich herzogen. Ihnen folgten prächtig gekleidete Hornbläser in den Farben des Drachenfürsten, kobaltblau und weiß, hinter denen ein Vorreiter auf einer feurigen weißen Echse ritt, einem so stürmischen Tier, dass die gaffenden Bürger erschrocken seinem Springen und Aufbäumen auswichen. Dann kam der Herold in prächtiger Livree, links und rechts begleitet von je einem Trommelknaben. In der gesamten Stadt hallten die Schläge der Trommeln wider, die tiefen Horntöne der Bläser und die Stimme des Herolds. »Platz! Platz für die edle Miranda, die Rosenfeuerdrachin, die Chiritai mit ihrem Besuch beehrt!« Dem Herold folgten in der Luft zwölf kriegerisch anmutende junge Drachen mit Schuppen wie Bronze und stachligen Kämmen auf dem Haupt, die jeweils zu zweit nebeneinander herflogen und gelegentlich Feuer schnaubten, sodass die Leute von Neuem erschrocken auswichen. Dann erst erschien die Kutsche der Drachenjungfrau, gezogen von einem Sechsergespann schneeweißer Drachen, alle so prächtig aufgeschirrt, dass den Zuschauern beinahe die Augen aus dem Kopf fielen. Ihr Zaumzeug starrte von Juwelen, und auf den Köpfen trugen sie Krönchen aus Silber. Selbst ihre Zügel waren aus Silberfäden geflochten. Unmittelbar hinter der Kutsche flogen wiederum zwölf stachlige Drachenkrieger, und zuletzt folgten hübsche Pagen, die Süßigkeiten und kleine Geschenke an die Bürger verteilten.

Fast die ganze Stadt lief zusammen, um den wunderbaren Zug zu bestaunen, der unter Trommelklang und Pfeifen zum Vorplatz der Burg zog und dort innehielt. Alles drängte sich, die Drachentochter zu sehen. Aber wie erstaunt waren sie, dass diese nicht wie ein mächtiges, schuppengepanzertes Weib aussah, sondern eine zarte Jungfrau war: edel und freundlich, mit fein gekämmtem kupferrotem Haar und liebenswürdigen Zügen. In einen kobaltblauen langen Samtmantel gehüllt, dessen Schleppe zwei Tatzelwürmer in weißer Livree trugen, trat sie durchs Tor. Nur Haushofmeister Balor begleitete sie, der auf ihrer Schulter saß, und ein Schwarm Pagen, die Kristallschüsseln mit Halbedelsteinen trugen; aus denen durften sich alle Bediensteten des Hofes ein Stück nehmen.

Die Kaiserin wusste wohl, was dieses Gepränge zu bedeuten hatte. Miranda kam zwar in friedlicher Absicht, aber sie wollte sie auch merken lassen, dass sie eine Drachin von Bedeutung und großer Macht war, und sie auf diese Weise zwingen, ihren Worten Gehör zu schenken. Als sie gemeldet wurde, setzte Tartulla ihr süßestes Lächeln auf, rief ihre Hofdamen zu sich und setzte sich in Positur.

Die Drachenjungfrau begrüßte sie mit vollendeter, aber sehr zurückhaltender Höflichkeit. Angesichts der ernsten und schwierigen Fragen, die sie mit ihr zu besprechen habe, bat sie die Kaiserin, die Hofdamen fortzuschicken. Tartulla entsprach diesem Wunsch bereitwillig, denn sie wollte auf keinen Fall, dass Miranda vor den Ohren der neugierigen Weiber mit unerwünschten Fragen herausrückte. Mit zierlicher Gebärde setzte sie sich in einen Stuhl am Fenster, wies der Besucherin einen Schemel zu ihren Füßen an und fragte: »Nun? Was gibt es so Dringendes, dass Ihr mit mir persönlich sprechen wollt?«

Miranda überhörte die Einladung, sich zu setzen. Als Dame von feinen Sitten konnte sie nicht gut einen Stuhl wählen, der so hoch war wie der der Kaiserin. Aber zu ihren Füßen auf einem Schemel sitzen wollte sie auch nicht, also blieb sie stehen.

»Majestät«, begann sie ihre Rede, »es gehen bedrohliche Dinge vor im Lande, und wir hohen Drachen möchten wissen, wie die Menschen dazu stehen.«

»Wird das alles nicht auf dem jährlichen Konzil der weiblichen Wesen besprochen?«

»Werdet Ihr denn dort sein?«

»Vielleicht. Vielleicht auch nicht. Ich bin die Kaiserin von Chiritai, wann ich wo hinzugehen geruhe, unterliegt allein meiner Entscheidung.« Tatsächlich hatte Tartulla nicht die geringste Absicht, an dem Konzil teilzunehmen. Aber sie wollte die offene Konfrontation vermeiden und die neugierige Drachenjungfrau lieber mit diplomatischer Koketterie hinhalten.

»Von Euren Entscheidungen hängt das Schicksal von vielen ab«, antwortete die Drachin ernst. »Ich will offen zu Euch sein. Ihr habt einen Günstling und Geliebten, Herrn Kattebras, und er ist ...«

Ein brennendes Rot stieg in die Wangen der schönen Frau.

»Kein Wort weiter!«, rief sie gebieterisch. »Was erkühnt Ihr Euch?«

Miranda blieb ungerührt – jedenfalls nach außen. Ihr Herz hämmerte, und sie musste sich zusammennehmen, der stolzen und angriffslustigen jungen Kaiserin die Stirn zu bieten. »Ich spreche nicht aus Vorwitz, sondern aus Sorge um das gesamte Land. Es ist Euch freilich unbenommen zu lieben, wen Ihr wollt, wenn es ein Mensch wäre. Doch dieser Mann ist kein Mensch. Seine Gestalt ist nur vorgespiegelt, und in der trügerischen Hülle haust der Urchulak, der das Gold in die Berge speit. Er benützt Euch zu seinen Zwecken, um die Stadt in die Hand zu bekommen. Danach wird er Euch keines Blickes mehr würdigen, sondern Chiritai den Basilisken überlassen.« So bannend war ihr Blick, dass die Kaiserin, obgleich totenbleich vor Wut, sie kein zweites Mal zu unterbrechen wagte. »An Eure Stelle wird er eine seiner verfluchten Töchter setzen, Twynneth oder Twyfald. Ihr könnt von Glück reden, wenn er Euch am Leben lässt. Lasst Euch warnen! Ich will zu Euren Gunsten annehmen, dass es die Liebe ist, die Euch blendet, und nicht die Gier nach Gold. Erwacht aus Eurer Bezauberung!«

Tartulla starrte sie nur an, kalt und bleich wie eine Marmorstatue. »Niemals!«, stieß sie keuchend hervor. »Niemals werde ich ihn verlassen, den Hohen, den Edlen, was Ihr auch sagen mögt!«

»Ein Hoher ist er wohl«, erwiderte die Drachin zornig, »doch niemals ein Edler, denn sein Herz ist voller Gift und Galle. Nichts anderes sinnt er als Leid und Schaden. Lasst Euch raten, Frau! Euer Sinn ist bestrickt, er hat Euch behext mit der Schönheit, die er Euch vortäuscht, und …«

Tartulla sprang mit einem lauten Schrei auf. »Hinaus!«, keifte sie. »Hinaus, verfluchter Wurm! Ihr seid es, die eine menschliche Gestalt vortäuscht und in Wirklichkeit nichts anderes ist als eine geflügelte Schlange, ein elendes Gewürm, giftig und stinkend! Auf der Stelle will ich Befehl geben, Euch und Euresgleichen zu vernichten …«

Sie hatte noch nicht ausgeredet, da warf die erzürnte Drachenjungfrau ihre Menschengestalt ab wie einen Mantel. Mit einem dumpf krachenden Recken und Dehnen wurde sie zum riesigen Drachen. In unverhüllter Macht und Schönheit zeigte sie sich der erschrockenen Kaiserin, so kobaltblau wie der Nachthimmel und besetzt mit tausend diamanthellen Pünktchen, die darauf flimmerten wie die Sterne am Firmament, mit einer lilienweißen Krone auf dem Haupt, bernsteinfarben glühenden Augen und einem gewaltigen geflügelten Leib, der sich schuppenklirrend ringelte und wand. Nun war die Drachin gute zwölf Männerschritte lang, und das war um einiges mehr, als das Audienzzimmer maß. Bei ihren Bewegungen gingen die Möbel krachend zu Bruch, und die Mauern erdröhnten unter den Schlägen ihres stählernen Schwanzes. Ihre zackigen Flügel, obwohl sie sie in dem beengten Raum nur halb entfalten konnte, erzeugten einen solchen Sturm, dass alle kleinen und leichten Gegenstände in dem Gemach in einem Schauer zum Fenster hinausflogen und auf den Vorplatz hinabregneten.

Wie von Sinnen schrie Tartulla um Hilfe, überzeugt, Miranda werde sie im nächsten Augenblick lebendig verschlingen oder ihr einen Feuerstoß entgegenspeien. Ihre Diener und Soldaten wollten zu Hilfe eilen, aber als sie die Tür des Raumes öffneten, peitschte ihnen der Drachenschwanz entgegen. Die äußerste Spitze hätte genügt, um sie allesamt wegzufegen, und sie zogen sich ängstlich zurück.

Zu Tartulla aber sprach die Drachenjungfrau: »Ihr habt mich beleidigt und mir meine Warnung mit Schelten und

Schimpfen vergolten. Dennoch will ich Euch nicht strafen, denn Eure Torheit und Verblendung werden Euch Strafe genug sein. Aber wagt es kein zweites Mal, in solcher Weise mit mir zu reden, sonst könnte es Euch übel ergehen.« Damit drehte sie sich um – wobei sie die Kaiserin ohne allen Respekt in eine Ecke quetschte – und glitt in hoheitsvoller Haltung hinaus, vorbei an den entsetzten Dienern und Wachen, die sie keines Blickes würdigte, und die Haupttreppe hinunter zum Tor hinaus. Die Leute von Chiritai flohen schreiend, als sie an Stelle der reizenden Jungfrau einen riesigen Drachen auf den Burgvorplatz gleiten sahen. Niemand wagte es, Miranda anzugreifen. In aller Ruhe nahm sie ihre Menschengestalt wieder an und stieg in die Kutsche, die mit ihr zum Stadttor hinausfuhr, wie sie gekommen war. Aber diesmal verteilten die Pagen keine Süßigkeiten, sondern stimmten mit ihren hellen Stimmen Klagelieder an. Die Trommeln polterten dumpf, die Hörner bliesen warnend und klagend, und die vierundzwanzig bronzenen Kriegsdrachen spien lange Feuerstöße. Die gesamte Straße von der Zitadelle bis zum Stadttor roch nach Brand und Rauch, noch lange, nachdem die Kavalkade verschwunden war.

Der Zorn der Drachenjungfrau

Miranda war so außer sich vor Wut, als sie Chiritai den Rücken kehrte, dass selbst Balor es vorzog, keinen Kommentar abzugeben. Bisher hatte sie ihrer Rolle als zukünftiger Kaiserin selbst nicht getraut. Aber bei dem Zusammenstoß mit Tartulla war ihr klar geworden, dass dieses Weib kein Recht hatte, sich Kaiserin zu nennen. Die Worte »stinkender Wurm« steckten wie ein Pfeil in ihrer jungen Seele. Und erst die hinterhältige Drohung, alle Drachen auszurotten! Jetzt würde sie Tartulla zeigen, mit wem sie es zu tun hatte – und zwar auf der Stelle! Keinen Tag länger sollte diese Närrin sich einbilden, sie könnte eine Drachentochter beschimpfen.

Mehr noch als die bösen Worte hatte Miranda die unverschämte Art geärgert, wie Tartulla – die einige Jahre älter war als sie selbst – ihre schwellende Weiblichkeit herausstellte. Wie sie damit prunkte, einen Gefährten zu haben, einen »Hohen und Edlen«, keinen mageren, boshaften Knaben wie Gynnevise! Wie sie sich wie ein Pfau drehte und wendete in dem Bewusstsein, begehrt und bewundert zu werden! Nein, Miranda war nicht bereit, diese Beleidigung hinzunehmen. Wenn das Schicksal sie dazu bestimmt hatte, Kaiserin der Mitte zu werden, dann würde sie dieses Schicksal annehmen – und Tartulla auf den Platz verweisen, der ihr gebührte!

Sie lehnte sich aus dem Fenster der Kutsche und rief dem Wagenlenker zu: »He! Wir fahren nicht nach Hause in den Palast. Wir fahren nach Fort Timlach!« Denn in Gedanken sah sie den geheimnisvollen Stein von Cullen vor sich, der einen großen Turm an der Stelle zeigte, wo sich Fort Timlach befand, während Chiritai überhaupt nicht eingezeichnet war, nicht einmal mit dem winzigsten Türmchen.

Balor, dem Unheil schwante, wandte sich an seine Herrin. »Was wollen wir in Fort Timlach?«

»Ich will in meine kaiserliche Residenz einziehen, mein guter Balor«, erklärte Miranda, die die zarten Hände zu grimmigen Fäusten geballt hatte. »Und dann wollen wir sehen, wen diese stampfende Stute einen Wurm nennt.«

Balor zog erschrocken den Katzenkopf zwischen die Schultern. »Ich weiß nicht, Maide Miranda, ob das ein guter Einfall ist ...«

»Ich habe dich auch nicht gefragt!«, schrie sie ihn an. »Wirst du die Kaiserin der Mitte, oder werde ich es? Was hindert mich, jetzt schon an den Ort zu ziehen, an dem ich dereinst herrschen werde? Ist es nicht meine Aufgabe, die Weissagungen des Steins von Cullen so weit wie möglich zu erfüllen?«

»Gewiss, gewiss ... aber ...«

Miranda stellte befriedigt fest, dass er nicht wusste, was er ihr entgegenhalten sollte. Fort Timlach stand nicht unter der Herrschaft von Chiritai, niemand konnte sie hindern, sich dort einzumieten. Freilich erhob Chiritai immer wieder Anspruch auf das Städtchen, aber ohne besonderen Nachdruck. In Fort Timlach gab es nicht viel zu holen. Die einzige Kostbarkeit der ehemaligen Garnisonsstadt waren die breitrückigen, schneeweißen Echsen, die eine besonders süße und rahmige Milch gaben, und diese Beute allein lohnte keine

Besatzung. Natürlich würde sich die Lage beträchtlich ändern, sobald Miranda dort einzog und die Nachricht verbreiten ließ, dass sie Anspruch auf die Kaiserkrone der Mitte erhob. In dem Fall würde Tartulla augenblicklich ihre Truppen losschicken, um die gefährliche Konkurrentin zu vernichten. Aber noch war es nicht so weit.

Die Kavalkade rumpelte die jämmerliche, grasüberwachsene Straße nach Fort Timlach entlang, so schnell es ging. Nach kurzer Zeit erhoben sich die düsteren Türme der Stadt mit ihren bronzenen Hauben zwischen den Schachtelhalmbäumen. Bald waren das Stadttor und die mächtigen Wehrmauern erreicht. Früher einmal, so hatte der weit gereiste Vauvenal seiner Tochter erzählt, war Fort Timlach mit schwerem Geschütz ausgerüstet gewesen. In den Luken der Stadtmauer waren riesige Armbrüste eingespannt gewesen, Amphoren mit siedendem Öl hatten in den Pechnasen gelauert, Wurfschleudern mit steingefüllten Säcken hatten jeden bedroht, der sich der Stadt näherte. Doch in den vergangenen hundert Jahren waren alle diese Verteidigungsanlagen verfallen, da es nichts mehr zu verteidigen gab. Die Drachentochter sah, dass alles stimmte, was ihr Vater erzählt hatte.

Die Schussanlagen waren verrostet und unbrauchbar, die Wurfschleudern verschwunden – vermutlich hatte man die riesigen Balken als Bauholz verwendet –, und der Stadtgraben war trocken und von dichtem Rhododendron überwachsen. Das Einzige, was die Stadt wirklich gegen einen Angriff von außen schützte, waren ihre fast unzerstörbaren bronzenen Tore und sieben Schritte breiten Mauern. Zwar waren die Bastionen seit hundert Jahren nicht mehr ausgebessert worden, sodass Gras und kleine Bäumchen zwischen den Quadersteinen wuchsen, aber sie erhoben sich immer noch trutzig über der Straße. Das Tor stand offen und wurde von einem einzigen Wächter bewacht. Ein barfüßiger Bursche saß unter der Torwölbung im Schatten und schnitzte sich aus einem Zuckerrohrstängel eine Flöte.

Als er die Kavalkade sah, sprang er mit einem Schreckensschrei auf und fuchtelte wie verrückt mit den Händen in der Luft herum. Dann stürmte er blindlings davon, in die Stadt hinein, wo er sich die Lunge aus dem Leib schrie. Miranda sah, dass die Leute ahnungslos und furchtsam waren, und so gab sie Befehl, mit demselben fröhlichen Pomp einzuziehen, mit dem sie in Chiritai erschienen war.

In der ehemaligen Garnisonsstadt Fort Timlach hatte sich in den letzten hundert Jahren nicht viel ereignet. Das letzte größere Ereignis war der Aufmarsch von Truppen gewesen, mit denen Ritter Coloban nach Süden gezogen war. Danach hatte sich wieder die gewohnte Schläfrigkeit über das Städtchen gelegt. Die Einheimischen – fast alle Abkommen von kaiserlichen Soldaten – lebten behaglich inmitten des an Früchten, Pilzen und essbaren Blumen reichen Regenwaldes. Sie pflegten ihre Knollengärtchen, weideten ihre trägen, Gras fressenden Echsen und vertrieben sich die Zeit damit, einander abends an den Lagerfeuern in den Höfen der Kasernen abenteuerliche Geschichten aus der alten Zeit zu erzählen.

Entsprechend überrascht waren die Leute, als plötzlich Trommelschlag, Posaunenschall und das Singen heller Kinderstimmen zu vernehmen waren. Gleich darauf stürmte ein Vorreiter in die Stadt, auf einer so feurigen Echse, dass er das Tier kaum zähmen konnte. Hinter ihm ritt ein bunt gekleideter Herold, der ausposaunte: »Platz, Platz für die edle Drachin Miranda, die Tochter des Rosenfeuerdrachen Vauvenal, die Fort Timlach mit ihrem Besuch beehrt!« Die Kartoffelbauern ließen den Spaten in der Erde stecken und hasteten aus ihren Gärtchen herbei, um aus der Nähe zu sehen, was los war. Andere warfen an der Wasserleitung die Wäsche hin und strömten zusammen. Die Übrigen lehnten neugierig aus den Spitzbogenfenstern der ehemaligen Kasernen. Ein unordentlicher, dem Trunk ergebener Mensch namens Papandin, der den Titel eines Bürgermeisters trug, eilte mit seinem Gefolge herbei, um den hohen Gast zu begrüßen und zu fragen, was Miranda nach Fort Timlach führte. Vauvenal war hier – wie überall im Erde-Wind-Feuer-Land – kein Unbekannter, da er bei seinen häufigen Reisen auch in Timlach Station gemacht hatte. Seine Tochter allerdings hatte man noch nie gesehen.

Der Zug hielt auf dem Hauptplatz des Städtchens, dem Arkadenhof des Palastes, in dem einst der Stadtkommandant logiert hatte. Als Miranda ausstieg, eilten Papandins Diener herbei und boten ihr Erfrischungen an.

Die Jungfer nahm mit höflichem Dank die Früchte und süßen Getränke entgegen, die man ihr zur Begrüßung reichte. Dann kam sie sofort auf ihr Anliegen zu sprechen. »Ich bin die Drachin Miranda.« Sie wollte hinzufügen: »Vauvenals Tochter«, da fiel ihr ein, dass die Sphinx ihr gesagt hatte, eines Tages werde man sie nicht mehr bei dem Namen ihres Vaters nennen, sondern bei ihrem eigenen. Also sagte sie stattdessen: »Ich bin in einer wichtigen Mission unterwegs und habe deshalb beschlossen, hier Quartier zu nehmen.« Sie sah sich mit prüfenden Blicken um. »Ist dies das größte Gebäude von Fort Timlach?«

Papandin stammelte, es sei der ehemalige Palast des Stadtkommandanten, in dem auch die Garde untergebracht gewesen sei.

»Gut. Dann werden wir hier wohnen. Die großen Hallen sind zu räumen, da einige Drachen einziehen werden, die viel Platz brauchen. Für mich und mein Gefolge sind Zimmer einzurichten. Nun geht und sagt es den anderen.«

Papandin stolperte, gefolgt von seinen Dienern, verwirrt von dannen. In seinem Kopf brummte es. Als er außerhalb des Arkadenpalastes auf Einheimische stieß, die wissen wollten, was die Drachen hier suchten, lieferte er ihnen eine höchst verworrene Erklärung. Nur allmählich holten sie aus ihm und seinem Gefolge heraus, was gesprochen worden war. Dann freilich bemächtigte sich eine gewaltige Aufregung des Städtchens. Die einen waren stolz, dass ihr schäbiges Fort Timlach so hohen Besuch erhielt, und freuten sich auf die Unterhaltung, die die Gäste versprachen. Die anderen bekamen Angst bei dem Gedanken, dass riesige Drachenungetüme in ihren Häusern wohnen wollten. Die eben noch so verschlafene Stadt, in der zwei Drittel der Häuser und Paläste leer standen, fand sich plötzlich als Schauplatz eines bunten Treibens wieder. Fassungslos beobachteten die Bewohner von Chiritai, wie Mirandas Gefolge einzog, alle die Kampfdrachen, livrierten Tatzelwürmer, Luftdrachen und halbmenschlichen Pagen – und alle diese Geschöpfe hatten Hunger und Durst, wollten Gemüse und Früchte, Wasser und Wein. Der Schrecken der Timlacher wandelte sich in helles Entzücken, als sie feststellten, dass die junge Drachin für ihre Dienste großzügig mit Edelsteinen bezahlte. Plötzlich ganz bereitwillig, liefen sie hin und her und machten sich ans Werk, den leeren und schon etwas verfallenen Palast für die neue Mieterin herzurichten.

Schon eine Stunde später konnte sich Miranda im ehemaligen Prachtzimmer des Stadtkommandanten auf einem Bett weicher Kissen ausstrecken. Während sie an dem süßen Palmwein nippte, sah sie zu, wie der aufgeregte Balor im Zimmer auf und ab rannte und in seiner Aufregung gelegentlich an den Wänden hochkletterte, ohne es richtig zu merken. »Warum bist du so unruhig, Balor?«, fragte sie spöttisch. »Ich tue nichts anderes, als in einer ruhigen Stadt bezahltes Quartier zu nehmen. Will man mir das zum Vorwurf machen?«

Balor hielt in seinem Kreuz-und-quer-Laufen inne. »Ihr wisst genau, was Ihr tut, Maide Miranda. Ihr werft der Kaiserin von Chiritai den Fehdehandschuh hin.«

»Sie ist keine Kaiserin. Sie ist die Enkelin eines Thronräubers und selbst eine Thronräuberin.«

»Das ändert nichts daran«, hielt ihr der weise Balor entgegen, »dass sie viele gut ausgebildete Truppen hat und Ihr nicht.«

»Ich habe meines Vaters Kampfdrachen.«

»Und habt Ihr schon überlegt, was Euer Vater dazu sagen wird?«

Miranda musste zugeben, dass sie diesen Gedanken in ihrem heftigen Zorn ganz beiseite geschoben hatte. Selbstverständlich würde ihr Vater alles für sie tun. Aber es war zweifelhaft, ob seine Liebe so weit ging, dass er ihrer gekränkten Eitelkeit wegen einen Krieg mit der goldenen Stadt anfing. Trotzig ballte sie die Fäuste. »Mein Vater kennt meine Berufung.«

»Das bezweifelt niemand, Maide Miranda, aber …«

»Ach, ich habe deine vielen Einwände satt!«, rief sie ärgerlich. »Meinetwegen teil meinem Vater mit, was ich getan habe, da er es ohnehin herausfinden wird. Ich werde ihn überzeugen, dass ich das Richtige tue. Zuvorderst aber haben wir etwas anderes zu tun. Höre, Balor: Wir müssen uns in dieser Stadt beliebt machen. Ich will nicht über murrende Untertanen regieren. Schick Leute aus, die sich umhören und herausfinden, was die Timlacher denken und sich ersehnen, und vor allem, wovor sie Angst haben. Finde heraus, ob sie gut oder schlecht von Chiritai denken und ob sie den innigen Wunsch haben, eine große und bedeutende Stadt zu werden.«

Sie war selbst erstaunt, wie ihr alles wieder einfiel, was sie bei den Mlokisai über die Kunst der Regentschaft gelernt hatte. Sie erinnerte sich genau an den Leitsatz: »Für den Monarchen ist die Liebe seiner Untertanen das Element, worin er lebt, wie der Fisch im Wasser lebt; verliert er diese Liebe, so geht er wie jener elend zu Grunde.«

Nachdem Balor den Auftrag weitergegeben hatte, kehrte er zurück und ließ sich neben Miranda auf den bunt gewebten Kissen nieder. Vorsichtig sagte er: »Ich muss Euren Vater verständigen. Ich bin ihm Rechenschaft schuldig für alles, was in seinem Palast und mit seinem Eigentum geschieht. Also habe ich ihm einen Boten geschickt.«

»Gewiss«, erwiderte Miranda. »Tu, was du für richtig hältst. Du musst deine Pflichten wahrnehmen, ich aber die meinen.« Als Balor sich daraufhin beruhigte, fuhr sie fort: »Ich habe gesehen, dass die Mauern der Stadt vernachlässigt sind und die Tore nicht bewacht werden. Das müssen wir ändern. Such morgen unter den Männern und Frauen Freiwillige und biete ihnen zum Lohn einen Edelstein für dreißig Tage schwere Arbeit, wenn sie die Mauern instand setzen. Ernenne auch Wächter des Tores, und sieh zu, dass sie ein besonderes Kennzeichen bekommen, das ihnen Ehre einbringt. Dasselbe tu mit den Wächtern der Mauern; die Leute müssen stolz darauf sein, ihre Arbeit zu erledigen. Dann finde heraus, welche Familien in dieser Stadt von altersher sehr angesehen sind, und mach sie zu Obersten der Mauerwächter und Torwächter.«

Sie stand auf und warf sich den losen blauen Mantel um. »Komm, Balor, ich will mich in meiner Stadt umsehen. Vor allem will ich den feurigen Brunnen sehen, in den mein Vater das Pergament geworfen hat.«

Als sie auf einem ihrer weißen Drachen in den Hof hinausritt, begleitet von Balor, der auf ihrer Schulter saß, und zwei Kampfdrachen, staunten die Leute nur so. Miranda stellte mit Befriedigung fest, dass ihre Ankunft als ein freudiges Ereignis angesehen wurde. Die Timlacher grüßten sie höflich, und die Frauen tuschelten untereinander und warfen neugierige Blicke auf ihr leuchtend rotes Haar und ihre eleganten Kleider. Leise sagte sie zu Balor: »Höre! Du musst unter den Leuten die Rede verbreiten, dass es Fort Timlach bestimmt ist, unter meiner Herrschaft zu einer mächtigen und bedeutenden Stadt zu werden. Sieh zu, dass der Gedanke unauffällig in ihr Denken fließt wie Tinte in einen Krug Wasser. Sie sollen meinen, nicht ich hätte es ihnen gesagt, sondern ihnen selbst sei es eingefallen. Flüstere ihnen ins Ohr von alten Prophezeiungen und Weissagungen, die davon künden, dass Fort Timlach wieder groß werden wird und seine Bewohner in ganz Chatundra bewundert und beneidet werden.«

Sie rief einem der herumstehenden Männer zu, er möge ihnen den Weg weisen.

Das Gebäude, in dem sich der feurige Brunnen befand, wurde »der Kopf der Schildkröte« genannt und ragte am südöstlichen Bogen der Stadtmauer hervor. Miranda blickte sich staunend in dem halbdunklen Raum um. Nur durch einige Luken in der Kuppel strömte das dämmerige Licht des Regenwaldes. Der Timlacher, der sie hergeführt hatte, berichtete: Das Rundhaus war in grauer Vorzeit ein Tempel der Allmutter Majdanmajakakis gewesen. Doch als die Sundaris anfingen, ihre viele Jahrhunderte dauernde Macht auszuüben, hatten sie einen Tempel des Sonnendrachen Phuram daraus gemacht, wie die goldenen Mosaike an den Wänden und dem Fußboden bewiesen. Nach dem Sturz der Gottkaiser hatten die Einwohner von Fort Timlach nicht mehr zu Phuram gebetet. Da das Gebäude zu kalt und feierlich wirkte, um für alltägliche Dinge genutzt zu werden, hatten sie es einfach verfallen lassen. Regenpfützen standen in den eingesunkenen Fliesen. Dung auf dem Marmorfußboden verriet, dass gelegentlich Echsen darin untergebracht worden waren. Die Halle, in der einst Priester und Kantoren im Glanz Hunderter Lichter den Sonnengott gepriesen hatten, lag in trübem Zwielicht. Die Mosaike waren glanzlos, Spinnen hatten ihre Netze zwischen den Pfeilern gewebt. Doch immer noch befand sich in der Mitte des Raumes das steinerne Rund des Brunnens, der in die Unterwelt hinabführte. Als Miranda sich ihm näherte, sah sie, dass ein rotes Licht darin waberte.

Der Brunnen war von einer Haube aus kunstvollem Schnörkelwerk überdacht und von einem brusthohen runden Gitter umgeben, die jetzt freilich beide verrostet und teilweise zerbrochen waren. Als Miranda an dieses Gitter trat, fühlte es sich unter ihren Händen warm an. Sie erkannte deutlich, wie erregt die Feuerdrachen im Abgrund waren. Der Marmorboden unter ihren Füßen summte und vibrierte, als wäre ein Erdbeben im Anzug. Knackende Flammen sprangen in der Tiefe des steinernen Schlundes, und die Funken flogen so hoch, dass sie ihr ins Gesicht sprühten.

Sie wandte sich dem Einheimischen zu. »Guter Mann, ich wünsche, dass dieser Raum wieder zu Ehren kommt. Er soll gereinigt werden und darf in Hinkunft nicht mehr als Tierstall benutzt werden. Das Gitter um den Brunnen und die Haube müssen repariert werden. Setzt Arbeiter daran, sie werden ihren Lohn von mir bekommen.«

»Gewiss, gnädiges Fräulein, gewiss«, versicherte dieser diensteifrig.

Miranda verließ den »Kopf der Schildkröte« mit einem Gefühl tiefer Zufriedenheit. Ihr war bewusst, dass sie erst nur kindischer Zorn getrieben hatte, sich in Fort Timlach festzusetzen und ihre inneren Wunden mit dem Balsam zukünftiger Größe zu kühlen. Aber angesichts des Brunnens, aus dem das Pergament mit der Flammenschrift aufgestiegen war, fühlte sie, dass sie dennoch das Richtige getan hatte. Sie sollte hier sein, nahe dem Tempel der großen feurigen Kaaden-Bûl. Sie würde ihnen wieder zu Ehren verhelfen, zum Dank für die Freundschaft, die sie ihr erwiesen hatten – und sie würde ihre eigenen ersten Schritte dazu tun, die Weissagung des Steins von Cullen zu erfüllen.

Das verlorene Heer

Die Ankunft der Güyilek

»Hada Güyilek! Hada kam Güyilek!« Der Makakau-Krieger auf den höchsten Zinnen des Wachtturms sprang erregt auf und winkte mit beiden Armen. »Jamíle! Ekoya Jamíle! Eo eo! Güyilek!«

Den karfunkelblauen Jamíle weckte das Geschrei seines menschlichen Gefährten aus tiefem Schlaf. Es war angenehm warm und sonnig auf der obersten Plattform des Wachtturms, und er hatte einem Mittagsschläfchen nicht widerstehen können. Erschrocken entrollte er seine glänzenden Windungen. Den schuppigen Schlangenhals vorgestreckt, spähte er zu dem Gefährten hinauf, der ihm immer heftiger winkte, er möge sich in die Lüfte erheben und Ausschau halten. Seine Flügel waren noch steif vom Schlaf, er musste ein paarmal kräftig flattern, ehe sie ihn hochhoben. Rasch stieg er auf, ließ den Turm hinter sich und spähte auf das Marschland der toten Zone hinunter, das sich unmittelbar zu Füßen des hohen Tafellandes erstreckte. Er sah sofort, was den Krieger so aus der Fassung gebracht hatte: Ein Menschenheer näherte sich den Purpursümpfen. Von Norden, wo sich einst das Mittelreich des Gottkaisers und seiner Priester erstreckt hatte, glitt es herbei wie eine riesenhafte, flache Schlange, silbern glitzernd im Sonnenschein.

Jamíle war mit einem Schlag hellwach. Über die Schulter zurückgewandt, rief er dem Kameraden zu: »Ich will es mir aus der Nähe ansehen. Quinquin, beeil dich, du kommst mit mir! Soldat, verständige inzwischen den Wächter vom nördlichen Turm, falls er es noch nicht selbst entdeckt hat!« Dann glitt er mit weit gespannten Schwingen über die Klippen hinab. Quinquin, der Neuling, folgte ihm hastig.

Es gefiel Jamíle nicht, dass er die klare, thymiangewürzte Luft des Tafellandes verlassen und sich in die fauligen Niederungen begeben musste. Aber ein Menschenheer von gut dreitausend Mann, das sich der Grenze näherte, konnte er als Turmwächter nicht unbeachtet lassen. Also hielt er sich so weit wie möglich über den Purpursümpfen, um dem Miasma zu entgehen, das seine Sinne quälte – denn Jamíle war ein guter Drache und verabscheute selbst den Anhauch des Bösen.

Während er die Felsabstürze und Geröllhalden aus braunem Sandstein hinter sich ließ, strebte er nach Norden. Dort erstreckte sich ein Archipel großflächiger Inseln, einst das Herrschaftsgebiet der Mokabiter. Schon damals mussten die Wächter der Makakau ein scharfes Auge auf ihre Nachbarn haben. Inzwischen freilich war es so weit, dass die Makakau wünschten, sie hätten die Höllenzwinger wieder zu Nachbarn, anstatt der Kreaturen, die nach ihnen gekommen waren.

Jamíle schwebte weiter, gefolgt von seinem jungen Untergebenen. So leicht und zart waren die beiden Luftdrachen, dass sie die Schwänze senkrecht hängen ließen, wie ein Seepferdchen im Wasser treibt, und sich nur mit den breiten Flügeln segelnd in der Luft hielten. Wachsam beobachteten sie ihre Umgebung.

Jamíle bemerkte: »Ich kann mir nicht vorstellen, was das Menschenheer hier zu suchen hat. Im ganzen Erde-Wind-Feuerland herrschte Friede, es wäre zu seltsam, wenn die

Nordlinge plötzlich gegen das Reich der Makakau aufmarschieren würden.«

Quinquin stimmte ihm zu. »Das glaube ich auch nicht. Wollen sie vielleicht nach Macrecourt, um Krieg gegen die Mokabiter zu führen?«

»Wohl kaum. Die Verbannten stehen unter dem Schutz der Makakau. Solange sie ihr Exil nicht verlassen, darf niemand ihnen ein Haar krümmen.«

Quinquin hatte einen neuen Einfall. »Ist es denkbar, dass die weißen Menschen gegen die Basilisken in den Krieg ziehen wollten? Aber dann muss es eine Armee von Wahnsinnigen sein – wissen sie denn nicht, wie es Kaiser Viborgs Streitmacht ergangen ist?«

Jamíle nickte. Nach der Katastrophe hatte es niemand mehr gewagt, gegen die kleinen Ungeheuer in den Krieg zu ziehen. Es wäre ihnen vermutlich leichtgefallen, ganz Chatundra zu erobern, so groß war der Abscheu und Schrecken, den ihr bloßer Name verbreitete. Aus irgendeinem unbekannten Grund jedoch machten sie keine Anstalten, sich weiter auszubreiten. Wie die Späher berichteten, verließen sie nur selten die tote Zone zwischen den beiden zerstörten und besudelten Städten, wo sie in Kellern, Katakomben und Tunnels hausten. Jamíle nahm an, dass sie sich von dem ganzen aufgehäuften Gold, das seit den Zeiten der sundarischen Kaiser dort lag, nicht weit entfernen konnten oder wollten. Auf merkwürdige Weise waren sie an Gold gebunden, dessen Ausdünstungen sie einsaugten wie einen Lebensquell.

Zur Linken sahen die fliegenden Drachen jetzt die Ruinen von Thamaz, der unheilumschatteten einstigen Hauptstadt der Vulkaninseln. Die meisten ihrer Gebäude lagen in Schutt und Asche, doch in ihrem Herzen erhob sich immer noch, fast unbeschädigt, ein Palast aus rotem Marmor, den man »das

Haus der tausend Türme« nannte. Wie das Horn eines Felsgipfels ragte er in den dunstigen Himmel, prachtvoll und beängstigend zugleich. Gewundene Säulen und Simse zierten seine Mauern, die die Abbilder finsterer Unwesen trugen – Krakenmolche, Kröten und Harpyien von obskurer, abstoßender Form, die mit ausgereckter Zunge und obszönen Gebärden von den Türmen herabglotzten.

»Beeilt Euch!«, rief der ebenso unerfahrene wie unternehmungslustige Quinquin seinem Gefährten zu.

Jamíle jedoch zögerte, sich noch weiter vorzuwagen. Er befahl auch Quinquin, innezuhalten. »Warte! Du weißt nicht, welche Gefahren hier lauern.« Obwohl das Marschland unter ihnen in unschuldiger Stille dalag, gefleckt von ölig schillernden Sümpfen und durchzogen von salzigen Wasseradern, wusste er genau, wie viel Heimtücke sich dahinter verbarg. Die Wirbelwinde über den Sümpfen waren stark genug, um einen kleinen Drachen zu packen und in die Tiefe zu ziehen. Sie waren von menschenähnlicher, bösartiger Intelligenz erfüllt und lauerten auf den Unvorsichtigen, der ihnen zu nahe kam. Auch stiegen zuweilen tödliche Gase aus dem Morast auf – von seinem Turm aus hatte er oft beobachtet, wie Vögel und selbst größere Flugechsen aus der Luft herabstürzten, als hätte ein unsichtbarer Pfeil sie getroffen.

Es war auch nicht nötig, dass sie weiter nach Norden vordrangen. Obwohl das Heer noch weit entfernt war, blieb den scharfen Drachenaugen keine Einzelheit verborgen. An den Flanken der Schlange trabten schwankend, erderschütternden Schrittes die gewaltigen Donnerechsen, jede mit einem Pavillon voll Bogenschützen auf dem Rücken. Neben ihnen, mehr in der Mitte, schleppten kleinere Echsen Kriegsgerät, Zelte und Proviant. Im Schutz dieser doppelten Reihe glitten dicht über dem Boden die Flugechsen dahin und trugen gepanzerte Ritter auf dem Rücken. Umringt von seiner Leibstandarte, ritt an der Spitze des Heeres ein Mann auf einem weißen Pferd. Über ihm wehte, mit glitzernden Fransen besetzt, die Fahne von Chiritai, der neuen Kaiserstadt, die man »die goldene Blume des Nordens« nannte.

»Komm, wir kehren um!«, befahl Jamíle seinem Gefährten. »Wir haben genug gesehen. Es ist nicht nötig, dass wir uns der Gefahr der Wirbelwinde und der Giftgase aussetzen.«

Sie kehrten eilig zum Turm zurück und ließen sich auf der höchsten Zinne nieder. »Du hast recht gesehen«, meldete Jamíle dem Wächter. »Es sind Güyilek aus dem Norden, aus der neuen Kaiserstadt. Sie ziehen in die Sümpfe.«

Der Soldat starrte ihn an. »Dann sind sie Narren. Wer hat je davon gehört, dass Krieger in die Sümpfe ziehen, da doch jeder Schritt von Unheil umlauert ist? Aber das ist nicht unsere Sache. Auf, Jamíle, flieg und verständige den König und die Königin, dass hier etwas Bedenkliches vorgeht! Sie müssen entscheiden, was weiter geschehen soll.«

Die Flucht des Hofnarren

Auch von der Nordspitze der Insel Macrecourt aus beobachteten Wächter die Ankunft der Fremden. Die Mokabiter waren allem und jedem gegenüber misstrauisch. Sie selbst spannen unablässig Intrigen und heckten böse Pläne aus, und so sahen sie in anderen Menschen einen Spiegel ihrer selbst. Dass der König der Makakau ihnen seinerzeit das Leben gerettet hatte, als sie Gefahr liefen, von den Basilisken verschlungen zu werden – dass er ihnen eine schöne und fruchtbare Insel als Exil angewiesen hatte und sie zusätzlich mit allem versorgte, was Macrecourt nicht hervorbrachte –, das alles galt ihnen nichts. Sie hatten dort Wasser und Früchte genug, um zu überleben, und der König der Makakau ließ von Zeit zu Zeit ein Schiff mit Brot, Reis und Süßkartoffeln hinüberschicken. Aber Freude hatten die genusssüchtigen und verwöhnten Damen und Herren wenig daran, dass sie Wasser schleppen und Holz fürs Feuer klauben mussten. So verbrachten sie den größten Teil der Zeit damit, dass sie sich stritten und einander die Schuld an dem Unheil zuwiesen.

Es war ein seltsames Volk, das da in der Verbannung lebte. Obwohl sie auf zwei Beinen gingen und in menschlicher Weise sprachen, unterschieden sich die meisten von ihnen ganz beträchtlich von anderen Menschen. Manche schleppten einen zackigen Drachenschwanz hinter sich her, der zwischen den Falten ihrer Gewänder hervorlugte. Andere hatten gelbe und grüne Schlangenaugen, Hornkämme auf dem Schädeldach oder Tatzen an Stelle von Händen. Mehr als eine Dame mit schönem Angesicht und weißen Schultern ging auf den derben, grünlich braunen Tatzen eines Reptils, die Schuhe ebenso überflüssig wie unpassend machten. Wieder andere waren an verschiedenen Körperstellen mit harten Schuppen bedeckt und rasselten beim Gehen wie Gürteltiere, oder sie mussten die Jacken hinten aufschneiden, damit die häutigen Fledermausflügel Platz hatten, sich zu entfalten. Sie hatten sich so häufig mit bösen und entarteten Drachen vermischt, dass die Abkömmlinge dieser finsteren Verbindungen fast so viel Abscheu erregten wie die Basilisken.

Oft hallte der Strand so laut von den gegenseitigen Beschimpfungen wider, dass das Eiland von den Schiffern »Zänkerinsel« genannt wurde.

In letzter Zeit waren freilich nur sehr selten Schiffe vorbeigekommen. Wo einst bunte Boote zwischen den Inseln hin und her eilten, voll beladen mit Waren und fröhlichen Menschen, erstreckten sich jetzt die Purpursümpfe. Nicht nur die Totenkopflibellen hausten dort, sondern auch schwarze, nach Blut dürstende Würmer, die ihre Schnäbel blitzschnell in lebendes Fleisch wühlten und es von innen heraus auffraßen. Zuweilen sah man, schlaff im Gewirr der Mangrovenwurzeln hängend, die hohlen Kadaver von Tieren und menschliche Leichen, äußerlich noch heil, im Innern jedoch verzehrt von den mörderischen Scheusalen. Und auch auf dem Jademeer an der Außenseite der Insel sah man nur selten ein Segel vorbeigleiten. Dort lauerten Drydds unterseeische Kämpfer, allen voran die giftigen Seewespen, die ihre Tentakel hoch aus dem Wasser schleuderten und die Menschen an Deck eines

Schiffes tödlich trafen. Und selbst an Land war man nicht sicher: Im seichten Wasser lauerten die springenden Fische, die weit über den nassen Sand schnellten und sich mit ihren scharfen Zähnen in alles verbissen, was sie erreichen konnten.

Wäre dem nicht so gewesen, so hätten die Höllenzwinger längst einen Weg gefunden, ihr Exil zu verlassen. Die Mokabiter mochten ein übles Volk sein, aber dumm waren sie nicht. Sie schätzten die Schalmeienklänge, mit denen Drydds Unterhändler sie lockten, ganz richtig als ein Mittel ein, den Seeungeheuern einige zusätzliche Mahlzeiten zu verschaffen. Nichts liebten diese Kreaturen mehr als fettes Menschenfleisch, und da die verwilderten Gärten von Macrecourt viele süße Früchte und essbare Knollen hervorbrachten, waren die Verbannten zumeist recht gut genährt. Wären die Wassergeschöpfe mit einigen wenigen Leckerbissen zufrieden gewesen, so hätten die Höllenzwinger keine Skrupel gehabt, den einen oder anderen Unglücklichen aus ihrer Mitte zu mästen und den Ungeheuern zum Fraß vorzuwerfen. Sie hatten es auch schon einmal versucht, aber feststellen müssen, dass die scharfzähnigen Meeresungeheuer nicht nur das auserwählte Opfer, sondern die gesamte Priesterschaft, die die Zeremonie vollzog, gepackt und ins Wasser gezerrt hatten. Also waren sie wieder davon abgekommen, sich auf diese Weise freizukaufen.

Man musste freilich auch den Mokabitern zugestehen, dass sie es ablehnten, sich mit den Basilisken auf Gespräche einzulassen. Fast alle von ihnen schreckten mit einem letzten Rest Anstand vor den Kreaturen zurück.

Die beiden Wächter auf dem scharf vorspringenden Kap, das die Nordspitze der Insel bildete, reagierten ähnlich wie Jamíle und sein Kamerad. Sie liefen zum äußersten Rand des

Ausgucks vor, schirmten die Augen mit der Hand ab und gaben denselben Kommentar ab wie der Makakau und sein Drache: Nur Wahnsinnige könnten versuchen, Kaiser Viborgs so schrecklich misslungene Heldentat zu wiederholen.

»Die Tarasquen werden sie töten und auffressen«, bemerkte der eine, ein fetter Mensch mit Namen Kobek, der in den kläglichen Lumpen einer hundert Jahre alten Galauniform steckte. Der nackte gelbe Bauch hing aus den Fetzen eines goldbestickten Wamses heraus, an dem nur die Lederteile die Zeit überstanden hatten. Zwischen Wams und Stiefeln trug er nichts weiter als ein vielfach gewickeltes, mit Schutzamuletten bestücktes Tuch, unter dem er seine Männlichkeit versteckte – nicht aus Schamhaftigkeit, sondern um seine Gefährten daran zu hindern, dass sie den bösen Blick darauf richteten und seine Manneskraft lähmten. Es gab beträchtlich mehr Männer als Frauen unter den Verbannten, und in dem harten Konkurrenzkampf wurde kein Mittel gescheut, Mitbewerber kampfunfähig zu machen.

Sehnsüchtig fügte er hinzu: »Was mich daran erinnert … ich gäbe etwas für ein anständiges Stück Braten! Wann haben wir zuletzt Fleisch gegessen?«

»Vorgestern, und es schmeckte schauderhaft«, erwiderte der andere, Graf Lubis, verdrießlich. Er war erst kürzlich von Wyverns Dienern wieder auf Macrecourt abgesetzt worden und vermisste das köstliche Essen im Palast der Sphinx. »Fluch und Verdammnis über die Makakau, die uns auf dieser Fieberinsel festgesetzt haben! Gebratene Echsen schmecken wie gebratene Stiefel, und die Fische, die man in den Lagunen fängt, sind voller Gift. Wollen diese braunen Schurken, dass wir am Fieber verrecken oder am Durchfall krepieren?«

»Mir würde es jedenfalls Spaß machen, wenn Ihr das Fieber bekommt, denn dann müsste ich Eure widerliche Fratze nicht mehr jeden Tag ansehen«, ergriff Kobek wieder das Wort. »Ich bin es leid …«

»Ihr sprecht von Fratze?«, schrie der Graf. »Habt ein Gesicht wie ein zerknautschter alter Stiefel und wollt …«

Das ferne *Böhn – bööööhn* eines Kriegshornes riss die beiden aus ihrem Zank. Sie verstummten und wandten sich wieder dem Heer der Nordlinge zu, das tief unter ihnen in die Purpursümpfe marschierte. Lubis kam der Gedanke, dass die Ritter vorhaben mochten, in Macrecourt einzumarschieren und sie alle gefangen zu nehmen. Er versetzte Kobek einen kräftigen Stoß. »Los, Stiefelgesicht! Vielleicht kommen die Ritter hierher. Wir müssen dem König Meldung erstatten.«

»Wenn sie hierherkommen, haue ich ab«, verkündete Kobek. »Lieber verstecke ich mich. Ihr könnt ja zum König laufen.«

»Das tue ich«, zischte Graf Lubis und zeigte seine spitzen Zähne, »und Ihr kommt mit – und zwar auf der Stelle, denn wenn ich ihm erzähle, was Ihr soeben gesagt habt, setzt Korchas Euch gefesselt in eine Grube, mit ein paar hundert Giftameisen als Gesellschaft, also macht schnell!«

Daraufhin eilte Kobek neben ihm her, so schnell die schwachen, fetten Beine ihn trugen, wobei er mit beiden Händen nach imaginären Giftameisen schlug.

Die Behausungen der Mokabiter auf Macrecourt unterschieden sich dramatisch von dem herrlichen »Haus der tausend Türme«, in dessen roten Marmorhallen sie in Thamaz Hof gehalten hatten. Sie beklagten sich auch häufig genug darüber und gaben wie gewohnt die Schuld daran den Makakau, die sie gezwungen hätten, wie Wilde zu wohnen. Freilich hätten sie in den hundert Jahren, die sie nun schon auf der Insel zubrachten, Zeit genug gehabt, sich Häuser zu bauen. Aber das Schelten und Klagen war weitaus leichtere Arbeit, als Bäume zu fällen und Balken zuzuhauen.

Die Aufregung war groß, als die beiden Boten mit der Neuigkeit anlangten, dass ein riesiges Heer auf Macrecourt zumarschiere, zweifellos mit der Absicht, sie alle niederzumetzeln oder gefangen zu nehmen. Von allen Seiten rannten Gestalten in farbigen Lumpen herbei, deren absonderliche Körperformen jetzt, da keine prächtigen Hüllen sie mehr verbargen, schamlos hervortraten.

Alles versammelte sich vor der Grotte, in der das Oberhaupt des Klans residierte. Eine gute Weile war es unmöglich, in dem allgemeinen Gezeter ein Wort zu verstehen. Wie Graf Lubis wussten sämtliche anderen Verbannten, dass sie nichts Gutes erwartete, wenn die Fremden tatsächlich die Insel eroberten. Sie rannten hin und her wie Ameisen, in deren Bau man einen Stein geworfen hat, fluchten auf die Makakau, beschimpften einander und bedauerten sich selbst. Auf den Gedanken, sich zu wehren, kamen sie erst gar nicht. Der offene Kampf war nicht ihre Sache, und ihre Magie hatte schweren Schaden genommen, seit ihre Verbündeten, die Drachen der Vulkanberge, ausgerottet worden waren.

Nachdem sich die erste Aufregung gelegt hatte, wandten sie sich in ungewöhnlicher Eintracht an ihren Führer. »Was sollen wir tun? Sie werden uns an Ort und Stelle umbringen oder uns als Gefangene nach Chiritai schleppen.« Und um den Klanführer in die rechte Stimmung zu versetzen, ihnen aus dem Schlamassel zu helfen, fügten mehrere hinzu: »Und Euch als unserem Oberhaupt wird es gewiss am allerschlimmsten ergehen!«

Das wusste dieser, auch ohne dass sie es ihm sagten. König Korchas – den Königstitel hatten seine Vorväter sich nach der Verbannung zugelegt, um ihren schwer angeschlagenen Glanz wenigstens ein wenig aufzupolieren – sah sich ganz besonders gefährdet. Nicht nur deshalb, weil er der Oberste alle Mokabiter war. Er konnte auch im Unterschied zu den Übrigen nicht einmal fortlaufen und sich verstecken, so enorm fett war er in den vielen Jahren seiner Herrschaft geworden. Ein gewaltiger, formloser Fleischberg, dem der Bauch zwischen den gespreizten Knien hindurch bis auf die Erde hing, hockte er auf seinem roh geschnitzten Thron im Schutz der größten Felsengrotte. Ihm zu Füßen kauerten mit sauren Gesichtern seine drei Lieblingsfrauen Kule, Bulta und Mersa, die mit diesem Scheusal als Gemahl wahrhaftig ein schweres Schicksal zu tragen hatten, und sein junger Hofnarr Zelda. Kaum ein Tag verging, an dem dieser nicht Prügel oder wenigstens einen Fußtritt bezog, und der Beschimpfungen, die Korchas auf ihn häufte, waren so viele, dass er sie schon gar nicht mehr hörte. Es hätte ihn wirklich gewundert, hätte der König ihn jemals anders gerufen als »schleimiger Salamander, Kriechtier, zahnloser Wurm« und was dergleichen Freundlichkeiten mehr waren. Er wäre längst von der Insel geflohen, hätte der Herrscher ihm nicht eine Kette mit einem schweren Holzklotz daran an die Fußknöchel gehängt. Der Klotz sicherte dem König nicht nur die ständige Anwesenheit seines Hofnarren, er hielt diesen auch davon ab, sich den Königinnen zu nähern – so meinte jedenfalls Korchas; wobei er jedoch im Irrtum war, denn die drei listigen Weiber hatten längst Mittel und Wege gefunden, sich von der Fessel nicht stören zu lassen.

Dieser Zelda war ein seltsamer Mensch: dünn und geschmeidig wie eine Eidechse, mit einem klugen und verschlagenen Gesicht und eigentümlichen Fähigkeiten, die er sorgfältig geheim hielt. Sein Äußeres war weitgehend das eines jungen Menschenmannes von zartem Körperbau. Aber seine bis auf das flauschige Kopfhaar haarlose Haut war blassbräunlich mit verschwimmenden milchigen Flecken darauf. Sein Fleisch war empfindlich, und sein Bauch pulsierte ununterbrochen im Rhythmus des Herzschlags. Auch hatte er keine Zähne, sondern pflegte alles, was er aß, im Ganzen zu schlucken und dann stundenlang zu verdauen.

Er sah hinreichend drachisch aus, um von den Mokabitern anerkannt zu werden, aber tatsächlich stammte er von anderen Wesen ab. In seiner Ahnenreihe fanden sich mehrere Mesris, die zwar den Drachen ähnelten, aber behaupteten, viel älter zu sein als diese. Sie waren, wie ihre Geschichtsschreibung erzählte, irgendwann in der Dämmerung der Zeiten geschaffen worden. Das mochte stimmen oder auch nicht, auf jeden Fall aber waren sie eine uralte Rasse von tiefer, geheimnisvoller Weisheit und undurchschaubarem Wesen.

König Korchas wusste sehr wohl, dass sein Hofnarr klüger war als die meisten seiner Höflinge, deshalb wandte er sich jetzt auch an ihn. Er wollte mit dem Fuß nach ihm treten, musste aber feststellen, dass er inzwischen auch das nicht mehr schaffte. Es gelang ihm kaum, den Fuß mit dem zerschlissenen Pantoffel daran auch nur eine Handbreit zu heben. Er musste also zu Beschimpfungen Zuflucht nehmen. »Nun, Blindschleiche? Hast du irgendetwas zu sagen, oder frisst du mein Brot für nichts?«

Zelda verkniff sich die Antwort. Während er sich eidechsenhaft dehnte, antwortete er mit lispelnder Stimme, denn seine Zunge war nicht nur länger und dünner, als es bei Menschen üblich ist, sondern an der Spitze auch gespalten. »Ich kann nur wiederholen, was Euer Hoheit selbst schon gedacht haben, denn Eure Weisheit ist tausend Mal größer als meine.«

»Und was habe ich gedacht?«, fragte Korchas ungnädig. Die Zeit drängte, die fremden Ritter kamen immer näher.

Sosehr er sonst die servilen Höflichkeiten seines Hofnarren schätzte, jetzt wünschte er, dieser würde sich mit einer Antwort beeilen.

Zelda merkte das und rückte ohne weitere Schnörkel mit seinem Rat heraus. »Euer Majestät, die Makakau haben uns Schutz und Sicherheit versprochen, solange wir auf der Insel verbleiben. Aber jetzt ist unsere Sicherheit gefährdet, da die wahnsinnigen Güyilek auf uns zurücken. Also sind die Makakau verpflichtet, uns von hier fortzubringen – an einen sicheren Ort. Euer Hoheit hat sicher schon daran gedacht, einen Boten zu ihnen zu schicken.«

Der Vorschlag fand lärmenden Beifall, denn selbstverständlich dachten alle Mokabiter daran, dass die Flucht von einem anderen Ort aus viel leichter zu bewerkstelligen sei als von einer Insel, die von Monstern umgeben war.

»Wer soll dieser Bote sein?«, fragte Korchas, eingedenk der Tatsache, dass der Weg zu den Wachtürmen des Makakau-Reiches noch um einiges gefährlicher war als das Verbleiben auf der Insel. Wenn ihm gar keine andere Wahl blieb, wäre er immer noch lieber einem Ritter der Nordlinge in die Hände gefallen als einer Horde Basilisken.

Zelda machte Anstalten, sich rücklings davonzuschleichen. »Wäre ich ein Edelmann«, lispelte er, »so riefe ich jetzt laut: ›Ich tue es!‹ Aber ich bin zu schwach und töricht für eine solch gefährliche Aufgabe, Euer Hoheit. Benennt einen Ritter, der den Tod nicht fürchtet, wenn er ihm mit tausend Gesichtern entgegentritt – nur lasst mich aus dem Spiel. Ich bin ein Ratgeber, aber kein Held! Eure Ritter haben keine Furcht vor dem verseuchten Meer, vor den gefräßigen Totenkopflibellen, sie fürchten weder die vergifteten Speere der Makakau-Wächter noch die rasenden Wirbelwinde, während ich …«

Bei dieser Aufzählung von Gefahren schrie Kobek: »Der den Rat gegeben hat, soll ihn auch ausführen!«

Lauter Applaus erhob sich von allen Seiten.

Zelda kreischte jämmerlich und wand sich wie ein Wurm, aber je mehr er flehte und winselte, desto lauter wurde das allgemeine Gebrüll. Zuletzt konnte König Korchas – der ihn lieber behalten hätte – nicht anders, als ihm die Kette abzunehmen und ihm den Auftrag zu erteilen. Daraufhin versuchte der Hofnarr, davonzuflitzen und sich zu verstecken, aber sofort packte ein Dutzend Fäuste zu und schleppte ihn, der strampelte, fauchte und spuckte, zur Küste hinunter. Dort wurde er trotz seiner wütenden Gegenwehr von einem Vorsprung aus ins flache Meer geworfen, und damit er nicht etwa auf den Gedanken kam, gleich wieder zurückzuschwimmen, folgte ihm ein Hagel von Steinen.

Der Jüngling tauchte unter und schwamm eine Strecke weit unter Wasser, bis die Steinwürfe ihn nicht mehr erreichten. Dann tauchte er auf und schlängelte sich, die Nase nur knapp über dem Wasserspiegel, eiligst weiter. Schon bald erreichte er den morastigen Strand der gegenüberliegenden Insel. Dort schüttelte er sich das Wasser aus den Haaren, kauerte im Schutz eines Sumpflilienbusches nieder und grinste zahnlos in sich hinein, während er sich die von der Kette aufgeschundenen Knöchel rieb.

»Ich wusste doch, diese Schwachköpfe tun es, wenn man sie nur ordentlich reizt«, murmelte er vor sich hin. »Mögen die Güyilek sie alle in kleine Stücke hauen und ihren Hunden zu fressen geben. Aber jetzt einmal fort von hier!«

Und sogleich stieß er eigentümliche Laute aus: ein hohes Insektensummen, das gelegentlich in einen unheimlichen Pfeifton überging. Es dauerte nicht lange, da schwirrte die Luft von gewaltigen, gläsernen Flügeln, und eine Totenkopflibelle ließ sich vor ihm nieder. Ihr Körper war grau und spröde wie ein Wespennest. Wenn sie die dürren Hakenbeine daran rieb, ertönte ein Schnarren. Ihr totenkopfähnlicher Schädel glotzte ihn ausdruckslos an, während ihre Gedanken ihn fragten: »Willst du gefressen werden, weil du so nach mir schreist, Weichfleischsack?«

»Nein. Ich habe eine Bitte. Trag mich zu Lilibeths Haus.«

»Warum sollte ich mir die Mühe machen, dich auf dem Rücken herumzuschleppen, Gedankensprecher?«, fragte das graue Gespenst unwirsch. In Wirklichkeit war sie allerdings tief beeindruckt von dem Menschen, der nach Art der alten Wesen mit ihr sprach. Sie hatte dergleichen noch nie gehört. Und sie war auch noch nie von einer dieser Kreaturen gerufen worden.

»Weil ich es dir befehle – im Namen des ersten, des uralten Mesri«, antwortete Zelda. Er fügte zum Zeichen, dass er nicht nur leere Worte machte, eine höchst sonderbare Kombination aus Zisch- und Pfeiftönen hinzu, die einen für Menschen sonst gänzlich unaussprechlichen Namen bildeten.

Das überzeugte die Totenkopflibelle. Sie ließ ihn aufsteigen und flog mit ihrer leichten Last nordwärts, dorthin, wo am Rand der Sümpfe das sagenumwobene Haus Lilibeths stand.

Zelda war erleichtert, als die Totenkopflibelle die Sümpfe hinter sich ließ und über das Ufer eines rötlichlila gefärbten Sees hinwegschwirrte, in dessen Mitte auf einer Insel ein Turm lag. Zumindest vor König Korchas und vor den Basilisken war er im Augenblick sicher. Was Lilibeth anging, so musste er eben auf sein Glück und seinen Verstand vertrauen.

Es ermutigte ihn nicht gerade, dass die Totenkopflibelle in seine Gedanken hinein bemerkte: »Du bist ein seltsamer

Narr, Weichfleischsack, dass du vor dem einen Tod fliehst, um dem anderen in den Rachen zu springen. Selbst wenn du mich im Namen des« – hier fügte sie denselben unaussprechlichen Namen aus Pfeif- und Summtönen ein, den Zelda zitiert hatte – »beschwörst, so wirst du mich nicht dazu bringen, dich weiter als bis ans Ufer zu tragen. Ihren Turm magst du allein betreten, denn du wirst nicht wieder herauskommen.«

»Schon gut, schon gut«, erwiderte Zelda verdrießlich. »Ich komme schon allein weiter. Lass mich jetzt absteigen!«

Bereitwillig gehorchte das Ungeheuer. Kaum hatten die Füße des Passagiers den Boden berührt, da schoss es, von schwirrenden Flügeln getragen, senkrecht in die Höhe und war im nächsten Augenblick in den Schwaden violetter Dünste verschwunden, die den See bedeckten.

Der entflohene Hofnarr sah sich beklommen nach allen Seiten um. Zwar wusste keiner der Mokabiter Näheres über die geheimnisvolle Frau, aber so viel hatten sie von den Makakau-Schiffern erfahren: dass Leute, die Lilibeths Turm betraten, nie mehr wieder herauskamen.

Zelda wäre es weitaus lieber gewesen, hätte er jemand anderen um Hilfe bitten können, aber es gab nun einmal niemand anderen weit und breit. Die Makakau hätten ihn sofort hinter Schloss und Riegel gesetzt, um ihn nach eingehender Befragung unverrichteter Dinge wieder nach Macrecourt zurückzuschicken. Auf keinen Fall wären sie bereit gewesen, die Verbannten an einem neuen Ort unterzubringen. Im Jademeer herrschten die Untertanen des Wasserdrachen, die ihn schon verschlungen hätten, bevor er noch eine Frage oder Bitte über die Lippen brächte, und kein Wesen, das bei klaren Sinnen war, wäre auf den Gedanken gekommen, die Tarasquen um Gnade zu bitten. Es blieb also nur Lilibeth.

Vorsichtig setzte er einen Fuß vor den anderen, die Blicke starr auf das Gemäuer gerichtet, das da und dort unter den hängenden Orchideen hervorschimmerte.

Plötzlich ertönte ein Rasseln und Scharren, als liefe eine Ankerkette über die Rolle, und gleichzeitig brach ein tiefkehliges Geheul los. Zelda erschrak so entsetzlich, dass er mit einem mächtigen Satz auf den nächstbesten Palmbaum sprang und an dessen Stamm hinaufturnte, so hoch er konnte. Und er hatte gut daran getan, denn einen Herzschlag später stürzten drei schreckliche schwarze Hunde aus dem Turm hervor, und gleich darauf hatten sie den Jüngling auch schon entdeckt. Heulend und geifernd sprangen sie am Stamm seiner Palme hoch und versuchten ihn herabzuschütteln, indem sie sich mit vorgestreckten Pratzen so heftig dagegenfallen ließen, dass der Baum schwankte wie im wütenden Griff des Gagoons.

Zelda, der ein Feigling war, schrie wie am Spieß. Sein Geschrei stachelte die Wut der Bestien noch mehr an. Sie sprangen so hoch, dass ihre Fangzähne knapp unter seinen Fersen zusammenschnappten.

Er meinte schon, die Libelle werde recht behalten, da ertönte eine süße Frauenstimme: »Still, still, meine Kinderchen! Hierher, Gorm, Gyfri und Ger! Müht euch nicht länger!«

Sofort ließen die Ungeheuer von ihm ab und eilten zurück zu der Treppe, auf deren höchster Stufe jetzt eine tief verschleierte Frau stand. »Komm herunter«, rief sie ihm zu, »und fürchte nichts von meinen Kindern!«

Zelda schauderte, als sie die fürchterlichen Missgestalten ihre Kinder nannte, aber er wagte nichts zu entgegnen. Da ihm nichts anderes übrig blieb, kletterte er gehorsam von der Palme herunter und schlich auf sie zu. Zu seiner großen

Erleichterung blieben die Hunde tatsächlich liegen und beachteten ihn nicht weiter, sondern leckten sich die Pfoten und gähnten.

»Was für ein Ding bist du?«, fragte die Verschleierte, wobei sie neugierig den Kopf zur Seite legte. »Du bist ein Mensch und doch kein Mensch. Was bist du?«

Ermutigt durch diese freundliche Frage trat Zelda auf die Frau zu und erwies ihr seine Verehrung. Er fiel ihr zu Füßen und küsste demütig die Schleppe ihres Kleides, und dazu flehte er mit sanfter Stimme: »Verzeiht mein Eindringen! Es geschah aus Not und Verzweiflung. Vor Euch, edle Dame, kniet ein Flüchtling, den die Unbill seines Schicksals zwingt, Euch zu belästigen. Man nennt mich Zelda, und ich bin, wie Ihr ganz richtig bemerkt habt, ein Mensch und doch kein Mensch, da meine Vorfahren sowohl Menschen wie auch Mesris waren.«

»Mesris!«, rief Lilibeth aus. »Das ist seltsam und ungewöhnlich, und ich möchte mehr davon hören. Komm mit, Mesrimann, und erzähl mir deine Geschichte.«

Sie führte ihn hinauf in ihr Turmzimmer. Dort ließ sie sich nieder und fragte ihn, ob er hungrig sei. Als er lebhaft bejahte, öffnete sie die Lade des Spieltischchens und entnahm ihr eine verkorkte Phiole mit ölig schillerndem Inhalt. »Trink das«, befahl sie, »und du wirst, solange du in meinem Hause weilst, weder Hunger noch Durst verspüren!«

Kaum hatten die Hunde die Phiole gesehen, als sie aufsprangen und ihre Herrin umdrängten. Flehentlich winselnd, wedelten sie mit den nackten Schwänzen und legten ihr bettelnd die ungeschlachten Pfoten auf die Knie. Sie zog den Korken und deutete auf den ersten Hund. Begierig riss dieser das Maul auf, wobei er elfenbeinerne gelbe Zähne entblößte, lang wie Menschenfinger und spitz wie Dolche – und zu allem Überfluss standen sie auch noch in zwei Reihen hintereinander. Lilibeth ließ drei Tropfen auf seine Zunge fallen, worauf das Ungeheuer alle Zeichen des Behagens von sich gab und sich die Schnauze leckte, als hätte es sich am köstlichsten Leckerbissen gelabt. Die beiden anderen folgten mit denselben Zeichen satter Zufriedenheit, und nun war Zelda an der Reihe.

Er gehorchte, doch ihm war unbehaglich zumute. Die Flüssigkeit sah nicht nur giftig aus, sie roch und schmeckte auch abstoßend. Als er aber den letzten Tropfen hinuntergewürgt hatte, fühlte er tatsächlich, wie Hunger und Durst ihn verließen und ein tiefes Wohlbehagen seinen eben noch lechzenden Leib durchströmte. Mit wohlgesetzten Worten dankte er und reichte die leere Phiole zurück. Bildete er es sich ein, oder lächelte die Frau hinter ihrem Schleier?

»Und nun, da Hunger und Durst gestillt sind, erzähl!«, befahl sie.

Zelda erzählte. Er schilderte ihr ausführlich die Grausamkeit und Bosheit des Königs Korchas und die Rohheit, mit der sie ihn dem Tode überantworten wollten, verschwieg aber wohlweislich, dass seine eigene List sie dazu gebracht hatte, ihn ins Meer zu werfen. Mit klug gesetzten Worten malte er das Bild eines edlen Wesens, das ein böses Geschick auf die Insel der Mokabiter verschlagen hatte. Kein Wort davon, dass bereits sein Urgroßvater in den Tagen des großen Drachenkrieges Hofnarr in Thamaz gewesen war. Er verschwieg, dass er keineswegs aus Abscheu vor ihren üblen Sitten geflohen war, sondern nur deshalb, weil er es leid gewesen war, täglich getreten und verprügelt zu werden. Er zeigte Lilibeth die von der Kette geschundenen Knöchel und die blauen und braunen Flecken, die sich überall auf seinem Körper abzeichneten, und stellte befriedigt fest, dass er damit ihr Mitleid erweckte.

Sie streckte die Hand im roten Samthandschuh aus und strich behutsam über die Schrunden an seinen Knöcheln. Es war eine liebevolle Berührung, dennoch schauderte ihn, denn trotz des Handschuhs fühlten sich ihre Finger so spitz und hart an, als stecke eine Vogelkralle unter dem Samt.

Nachdenklich sagte sie: »Man erzählt sich die seltsamsten Geschichten über deine Ahnen. Manche behaupten, dass eine Frau, die einen Mesri geliebt hat, sich danach nie wieder von Menschenmännern angezogen fühlt, so berauschend sind die Zärtlichkeiten dieser Geschöpfe.«

Zelda dachte daran, wie unersättlich die Königinnen nach seinen Liebkosungen verlangt hatten, aber er war viel zu schlau, um dies vor einer anderen Frau zu erwähnen. Mit einem tiefen Seufzer antwortete er: »Das sagt man, ja, aber ich werde es erst wissen, wenn ich einmal eine Frau gefunden habe, der meine ganze Liebe gilt.«

Lilibeth war anzumerken, dass diese Äußerung ihre lebhafte Neugier erweckte. »Also hast du noch nie eine Frau berührt?«

Zelda wollte es schon behaupten, da fiel ihm ein, dass er die Kräfte und Fähigkeiten der geheimnisvollen Dame noch viel zu wenig kannte, um das Risiko einer Lüge einzugehen, und mit einem weiteren tiefen Seufzer antwortete er: »Edle Dame, auf Macrecourt sind Männer und Weiber gleichermaßen roh in ihren Sitten. In meiner Hilflosigkeit habe ich nicht gewagt, Nein zu sagen, wenn eine hohe und herrische Frau meinen Körper verlangte, aber geliebt habe ich noch nie.«

Sie nickte, sehr zufrieden mit den Worten, die sie da hörte. Mit einem leisen Schauder in der Stimme flüsterte sie: »Man erzählt sich, dass die Mesris einen verborgenen Giftzahn haben, mit dem sie tödlich zubeißen können, das aber nur ein einziges Mal. Wenn eine Frau sich mit einem Mesri einlässt und er fühlt, dass sein Tod naht, dann flößt er seiner Geliebten mit einem Biss dieses tödliche Gift ein, um sie nicht einsam zurückzulassen, aber auch, weil er sie keinem anderen gönnt. Hast du auch einen solchen Zahn?«

Zelda schüttelte den Kopf. »Noch nicht, edle Dame. Der Zahn wächst erst später. Für Menschen bin ich ein Jüngling, für die Mesris aber erst ein Wickelkind, denn sie wachsen langsam und werden uralt.«

Lilibeth hätte ihm gern noch viele Fragen gestellt, doch als sie merkte, dass er müde wurde, sagte sie mit sanfter Stimme: »Die Sonne sinkt, und du bist schwach von der Flucht und vom langen Reden. Lass uns zu Bett gehen. Leg dich auf den Diwan und hüll dich in die Decken, damit die kühle Nachtluft dir nicht schadet. Du kannst ruhig schlafen. Meine Hunde tun dir nichts. Aber in einem warne ich dich: Komm nicht auf den Gedanken, nachts durch die Bettvorhänge zu lugen und mich im Schlaf zu betrachten. Es könnte sonst sein, dass dir die Haare weiß werden.«

Zelda – der genau das vorgehabt hatte – beteuerte aufs Heftigste, dass er niemals auf einen so unehrerbietigen Gedanken gekommen wäre. Lilibeth antwortete liebenswürdig, dessen sei sie gewiss. Aber als sie zu Bett gingen, schleppte der größte und grauenvollste der drei Hunde sein Kissen genau vor Zeldas Nachtlager und ließ sich dort nieder. Der weiße Haarkamm auf seinem Rücken war argwöhnisch gesträubt, und gelegentlich stieß er ein leises, aber nachdrückliches Grollen aus.

Zelda schlief rasch ein, denn er war erschöpft von den Aufregungen der Flucht und der Begegnung mit der geheimnisvollen Frau. Aber er wurde von unheimlichen Träumen gequält. Ihm träumte nämlich, dass er den Befehl missachtete und in tiefster Nacht an den Hunden vorbei zu ihrem Bett schlich, um durch die Vorhänge zu spähen – und dass er ertappt und zur Strafe in einen Köter verwandelt wurde, der noch viel hässlicher war als Gorm, Gyfri und Ger.

Das verlorene Heer

Im Heerlager der Ritter von Chiritai heulten die Kriegshörner. Laut schallten ihre Signale über das wüste Land zwischen den Städten Thamaz und Thurazim. Silberne Fahnen flogen im Wind. Die horngepanzerten Echsen der Reiterei schnaubten und stampften unter ihren eisernen Masken und bestickten Schabracken. Riesige, gelb gefleckte Kriegshunde heulten und zerrten an ihren Ketten, begierig, alles zu zerreißen, was ihnen vor die doppelten Zahnreihen kam. Ihre Augen glühten, die Zungen hingen lang aus den geifernden Rachen.

Coloban erhob sich in den Steigbügeln. Seine Stimme klang fröhlich, als er den Recken zurief: »Auf, Männer und Frauen von Chiritai! Möge dies der Tag sein, an dem wir das Übel von der Erde fegen!«

Die Posaunen schmetterten. Die Kriegshörner stießen noch einmal ihr schauerliches, dunkles Geheul aus, während die Erde unter den Tritten der gepanzerten Donnerechsen dröhnte. Das blanke Schwert in der Hand, setzten Reiter und Fußvolk sich in Bewegung. Coloban spürte, wie sein Ross unter ihm tänzelte und zornig durch die eisengeschützten Nüstern schnaubte. Aber niemand war zu sehen. Das verwüstete Land mit seinen Aschenhügeln und rötlich schillernden Sümpfen lag schläfrig in der Dämmerung. Nur ein paar Aaskäfer, die der Schall der Hörner aufgeschreckt hatte, huschten ängstlich von einem Versteck zum anderen.

Doch die Stille trog. Kaum hatte Colobans Pferd einen Huf auf den Pfad gesetzt, da teilte sich das Gestrüpp, und heraus fuhr eine mächtige gelbe Schlange. Aufgerichtet war sie so hoch wie ein Mann. Ihr Kopf mit den starren Augen schwankte hin und her, die triefenden Giftzähne blitzten unter den schuppigen Lippen hervor. So schnell war sie erschienen, dass Coloban gerade noch Zeit hatte, mit seinem Schild nach ihr zu stoßen. Erst nachdem er auf diese Weise Zeit gewonnen hatte, konnte er sein Schwert ziehen und den scheußlichen, giftgeschwollenen Kopf vom Leib hauen. In weitem Bogen flog er ins Wasser, während Ströme einer milchigen Flüssigkeit aus dem Halsstumpf quollen und, wo sie auf das Gestrüpp trafen, dieses verbrannten. Eilig stießen zwei Ritter mit ihren Speeren zu und schoben den Kadaver beiseite.

Doch das Erscheinen der Schlange war nur das Signal zu einem allgemeinen wütenden Angriff gewesen. Aus den Sümpfen erhob sich ein graues Heer und jagte mit schwirrenden Flügeln herbei. Eine Heerschar von Totenkopflibellen war es, die sich nun auf die Reiter stürzten und ihre grässlichen Fangmasken gegen sie schleuderten. Schreie ertönten von allen Seiten, denn manchem Reiter erschien es, dass er ein Spukbild sah, ehe ihn die heftige Attacke eines Besseren belehrte. Ein Schwarm fetter Sumpffliegen begleitete sie, surrend und brummend. Die Ritter schauderten, als sie sahen, wie das Ungeziefer ihre Köpfe umschwirrte. Viele hoben den Schild vors Gesicht, um sie abzuwehren.

Da und dort fiel jemand zu Boden, aus dem Sattel geschleudert von den hürnenen Schwingen. Einen anderen konnten seine Gefährten gerade noch an den Beinen festhalten, als die

Greifklauen einer gespenstischen Jägerin ihn aus dem Sattel rissen und fortschleppen wollten. Fruchtlos prallten die Schwerter der Helden gegen den harten Panzer der Libellen.

»Zurück!«, schrie Coloban. »Zurück aufs feste Land! Im Sumpf können wir nicht gegen sie kämpfen!« Mit einem Aufschrei stockte er mitten im Wort. Er schlug mit beiden Händen nach den teuflischen Fliegen, die laut surrend herbeistürmten und sich alle in seinen offenen Mund zu stürzen versuchten.

Als die Echsen und Pferde nicht mehr aufpassen mussten, wohin sie die Hufe setzten, ging ihnen das Kämpfen leichter von der Hand. Unter lautem Kriegsgeschrei drangen die Nordlinge auf die grauen Wesen ein. Bald merkten sie, dass nur der Panzer um den Leib herum den Hieben widerstand, die Greifklauen aber und vor allem die dünnen Hälse nicht gegen die scharfen Schneiden gefeit waren. Zischend wie ein weißer Blitz fuhr Hirnung durch den Hals einer angreifenden Libelle und trennte ihr den Schädel ab. Coloban stieß einen Jauchzer der Freude aus und drang mit neuem Mut auf die mörderischen Jäger ein. Mit ihnen kam der Schwarm surrender Fliegen.

Coloban, der alles kleine Ungeziefer verabscheute, fuchtelte wild mit den Händen. Dabei bemerkte er, dass ihm seine Hände brannten und juckten, wo sie die Fliegen berührt hatten. Jeder Kontakt mit diesen Teufelsbestien hinterließ einen schmerzhaften roten Fleck auf seiner Haut. Die Fliegen umschwärmten jetzt seinen Kopf, zielten auf sein Gesicht. Er sah die blanken Facettenaugen, die ihn mit menschlicher Bosheit anstarrten. Die Wangen brannten ihm von den giftigen Berührungen des Ungeziefers. In Panik geraten, schrie er auf und schloss sofort entsetzt den Mund. Schon war ein Stück seines eisernen Ärmels schwarz von Fliegen. Eine krabbelnde, wogende Masse bedeckte den Harnisch. Die Fliegen würden sie alle einhüllen, würden sie alle ersticken! Eines der widerwärtigen kleinen Höllengeschöpfe prallte ihm gegen das Gesicht und blieb augenblicklich dort sitzen, als würde es an Leim kleben …

Und immer noch drangen die tödlichen grauen Libellen auf die Nordlinge ein. In den Steigbügeln stehend, schlug Coloban nach allen Seiten um sich. Rings um den Helden bedeckte sich der Boden bald mit abgehauenen Flügeln, Klauen, Beinen und Schädeln, die blutleer und glitzernd auf dem rauen Gras lagen. Die anderen taten es ihm gleich. Bald merkten die Libellen, dass diese Mahlzeit schwer zu schlucken war, und so rasch, wie der Schwarm erschienen war, floh er jetzt in einer grauen Wolke von dannen, dem jenseitigen Ufer der Sümpfe zu, wo das Fleisch weicher war und keine scharfen Stacheln hatte. Unaussprechliche Erleichterung überkam die Krieger, als die Fliegen mit ihnen abzogen.

Doch schon folgte dem grauen Heer ein anderes. Auf einem halb versunkenen Felsblock, die Froschglieder zum Sprung gespreizt, hockte ein Ungeheuer, blähbäuchig, glotzäugig, das grotesk in die Breite gequetschte Gesicht von Tentakeln umkränzt. Überall hinter hohen Grasbüscheln und verkrüppelten Büschen tauchten Wesen auf, die eher ins Meer gehörten als auf festen Boden. Weiche, faltige Leiber glänzten wie von Moder bedeckt. Schleim troff von stachligen Rücken. Obwohl ein lebhafter Wind wehte, erstickte Coloban beinahe an dem Gestank, der von den Scheusalen ausging, einem würgenden Geruch nach Fäulnis und dem Sumpfgewässer, aus dem sie hervorgekrochen waren. Und plötzlich grinste eines der Wesen ihn an. Das Lächeln entblößte gelbe Fangzähne hinter blutroten Lippen. Das Ungeheuer öffnete den Mund, und eine röhrenförmige lange Zunge schob sich hervor, am

Ende gegabelt wie die Zunge einer Schlange. Coloban musste seine ganze Kraft zusammennehmen, um nicht feige zu fliehen.

»Zum Angriff!«, befahl er und reckte das gleißende Schwert. »Zum Angriff! Für Chiritai!« Er trieb sein Pferd vorwärts. Das Ungeheuer sprang mit einem riesigen Satz senkrecht in die Höhe, gute zwei Männerschritte über das Gebüsch hinaus, aus dem es hervorgekrochen war, fiel auf der anderen Seite hinunter und verschwand. Dabei stieß es ein Pfeifen aus, das seine Gesellen zum Angriff rief, und Colobans Schar fand sich in einem Albtraum wieder: Überall krochen und hüpften sie herum, halb Menschen, halb Meeresungeheuer. Manche bewegten sich auf Klauen und Flossen vorwärts, andere schlugen mit Fledermausflügeln um sich. Von allen Seiten glotzten ihn rote Augen an. Mäuler wie von Krokodilen öffneten sich und entblößten gelbe, wie Säbel gebogene Zähne. Das Gemurmel der Ungeheuer schwoll an zu einem Knurren und Fauchen heller Wut.

Immerhin aber waren die Bestien von stofflicher Art, wie Coloban feststellte, als sein Schwert durch den ersten monströsen Leib fuhr und ihn in zwei Teile zerschnitt, so leicht, als wäre er ein Pilz.

»Auf sie, auf sie!«, schrie Coloban. »Ein gutes Schwert kann sie töten, haut zu!« Sein Pferd sprang über den zweigeteilten Kadaver hinweg und stürmte auf eine weitere Kreatur los, die unmittelbar vor den Rittern aus dem Sumpf aufgetaucht war wie eine lebende Insel. Mit ihren unzähligen lang bewimperten Mäulern, die sich beständig öffneten und schlossen, erinnerte sie an eine Seeanemone. Dutzende stummeliger gelber Arme fischten und angelten in der Luft umher. Dieses Wesen schien indes intelligenter zu sein als eine Seeanemone: Als Coloban es anblickte, hatte er das Gefühl, seinerseits beobachtet zu werden, auch wenn er keine Augen entdecken konnte. Er rätselte, ob das, was er für Münder gehalten hatte, vielleicht Augen waren, die sich öffneten und schlossen. Oder dienten die rötlichen Spalten, die ihm wie Augen vorkamen, in Wahrheit als Kiemen? Ein kalter Gestank wie von Schimmel auf nassen Mauern strömte ihm entgegen, und eine klebrige Aura breitete sich aus, als wäre die neblige Luft um den rotgelben Riesenleib durchsponnen von unzähligen Spinnennetzen. Dumpfe Vibrationen erschütterten den Boden, als die Kreatur sich hin und her wälzte.

Verwirrt von dem unbeschreiblichen Anblick, zog Coloban einen Pfeil aus dem Köcher, legte ihn auf den Bogen und zielte mitten in den widerwärtigen lebenden Haufen. Seine Freunde unterstützten ihn nach Kräften. Ihre Kampfechsen drangen von allen Seiten auf das Monster ein. Pfeile schwirrten. Schwerter blitzten und hieben die gelben Stummel von dem grässlichen Körper. Eine Flüssigkeit wie Wolfsmilch sickerte aus den Wunden, weiß und übel riechend.

Da war aber bereits ein anderes der formlosen Wesen auf Coloban zugekrochen, hatte sich halb aufgerichtet und zeigte an der Unterseite ein schwarzes Gesicht mit weißen Flecken um Augen und Mund. Geifer floss aus dem Mundschlitz. Es hätte grotesk komisch gewirkt, hätte der Anblick nicht ein Gefühl äußersten Ekels hervorgerufen. Und größer, immer größer dehnte es sich aus! Mehrere Schritte weit erstreckte sich eine widerlich zuckende, formlose Masse, die an den Rändern zu langen Tentakeln auszipfelte. Stellenweise taten sich schamlos anmutende rote Öffnungen auf. Da sich alles unablässig veränderte, war kaum festzustellen, welche Farbe das Ding eigentlich hatte. Rosa und Braun, da und dort auch ein Scharlachrot, das aber im Zwielicht wie Schwarz wirkte. Bei der unablässigen Bewegung, in der es sich befand, war schwer zu erkennen, ob es überhaupt eine stabile Form hatte oder nur ein belebter großer Klecks unbekannter Materie war.

Coloban sprang vom Pferd und hieb aus nächster Nähe einen langen Schlitz in die blubbernde Substanz. Sie brodelte auf, platzte stellenweise, fügte sich wieder zusammen. Drohend öffnete sich ein Maul – da sah der Ritter sein Ziel, packte das Schwert und stieß es mit aller Kraft in den stinkenden Schlund. Die schwarze Zunge, die wie ein giftiger Stachel aus der Mundhöhle ragte und ihren ätzenden Geifer versprühte, erschlaffte auf der Stelle. Auf dem wabernden Leib erschien ein dunkler Fleck, der rundum zu rauchen begann. Immer größer wurde dieser schmorende Fleck, fraß sich blitzschnell weiter. Lange, stinkende Rauchfäden waberten nach allen Seiten in die Luft davon. Coloban sah, wie das Ungeheuer sich buchstäblich in Rauch auflöste.

Mit einem triumphierenden Schrei trieb er sein Pferd vorwärts, in das seichte Wasser hinein, das eine Insel von der anderen schied. Das Tier jedoch stieg laut wiehernd und hätte ihn um ein Haar aus dem Sattel geworfen, denn es sah früher als sein Herr die Gefahr in dem mannstiefen Wasser. Was da unten schwamm, war ein Wasserwurm von platter, gekerbter Form, an die zehn Menschenschritte lang, mit sechs Armen, an deren Enden sich mörderische beinerne Scheren befanden. Voller Hass gegen alle Geschöpfe des festen Landes fuhr er herum und wollte das Pferd an den Beinen packen. Doch dieses hatte sich bereits zur Flucht gewandt. Mit einem gewaltigen Satz rettete es sich und seinen Herrn auf festes Land. Die messerscharfen Scheren schnitten in die leere Luft, als sie aus dem Wasser auftauchten und mit einem grässlichen Klacken zusammenschlugen, während Ross und Reiter bereits auf dem Festland davonstürmten.

Da brüllte das Signalhorn warnend auf, und eine Stimme hallte über den Kampfplatz: »Die Tarasquen! Männer von Chiritai, hütet euch! Die Tarasquen sind da!«

Coloban eilte sich, wieder aufzusitzen. Von der Höhe des Pferderückens aus sah er sie auch ganz deutlich. Sie kamen ungeordnet näher, hüpften da und dort aus Sumpflöchern oder tauchten aus unsichtbaren Erdspalten auf. Es waren kleine Wesen, ganz wie das Buch des Magisters sie beschrieben hatte: nicht größer als Kinder, von einem schlammigen Grau oder Grün und so widerlich missgestaltet, dass es den Männern eisig ans Herz griff. Aus dem Äußeren ließ sich weder das Alter noch das Geschlecht ableiten. Der Kopf war rund und kahl und schien ohne Hals unmittelbar auf den Schultern zu sitzen. Der Mund war ein erschreckend breiter, fast lippenloser Spalt, in dem sich eine braune Zunge hin und her bewegte. Am schlimmsten jedoch war die Tatsache, dass seine Glieder keine deutliche Begrenzung aufwiesen – sie zerdehnten sich stellenweise zu zähen Fäden, die Arme und Körper, Brust und Beine miteinander verbanden, als wäre die gesamte Kreatur in flüssigen Leim getaucht worden.

Einer der Tarasquen hopste auf Coloban zu, ganz unbesorgt, so schien es, um die schweren Rüstungen, die glänzenden Waffen und die Kriegsechsen der Angreifer herum. An den gespreizten Händen verlängerten sich die Nägel zu Krallen, und daran klebte getrocknetes Blut. Ein widerwärtiger Geruch nach faulendem Fleisch umgab das Ungeheuer. Tückisch grinsend hob es die Hand und zeigte dem entsetzten Ritter, was es darin versteckt hielt: das blutige Herz eines Menschen, noch pochend, als sei es eben aus dem lebendigen Leib gerissen worden. Immer noch grinsend, begann das Höllengeschöpf an diesem Fleischbrocken zu kauen.

Mit einem wilden Schrei, in dem Zorn und Grauen sich

mischten, schwang Coloban das Schwert und schlug der Kreatur den monströsen Schädel vom Rumpf. Die anderen folgten seinem Beispiel, überzeugt, dass sie noch vor dem Abend die letzte der widerwärtigen Kreaturen in Stücke gehackt hätten.

Wie konnten sie ahnen, wie sehr sie sich täuschten?

Der Überlebende

Miranda hörte in Fort Timlach jeden Tag Geschichten über den todesmutigen jungen Ritter, der mit seinen dreitausend Mannen nach Süden gezogen war. Immer wieder grübelte sie darüber nach, was dem Jüngling bei diesem Abenteuer zustoßen mochte. Also entschloss sie sich schließlich, ihm zu folgen. Bei der Gelegenheit, so nahm sie sich vor, konnte sie gleich auch Ekoya Fayanbraz besuchen und seinen Rat einholen.

Sie musste nur bis zum Rand der Sümpfe fliegen, ehe sich ihr der Anblick bot, den sie bereits ahnte und fürchtete.

Dort, tief unter ihr, breitete sich ein Schlachtfeld aus.

Die Unseligen, die versucht hatten, die Basilisken auszulöschen, waren selbst vernichtet worden, und zwar so gründlich, dass von ihnen keine Spur mehr zu sehen war. Auf dem Schlachtfeld hingestreut lagen die halb abgenagten Kadaver riesiger Donnerechsen, die Skelette von Kriegshunden und von den Rossen. Von den Menschen war keine Spur mehr zu sehen. Ihre Rüstungen lagen noch auf der zertrampelten, sumpfigen Erde wie die Schalen verendeter Krabben. Schwerter blitzten in der Sonne, Helme starrten aus leeren Augenhöhlen zum Himmel. Doch nicht einmal Leichenteile lagen herum, und auf den Panzern und Waffen fand sich kein Blut.

Plötzlich hielt Miranda mitten im Flug inne und starrte in die Tiefe. Eine der Rüstungen barg offenbar etwas Lebendiges. Die Drachenjungfer sank, misstrauisch die Umgebung beobachtend, ein paar Dutzend Schritte tiefer. Es erschien ihr verdächtig, dass ausgerechnet eines der Menschenwesen die vernichtende Schlacht überlebt haben sollte. Aber sie hatte sich nicht getäuscht. Auf einer vorspringenden Klippe festen Landes über dem Sumpf lag ein Ritter in der silbernen Rüstung des Nordens, das Gesicht dem Himmel zugewandt. Aus einer Verletzung an der Stirn rann ihm Blut über das Gesicht.

Als die Drachenjungfer sich neben ihm niederließ, schrie er vor Schreck gellend auf und hob abwehrend den Arm. Dabei hatte ihr Erscheinen ihm das Leben gerettet, denn ihr Nahen vertrieb ein Tier, das sich lautlos herangeschlichen hatte – eine feiste, giftgeschwollene braune Sumpfviper mit abgeplattetem Schädel und gelb geflecktem Bauch. Einige Herzschläge später hätte sie ihm die Giftzähne in den Hals geschlagen.

»Nur ruhig!«, rief Miranda. »Habt keine Angst. Ich will Euch helfen. Habt Ihr Kraft genug, um aufzusteigen?«

Der verwundete Güyilek richtete sich mühsam auf und kroch auf allen vieren auf die Drachin zu. Mit unbeholfenen Bewegungen mühte er sich auf ihren Rücken. Jetzt, da sie mitten im Sumpf saß, spürte Miranda das Netz des Bösen, das ihre Sinne zu umklammern drohte, und die Nähe der Basilisken. Den im Gebüsch versteckten Mann mochten die Scheusale übersehen haben, aber eine zwölf Schritt lange Rosenfeuerdrachin, die sich in den Sümpfen niederließ, war ihren Spähern sicherlich nicht entgangen. Sie musste damit rechnen, dass in Kürze ein Trupp der widerwärtigen Kreaturen auftauchte.

Kaum hatte Miranda dies gedacht, da sah sie auf der

Böschung einen unförmigen schwarzen Fleck im giftigen Grün. Ein zweiter Fleck erschien, schwoll an und richtete sich auf – schweflig glühten die Augen über einem aufgerissenen Maul mit gelben Reißzähnen.

Im letzten Moment gelang es dem Ritter, festen Halt auf dem Rücken der Drachin zu finden und sich anzuklammern, da wollten die vordersten der Ungeheuer schon nach ihm greifen. Miranda hatte gerade noch Zeit, mit ihm in die Lüfte aufzusteigen, bevor die Verfolger ihre Zähne in die Beine des Unglücklichen schlagen konnten.

Die Befragung des Überlebenden

Wenig später landete sie mit ihrer Last auf dem Vorhof des Bambuspalastes und wurde von den Wächtern augenblicklich dem Königspaar gemeldet. Während Soldaten den Güyilek in Empfang nahmen, wurde die Drachenjungfer in ihrer menschlichen Gestalt mit allen Ehren in den Thronsaal geführt.

In der kunstvoll erbauten Bambushalle der Makakau-Herrscher ruhte Ekoya Fayanbraz auf seinem Platz. Er hatte sich um den Thron herumgeringelt, den Schwanz als Schemel zu Füßen des Herrscherpaares, den Vorderteil des Körpers auf die Löwenpranken gelagert. Da es in der fensterlosen Halle sehr dunkel war, brannten auf jeder Stufe der Treppe zwei Öllampen, das Herrscherpaar selbst jedoch wurde erleuchtet von der orangenen Glut, die bei jedem Atemzug aus dem Rachen des Bulemay flackerte. Es war eine höchst eindrucksvolle Beleuchtung, denn die tanzenden Schatten hinter dem geschnitzten Doppelthron erweckten den Eindruck, als huschten dort Scharen von dienstbaren schwarzen Geistern herum. Der Drache – der es liebte, seine Herrscher und sich selbst in Szene zu setzen – verstand sich auf kunstvolle Licht- und Schattenspiele ebenso wie auf Geräusche, die schon mehr als einen Botschafter zu Tode erschreckt hatten.

Miranda freute sich, ihn wiederzusehen. Das Heer der Güyilek, das so unverschämt nahe an seine Grenzen heranmarschiert war, hatte den König erschreckt und beleidigt, und seinem treuen Fayanbraz lag viel daran zu erfahren, was der einzige Überlebende über die Absichten dieses Heeres zu sagen hatte.

Miranda nahm neben dem Königspaar auf einem niedrigeren Stuhl Platz und wartete gespannt darauf, was der junge Mann zu berichten hatte. Da sie eine halbe Rosenfeuerdrachin war, besaß sie die Gabe, alle Sprachen zu verstehen, und konnte dem Gespräch folgen, ohne auf Fayanbraz' Übersetzung zu warten. Sie konnte auch die Gedanken der Menschen lesen, was ihr – da sie noch ungeübt war – freilich nur gelang, wenn sie sich aufs Äußerste konzentrierte.

Inzwischen hatte man den Fremden mit würzigen Tränken gestärkt und seine Wunden versorgt. Dann wurde er hereingeführt. Miranda versuchte, in seine Gedanken einzudringen, fand dort aber nichts als ein Chaos des Entsetzens und Abscheus, so wild und wirbelnd wie der graue Gagoon, der immer wieder über das Makakau-Reich hinwegbrauste.

Währenddessen übersetzte Fayanbraz für seine königliche Herrschaft und die umstehenden Ritter und Adligen der Makakau das folgende kurze Gespräch.

»Wie heißt Ihr, Güyilek?«

»Mein Name ist Ennewein, ich bin ein Ritter der Palastwache Ihrer Majestät, der Kaiserin Tartulla.«

»Wie kommt es, dass man Euch in den Purpursümpfen fand, nahe der Grenze unseres Landes?«

»Wir zogen in den Krieg gegen die Tarasquen.«

»Die Tarasquen? Nicht gegen die Makakau?«

»Bei meiner Ehre, nein! Unser Anführer, Ritter Coloban, wollte jene Tat ausführen, die Kaiser Viborg nicht ausführen konnte: die Basilisken vernichten, um damit die Bewunderung und Zuneigung der Kaiserin zu gewinnen – sie ist eine sehr schöne Frau.«

»Und seine dreitausend Mannen? Wollten die auch die Kaiserin gewinnen?«

»Nein. Einige wenige wie ich zogen aus Treue und Liebe zu unserem Freund Coloban in die Schlacht, aber die meisten wollten das Gold der Basilisken an sich bringen. Jedermann weiß, dass die Kaiserstadt Thurazim einst voll von riesenhaften goldenen Statuen des Sonnengottes Phuram und des stolzen Kaisers war. Da die Tarasquen sie nicht wegzuschaffen vermochten, müssen sie immer noch da sein.«

Der Drache streckte sich und hüstelte. »Gib mir einen Schluck Wein, Sklave, meine Kehle ist trocken.«

Der königliche Leibsklave, der an der Wand hockend gelauscht hatte, sprang eilfertig auf und schleppte eine Amphore herbei, halb so groß wie er selbst. Vor Fayanbraz wurde ein prächtig verziertes Bronzebecken abgestellt, in dem die kleineren Königskinder ein Bad hätten nehmen können, und mit dem duftenden Zimtwein gefüllt. Gemächlich sog er zwei oder drei gut gemessene Maß ein, leckte sich mit einer Zunge, so zart wie eine Orchideenblüte, einmal rund um die Schnauze und fuhr mit erfrischter Stimme fort: »Und wie kommt es, dass Ihr als Einziger überlebt habt?«

Der Jüngling seufzte tief. Alle Anwesenden sahen, wie ihn von Neuem der tiefe Schmerz über den Verlust all seiner Freunde und Gefährten übermannte. Doch er raffte sich auf, die gewünschte Auskunft zu geben. »Coloban gab den Befehl zum Angriff, und sein Kriegsross stürmte vorwärts. Dabei schleuderten seine Hufe einen Stein hoch, und dieser traf mich, der unmittelbar hinter dem Ritter einherschritt, so heftig an der Stirne, dass ich ohnmächtig zusammenbrach. In dem Getümmel bemerkte es niemand, und ich lag eine Weile in tiefer Ohnmacht, erholte mich aber schließlich wieder. Benommen richtete ich mich auf die Ellbogen auf und sah – ach, könnte ich den Anblick vergessen!«

Es brauchte einiges an gutem Zureden, ehe er seine qualvollen Erinnerungen so weit überwand, dass er weitersprechen konnte. »Das Erste, was ich sah, war das Gesicht eines Ritters – ich weiß nicht mehr, welcher meiner Freunde es war, denn sein Gesicht hatte sich graugrün verfärbt und schien mehr aus Schlamm geformt zu sein als aus lebendigem Fleisch. Er wankte vorwärts – da sanken seine Schultern ein wie ein Gebilde aus nassem Schlick, seine Füße brachen ein, er fiel hin, und noch im Fallen zerrann er! Und nun sah ich, wie sich an allen anderen Gefährten dasselbe schreckliche Wunder vollzog. Binnen weniger Herzschläge verfärbten sich ihre Gesichter, wurden graugrün und dann schwarz, und die eben noch stolzen Gestalten der Recken fielen in sich zusammen. Aber das Schrecklichste sollte erst geschehen ... Während ich noch fassungslos auf die leeren Rüstungen starrte, die im Laufen hinfielen oder von den Pferden stürzten, zwängten sich aus den Halslöchern Kreaturen heraus ... furchtbare kleine Ungeheuer mit so hohen Schultern, dass es aussah, als säßen ihre Gesichter auf dem Bauch ... aber diese Scheusale trugen noch deutlich erkennbare Zeichen dessen, was sie einst gewesen waren!«

Schaudernd erzählte er, wie hinter einem Sumpflilienbusch eine blähbäuchige Kreatur hervorhüpfte und einen unsichtbaren Pfad zwischen den Wasserlöchern entlangwatschelte – ein Tarasque mit krummem Rücken, spinnenfingrigen Händen und einem beutelähnlichen Kropf, jedoch mit einem merklichen Unterschied zu den anderen. Von seinem Schädel, der bei allen anderen kahl war, strömte eine Mähne blonder Haare herab, und die vorquellenden Froschaugen waren blau wie der Morgenhimmel.

»Mein Freund, mein edler Coloban!«, ächzte der Jüngling. Bei der Erinnerung schrie er vor Entsetzen so laut auf, dass die Wachen herbeisprangen und ihn packten, weil sie meinten, er sei in Wahnsinn verfallen. König Ekone ordnete an, ihm ein stärkendes Getränk zu reichen. Der junge Mann erholte sich wieder. Beschämt entschuldigte er sich für seine Schreie und bat um Verständnis, dass der unerträgliche Anblick seiner verwandelten Gefährten ihn so verstört habe.

Während des gesamten Gesprächs hatte Ekoya Fayanbraz die Gedanken des Jünglings erforscht und festgestellt, dass er die Wahrheit sprach. Wieder tauchte er die wie roter Lack glänzende Schnauze in das Becken und sog mit wohlerzogener Geräuschlosigkeit den Wein ein, ehe er sich in der Sprache der Makakau an das Herrscherpaar wandte. »Er lügt nicht, es ist alles so geschehen, wie er es Euch beschrieben hat.«

Ekone und Mumakuk atmeten auf. Sie waren friedliebende Herrscher und wären sehr unglücklich gewesen, in einen Krieg verwickelt zu werden. Sie hatten nachgerade genug Ärger mit den Mokabitern, die die leichtfertige Barmherzigkeit ihrer Vorväter ihnen auf den Hals geladen hatte. Mit den Weißen wollten sie so wenig wie nur möglich zu tun haben. Je weiter man ihnen aus dem Wege ging, desto besser.

Fayanbraz fuhr fort, immer noch in der Makakau-Sprache: »Wenn Ihr meinen Rat annehmen wollt, ehrwürdige Eltern des Landes, so sendet ihn zurück in seine Heimatstadt, sobald er sich ein wenig von seinem Schrecken und Kummer erholt hat, und dankt dem Dreigestirn, ihn los zu sein. Ich möchte aber noch ein wenig mit ihm sprechen und versuchen, Weisheit von ihm zu gewinnen.«

Königin Mumakuk lächelte und zwinkerte ihm zu. »Wenn du es verstehst, Weisheit aus einem Weißen zu pressen, Ekoya, so bist du wahrhaftig ein wunderbarer Drache. Gewiss kannst du dann auch Milch aus einem Stein melken.«

Also wurde Ennewein – der darüber sehr erleichtert war – beschieden, dass man mit seinen Erklärungen zufrieden sei und ihn so bald wie möglich in seine Heimat zurückbringen werde. Bis dahin möge er sich als Gast betrachten, allerdings mit einigen Einschränkungen. Den Königspalast dürfe er nicht verlassen. König Ekone war zu höflich, um mit offenen Worten zu sagen, dass er befürchtete, der schlechte Einfluss des Güyilek könnte seine Untertanen verderben; er wies nur darauf hin, dass der Jüngling noch schwach sei und nicht viel unternehmen dürfe.

Als er weggebracht worden war, sagte der König: »Wer die Tarasquen angreift, wird also zu einem von ihnen.«

»Nicht ganz, ehrwürdiger Vater des Landes«, erwiderte Fayanbraz, den zeremoniellen Titel des Herrschers gebrauchend. »Es will mir scheinen, dass der Fluch nur jene trifft, die bereits mit der Seele eines Basilisken in den Krieg ziehen. Erwähnte der Güyilek nicht, sein Freund sei von der Habgier der Leidenschaft besessen gewesen, die anderen Ritter von der Gier nach Gold? Es ist, glaube ich, kein Zufall, dass dieser eine überlebt hat, der mit nichts als treuer Freundschaft im Herzen dem Ruf zu den Waffen folgte.« Mit einem Seufzer, der wie das Brausen des Gewitterwindes klang, setzte er hinzu: »Es wundert mich nicht, dass von Kaiser Viborgs stolzem Heer keiner wiederkehrte. Wurden die Menschen nicht gewarnt, dass das verfluchte Gold von Chiritai ihre Seelen zerstören würde? Aber sie haben die Warnung nicht beachtet. Sie sind reich und stark und stolz geworden, und mit dem tödlichen Wurm im Herzen zogen sie in den Krieg. Als sich ihr

Äußeres verwandelte, nahm es nur die Gestalt an, die ihr Inneres bereits hatte. Fluch über das gelbe Gold!«

Miranda schwieg, dachte aber daran, dass die Drachen kaum weniger anfällig waren als die Menschen, wenn es um die Verlockung der Habgier ging. Wie viele hockten jahrhundertelang auf ihren Schatzhaufen, schliefen eingewühlt in Berge von Münzen, Schmuckstücken und Juwelen!

Der Fremde wurde in einem ebenerdigen Zimmer im innersten Hof des Bambuspalastes untergebracht. Kaum war er dort eingezogen, als Fayanbraz schon eilig durch den Hof glitt und den mächtigen, wie roter Lack glänzenden Schädel mit den drei Nasenhörnern durch die offene Türe schob. Miranda folgte ihm. Sie wollte hören, was der Drache den Jüngling noch zu fragen hatte.

Ennewein stieß bei dem Anblick einen Schreckensschrei aus und wollte sich bereits hinter dem Diwan verstecken, denn in Chiritai standen die Menschen nicht auf vertrautem Fuß mit den Himmelsflüglern. Der Drache beruhigte ihn jedoch, indem er mit seiner süßesten Stimme rief: »Erzittert nicht! Ich habe keine böse Absicht. Ich will nur die Gelegenheit nützen, von einem Fremden zu lernen, wie es in anderen Teilen des Erde-Wind-Feuer-Landes zugeht, wie die Sitten dort sind und welche Bräuche man pflegt.«

Das schmeichelte Ennewein, der sein Volk für das edelste und seine Stadt für die schönste auf ganz Chatundra hielt und gern bereit war, ihre Weisheit und Pracht vor dem Drachen zu loben. Außerdem hatte er, da er nicht ausgehen durfte und kein Wort von der Sprache verstand, schon gefürchtet, dass er sich sehr langweilen werde. Deshalb antwortete er dem Drachen mit erlesener Höflichkeit, und schon bald saßen sie zusammen – das heißt, Fayanbraz hatte sich bequem im schattigen Hof ausgestreckt und steckte nur den Kopf ins Zimmer des Fremden. Dieser lag auf seinem Ruhebett, verzehrte die reichlich aufgetischten Speisen und erzählte von Chiritai. Miranda saß auf einem Bambushocker an der Tür und lauschte schweigend dem Gespräch.

Nachdem er allerlei gefragt hatte, kam Fayanbraz auch darauf zu sprechen, dass Ennewein nicht der erste Weiße im Reich der Makakau war. »Es war schon einmal ein weißer Mensch im Bambuspalast. Er behauptete, ebenfalls aus dem Norden zu kommen, aber ich kann es nicht glauben, denn er war längst nicht so wohlgestaltet wie Ihr.«

Ennewein, der sich viel auf seine jugendliche Schönheit zugute hielt, lächelte eitel.

Der Drache fuhr fort: »Ich erinnere mich an seinen Namen – er hieß Kattebras.«

Ennewein hatte es kaum gehört, als er laut aufschrie. »Das ist ja der verdammte Schurke!«

»Ei, so kennt Ihr ihn?«

»Und ob ich ihn kenne!«, rief der Jüngling empört. »Seinetwegen ist mein unglücklicher Freund Coloban in die Schlacht gezogen!« Fayanbraz brauchte ihn nicht weiter zu ermuntern. Er konnte kaum aufhören zu reden, so zornig und erregt war er. »Ich will Euch erzählen, wie alles kam. Tartulla war meinem Freund so hold, dass man schon munkelte, sie werde ihn als Gemahl an ihre Seite erheben. Da erschien wie aus dem Nichts heraus dieser Mensch am Hof, von dem man nichts anderes weiß als den Namen, bei dem er sich nennt: Kattebras. Er kam als Mann von schöner und stolzer Erscheinung, als ein furchtloser Kämpfer und mächtiger Krieger und wurde deshalb rasch außerordentlich beliebt bei den Leuten von Chiritai. Beim Hof und beim Volk ist er gleichermaßen angesehen, man ehrt ihn als einen weisen, edlen und vernünftigen

Mann. Auch gewann er augenblicklich das Herz Tartullas, und bei ihrer Krönung machte sie ihn sogleich zu ihrem Berater und Mitregenten. Seltsamerweise schien es niemand zu wundern, dass ein völlig Fremder ohne Rang und Namen über Nacht in eine solch hohe Stellung berufen wurde. Coloban und wir, seine engsten Freunde, warnten vor ihm, aber es wurde uns als Eifersucht und Neid ausgelegt.« Ennewein schüttelte bekümmert den Kopf. »Kattebras hat sie und das gesamte Volk behext, sodass sie ihn nicht als das erkennen, was er gewisslich ist: ein böser Geist, der nur die Gestalt eines edlen Ritters angenommen hat!«

Darin hatte er recht, aber weder Fayanbraz noch Miranda dachten daran, dem jungen Ritter Näheres zu verraten. Miranda schien es, dass er ein ehrlicher, aber auch ein wenig einfältiger Bursche war, wie es bei jungen Haudegen oft der Fall ist. Er hatte noch immer nicht begriffen, dass es unmöglich war, die Tarasquen mit Schwert und Speer zu bekämpfen. Obwohl er mit eigenen Augen den Untergang seiner Freunde gesehen hatte, beharrte er darauf, seinen Freund Coloban zu rächen, indem er eine neue Kriegsmacht gegen das kleine Volk führte. Er drängte darauf, auch die Makakau müssten kämpfen. Als Fayanbraz ihm erklärte, dass kein Makakau närrisch genug sei, die Basilisken anzugreifen, weil jeder wisse, dass keines Menschen Herz völlig rein sei, vergaß er sich und beschimpfte sie als Feiglinge und Drückeberger.

»So will ich allein ziehen und gegen das Ungeziefer kämpfen!«, schrie er zornig. »Das zum Mindesten wird mir Euer König erlauben.«

Fayanbraz erklärte ihm geduldig, König Ekone denke nicht daran, ihm dergleichen zu erlauben, da er nicht am Tod eines Nordlings schuld sein wolle. »Ihr habt keine andere Wahl, als Euch von der Drachin Miranda nach Hause bringen zu lassen«, erklärte er. »Was Ihr in Chiritai tut, ist Eure Sache, aber wir wollen keinen Ärger haben. Seid vernünftig, junger Herr, und lasst Euch raten! Die Mächte, gegen die Ihr allein ankämpfen wollt, sind Euch überlegen.«

Ennewein bewies, wie jung und unreif er war, indem er daraufhin in Tränen ausbrach und rief: »Bin ich denn der letzte, der einzige Held auf Chatundra?«

Da kam Miranda plötzlich ein Gedanke, so seltsam, dass es sie kalt überlief. Sie wagte kaum, ihn auszusprechen, und doch – der Jüngling war zum Tod bereit, er war entschlossen, allein in die Purpursümpfe hinauszurennen, um ein paar Basilisken niederzumachen, wohl wissend, dass es sein Ende bedeutete …

Bedächtig und nachdenklich sagte sie: »Wenn Ihr ernstlich bereit seid, Euer Leben zu wagen, so könntet Ihr Euch zu einer Tat entschließen, die größer ist als jene, die Euer Freund ausführen wollte. Ihr könntet es möglich machen, den Urchulak zu vernichten.« Und sie erzählte ihm, wer der Herr Katebras in Wirklichkeit war.

»Jederzeit!«, rief Ennewein inbrünstig.

»So hört. Kein Mensch und kein Drache auf Chatundra können ihn vernichten, denn er ist gefeit gegen Hieb und Stich, Schwert und Speer. Es gibt jedoch eine uralte Prophezeiung, die besagt:

Wo die Lebenden fliehen,
Kämpfen die Toten.
Wo Lebende sterben,
Leben die Toten.
Wo lebende Augen erblinden,
Sehen die Toten.
Was ein Schwert nicht zerschneiden kann,
Schneidet der Hass.

Die Toten sind imstande, ihn zu zerstören, aber niemand außer den Schwarzmagiern – und deren Hilfe wollen wir nicht in Anspruch nehmen – weiß, wo sich der Eingang ins Totenreich befindet und wie es möglich ist, unsere Botschaft zu überbringen. Ich bin gewiss, dass alle jene, die der Urchulak tückisch vernichtet hat, bereit wären, an seinem Untergang mitzuwirken. Doch wer soll sie rufen?«

Ennewein begriff sofort. Mit fester Stimme sagte er: »Ihr braucht einen Boten, der diese Prophezeiung den abgeschiedenen Seelen bekannt macht. Nun, ich bin dieser Bote.« Er stand auf, noch ein wenig schwankend vor Schwäche, und öffnete das Hemd über der Brust. »Sendet mich in die Unterwelt!«

»Nicht so schnell!«, rief Miranda. Sie war bewegt von dem Mut des Jünglings. Aber erst musste sie mit Wyvern und Lilibeth sprechen, die in diesen Dingen besser Bescheid wussten als sie. »Es ist noch nicht so weit. Ich bin jung und unerfahren und muss erst mit weisen Frauen sprechen, die die Angelegenheit lange bedacht und geprüft haben. Ich will Euch zu einer von ihnen bringen, und dort mögt Ihr den Tag erwarten, der Euch unsterbliches Heldentum bringt.«

Der goldene Koloss

Die Vision der Sphinx

Die letzte Stunde der Nacht brach eben an, als die Seherin Wyvern aus einem verstörenden Traum hochschreckte. Die Nacht war schwül gewesen, die Mondin rot und von ungewöhnlich erschreckendem Aussehen. Wyvern hatte bereits beim Einschlafen gespürt, dass ihr ein schauerliches Nachtgesicht drohte. Aber sie hatte nicht damit gerechnet, dass es ein prophetischer Traum sein würde.

Zu Beginn des Traumes hatte sie sich in chaotisch wechselnden Landschaften befunden. Unendliche Wasserwüsten, finstere Strände voll angeschwemmter Gebeine, Wasserstrudel, die in bodenlosen Trichtern ins Unendliche gurgelten – unaufhaltsam fühlte sie sich durch diese Bilder gewirbelt, bis sie allmählich zur Ruhe kam. Da befand sie sich nun unter einem reglosen bleiernen Himmel inmitten einer Landschaft, deren Aussehen eine tiefe Bedrückung in ihr auslöste. Es schien kein natürliches Land zu sein, eher eine willkürliche Verwüstung, wie ein Seebeben sie zurücklässt, oder eine von Springfluten verwüstete Küste. Tiefe Dunkelheit hing über allem. Da zuckte plötzlich ein Blitz auf, schwebte, sekundenlang alles rundum erhellend, über ihr. Zu ihrer Rechten glitzerten bösartig die Wasserlachen der Sümpfe, und in der Ferne entdeckte sie den ungesunden Schimmer weiter Salzmarschen, über denen Scharen von Leuchtkäfern schwebten. Vor ihr stand, bis zum Himmel reichend, der goldene Koloss. Anstelle von Füßen hatte er riesige Pferdehufe, die er nun mit einer solchen Wucht niedersetzte, dass der Boden erdröhnte. Unter seinem Tritt sanken die jahrhundertealten Mauern von Thamaz in den Staub, zerbröckelten die Bastionen von Thurazim. Ein nächster Schritt, und der ungeheure Huf zerschmetterte den Regenwald. Dann verwandelte sich die Landschaft in eine riesige Steinplatte, in der Wyvern den Stein von Cullen erkannte. Der Huf hob sich und schlug wie ein Schmiedehammer auf den Stein, der samt seiner Prophezeiung in tausend Scherben zersprang …

Der Blitz erlosch, und ein böses Lächeln der Befriedigung erhellte das golden schimmernde Gesicht, das allein sichtbar blieb, vor ihr im Dunkel schwebend wie eine Maske im Nichts.

Mit einem lauten Schrei fuhr die Seherin von ihrem Lager hoch.

Ihre Zofe Mala war bereits an ihrer Seite, denn der unruhige Schlaf, das Ächzen und Stöhnen ihrer Herrin hatten sie aus dem Schlummer gerissen. Die Öllampe in der Hand, beugte sie sich über das Lager der eben Erwachten.

»Herrin, was ist Euch?«, rief sie besorgt. »Eure Stirne ist nass von Schweiß, und Ihr habt im Schlaf um Euch geschlagen, als kämpftet Ihr mit einem Dämon! Hat Euch ein Traumgesicht geplagt?«

Hinter Mala spähten jetzt auch die drei Kinder durch den Türbogen zum Nebenraum herein. »Mutter, Mutter!«, klagten sie. »Wie laut habt Ihr gerufen! Ihr seid doch nicht etwa krank?«

»Nein, ich hatte nur einen bösen Traum. Geht wieder schlafen. Aber du, Mala, bleib bei mir! Bring mir kaltes Wasser, mir ist so heiß, als hätte ich Fieber.«

Als die Kinder gehorsam verschwanden und die Magd ein Becken mit frischem Wasser brachte, erhob Wyvern sich vom Lager und kühlte sich Gesicht und Hände. Doch bald sprang sie ungeduldig auf. »Deine feuchten Tücher reichen nicht aus, Mala. Komm, ich will im Teich Kühlung finden. Begleite mich!«

Gefolgt von der treuen Magd, verließ sie ihren Palast und trat in den von Mauern umschlossenen Garten. Dort tauchte sie in die nächtliche Flut und seufzte erleichtert, als die winzigen Wellen ihre Schultern umspülten, während Mala ihr mit der Laterne leuchtete.

Ein leiser Zuruf riss Wyvern aus ihren Gedanken. Sie wandte den Kopf und sah am steinernen Rand des Beckens ein Kind entlanglaufen, das nur sein weißes Nachthemd trug.

»Gynnevise!«, rief sie ihm zu. »Ich habe euch allen dreien geboten, wieder zu Bett zu gehen. Warum gehorchst du mir nicht?«

»Ich bin besorgt um Euch, Frau Mutter«, antwortete der Knabe. Er ließ sich auf der Wölbung des Teichrandes nieder und streckte die Füße ins Wasser. Silberne Tropfen spritzten auf, als er verspielt mit den Füßen paddelte. »Ich kann nicht schlafen, solange ich nicht weiß, dass es Euch wirklich gut geht.«

Die Sphinx lächelte und schwamm zum Rand des Teiches. Farblos im Mondlicht hingen dort die langen luftigen Ranken der Orchideen herab und tränkten ihre Blüten im Wasser. In solchen Augenblicken fühlte sie alles Glück einer Mutter. Sie nahm den zarten, mageren Jungen in die Arme und hob ihn hoch. Mit leiser Stimme sagte sie: »Du bist ein weiser Knabe, Gynnevise, deshalb will ich dir auch die Wahrheit sagen. Ich hatte einen schrecklichen Traum, in dem der Urchulak die

Weissagung zerschlug, die von der Herrschaft der Sieben über Murchmaros kündet.«

»Kann ich Euch trösten, Frau Mutter?«, fragte er zärtlich und schlang die dünnen Arme um ihren Nacken. »Ich will Euch streicheln und liebkosen, bis Ihr das Nachtgesicht vergesst.«

»Nein«, widersprach sie heftig. »Du meinst es gut, aber ich habe es nicht gesehen, um es wieder zu vergessen, sondern um es im Herzen zu bewahren. Eine schlimme Zeit wird kommen, und wir müssen dafür gerüstet sein. Bald ist die Mittsommernacht, da findet das Konzil der weiblichen Wesen statt. Dann werden die drei wahren Kaiserinnen des Landes vor die Frauen von Murchmaros treten, und alle werden von der Hoffnung erfahren, die uns zuteil geworden ist. Diese Hoffnung wird uns die Kraft geben, den Schrecken zu widerstehen, die der Urchulak über uns ausschütten will.«

Gynnevise schmiegte sich eng an sie. »Frau Mutter ... ich weiß, dass man sich seinem Schicksal nicht entziehen kann, aber ich will dieses Mädchen nicht heiraten. Sie scheint mir stolz und hoffärtig und bildet sich viel darauf ein, die Tochter eines Rosenfeuerdrachen zu sein. Seid Ihr ganz sicher, dass sie die zukünftige Kaiserin der Mitte ist?«

»Es tut mir leid, dich enttäuschen zu müssen, aber – ja, ich bin ganz sicher.«

Gynnevise seufzte trübsinnig. »Ich will sie trotzdem nicht.«

Die Sphinx streichelte das Haar des Sohnes. »Mach dir keine Gedanken über Angelegenheiten, die noch nicht reif sind, und hadre nicht mit einem Schicksal, dessen Geheimnisse du noch nicht kennst. Wart ab, was geschieht.«

Eben da kam einer der Drachendiener gelaufen und brachte Nachricht von den Torwächtern, dass Miranda, Vauvenals Tochter, angelangt sei und die Sphinx auf der Stelle sprechen wolle. »Und«, meldete der Drache, »sie hat einen Jüngling bei sich, einen Nordling, der die Ursache ihrer Eile zu sein scheint; seinetwegen fordert sie so dringend das Gespräch mit Euch!«

Das goldene Bildwerk

In einer riesenhaften Felsenhöhle tief unter der Erde hielt der Urchulak Rat mit den drei Königen der Basilisken. Er hatte die Gestalt des Herrn Kattebras angenommen, die ihm immer besser gefiel und die auch die Gestalt seines goldenen Bildnisses sein würde. Da er sich jedoch in der Einfluss-Sphäre seines jahrtausendelangen Aufenthaltsortes befand, war sein Äußeres ganz anders anzusehen als an der Oberfläche. Blitze zitterten und knisterten um sein weißblondes Haar, das sich sträubte und steif vom Schädel abstand. Sein Gesicht hatte einen scheußlichen bleifarbenen Ton angenommen wie das Gesicht einer Wasserleiche, und sein Körper wollte sich immer wieder in den eines riesigen Wurmes verwandeln, wenn er nicht auf sich achthatte.

Das Werk, das er den Basilisken aufgezwungen hatte, war vollendet. Ritter Colobans unglückseliger Feldzug hatte dem Urchulak einen Gefallen getan: Er hatte ihm dreitausend Sklaven verschafft, Menschen, die in die Gestalt von Basilisken gebannt waren. So war die Arbeit viel schneller vonstatten gegangen, als er erwartet hatte. Der Raum, in dem er mit den drei kleinen Königen Rat hielt, war bis zur Decke voll geräumt mit kleinen goldenen Gegenständen – Altargerät aus den Tempeln von Thurazim, Götter- und Heldenfigürchen, die einst auf einem Hausaltar gestanden waren, rohen Goldbarren und dem goldenen Schmuck, den allein die Kaiser tragen durften. Die turmhohen Statuen hatten die Basilisken nicht herbeischaffen können, doch das störte den Urchulak nicht. Wenn er erst einmal seine Riesengestalt angenommen hatte, konnte er sich selbst von dem Gold holen, so viel er nur wollte.

Ein grässliches Lächeln zuckte ihm einmal links, einmal rechts um die Mundwinkel, als er zu Kju, Roc und Zan sprach. »Die Arbeit Eurer Untertanen ist getan, und ich bin zufrieden damit. In Kürze werdet Ihr sehen, welche Früchte Euer Fleiß trägt.«

Er stand auf und trat auf eine Plattform, die sich an einem Ende der Höhle erhob. Von dort überblickte man den gesamten langen Haufen aus kunterbunt aufgeschichtetem Gold. Zu den drei kleinen Königen, die ihm gefolgt waren, sagte er: »Geht jetzt und sendet Eure Untertanen fort. Denn jeder, der sich in der Höhle aufhält, wenn ich das Standbild belebe, wird im siedenden Golddampf ersticken. Morgen werdet Ihr meine Gestalt auf der Oberfläche der Erde sehen.«

Daraufhin verabschiedeten Kju, Roc und Zan sich in größter Eile. Auch von den Basilisken, die das Gold herbeigetragen hatten, ließ sich keiner zweimal bitten. Kreischend und schnatternd flohen sie aus der Höhle in die Stollen und Gänge, die von dieser weg und in langen Windungen an die Oberfläche führten.

Der Urchulak blieb allein zurück. Stolz und zufrieden betrachtete er die Unmengen des kostbaren Metalls, die turmhoch in der Höhle aufgeschichtet lagen und im fahlen Licht der Blitze funkelten und gleißten. Hier ruhte sein zukünftiger Leib, geboren aus Gold und der Magie einer fernen Welt, die durch die Kraft der ausgesaugten Seelen wirksam wurde. Aber es war eine schwere Aufgabe, selbst für einen, der so mächtig und magieerfahren war wie der Urchulak.

Das Gold zu schmelzen und zu einem Körper zu formen, der eine riesenhafte Vergrößerung seiner Erscheinung als Herr Kattebras war, würde ihm keine besondere Mühe bereiten. Aber das Gold zu beleben, stellte ihn vor eine gewaltige Herausforderung. Dennoch, die Zeit war reif, er wollte nicht länger warten. Je länger er zauderte, desto eher stand zu befürchten, dass die verfluchte Schwesternschaft oder die Rosenfeuerdrachen einen Plan ausheckten, um ihn zu hindern.

Zuvor aber hatte er noch eine Arbeit zu erledigen, die ihm größtes Vergnügen bereitete.

Das Ende der Kaiserin

Wie der Sturmwind ritt er auf seinem teuflischen Pferd nach Chiritai und trat um Mitternacht in das Schlafgemach der Kaiserin, die ihn schon sehnlichst erwartet hatte. Unbemerkt war er gekommen; durch seine Zaubermacht hatte er die Soldaten am Tor, die Hofdamen und Diener geblendet, sodass sie ihn nicht sahen, obwohl er auf Armeslänge an ihnen vorbeiging. Erst vor der Kaiserin, die bereits in ihrem Prunkbett lag, machte er sich wieder sichtbar. Sie wusste von seinen Plänen und der Arbeit, die in geheimen Gängen tief in der Erde getan wurde, und konnte es nicht erwarten, dass sie vollendet wurde.

»Ich bin fertig«, sagte er, während er sich zu ihr neigte und sie mit kalten Lippen küsste. »Und du sollst mit mir kommen und sehen, was ich geleistet habe.«

Sie erhob sich rasch und wollte ihre Hofdamen herbeirufen, damit sie die Reisevorbereitungen träfen, aber Kattebras hielt ihre Hand fest. »Nein, nicht so!«, mahnte er. »Nur du und ich. Von jetzt an brauchen wir niemanden mehr, weder Zofen noch Ritter. Wir allein werden herrschen.« Er hob sie auf seine starken Arme. »Komm! Mein Ross wird uns tragen, schneller als der geflügelte Wind. Du wirst mit mir am Anfang eines neuen Äons stehen. Die Zeit der Majdanmajakakis ist abgelaufen, die neue Welt gehört Kattebras und Tartulla!«

Nichts hörte die Kaiserin lieber als solche Worte!

Er trug sie auf demselben Weg hinaus, auf dem er gekommen war, und niemand sah die beiden den Palast verlassen. Draußen setzte er die Kaiserin auf sein Pferd und schwang sich selbst in den Sattel. Im nächsten Augenblick schoss das graue Teufelstier wie ein Pfeil in die Nacht davon. Es lief so schnell, dass Feld und Wald, Häuser und Straße vor Tartullas Augen verschwammen und sie im Sturmwind zu fliegen meinte. Bald waren sie bei der Mulde angekommen, wo das nördliche Haupt aus der Erde ragte, und das Pferd stürzte sich in den Abgrund. Feuer stob unter seinen Hufen auf, ein unirdischer Schein umloderte Ross und Reiter, als es durch die pechschwarze Dunkelheit jagte, ohne auch nur einen Lidschlag lang zu zaudern. Der Hall seiner Hufe dröhnte der Kaiserin in den Ohren, die fliegenden Funken verwirrten ihren Blick. Sie war halb ohnmächtig, als Kattebras in der goldgefüllten Höhle anhielt und sie aus dem Sattel hob, damit sie es sah.

Fassungslos starrte Tartulla auf den riesigen Berg edlen Metalls, der im grauen Licht vor ihr lag.

»Höre«, flüsterte ihr Kattebras ins Ohr, »und schau in die Zukunft! Das wird mein zukünftiger Leib werden. Aus dem Gold aber, das noch in Thurazim liegt, werde ich ein zweites Standbild fertigen. Deine Seele wird in das weibliche Bild einziehen wie meine in das männliche. Ein Geschlecht von goldenen Riesen werden wir zeugen, die über ganz Chatundra herrschen.«

Tartulla schwindelte bei diesem Gedanken. Ihre Augen glänzten wie Sterne, aber es war das Fieber des Wahnsinns, das sie ergriffen hatte. »Ja«, rief sie aus, »ja! Ein Turm aus Gold, das Wahrzeichen von Tartullazim! Bis an die Sterne werde ich ragen, Tartulla die Große, die Goldgeborene!«

»So bleib hier stehen und sieh zu, wie ich meine neue Gestalt annehme!«, befahl der Urchulak. Dabei bannte er sie mit seiner Zaubermacht fest, damit sie den Ort nicht mehr verlassen konnte.

Das graue Licht in der Höhle nahm ab, als er die menschliche Gestalt fallen ließ. Als endloser, farbloser Tausendfüßler ließ er sich von der Plattform hinab in den Berg aufgeschichteten Goldes gleiten. Ein schwaches Knistern begleitete seine Bewegungen. Allmählich wurde es immer dunkler, je tiefer er in dem Goldberg verschwand. Nur da und dort sprühten noch einige Funken aus den Zwischenräumen. Seine mächtige und doch so flüchtige Leibesmasse, die sich quer über den halben Kontinent von Chatundra ausdehnen konnte, zog sich zusammen, bis sie von einem Ende der Goldmasse bis zum anderen reichte. So verdickt, war er um ein Vielfaches stärker als in seinem normalen, ausgedehnten Zustand. Dicht an dicht wurden die goldgierigen Seelen aneinandergepresst, die er aufgesogen hatte. Sie bildeten nun eine ständige Quelle der Kraft, die sein Nichtsein mit ihrer Substanz stützte und aufrecht hielt. Dann richtete er seine ganze Energie auf die Aufgabe, das Gold zu schmelzen. Immer intensiver wurde das Summen des riesigen Leibes, immer heißer die Luft in der Höhle. Roter Schimmer verdrängte das gleißende Funkeln der Blitze. Als die ersten zierlichen Goldgeräte in der Hitze erst weich und dann flüssig wurden, stieg Rauch auf. Lodernd tropfte das flüssige Metall auf die darunterliegenden Schichten. Der Leib des Urchulak vibrierte nun mit ganzer Kraft und brachte die Felsmauern der Höhle wie bei einer Maultrommel zum Summen.

Reglos stand Tartulla da, die glänzenden Augen weit aufgerissen. Vom Wahnsinn verblendet, meinte sie zu fühlen, wie sie selbst zu Gold wurde – und doch spürte sie eine schreckliche Ahnung, dass ihr Geliebter sie betrogen hatte. Nicht seine Umarmung wartete auf sie, nicht eine herrliche Zukunft als lebende Goldgestalt, sondern der Tod.

Sie machte eine wilde Bewegung, um aus der Höhle zu fliehen, aber der Bann hielt sie fest.

Immer heißer wurde der Goldhaufen. Aus dem glühenden Fluss formten sich erste, unbeständige menschliche Teile. Schon nach kurzer Zeit schien es, als seien die Feuer der Tiefe in die riesige Kaverne durchgebrochen, so intensiv leuchtete der Feuerschein. Der Dampf, der aus dem siedenden Goldsumpf aufstieg, schlug sich in der kühleren Luft als dünne, gleißende Schicht an den Felswänden nieder.

Säulen brandigen Rauches, der nach erhitztem Metall roch, krochen durch Spalten und Risse der Erde und erhoben sich als schauerliche schwarze Wolkenpilze über den Purpursümpfen. Allmählich sanken nun auch die größeren Gegenstände ein, die Rüstungen, Truhen, Altarbecken und mannshohen Leuchter aus Gold. Sie verformten sich, tropften auf den Boden der Höhle und wurden von dem noch formlosen, lang gestreckten Haufen erstarrten Goldes angezogen, und Schicht legte sich über Schicht. Dröhnend vibrierte der Urchulak. Aus dem terrassenförmigen Berg schoben sich mit trägen Bewegungen vier Auswüchse hervor. An einem Ende trennte sich ein kleinerer Berg ab, der nur durch einen runden Stamm mit dem Hauptkörper verbunden blieb. Das halbmenschliche Gebilde glühte unheimlich in der Dunkelheit.

Immer mehr Gold schmolz, und die geistige Kraft des Ungeheuers zog das flüssige Metall an seinen noch unausgebildeten Leib, formte Arme, Beine und einen Kopf. Schritt für Schritt erstand die Gestalt eines menschlichen Leibes, riesenhaft groß, aber in allen Einzelheiten geformt wie ein lebender Mensch, bis auf die Pferdehufe anstelle der Füße. Die Glutmaske des Gesichtes nahm die Züge eines schönen Mannes an, Ströme von flüssigem Metall formten kraftvolle Arme und Beine, der Hügel der Brust erhob sich aus dem gleißenden See auf dem Boden der Höhle. Immer mehr ähnelte der feurige Mann den Statuen der Kaiser in Thurazim, nur dass er um ein Vielfaches größer war.

Und so gestaltet, riss er die Kaiserin Tartulla an sich. Mit einem grässlichen, gellenden Schrei klammerte sie sich an die Felsen, doch er zog sie weg und zwang sie mit Zaubermacht in seine glühenden Arme. Wie ein Blatt im Wind wurde sie emporgewirbelt, schwebte einige Herzschläge lang mit wehendem Haar und aufgerissenen Augen hoch in der Luft – dann ließ er sie los. Mit Händen und Füßen rudernd fiel sie in die Tiefe, mitten hinein in das noch kochende Gold, das augenblicklich ihr Fleisch verzehrte und ihre Knochen umschloss. Ihre Seele saugte der Urchulak an sich, eine unter vielen, die er an sich gezogen hatte.

Riesenhaft, nackt und von großer Schönheit, ruhte er unter Schwaden wirbelnden Rauches in der dunkelroten Nacht der Höhle. Ein erster Atemzug hob seine Brust.

Er hatte sich einen ewigen Körper geschaffen, herrlicher als alle Menschen und alle Statuen von Menschen. Vorsichtig suchte er sich zu bewegen, und ein Schatten verdüsterte seinen Triumph. Es ging viel schwerer vonstatten, als er es sich vorgestellt hatte. War seine Kraft denn nicht groß genug? Nur allmählich, sehr langsam gehorchte der noch rot glühende Arm seinem Willen. Ein zäher Widerstand hinderte ihn. Plötzlich überkam ihn die Angst, er könne unfähig sein, sich zu erheben, und dadurch in alle Ewigkeit in dieser Höhle liegen bleiben wie ein Leichnam in einem titanischen Grab. Aber seine neuen Muskeln gehorchten, wenngleich viel steifer und schwerfälliger als die Muskeln seines fleischlichen

Körpers. Lag es an seiner ungeheuerlichen Masse? Oder hatte er einfach zu wenige Seelen verschlungen, um sich in der fremden Welt wirklich gestalten zu können? Wenn es nur das war, mochte das Übel bald behoben sein. Ein himmelhohes Standbild aus Gold würde unzählige Menschen anlocken, die sich an seiner überirdischen Schönheit ergötzen wollten. Es würde auch zahllose Schatzgeister anziehen, die den Vorteil hatten, dass sie bereits körperlose Seelen waren und sich an ihn hängen würden wie Vögel an Leimruten. Täglich würde er mehr von ihnen aufnehmen und so immer mächtiger werden, bis er mit den Schritten eines Menschen über Chatundra dahinschreiten konnte.

Mühsam drehte er seinen Riesenleib auf den Bauch, erhob sich auf Hände und Knie und durchstieß mit dem Scheitel die Flanke des Berges, in dem sich die Höhle befand. Draußen war Nacht. Eine Nacht der Unwetter. Am Himmel über ihm zeigte sich kein Stern. Aus dem wütenden Rumpeln brachen scharfzackige Blitze hervor. Der Gagoon tobte über die Sümpfe, riss Wasserhosen aus den seichten Gewässern und schleuderte das hochgesogene Treibgut in weitem Bogen über Wasser und Land.

Sein Leib war jetzt abgekühlt, und das Metall umklammerte seinen Geist wie ein Panzer. Nur mit äußerster Anstrengung konnte er einen Schritt tun – und dann einen weiteren. Ein springender Blitz zeigte ihm, dass er zwischen Thurazim und Thamaz stand, das Gesicht der Mokabiter-Insel zugewandt. Ein guter Ort. So könnte ihn von weit her jeder sehen, das Gelichter auf Macrecourt ebenso wie die Wächter der Makakau.

Im Osten brach ein neuer Tag an, der erste Tag der Schreckensherrschaft des goldenen Mannes.

Die neue Kaiserin

Im selben Augenblick trat über der Kaiserstadt eine plötzliche Veränderung ein. Das Sonnenlicht trübte sich ein. Die Luft wurde kalt, und der Dampf, der über dem Koniferenwald hing, gefror zu Hagelkörnern, die mit großer Wucht herabprasselten. Blätter wurden zerfetzt und von den Zweigen gerissen, als ein eisiges Geisterheer gegen die Stadt heranbrauste. Schrecken übermannte die Bürger von Chiritai. Sie ließen alles fallen, was sie in der Hand hielten, und starrten mit großen Augen nach Norden.

Sie sahen ein grauses Heer auf dem Schneesturm reiten, hörten das Winseln und Pfeifen, als es zwischen den Gipfeln der Berge von Carrachon hindurchfuhr, die so nahe beieinanderstanden wie die Stacheln eines Igels, und sahen es als riesige, schneeweiße Wolke über die Heulenden Berge hinwegfegen. Den Leuten von Chiritai schien es, dass in den weißen Schleiern berittene Skelette gegen sie anstürmten, Kronen auf den beinernen Schädeln, die wie Elmsfeuer leuchteten, Schwerter aus lebenden Blitzen in den Knochenfingern. Sie warfen sich blindlings zu Boden und hielten die Hände über den Kopf, überzeugt, dass im nächsten Augenblick die Hufe der Pferdegerippe über sie hinwegtrampeln würden. Stinkende Kadaverdrachen fuhren in geringer Höhe über sie hinweg und verströmten Wolken von Fäulnis, die jeden, der sie einatmete, halb betäubt zu Boden warf. Viele rechneten damit zu sterben, aber kein Hufschlag traf sie, kein Blitz verbrannte ihren Körper. Mitten in dem furchtbaren Schrecken, der sie erfasst hatte, begriffen sie, dass es nur Trugbilder waren, die gegen sie anstürmten. Dennoch wagten sie nicht, aufzustehen und sich den grinsenden Skeletten zu stellen, die in wilden Horden über die steilen Vorberge herabritten und mit jedem Hufschlag feurig leuchtende Spuren hinterließen. Sie krochen unter jeden noch so geringen Schutz, den sie so rasch finden konnten, und kauerten dort, am ganzen Leib zitternd, während die Luft ringsum von den heiseren Kriegsschreien der Gespenster widerhallte – pfeifenden, krächzenden Schreien aus durchlöcherten Kehlen und halb verrotteten Kiefern.

Doch der Sturm der Eisgespenster hielt nicht lange stand. Als die verängstigten Bürger sich wieder hervorwagten, traten sie in Pfützen, in denen noch seltsam geformte Hagelkörner schwammen, und in der feuchten Luft schimmerten Schemen, die manchmal die Gestalt von Pferden, manchmal die von geisterhaften Reitern annahmen, ehe sie zerflossen.

Doch ein noch schlimmerer Schrecken als die körperlosen Heere der Geister stand den Bürgern bevor.

Tartullas Verschwinden wurde sehr bald bemerkt, aber von nur wenigen bedauert. Diejenigen Bürger von Chiritai, die vernünftig und klaren Sinnes waren, hatten längst gemerkt, dass die stolze Schöne keine taugliche Regentin war. Noch weniger hatte ihnen deren Vertrautheit mit dem seltsamen Ritter gefallen. Sie hofften nun, beide zugleich losgeworden zu sein, und darin sollten sie auch recht behalten. Weder Tartulla noch Kattebras wurden in der goldenen Stadt jemals wieder gesehen. Aber an ihre Stelle trat etwas noch Schlimmeres.

Zwei Tage nachdem man Tartulla das letzte Mal gesehen hatte, blies der Turmwächter Alarm und meldete, dass eine verdächtige Kavalkade sich näherte. Vom Süden her rollte eine prunkvolle schwarze Kutsche heran, der ein seltsames Gefolge nachlief. Auf einem Schwarm von Totenkopflibellen, die paarweise heranflogen, kamen Basilisken geritten, und zwischen diesen Reitern stapften die grünen Grendel der Purpursümpfe mit ihren mächtigen Schultern und Fäusten wie Schmiedehämmer. Sie grunzten dumpf im Takt, als wollten sie reden oder singen, was sie freilich beides nicht vermochten. In den Händen trugen sie Waffen der Sundaris, die sie aus den Ruinen von Thurazim gestohlen hatten, lange Eisenstäbe mit stachelbesetzten Kugeln am Ende, Spieße und Hellebarden.

Die Bürger von Chiritai warfen einen Blick auf die Ankömmlinge und flohen in ihre Häuser. Nur die Bewaffneten hielten die Stellung und erwarteten die verdächtigen Gäste am äußeren Tor. Als diese vor dem Stadttor anlangten, hielt die Kutsche an, und eine tief verschleierte Frau stieg aus.

Der Stadthauptmann, der persönlich zum Tor geeilt war, als der Turmwächter ihn alarmiert hatte, senkte seine Hellebarde angesichts der unbewaffneten Frau und fragte höflich: »Wer seid Ihr, woher kommt Ihr, und was begehrt Ihr?«

Sie antwortete, ohne den Schleier zu heben, mit einer Stimme wie Honig: »Ich bin Twyfald und komme mit meiner Schwester Twynneth hierher, um den Platz der verschwundenen Kaiserin einzunehmen. So hat unser Vater, der edle Herr Kattebras, es bestimmt. Geleitet uns zum Palast und lasst in der Stadt verkünden, dass die neue Kaiserin angelangt ist und man auf den Schlossplatz kommen soll, um mir zu huldigen.«

»Das ist ein kühnes Begehren«, antwortete der Stadthauptmann, der keine Freude an dem Gedanken hatte, Herrn Kattebras' Verwandtschaft in der Stadt willkommen zu heißen.

»Kühn oder nicht«, antwortete die schwarz Verschleierte, »tut, was ich Euch geheißen habe, oder Ihr werdet es bereuen. Macht den Weg frei!«

Das war dem Soldaten nun doch zu viel, und mit einem rauen Auflachen versperrte er mit vorgehaltener Hellebarde den Weg. »Ihr mögt sein, wer Ihr wollt«, rief er grimmig, »ich lasse Euch nicht ein und denke nicht daran, Eurem Wunsch zu willfahren. Kehrt schleunigst um! Kehrt dorthin zurück, woher Ihr gekommen seid, und widersetzt Euch nicht, so wollen wir Euch in Gnaden gehen lassen ...«

Er kam nicht dazu, den Satz zu vollenden. Die Frau wandte ihm das Gesicht zu und hob den Schleier. Ein grünliches Licht flimmerte im Sonnenschein, und der Stadthauptmann erstarrte. Sein Gesicht wurde grau wie Stein. Die Kehle versagte ihm mitten im Wort. Er machte noch eine wilde Bewegung, die dazu führte, dass er umfiel, und vor aller Augen lag dort, wo eben noch der Stadthauptmann gestanden hatte, ein mannsgroßer, länglicher Felsstein.

»Wollt Ihr uns nun einlassen?«, fragte Twyfald mit süßer Stimme.

Einige wollten ihr wehren und sprangen mit gezückter Waffe vor. Doch sie hob den dichten schwarzen Schleier nur einen Fingerbreit, und die Männer brachen zusammen, wurden grau und erstarrten zu Stein.

Da verließ die übrigen Soldaten der Mut. Sie flohen nach allen Richtungen, und die Kutsche fuhr ungehindert bis zum Schlossplatz. Dort stiegen zwei vermummte Frauen aus, betraten den kaiserlichen Palast und verschwanden in seinem Innern.

Von da an bekam kein Bürger von Chiritai sie mehr zu sehen. Twyfald bestieg den Kaiserthron mit verschleiertem Antlitz. Nachdem sie einige der hohen Adligen in Stein verwandelt hatte, waren die Übrigen bereit, ihr als Kaiserin unumschränkt zu huldigen. Sie erteilte ihre Befehle schriftlich; jeden Morgen musste eine Dienerin die Papiere vor dem kaiserlichen Gemach entgegennehmen und dem Rat überbringen, der die Befehle schleunigst auszuführen hatte. Twyfald und ihre Schwester verließen niemals ihre Gemächer. Sie aßen und tranken nicht, sie wollten keine Hofdamen um sich sehen, keine Sängerinnen und Tänzerinnen, keine Gaukler und Geschichtenerzähler. Wie zwei tödliche schwarze Spinnen in ihrem Netz hockten sie hinter ständig geschlossenen Läden in den halbdunklen kaiserlichen Gemächern.

Grausige Gerüchte machten die Runde, wie sie unter den dichten Schleiern aussähen und was sie in ihrem Versteck treiben mochten, aber in Wirklichkeit wusste man weder das eine noch das andere. Niemand sah sie je unverschleiert, und niemand durfte die Gemächer der beiden betreten. Niemand hatte auch Lust dazu, denn bald verbreitete sich im Herzen des Palastes ein Geruch, vor dem alle zurückschauderten. Durch die Ritzen der stets verschlossenen Türen der Kaiserzimmer drang ein Miasma wie aus einer Pestgrube, sodass den Leuten, die dort vorbeigehen mussten, übel wurde und Schreckensbilder ihren Geist verdüsterten. Viele wurden auch krank. Manche bekamen Furunkel, und wenn der Chirurgus diese aufschnitt, so krochen Käfer heraus. Bei anderen liefen Gesicht und Hände schwarz an, als hätten sie im Rauch gestanden. Wieder andere bekamen am ganzen Körper Beulen, die aufbarsten und eine widrige Jauche verströmten. So quälten die Pestschwestern die ganze Stadt.

Fast noch schlimmer waren jedoch die Basilisken, die sie mitgebracht hatten. Diese nisteten sich in der Schatzkammer des Palastes ein, wo sie auf dem Gold und den Juwelen hockten und diese besudelten. Bald drang ein ebenso widerwärtiger Gestank aus dem Gewölbe wie aus den kaiserlichen Zimmern. Zofen und Diener liefen mit vor die Nase gehaltenen Taschentüchern durch den Palast. Bald verließen die Mutigsten heimlich ihre Dienststelle und flohen aus der Stadt. Die neue Kaiserin kümmerte sich nicht darum, ja sie wusste wohl nicht einmal, wie viele Diener sie hatte und wer ihre Hofdamen waren, da sie sie niemals empfing. So flüchteten bald auch die anderen.

Nur die jungen Ritter, die Kaiserin Tartulla um sich gesammelt hatte, die stolzen Nachkommen der Sundaris, scheuten die neue Kaiserin nicht. Im Gegenteil, sie schienen sich von ihr angezogen zu fühlen. Auch die Kaiserin und ihre Schwester machten eine Ausnahme. Jeden Tag kam eine Gruppe dieser Ritter in ihren schwarzen Harnischen aus ihrer prächtigen Kaserne in den Palast. Sie betraten die nach Kadavern und Pestbeulen stinkenden Gemächer und verbrachten dort lange Stunden in Beratungen. Dann besuchten sie für gewöhnlich die Schatzkammer, wo sie sich von den Juwelen und edlen Metallen nahmen, was ihnen gefiel, ehe sie wieder in ihre Kaserne zurückkehrten.

Sie waren nie gute Freunde der Bürger gewesen, auf die sie hochmütig hinabsahen, aber unter Kaiserin Twyfald wurden sie zum Schrecken der Stadt. Unter dem Schutz und mit dem Einverständnis der Kaiserin taten sie, was sie wollten. Wenn es sie danach gelüstete, drangen sie in die Häuser ein, schändeten die jungen Mädchen, raubten, was sie haben wollten, und erschlugen jeden, der sich ihnen in den Weg stellte – oder dessen Gesicht ihnen nicht gefiel.

So zogen Angst und Schrecken in die goldene Stadt ein, und viele Bürger flohen heimlich in den Nebelwald, entschlossen, sich lieber mit den wilden Tieren herumzuschlagen, als noch länger in den verseuchten Mauern zu bleiben.

Die Rückgabe der überfluteten Länder

Das Verschwinden des Sees

Ursprünglich hatte Zelda vorgehabt, in Lilibeths Haus nur so lange zu bleiben, bis er ein neues Ziel und den Weg dorthin ausfindig gemacht hatte. Aber kurz vor der Mittsommernacht wohnte er immer noch in dem von Orchideen umwucherten Turm. Lilibeth hatte sichtlich Gefallen an dem unterhaltsamen Gesellen gefunden. Sie legte großen Wert darauf, dass er sich bei ihr wohlfühlte. Der junge Mann trug jetzt nicht mehr die ausgebleichten Lumpen seines vom Großvater geerbten Hofnarrenkostüms, sondern einen knöchellangen Wickelrock aus brauner Seide nach Art der Makakau und zum Schutz vor Sonne und kaltem Wind einen Kapuzenmantel, den er sich lose über die Schultern warf. Er durfte ungehindert auf der Insel umherschweifen. Allerdings war diese zum einen nicht sehr groß, und zum anderen hing ihm ständig einer der gräulichen Hunde an den Fersen. Auch das Wasser war bewacht. Einmal, als er sich beim Schwimmen im See zu weit hinausgewagt hatte, war urplötzlich ein riesiger schwarzer Hecht vor ihm aus dem Wasser gefahren. Er hatte ihn so grässlich angeglotzt, dass er in höchster Eile zum Strand zurückpaddelte. Zelda wusste jetzt, dass es ihm nie gelingen würde, das Eiland ohne die Erlaubnis der Besitzerin zu verlassen – aber wollte er das überhaupt?

Was hatte er denn in der Ferne gesucht? Ruhe vor den täglichen Misshandlungen, ein wenig Freundschaft und Zuneigung. Beides hatte er in Lilibeths Haus gefunden. Sie war gleichmäßig freundlich zu ihm. Nie beschimpfte sie ihn. Wenn sie ihn schalt, geschah dies zugleich hoheitsvoll und zärtlich. Er war nicht sicher, ob es ihr nur darum ging, auf ihrer einsamen Insel menschliche (oder immerhin menschenähnliche) Gesellschaft zu haben oder ob sie mehr für ihn empfand. Manchmal schien es ihm, dass ihr sein Eidechsenkörper gefiel, was ihn mit großem Stolz erfüllte. Die weit verbreitete mokabitische Eigenschaft der Eitelkeit war bei ihm besonders ausgeprägt. Er betrachtete gern seine langen, dünnen Finger und Zehen, die keine Nägel hatten, und freute sich an der Fähigkeit seines Körpers, sich zu verrenken und zu den seltsamsten Figuren zu verschlingen. Er war nicht einmal besonders hübsch, aber für Lilibeth, die so selten einen Mann sah, reichten seine Reize aus.

Wenn er sich auf den heißen Steinen des Vorplatzes sonnte und mit weit ausgestreckten Armen und Beinen selig in der Mittagshitze döste, saß sie oft im Schatten des gewölbten Eingangs und betrachtete ihn. Sie sah ihm auch gern zu, wenn er ins Wasser glitt und darin hin und her schwamm, tauchte und schelmisch spritzend heraussprang. »Wie hübsch!«, sagte sie dann oft. »Ich habe noch nie jemanden gesehen, der so schöne Kunststücke im Wasser macht wie du.«

Er merkte wohl, dass sie dabei verstohlen mit den Blicken seinen nackten Körper abtastete. Er wusste, was sie suchte und dass sie es nicht fände. Selbst die Königinnen der Mokabiter hatten es bei all den tollen Zärtlichkeiten, die sie mit dem jungen Hofnarren austauschten, nicht herausgefunden. Die Geschlechtlichkeit der Mesris war ein Geheimnis zwischen ihnen und ihren Geliebten. Da sie jeweils nur mit einem

Partner oder einer Partnerin beisammen waren, bis eines von beiden starb, erfuhren Außenstehende nichts davon.

Von alters her hatte es immer nur wenige Mesris gegeben. Damit ein so kleines Volk nicht ausstarb, konnten sie sich besser als alle anderen Wesen mit den Menschen vermischen. Die Kinder aus solchen Verbindungen hatten oft die Vorzüge beider Rassen. Aber obwohl die Menschen begierig davon munkelten, wie überwältigend süß die Liebe dieser Wesen war, hatten sie doch Angst vor deren unerbittlicher Treue.

Zelda lächelte versonnen in sich hinein. In seinen Träumen war es Lilibeth, die das Leben mit ihm teilen wollte. Allerdings bereitete ihm die Tatsache, dass er nie auch nur das kleinste Stückchen Haut von ihr zu sehen bekam, ein gewisses Unbehagen. Nach einem Leben unter den grotesk missgestalteten Mokabitern war der Jüngling zwar nicht empfindlich, was körperliche Ungereimtheiten anging. Aber er hätte wenigstens gern gewusst, womit er es zu tun hatte. Die ständige tiefe Verschleierung und Verkleidung erweckte Phantasien in ihm, die schlimmer waren als jeder noch so erstaunliche Anblick. Außerdem erinnerte er sich daran, wie er eines Nachts aufgewacht war und festgestellt hatte, dass zwei scharfe Lichtstrahlen durch die Seidenvorhänge ihres Bettes drangen und sich genau auf ihn richteten. Sie waren gerade so weit voneinander entfernt wie zwei menschliche Augen, und er war überzeugt, hinter den Vorhängen zwei glühende Kreise zu sehen, von denen die Strahlen ausgingen.

Das Eiland war nicht so unbewohnt, wie er zuerst geglaubt hatte. In einem Hügel hausten einige kleine Stollenwürmer mit braun und grün gefleckter Schuppenhaut, die ihnen als Tarnung diente. Durchs Gras schlüpften Wyrme ohne Flügel und Beine, aber mit einer Haut, die von Kopf bis Fuß juwelengleich funkelte. Hin und wieder kamen in allen Farben des

Regenbogens schimmernde Drachen höherer Ordnung zu Besuch, die auf zwei Beinen gingen, Adlerklauen und einen Schlangenkopf hatten, auf dem eine Krone saß. Von solchen Besuchen bekam Zelda nicht viel mit, da Lilibeth ihn jedes Mal sanft, aber unnachgiebig aus ihrem Gemach verbannte. Er ging dann – um nicht den Eindruck eines Neugierigen zu erwecken – zum Strand hinunter, schwamm im See und spielte mit den Hunden, die ihm von Tag zu Tag weniger hässlich erschienen.

An einem Morgen kurz vor der Mittsommernacht kam auf einer gewaltigen grünen Flugechse wieder einmal Besuch, diesmal ein sehr imposantes und aufregendes Wesen – eine vollbrüstige Sphinx mit reichen, bis zu den Hüften hinabwallenden dunklen Haarflechten. Die beiden Damen zogen sich sofort in die Kemenate zurück. Zelda wartete gar nicht erst darauf, dass einer der Hunde ihm auffordernd die Schnauze in die hohle Hand stieß, sondern begab sich zum See hinunter.

Es war ein heißer, aber trüber und dunstiger Tag. Die feuchte Luft legte sich schwer auf seine empfindlichen Lungen. Er hatte keine Lust, schwimmen zu gehen, und das Angeln – ein beliebter Zeitvertreib bei den Mokabitern – hatte Lilibeth ihm aus Mitleid mit den Fischen verboten. Also legte er sich auf einen grasbewachsenen Vorsprung, der einige Schritte weit über den See hinausragte, und unterhielt sich damit, kleine Steine ins Wasser zu werfen. Die drei Hunde, die ihn beschützten und bewachten, tollten am Ufer umher und balgten sich spielerisch. Zelda war gerade am Einschlafen, als er plötzlich bemerkte, dass die Tiere jäh mit ihrem Spiel aufgehört hatten.

Statt herumzuspringen, standen sie still und starrten, die Vorderpfoten abwehrbereit gespreizt und die Schnauzen witternd erhoben, auf das Wasser hinaus. Nun war der See klein und still. Außer den schwarzen Hechten, die das Amt der Torwächter versahen, hatte Zelda noch nie irgendetwas Bedrohliches darin bemerkt. Aber er sah, dass die Hunde die langen nackten Schwänze mit den weißen Haarquasten eng zwischen die Hinterbeine geklemmt hatten. Beunruhigt erhob sich Zelda und wollte zu ihnen hinuntergehen. Doch kaum sahen sie seine Bewegung, kamen sie zu ihm gelaufen und stießen und schubsten ihn, er solle sich vom Ufer entfernen.

Zelda hatte einige gute Eigenschaften, aber ein kühner Mut gehörte nicht dazu. Als er sah, dass die grausen Tiere sich fürchteten, wollte er nicht tapferer sein als sie. Zu viert liefen sie den Steilhang hinauf und blieben erst stehen, als sie sich gute fünfzehn Menschenschritte über dem Wasser befanden. Die Hunde winselten und drängten sich an ihn, einen Schutz suchend, den er ihnen nicht geben konnte. Mit aller Ruhe, die er zustande brachte, sagte er: »Kommt, wir wollen zu Frau Lilibeth gehen und sie warnen, dass hier etwas nicht stimmt.«

Aber er hatte den Satz noch nicht zu Ende gesprochen, als ein verblüffendes Schauspiel die vier Betrachter erstarren ließ. Der See verschwand vor ihren Augen!

Zelda blinzelte verwirrt, und die Hunde heulten so grässlich, dass die Fludern in den Baumfarnen kreischend aufflatterten. Alle vier konnten sie nicht fassen, was sie sahen. Der See wurde weggesaugt, als befände sich in Richtung Süden ein Wasserfall, der alles Wasser an sich riss. Die eben noch kaum gekräuselte Flut geriet in Bewegung, erst sachte, dann immer schneller, und ein paar Herzschläge später schoss ein reißender Strom südwärts davon. Zelda sah gerade noch, wie das Wasser in eine Höhle unter dem gegenüberliegenden Ufer stürzte, dann war das Schauspiel auch schon vorbei. Wo sich eben noch eine Wasserfläche erstreckt hatte, dehnte sich ein seichtes Tal mit einer von Schlick und Steinen bedeckten Sohle aus.

Zelda stand reglos da, so verblüfft, dass er vergaß, Atem zu holen, aber eine noch größere Überraschung erwartete ihn.

Es war sein Glück, dass er sich auf den Steilhang geflüchtet hatte, denn kaum war der letzte Tropfen Wasser in der südlichen Höhle verschwunden, als der Zufluss des Sees im Norden wie von der Gewalt eines Erdbebens aufgerissen wurde und aus den verwundeten Felsen eine tosende Flut stürzte. Schlagartig war das Seebecken wieder voll, aber es war nicht wie zuvor mit ruhigem, lauwarmem Wasser angefüllt, sondern mit einem zornig brodelnden Strudel. Als dieser Strudel sich in dem stillen Behältnis allmählich beruhigte, trieben Gegenstände ans Ufer, die er in sich hineingesaugt hatte. Binnen kürzester Zeit war das bislang idyllische Stück Sandstrand bedeckt mit verrotteten Hölzern, Teilen von Schiffswracks und einer Unmenge von totem Meeresgetier. Eine riesige Seespinne wurde als gelb glänzender Knäuel an Land geschleudert und rollte dort rasselnd umher. Noch scheußlicher aber waren die Köpfe, die überall aus der schmutzigen Flut auftauchten – Basiliskenköpfe, kahl und glotzäugig, mit einem geblähten Kropf unter dem Kinn. Diese Kreaturen waren keineswegs tot, sondern schwammen blitzschnell dem besudelten Strand entgegen.

Die Hunde warfen einen Blick darauf und flohen jaulend zu ihrer Herrin. Zelda, dem vor Schrecken beinahe das Herz stehen geblieben war, folgte ihnen mit weiten Froschsprüngen.

In seiner Panik vergaß er völlig, sich wie gewohnt bemerkbar zu machen, ehe er sich dem Turmzimmer näherte. So hörte er, ob er wollte oder nicht, die Worte seiner Gebieterin mit. »Ach Wyvern, ich liebe ihn so sehr! Er ist so sanft und höflich, und kann es etwas Edleres geben als einen Mesri?

Aber meinst du, er besteht die schreckliche Prüfung? Es würde mich hart ankommen, wenn er versagt und meine Hunde ihn in tausend blutige Stücke reißen müssen!«

Lilibeth und Wyvern waren hinter den geschlossenen Fenstern und Türen der Kemenate so tief in ihr Gespräch versunken, dass sie die Ereignisse am See nicht bemerkten. Erst als die wimmernden Hunde und der schreckensbleiche Zelda in ihr Gemach stürzten, erwachten sie aus ihrer innigen Vertraulichkeit und sprangen auf.

»Basilisken! Basilisken!«, schrie Zelda, mit beiden Armen nach draußen deutend, während die verängstigten Hunde unter den Röcken ihrer Herrin Zuflucht suchten.

Lilibeth gebot ihm mit einer harschen Handbewegung, hinter sie zu treten. Das Gesicht von ihm abgewandt, tat sie zwei Schritte auf den Balkon hinaus und beugte sich über die Brüstung, dem unflätigen Gezücht zu. Dem Lärm nach zu schließen, wimmelte es bereits auf der gesamten Insel herum. Zelda beobachtete, wie sie mit beiden Händen den schwarzen Schleier vom Gesicht hob und über die Stirn zurückschlug.

Es schien ihm, dass ein grünliches Licht aufleuchtete wie ein Wetterleuchten am hellen Tag. In diesem Augenblick verstummte das Gegacker der kleinen Scheusale und machte einem tiefen, furchterregenden Schweigen Platz. Lilibeth streichelte, immer noch mit abgewandtem Gesicht, ihre Hunde, die zögernd unter den Röcken hervorkrochen und sich leise winselnd an sie drängten. Sie tröstete sie. »Habt keine Angst, meine Kleinen, meine Kinderchen! Seht, sie schlafen und werden nicht mehr erwachen!«

In dem Augenblick durchfuhr Zelda ein so wilder, seltsamer Gedanke, dass er zutiefst erschrocken wäre, hätte er vernünftig darüber nachgedacht. Aber er hatte keine Zeit dazu. Lilibeth hob bereits die behandschuhten Hände, um den Schleier wieder über das Gesicht zu werfen. Blindlings im wahrsten Sinne des Wortes – denn er hatte die Augen fest geschlossen – stürzte der Jüngling vorwärts, fing die verblüffte Frau in seinen Armen auf und küsste aufs Geratewohl in die Richtung, in der er ihr Gesicht vermutete. Er traf eine lange Haarlocke, versuchte es noch einmal und presste den Mund auf ein Paar weicher, süßer Frauenlippen.

Lilibeth schrie auf, als hätte ein Pfeil ihr Herz getroffen. Sie wollte ihn zugleich von sich wegstoßen und an sich reißen, den Schleier wieder über das Gesicht ziehen und fliehen – aber dann hielt sie nur beide Hände fest auf seine Augen und rief mit klagender Stimme: »Sieh mich nicht an, mein Geliebter, o bitte sieh mich nicht an!«

Er gehorchte, aber er hörte nicht auf, sie zu küssen. Sie wehrte sich nicht, warf den Schleier über seinen Kopf, sodass er wie eine Binde über Zeldas Augen lag und nur den zärtlichen Mund frei ließ. Eine solche Ekstase überkam sie, dass sie zusammensank und hart zu Boden gefallen wäre, hätte die Sphinx sie nicht aufgefangen.

Wyvern trug die Ohnmächtige auf ihr Bett, nahm von Zelda den Schleier entgegen und deckte ihn über das Gesicht. Dann wandte sie sich an den Jüngling. »Du bist kühn und närrisch«, sagte sie mit ihrer tiefen, wohlklingenden Stimme. »Wer hat es dir eingegeben, eine so wahnwitzige Tat zu begehen?«

»Ich weiß es nicht«, stammelte Zelda, den jetzt, da der Bann gebrochen war, der Mut verließ. Weder Lilibeth noch die würdige, strenge Sphinx wagte er anzuschauen. Rasch ließ er sich auf einen Stuhl sinken, bevor er ebenfalls zu Boden gestürzt wäre. Mit schwacher Stimme murmelte er: »Es schien mir, dass es ... dass es klug wäre, es zu tun.«

»Es war sehr mutig, und vielleicht war es klug«, antwortete Wyvern. »Erschien sie dir schön?«

»Ja, sehr schön«, flüsterte der Jüngling. »Ihr ... ihr Haar war lang und weich und duftete köstlich, und ihre Lippen schmeckten süß.« Dann fielen ihm die Basilisken draußen ein, und von Furcht und Neugier getrieben trat er auf den Balkon hinaus.

Kein einziger Basilisk war zu sehen. Aber vor dem Turm lagen viele graue Steine, die vorher nicht dort gewesen waren und von denen einige unbestimmte körperähnliche Formen aufwiesen.

»Was ist geschehen?«, fragte Zelda fassungslos. »Wohin ist das Wasser verschwunden, und warum ist es wiedergekommen? Und seht, es verschwindet abermals!«

Er hatte recht. Der so stürmisch angefüllte See leerte sich bereits wieder, langsam und gemächlich diesmal.

Wyvern trat neben ihn. »Komm, begleite mich. Wir wollen sehen, was mit dem Meer geschehen ist.«

Die Inseln aus dem Meer

Die Flugechse, auf der Wyvern gekommen war, erhob sich mit ihren beiden Passagieren in die Luft und strebte nach Süden, der Meeresküste entgegen. Zelda beobachtete mit angstvollem Staunen, dass eine ungeheure Bewegung das Meer erfasst hatte. Eine unbekannte Kraft schob es vor und zurück, als es auf Inseln und Klippen prallte und sich an diesen Hindernissen brach. Mahlströme entstanden. Der Strand war weitaus breiter als gewöhnlich. Ein endloses Watt dehnte sich aus, glitzernd von Prielen und den Kadavern der Fische, die den Rückzug nicht schnell genug mitgemacht hatten. Wo sich das graue Meer erstreckt hatte, traten mächtige, gebirgige Inseln an die Oberfläche.

Zelda starrte benommen hinunter. Schließlich stieß er mit gedämpfter Stimme hervor: »Haben denn die alten Sagen recht, die behaupten, Drydd habe seine Schwestern betrogen und sich mehr von Murchmaros angeeignet, als ihm zustand? Denn diese Inseln haben ursprünglich sicher den Schwestern gehört. Ist es möglich, dass die Himmlischen sich geeinigt haben und Drydd zurückgibt, was er gestohlen hat?«

»Es sieht ganz so aus«, erwiderte Wyvern, die gleichfalls beeindruckt war. »Er hat offenbar begriffen, dass ein schlimmerer Feind vor ihm aufstehen wird, als er jemals befürchtet hat, und dass er seinen Kampf gegen die Mutterjungfrauen nicht aufrechterhalten kann. Also gibt er das gestohlene Gut zurück und sucht Frieden. Komm, wir wollen ein Stück nordwärts fliegen und nachsehen, was dort geschehen ist.«

Die Veränderung war im Süden am stärksten zu sehen, beschränkte sich aber nicht auf dieses Gebiet, sondern war in ganz Chatundra erkennbar. Überall wich das Salzmeer von den Küsten zurück. Es verschwand unter großem Lärm und mit riesigen Wellen, wobei es bislang ungesehene und unbekannte Länder freigab. Waren früher drei Viertel des Planeten von der bleigrauen Tetys bedeckt gewesen, so war es jetzt nur noch ein Viertel. Vom Norden bis zum Süden säumte den bislang bestehenden Kontinent auf beiden Seiten ein Hunderte Echsenmeilen breiter Gürtel größerer und kleinerer Inseln, zwischen denen die Überreste des einst so gewaltigen Tetysmeeres schimmerten.

Dass so viel Land vom Meer freigegeben wurde, war jedoch nicht das Bedeutendste. Als Zelda vom Rücken der Flugechse hinunterblickte, sah er deutlich, dass die jählings aus der Flut emporgestiegenen Länder mit Gebäuden bedeckt waren, mit Gebäuden, die keinen menschlichen Ursprung hatten. Nur Drachen konnten diese Häuser erbaut haben. Als die Menschen auf Chatundra erschienen waren, hatte das Tetysmeer schon längst die Küsten bedeckt. Es musste unbegreiflich lange her sein, dass die altertümlichen Städte bewohnt gewesen waren, länger, als selbst die Erinnerung eines sterblichen Drachen zurückreichte. Sie waren in charakteristisch altdrachischem Stil erbaut. Da gab es gewundene Türme, die an Schlangenleiber erinnerten, Pyramiden und dreieckige Stufentürme zu Ehren des Dreigestirns, durchlöcherte Felsblöcke, die den unterirdischen Labyrinthen der Stollenwürmer nachempfunden waren. Überall erhoben sich die

Ruinen einstmals prächtiger Brücken, Torbögen und Treppenanlagen. Die Bauwerke verrieten, dass es gewaltig große Lebewesen gewesen waren, die in den Städten gewohnt hatten, und dass sie fliegen konnten: Die Ein- und Ausgänge befanden sich häufig auf den Spitzen ansonsten fensterloser und türloser Türme. Auch mussten viele darunter gewesen sein, die sich kriechend und gleitend fortbewegten, denn an vielen Stellen führten statt Treppen spiralförmig gewundene Rampen zu den Hügelkuppen hinauf.

Die scharfen Augen des Mesri erkannten sogar, dass diese Landschaft einst kultiviert gewesen war. Zwischen den Gebäuden waren gewaltige rhombische Becken erkennbar, die künstliche Teiche oder ummauerte Gärten gewesen sein mochten.

Das Außergewöhnlichste aber waren schwarze, aus Basaltquadern gefügte Kegelstümpfe, die da und dort zwischen den Gebäuden aufragten. Von oben betrachtet erwiesen sich diese Kegelstümpfe ganz deutlich als Ausgänge, die aber mit schweren Platten verschlossen waren – sei es zum Schutz der Wesen, die dort ein und aus gegangen waren, oder zum Schutz *vor* diesen Wesen.

»Was ist das?«, fragte Zelda.

»Es sind Eingänge zur Unterwelt«, antwortete die Sphinx. »Eingänge in das Reich der Kaaden-Bûl. Als diese Inseln noch über dem Meeresspiegel lagen, müssen die großen Feurigen in viel innigerem Kontakt mit den Bewohnern der Oberfläche gestanden haben. Als Drydd dann sein Meer über sie ergoss, schlossen sie die Eingänge und versiegelten sie.«

»Habt Ihr Erinnerungen an diese Zeit?«, fragte Zelda, der wohl wusste, wie unglaublich alt Sphingen werden können.

Doch Wyvern schüttelte lächelnd den Kopf. »Nein, diese

Ereignisse liegen so weit in der Vergangenheit, dass sich niemand daran erinnern kann, nicht einmal die unsterblichen Mirminay. Ich sehe auf den Steinen das Siegel der roten Kaiserin. Majdanmajakakis selbst war die Bauherrin dieser Städte. Ich bin sicher, dass die Drachen, die darin wohnten, aus ihrer eigenen Hand hervorgegangen sind, nicht aus den Händen der drei Mutterjungfrauen. Deshalb wussten wir nichts von ihnen, denn unsere eigene Geschichte beginnt mit Mandora, Plotho und Cuifín.«

Während sie so über das neugeborene Land flogen, stellten sie etwas Erstaunliches fest. Am Anfang war dieses Land eine ekelhafte Wüste gewesen, bedeckt vom Schlick des Meeresbodens und den zahllosen Kadavern von Fischen und anderem Seegetier. Aber schon begann die Kraft der Mutterjungfrauen zu wirken. Auf ihr Geheiß hin trocknete Phuram – der jetzt wieder ein gehorsamer Diener der Schöpferdrachinnen war – den fauligen Schlick. Die verwesenden Kadaver zerfielen ebenso wie die Überreste der Wasserpflanzen in den seichteren, küstennahen Gewässern. Sie düngten den neu erstandenen Erdboden, aus dem bald die ersten Gräser emporsprossen, während auf den Bergen Flechten und Moose die Steine bedeckten.

In den Tälern und auf den Ebenen wuchsen diese Pflanzen nicht wild und ungeordnet, sondern folgten deutlich erkennbar den Mustern unendlich ausgedehnter labyrinthischer Gärten. Für einen Menschen, der sich auf dem Boden bewegte, mochte es aussehen, als überziehe eine endlose grüne Decke von Zykadeen die tiefer liegenden Gebiete. Doch aus der Perspektive der fliegenden Beobachter zeichneten sich rund um die rhombischen Becken geometrisch angelegte Beete ab, Gebüsche und größere Waldstücke, durch die verschlungene Pfade führten, Obstgärten und Ziergärten. Noch ehe die beiden das erste Mal landeten, hörten sie aus dem Dickicht die Geräusche einfacher Tiere, wie sie auch in der Morgendämmerung der alten Länder als Erste entstanden waren: das Rascheln von Tausendfüßlern und das Klicken und Summen der Krabben.

»Es ist erstaunlich, ganz erstaunlich!«, rief Zelda, als die beiden sich auf einem hohen Gipfel niederließen und auf den strahlend grünen, vor Äonen entworfenen Garten hinunterblickten. »Wie eindrucksvoll und herrlich muss die Zeit dieser großen Geschöpfe gewesen sein!«

Wyvern stimmte ihm zu. Sie wies mit einer Handbewegung auf die großen Gärten. »Es waren friedliche Wesen, denn sie lebten von Laub und Schösslingen. Vielleicht waren sie den Mlokisai ähnlich, den Indigolöwen.«

Zelda schlang die Arme um die schmächtigen Schultern. Zutiefst ergriffen stammelte er: »Ich bin nicht würdig, solche Dinge zu sehen.«

Die Sphinx legte ihm eine Hand auf die Schulter. »Vielleicht doch. Es gibt mir sehr zu denken, dass ein Abkömmling der Mesris in das Haus meiner Freundin Lilibeth verschlagen wurde und ihr Herz erobert hat. Setzt Euch! Ich will Euch von Lilibeth erzählen.«

Sie berichtete dem angespannt lauschenden Mesri, was sie über Lilibeths früheres Leben wusste, und sagte auch den Spruch auf, der von der Zwietracht zwischen Twayn und ihrem Vater erzählte.

»Ist meine Tochter Twynneth da, und verbreitet sie Elend und Übel?

Ja, Vater, Twynneth ist da, und die Erde erschauert.

Ist meine Tochter Twyfald da, und verbreitet sie Elend und Übel?

Ja, Vater, Twyfald ist da, und die Erde erschauert.

Ist meine Tochter Twayn da, und verbreitet sie Elend und Übel?

Nein, Vater, Twayn ist nicht da und wird nie wiederkommen.

Twayn hat dich verraten und dir die Treue gebrochen.

Twayn liebt das Sonnenlicht und die silbernen Fluten der Mondin.

Twayn liebt die Schwestern, die zärtlichen Schönen …

Fluch über Twayn, die ihr Erbe verschleudert!

Sie sinnt oft darüber nach, wie sie ihn vernichten könnte«, fuhr Wyvern fort, »denn die Prüfung, die ihr Vater ersonnen hat, ist so unerträglich schwer, dass ihr nie etwas anderes übrig bliebe, als den Geliebten von ihren Hunden in Stücke reißen zu lassen. Nur der Tod ihres Vaters kann sie von dieser schrecklichen Last befreien.«

Der Jüngling lauschte aufmerksam. »Wisst Ihr denn, worin diese Prüfung besteht?«

»Ja, das hat mir Lilibeth oft erzählt. Wenn sie sich einen Geliebten erwählt, so muss dieser ihren Hunden das Fleisch und die Knochen ihrer Mutter zu essen geben – was schon deshalb unmöglich ist, weil Lilibeth gar keine Mutter hat. Sie wurde ja nicht von einem Weib geboren, sondern entstand als ein Tropfen vom Leib des Urchulak. Wenn sie sich einem Mann verspricht und mit ihm das Lager teilt, so muss dieser binnen drei Tagen die Prüfung erfüllen, oder die Hunde reißen ihn in tausend blutige Fetzen.«

Der Jüngling gab keine Antwort, außer dass er Wyvern für die Belehrung dankte, aber er machte sich seine eigenen Gedanken, wie er der Geliebten helfen und sein eigenes Leben retten könnte – und die Gedanken eines Mesri sind immer sehr tiefgründig.

Die große Welle von Macrecourt

Zur selben Zeit saßen an der Nordspitze von Macrecourt Graf Lubis und sein Gefährte Kobek auf ihrem Ausguck. Der Schreck über das Auftauchen der Nordlinge steckte ihnen immer noch in den Knochen, obwohl sie sich letzten Endes ganz umsonst geängstigt und aufgeregt hatten, und sie beobachteten sorgfältiger als gewöhnlich das Marschland und die seichten Meerarme dazwischen.

»Das Meer sieht heute seltsam aus«, bemerkte Graf Lubis nach einem langen Zug an seiner Wasserpfeife. Außer den Zauberpriestern der Dschungelvölker waren die Mokabiter das einzige Volk auf Chatundra, das der sonderbaren Gewohnheit frönte, beißenden Rauch erst einzusaugen und dann wieder auszuhauchen. Sie liebten diese Gewohnheit. Die Herstellung von Wasserpfeifen und die Zubereitung der giftigen Blätter waren die einzige Arbeit, der sie sich, so faul sie sonst waren, mit Eifer widmeten.

»Das stimmt«, bestätigte sein Untergebener Kobek und blies ebenfalls eine Rauchwolke aus. »Die Farbe ist ungewöhnlich. Habt Ihr es jemals so eisgrün gesehen?«

»Nie zuvor. Und die Meerarme waren auch noch nie so unruhig.«

Sie hätten noch eine Weile weiter diskutiert, aber genau

wie Zelda wurden sie von den Ereignissen vollkommen überrascht. Sie konnten froh sein, dass der Ausguck sich auf einer weit über das Wasser hinausragenden Klippe befand, sonst wären sie nie wieder heimgekehrt. Da erschien nämlich am Horizont ein heller Streifen, der rasch zu einem schaumigen Gebilde anschwoll, und ein paar Herzschläge später türmte sich – wie eine aus dem Nichts auftauchende beschneite Gebirgskette – eine weiße Flutwelle zwischen Himmel und Erde. Mit donnerndem Getöse überschlug sie sich und stürzte auf die Sümpfe herunter, wobei sie einen Hagel von Treibgut fallen ließ. Ein Gestank nach faulen Fischen verpestete die Luft, als die verworrene Masse in tausend Bewegungen vorwärtsdrängte. Im seichten Wasser wimmelte es plötzlich von Kreaturen, die das aufgestörte Meer aus seinen Tiefen heraufgeschleudert hatte.

Taub vom Lärm und atemlos vor Entsetzen, lagen die beiden Wächter flach auf dem Bauch und stierten von ihrem Ausguck, den die fliegende Gischt durchnässt hatte, auf ein neues Meer hinab. In der grauen Flut tief unter ihnen rollten neben Dutzenden Kadavern von Totenkopflibellen und Basilisken die Wrackteile von Schiffen und allerlei Hausrat aus dem zerstörten Thamaz. Strudelnd und brodelnd breitete die so plötzlich entstandene See sich über die Purpursümpfe aus, deren filzige Vegetation in grotesken Nestern auf dem Wasser trieb. Ein Teil der Wasserwesen fiel auf den Felsen nieder, auf dem der Wachtturm stand. Aufgerissene Rachen voll dolchspitzer Zähne, Fangarme und klappernde Krabbenscheren bedrohten die Späher. Im letzten Augenblick entging Graf Lubis den Nesselpeitschen einer fast unsichtbaren Riesenqualle, die schwellend und quellend auf dem Sand hin und her schwankte.

Da hörten sie auch schon von den nächstgelegenen Ansiedlungen herüber die wilden Schreie und das Wehklagen ihrer Kameraden, die auf anderen Teilen der Insel den Ansturm der Woge miterlebt hatten. Entsetzen erfasste die Verbannten, und in ihrer Panik stürmten alle auf das Kap mit dem Ausguck zu, auf die höchste Stelle – alle außer König Korchas, der seinen formlosen Körper nicht aus eigener Kraft erheben konnte und den seine Höflinge schmählich im Stich gelassen hatten. Alles, was rennen konnte, rannte zum Wachtturm und starrte händeringend auf die so schrecklich verwandelte Landschaft. Da gab es keine Marschen mehr, keine Meerarme, keine Inseln, nur noch eine bösartig blubbernde graue Flut.

Die drei Königinnen waren nicht mit den anderen gelaufen, sondern bei ihrem verhassten Gemahl geblieben.

Sie sahen einander bedeutungsvoll an, dann trat die Hauptfrau Kule hinter Korchas. Während die beiden anderen seine Aufmerksamkeit fesselten, zog sie eine lange Nadel aus ihrem aufgesteckten Haar. Ohne einen Herzschlag lang zu zögern, stach sie diese Nadel tief in den fetten Nacken des Königs, genau an die Stelle, wo die Halswirbel aufeinanderstießen. Das Gift in der Nadelspitze strömte augenblicklich in die Nerven des Unglücklichen und lähmte ihn vom Hals abwärts. Er riss die Augen auf, wollte schreien und starb mitten im Schrei, als das Gift sein Herz erreichte.

Als er, bereits schwarzblau um die Lippen, vom Thron sank und flach wie eine gestrandete Qualle auf dem Bauch liegen blieb, rissen die drei Damen ihre Kleider auf und rauften sich das Haar. Schreiend stürmten sie der Menschenmenge entgegen, die vom Kap zurückströmte, und riefen: »Unser guter König Korchas ist tot! Vor Schreck hat ihn der Schlagfluss getroffen, als die hohe Welle über uns niederging!«

Nun wäre König Korchas' Ableben auch unter anderen

Umständen kaum bedauert worden – der gesamte Hof hatte seine Rohheit und Dummheit herzlich satt –, aber wie die Dinge lagen, kümmerte sich überhaupt niemand um die Schreie der Heuchlerinnen. Die Mokabiter starrten atemlos nach oben – aber nicht lange. Ein heulender Sturm brach los, der Felstrümmer ergriff und Palmen wie Farne niederdrückte. Das Meer rund um die Insel geriet in eine schauerliche Bewegung, wobei es einmal anschwoll und sich dann wieder so weit zurückzog, dass ein glänzend grauer Streifen Schlick sichtbar wurde. Der Gagoon tobte, und mit dem Sturm prasselte ein schwerer Regen auf die Erde herab. Wie Peitschenhiebe traf er auf die Verbannten. Schreiend vor Furcht, von den schmerzhaften Tropfen getroffen zu werden, flohen die Mokabiter in ihre Palmhütten. Aber der Gagoon riss die schwachen Windschirme weg und schleuderte sie durch die Luft, sodass die Verstörten in die Höhlen in den Felsen flüchten mussten. Viele waren vor schierer Angst ohnmächtig liegen geblieben und mussten von Freunden und Verwandten in Sicherheit geschleppt werden.

Erst nach Stunden flaute der Sturm ab, der Regen ließ nach, und die Kühnsten wagten es, vorsichtig den Kopf aus den Höhlen zu stecken. Mit Staunen stellten sie fest, dass sie nicht länger auf einer Insel lebten, sondern auf einem hohen Hügelrücken inmitten einer schlammigen Fläche. Sie erstreckte sich bis an die Wehrmauern des Makakau-Reiches. Was sie hundert Jahre lang ersehnt hatten, war eingetreten. Die Tore ihres Gefängnisses standen offen. Aber keiner wagte, die ehemalige Insel zu verlassen und den Fuß auf den grauen, von zappelndem Seegetier bedeckten Strand zu setzen. Furcht hielt sie alle umklammert, eine so würgende Furcht, dass sie in die Höhle zurückschlüpften, sich eng aneinanderdrängten und so die Nacht verbrachten.

Als Graf Lubis am Morgen nach dem Sturm erwachte, schien es ihm, dass es weitaus dunkler war als gewöhnlich zu dieser Stunde. Voll Sorge, es könne ein weiteres Unwetter drohen, kroch er vorsichtig aus der Königshöhle, in der die Mokabiter sich zusammengedrängt hatten. Ohne einen Blick auf den geschwollenen Leichnam von König Korchas zu werfen, tappte er fröstelnd auf die Lichtung hinaus. Zu seiner Überraschung sah er, dass Phuram hoch am Himmel stand und die Schachtelhalmbäume in seinem warmen Licht dampften. Er hatte erwartet, einen düster verhangenen Regenhimmel vorzufinden.

Zugleich neugierig und beunruhigt sah er sich um. Die Dunkelheit kam nicht von einem verhangenen Himmel, sondern von einem schwarzen Schatten, der die Hälfte der Insel in Finsternis tauchte – und dann sah er das Ding, das den Schatten warf.

Mit offenem Mund starrte er auf einen Turm aus Gold, der unmittelbar vor dem nördlichen Kap von Murchmaros aufragte und das Land bis zur Grenze der Makakau in ein krankes Zwielicht tauchte. Was er vor sich sah, war die himmelhohe Gestalt eines Mannes, anzusehen wie die Statuen im Kaiserreich, von denen er so viel gehört hatte – doch hundertmal größer. Ein Koloss aus purem Gold, dessen mächtige Hufe fest verankert auf dem einstigen Meeresboden und den vertrockneten Sümpfen standen.

Mit einem gellenden Schrei stürzte der Graf zurück in die Höhle, um die anderen aufzuwecken. Wenig später standen sie alle beisammen, jammerten und stöhnten und rangen die Hände über das neue Unglück, bis die drei Königinnen erschienen.

»Was jault ihr wie getretene Hunde?«, fragte Kule, die höchste der drei. »Dies ist kein Grund zum Jammern und Klagen, sondern ein Zeichen unserer zukünftigen Macht. Der Urchulak ist es, der in diesem Götterbild wohnt. Die es anbeten, werden große Macht haben über Chatundra.«

Daraufhin erhob sich ein Murren unter den Versammelten. Graf Lubis rief zornig: »Wir waren immer unsere eigenen Herren und niemals die Knechte eines anderen, sei er von dieser oder von jener Welt. Wir wollen unser altes Reich in Thamaz wieder haben, als Herren und nicht als Sklaven, die den Götzen anbeten müssten!«

Kule betrachtete ihn mit unbewegtem Anlitz. »Ist noch jemand dieser Meinung?«

Sie bekam nicht gleich Antwort. Die Versammelten zögerten. Einerseits war dieses bis ans Firmament ragende Götzenbild ein sehr triftiges Argument zugunsten dessen, was Kule gesagt hatte. Andererseits waren sie einer Meinung mit Graf Lubis, dass sie die Macht mit niemand anderem teilen wollten.

Der Graf, der ihre Stimmung erkannte, rief laut: »Nie hat jemand anderer in Thamaz geherrscht als wir! Wir werden ...«

Er hatte den Satz noch nicht beendet, da stieß Kule einen seltsamen Pfiff aus, und aus den dampfenden Wäldern hüpften Dutzende Sumpfkreaturen hervor.

Unter den versammelten Mokabitern drohte Panik auszubrechen, aber Graf Lubis und einige andere schafften es, die Furcht in Zorn zu verwandeln.

»Feige Säcke!«, schrien sie. »Jetzt, da wir die Insel verlassen können, schlottert ihr vor den Blähbäuchen? Auf sie, auf sie! Reißt sie in Stücke mit Zähnen und Klauen! Thamaz! Thamaz jetzt und immerdar!«

Die Kampfschreie zeigten schon deswegen eine erstaunliche Wirkung, weil niemand den drei Königinnen untertan sein wollte. Ihre Heimtücke und Mordlust waren hinreichend bekannt. Ein jäher, kühner Mut ergriff die versammelten Mokabiter. Also stürmte plötzlich der gesamte missgestaltete Haufe gegen die Sumpfwesen an. Diese hatten mit keiner Gegenwehr gerechnet und sahen sich plötzlich von mordlüsternen Gegnern überrannt. Vom ritterlichen Kampf hielten die Mokabiter nicht viel. Mit allem bewaffnet, was ihnen in die Hände fiel, drangen sie auf den Gegner ein. Trampelten die Kleineren nieder, sprangen den Größeren auf die Brust und bissen sie in die Gurgel, hieben mit Stöcken und Steinen auf sie ein und hockten ihnen wie Würgegeister auf den Rücken, um sie von hinten zu erdrosseln. Fürchterliche Schreie stiegen von der einstigen Insel auf. Graf Lubis erkannte sich selbst nicht wieder. Ein stürmischer Mut war in ihm erwacht. Voll Todesverachtung stürzte er sich auf die scheußlichen Unwesen, die aus dem Regenwald hervordrangen. Bewaffnet mit einem langen Stock, schlug er um sich. Sein Mut wuchs ins Unermessliche, als er feststellte, dass er tatsächlich ein Kämpfer war – wo er sich in die Reihen der Angreifer stürzte, bedeckte sich der Boden mit den missgestalteten Kadavern stieläugiger Käfer, zweiköpfiger Schlangen und kriechender Fische. Fasziniert von seinem eigenen Heldenmut, stieß er die alten Kampfschreie der Mokabiter aus: »Thamaz kaju eka! Thamaz kaju jede!« Die Männer und Frauen, die sie hörten, stimmten mit ein und scharten sich um ihn, bis er sich plötzlich als Anführer einer kampfeswütigen Gruppe fand. Gemeinsam stürmten sie vorwärts. Lubis sah, wie einer neben ihm einem Käfer den Kopf abriss und wie eine edel aussehende Dame eine Schlange mit schnellem Zuschnappen in zwei Hälften teilte. Schreiend und wild um sich schlagend überrannten sie die Reihen der Sumpfgeschöpfe. Schon waren sie knapp davor, von der niedrigen

Seite der Insel in den Regenwald zu gelangen, da wendete sich das Blatt.

Als die drei Königinnen merkten, dass es brenzlig wurde, riefen sie die Basilisken zu Hilfe. Graf Lubis beobachtete entsetzt, wie es seinem Gefährten Kobek erging, der sich heulend und brüllend auf den neuen Feind stürzte – und plötzlich wankte, wie von unsichtbaren Waffen getroffen. Dann schien er sich zu verflüssigen wie Fett, das in der Sonne schmilzt. Er schwankte hin und her und fuchtelte mit den Armen, während sein Gesicht immer länger wurde und das Doppelkinn allmählich in der Brust verschwand. Seine Knie knickten ein – nein, seine Beine verwandelten sich zur Hälfte in eine schmelzende Masse, bis er auf den Knien stand. Er fiel vornüber; die Arme ruderten hilflos in der Luft herum. Da war es aber auch schon geschehen. Lubis sah, wie ein glibberiger Schleim aus dem Kragen und den zerlumpten Ärmeln des Anzugs hinausrutschte. Dann stand dort an Stelle des alten Kobek ein grauer Tarasque.

Entsetzen breitete sich aus. Einige sprangen von den Klippen, um ihr Heil in der Flucht zu suchen, andere versuchten weiterhin, sich zu wehren. Doch es erging ihnen nicht besser als Ritter Colobans Recken. Einer nach dem anderen fiel und verwandelte sich in ein doppelt scheußliches Ding: Denn während die menschlichen Teile an ihnen die Gestalt von Basilisken annahmen, blieben die drachischen unberührt. Nur wenigen – unter ihnen Graf Lubis – gelang es, den Ring der Angreifer zu durchbrechen und in die dichten Wälder von Macrecourt zu fliehen. Die meisten warfen sich auf die Knie und versprachen, gehorsame Sklaven für jeden Herrn zu sein, der sie haben wollte, wenn sie nur nicht in Basilisken verwandelt würden.

»Lasst die Flüchtigen laufen!«, befahl Königin Kule den

überlebenden Sumpfgeschöpfen. »Sie werden früher oder später gefasst werden. Den Rest bringt zu euren Herrschern Kju, Roc und Zan und sagt ihnen, die drei Königinnen hätten ihren Wunsch erfüllt, nun möchten sie das Ihre tun.«

Graf Lubis

Das Volk der Spinnenfrauen

Graf Lubis befand sich in höchst unangenehmer Lage. Zwar war es ihm gelungen, den Basilisken zu entkommen, aber nun saß er mutterseelenallein im Dschungel und wusste nicht weiter. Nach Süden, wo das kolossale Standbild aufragte, wagte er sich nicht. Aber in Richtung Norden erstreckte sich ein unendliches grünes Meer voll unbekannter Gefahren, kein Vergleich zu der Garteninsel Macrecourt. Unter den schirmförmigen Wipfeln der Bäume herrschte ein düsteres Zwielicht, sodass man meinen konnte, in einem geschlossenen Raum zu sitzen. Diese Dämmerung war erfüllt von lauten und nicht eben Vertrauen erweckenden Geräuschen. Einige kannte der Graf – das Schrillen großer Zikaden, das Klicken und Summen der Krabben, die hohlen Pfeiftöne, mit denen sich die Springwürmer in den Wipfeln untereinander verständigten. Aber andere waren ihm völlig unbekannt, wie das tiefe Röhren, das zuweilen aus dem Wirrwarr der Stämme und Lianen drang, und ein blubberndes Platschen, das jedes Mal, wenn es hörbar wurde, die Springwürmer in laut kreischenden Schwärmen in die höchsten Wipfel jagte. Und die Bedrohung beschränkte sich nicht auf bloße Geräusche. Einmal war er in Panik auf einen Baum geflüchtet, weil plötzlich ein sehniger grüner Arm ohne erkennbar dazugehörigen Körper aus dem

Dickicht fuhr und nach ihm angelte. Ein anderes Mal war er gerade rechtzeitig aus einem unruhigen Schlummer erwacht, um einer riesigen, schwarz-gelb gefleckten Nacktschnecke auszuweichen, die lautlos durch die üppige Vegetation glitt und alles in ihr zwei Schritt breites Schlitzmaul saugte, was auf ihrem Weg lag, sei es Pflanze, Tier oder Mokabiter.

Lubis war müde, hungrig und durstig und sehr einsam. Er kannte die Früchte und Pilze nicht, die im Dschungel wuchsen, und wagte nicht, von ihnen zu essen. Auch hatte er keine Quelle gefunden und erfrischte sich nur mit dem Wasser, das von den Blättern tropfte. Sein Schlaf war leicht und unruhig. An die eng gedrängte Gesellschaft der Mokabiter gewöhnt, hätte er viel dafür gegeben, einen Kameraden an seiner Seite zu haben, und sei es nur der widerliche Schwachkopf Kobek. Es war schrecklich, allein zu sein inmitten von tausend Gefahren – und zu wissen, dass er allein bleiben würde.

Er stieß einen Fluch aus, wie ihn nur ein Mokabiter zu Stande bringt. Die drei Königinnen waren an allem schuld, die falschen Weiber, die heimlich mit dem Urchulak paktiert hatten, um Korchas und seine Höflinge loszuwerden und selbst an die Macht zu gelangen. Die mokabitischen Frauen waren schon immer um noch einiges gefährlicher gewesen als die Männer des Volkes: unersättlich habgierig und machtgierig, treulos und eidbrüchig und bereit, alles und jeden zu verraten, wenn es ihnen einen Vorteil einbrachte.

Dass sie sogar bereit gewesen waren, den alten Traum der Verbannten von ihrem eigenen Reich in Thamaz zu verraten, das ärgerte Lubis am meisten. So wenig den Mokabitern sonst heilig war, so hingen sie doch an ihrer glorreichen Vergangenheit. Sie wünschten sich die gute alte Zeit zurück, in der sie gemeinsam mit den Purpurdrachen geherrscht hatten, ohne von irgendwelchen Außenseitern belästigt zu werden. Nie im

Leben hatten sie daran gedacht, sich mit den Basilisken zu verbünden – und schon gar nicht daran, deren Lehensleute zu werden, was ohnehin nichts anderes hieß als: deren rechtlose Sklaven.

Mehr als Hunger und Einsamkeit ängstigte ihn jedoch der Schatten des goldenen Kolosses, den er durch das Blätterdach hindurch auf sich ruhen fühlte. Er hätte nie geglaubt, dass er – der mit der schwarzen Magie aufgewachsen war und sie ohne Skrupel auch praktiziert hätte, wären die Zutaten nicht so schwer zu bekommen gewesen – einmal solche herzbeklemmende Furcht vor einer magischen Erscheinung empfinden könnte. Die unsichtbare, aber deutlich fühlbare Gegenwart lastete mit einer bleiernen Schwere auf allen seinen Sinnen, machte seine Augen trüb und seine Ohren taub, und was das Schlimmste war: Sie zwang ihn, ununterbrochen an das goldene Monstrum zu denken. Ein heimtückischer Sog ging davon aus, der ihn lockte und drängte, sich umzudrehen und nach Süden zu wandern, bis er die Statue erreicht und sich ihr zu Füßen geworfen hatte. Er wusste mit der Hellsichtigkeit, die dem Sprössling eines magischen Geschlechtes eigen war, dass er keinen Lohn dafür bekommen würde; im Gegenteil, die scheußlichen Diener des Goldenen würden ihn nach allen Regeln der Kunst zu Tode martern, um den Übrigen vor Augen zu führen, was mit Widerspenstigen geschah – und doch lockte es ihn mit einer überwältigenden Macht, sich diesem Schicksal auszuliefern.

Die absonderlichsten Gedanken kreisten in seinem Kopf. Er konnte sich nicht erinnern, dass er je Reue für irgendeine seiner Taten empfunden hatte – nun drängte es ihn, die denkbar härteste Strafe auf sich zu nehmen. Nie zuvor hatte er eine andere Majestät anerkannt als die des mokabitischen Volkes. Nun schien es ihm, dass er sein Leben lang im Irrtum gewesen war und schleunigst zurückkehren müsste, um alles wiedergutzumachen. Er musste sich, so summte es ihm im Kopf, den drei kleinen Königen unterwerfen und sich freudig den Qualen ausliefern, die sie für ihn bereithielten, damit andere gewarnt wurden.

Freilich war er nicht so verwirrt, dass er nicht gewusst hätte, woher diese Gedanken stammten und wer sie ihm einflüsterte, aber sie waren beunruhigend intensiv. Er war nicht sicher, ob es ihm auf Dauer gelingen würde, sich ihnen zu widersetzen.

Er schreckte aus seinen trübsinnigen Gedanken hoch, als er ein Rascheln im Dickicht hörte, gefährlich nahe an seiner Seite.

Im nächsten Augenblick klatschte etwas gegen den Baumstamm unmittelbar über ihm und fiel schwer zu Boden. Lubis warf einen Blick darauf und hätte sich beinahe durch ein entsetztes Kreischen verraten, denn was da auf dem Boden lag, war der halbe Kadaver eines Basilisken – der untere Teil, an dem noch die missgebildeten Tatzen zappelten.

Der Graf presste beide Hände auf den Mund, um nicht zu schreien. So schnell und leise er konnte, kroch er unter das Dickicht der Blätter und blieb dort regungslos liegen.

Jetzt hörte er den Kampf, der sich ganz in seiner Nähe abspielte. Ein vielstimmiges, wütendes Quarren verriet, dass sich zahlreiche Basilisken in der Nähe aufhielten. Ein Durcheinander rufender Stimmen zeigte, dass sie auch eine Menge Feinde hatten. Erstaunlicherweise waren die Stimmen jedoch die von Kindern. Hoch und hell, hörten sie sich jedenfalls so an. Aber den Grafen wunderte inzwischen gar nichts mehr. Er war nur darauf bedacht, die schrecklichen Ereignisse, die seit der großen Welle über ihn hereinbrachen, möglichst unbeschädigt zu überleben, und das hieß stillhalten. Flach auf dem

Bauch, das Gesicht auf den Händen, lag er da und lauschte dem Kampfeslärm.

Wieder schrien die Kinderstimmen, und obwohl sie so zart waren, erkannte er deutlich einen harten, drohenden Unterton darin. Er hatte keine Ahnung, welche Völker in dem weiten Dschungel hausten; eingeschlossen auf Macrecourt, war das Weltgeschehen an den Mokabitern vorbeigegangen. Aber dass zumindest eines dieser Völker überaus kriegerisch war, verriet das häufige Gekreisch verwundeter Basilisken. Einmal fiel es Lubis sehr schwer, ruhig liegen zu bleiben, denn ein weiterer Kadaver flog durch die Luft, landete auf dem Baum hinter ihm, und von den großen Blättern über ihm tropfte das dunkle, rauchende Blut einer der Kreaturen genau vor seiner Nase herunter.

Die Knie zitterten ihm, als der Lärm endlich nachließ und die Kämpfenden sich entfernten. Vorsichtshalber blieb er noch eine ganze Weile liegen, um nicht von etwaigen Nachzüglern entdeckt zu werden. Dann setzte er sich auf und wischte sich den Angstschweiß vom Gesicht.

»Bulbulgaz, ah, ah!«, rief eine Kinderstimme.

Erschrocken sprang er auf, aber zu spät. Eine Speerspitze zielte genau auf seine Brust.

Am anderen Ende des Speers befand sich ein kleines Geschöpf – gerade groß genug, um dem nicht eben hochgewachsenen Grafen bis ans Brustbein zu reichen – von der grauen Farbe trocknenden Schlamms, mit einem dichten Busch von hauchzartem, verfilztem weißem Haar auf dem Kopf. Gesicht und Körper waren durch kunstvoll aufgetragene Farbe kreuz und quer mit Punkten und Linien bemalt, Augen und Mund dick und dunkel umrändert. Das Wesen funkelte ihn aus seiner bizarren Gesichtsmaske hervor an und befahl mit einer kindlich hohen, aber strengen Stimme: »Pate! Pate ta picu!«

Wenn auch die Worte unverständlich waren, so war der Tonfall doch eindeutig. Also hob Graf Lubis die Hände hoch über den Kopf und stand still.

Weitere kleine Wesen von derselben Art tauchten aus dem tropfenden Dickicht auf und umringten ihn. Alle waren nackt, und er stellte fest, dass es sich ausnahmslos um Frauen handelte. Die Speere mit den einem Skorpionstachel ähnlichen Spitzen und ihr ganzes Gehabe machten ihm klar, dass sie gefährliche Gegner waren. Er leistete also nicht den geringsten Widerstand. Eine der Frauen kletterte auf den Baum hinter ihm, wobei sie sich so schnell und geschickt wie ein Springwurm bewegte, und fesselte seine hoch erhobenen Hände an einen Ast. Nachdem sie sichergestellt hatten, dass er ihnen nicht gefährlich werden konnte, legten die meisten die Speere nieder. Sie näherten sich ihm, wobei sie sich in erregten Zischtönen unterhielten.

Graf Lubis verstand zwar kein Wort von ihrer Sprache, aber er war ein Mann mit einem lebhaften Verstand und scharfer Beobachtungsgabe. So merkte er rasch, dass sie noch nie einen großen weißen Menschen gesehen hatten. Kein Wunder – außer den Mokabitern gab es keine Weißen im weiten Umkreis, und die hatten seit hundert Jahren ihr unzugängliches Eiland nicht verlassen. Die gefleckten Weiblein umringten ihn voller Vorsicht und Misstrauen, sprangen vor und zurück und wagten nicht, ihn mit den Händen zu berühren. Stattdessen brachen sie Zweige ab, mit denen sie die Lumpen seiner Kleidung beiseiteschoben, um das Darunter zu sehen. Dann stieß eine plötzlich einen gellenden Schrei aus, und alle stürzten herbei und starrten fassungslos auf seine Lenden. Wildes Geschnatter brach aus, das völlige Verblüffung verriet, Furcht, aber auch heftige Neugier. Es hörte sich ganz so an, als hätten sie noch nie ein männliches Wesen gesehen – was einigermaßen erstaunlich war, da zumindest zwei von ihnen unzweifelhaft schwanger waren.

Graf Lubis hatte sich immer gewünscht, dass Frauen ihn mit mehr Aufmerksamkeit wahrnähmen. Damit hatte er aber nicht gemeint, dass ein Dutzend Kriegerinnen eines wilden Dschungelvolkes ihn umringen und mit spitzen Stecken an seiner Männlichkeit herumstochern sollten. Er stieß einen lauten Schmerzensschrei aus, was einen ebensolchen Schrei des Entsetzens und viele auf ihn gerichtete Speerspitzen zur Folge hatte. Da er bis dahin keinen Laut von sich gegeben hatte, hatte der Schrei die Weiblein völlig überrascht.

Erst als er reglos stehen blieb, verebbte die Aufregung nach einer Weile, ohne dass ihm ein Speer in den Leib gestoßen wurde. Die Kriegerinnen berieten sich untereinander. Dann kletterte eine von ihnen abermals auf den Baum und löste die Fesseln – gerade rechtzeitig für den Grafen, den die hoch gereckten Arme bereits heftig schmerzten –, und man bedeutete ihm, sich rücklings auf den Boden zu legen. Den Sinn des Befehls begriff er, als seine Arme und Beine zusammengebunden und zwei Speere dazwischen durchgesteckt wurden. Die Frauen, je zwei vorn und zwei hinten, hoben ihn auf und trugen ihn in dieser schmählichen Haltung wie ein erlegtes Wild fort, zweifellos zu ihrer Heimstatt.

Er stellte fest, dass sie sehr stark waren, denn trotz ihrer geringen Größe trugen sie ihn mühelos. Nur wünschte er, sie wären größer, denn sein Rücken und vor allem der herabhängende Kopf schleiften ständig durch Gras und Ranken. Einmal verfing sich sein langes Haar so fest in einem Dorngewächs, dass sie stehen bleiben und die Strähnen losnesteln mussten.

Wenigstens waren sie nicht weit von ihrem Zuhause entfernt. Bald kam zwischen den himmelhohen Säulen der Mammutbäume eine Ansiedlung in Sicht, wie Graf Lubis noch nie eine gesehen hatte. Mehrere knorrige, abgestorbene Bäume waren dicht mit Spinnennetzen umsponnen, stark genug, um die kleinen Frauen zu tragen, die überall auf den luftigen Nestern saßen. Manche dieser Nester waren kugelförmig und hatten vorn ein Eingangsloch. Andere bildeten Schläuche mit zwei Öffnungen, wieder andere stellten zierliche Brücken von Ast zu Ast her oder dienten als Schutzdächer gegen den Regen. Der gesamte Ort war ebenfalls mit Spinnweben eingehegt. Und damit niemand auf den Gedanken kam, die Netze zu zerreißen, hatten die Frauen eine schaurige Warnung vor dem Eingangstor aufgestellt.

Auf hohen Pfählen steckte dort ein rundes Dutzend unheimlicher Puppen: die abgezogenen und mit Pflanzenfasern plump ausgestopften Bälge von Basilisken. Graf Lubis wusste nicht recht, wie er dieses Bild einschätzen sollte. Einerseits bedeutete es, dass die Spinnenweibchen den Basilisken überlegen waren. Andererseits mochte es heißen, dass in Kürze seine eigene ausgestopfte Haut auf einen solchen Pfahl gesteckt würde.

Er kam jedoch nicht zum Nachdenken, denn das Tor wurde geöffnet und die heimkehrenden Kriegerinnen von einer Hundertschaft ganz gleich aussehender, weißhaariger und schwarzfleckiger Frauen begrüßt. Neugierig betrachtete man die Beute, aber auch ängstlich und voll Argwohn. Wenigstens legten sie ihn auf den Boden und zogen die Speere aus den Fesseln. Er wagte dennoch nicht, sich zusammenzukrümmen, wie er es gern getan hätte.

Vorsichtig um sich schielend stellte er fest, dass der gesamte Stamm nur aus Frauen bestand, dass aber eine beträchtliche Anzahl davon schwanger war. Es gab auch viele Kinder aller Altersstufen, aber nur Mädchen. Drei alte Frauen wurden gerufen, um festzustellen, worum es sich bei dem im Dschungel gefundenen Wesen handelte. Offenbar waren die drei dürren, grotesk geschminkten und aufgeputzten Greisinnen die Hauptfrauen oder Königinnen des Stammes. Ihre filzigen weißen Haare waren zu hohen Frisuren aufgetürmt und mit Nadeln aus Holz und Knochen festgesteckt. Von oben bis unten waren sie mit Schmuckstücken aus demselben Material behängt. Sie kamen herbei, betrachteten Lubis von allen Seiten, schüttelten die Köpfe und rieben sich das Kinn. Schließlich fragte eine von ihnen mit heiserer Stimme: »Makakau?«

Graf Lubis schwieg. Misstrauisch, vorsichtig und verschlagen wie alle Mokabiter, stellte er sich lieber blöde, als eine falsche Antwort zu geben.

Die Frauen versuchten es noch einige Male, merkten aber schließlich, dass sie keine Antwort bekommen würden. Also versuchten sie, klug zu werden, indem sie ihn genau untersuchten. Dazu wurden die Fesseln gelöst, und alle Lumpen, die er am Leib trug, wurden vorsichtig entfernt – wieder unter Zuhilfenahme von langen Stöcken. Vielleicht, dachte er, hatten sie Angst, er könnte bei Berührung ein Gift absondern, wie es manche Eidechsen und Kröten taten.

Auch die Ältesten zeigten sich angesichts seines nackten Körpers betroffen und verblüfft. Schlau, wie er war, merkte er jedoch, dass ihre Verblüffung nicht ganz so echt war wie die der Kriegerinnen. Sie schienen auf jeden Fall mehr von Männern zu verstehen als die übrigen Frauen. Allmählich keimte in ihm der Verdacht, dass die Spinnenfrauen von ihren Königinnen absichtlich in Unkenntnis des männlichen Geschlechtes gehalten wurden, obwohl er sich nicht erklären konnte, wie es dann kam, dass so viele schwanger waren.

Eine Zeremonie folgte, die ihn erheitert hätte, wären da nicht die verschrumpften Bälge auf den Pfählen gewesen.

Unter großer Aufmerksamkeit des gesamten Volkes wurde ihm bedeutet, sich in die Mitte des Kreises zu stellen. Nachdem man ihm alles, was er noch am Leibe trug, geraubt hatte, wurde sein ungewöhnliches Erscheinungsbild für die Nachwelt festgehalten. Das geschah, indem eine Gruppe etwa sechsjähriger Mädchen zusammengerufen wurde, die das Gedächtnis des Stammes darstellten. Die alten Frauen beschrieben in allen Einzelheiten, was an dem Fremden zu sehen war, und jedes Mal wiederholten die Kinder im Chor genau die gesprochenen Worte.

Offenbar hatten einige der Kriegerinnen den Verdacht geäußert, er sei eine besonders große – und damit auch besonders gefährliche – Art Basilisk. Sie deuteten zu den gedörrten Häuten hinauf und wiederholten immer wieder das Wort »Bulbulgaz« … und noch ein zweites, das er schon gehört hatte: picu. Er erinnerte sich, dass die Frauen ihn mit dem Befehl »Pate ta picu« zum Stehenbleiben aufgefordert hatten. Vermutlich hieß das: Stehen bleiben oder Tod! Denn der Zusammenhang, in dem sie das Wort jetzt gebrauchten, war nicht misszuverstehen: »Wenn er ein Bulbulgaz ist, ein Basilisk, gebührt ihm picu, der Tod.«

Zu seiner großen Erleichterung wandten andere – deutlich erkennbar an ihren Gebärden – ein, er könne kein Basilisk sein, denn die hätten keine Geschlechtsteile. Er wünschte nur, sie würden aufhören, ständig mit Stöckchen danach zu stoßen. Mit verzerrtem Gesicht und heftigen Jammerlauten machte er ihnen klar, dass ihm das wehtat. Ohne es zu wissen, lieferte er ihnen damit einen weiteren Hinweis, dass er kein Bulbulgaz sein konnte, denn die dämonischen Kreaturen kannten kein Schmerzempfinden.

Schließlich setzte eine der alten Frauen zu einer Erklärung an. Graf Lubis verstand mehrmals das Wort »Makakau«. Er wusste nicht, in welchem Verhältnis die Frauen zu den Südländern standen. Er nahm an, dass die Spinnenfrauen auch die Makakau nur vom Hörensagen oder bestenfalls von sehr flüchtigen Begegnungen kannten. Aber es war auf jeden Fall besser, für einen der Ihren gehalten zu werden als für einen Basilisken. Dann lieferte die Alte eine Erklärung für seine ungewöhnliche Farbe. Eine Frau wurde weggeschickt und kam mit zwei Gegenständen zurück, bei deren Anblick der Graf einen weiteren Schrei des Entsetzens unterdrücken musste. Was sie auf bloßen Händen präsentierte, waren zwei kindskopfgroße, lebende Spinnen, die eine schwarz gefleckt, die andere ein reinweißer Albino. Die Königin deutete mehrmals erst auf das weiße Tier, dann auf den Grafen, und er verstand, dass man ihn für einen albinoiden Makakau hielt. Nach den Gesten und Gebärden der Königinnen zu schließen, waren sie der Meinung, man habe ihn seiner ungewöhnlichen Hautfarbe wegen fortgejagt. Als sie sich jedoch in fragendem Ton an ihn wandten, stellte er sich weiterhin dumm. Und so wurde er auch eingeschätzt, denn die alte Frau bedeutete ihren Untertanen mit verächtlichen Gesten, er sei ein Schwachkopf.

Immerhin wollte man wissen, wovon er sich ernährte. Sie legten alles Mögliche vor ihn hin, wovon ein lebendes Wesen sich ernähren könnte: Baumrinde, Blätter, Engerlinge, Pilze, Früchte und einen ganzen Haufen der köstlichen Fingerblumen. Graf Lubis, dessen Magen seit Tagen wie ein Raubtier knurrte, stürzte sich auf die Früchte und die fleischigen, blassrosa Blumen. Er stopfte in sich hinein, so viel er fassen konnte. Er hätte gern auch von den Pilzen gekostet, aber sie waren roh, und die Mokabiter aßen sie nur gebraten. Da ein Feuer brannte, nahm er an, dass auch die Spinnenfrauen diese Zubereitungsart kannten. Er versuchte ihnen klarzumachen, dass er gern gebratene Pilze hätte. Er hob ein Stöckchen auf, steckte eine Pilzschnitte darauf und legte sie auf die glosende Holzkohle am Rande des Feuers.

Die Reaktion der Frauen verriet ihm, dass sie keine Ahnung hatten, was er da tat. Sie wichen erschrocken zurück. Ein lautes »Huhuuhh« und »Oohohhh« stieg von allen Seiten auf, als er den brutzelnden Pilz aus dem Feuer zog, darauf blies, um ihn abzukühlen, und das knusprige Stück in den Mund steckte. Als sie begriffen, dass er keinen Zauber vollführte, sondern tatsächlich nur aß, rief die Hauptfrau ein Mädchen herbei und bedeutete, sie solle auch von dem Pilz essen. Das arme Ding war starr vor Entsetzen, als der Mokabiter eine zweite Pilzschnitte briet, die Hälfte davon selbst aß und ihr die andere gab. Zitternd biss sie hinein, kostete und fand sichtlich Gefallen an der heißen Speise. Ein Lächeln breitete sich auf ihrem Gesicht aus. Sie versuchte noch ein Stückchen und gab dann ein endgültiges Urteil ab: Gerösteter Pilz schmeckte gut.

Jetzt wollten alle probieren, und er kam kaum noch damit nach, Pilze ins Feuer zu legen und die gebratenen Bissen ringsum auszuteilen. Allmählich löste sich die Spannung. Graf Lubis merkte, dass die Spinnenfrauen ihn nicht mehr für gefährlich hielten, sondern für ein seltsames Wesen, das Kurzweil versprach. Er wusste von Macrecourt, wie sehr man sich nach Abwechslung sehnte, wenn der Tag keine andere Unterhaltung bot, als Nahrung zu beschaffen und zu essen. Auf Macrecourt hatte es immerhin noch die Freuden der Lust gegeben, auch wenn die Gunst der eitlen und launischen Frauen nur schwer zu gewinnen gewesen war. Aber die Spinnenfrauen hatten nicht einmal Männer.

Ihm wurde ein wenig leichter ums Herz. Wenn sie Unterhaltung suchten – die konnte er ihnen bieten. Im Kampf gegen die Langeweile hatten die Verbannten sich an alles erinnert, was sie aus der guten alten Zeit an Spielen, Späßen und Gaukeleien kannten, und diese unnützen Künste sorgfältig bewahrt. Außerdem war den Spinnenfrauen offensichtlich nur rohe Nahrung bekannt. Wenn sie ihn ließen, würde er ihren Speisezettel um eine Menge Leckereien bereichern. Die Mokabiter aßen gern und waren in alter Zeit ausgesprochene Feinschmecker gewesen, und so hatten sie sich auch mit dem Kochen beschäftigt.

Inzwischen waren die Frauen bereits am Werk, eine Behausung – oder einen Käfig – für ihn zu bauen. Vier Pfähle wurden in den Boden gerammt und mit dünnen Stöcken verbunden. Ein Dutzend der scheußlichen Spinnen, die offenbar als Haustiere bei ihnen lebten, webten ein dichtes Dach und spannen auf drei Seiten Wände aus Netzen. Auf dem Boden wurden riesige Palmblätter ausgebreitet, die als Bett und Decken dienten. Dann wurde der Fremde aufgefordert, sich in die Behausung zu begeben, und die vierte Seite mit einem Netz geschlossen. Ganz trauten sie ihm noch nicht, denn vier Kriegerinnen nahmen an den Ecken Aufstellung. Aber sie stellten ihm ein Palmblatt in die Hütte, auf dem sich Fingerblumen, Früchte und geröstete Pilze häuften, und dazu eine Kalebasse mit frischem Wasser.

Einen Augenblick lang huschte ihm der erschreckende Gedanke durch den Kopf, sie würden ihn nur deshalb so reichlich füttern, um ihn später, wenn er gut gemästet war, zu verzehren. Aber bis dahin blieb noch Zeit genug. Vorderhand war er von einer bleichen, abstoßenden Magerkeit, die sich so schnell nicht ändern würde. Erschöpft von der Mühsal der Flucht und den Aufregungen des Tages, streckte er sich, nachdem er eine weitere üppige Mahlzeit verzehrt hatte, auf dem Blätterbett aus. Eigentlich wollte er über alle Ereignisse der letzten Zeit nachdenken, aber er fühlte sich todmüde. Und so versank er alsbald in einem Meer aus lüsternen Träumen, die sich alle um den Gedanken drehten, der einzige Mann inmitten einer Hundertschaft von Frauen zu sein.

Java-Tikkan

Graf Lubis wunderte sich selbst darüber, wie schnell er sich an das Leben bei den Spinnenfrauen gewöhnte. Da sie ihn fütterten, sah er sich verpflichtet, auch etwas Nützliches für sie zu tun, und weihte sie nach und nach in alle seine Künste ein. Der Graf hatte beobachtet, dass die kleinen Frauen alles roh aßen, also brachte er ihnen das Kochen bei. Freilich besaßen sie keine Kochtöpfe, daher konnte er mit seinem Unterricht erst anfangen, als sie eines Tages Teile einer Rüstung von ihren Streifzügen mit heimbrachten, zweifellos das Relikt eines unglücklichen Nordlings, das die große Welle in den Dschungel gespült hatte.

Sie beobachteten neugierig, wie Graf Lubis den umgekehrten Helm zwischen einigen Steinen ins Feuer stellte, ihn mit Wasser füllte und die zuzubereitenden Blätter und Wurzeln hineinwarf. Wie es ihre Art war, fingen sie aufgeregt an zu schnattern, als das Wasser im Helm böse zischelte und brodelte. Aber dann fanden sie bald heraus, dass das Gemüse jetzt viel angenehmer zu essen und wohlschmeckender war. In der Folge brach eine wahre Koch- und Bratwut aus. Sie steckten alles ins heiße Wasser oder ins Feuer, um zu sehen, wie es dann schmeckte. Der Mokabiter suchte ihnen nach Kräften zu erklären, dass nicht alles davon besser wurde, wenn man es röstete oder kochte. Es sei eine große Kunst zu wissen, was in den Topf gehörte und wie lange und mit welchen Zutaten man es zubereitete. Er erntete viel Bewunderung für die Gerichte, die er der Dorfgemeinschaft jeden Abend vorsetzte, und bald merkte er, dass die kleinen Frauen nicht vorhatten, ihn wieder ziehen zu lassen.

Bis dahin hatte er, da er ja auch die Sprache nicht verstand und Namen nicht auseinanderhalten konnte, keinen Unterschied zwischen den Spinnenfrauen bemerkt. Aber je länger er bei ihnen weilte, desto deutlicher erkannte er, dass manche älter und manche jünger waren, dass die einen mehr und die anderen weniger gefällig aussahen und auch nicht alle dasselbe Wesen hatten. Vor allem beobachtete er eine, die deutlich aus der Menge hervorstach. Zwar hatte er die Hierarchie des Volkes noch nicht durchschaut, aber diese junge Frau schien etwas Besonderes zu sein. Möglicherweise war sie die Hüterin der Spinnen, denn einige dieser grässlichen Tiere liefen ihr auf Schritt und Tritt hinterher. Graf Lubis sah sie oft damit beschäftigt, sie zu füttern und sogar ihre borstigen Pelze zu bürsten.

Wären die Spinnen nicht gewesen, hätte ihm sein neues Leben gut gefallen. Aber es beunruhigte ihn, wenn sie an den Ästen auf und ab huschten oder mit ihrem Kranz orangefarbener Augen aus irgendeinem dunklen Loch hervorstarrten. Außerdem war er daraufgekommen, dass die Basiliskenbälge auf dem Zaun deshalb so sauber präpariert waren, weil die Spinnen den Inhalt herausgesaugt und nur die leeren Häute übrig gelassen hatten. Aber ihm war klar, dass er sich keinerlei Widerwillen gegen diese gräulichen Mitbewohner anmerken lassen durfte, waren sie doch die Lieblinge und heiligen Tiere des Volkes – und ganz besonders der spinnwebhaarigen, grauen jungen Frau, die ihm so gut gefiel. Sie ging leichten

Schrittes, aufrecht wie ein Schilfrohr, ihre Züge waren klug und freundlich. Darüber hinaus schien sie ebenfalls eine gewisse Sympathie für ihn zu hegen, denn als er sie nach der Bedeutung einiger Worte fragte, nahm sie es sofort auf sich, ihn ihre Sprache zu lehren. Als Erstes brachte sie ihm seinen eigenen Namen in ihrer Sprache bei: Java-Tikkan – »Im-Wald-gefunden«.

Der aufmerksame Mokabiter fand rasch heraus, dass es in ihrer Sprache zwar ein Wort für Frau gab, aber keines für Mann. Zu diskret, um sich selbst als Beispiel zu nehmen, wies er auf einen neugeborenen Jungen, der in seiner Blattwiege im Schatten lag, und fragte mit Gebärden, was das sei.

Paya.

Und die kleinen Mädchen?

Auch Paya.

Graf Lubis, der das Geheimnis gern gelüftet hätte, wies auf die kleinfingerlange Männlichkeit des Knaben und fragte danach – aber das trug ihm nur einen Klaps auf die Finger und ein ärgerliches Fauchen seiner Lehrerin ein. Scham allerdings konnte es nicht sein, denn alle liefen nackt herum, bis auf die Königinnen, deren dürre graue Leiber unter all dem zeremoniellen Schmuck beinahe verschwanden. Die Kinder wie die Erwachsenen fanden nichts dabei, ihre Notdurft vor aller Augen am Dorfrand zu verrichten. Also, schloss er, galt es aus einem anderen Grund als ungehörig, auf einen Jungen hinzuweisen. Hing es damit zusammen, dass das Neugeborene der einzige Knabe im Dorf war? Galt das Kind als Missgeburt oder als böses Omen?

Eunise, die Spinnenhirtin, bedeutete ihm, nicht hinzusehen und überhaupt so zu tun, als hätte er das Kind nicht bemerkt. Sie wies auf den Regenwald ringsum und zeigte ihm mit Gebärden, man werde es dorthin tragen. Setzte man neugeborene Knaben am Ende im wilden Wald aus und ließ sie verhungern und verdursten? Aber irgendwo im Umkreis musste es Männer geben, woher sonst wären die Säuglinge gekommen?

Etwa drei Wochen nach seiner Ankunft bei den Spinnenfrauen bemerkten seine stets lauernden Drachenaugen, wie zwei der jungen Mädchen ständig die Köpfe zusammensteckten, flüsterten und tuschelten und sich schließlich zu den Königinnen begaben. Nach einer längeren Audienz kamen sie stolz und fröhlich wieder heraus. Eine lange Zeremonie folgte, deren Sinn auch ohne Sprachkenntnisse deutlich war: Die beiden Jungfrauen wünschten sich Kinder und hatten von den Königinnen die Erlaubnis dazu bekommen.

Graf Lubis tat so, als kümmere ihn das Ganze nicht im Geringsten, und spähte mit verdoppeltem Eifer nach allen Anzeichen, die ihm verraten mochten, was da vorging.

Der Zug der Schatzgeister

Den Mokabitern sagt man nach, dass sie stets nur mit einem Auge schlafen. Tatsächlich war Graf Lubis augenblicklich wach, als eines Nachts ein leiser Pfiff der Späherin am Waldrand die anderen Wachen alarmierte. Er setzte sich auf und starrte angestrengt zwischen den Stangen seiner Behausung hindurch.

Ein erstaunliches Bild bot sich ihm.

Auf dem Pfad, der am Dorfrand entlangführte, erschien eine verschrumpfte Kreatur, die teils auf der festen Erde, teils in der leeren Luft lief. Das krummbucklige kleine Wesen war in sein eigenes rötliches Licht gehüllt, anders wäre es im ungebrochenen Dunkel des nächtlichen Regenwaldes unsichtbar gewesen. Es sprang auf zwei dünnen Beinchen einher, die viel zu schwach schienen, um die riesige eiserne Kiste zu schleppen, die ihm auf den Schultern lastete. Diese Kiste, rundum umwunden mit schweren Ketten, gleißte und glühte, als käme sie eben aus der Esse des Schmiedes. Flämmchen liefen die Ketten entlang und umtanzten die vier Ecken des Kastens.

Hinter dem Wesen folgten andere, ähnliche Geschöpfe, beladen mit mächtigen Säcken, Schatullen und Amphoren, die alle wie helles Feuer Funken sprühten. Graf Lubis begriff sofort, dass es sich um Schatzgeister handelte, die nach Süden unterwegs waren. Es musste der goldene Koloss sein, der sie mit unwiderstehlicher Macht anzog.

Sie boten einen äußerst widerwärtigen Anblick, wie sie da durch die Luft huschten, wie Lasttiere beladen mit dem Gold, das sie im Leben zusammengerafft hatten. Von ihrem ursprünglichen Aussehen waren nur klägliche Reste geblieben. In der langen Zeit, in der sie ganz allein für ihre Schätze gelebt hatten, waren ihre Körper verschrumpft und bucklig geworden, bis sie nicht größer waren als die von Kindern. Die Augen jedoch, die ständig auf das Gold gestarrt hatten, waren riesig angeschwollen, ebenso die Hände, die das kostbare Metall umklammert hielten. Am widerwärtigsten war jedoch die Tatsache, dass Daumen und Zeigefinger der rechten Hand vom vielen Zählen der Münzen so groß geworden waren wie sonst eine ganze Hand – und obendrein platt und hart wie hölzerne Rührlöffel.

Sie bewegten sich auf höchst absonderliche Weise: Zwar konnten sie wie alle Geister fliegen, aber die Last ihrer Schatzkisten riss sie zu Boden, sodass sie jeweils nach kurzem Flug auf die Erde fielen und dort in mühseligen Sprüngen wieder in die Höhe zu gelangen versuchten.

Eine gute Stunde lang zog die erbärmliche Prozession vorbei, dann erloschen die feurigen Lichter, und friedliche Dunkelheit breitete sich von Neuem über den Regenwald.

Wieder bei Wyvern

Am nächsten Tag versetzte eine Botschaft, die ein Schwarm Fludern brachte, das gesamte Dorf in Aufregung. Dem Grafen wurde bald klar, dass es dabei auch um ihn ging. Wenigstens schien es ein freudiges Ereignis zu sein, denn alle liefen fröhlich plappernd durcheinander, und eifrige Vorbereitungen wurden getroffen. Die Königinnen und Eunise (die offenbar wirklich eine Prinzessin war) schmückten sich von Kopf bis Fuß, ein Dutzend Begleiterinnen wurde in einer langwierigen Zeremonie ausgesucht, und zuletzt wurden einige junge Mägde abgeordnet, aus dem Grafen das Beste zu machen. Er wurde zu einem der vielen warmen Bäche geführt und gründlich gebadet. Man lauste, wusch und kämmte sein langes Haar, salbte ihn mit wohlriechenden Harzen und überreichte ihm dann ein flauschiges weißes Gewand, in dem er, als er es anzog, Spinngewebe erkannte. Die Feierlichkeiten beunruhigten ihn ein wenig: Waren es am Ende die Vorbereitungen zu einem Opferfest, bei dem er die blutige Hauptrolle spielte? Aber sooft er Eunise vorsichtig auszuhorchen versuchte, deutete sie nur strahlend auf den Himmel und dann nach Norden.

Wenig später erkannte er, dass eine Reise bevorstand. Es erschienen nämlich mehrere Flugechsen, groß genug, die gesamte Gesellschaft zu tragen, und gezäumt und geschmückt wie für einen Festzug. Bislang hatte er in dem Dorf noch nie solche Tiere gesehen. Also kamen sie von außerhalb, und es dauerte auch nicht lange, bis er erfuhr, woher. Als die Echsen sich über die Wipfel der Riesenfarne erhoben, sah der Graf, dass er sich die ganze Zeit nicht einmal ein Dutzend Meilen von Wyverns Palast entfernt befunden hatte.

Dorthin flog jetzt auch die ganze Gesellschaft, landete in einem Innenhof und wurde von der Sphinx begrüßt. Sie zeigte sich höchst erstaunt, den Grafen wiederzusehen. »Wie!«, rief sie. »So habt Ihr das Unheil überlebt? Ihr müsst mir erzählen, was auf Macrecourt geschehen ist.«

»Erst sagt Ihr mir, hohe Frau, welches Schicksal mir bevorsteht«, antwortete Lubis hastig. »Denn ich habe Angst, dass alle diese Feierlichkeiten ein Opferfest sein könnten und man mich nur zum Opfer geschmückt hat.«

Sofort beruhigte sie ihn. »Wo denkt Ihr hin! Euch wird kein Haar gekrümmt werden. Wir fliegen zum Konzil der weiblichen Wesen nach Zorgh. Da ein so großes und seltsames Unheil das Land betroffen hat, hat die Schwesternschaft ein Konzil einberufen, um zu beraten, was wir tun sollen, und Wege der Weisheit zu suchen.«

»Und was habe ich dabei zu tun? Wollt Ihr meine Weisheit hören?«

»Nein«, antwortete sie. »Für gewöhnlich ist es Männern nicht erlaubt, daran teilzunehmen, aber da die Lage so verzweifelt ist, wollen wir sie wenigstens als Zuschauer dulden, damit sie wissen, was beschlossen wird. Wie ich höre, wollen die Königinnen Euch nur zum Konzil bringen, um dort zu erfahren, was für ein Wesen Ihr seid, da sie darüber noch keine Klarheit gewinnen konnten. Aus gewissen Gründen ist es für die Prinzessin Eunise sehr wichtig, genau Bescheid zu wissen.«

Graf Lubis fühlte sich überwältigt von all dem Neuen, das nach dem lebenslangen Einerlei auf Macrecourt über ihn hereinbrach. Vor allem jedoch beschäftigte ihn die Frage, warum die Spinnenprinzessin unbedingt über ihn Bescheid wissen wollte. Sein Herz klopfte unruhig. War sie nur wissbegierig, oder empfand sie – was er kaum zu glauben wagte – Zuneigung für ihn?

Die Sphinx fuhr fort: »Ich könnte es ihnen ja sagen, aber wozu? Ich mische mich nicht in fremde Angelegenheiten und habe eigene Sorgen genug. Fliegt also, und genießt den Vorzug, denn noch nie war ein mokabitischer Mann Gast beim Konzil der weiblichen Wesen.«

Und dann erzählte sie ihm, der auf seiner Insel nichts von den Vorgängen in der Welt erfahren hatte, die Zusammenhänge. In der Mittsommernacht versammelte sich alljährlich in den Ruinen der altertümlichen, heiligen Stadt Zorgh auf dem Gipfel der Vulkanberge eine große Schar von weiblichen Wesen zum Konzil der Schwesternschaft. Sie kamen jedes Jahr, um die Erlösung der drei Mutterjungfrauen Mandora, Plotho und Cuifín zu feiern, aber auch um über die Sorgen und Nöte des Landes zu beraten.

Graf Lubis war höchst erleichtert, als er das alles hörte. Natürlich war er neugierig, wie es auf der geheimnisumwitterten Versammlung zugehen mochte, an der Männer nur ausnahmsweise und auch dann nur als schweigende Zuschauer teilnehmen durften. Doch wollte er noch vieles mehr erfahren und nutzte die Gelegenheit, hinter das Geheimnis zu kommen. Vertraulich an Wyvern gewandt sagte er: »Ich hätte auch eine Frage ... Wie kommt es, dass so viele der Spinnenfrauen schwanger sind und man doch keine Männer im Dorf sieht, ja selbst die kleinen Knaben sofort weggebracht werden?«

Die Sphinx zwinkerte ihm zu. »Mein lieber Graf, Ihr ahnt nicht, was Ihr angerichtet habt! Für die Königinnen war es ein harter Schlag, als die Frauen Euch im Dschungel entdeckten und so zum ersten Mal einen Mann von Angesicht zu Angesicht sahen – mit allem, was dazugehört. Man hat sie nämlich schlicht in Unkenntnis darüber gelassen, wie erwachsene Männer aussehen und wie die Kinder entstehen.«

»Wie! Was!«, rief der Graf erstaunt. Er selbst war im zarten Alter von sieben Jahren von einer lüsternen Frau in alle Geheimnisse der Minne eingeweiht worden und konnte sich nicht vorstellen, wie man ein ganzes Volk so blenden konnte. Doch Wyvern erzählte ihm, dass jene Frauen, die Kinder wollten, von den Königinnen in eine Zauberhütte gebracht wurden, wo Palmwein und Nachtschattengewächse sie in einen wunderlichen Rausch versetzten. Sie meinten dann, von Geistern besucht zu werden, und wenn sie aufwachten, waren sie überzeugt, ihr Kind unmittelbar durch die Wirkung des Zaubers empfangen zu haben. Die Knaben, die man aus dem Dorf verstieß, wurden zu einem mehrere Tagereisen entfernten Männerdorf gebracht und wuchsen dort heran, in derselben Unwissenheit gehalten wie die Frauen.

»Bei den Spinnenleuten«, erklärte Wyvern, »wird sich demnächst einiges ändern, denn die Klügsten ahnen schon, dass Eure körperliche Gestalt etwas mit dem Entstehen von *payas* zu tun hat. Sie haben ja gewisse dunkle Erinnerungen an die Erlebnisse in der Zauberhütte. Es wird nicht mehr lange dauern, bis ein scharfer Verstand – wie beispielsweise Eunise ihn besitzt – hinter den Zusammenhang der Dinge kommt.« Mit einem warnenden Fingerzeig fügte sie hinzu: »Lasst Euch aber bloß nicht einfallen, dieses Verständnis irgendwie zu beschleunigen! Die Königinnen würden jede Gelegenheit nützen, Euch töten zu lassen. Sie nehmen es Euch übel, dass

Ihr die gesamte Religion und Hierarchie des Volkes durcheinandergebracht habt.«

»Was! Bloß durch den Anblick meines …«, rief der Graf aus. Er unterbrach sich hastig, um in Gegenwart der hohen Frau keine unanständigen Ausdrücke zu gebrauchen, da die Mokabiter keine anständigen kannten.

»So ist es«, antwortete Wyvern. »Aber soll ich Euch ein kleines Geheimnis verraten? Wenn es Euch bei Prinzessin Eunise gelingt, Euch einmal im Leben sittsam zu benehmen, so sehe ich eine leuchtende Zukunft für Euch voraus.« Damit verließ sie ihn.

Graf Lubis blickte Eunise an, die in ihren langen Gewändern aus schneeweißem Spinngewebe auf der anderen Seite des Hofes auf und ab schritt. Ihm war zumute, als sei der Himmel entzweigerissen und zeige ihm hinter seinen Rändern ein neues Land, in dem alles anders war, als er es kannte. Die Knie wurden ihm weich. Wäre nicht in diesem Augenblick ein Diener mit einem Krug stärkenden Palmweins vorbeigekommen, er hätte sich auf den Boden sinken lassen, so überwältigt war er.

Sein Herz trommelte in der mageren Brust. Ein Gefühl, wie er es nie zuvor gekannt hatte, durchschauerte ihn. Eunise war eine Frau, die nicht nur seine Leidenschaft erweckte, sondern eine ungewohnt warme Zuneigung, wie sie keine Mokabiterin erwecken konnte. Zum ersten Mal in seinem Leben begegnete Graf Lubis einer Frau, der er vertrauen konnte. Wenn es ihm je gelingen sollte, sich mit Eunise auf ein gemeinsames Lager zu legen, so brauchte er nicht zu befürchten, dass sie ihm auf dem Höhepunkt der Leidenschaft eine giftige Nadel in den Nacken stach oder ihm nachher einen Trunk aus tödlichen Nachtschatten vorsetzte. Allein die Tatsache, dass er nicht fürchten musste, im Brautbett ermordet zu werden, versetzte den Mokabiter in einen Schwindel süßer Erregung. Er wagte kaum noch weiterzudenken – dass sie ihn lieben könnte, erschien ihm so unerreichbar wie die Sterne am Himmel. Er hatte nie eine Frau gekannt, die ihn liebte. Meistens hatten sie ihm ihre Nähe nur deshalb gewährt, weil sie gerade aller anderen überdrüssig waren oder kein anderer Mann zur Verfügung stand. Obwohl er sein Bestes gegeben hatte, ihnen zu genügen, zeigten sie sich mürrisch, widerwillig und schwer zufriedenzustellen.

Wenn er nur nicht so wenig Erfahrung darin gehabt hätte, sich anständig zu benehmen! Er war ja durchaus bereit, sich nichts zuschulden kommen zu lassen, aber auf Macrecourt lernte man keine zarten Sitten. Sein reizbares Temperament tat ein Übriges, dass er nicht eben zu den liebenswerten Männern gehörte. Groll stieg in ihm auf. Aber da sah er, wie Eunise sich – scheinbar zufällig – in seine Richtung wandte und ihn anlächelte … und urplötzlich begriff er, dass er sie gar nicht erst zu erobern brauchte. Die Tore der Festung, die er belagern wollte, standen weit offen.

Das Konzil der weiblichen Wesen

Die Versammlung in Zorgh

Miranda konnte sich vor Freude kaum fassen, als sie sich bereit machte, zum ersten Mal am Konzil der weiblichen Wesen teilzunehmen. Ihr Vater würde auch kommen, aber diesmal waren die Rollen vertauscht: Sie war Teilnehmerin an der Ratsversammlung, durfte Fragen stellen und mitreden. Ihr mächtiger Vater, der herrliche Rosenfeuerdrache, durfte nur von den Rängen aus zusehen und kein Wort sagen, auch nicht mit abstimmen, wenn Entscheidungen gefällt wurden. Sosehr Miranda ihn liebte, war sie doch unmäßig stolz, dass einmal sie die führende Rolle spielte.

Der Flug von Fort Timlach nach Zorgh dauerte nicht lange. Aber es bedeutete für die junge, ungeübte Drachin eine schmerzhafte Anstrengung, die Höhen der Toarch kin Luris zu erreichen, der Feuerberge, die fast so hoch wie die schrecklichen Heulenden Berge in den Himmel ragten. Die Luft dort oben war dünn und kalt, und ein schneidender Wind pfiff um die Ruinen der einstigen Drachenstadt. Aber Miranda kam kaum dazu, sich über Atemnot und Kälte Gedanken zu machen, so hingerissen war sie von dem Schauspiel, das sich ihr bot. Drachinnen aller Ordnungen, Völker und Familien sanken aus der Luft herab und landeten vor den Ruinen, gefolgt von einem Heer von Flugechsen, die die menschlichen

Teilnehmerinnen trugen. Von allen Seiten strömten sie unter dem roten Wolkenhimmel herbei, den das Licht der Feuerseen erhellte. Sie eilten durch Straßen und Gassen, in denen Lavagerinnsel feurige Fäden zogen, dem Tempel der Schöpferdrachinnen zu. Steinmetzarbeiten schmückten seine Wände, die die rauen Winde fast bis zur Unkenntlichkeit abgeschliffen hatten. Einige zeigten längst unleserlich gewordene Glyphen, andere die archaische Darstellung einer geflügelten schönen Frau mit drei Gesichtern, und wieder andere ein Frauengesicht mit übermäßig großen, weit aufgerissenen Augen, aus denen Strahlen hervorschossen. Und wo die ferne Glut der Krater die Felswände beleuchtete, schienen sie im wechselnden Licht aufzuleben.

Schließlich hielt der Strom der Gäste in einem weiten Amphitheater inne, in dem die Abgesandten allesamt Platz fanden. Dort nahmen sie auf den halb zerstörten, aber immer noch kolossalen Sitzreihen ihre Plätze ein. Die mächtigen Drachinnen lagerten auf dem Boden, die kleineren sowie die Menschen auf den ansteigenden Stufen, und viele Flugdrachen fanden einen Platz auf den Querbögen und Verstrebungen des Gewölbes.

»Nun, wie gefällt Euch das alles, Maide? Ihr seid wohl zum ersten Mal hier?«, fragte eine würdige alte Drachin.

»Zum ersten Mal, ja …«, antwortete Miranda. Sie kam sich schrecklich tölpelhaft vor, und um zu zeigen, wie gelehrt sie war, bemerkte sie: »Eine bemerkenswerte Stadt! Man sieht den Gebäuden an, dass die Architektur stark von drachischem Wesen und Wirken beeinflusst ist.«

»Oh, Ihr befasst Euch mit Drachenarchitektur?«

»Ja, es war eines der Wissensgebiete, die wir an der Universität lernten. Seht nur: Selbst in den Ruinen sind die fächerförmigen, an gezackte Flügel erinnernden Ornamente noch deutlich erkennbar. Das häufigste Bauelement sind Pyramiden, Symbole des Dreigestirns, verziert mit unregelmäßigen, labyrinthisch mäandernden Linien – der Anblick, den die Erde mit ihren Flüssen, Feldern und Küsten aus der Perspektive eines hoch fliegenden Drachen bietet. Charakteristisch für die älteste Periode.«

»Wie gelehrt Ihr seid!«, rief die alte Dame bewundernd. Und um zu zeigen, dass auch sie bestens Bescheid wusste, erklärte sie Miranda die verschiedenen Völker und Dynastien, die an der Versammlung teilnahmen.

Viele der Versammelten waren Drachinnen oder deren Verwandte wie Sphingen und Mesris, denn diese Völker waren die ältesten Bewohner von Erde-Wind-Feuer-Land. Andere waren Menschenfrauen – Zauberinnen, Königinnen und Weise aus allen Völkern vom Jademeer bis zur Diamantsee. Überall zwischen den verfallenen Treppen und Plattformen der Tempelruine brannten Fackeln. In ihrem unruhigen Licht glänzten Schuppenhäute wie Edelsteine, funkelten zarte häutige Flügel, schillerten die Gewänder und Geschmeide der Menschenfrauen, die sich für das bedeutende Ereignis herausgeputzt hatten. Kaum saßen, lagen, hockten und ringelten sich die Teilnehmerinnen bequem auf den Stufen, entspann sich eine lebhafte Unterhaltung in den verschiedensten Sprachen. Die Drachinnen höherer Ordnung, die alle Sprachen verstanden, dienten dabei als Übermittlerinnen. Die Drachen sprachen zumeist mittels ihrer Gedanken miteinander. Doch waren diese Gedanken, genau wie Stimmen, nur über eine gewisse Entfernung hinweg zu vernehmen. Die Menschenfrauen mussten sich manchmal gewaltig anstrengen, um sie zu verstehen.

Da die Frauen aus allen Ecken und Enden Chatundras zusammengekommen waren, wussten viele nur in ihrem näheren

Umfeld Bescheid und mussten sich erst erzählen lassen, wie es am anderen Ende der Welt zuging. Es gab allerlei falsche Nachrichten und wilde Gerüchte, und es gab viel Neues zu erfahren für jene, die nur selten aus ihrem Nest herauskamen.

Das betraf vor allem die hochmütigen Ka-Ne, die sich selten dazu herabließen, mit anderen Menschen Kontakt aufzunehmen. Dennoch war mit großem Gepränge ihre Königin erschienen, die inzwischen hundertzwanzigjährige Lulalume. Sie stand in höchsten Ehren, da sie einst zu den Auserwählten gehört hatte, die die drei Mutterjungfrauen befreiten. Umsorgt von einem ganzen Schwarm von Hofdamen und Zofen, schritt die alte Dame, auf ihren Stab gestützt, würdevoll auf ihren Platz zu. Hier, unter Drachinnen, Sphingen und Magierinnen der vornehmsten Ordnung, fühlte sie sich unter ihresgleichen.

Aus dem Mittsommertreffen in den geheiligten Ruinen von Zorgh, bei dem zu Phurams Zeiten nur einige Verschwörerinnen die Köpfe zusammengesteckt hatten, war eine allumfassende Zusammenkunft geworden. Im silbernen nächtlichen Licht des Dreigestirns wurden hier weitreichende Entscheidungen getroffen. Den Vorsitz führte die Hohepriesterin Tochtersohn. Mann und Frau zugleich, war auch sie einst eine der Gefährten gewesen, die den Bannfluch über Mandora und ihre Schwestern zerbrachen. Unter ihrer Anleitung wurden die Hymnen gesungen, von denen manche aus grauester Vorzeit stammten wie der »Gesang des Bûl«, das erste Lied, das je auf Chatundra gedichtet worden war. Die Frauen sangen und tanzten, denn die Mutterjungfrauen verabscheuten Opfer von Blut und Gold. Sie erfreuten sich an Gesängen und Tänzen und den kunstvollen Dampfgebilden, die die Drachinnen zu ihrem Lob aus dem Hauch ihrer Nüstern hervorbrachten. Die ganze Nacht lang leuchteten die rosigen Feuer, und die tote Stadt hallte wider von den Gesängen zu Ehren des Dreigestirns und der Mondin.

Dann trat Tochtersohn von Neuem vor die Versammlung. In den hundert Jahren, die seit der Rückkehr des Dreigestirns vergangen waren, war sie um nichts älter geworden. Zart und schmal, das schwarze Haar offen bis auf die Hüften fallend, stand sie auf der vorspringenden Terrasse eines Treppenturmes. Sie wirkte winzig zwischen den beiden leuchtenden Drachinnen, die nach uraltem Brauch diese Kanzel bewachten, aber ihre Stimme drang klar und deutlich bis in die letzte Reihe der Zuhörerinnen.

»Freundinnen«, begann sie ihre Rede, »wir haben den Schöpferdrachinnen unsere Liebe geopfert und ihnen Lob und Preis gesungen. Nun ist es an der Zeit, dass wir uns von den Angelegenheiten des Himmels ab- und denen der Erde zuwenden. Ihr wisst, dass vieles in Chatundra gut geworden ist, seit die Mutterjungfrauen wieder an der Macht sind ...«

Jubelnde Zustimmung antwortete ihr von allen Seiten, Händeklatschen, Fingerschnalzen, Feuerschnauben, das Tamburinrasseln geschüttelter Schuppenpanzer und die singenden Schreie der Luftdrachinnen, die halb durchsichtig über dem Rund des Amphitheaters schwebten. Miranda klatschte begeistert mit.

»Aber mitten in diesem Frieden ist die Pestbeule des Basiliskenlandes wieder aufgebrochen, und ein Feind, den wir vergessen hatten, ist zu großer Macht aufgestiegen.«

Wieder stimmten ihr alle zu, aber diesmal mit Wehklagen und Flüchen. Schwarzer Rauch stieg aus den Nüstern der Drachinnen, ihre Flügel rauschten schaurig, während die Harpyien ihre hässlich krächzenden Schreie ausstießen.

Nun erzählte sie für alle, die noch nichts davon gehört hatten, die Geschichte des Urchulak: wie er durch das Pupulsac so viel Seelenkraft an sich gezogen hatte, dass es ihm gelungen war, den äußeren Anschein eines Menschen anzunehmen und die Kaiserin von Chiritai mit seiner Schönheit zu betören. Wie diese danach plötzlich verschwunden war und wie der graue Drache es geschafft hatte, in einem riesenhaften goldenen Standbild eine neue Heimat zu finden.

Tochtersohn wandte sich an eine hochgewachsene Frau mit einer löwenähnlichen Mähne gekrauster aschblonder Haare um ein kantiges Gesicht, aus dem Kraft und Selbstbewusstsein sprachen. Ihre Augen leuchteten wie Katzenaugen. Umbra, die seit Jahrhunderten in ihrer Hütte in der Wildnis lebte, war eine mächtige Zauberin und verstand es, die Vorgänge auf der Welt klug zu beurteilen. Sie erfuhr auch vieles von dem Mesri, mit dem sie zusammenlebte.

»Kannst du uns sein Angesicht zeigen, Umbra?«, bat die Hohepriesterin.

Umbra nickte. Tiefes Schweigen breitete sich rundum aus, als sie, Zaubersprüche murmelnd, beide gewölbten Hände mit den Handflächen nach oben hob und sie hin und her bewegte, gleichsam einen Ball aus Luft formend. Bald wurde diese Kugel sichtbar, schillernd und schwebend, und darin etwas Dunkles, das immer mehr die Gestalt eines menschlichen Kopfes annahm. Dasselbe Gesicht erschien, das Fayanbraz seinem Gast aus dem Norden gezeigt hatte. Umbra hauchte die Kugel an, die daraufhin von ihr wegschwebte und an den Sitzreihen entlangglitt, damit alle den Kopf aus der Nähe betrachten konnten.

Sofort meldeten sich einige der Schwestern zu Wort, die den geheimnisvollen Reiter von Angesicht zu Angesicht gesehen hatten. Auch bei den Ka-Ne war er aufgetaucht, aber nicht lange geblieben. Die greise Königin ließ ihm auf sehr herablassende Weise durch ihre geringste Dienerin mitteilen, sie pflege nicht mit Männern zu sprechen; wenn es etwas mitzuteilen gäbe, möge seine Frau oder Tochter zu ihr kommen. Daraufhin hatte er sich weitaus weniger höflich benommen als bei den Makakau. Man erinnerte sich, dass sein Gesicht einen Augenblick lang einen fürchterlichen Ausdruck angenommen hatte, bei dem sich seine Haare wie Dorngestrüpp sträubten – aber er war gegangen und nicht wiedergekehrt, also hatte man sich nicht weiter um ihn gekümmert.

Auch andere erinnerten sich an ihn. Bald gewannen die Versammelten den Eindruck, dass er mit Absicht die Königshöfe und Fürstentümer des Landes reihum besucht hatte – aber auch viele weise Frauen, vor allem die Hebammen. Überall hatte er, verschleiert unter viel leerem Geschwätz, dieselbe Frage gestellt: Ob sie von einer ungewöhnlichen Geburt erfahren hätten. Sei irgendwo ein Kind geboren worden, ob Knabe oder Mädchen, das völlig anders war als andere Kinder? Man hatte ihm allerlei erzählt von Jungen und Mädchen, die die eine oder andere Besonderheit an sich hatten, aber nichts schien ihn zufriedenzustellen. Fragte man ihn, was er eigentlich suche, so wich er der Antwort aus und verabschiedete sich, um wieder nach Chiritai zurückzukehren.

Allgemeines Gemurmel der Empörung erhob sich. Eine Drachin rief dazwischen: »Ist denn niemand aus Chiritai hier, der über diese Dinge Auskunft geben könnte?«

»Nein«, erwiderte Tochtersohn. »Chiritai entsendet keine Teilnehmerin mehr.«

Nun erfuhren alle, dass in der »goldenen Blume des Nordens« die dämonische Tochter des Urchulak auf dem Thron saß und die Stadt allmählich in eine Pestgrube verwandelte. Von Neuem stiegen Jammerlaute und Flüche in die Nacht.

»Wie es aussieht, werden wir uns nach beiden Seiten verteidigen müssen«, erklärte eine Drachin, eine schwarz geschuppte Dame mit hohen, filigranen weißen Federschwingen. Ihr Schuppenkleid war über und über bestickt mit Perlen und Halbedelsteinen, sodass es bei jeder Bewegung schimmerte und im Feuerschein rote Funken sprühte. »Chiritai im Norden und die Basilisken im Süden werden versuchen, sich miteinander zu verbinden, denn es ist ein und derselbe Geist, der in der Kaiserstadt und in dem goldenen Koloss herrscht. Schon jetzt gibt es Anzeichen, dass man in Chiritai nur zu gern bereit wäre, ihn anzubeten. Die Menschen stehen unter dem Fluch des Goldes, und das Gold zieht sie an wie das Licht die Nachtinsekten.«

»Ich hörte«, mischte sich eine weitere Drachin ein, »dass die Schatzgeister aus den Gewölben von Chiritai bereits nach Süden gezogen sind, um sich dort an den goldenen Koloss zu klammern. Bald werden ihnen die Lebenden folgen. Sie reden jetzt schon davon, welche ungeheuren Schätze in den Ruinen von Thurazim und Thamaz lagern. Ich bin sicher, dass ihnen kein anderer als der Urchulak diesen Gedanken eingeflüstert hat. Er will sie an sich locken und in Basilisken verwandeln. Noch eine Weile, und die Kaiserlichen werden Chiritai verlassen.«

»Das wäre das Beste«, antwortete Lulalume. »Und wenn sie alle weg sind, sollte man die Stadt in Schutt und Asche legen, denn sie ist verflucht und wird nie rein werden. Wer immer dort wohnt, wird früher oder später dem Fluch des Goldes verfallen.«

Die Frauen waren noch mitten im Rätseln, als sich die Sphinx Wyvern von ihrem Platz erhob und kundgab, dass sie sprechen wolle. Sie bot einen gewaltigen Anblick, wie sie da unter den tief hängenden Wolken stand, deren Unterseite vom Schein der Feuer und der Lavaseen in ein rauchiges Rot getaucht war. Sie trug als einziges Kleidungsstück einen langen, hinter ihr über die Treppe fließenden Mantel aus rotem Samt.

»Ich kann Euch die Antwort geben, die Ihr sucht«, verkündete sie mit weithin hallender Stimme. »Mehr noch, ich kann sie Euch zeigen.« Dabei wies sie auf eine Sänfte mit dicht verschleierten Fenstern, die ihre Dienerinnen hereingetragen hatten. »Aber zuvor will ich Euch erzählen, wie ich sie gefunden habe, damit Ihr seht, dass es auch die richtige Antwort ist.«

Totenstille herrschte. Aller Augen hingen gebannt an der Sphinx. Diese erzählte nun, unter welch seltsamen Umständen drei Kinder in ihrem Palast geboren worden waren: Kinder, die übermenschlich rasch heranwuchsen und von ungewöhnlichem Aussehen waren. Sie schloss mit den Worten: »Nun, seht selbst!«

Damit gab sie ein Zeichen, den Vorhang der Sänfte zu heben, und die Dienerinnen halfen drei zarten, nur mit weißen Lendenschurzen bekleideten Kindern heraus. Das eine Mädchen war an Haut und Haaren schneeweiß, mit farblosen Augen wie Bergkristall, die im Feuerschein rot leuchteten. »Dies ist Süleymin, die Makakau«, stellte die Sphinx das liebliche Geschöpf den Versammelten vor, »und dies ist Sela, die von dem weißen Volk in Chiritai abstammt.« Lulalume schlug bei ihrem Anblick vor Entzücken und Bewunderung laut klatschend die Hände zusammen. Sofort dachte sie daran, welchen Glanz diese schwarze Perle ihrem Hof verleihen würde, wenn es ihr gelingen sollte, sie dorthin mitzunehmen.

»Und dies«, sagte Wyvern, »ist Gynnevise, der unter meinem besonderen Schutz steht.«

Der Junge stand steif und aufrecht da und hielt den Hunderten argwöhnischen und prüfenden Blicken stand, die von allen Seiten wie Pfeile auf ihn eindrangen. Zweifellos hörte er zumindest einen Teil der Bemerkungen, die in den Rängen hin und her huschten.

»Wie eklig, nehmt das kleine Scheusal doch weg!«

»Es ist ein Nephren, ganz gewiss – einer von der schlimmsten Sorte der Hybriden.«

»Wyvern hat sich täuschen lassen, es muss ein böser Geist gewesen sein, der ihr zugeflüstert hat, ihn bei sich aufzunehmen.«

»Man sollte ihn so schnell wie möglich nach Macrecourt zurückbringen oder, noch besser, ihn unterwegs ins Meer werfen!«

Gynnevise sagte kein Wort. Aber als das Gezischel am lautesten war, öffnete er plötzlich den Mund und spie Feuer. Zwar war es nur eine spannenlange rosafarbene Flamme, die zwischen seinen weit geöffneten Lippen herausfuhr, aber immerhin so eindrucksvoll, dass die Drachinnen und Menschenfrauen alle zugleich verstummten und ihn anstarrten. In der so jählings entstandenen Stille sagte er mit einer erstaunlich weichen, sanften Stimme: »Ich habe mir meine Gestalt nicht ausgesucht und kann sie nicht ändern. Wenn Ihr mir das zum Vorwurf macht, was ich nicht getan habe, beweist Ihr nur Eure eigene Torheit. Einen Nephren erkennt man nicht an seiner äußeren, sondern an seiner inneren Gestalt, von der Ihr noch nichts gesehen habt. Erweist Euch als die weisen Frauen, die Ihr zu sein behauptet, oder lernt mit meiner Verachtung zu leben.«

Fassungslose Stille folgte diesen Worten. Für Lulalume stürzte die Welt ein, als sie miterlebte, wie ein Männlein das Wort in einer so hochfahrenden Weise an Frauen richtete – und dann war das Geschöpf noch nicht einmal ein erwachsener Mann, sondern ein bloßer Knabe, und nicht einmal ein menschlicher Knabe, sondern ein … ein … irgendetwas, vielleicht sogar ein Basiliskenküken! Aber auch die Übrigen waren sprachlos, bis auf Tochtersohn, die plötzlich zu lachen begann. Sie sagte: »So viel sehe ich bereits von deiner inneren Gestalt, Gynnevise, dass du ein kluger Knabe bist und kühne Worte wagst. Du hast recht mit dem, was du sagst. Nur würde ich dir raten, in Zukunft deine Worte höflicher zu wählen, denn es sind viele hier, die dich verschlingen könnten, ohne zu kauen, wenn du sie beleidigst. Lass es jetzt gut sein und schweig. Wyvern, willst du mit den Kindern hierher zu mir auf die Terrasse kommen, damit alle sie deutlich sehen können, und uns auch noch den Rest deiner Geschichte erzählen?«

Die Sphinx mit ihren Schützlingen folgte der Aufforderung. Die drei Kinder saßen still neben ihr, während sie weiter berichtete: »Die Mütter der drei lehnten es ab, ihre Neugeborenen bei sich zu behalten. Das war mir sehr recht, da ich sie ihnen ohnehin nicht mitgegeben hätte – zu deutlich war mir bewusst, dass der Knabe und die beiden Mädchen zu Großem geboren sind. Ich hielt ihre Existenz geheim, erzog sie wie meine eigenen Kinder, lehrte sie Weisheit und Sitte und wartete mit ihnen auf die Erkenntnis der Tat, zu der sie berufen sind. Und nun seht, wozu ihre Geburt sie bestimmt hat: Diese hier, Süleymin, ist die rechte Kaiserin des Südens, und diese hier, Sela, die rechte Kaiserin des Nordens. Was aber den Knaben betrifft, so ist es sein Schicksal, die Kaiserin der Mitte zu ehelichen – die Jungfer Miranda, die Tochter des edlen Drachenfürsten Vauvenal.«

Die Auserwählten

Kaum war der Name genannt, als zwei leuchtende Drachinnen von ihren Plätzen auffuhren und über Miranda schwebten, sodass sie plötzlich im vollen Licht saß. Sie erschrak, aber zugleich fühlte sie ein wohliges Schauern. Wäre da nicht Gynnevise gewesen, so hätte sie sich in diesem Augenblick vollauf mit ihrer Berufung versöhnt.

Wyvern wartete, bis die allgemeine Erregung sich ein wenig gelegt hatte, dann fügte sie hinzu: »Viele von Euch wissen, dass der Stein von Cullen eine Zeit vorhersagt, in der Friede und Wohlstand in Chatundra herrschen werden. Das wird die Zeit sein, da die drei Kaiserinnen in dem festen Land und vier Könige oder Königinnen auf den Inseln herrschen, die Drydd seinen Schwestern zurückgegeben hat. Diese sieben gemeinsam werden die Herrscher und Herrscherin eines neuen Zeitalters sein.«

Atemlose Stille folgte ihren Worten. Erst nach einer ganzen Weile fragte Tochtersohn: »Vom Knaben Gynnevise wissen wir, dass er der Ehemann einer Kaiserin sein wird, aber wer sind die anderen drei?«

Die Sphinx trat an das Feuer, das vor der Terrasse brannte, streckte die Hand darüber aus und rief mit ihrer tiefen, volltönenden Stimme seltsame Worte. Augenblicklich fuhr eine lange Flamme aus der Glut hervor. Daraus erhob sich ein Salamander, ein feuerflüssiges, flammend rotes Geschöpf mit brennenden Augen, das in drei blitzschnellen Windungen in die Höhe flog und über den Anwesenden kreiste.

Miranda beobachtete mit offenem Mund, wie der Salamander da und dort niederging und einen Herzschlag lang den Scheitel eines Menschen berührte, über dem dann eine lebendige Flamme in der Luft schwebte. Gleich darauf kehrte der Bote zum Feuer zurück, sprang hinein wie ein Fisch ins Wasser und verschwand.

»Lasst die Berufenen vortreten!«, rief die Sphinx.

Ein Rascheln und Flüstern machten die Runde auf den Rängen, als die Teilnehmerinnen der Ratsversammlung sich umwandten und nach allen Seiten blickten, über wessen Haupt die wundersame Flamme schwebte. Jetzt erhob sich ein zarter Jüngling, dessen Augen im Feuerlicht wie Bernstein glänzten, an seiner Seite eine dicht verschleierte Frau. Ihnen folgte zögernd ein Mann in weißem Gewand, der von seinen Begleiterinnen gedrängt und gestoßen wurde, denn er zeigte sich äußerst widerwillig, seinen Sitzplatz zu verlassen.

Wyvern stellte sie vor. »Dies ist Lilibeth die Tapfere, die einst die Jungfer Twayn war: Urchulaks Tochter, die dem Fluch ihres schrecklichen Vaters trotzte, um im Licht der Mutterjungfrauen zu leben. Dies ist Zelda, halb Mesri, halb Mensch, von sehr edler Abkunft und Lilibeth in treuer Liebe verbunden. Und dies ist ein Adliger von hoher Abkunft, Graf Lubis.«

Mehr sagte sie nicht. Aber es dauerte nicht lange, bis alle glühenden Augenpaare das Wesen des Grafen erkannten und eine entsetzte Stimme aufschrie: »Nicht genug damit, dass es ein Mann ist, es ist auch noch ein Mokabiter!«

»Und was missfällt daran?«, rief der streitsüchtige Graf

zurück. »Man hat mich gegen meinen Willen hierhergeschleppt, man hat mich gegen meinen Willen dazu erwählt, ein Abenteuer zu bestehen, und nun mäkelt man auch noch an meiner Person herum!«

Tochtersohn streckte die Hand aus. »Still! Hier ist kein Raum für Zank und Geschwätz. Da nun die Sieben benannt sind, sprich weiter, Wyvern.«

Die Sphinx neigte zustimmend den Kopf und wandte sich wieder an die Versammelten. »Ich bewahre den Stein von Cullen in meinem Palast auf und habe oft Gelegenheit gehabt, seine Prophezeiung zu studieren:

> *Sieben müssen sich verwandeln, aber sie wissen nicht, was sie nach der Verwandlung sein werden. Wenn sie es wagen, sich darauf einzulassen, werden Frieden und Wohlstand auf Murchmaros herrschen.*

Ihr wisst, dass die Mutterjungfrauen zürnen, weil so viele unwerte und unehrenhafte Herrscher die Throne Chatundras besetzten. Deshalb wollen sie ein neues Geschlecht von Herrschern erschaffen. Das ist der Grund, warum die Sieben, denen die Herrschaft bestimmt ist, erst verwandelt werden müssen. Nun habe ich viel geforscht, wie das geschehen soll, und die Antwort gefunden: Es sollen die Sieben den einzigen Tempel der Allmutter aufsuchen, den es in ganz Chatundra gibt. Er ist heute fast schon vergessen, aber der Weg, der hinunterführt, ist noch vorhanden: Wer in der Stadt Fort Timlach in dem Haus, das ›Kopf der Schildkröte‹ genannt wird, in den feurigen Brunnen hinabsteigt, gelangt in das Heiligtum der Allmutter. Es wird von den Kaaden-Bûl bewacht, denn Majdanmajakakis selbst wurde aus dem lebenden Feuer geboren. Dort auf dem Altar sollen die Sieben der Allmutter ihre Herzen als Opfer darbringen. Sie werden nicht sterben, wenn sie dies tun. Aber sie werden gänzlich verwandelt werden – in welches Wesen und in welche Gestalt, weiß Majdanmajakakis allein.«

Diese Worte riefen große Erregung hervor, vor allem bei Graf Lubis. »Wie?«, zischte er. »Wenn ich nun gar nicht weiß, was ich nachher sein werde, wie kann ich da zustimmen?«

Miranda dachte bei sich, dass er bei jeder Verwandlung nur gewinnen könne, aber sie schwieg. Auch das eigene Herz hämmerte ihr in den Ohren bei dem Gedanken, sich so völlig hinzugeben. Sie fürchtete schon, der Graf werde sich sträuben, sich ihnen anzuschließen, und tatsächlich hatte er gute Lust, die unerwünschte Ehre abzulehnen. Aber er wagte es nicht, dies im Angesicht all dieser Drachinnen und Magierinnen und Königinnen zu tun. Bei den Mokabitern wurde Widersetzlichkeit gegen die Wünsche hoher Herrschaften mit dem Tod bestraft – mit einem ebenso schmählichen wie schmerzhaften Tod –, und wer sagte ihm, dass es hier anders war? Also duckte er sich zornig, verwünschte sein Geschick und erklärte sich einverstanden.

Wyvern war hochzufrieden. Sie sprach weiter davon, dass die Kaaden-Bûl sich bereit erklärt hatten, den Oberirdischen beizustehen, und schob Miranda nach vorn, wo alle sie gut sehen konnten. »Miranda war es, die die Botschaft empfangen hat. Tritt vor, Tochter Vauvenals!«

Miranda wiederholte, was der Bote aus dem Feuerreich zu ihr gesagt hatte. Die Königin der Kaaden-Bûl wolle den Menschen und Drachen bei der Vernichtung des Urchulak helfen. Sie habe das Konzil der weiblichen Wesen als jenen Ort bestimmt, an welchem sie Näheres über ihre Forderungen mitteilen werde.

Daraufhin gebot Tochtersohn eine Ruhepause, in der alle

sich stärken und sammeln sollten, um danach die Feuerdrachin um die Entsendung eines Boten zu bitten.

Die Teilnehmerinnen liefen zu ihren Flugechsen, die sie hergebracht hatten, und holten aus den Tragtaschen Amphoren mit Getränken und Kisten mit Leckerbissen. Miranda gesellte sich zu Wyverns Kindern. Da es so hoch auf den Bergen sehr kalt war, hätten die drei Kleinen gefroren, obwohl sie inzwischen Samtmäntel angelegt hatten. Aber ihre Begleiterin, die junge Drachin Minneloise, glitt eilig herbei, um sie in der frostigen Nacht zu wärmen. Sie merkte sofort, dass Gynnevise gekränkt war. »Du brauchst nicht traurig zu sein, Kleines, dass sie so unfreundlich zu dir waren«, tröstete sie ihn. »Sie waren überrascht, das ist alles, deshalb haben sie manche sehr hässliche Worte gesagt.«

»Ich bin überhaupt nicht traurig«, antwortete Gynnevise trotzig, während er schluckte und sich mit dem Fingerknöchel die Augen trocknete. »Es kümmert mich nicht, was sie von mir denken. Ich habe ohnehin keine hohe Meinung von Frauen.«

»Was redest du denn so garstig daher, Bruder?«, rief Süleymin erschrocken und schlang ihm die Arme um den Hals. »So kenne ich dich gar nicht!«

Die ebenholzschwarze Sela umarmte ihn ebenfalls und rief: »Er meint es nicht so, Süleymin! Es tut ihm nur im Herzen weh, dass sie lieblos zu ihm waren.«

Die junge Drachin stimmte den beiden Mädchen zu und munterte den gekränkten Knaben auf, indem sie sein Aussehen lobte. Sie selbst war – eine Eigenschaft, die viele Drachen besitzen – überaus eitel und sehr auf ihr Aussehen bedacht. So waren Äußerlichkeiten naturgemäß das Erste, was sie an ihm zu loben fand. »Wie oft sagte ich dir schon, du bist noch nicht ausgewachsen! Es steckt gewiss ein Orchideendrache in dir, denn nur die sind so außergewöhnlich schön.«

Der Junge war aber noch immer bedrückt. »Ich hörte eine der bösen Frauen sagen, ich sei ein Dingsda – nichts Richtiges, weder Drache noch Mensch. Und sie hat recht. Ich werde nie zu den einen oder anderen gehören.«

»Dann musst du deinen ganz eigenen Weg gehen«, antwortete Minneloise, die weitaus klüger war, als bei ihrem eitlen, kapriziösen Gehaben aufs Erste zu vermuten war. »Und sag dir nie: Ich bin nichts Richtiges. Sag dir: Ich bin etwas, was niemand anderer ist.«

Dabei blies sie ihn sanft an, und ein warmer, duftender Wind strich über ihn hinweg. Das Licht ihres Hauches brachte seine Zeichnung zum Glänzen. Diese schimmerte nicht nur wie eben aufgetragene farbige Tusche, es begann auch jede einzelne Schuppe zu atmen und zu leben, wie ein Blatt an der Blüte atmet und lebt. Gynnevise spürte, wie ihn die buckligen Schultern juckten, als sprössen dort die Knospen von Flügeln. Am Ende seines Rückens pochte und kribbelte es auf beunruhigende Weise. Er fühlte sich, als wolle im nächsten Augenblick seine verkrüppelte Drachennatur auflodernd aus ihm herausbrechen. In seiner Aufregung spuckte er, schwer atmend und keuchend, die längste Flamme, die er je zustande gebracht hatte.

Die Botschaft der Feuerdrachen

Nach der Ruhepause sangen die Teilnehmerinnen des Konzils Loblieder auf die feurigen Drachen des Erdinnern. Zuletzt bat Tochtersohn in feierlicher Anrufung deren Königin, einen Boten zu entsenden und ihre Wünsche und Angebote kundzutun.

Wirklich fuhren zwei Salamander aus dem Feuer, das in der Mulde inmitten des Amphitheaters entzündet worden war. Sie waren von jener vornehmen Art, die schönen Menschenfrauen und -männern mit feurigen Haaren und glühenden Augen ähnelt. Sie tanzten in den Flammen wie Vögel in der Luft und Fische im Wasser. Ihre Flügel waren wie riesige rotgoldene Schmetterlingsflügel, so zart, dass man hindurchsehen konnte, und sie funkelten und flirrten wie Funken in einem Ofen.

»Dies sind die Worte der Salamanderkönigin, deren niedrige Diener wir sind«, sprach der feurige Knabe mit einer Stimme, die an das Zischen und Singen von Flammen erinnerte.

Das flammende Mädchen setzte hinzu: »Wie ihr wisst, ist es unmöglich, den grauen Urchulak selbst zu vernichten, da sein Körper nicht auf Murchmaros geschaffen wurde. Aber von sich aus könnte er kein Unheil wirken, hätte er nicht gelernt, Seelen an sich zu ziehen und auszusaugen. Diese Seelen allein sind es, die ihm die Kraft geben, Menschengestalt anzunehmen und nun auch in dem großen Bildnis zu hausen. Es fehlt nur noch ein weniges, und er wird Kraft genug bekommen, das Bildnis wie einen Menschenleib nach seinem Willen zu bewegen. Daher fordert die Weisheit, diese Seelen von ihm abzuziehen.«

Wieder sprach der Knabe. »Da sie aber durch das Gold an ihn gebunden sind, ist es nur nötig, das Gold wegzuziehen, so werden auch die Seelen ihn verlassen.«

Die Zuhörerinnen sahen einander an, und viele nickten zustimmend zu diesen Worten der Weisheit. Nur wusste niemand, wie man es anstellen sollte, den Basilisken ihr gehortetes Gold zu entreißen. Und selbst wenn das gelänge, wohin sollte man es dann bringen? Wo immer es sich befand, es würde dasselbe Unheil bewirken.

Das alles hatte jedoch die Salamanderkönigin bereits bedacht, wie ihre Boten versicherten. »Eure Aufgabe, Drachen und Menschen, ist es, das über der Erde befindliche Gold zu sammeln und in die Schächte zu werfen, die in die Feuerwelt führen. Ihr erkennt sie als hohe Basalttürme mit Deckeln wie Brunnen. Alles, was sich unter der Erde befindet, werden wir sammeln. Wir werden auch das riesige Bildnis angreifen und schmelzen. Und wir werden alles Gold von Murchmaros in einen See verwandeln, der auf ewig in den Eingeweiden der Erde siedet und kocht, wohin kein Mensch und auch kein anderes Wesen außer uns Salamandern gelangen können. Die Stellen aber, wo die beiden Häupter des Urchulak aus der Tiefe blicken, werden wir so glühend machen wie große Öfen. Alles Gold, das aus seinen Mäulern tropft, wird augenblicklich in die Spalten der Erde hinabrinnen wie Wasser, und kein Mensch wird es berühren können.«

Diese Worte fanden viel Bewunderung, und die alten Mauern von Zorgh hallten von Händeklatschen, Jubelrufen und den freudigen Schreien der Drachen wider.

Schließlich fragte Tochtersohn: »Und was verlangt eure Königin für diese hilfreiche Tat?«

»Nicht viel«, erwiderte der Bote. »Nur, dass ihr eine kleine Sehnsucht erfüllt wird, die sie seit Langem hegt. Ihr müsst wissen, dass am Anfang der Zeiten, als Majdanmajakakis die Erde erschuf, die Kaaden-Bûl frei und ungehindert über die Welt schweiften. Damals entstanden die mächtigen Basalttürme mit den Deckeln, die als Tore zwischen den beiden Welten dienten. Doch verging dieser Äon, und die Kinder der Allmutter teilten die Welt untereinander. Dabei betrog Drydd seine Schwestern und nahm sich statt eines Viertels von Murchmaros drei Viertel, die er mit den grauen Fluten bedeckte. Seine Wasser strömten über das alte Drachenland und bedeckten es, und wir mussten die Eingänge verschließen, um nicht ertränkt zu werden. Nun, da Drydd seine Gier bereut und das Meer zurückgezogen hat, liegen diese Länder wieder trocken, und wir möchten gern wieder darüber hinwegschweifen. Es würde uns genügen, dies drei Tage und Nächte lang zu tun, nicht länger. Wir wissen, dass die Welt jetzt eine andere ist als damals und wir nicht mehr allezeit auf ihr unterwegs sein können.«

»Das ist nicht zu viel verlangt«, sagte Tochtersohn nachdenklich.

Das Feuermädchen fuhr fort: »In diesen drei Tagen aber, so verlangt die Königin der Kaaden-Bûl, muss die Welt ihr gehören. Weder Phuram noch Datura dürfen am Himmel erscheinen. Kein Mensch und kein Drache, kein lebendes Wesen dürfen sich außerhalb seiner Heimstätte blicken lassen. Auch darf kein irdisches Feuer brennen, weder Lampe noch Herd dürfen entzündet werden. Das allein verlangt sie.«

»Das ist eine Bitte, die wir nicht erfüllen können, selbst wenn wir es wollten«, erwiderte Tochtersohn betrübt. »Zwar wären wir alle hier gern bereit, euch die Welt drei Tage lang zu überlassen. Aber wir haben keine Gewalt über die Menschen, die uns darin nicht folgen wollen, und schon gar keine Gewalt über Phuram und Datura.«

»Das wissen wir. Aber du bist die Hohepriesterin der Mandora. Du kannst die Bitte der Königin vor den Thron der Mutterjungfrauen bringen, die jetzt die Herrscherinnen über die Welt sind. Und was die widerspenstigen Menschen angeht, so denken wir, sie werden Vernunft annehmen, wenn die ersten Salamander auf der Oberfläche erscheinen.« Dabei lachte er, und in seinem Mund prasselte es.

Tochtersohn stützte das Kinn auf die Hand. Ihre Stirn war gerunzelt. »Wenn ihr über die Erde schweift, werdet ihr dann nicht alles verbrennen? Auch wenn die Königin gut gesinnt ist, so ist sie doch gewaltig und wild und könnte große Teile des Landes zerstören.«

»Ein wenig wird gewiss zerstört werden, aber sie wird darauf achten, keinen großen Schaden anzurichten. Wir werden uns zum größten Teil auf den Inseln bewegen, die aus dem Meer emporgestiegen sind, denn dort liegen die meisten unserer einstigen Städte.«

Daraufhin versprach Tochtersohn, sie werde mit der Versammlung darüber sprechen und, wenn sie zustimmten, den Mutterjungfrauen die Bitte vortragen.

Die Boten verschwanden.

Der Bote

Augenblicklich erhob sich ein wildes Durcheinander von Stimmen, jeder wusste ein Für und Wider zu sagen, aber Wyvern hob die Hand und verlangte das Wort. »Ehe Ihr darüber diskutiert, wie Ihr den Vorschlag der Salamanderkönigin beantworten wollt«, sagte sie, »habe ich noch Worte an Euch zu richten.«

Schweigen breitete sich aus.

»Ich bin seit Langem eine enge Freundin der Jungfer Lilibeth«, erklärte sie, »und habe viele Tage und Nächte im Gespräch mit ihr verbracht. Vor allem sprachen wir natürlich darüber, wie es möglich sein könnte, die Kraft ihres Vaters zu brechen, wenn wir ihn schon nicht vernichten können. Selbst die Weisen auf Murchmaros wissen nichts darüber, was einem Wesen wie ihm schaden könnte. Wir hofften, seine Töchter, die von seiner Substanz sind, können es herausfinden, und von ihnen ist nur Twayn, die jetzt Lilibeth ist, unsere Freundin. Sie hat lange nachgedacht und alle ihre Kunst aufgewandt, aber erst war alles vergeblich. Doch dann fand sie in einer alten Prophezeiung einen Hinweis darauf, wie seine Kraft gebrochen werden könnte.«

Und mit ihrer dunklen, volltönenden Stimme sprach sie die Verse:

»Wo die Lebenden fliehen,
Kämpfen die Toten.
Wo Lebende sterben,
Leben die Toten.
Wo lebende Augen erblinden,
Sehen die Toten.
Was ein Schwert nicht zerschneiden kann,
Schneidet der Hass.«

Schweigend lauschten die Frauen und Männer, von einem kalten Hauch berührt.

Wyvern fuhr fort: »Wir waren von allem Anfang an der Ansicht, dass die Männer und Frauen, die der Urchulak in einen oft schmählichen Tod trieb, bereit wären, sich an ihm zu rächen. Aber dazu müsste es möglich sein, ihnen mitzuteilen, wofür sie gebraucht werden.«

An dieser Stelle unterbrach die greise Lulalume mit barscher Stimme, wobei sie ihren Stab auf den Boden stieß. »Fern sei es uns, die Toten mit Beschwörungen und Zaubereien aus ihren Gräbern zu rufen!« Die anderen stimmten ein. Hatten die Mutterjungfrauen nicht streng verboten, die schwarzen Gesänge zu singen und die Knochenorakel zu werfen, die die Dahingeschiedenen in diese Welt zurückzerrten?

Wyvern hob beide Hände. »Ich kenne das Verbot, und ich bin froh, dass Ihr alle es nicht übertreten wollt. Aber wir haben keine andere Hoffnung, als dass es den Toten gelingen möge, wo die Lebenden scheitern. Und Miranda hat uns einen Weg geöffnet.«

Alle Blicke wandten sich der Drachentochter zu – neugierig, argwöhnisch, vorwurfsvoll.

»Es gibt den einen Weg«, fuhr die Sphinx fort, »einen Boten zu senden, der die Nachricht ins Reich der Toten bringt.«

»Aber er käme nicht wieder!«, rief Lulalume. »Wer hinübergeht, kann nie zurückkehren, so beschlossen es die Gesetze der Mutterjungfrauen.«

»Er käme nicht wieder«, bestätigte Wyvern. Sie wandte sich um und bedeutete einer in graue Schleier gehüllten Person, die hinter ihr auf den Steinen saß, aufzustehen und vorzutreten. Als aller Augen an der Gestalt hingen, zog sie den Schleier fort und enthüllte einen ganz in Weiß gekleideten, blonden, blauäugigen Jüngling. »Dies«, sagte sie, »ist Ritter Ennewein, ein Held der Nordlinge. Er war bereit, sein Leben im Kampf gegen die Tarasquen zu lassen. Da ihm dieser Tod versagt blieb, hat er sich bereit erklärt, unser Bote zu sein.«

Diese Worte lösten ein heftiges Murmeln und Tuscheln aus. Einige Frauen sprangen auf, um besser sehen zu können. Plötzlich erhob sich die tiefe Stimme der Zauberin Umbra über die Sitzreihen hinweg. »Ein kühnes und edles Herz hat dieser Mann!«

Wyvern bedeutete Ennewein, er möge selbst sprechen. Mit frischer, wohltönender Stimme hob er an zu erzählen, wie sein Freund Coloban in den Krieg gezogen war, wie er selbst das klägliche Ende der dreitausend Ritter miterlebt hatte und voller Zorn gewesen war, dass es ihm nicht vergönnt sein sollte, die Tarasquen zu vernichten. Er sprach davon, wie Miranda ihn auf den Gedanken gebracht hatte, als Bote ins Reich der Schatten zu ziehen.

»Schon damals«, sprach er, »war ich entschlossen, diesen Schritt zu tun. Noch mehr bin ich heute dazu entschlossen, denn meine Freunde sind vernichtet, und Chiritai, das ich in seinem Glanz kannte, ist beschmutzt. Zwei Pestdämonen sitzen auf dem Thron, den Kaiser Viborg gründen ließ. In den Hallen der Ritter hausen wahnsinnige Schurken, die nichts als Mord und Raub im Sinn haben, und der Fluch des Goldes zerfrisst Bürger und Bauern. Ich werde ins Reich der Schatten gehen und Eure Botschaft überbringen. Aber ich will als Ritter hinübergehen.« Er sah sich mit blitzenden Augen nach allen Seiten um. »Ich habe vom Schwert gelebt und will durch das Schwert sterben. So fordere ich diejenigen unter Euch, die sich mir in ehrlichem Kampf stellen wollen, dazu heraus. Denn im heldischen Kampf will ich fallen.«

Die Ansprache löste einen Sturm der Begeisterung aus, und selbst die wenig Kriegerischen unter den Anwesenden lobten die Ehre und den Mut des Jünglings. Augenblicklich erhoben sich zwei oder drei Schildjungfrauen und boten sich an, mit ihm auf die Walstatt zu treten.

Miranda wollte der Atem in der Kehle stocken. Sie war berührt vom Mut des Jünglings und beschämt, dass sie solchen Mut nicht besaß. Wie sehr hatte sie sich gefürchtet, als die Totenkopflibellen sie angegriffen hatten! Freilich, Ennewein war von Kind auf dazu erzogen worden, das Leben eines Kämpfers zu führen und den Tod eines Kämpfers zu sterben, während sie von der Berufung zur Kaiserin der Mitte völlig überrumpelt worden war.

Wyvern und Tochtersohn küssten und segneten den Jüngling. Dieser verabschiedete sich von ihnen, ergriff sein Schwert und trat barfuß und im weißen Totenhemd in das vom Feuerschein erhellte Rund. Die Schildjungfrau, die sich ihm stellte, legte daraufhin den Panzer ab, warf ihren Schild beiseite und trat ihm ebenfalls nur mit dem Schwert bewaffnet entgegen. Mit einem kleinen Lächeln sagte sie: »Ihr wollt in einem *ehrlichen* Kampf fallen.«

Tochtersohn gab das Zeichen, und die beiden Kämpfer traten, das Schwert in der Hand, aufeinander zu. Miranda hatte noch nie einen Kampf nach allen Regeln der Kunst gesehen, denn die Indigolöwen legten wenig Wert auf eine militärische

Erziehung. Sie sah nur das Blitzen und Zucken der Schwerter, die im Feuerschein rote Lohe sprühten, hörte die Waffen aufeinanderklirren und sah, wie die Gegner mit leichten Sprüngen voneinander zurückwichen, einander abschätzten und von Neuem die Schwerter schwangen. Wie zwei Skorpione erschienen sie ihr, die sich mit vorwärts gekrümmten Stachelschwänzen umkreisten.

Plötzlich stieß die Schildjungfrau einen lauten Schrei aus, sprang vorwärts und hob das Schwert mit beiden Händen hoch über den Kopf. Ennewein parierte mit seinem Schwert und blickte dabei nach oben, von wo er den Schlag erwartete – da wich sie seitlich aus, hielt die Klinge vor den Leib und rammte sie ihm unter den Rippen hindurch in die Eingeweide. Er stand ein paar Herzschläge lang ganz ruhig da und blickte die keuchende Frau und das blutbeschmierte Schwert in ihren Händen an. Dann ließ er langsam die eigene Waffe fallen, trat einen schwankenden Schritt zurück und fiel auf den steinernen Sitz nieder. Ein Blutstrom quoll ihm aus der Brust und troff über das weiße Hemd.

Augenblicklich gab Wyvern das Zeichen, den Kampf zu beenden, und trat auf den Verwundeten zu. Der ließ den Kopf auf ihren Arm sinken und lauschte aufmerksam, während sie ihm noch einmal die Botschaft wiederholte: »Sag den Toten, was die Prophezeiung verkündet, und dräng sie, ihren eigenen Tod zu rächen und andere vor dem Unhold zu schützen. Geh in Frieden! Deine Tat wird unvergessen sein, solange Menschen und Drachen auf Chatundra leben.«

Der Jüngling lächelte und schloss die Augen. Ein Schauder lief durch seinen ganzen Körper. Blut füllte seinen Mund und quoll ihm über die Lippen. Mit einem tiefen Seufzer starb er.

Wyvern gab Befehl, seinen Leichnam in der Weise beizusetzen, wie die hohen Drachen von Zorgh ihre Toten bestattet hatten. Man trug ihn zu einem der Lavaseen und ließ ihn, während die Umstehenden die bei ihren Völkern üblichen Totenlieder anstimmten, in die kochende Feuerflut sinken, die ihn augenblicklich zu Asche verbrannte.

Das Heerlager der Drachen

Die Prüfung

Sobald das Feuer den Leichnam verzehrt hatte, kehrten die Abgeordneten zu ihren Plätzen zurück. Tochtersohn fragte, ob noch jemand etwas von Bedeutung zu sagen habe. Da erhob sich Zelda, der Mesri, und bat ums Wort.

»Nachdem die Jungfer Lilibeth mir ihren Kummer anvertraut hatte«, sagte er, »verbrachte ich viel Zeit mit Nachsinnen, wie ich ihr helfen könnte, den Fluch ihres Vaters zu brechen. Zuletzt hatte ich einen heiligen Traum, in dem der Erste, der uralte Mesri selbst zu mir sprach.« Dann wandte er sich an Lilibeth. »Willst du dein Leben mit mir teilen, so bin ich bereit, die Prüfung zu bestehen.«

Sie wandte ihm ruckartig den Kopf zu, und ein Schrei des Entsetzens brach von ihren Lippen. »Geliebter! Das ist dein Tod! Niemand kann die Prüfung bestehen!«

Der Jüngling blieb jedoch beharrlich. Er streckte ihr beide Hände entgegen. »Willst du deine Hände in meine legen, und will die Hohepriesterin uns segnen, so wage ich es.«

Miranda sah, wie verzweifelt Lilibeth schwankte zwischen der brennenden Sehnsucht, den Geliebten ganz zu eigen zu nehmen, und der schrecklichen Angst, sie müsse ihm unter der Gewalt ihres Vaters ein blutiges Ende bereiten.

»Vertrau mir«, bat Zelda. Seine Stimme klang so eindringlich, dass die verwunschene Jungfer allen Mut zusammennahm und mit einem entschlossenen Schritt vorwärts seine Hände ergriff. Sie weinte dabei, aber sie forderte mit fester Stimme: »Es ist mein Wille, und da es auch der deine ist, so möge Tochtersohn uns segnen.«

Die Hohepriesterin ergriff ihrer beider Hände und bedeckte sie mit den ihren. Dann rief sie den Segen der Mutterjungfrauen auf das Paar herab und flehte die Himmlischen an, Zelda möge sich nicht getäuscht haben in seinem Vertrauen, die Prüfung bestehen zu können.

Als die Zeremonie beendet war, wandte Zelda sich an seine Frau. »Ruf deine Hunde herbei, Lilibeth, damit ich ihnen zu fressen gebe. Dies soll ihr Napf sein.« Er bückte sich und hob eine der losen Steinplatten auf, trug sie genau vor die Terrasse, wo die Sprecher zu stehen pflegten, und bat dann, ihn für eine kurze Zeit zu entschuldigen. Bis dahin möge Lilibeth ihre Hunde herbeirufen. Also ließ diese die Hunde bringen, deren Erscheinen einen nicht geringen Schrecken unter den Anwesenden auslöste. Wenig später, als die scheußlichen Tiere sich eben erwartungsvoll hechelnd vor die Steinplatte gesetzt hatten, kehrte Zelda zurück. Aus seinem Mantel hatte er ein schweres Bündel gemacht, das er vor dem Stein ablegte.

Mit lauter Stimme rief er in die Nacht hinaus: »Höre, Urchulak, der du dem Gatten deiner Tochter eine solch schwere Prüfung auferlegt hast – höre und sieh, wie ich sie vollbringe! Du hast befohlen, wer deine Tochter zur Frau nimmt, müsse ihre Hunde mit den Knochen und dem Fleisch ihrer Mutter füttern. Das sei unmöglich zu tun, da sie doch nicht aus dem Schoß eines Weibes entstanden ist. An dem Tag aber, an dem du aus dem Himmel auf die Erde gestürzt wurdest, spritzten drei Tropfen von deinem Leib weg und fielen auf den Boden, aus denen Twynneth, Twyfald und

Twayn entstanden. So bist du ihr Vater, und die Erde ist ihre Mutter.«

Er öffnete das Bündel und leerte einen Haufen Erde und drei faustgroße Felsbrocken auf den Stein. »Fresst!«, rief er den Hunden zu. »Fresst die Gebeine der Erde, die Felsen, und ihr Fleisch, die Krume!«

Augenblicklich stürzten sich die drei Hunde auf den Stein und verschlangen zum Entsetzen der Anwesenden alles, was darauf lag, auch die drei kantigen Felsbrocken, die sie krachend und knirschend zerbissen und hinunterwürgten. Zugleich fuhr ein Blitz über den Himmel, der vom Süden Chatundras heraufkam und sich mit einem solchen Krachen entlud, dass ein paar Herzschläge lang alle Abgeordneten taub wurden. Feuer flammte über den Nachthimmel. Funken sprühten wie Sternschnuppen nach allen Richtungen. Ein beißender Geruch nach heißem Metall hing in der Luft. Die drei Hunde loderten auf wie brennendes Werg, und Miranda dachte, sie müssten verbrennen, aber da erlosch das Feuer schon wieder, und vor der Steinplatte standen drei große, schöne Tiere mit weiß und schwarz geflecktem Fell und bernsteinfarbenen Augen. Sie kauerten sich vor Zelda nieder, leckten ihm die Füße und wedelten fröhlich mit den Schwänzen.

Lilibeth schlug die Hände zusammen, aber sie selbst blieb unverwandelt, und alle sahen, dass sie weinte. Zelda nahm sie in die Arme. »Meine liebe Frau«, sagte er. »Lass uns froh darüber sein, dass dir und mir ein grausames Schicksal erspart geblieben ist. Was weiter ist, wollen wir in Geduld abwarten.« Eng umschlungen führte er sie mit sich auf den Platz zurück, wo sie saßen und einander an den Händen hielten.

Zwei Tage lang dauerten die Gespräche der Abgesandten. Phuram stieg am Himmel auf und sank wieder hinter den Horizont. Die zwölf Fallum Fey trugen Daturas silbernes Spinnennetz über den Himmel. Immer noch saßen die Frauen Chatundras um die Feuer und beratschlagten. Denn es ging nicht nur um das Angebot der Salamander und die Aufgabe der sieben Auserwählten, sondern auch um die Bedrohung durch die Sumpfgeschöpfe im Süden und das abgefallene Chiritai im Norden. Vor allem Chiritai machte der Ratsversammlung Sorgen.

Schließlich wurde beschlossen, die ehemalige Garnisonsstadt zum Hauptquartier der Drachen und ihrer Freunde und Freundinnen zu erwählen. Dort sollten sie sich rüsten, die Verschmelzung der beiden bösen Reiche zu verhindern.

Die Jagd auf das Pupulsac

Unmittelbar nach dem Konzil der weiblichen Wesen flogen die ersten Drachen in alle Richtungen fort, um das Gold einzusammeln. Unterstützt wurden sie dabei von zahlreichen Gefährten aus dem Land der Makakau. Diese taten sich sehr viel darauf zugute, dass ihre Herrscher schon vor langer Zeit ein Verbot des Pupulsac erlassen hatten. Unter diesen Drachen waren Jamíle und Quinquin. Der würdige Ekoya Fayanbraz dagegen war am Hof geblieben, um seine Familie in allen Fährnissen zu beschützen, denn das unheimliche goldene Bildnis stand gefährlich nahe an den Grenzen des Makakau-Landes.

Die beiden Luftdrachen hatten ihren Spaß an dem Auftrag. Ihnen war ein Gebiet an der südöstlichen Küste zugeteilt worden, wo nicht viele Menschen lebten. Sie flogen von Hof zu Hof, schlugen mit ihren Schwänzen an die Türen und überbrachten das Dekret der hohen Drachen, alles Gold sofort herauszugeben. Die meisten gehorchten willig, schon deshalb, weil sie kaum Gold besaßen und sich wegen des wenigen nicht mit zwei Drachen anlegen mochten. Aber der eine oder andere Geizhals klammerte sich an seine Schätze. Einen solchen pflegte Quinquin an der Hose oder am Kittel zu packen und stellte ihn auf den Kopf, während Jamíles blaue

Schnauze in alle Taschen fuhr und das Gold bis zum letzten Stäubchen herausschüttelte.

Als es sich herumsprach, dass die Drachen alles Gold vernichten wollten, sammelten viele Geizkragen in aller Eile heimlich ihre Schätze in Säcke und Truhen und versuchten sie in Sicherheit zu bringen. Von einem unheimlichen Bann angezogen, machten sie sich auf den Weg zu dem Standbild, überzeugt, dort am besten aufgehoben zu sein. Sie wussten freilich nicht, dass es das Ende ihres Lebens und ihrer Persönlichkeit bedeuten würde. Manchen gelang es, ihr Ziel zu erreichen, den anderen nicht – die verhungerten im Regenwald auf ihrem Gold oder wurden Opfer blutdürstiger Stämme, die dort wohnten. Ihre Gebeine bleichten auf den Goldhaufen, während ihre Seelen heulend in den Winden umherwirbelten.

Natürlich hatte auch Twyfald von alldem erfahren, und sie hatte beschlossen, rasch zu handeln. Ohne Gold, das wusste sie nur zu gut, wäre nicht nur das stolze Chiritai ein bloßer Steinhaufen in der Ödnis, sondern auch ihre Macht schwände dahin. So befahl sie ihren Rittern, unverzüglich zu den Waffen zu greifen und Fort Timlach zu besetzen, ehe die Drachen sich dort einnisten konnten. Andere entsandte sie zum nördlichen Haupt des Urchulak und befahl ihnen, dieses zu bewachen und gnadenlos jeden zu töten, sei es Mensch oder Drache, der das Gold von dort zu entfernen versuchte.

Zwei der Ritter, die sie beauftragt hatte, zogen im Morgengrauen aus der Stadt und ritten nach Norden. Es waren Brüder, der eine hieß Nimaz, der andere Emich. Beide waren schöne, stolze Männer, kühnen Mutes und geübt in allen Waffenkünsten, und nahmen guten Mutes ihre Aufgabe wahr. Es war ein feuchter, trüber Tag, aber warm und mild. Nimaz scherzte: »Heute muss noch Blut fließen, damit mein Schwert bei dem nassen Wetter nicht rostet! Hei! Wie gern sähe ich jetzt einen Stollenwurm aus dem Wald kriechen. Mich gelüstet es richtig nach dem Nacken eines Drachen. Mich zieht es nach Fort Timlach, dort liegen die großen Würmer beisammen und halten Rat. Einen Rat wollte ich ihnen wohl geben – mit meinem Schwert!«

Unter solchen Reden gelangten sie immer tiefer in die Vorberge und die Schluchten, in denen vor nicht allzulanger Zeit vier kühne Ritter ihr Leben gelassen hatten.

Je näher sie der Höhle des Hauptes kamen, desto mehr fiel ihnen auf, wie schwer und rauchig die Luft war, und noch ein Stückchen weiter, wie gelb die Nadeln der Bäume aussahen. Dann entdeckten sie nackte Baumgerippe, vom Feuer geschwärzt. Ihre Echsen trabten langsam und widerwillig dahin, offensichtlich in großer Scheu vor dem Ort, und mehr als einmal drohten sie die Reiter abzuwerfen und durchzugehen. Doch die beiden zwangen sie mit Sporn und Stachel, weiterzugehen und sie an den Abhang zu bringen, von dem aus man in die Öffnung der Erde hinuntersah.

Früher hatte vor dem Eingang der Höhle stets ein kleiner Haufen Goldbrocken gelegen. Dort rauchte jetzt ein See glühenden Goldes, dessen Ränder Gras und Kraut verbrannten. Ein Bächlein rann daraus hervor und in eine Spalte zwischen den Felsen, wo es versickerte.

Emich fluchte lästerlich. »Das haben die Drachen getan!«, rief er wütend. »Nur sie bringen es zustande, Gold ohne Ofen zu schmelzen ... und sieh dir die Höhle an!«

»Ich sehe sie«, murmelte Nimaz betroffen.

Der Felsenbogen war im Innern von einem hellen Feuer erfüllt, als blicke man in den Krater eines Vulkans. Geschmolzene Steine wälzten sich als dunkelrote Lava aus dem Höhleneingang hervor.

»Wir müssen der Kaiserin Bericht erstatten, was hier geschehen ist«, sagte Nimaz schließlich.

Er wollte seine Echse schon wenden, als Emich ihn festhielt. »Warte, Bruder! Man sagt, wem die Botschaft missfalle, dessen Zorn komme über den Boten, und von niemand glaube ich das eher als von Twyfald. Sie wird es uns entgelten lassen, dass sie kein Gold mehr von hier holen kann. Lass uns lieber nicht zurückkehren.«

»Und wohin sollen wir gehen?«

Emich grinste. »Da es nun die Drachen sind, die das Gold für unseren Sold haben, lass uns zu den Drachen gehen und ihnen dienen. Das ist nicht schändlicher, als einer Hexe dienen zu müssen.«

»Du konntest die Drachen nie leiden«, warf Nimaz erstaunt ein.

»Das war«, erwiderte Emich gelassen, »als Chiritai noch genug Gold hatte, um mich zu bezahlen. Jetzt sieht es anders aus. Auf, nach Fort Timlach!«

Doch ehe er noch seine Echse wenden konnte, fuhr aus der Höhle ein riesiger Feuerschweif hervor und verzehrte die beiden Brüder so blitzschnell, dass sie weder aufschreien noch sich bewegen konnten. Mehrere Herzschläge lang saßen ihre starren, geschwärzten Gerippe noch auf den glosenden Kadavern der Echsen, mit Harnisch und Helm angetan, ehe ein Windstoß sie traf und sie klappernd in sich zusammenfielen.

Unerwartete Gäste

Solange Miranda als zahlender Gast in Fort Timlach gewohnt hatte, war es ihr gleichgültig gewesen, dass die Stadt von einem Trunkenbold regiert wurde. Nun jedoch, da die offene Auseinandersetzung bevorstand, war sie nicht gewillt, ihn noch weiter zu dulden. Sie ließ Papandin samt seinem Gefolge zu sich rufen.

»Meister Papandin«, wandte Miranda sich an den grauhaarigen, fett gewordenen Bürgermeister, der in einem schlampig geknoteten Wickelrock vor ihr stand, »eine große Veränderung steht Eurer Stadt bevor, denn sie ist dazu auserwählt, die neue Hauptstadt von Chatundra zu werden – das Herz der alten und der neuen Länder, da sie im Mittelpunkt aller wichtigen Städte liegt. Gewiss habt Ihr schon von der Not und dem Schrecken gehört, die über den Süden hereingebrochen sind und das ganze Land bedrohen. Um diesem Schrecken zu begegnen, wird das Konzil der weiblichen Wesen sein Hauptquartier hierher verlegen, und ich – die zukünftige Kaiserin – bin von Stunde an Regentin dieser Stadt.«

»Aber …«, stammelte Papandin, der noch nicht ganz wach war und außerdem am Vortag zu viel Palmwein getrunken hatte, »aber … ich weiß nicht … ich muss erst darüber nachdenken …«

Miranda, die den Menschen abscheulich fand, schüttelte energisch den Kopf. »Nein, das müsst Ihr nicht, guter Mann«, widersprach sie mit strenger Stimme. »Ihr habt nur noch eines zu tun: Teilt Euren Bürgern mit, was ich gesagt habe, und begebt Euch dann in Ruhe wieder in die Taverne, denn Ihr werdet nicht mehr gebraucht. In Kürze wird die Sphinx Wyvern mit ihren Kindern hier eintreffen sowie viele andere edle und hochgeborene Wesen. Sie werden sich um alles kümmern.«

Papandin starrte sie aus blutunterlaufenen Augen an und wollte noch eine Bemerkung machen, aber sie entließ ihn mit einer Handbewegung, und die Diener eskortierten ihn hinaus.

Mittlerweile war in der Stadt große Unruhe ausgebrochen. Alles lief durcheinander und starrte zum Himmel, wo ein Schwarm Flugechsen auftauchte und im Arkadenpalast landete. Wenig später kamen die ersten Drachen. Die verschlafene Stadt füllte sich mit Menschen, Drachen und Wesen, wie sie die Timlacher nur aus Erzählungen am Lagerfeuer kannten. Überall wimmelte es von Tatzelwürmern, Sphingen, Hybriden und anderen sonderbaren Geschöpfen. Am meisten fürchteten sich die guten Leute vor einer Frau, deren Angesicht mit einem dicken schwarzen Schleier verhüllt war. Aber den Timlachern blieb nicht lange Zeit, zu gaffen und zu staunen. Zweifellos hatte man in Chiritai bereits von den Ratschlüssen des Konzils erfahren. Es war zu befürchten, dass Twyfald augenblicklich ihre Truppen in Marsch setzen würde.

Tochtersohn trat auf den steinernen Balkon, von dem der Herold einst die Befehle des Stadtkommandanten verkündet hatte, und sprach von dort aus zu der Menge.

»Leute von Fort Timlach! Ihr stammt von kaiserlichen Soldaten ab, und die Zeit ist gekommen, euch an diese Herkunft zu erinnern. Wie ihr wisst, wurde auf den Feuerbergen das Konzil der weiblichen Wesen abgehalten. Ihr habt gesehen, wie die Feuerflammen loderten und die Drachen flogen, und zweifellos habt ihr euch gefragt: Was beraten und beschließen wohl die Himmelsflügler da oben? Nun, ich sage es euch. Beschlüsse wurden gefasst, um ein schreckliches Unheil abzuwenden ...«

Dann erzählte sie den Leuten, was auf dem Konzil geredet worden war, und bat sie, sich gemeinsam mit den edlen Drachen und guten Menschen dem Unhold entgegenzustellen.

Miranda, die aufmerksam der Rede lauschte und die Gesichter der Zuhörer beobachtete, merkte wohl, dass die Timlacher nicht sonderlich erfreut waren über diese Reden von Krieg und Heldenmut und Kampf bis zum letzten Mann. Aber angesichts der vielen Drachen und der Ehrfurcht gebietenden Fremden in ihrem Städtchen wagten sie nicht zu widersprechen, sondern klatschten zustimmend, wenn auch nicht gerade begeistert.

Der Bürgermeister Papandin nahm es insgeheim sehr übel, dass die Drachin Miranda ihn so ohne alle Formalitäten seines Amtes enthoben hatte. Er war beleidigt, und da er obendrein habgierig war, fand er, dass ihm eine Entschädigung gebührte für die vielen Jahre, die er in aller Bequemlichkeit und ohne viel Arbeit verbracht hatte.

Als er voll Groll in sein Haus heimkehrte, flüsterte ihm der Diener am Eingangstor zu, er habe Besuch, und zwar von einem sehr vornehmen Herrn.

»Weiß schon«, murrte Papandin. Waren die verwünschten Drachen und ihr Anhang also bereits in seine Wohnung vorgedrungen! Mit übellaunigem Schwung riss er die Tür zu seinen Gemächern auf – und erstarrte, als er sich einem hochgewachsenen, strengen und vornehmen Ritter in schimmernder goldener Rüstung gegenübersah. Selbst sein Gesicht und sein Haar schienen aus blankem Gold zu sein. An der Lanze, die er an einen Schrank gelehnt hatte, flatterte ein Wimpel mit den Farben von Thurazim. Seine Rüstung sowie seine edle Erscheinung mit dem buschigen weißblonden Haar und den scharfen Zügen glichen in allen Einzelheiten den Bildnissen der ehemaligen Ritter des Kaiserreichs, die noch überall in den Höfen der Kasernen standen.

»Wer – wer seid Ihr?«, stammelte Papandin und nestelte hastig an seiner unordentlichen Kleidung. Wie er da stand, mit nacktem, schweißbedecktem Oberkörper und hängendem Bauch, die platten Füße in offenen Sandalen, den schmuddeligen Wickelrock um die Hüften geschlungen, fühlte er sich klein und schäbig angesichts des golden Gepanzerten.

Der antwortete: »Ich bin der Gottkaiser von Thurazim, der Höchste, den man bald in allen Ländern von Chatundra auf den Knien anbeten wird. Ich bin gekommen, um Euch an meinen Hof zu berufen. Folgt unverzüglich! Hohe Ehren erwarten Euch, Bürgermeister von Fort Timlach, und viel Gold, wenn Ihr dem Ruf folgt.«

Papandin starrte den Ritter an. Das war ja zu schön, um wahr zu sein! Der anfänglichen Welle der Begeisterung, die ihn überflutete, folgte freilich Misstrauen. Der Bürgermeister war überaus eitel, aber er war nicht so einfältig, dass er sich nicht insgeheim fragte, wozu ein so hoher Herr seine Dienste brauchte. Auch hatte der vornehme Ritter etwas an sich, das ihm nicht ganz geheuer war.

Der Urchulak, der sein Zögern bemerkt hatte, lächelte dünn. »Es zwingt Euch niemand, Bürgermeister. Ihr könnt gern auch als missachteter Sklave der Drachen, die Euch aus dem Amt gejagt haben, weiter hierbleiben.«

»Niemals!« Papandin fuhr mit hochrotem Gesicht auf. Der Stachel der Kränkung bohrte sich ihm von Neuem tief ins Herz. »Ich komme mit Euch.«

»Gut, sehr gut. Mein Ross wartet. Allerdings müsstet Ihr mir vorher noch einen kleinen Gefallen tun.«

Papandin zögerte. »Und was wäre das für ein Gefallen?«

»Oh, nur eine Kleinigkeit. Mit den Drachen sind sieben Menschen gekommen, die man die Auserwählten nennt, darunter die hochmütige Miranda, die Euch so sehr gekränkt hat. Ladet die sieben Auserwählten zu einem Gastmahl und sorgt dafür, dass sie dieses nicht mehr lebend verlassen. Mein Dank ist Euch gewiss.« Damit wandte er sich zum Gehen. Über die Schulter hinweg zischte er: »Wenn die Leichen der Sieben im Hof des Arkadenpalastes aufgebahrt liegen, komme ich und hole Euch an meinen Hof, und Ihr sollt mein Minister werden.«

Im Kopf der Schildkröte

Miranda war höchst erleichtert, als sie feststellte, dass die Sphinx den Aufbau des neuen Stützpunktes in die Hand nahm. Ihr selbst wurde die weitaus einfachere Aufgabe zugewiesen, sich um die Sieben zu kümmern. Mit den wimmelnden Scharen von Drachen und Menschen zurechtzukommen, die sich in einer ständig anschwellenden Flut in Fort Timlach sammelten, wäre über ihre Kräfte gegangen. Es hatte sich bald herumgesprochen, dass das Konzil der weiblichen Wesen beschlossen hatte, alle Mitkämpfer in der Garnisonsstadt zu versammeln. Viele wussten, dass ein Krieg bevorstand, und wollten sich in die Reihen ihrer Freunde stellen.

Vauvenal unterstützte seine Freunde nach Kräften. Dabei merkte er, dass seine Tochter sich bei ihrem ersten offiziellen Auftritt nicht sonderlich geschickt angestellt hatte. Der Troubadour, ein äußerst diplomatischer Drache, bemerkte, wie beleidigt der ehemalige Bürgermeister über seine Absetzung war und wie er mit finsteren Blicken in den Ecken herumschlich. Deshalb gedachte er ihn aufzuheitern. Er rief ihn zu sich und erkundigte sich mitfühlend, was ihm eine so üble Laune beschert habe.

Der Bürgermeister, der ihn trotz seiner Menschengestalt nicht als Vater Mirandas erkannte, platzte wütend heraus. »Ei, wärt Ihr nicht auch mürrisch, wenn man Euch nach sechzehn verdienstvollen Amtsjahren so mir nichts, dir nichts davonjagt und erklärt hätte, Euch nicht mehr zu brauchen? Was habe ich nicht alles für diese Stadt getan! Man schätzt mich hier! Wie oft haben meine Bürger schon zu mir gesagt: ›Meister Papandin, was täten wir wohl ohne Euch!‹«

Vauvenal lauschte aufmerksam. Der Bürgermeister ließ einen Strom von Klagen hören, bis ihm die Luft ausging. Erst dann ergriff der Drachenfürst das Wort. »Wie ich sehe, ist Euch Unrecht geschehen, mein guter Papandin«, sprach er. »Es tut mir leid, dass man Euch so hart behandelt hat. Gewiss geschah es nur in der Erregung, da jetzt so viel bedacht und besprochen werden muss, aber man hätte Eure Verdienste berücksichtigen müssen. Balor!«

Der Bürgermeister wich erschrocken zurück, als ein schwarzes Wesen, einer Katze ähnlich, aber schlüpfrig wie ein Salamander, herbeiflitzte und sich vor dem Drachen verbeugte.

»Hol mir meine Schatulle!«, befahl Vauvenal. Und zu Papandin sagte er: »Ich werde zusehen, dass man Euch in allen Ehren aus dem Amt verabschiedet, sobald die größte Aufregung sich gelegt hat, doch will ich Euch jetzt schon einen kleinen Trost anbieten.« Er nahm die Schatulle entgegen, die Balor diensteifrig herbeigeschleppt hatte, und öffnete sie unter den Augen des Bürgermeisters. »Eure Verdienste sollen nicht unbedankt bleiben. Sucht Euch ein Dutzend Juwelen aus, die Euch am besten gefallen, und ich werde Euch daraus eine Brustkette machen lassen – zum Dank für Eure Verdienste.«

Dem alten Taugenichts wurden die Knie weich beim Anblick der schimmernden Edelsteine. Beinahe wäre er vor Vauvenal auf die Knie gefallen und hätte ihm die Hände geküsst, hätte der edle Drache nicht abgewehrt. Und furchtbar lastete auf seiner Seele das Versprechen, das er im Zorn dem seltsamen Ritter gegeben hatte. Denn Papandin war im Grunde kein böser Mensch und schon gar kein Meuchelmörder, er war nur faul, trunksüchtig, eitel und rasch beleidigt. Was sollte er nur tun? Sich einfach weigern, den mörderischen Auftrag zu erfüllen? Bei dem bloßen Gedanken an das Gesicht des Ritters schlotterten ihm die Knie. Nie hätte er es gewagt, dessen Zorn herauszufordern. Sich dem Drachen anvertrauen? Ihm sagen, dass er bereits eingewilligt hatte, die Sieben zu vergiften? Nein, das wagte er auch nicht. Drachen waren jähzornige Geschöpfe, und Vauvenal mochte ihm einen Feuerstoß entgegenschleudern, ehe er noch Zeit gehabt hätte, um Verzeihung zu bitten. Wie er es auch drehte und wendete, es schien keinen Ausweg zu geben …

Miranda war froh, dem Trubel zu entkommen. Sie hatte die Aufgabe übernommen, den Gefährten das Kuppelgebäude zu zeigen, das den Kopf der steinernen Schildkröte bildete. Gemeinsam schritten die Sieben dorthin, gefolgt von vier Kampfdrachen, die Vauvenal zum Schutz seiner Tochter herbeigerufen hatte. Die mächtigen, bronzeschimmernden Drachen mit den Zackenkämmen lagerten sich rund um das Gebäude, während die Erwählten eintraten.

Die sechs Gefährten zeigten sich beeindruckt von dem Gebäude, das ein wenig von seinem alten Glanz wiedergewonnen hatte, nachdem es gereinigt und ausgebessert worden war. Die Mosaike zu Phurams Ehren hatte Miranda entfernen lassen und erklärt, dass der Kuppelraum wieder als Heiligtum Majdanmajakakis' und der Kaaden-Bûl geweiht werden sollte, sobald die kriegerischen Auseinandersetzungen entschieden waren.

Ehrfürchtig näherten sie sich dem Brunnen. Rotes Licht flackerte in seinen Tiefen. Die Unruhe der Feurigen war deutlich zu spüren; die Steinplatten des Bodens vibrierten. Immer wieder sprangen flüchtige Flammenzungen in dem gespenstisch erleuchteten Schacht hin und her.

Graf Lubis deutete mit verkniffenem Gesicht auf die Wendeltreppe, die am Rand des Feuerschachts in unbekannte Tiefen hinabführte. »Soll das etwa heißen, dass wir dort hinuntersteigen müssen? Wir würden verbrennen, ehe wir noch drei Windungen der Treppe hinter uns gebracht hätten.«

Zelda widersprach ihm. »Die Feurigen steigen nur jetzt so hoch, da sie sehr erregt sind von der Aussicht, an die Oberwelt kommen zu dürfen. Wenn wir hinuntersteigen, werden sie sich zurückziehen.«

Der Graf warf ihm einen schiefen Blick zu. »Ihr wisst eine Menge für einen entlaufenen Hofnarren, Zelda.«

»Ich bin nicht geboren, um ein Hofnarr zu sein«, erwiderte der Jüngling. »Und auch Ihr wurdet nicht geboren, um einem König Korchas die Stiefel zu lecken. «

Darin war Graf Lubis ganz seiner Meinung, also stritt er nicht weiter, sondern murmelte vor sich hin: »Wenn es wenigstens noch die Stiefel gewesen wären, die ich ihm küssen musste, aber es waren seine fetten, grindigen, nackten Füße!«

Miranda empfand ein lebhaftes Unbehagen bei dem Gedanken, dass er einer der Sieben sein sollte. Konnten sie ihm vertrauen, wenn sie sich auf ihren schwierigen Weg machten? Hatte nicht selbst Wyvern – die ihn offenbar gern mochte – gesagt, er sei »so vertrauenswürdig wie schmelzendes Eis«? Aber andererseits hatte Wyvern nicht dagegen gesprochen, dass er mit ihnen gehen sollte.

Die Drachenjungfrau seufzte verstohlen. Wenn es nur nicht so schwierig gewesen wäre, plötzlich die Anführerin dieser zusammengewürfelten Truppe zu sein! Die beiden Prinzessinnen waren klug und wohlerzogen, aber mit Gynnevise fing es schon an! Zelda schien sehr liebenswürdig zu sein, aber er war ihr fremd. Sie hatte noch nie einen lebenden Mesri gesehen und fand es sonderbar, dass er keine Zähne und keine Fingernägel hatte … und diese dünne, gespaltene Zunge! Dann war da die Jungfer Twayn – nein, Lilibeth, wie sie jetzt genannt werden wollte. Der menschliche Name stand ihr noch seltsamer zu Gesicht als der dämonische, wie sie mit ihrem schwarz verschleierten Kopf und ihren in Handschuhe gehüllten Händen an der Feuerquelle stand, rot umlodert vom Widerschein der hohen Flammen. Miranda spürte, wie sie verzagen wollte. Nie würde sie es schaffen, mit dieser Gefolgschaft das Heiligtum Majdanmajakakis' zu erreichen!

Zelda hatte wohl gemerkt, wie ihr zumute war. Mit seiner sanften, lispelnden Stimme schlug er vor: »Lasst uns alle die Hände ineinanderlegen und einander versprechen, dass wir fest zusammenhalten wollen, bis unsere Aufgabe erfüllt ist. Keiner soll die anderen verlassen, denn nur alle gemeinsam können wir erreichen, was uns auferlegt wurde.«

Der Vorschlag wurde angenommen. Sieben Händepaare umfassten einander, und sieben Stimmen legten das Versprechen ab: bei den Mutterjungfrauen, beim ersten, uralten Mesri und bei der Ehre der Stadt Thamaz.

Der Gedanke an Thamaz befeuerte den Grafen. Unternehmungslustig fragte er: »Und wann wollen wir uns hinunterbegeben?«

»Das wird uns Wyvern sagen«, erklärte Miranda. »Sie liest noch in den Sternen, um uns die beste Stunde zu nennen, unser Unternehmen zu beginnen. Was uns betrifft, so wollen wir heute Abend zum Festmahl gehen, um den hohen Gästen die Ehre zu erweisen, ansonsten aber für uns bleiben, um im

Geist gestärkt zu sein und keine sündigen Gedanken aufkommen zu lassen.«

»Es gibt ein Festmahl?«, fragte der Graf voller Neugier. Dann fügte er hastig und wie entschuldigend hinzu: »Es kann gewiss nicht schaden, wenn wir gut bei Kräften sind, um unsere Aufgabe zu bewältigen.«

Daraufhin lachte Lilibeth plötzlich und rief: »Ihr seid ein amüsanter Mann, Graf Lubis, und wart gewiss ein gesuchter Gesellschafter auf der Insel Macrecourt! Erzählt uns doch ein wenig von Eurem Volk, von dem ich nur das wenige weiß, das mir Zelda berichtet hat.«

Der Graf kam dem Wunsch bereitwillig nach, sprach er doch über nichts lieber als über die großartige Vergangenheit seines Volkes. Selbst Miranda musste zugestehen, dass er mitreißend zu erzählen verstand. In seinen Worten erstanden die Purpurdrachen in ihrer ganzen Weisheit und furchtbaren Kraft, der Glanz des alten Thamaz mit seinem alle Paläste überstrahlenden Haus der tausend Türme und die Glorie der Höllenzwinger, bis er von seiner eigenen Rede so gerührt war, dass er schnüffeln musste und sich mit dem Ärmel aus Spinnenflausch die Nase wischte.

So verging die Zeit bis zum Festmahl, und als die Dämmerung über den grimmigen schwarzen und braunen Palästen der Soldatenstadt sank, machten die Sieben sich auf zum großen Hof des Arkadenpalastes.

Das Festmahl

Miranda war beeindruckt, wie schnell es die Timlacher geschafft hatten, ihre unerwarteten Gäste aufs Köstlichste zu bewirten. Da sich darunter sowohl Menschen befanden als auch Drachen, die ihre Gestalt nicht wandeln konnten – und natürlich wegen ihrer enormen Größe nicht an einem Tisch sitzen konnten –, waren die weißen Tischtücher auf dem sauber gefegten Boden ausgebreitet worden. Für die Menschen waren Kissen ausgelegt worden, während die Drachen die Köpfe den Speisen zuwandten und die langen Leiber und zackigen Schwänze in den Arkaden unterbrachten. Rund um den Hof reihten sich brennende Öllampen, und auf den Tüchern türmten sich die köstlichen Leckerbissen sowie Becken mit Palmwein für die Drachen und Krüge für die Menschen. Unter den Spitzbogen der Arkaden siedete in einem riesigen Kupferkessel das traditionelle Hauptgericht, eine Suppe aus Gemüsen, Blättern und essbaren Knollen. Der Mokabiter bewies auf peinliche Weise seine Fressgier und seine schlechten Sitten, als er sich dem Kessel näherte und schnüffelnd die spitze Nase hineinsteckte. Überhaupt zeigte er sich äußerst ungehobelt. Er probierte von Speisen, die noch nicht aufgetragen worden waren, und mäkelte daran herum – das eine war ihm zu sauer, das andere zu salzig, das dritte wieder zu schwach gewürzt. Man hätte meinen können, das gesamte Festmahl sei ungenießbar.

Zelda bemerkte: »Für einen, dem die Speisen nicht schmecken, habt Ihr schon ziemlich viel gekostet.« Der Graf hatte nämlich alle die Bissen, die er so abschätzig beurteilte, in den Mund gesteckt und gierig hinuntergeschlungen.

»Nun, es ist genug da«, erwiderte Lubis achselzuckend und stopfte sich eine Handvoll Rahmküchlein in den Mund.

Als die Sieben ankamen, drängten sich auf dem Hof bereits die lärmenden Gäste. Wären ihnen nicht die Ehrenplätze freigehalten worden, sie hätten sicherlich keinen Sitzplatz, kein Blättchen und keinen Schluck Wein mehr bekommen. So aber wurden sie unter allgemeinem jubelndem Applaus in die Mitte geleitet und zwischen Vauvenal und Wyvern, Tochtersohn und Königin Lulalume gesetzt. Tochtersohn sprach ein Dankgebet zu den Mutterjungfrauen, und die köstliche Mahlzeit begann.

Miranda sah sich um und bemerkte, dass Lulalume die kleine Sela sofort mit Beschlag belegt hatte und alles daransetzte, das Mädchen für ein Leben unter den Ka-Ne zu begeistern. Sie sprach listig davon, wie die Frauen dort in höchsten Ehren gehalten wurden, wie sie Äcker und Gärten, Schmuck und Kleider in Fülle besaßen und noch die Geringsten von ihnen über jeden Mann im Dorf gebieten durften. Miranda merkte, wie verärgert Gynnevise war, als er dieser Rede zuhören musste. Graf Lubis wiederum wirkte plötzlich schüchtern und beklommen. Kein Wunder: Er hatte noch nie zuvor erlebt, dass ein Mokabiter in Ehren inmitten der anderen Völker von Chatundra saß. Er hielt den Kopf gesenkt, beschäftigte sich mit dem Essen und war froh, dass Wyvern sich mit ihm unterhielt. Rundum sprachen die Mächtigen angeregt über die kriegerischen Maßnahmen, die sie nun treffen mussten. Chiritai würde auf die Inbesitznahme des Städtchens zweifellos mit Waffengewalt reagieren. Dass die Basilisken so weit in den Norden des Landes vordringen würden, war dagegen kaum zu erwarten. Sie entfernten sich niemals weit von den Goldhaufen, auf denen sie brüteten. Und der goldene Koloss war noch kaum in der Lage, sich zu bewegen. Freilich, niemand wusste, wann er genug Seelen in sich aufgesaugt hätte, um große Schritte zu tun. Wenn es so weit war, stand zu befürchten, dass er ganz Fort Timlach unter seine Riesenhufe stampfte, ohne dass Krieger oder Drachen ihn daran hindern konnten.

»Wir müssen auf jeden Fall verhindern, dass noch mehr Schatzgeister oder lebende Menschen nach Süden gelangen, um sich an ihn zu hängen. Sie würden seine Kraft gefährlich vermehren«, gab Vauvenal zu bedenken. »Daher schlage ich vor, dass wir eine Schneise links und rechts in den Regenwald schlagen, die wir gut überwachen können. Meine Kampfdrachen sollen dort patrouillieren, um alle aufzuhalten, die in den Süden wollen.«

Der Vorschlag fand lebhafte Zustimmung. Viele Drachen machten sich erbötig, die Patrouille zu übernehmen, die einen in der Luft, die anderen auf dem Boden. Wyvern, die den Regenwald in- und auswendig kannte, schlug vor, einige der ungeheuren Raubschnecken einzufangen und unverletzt an den Ort zu bringen, wo die Schneise geschlagen werden sollte. Dort sollten sie gelenkt und geführt werden, damit sie den gewünschten Pfad in den Dschungel fraßen. Denn wo eine solche Schnecke entlangglitt, war der Boden danach so glatt und kahl wie gestampfter Lehm.

Graf Lubis nahm diesen Vorschlag zum Anlass, um zu erzählen, dass eine Raubschnecke ihn, während er im Dschungel schlief, beinahe in ihr von ätzenden Säuren triefendes

Maul geschlürft hätte. Lilibeth reizte dieser Bericht abermals zum Lachen, doch sie entschuldigte sich sofort. »Verzeiht mir – ich würde nicht scherzen, wenn ich Euch nicht heil und gesund hier sitzen sähe!« Aber sie kicherte weiter. Sie sah zwar immer noch unheimlich genug aus, da sie so verhüllt war und jedes Mal die Hand unter den Schleier schob, wenn sie einen Bissen in den Mund steckte, aber ihr Lachen war heiter, und ihre Bewegungen wirkten frei und unbefangen. Sie und Zelda hielten einander bei jeder Gelegenheit an den Händen und lehnten sich zärtlich aneinander.

Miranda fühlte, wie eine Welle von Melancholie sie durchströmte. Diese beiden waren einander angetraut, und auch Graf Lubis trug eine Frau im Herzen – er hatte nicht an sich halten können, von der wunderschönen Spinnenprinzessin zu erzählen. Und sie selbst, Miranda? Sie hatte keinen, den sie liebte, und durfte auch keinen haben, denn ihr war schon ein Mann bestimmt. Gynnevise! Welches teuflische Schicksal wollte ihr einen Knaben zum Mann geben, der gerade halb so alt war wie sie selbst? Und der obendrein weder Fisch noch Fleisch war, weder Drache noch Mensch, sondern ein hässlicher kleiner Hybride, der Sohn einer Mokabiterin?

Tränen sprangen ihr in die Augen, und hastig beugte sie den Kopf über das Essen. Es war nur ein schwacher Trost, dass Gynnevise mit diesem Los genauso unglücklich war wie sie selbst. Wenigstens würde er nicht darauf drängen, dass die Prophezeiung erfüllt wurde. Wenn er nur die geringste Möglichkeit sah, sich seinem Schicksal zu entziehen, würde er augenblicklich davon Gebrauch machen.

Sie blickte um sich und bemerkte, dass noch ein weiterer Festgast nicht an der allgemeinen Fröhlichkeit teilnahm. Es war der ehemalige Bürgermeister Papandin. Aus Höflichkeit hatte man ihm die Rolle des Gastgebers überlassen und ihn in die Nähe der Ehrengäste gesetzt, um ihn nicht noch weiter zu kränken. Aber entweder war er trotzdem beleidigt, oder er schlug sich mit anderen Sorgen herum. Sein Gesicht war so bleich und fleckig, als hätte ihn das Sumpffieber gepackt. Er aß auch kaum etwas von den köstlichen Speisen, sondern trank nur einen Becher Palmwein nach dem anderen. Dabei glitt sein unruhiger Blick immer wieder zu dem Kupferkessel hinüber, in dem die dicke Brühe köchelte. Miranda kam zu dem Schluss, dass er an den rohen Vorspeisen keinen Geschmack fand und begierig auf die Suppe wartete, die – wie überall in Chatundra – den Höhepunkt des Mahles bildete.

Da ertönte auch schon ein Gong zum Zeichen, dass das Hauptgericht aufgetragen wurde. Vier Männer hoben den Kessel vom Feuer und schleppten ihn in die Mitte des Hofes. Papandin erhob sich und lud die Ehrengäste ein, als Erste ihre Schüsseln zu füllen. Als alle aufstanden, um seiner Aufforderung Folge zu leisten, sah Miranda mit Schrecken, dass der ungehobelte Graf sich vordrängte. Ja, er rempelte alle anderen beiseite und drängte voll Gier als Erster an den Kessel. Dass er gefräßig war, hatte sie schon bemerkt, aber dass er weder Sitte noch Anstand besaß, hatte sie nicht vermutet. Die Röte stieg ihr ins Gesicht, als er hastig seine Schüssel füllte und Prinzessin Süleymin – die als Nächste an der Reihe gewesen wäre – daran hinderte, an den Kessel zu treten. Seine scharfe, schnarrende Stimme hallte über den Hof.

»Dank euch, Leute von Timlach, für eure Einladung! Ihr habt uns guter Sitte gemäß eingeladen, mit euch zu essen, nun will ich euch zeigen, dass auch die Mokabiter ihre Sitten haben. Und eine dieser Sitten verlangt« – dabei packte er Papandin mit harten Fingern am Arm –, »dass der Gastgeber als Erster von dem isst, was er gekocht hat, damit seine Gäste beruhigt sein können.«

Miranda wäre am liebsten im Boden versunken. Warum mussten sie nur diesen entsetzlichen Menschen mit sich schleppen? Papandin wurde auch prompt erst bleich, dann rot vor Empörung. Die Augen quollen ihm aus den Höhlen, als er auf die Schüssel starrte, die der Mokabiter ihm mit seinem grässlichen, spitzzähnigen Lächeln unter die Nase hielt. Aber er griff zu, setzte die Schüssel an die Lippen und trank die Suppe in einem Zug aus.

Im nächsten Augenblick sah Miranda, wie er wankte und schwankte. Sein Gesicht lief so schmutzig grün an wie ein alter kupferner Kessel. Mit glasigen Augen blickte er sich um, torkelte – und fiel wie ein Sack zu Boden. Schaum quoll ihm aus dem Mund.

Schreiend sprangen die Gäste auf und umdrängten den Mann, der bereits in den letzten Zügen lag. Seine Füße zuckten krampfhaft. Sein Gesicht bedeckte sich mit schwarzen Flecken, und gleich darauf ließ er die Zunge aus dem Mund hängen und war tot.

»Wie konntet Ihr wissen, dass er die Suppe vergiftet hat?«, wandte Miranda sich fassungslos an den Grafen.

Der zuckte mit den Achseln. »Man bekommt einen Blick für verdächtige Dinge«, antwortete er. »Bei den Mokabitern wird man nicht alt, wenn man nicht vorsichtig ist. Der Schurke starrte die ganze Zeit den Kessel an und trank einen Becher Wein nach dem anderen. Da er uns von Anfang an nicht wohlgesinnt war, wurde ich argwöhnisch. Ich hatte einen Blick in den Kessel geworfen, ehe ich mich auf meinen Platz setzte. Da sah ich, dass eine Suppe aus weißen Pilzen darin brodelte. Diese sind am leichtesten zu vergiften, da die weißen Pilze große Ähnlichkeit mit den Giftpilzen haben, die man Leichenkerzen nennt. Daher machte ich die Probe. Ich erwartete, er würde die Schüssel zurückweisen und sich damit verraten. Er muss verzweifelt gewesen sein, dass er sie austrank und so sich selbst den Tod gab.«

Miranda, der vor Schrecken die Knie zitterte, stammelte: »Eure Aufmerksamkeit hat uns das Leben gerettet. Wir werden Euch diese Tat nicht vergessen.«

Der Graf machte eine höflich dankende Verbeugung.

Einen Augenblick später trat Vauvenal zu seiner Tochter. In Gedanken, damit die Menschen ringsum nicht mithören konnten, sprach er sie an. »Du weißt, warum der Mann das getan hat, nicht wahr?«

»Der Urchulak muss es ihm eingeflüstert haben«, erwiderte sie.

Vauvenal ließ sich nicht ablenken. »Du weißt sehr gut, was ich meine. Du hast ihn aus dem Amt gejagt.«

»In einem Krieg können wir keinen Taugenichts an der Spitze gebrauchen.«

»Ich mache dir nicht deshalb Vorwürfe, weil du ihn abgesetzt hast, sondern wegen der Art, wie du ihn gedemütigt hast.«

Sie fuhr zornig auf. »Also willst du sagen, ich bin schuld, dass er uns ermorden wollte?«

Vauvenal hielt mit hartem Griff ihre Hand fest und zog sie zu sich heran. »Tochter«, sagte er, »wenn du deine Lehrer fragst, die Indigolöwen, so werden sie dir eine lange Liste von Kaisern und Königen zusammenstellen, die ermordet wurden, weil es ihnen an Selbstbeherrschung mangelte. Du hättest Papandin auch höflich verabschieden können, stattdessen hast du einer hochmütigen Laune nachgegeben. Dein Feind hat nur darauf gewartet, dass du dir eine solche Blöße gibst.«

Miranda seufzte tief.

Inzwischen eilten die ebenso erschrockenen wie beschämten Timlacher herbei und schafften den Leichnam sowie den Kessel mit der tödlichen Suppe hinaus. An ein Festmahl war nicht mehr zu denken. Obwohl die meisten Gäste überzeugt waren, dass Papandin allein gehandelt hatte, und obwohl der Rest des Mahles aus rohen Früchten und Blüten bestand, die man nicht vergiften konnte, verspürte niemand mehr Lust, weiterzuessen und weiterzutrinken. Die Reste der Mahlzeit wurden weggeräumt, und die Gäste begaben sich in ihre Unterkünfte. Auch die Sieben verließen den Hof und zogen sich in die Zimmer des Arkadenpalastes zurück, die man ihnen zugewiesen hatte.

Miranda selbst und die beiden Prinzessinnen schliefen zusammen in einem breiten Bett, aber Lilibeth legte sich zum Schlaf in eine Kammer nebenan, bewacht von Gorm, Gyfri und Ger.

Das große Heerlager

Die nächsten Tage waren voller Unruhe und Aufregung. Tochtersohn hielt eine öffentliche Rede, in der sie die Timlacher sowie die Gäste in der Stadt dringend ermahnte, sich allen Goldes zu entledigen, damit der Urchulak ihrer nicht habhaft werden konnte.

»Leute von Timlach!«, rief sie ihnen zu. »Ich will euch vor der Bosheit des Urchulak warnen, der euch und uns alle zu verderben sucht. Seine Handhabe dabei ist das Gold. Wo ihr ein Stück davon berührt, da gebt ihr ihm die Hand! Die Kaaden-Bûl haben sich erbötig gemacht, alles Gold auf Chatundra zu vernichten, damit es niemanden mehr ins Unglück stürzen kann. Nun liegt es an euch, ihnen dabei zu helfen.«

Sie befahl mit lauter Stimme, dass noch desselben Tages alles Gold von Fort Timlach, sei es Schmuck oder Hausgerät, in den Kuppelbau gebracht und dort in den Brunnen geworfen werden sollte. »Wer Gold zurückhält«, so drohte sie, »soll als ein Freund und Helfershelfer des Urchulak angesehen werden und die Strafe erleiden, die in Kriegszeiten denjenigen ereilt, der mit dem Feind im Einverständnis steht.«

Darauf brach großer Schrecken aus. Die furchtsamen Timlacher zerstreuten sich in alle Richtungen und rannten in ihre Häuser, um Keller und Speicher nach dem gefährlichen Metall zu durchsuchen. Frauen und Männer rissen sich den Schmuck vom Leib und warfen ihn oft gleich auf der Gasse von sich aus Angst, damit ergriffen und von den Drachen gefressen zu werden. Aus den Fenstern der Häuser flogen vergoldete Leuchter, Schüsseln und Trinkgefäße aufs Pflaster und türmten sich dort zuhauf. Nachdem der Altar des Phuram entweiht worden war, hatten die Leute von Fort Timlach die Schätze des Tempels an sich genommen und als gewöhnlichen Hausrat in ihren Häusern verwendet. Die flinken, zweifüßigen Drachen huschten hin und her, sammelten das Gold auf und beluden damit große, behäbig kriechende Drachen, die es aus allen Ecken und Enden der Stadt in den Kuppelraum schleppten. Dort standen Vauvenal, Wyvern, Tochtersohn und die Sieben am Brunnen und überwachten die Versenkung des Pupulsac in der Tiefe. Bald erfüllte der brandige Geruch von siedendem Metall die Halle, und beißende Rauchschwaden wirbelten aus dem Abgrund empor.

Die Nachricht vom Heerlager der Drachen zog immer weitere Kreise. Inzwischen waren die meisten Teilnehmerinnen des Konzils der weiblichen Wesen nach Hause zurückgekehrt und hatten ihren Völkern berichtet, was auf der Versammlung beschlossen worden war. Von allen Seiten kamen Nachrichten, dass Truppen in Bewegung gesetzt wurden, um das Heerlager zu verstärken. Miranda sah zum ersten Mal in ihrem Leben Völker, von denen sie bislang nur in den Vorlesungen der gelehrten Indigolöwen gehört hatte. Die Königinnen der Spinnenfrauen entsandten eine Truppe von fünfzig Kriegerinnen. Ein etwa gleich großes Kontingent kam von den Ka-Ne – kleine, anthrazitschwarze, muskelbepackte Frauen mit staubgepuderten Zottellocken, begleitet von einem Dutzend männlicher Sklaven. Sie quartierten sich in einem einzeln stehenden Haus ein, was aber nicht verhinderte, dass es bei ihrem Hochmut allen Männern gegenüber rasch zu Zusammenstößen kam.

Die Spinnenfrauen waren überaus stolz, dass einer der Ihren – denn als solchen betrachteten sie den Grafen inzwischen – zu einer so hohen Ehre erhoben worden war, zu den Sieben gezählt zu werden. In ihren Augen war er kein halb verhungerter Flüchtling, der das Glück gehabt hatte, von einem Spähtrupp aufgelesen zu werden. Sie hatten, so schnell wie eine Spinne ihr Netz spinnt, ein Netz von Legenden um ihn gewoben. Inzwischen wussten alle, dass seine Ankunft bereits seit Langem prophezeit worden war und diese Ehre der Lohn der guten Geister für ihre furchtlosen Kämpfe gegen die Basilisken war. Leider war Eunise bei diesem Trupp nicht dabei, da sie keine Kriegerin war, sondern eine zum Dienst an den heiligen Spinnen Geweihte. Anders wäre das Glück des Grafen vollkommen gewesen.

Auch von anderen kleinen Dschungelvölkern kamen Gesandte. Vor allem aber erschien aus allen Ecken und Enden von Chatundra eine erstaunliche Menge von Drachen aller Ordnungen und Familien. Einige waren riesige Geschöpfe, die nur mit Mühe durch die Stadttore passten und eine Panik auslösten, als sie durch die Straßen krochen. Andere waren nicht viel größer als Menschen, liefen auf zwei Beinen und trugen juwelengeschmückte Kronen auf den Schlangenköpfen. Wieder andere flogen durch die Luft und waren so zart, dass man die Sonne durch sie hindurchsehen konnte. Blinzelnde Stollenwürmer, deren Schuppen mit Salpeter überkrustet waren, tappten durch die Straßen und suchten nach Kellergewölben, in die sie sich vor dem unbehaglichen Sonnenlicht flüchten konnten. Kleine, flinke Drachen hasteten in langen Sprüngen durch die Stadt und rempelten die langsamen Menschen beiseite. Und fast alle waren aufs Wunderbarste gefärbt, sodass den Timlachern der Mund offen stehen blieb angesichts der scharlachroten, orangefarbenen, kobaltblauen, schneeweißen und goldenen Schuppen, der durchsichtig schimmernden Flügel und der Schwänze, die mit Juwelen bestickt zu sein schienen. Die meisten Himmelsflügler waren sehr höflich und wohlerzogen, wie es höheren Wesen gebührt. Nur wenige waren stumpfe Rüpel, die in ihren Wald- und Felshöhlen kein Benehmen gelernt hatten.

Auch einige Indigolöwen erschienen, zärtlich begrüßt von ihrer Schülerin Miranda. Sie ließen sich in der Nähe des Kuppelhauses unter den hohen Zykadeen nieder, von deren Blattwedeln sie sich ernährten. Diese Weisen waren nicht gekommen, um Krieg zu führen, sondern um gute Ratschläge zu erteilen, wenn sie gebraucht wurden. Sie waren sehr angenehm anzusehen mit ihren schneeweißen langen Leibern, den pferdeähnlichen Köpfen mit den großen blauen Augen und den herrlichen blauen Mähnen, die ihnen ihren Namen eingebracht hatten. Aus der Universität von Dundris hatten sie altertümliche Pergamentrollen mitgebracht, die mit vielen geheimnisvollen Zeichen beschrieben waren. Anhand dieser Rollen deuteten sie die Ereignisse und machten Vorhersagen für die Zukunft. Sie prophezeiten, dass der nächste Neumond drei Tage länger dauern werde als üblich. In dieser Zeit werde auch Phuram nicht am Himmel erscheinen, sodass sich eine lange Finsternis über die Erde legen werde, die jedoch von hellen Feuern gemildert werde.

Miranda ersah daraus, dass die drei Mutterjungfrauen bereit waren, den Forderungen der Unterirdischen stattzugeben und ihnen drei Tage lang die Welt zu überlassen. Und wirklich bestätigte Tochtersohn am siebenten Tag nach dem Konzil, dass ihre Bitten diesen Erfolg gehabt hatten.

Daraufhin brach Freude aus, bedeutete diese Zusage doch,

dass dem goldenen Koloss mächtige und furchtbare Feinde erstanden. Die Freude wurde jedoch gedämpft durch die Aussicht auf drei Tage, finster wie ein Kohlenkeller, in denen die Salamander in der Oberwelt herumschweifen würden. Die Timlacher fanden schon die irdischen Drachen unbequem und beunruhigend – wie schrecklich mussten erst die Geschöpfe aus lebendem Feuer sein, die aus der Tiefe heraufstiegen!

Tochtersohn berief eine Versammlung aller wichtigen Personen in den Hof des Arkadenpalastes ein und teilte ihnen mit, was ihr die Mutterjungfrauen in einer Vision übermittelt hatten.

»An den festgesetzten Tagen«, so verkündete sie, »müssen alle Wesen der Oberwelt von Sonnenuntergang des ersten Tages bis zur Mitternacht des letzten Tages in ihren Häusern bleiben. Sie dürfen weder Herdfeuer noch Lampen entzünden. Hütet euch! Tun sie es doch, so werden aus diesen Lichtern Salamander hervorschießen und das Haus niederbrennen – mit allem, was darin ist. Niemand darf von einem Ort zum anderen ziehen, um nicht unterwegs von den Feurigen überrascht zu werden. Sammelt also rechtzeitig Vorräte an Nahrung und Wasser in euren Häusern, damit niemand Mangel leidet.« Und weiterhin schärfte sie ihnen ein: »Jeder, der von dieser Botschaft erfährt, soll sie weitergeben. Auf diese Weise wird keiner unwissend vom Unglück überrascht!«

Am Abend wurde, wie es in Fort Timlach immer schon üblich gewesen war, zum Zeichen, dass die Stadttore geschlossen wurden und alle anständigen Menschen sich zur Nachtruhe in ihre Behausungen begeben sollten, ein Echsenhorn geblasen. Der klagende Hall erfüllte die kleine Stadt. Miranda fühlte sich eigenartig berührt, als sie den Kuppelbau verließ und die Sterne über dem Regenwald funkeln sah. Ein lauer Wind bewegte die fedrigen Kronen der Zykadeen und schaukelte die Springwürmer, die zusammengerollt darin schliefen. Sie war froh, dass ihr Vater und die sechs Gefährten sowie die Sphinx sie begleiteten, denn ihr war, als habe der Klang des Echsenhorns etwas Böses erweckt – oder eher etwas Bösem das Signal gegeben. Obwohl es noch nicht völlig finster war, schwebten in den schmalen Hintergassen und den engen Durchgängen zwischen den Häusern schwarze Schatten, und die steinernen Giebel und Türme waren in ein unnatürliches, perlmuttfarben irisierendes Licht getaucht.

Gynnevise sah sich nach allen Seiten um und sagte mit seiner hohen, hellen Knabenstimme: »Schlimme Wesen kommen aus ihren Verstecken hervor und nähern sich.«

Er hatte recht. Als sie in die breite, von steinernen Pfeilern gesäumte Straße einbogen, entdeckte Miranda in einem Fenster im Untergeschoss eines Hauses ein verschrumpeltes kleines Gesicht, das aus irren Augen durch die Scheiben stierte. Sie wich zurück, und im selben Augenblick rief Zelda, der die gleiche Entdeckung gemacht hatte: »Ein Schatzgeist!«

Und tatsächlich ertönte im Innern des Hauses ein Rumpeln und Klirren, als würde etwas Schweres an einer Kette entlanggezerrt. Miranda sah, wie ein verhutzeltes Wesen, das einen viel zu großen Kaftan und eine bis auf die Nase hängende Nachtmütze trug, eine Geldkiste hinter sich herschleifte. Dabei ächzte und stöhnte es grässlich, ließ aber für keinen Augenblick los. Ein Schimmer des unnatürlichen Lichts umhüllte den Kleinen samt seiner Kiste. Im nächsten Augenblick entdeckte die Drachenjungfer hoch oben in einer Giebelluke einen anderen, der sein Gold wohl auf dem Speicher gehortet hatte. Er sprang, an zwei große Truhen gekettet, aus der Luke ins Leere und torkelte in der Luft herum wie eine mit zu viel Honig beladene Biene. Es krachte dumpf, als er aufs Pflaster fiel. Gleich jedoch fing er wieder an, mit den Armen zu winken und mit den dürren Beinchen zu springen, um sich in die Luft zu erheben.

Miranda wandte sich um. »Vater, es werden immer mehr! Wir müssen sie hindern, nach Süden zu gelangen!« Sie verwandelte sich in ihre Drachengestalt und blies dem Schatzgeist, der vom Speicher herabgeschwebt war, einen Strom Feuer entgegen. Das Männlein loderte auf wie ein brennendes Blatt Pergament und wirbelte hoch. Da es ein Geist war, flatterte es unbeschadet davon, aber das Gold in seiner Kiste schmolz und blieb als rauchende gelbe Pfütze auf dem Pflaster zurück.

In Drachengestalt eilte Vauvenal seiner Tochter nach und spie ebenfalls Feuer. Gleichzeitig sandte er seine Gedanken an alle Drachen, die Feuer in sich hatten, und berief sie auf die Gassen hinaus. Der Hilferuf wurde augenblicklich befolgt. Überall rumpelten sie über die Treppen der Häuser herunter, flogen aus Fenstern und rasselten durch die Einfahrten. In der Stadt, die sich eben zur Ruhe legen wollte, flackerten Hunderte Feuer auf. Die Schatzgeister, die in aller Eile nach Süden hatten fliehen wollen, ehe man ihre unsichtbar gemachten Schätze vielleicht doch noch entdeckte, kreischten und jammerten. Sie sprangen um die glühenden Pfützen herum, versuchten die halb abgekühlten Brocken vom Pflaster loszureißen und winselten schauerlich. Aber die massiven Steinplatten waren zu schwer für sie, und die Drachen fauchten sie an, sooft sie sich den Resten ihrer Schätze näherten.

Ein wildes Durcheinander brach aus, denn die Timlacher glaubten, in der Stadt brenne es. Im Nachtgewand eilten sie aus ihren Häusern auf die Straße, wo sie sich mit Geistern und Drachen Auge in Auge fanden. »Zurück, zurück!«, schrie Miranda sie an. »Geht wieder zu Bett! Die Schatzgeister werden euch packen, wenn ihr auf der Straße herumlauft!«

Schreiend und wehklagend flohen die guten Leute zurück und zogen sich die Betttücher über die Ohren. Alle wussten, dass die Schatzgeister die Gewohnheit hatten, ihre Last den Menschen auf den Rücken zu laden, deren sie in der Dunkelheit habhaft werden konnten. Dann musste der Unglückliche sich entweder an den schweren Kisten zu Tode schleppen, oder die Geister drehten ihm nach getaner Arbeit den Hals um.

Bald lagen überall in der Stadt die Brocken geschmolzenen Goldes herum wie Haufen von gelbem Dung. Kräftige Drachen rissen sie mit ihren Klauen mitsamt dem Steinpflaster los und schleppten sie zum Brunnen, um sie dort in die lodernde Tiefe zu werfen. Die Schatzgeister brausten ihnen heulend wie Herbstwinde um die Ohren und bettelten sie an, ihnen ihre Schätze zu lassen. Denn nichts Schlimmeres kann einem Schatzgeist geschehen, als seines Goldes beraubt zu werden: Da er seinen Geist nicht von seinen Schätzen lösen kann, ist er an deren Abglanz gefesselt. Er muss vor leeren Truhen hocken und die Goldstücke zählen, die nur noch in seiner Erinnerung vorhanden sind. Die verschrumpften Geschöpfe, denen der Geiz alles Mark aus den Knochen gesogen hatte, versuchten sogar, mit ihren Geisterfingern die Drachen festzuhalten und ihnen ihre Last zu entreißen. Aber obwohl sie stark genug gewesen wären, einen Menschen zu würgen, scheiterten sie an den hornigen Häuten und gewaltigen Muskeln der Himmelsflügler. Immer wieder lohten sie auf, wenn diese ihnen ihr Feuer entgegenbliesen, und tanzten wie verbrannte Blätter über dem Brunnen. Sie versuchten sich sogar in den Abgrund zu stürzen, um ihrem Gold nahe zu sein, waren aber so leicht, dass der heiße Wind sie jedes Mal wieder hinauswirbelte.

Die ganze Nacht über herrschte lärmende Geschäftigkeit,

bis im Morgengrauen endlich auch das letzte Gold in der Tiefe verschwunden war und die müden Drachen in ihre Nester heimkehrten.

Miranda hatte sich nicht mehr um ihre menschlichen Gefährten gekümmert, da diese ihr nicht helfen konnten – sie hätten nur sich selbst in Gefahr gebracht, wären sie auf die Straße gelaufen. Sie nahm an, dass alle schlafen gegangen waren, und war höchst überrascht, als sie vor dem Tor auf Gynnevise stieß, der um Mund und Nase schwarz wie ein Schornsteinfeger war.

»Was suchst du denn hier?«, fragte sie, während sie sich in ihre menschliche Gestalt zurückverwandelte.

»Was wohl?«, entgegnete der Junge in seiner gewohnt mürrischen Art. »Ich habe gegen die Schatzgeister gekämpft und ihr Gold verbrannt.«

Miranda dachte an die spannenlange Flamme, die er ihr im Palast der Sphinx entgegengespuckt hatte. Sie hätte gern gelacht und gesagt: ›Was willst du denn mit deinem Flämmchen ausrichten?‹ Aber dann erinnerte sie sich daran, wie sie in der Kuppelhalle die Hände ineinandergelegt und sich Treue geschworen hatten. Sie durfte ihn jetzt nicht kränken. So sagte sie nur: »Ich bin müde vom Kämpfen, du auch?«

Er nickte. Anscheinend hatte er erwartet, sie werde sich über ihn lustig machen, denn er warf ihr einen unsicheren Seitenblick zu. Er machte jedoch keine Bemerkung, sondern trat neben ihr durch das Tor und wandte sich der linken Treppe zu, die zu dem Schlafgemach der drei Männer führte. Dabei hauchte er ein Flämmchen, um sich zu leuchten.

Miranda stieg die rechte Treppe zum Gemach der vier Frauen empor.

Der Sturm der Nordlinge

Die Drachenjungfrau erwachte noch vor dem Morgengrauen. Sie hatte schlecht geträumt. Ein allgemeines Gefühl des Unbehagens umfing sie, das auch nicht weichen wollte, als sie aus ihren Träumen erwachte. Leise, um die beiden Prinzessinnen nicht zu wecken, schlüpfte sie aus dem Bett und trat ans Fenster, das nach Norden ging, wo die Stadt Chiritai lag.

Miranda erinnerte sich an die Lektionen der Indigolöwen. In alter Zeit hatte sich nördlich von Fort Timlach eine graue Wüste erstreckt, die man die Aschenwüste nannte. Damals hatte man von den Türmen der Stadt bis zu den Heulenden Bergen sehen können. Seit jedoch die Welt wieder grünte, erhob sich rund um die Garnisonsstadt der undurchdringliche Wall des Regenwaldes. Selbst aus den höchsten Fenstern sah man jenseits der Stadtmauern nur eine endlose Flut von Baumkronen. Zwar führte eine Heerstraße von der Residenzstadt zum Fort – es war diejenige, die der Ritter Coloban bei seinem unglückseligen Unternehmen benutzt hatte –, aber sie war verfallen und ungepflegt. Gras und Buschwerk wucherten zwischen den Steinplatten, und die tobenden Regenstürme des Gagoon hatten sie teilweise weggeschwemmt. Dass in den letzten Tagen Dutzende von schwergewichtigen Stollenwürmern aus den Tälern der Heulenden Berge darüber hinweggekrochen waren, hatte alles noch schlimmer gemacht.

Für eine vom Krieg bedrohte Stadt hatte dieser Zustand freilich den Vorteil, dass Truppen von Chiritai einen mühseligen Weg vor sich hatten, wenn sie gegen Fort Timlach marschierten. Der dicht verschlungene Regenwald war für ein Heer unpassierbar. Der Verfall der Straße konnte zwar die Berittenen nicht aufhalten, machte es jedoch unmöglich, schweres Kriegsgerät zu transportieren.

Dennoch empfand Miranda ein warnendes Vorgefühl, als sie die Heerstraße entlangblickte. Ihre scharfen Augen nahmen in der Ferne eine schwache, unruhige Bewegung wahr, und ihr Geist fing die Form einer nahenden Gefahr auf. Bald hatte sie keinen Zweifel mehr, dass von Norden her eine Armee gegen das Fort anrückte.

Sie wollte eben das Schlafgemach verlassen, um ihren Vater zu verständigen, da hallte hoch über der Stadt der gellende Warnschrei eines Luftdrachen. Also hatten die Späher den Feind auch bemerkt! Augenblicklich nahmen andere Wächter den Schrei auf, und in ganz Timlach sprangen Einheimische und Gäste aus den Betten und rannten auf die Straße. Fackeln leuchteten im Morgengrauen. Von allen Seiten schrien Stimmen durcheinander. »Was ist geschehen? Der Feind! Der Feind ist da! Wo ist er? Sind die Stadttore bemannt? Schließt alle Tore! Blast die Echsenhörner!« Und sofort erscholl von allen Seiten das grimmige, tiefkehlige *Boo-auauuu* der Hörner.

Die beiden Prinzessinnen fuhren aus dem Schlaf hoch. Lärm in der Kammer nebenan verriet, dass auch Lilibeth erwacht war. Miranda wollte ihr erklären, was der Warnschrei bedeutete, aber plötzlich überkam sie die furchtbare Angst, Lilibeth könne in der Eile vergessen haben, sich zu verschleiern, und ihr mit unverhülltem Angesicht entgegentreten. So rannte sie ohne ein Wort aus dem Schlafgemach.

Sie lief hinaus auf die Straße, verwandelte sich in eine Drachin und flog der nördlichen Stadtmauer entgegen, auf der es bereits von Bewaffneten wimmelte. Da die Mauer oben zu schmal war, um großen Himmelsflüglern Platz zu bieten, liefen auf dem Wehrgang nur Menschen und zweibeinige Drachen von menschlicher Größe herum.

Sie wollte eben höher steigen, um zu sehen, ob das anmarschierende Heer zu sehen war, als ihr einfiel, dass ihre weiche, ungeschützte Unterseite dann ein prächtiges Ziel für einen Bogenschützen abgegeben hätte. Hastig glitt sie tiefer, bis sie sich im Schutz der Wehrmauer befand, verwandelte sich in einen Menschen und fragte die Timlacher, die dort standen, was sie vorhatten.

Die Männer schienen nicht recht zu wissen, was sie ihr antworten sollten. Miranda hatte rasch herausgefunden, dass sie eigentlich überhaupt nicht wussten, was sie tun sollten. Sie waren keine Soldaten. Da auch die Jagd verpönt war, verstanden sie sich nicht einmal auf den Umgang mit Speer und Bogen. Sie trugen Spaten und Knüttel bei sich. Einer war sogar mit einer gusseisernen großen Bratpfanne bewaffnet, die bei einem Streit unter Nachbarn sicher gute Dienste geleistet hätte, aber wohl kaum die richtige Waffe gegen einen bis an die Zähne gerüsteten Nordling war. Außerdem merkte Miranda, dass die Männer den Drachen grollten. Hundert Jahre, so rief einer, hatten sie in Frieden gelebt, nun kamen die Drachen und brachten den Krieg nach Fort Timlach!

Die Jungfer nahm sich nicht die Zeit, ihm zu erklären, wie die Dinge wirklich standen. Sie gab den Männern Befehl, sich um die Bürger zu kümmern, darauf zu achten, dass keine Kinder und kein Vieh auf den Straßen herumliefen, dass alle Häuser genügend Vorräte an Wasser und Esswaren hatten, damit sich die Leute nicht unnötig oft im Freien aufhalten mussten, und dass sie im Übrigen den Kämpfenden nicht im Wege stehen sollten. Das hörten die Timlacher gern. Augenblicklich machten die Bürger sich auf den Weg, und Miranda hörte noch, wie sie den ängstlich zusammengedrängten Frauen, Männern und Kindern die eben erhaltenen Befehle zuriefen.

Es war auch an der Zeit, dass alle verschwanden, die nicht kämpfen konnten. Jetzt wälzten sich die kolossalen Drachen aus ihren Unterkünften hervor und krochen auf schwerfälligen Beinen zur Stadtmauer. Andere flogen darüber hinweg und landeten auf den Wehrgängen. Die Kleineren rannten zischend hin und her, steckten die Schlangenköpfe durch die Luken und spien Flämmchen, um richtig in Stimmung zu kommen. Aus der Ferne erhoben sich die schrillen Kriegsschreie der Spinnenfrauen, die sofort zu den Waffen geeilt waren. Nun stürmten sie herbei, wobei sie – zum Entsetzen der Bürger, die ihnen begegneten – als Standarte einen ausgestopften Basilisken auf einem langen Spieß vor sich hertrugen. Alle Bewaffneten, die in der vergangenen Woche eingetroffen waren, rannten zur Stadtmauer.

In ihrer menschlichen Gestalt eilte Miranda die schmale Wendeltreppe zum Wehrgang hoch und spähte oben durch eine Schießscharte. Ihre feinen Ohren hörten deutlich das drohende Poltern der Trommeln und das Brüllen der Kriegsechsen, die Schreie von Männern und den durchdringenden Lärm der Fanfaren. Gleich darauf kam die Vorhut in Sicht. Ein Dutzend Reiter in schwarzen Rüstungen mit dem Hoheitszeichen von Chiritai – den drei Blitzen im Sonnenrad – auf der Brust, sprengte auf schnellen Echsen die Straße entlang. Sie hatten die Bogensehne am Ohr, und ein Dutzend Pfeile flog gleichzeitig gegen die Wehrmauer. So geschickt zielten sie, dass mehr als einer der Verteidiger an den Schießscharten sich blitzschnell ducken musste, um nicht durch die Luke hindurch getroffen zu werden. Kaum waren die Pfeile abgeschossen, legten sie, noch mitten im schnellen Ritt, neue Pfeile auf, und wieder zischten die Geschosse durch die Schießscharten.

Ihnen auf den Fersen folgte eine Gruppe von Geharnischten, an denen keine Waffen zu erkennen waren. Sie trugen Mäntel, deren Kapuzen weit über ihre Helme herabhingen und die Gesichter verhüllten.

»Was haben sie vor?«, rief Miranda, als sie sah, dass die Vermummten auf den wasserlosen, überwucherten Graben zuritten, ohne innezuhalten. Auch die anderen standen da und starrten nur. Die Männer konnten doch nicht hoffen, ohne Hilfsmittel die steile Mauer zu erklimmen! Ein Hagel von Steinen und Pfeilen flog ihnen entgegen, und tatsächlich stürzten zwei von ihnen von ihren Reittieren. Einer blieb tot liegen, der andere überschlug sich und rollte den Abhang neben der Straße hinunter ins dichte Grün des Regenwaldes. Die Übrigen jedoch erreichten den Graben, brachen durch den Rhododendron und befanden sich nun im toten Winkel unterhalb der Verteidiger. Aber was wollten sie dort? In der Stadtmauer gab es keine Türen und keine Luken, durch die sie hätten eindringen können. Einen Tunnel unter der Bastion hindurch zu graben wäre eine Arbeit von vielen Tagen gewesen. Währenddessen setzten die Bogenschützen ihre Angriffe fort, und es wurde immer gefährlicher, den Kopf aus den Schießscharten zu strecken. Zweifellos sollte keiner sehen, was die Vermummten im Graben anstellten.

Ein furchtloser junger Luftdrache katapultierte sich trotz der ständig schwirrenden Pfeile nach oben, suchte Deckung in den Wipfeln der Schachtelhalme und beobachtete von dort aus, was die Männer trieben. Gleich darauf kehrte er zurück und brach in ein lautes Jammergeschrei aus, sobald er sich im Schutz des Wehrganges befand. »Schwarze Magie!«, kreischte er. »Schwarze Magie! Sie malen Lettern und Zeichen auf die Mauer, wie ich sie noch nie gesehen habe. Gewiss rufen sie damit Tod und Schrecken herbei!«

Alle starrten ihn entsetzt an. An der Universität hatte Miranda gelernt, dass in alter Zeit auf solche Weise Schlachten entschieden worden waren. Magiekundige schickten dem Feind Pest und Blaue Seuche, indem sie dessen Mauern mit verderblichen Sprüchen bedeckten oder die Mauern selbst zum Wanken und Einstürzen brachten. Was würde jetzt geschehen? Würden die Mauern in Krümel zerfallen wie frisches Brot? Würden Steine vom Himmel herabhageln oder das Fieber alle dahinraffen?

Die Antwort kam, noch ehe Miranda die Frage gestellt hatte. Der bis dahin helle Morgen verdunkelte sich, trüber Nebel zog aus dem Graben herauf und umschleierte die belagerte Stadt. Ein widerwärtiger Geruch hing in diesem Nebel. Über Fort Timlach erhob sich ein Geräusch wie Donnergrollen und wiederholte sich mehrfach. Es kam jedoch nicht vom Himmel herab, sondern schien aus den Fundamenten der Stadt aufzusteigen.

»Die Mauern! Die Mauern zerfallen!«, schrie jemand in hellem Entsetzen. Im selben Augenblick sah auch Miranda, dass in der uralten Steinmauer neben ihr plötzlich ein Riss klaffte – haarfein zwar, aber von einem Augenblick zum anderen breiter werdend … Abermals ertönte das unterirdische Donnern. Brauner Staub fiel aus dem Riss, als hätte jemand die Mauerteile aneinandergerieben. Dann konnte selbst die Drachin mit ihren scharfen, bernsteingelben Augen nicht mehr sehen als verschwommene, undeutliche Formen, während das unnatürliche Dunkel immer tiefer herabsank. Jubelrufe stiegen aus den Reihen der Angreifer auf. Miranda hörte, dass sie einen seltsamen Kampfschrei ausstießen, der zu keiner bekannten Sprache von Chatundra zu gehören schien. Jeder einzelne Laut zischte wie siedendes Pech und erfüllte die Luft mit bösartigen Vibrationen.

Da zerriss ein grässlicher Schrei aus menschlicher Kehle die Luft. Er kam von unten, aus dem Graben! Gleichzeitig spaltete sich der Nebel und waberte nach allen Seiten in trüben, übel riechenden Fetzen davon.

»Sieh nach, sieh nach!«, rief jemand dem Luftdrachen zu. Der schnellte sich hoch, verbarg sich in den rauschenden Wipfeln der Zykadeen und schrie von dort oben herunter: »Die Männer im Graben laufen durcheinander … Von Norden kommt das Heer … Es ist nahe, ganz nahe …« Dann floh er gerade noch rechtzeitig in den Schutz des Wehrgangs, denn einer der Bogenschützen war auf ihn aufmerksam geworden und hatte einen Pfeil in seine Richtung abgeschossen, der ihm um ein Haar den Hals zerfetzt hätte. Das herannahende Heer hielt sich zwar noch im Nebelwald verborgen, doch die Verteidiger hörten deutlich das Stampfen der Echsen, den rhythmischen Trommelschlag und das schrille Blasen der Fanfaren.

Miranda, die angestrengt aus einer Luke spähte, sah plötzlich einen der Vermummten, die in den Wehrgraben hinabgesprungen waren. Wie ein Betrunkener wankend und wild mit den Armen gestikulierend, taumelte er unter unartikulierten Schreien die Böschung herauf, fiel nieder und riss sich den Helm vom Kopf – und aus dem Helm wie auch aus dem Halsloch der Rüstung quollen Dutzende Schlangen, große und kleine, dicke und dünne, manche grün wie Smaragd, andere gelb gefleckt oder mit einem roten Horn auf der Nase. Die giftigsten Vipern des Regenwaldes waren über ihn hergefallen und ins Innere seiner Rüstung geschlüpft, aus der er sich nicht rechtzeitig befreien konnte. Sie waren in der eisernen Hose hochgekrochen, in den Harnisch und in den Helm hinein. Der Mann war so gut wie tot, während er vornüberfiel, von ebenso grotesken wie schauerlichen Zuckungen geschüttelt, als das Gift aller Schlangen zugleich in seinem Körper wirkte.

Und nicht nur über ihn waren sie gekommen. Weitere Schreie erschollen im Graben. Verborgen im Rhododendrongebüsch, mussten die Schlangen sich heimlich genähert haben. Ein Schrei nach dem anderen erstarb, als die schrecklichen Jägerinnen des Regenwaldes ihre Beute schlugen.

Ein kalter Schauder lief Miranda über den Rücken, als sie beobachtete, wie Scharen von Vipern aus dem Gebüsch schlüpften und mit blitzschnell schlängelnden Bewegungen die Straße entlangeilten, auf das näher kommende Heer zu. Da stießen sie auch schon mit den Nordlingen zusammen. Um eine Biegung der Straße kam auf feurigem Rappen der Herold herangeritten, die silberne Fahne von Chiritai in den Händen, und hinter ihm die Männer in schwarzen Rüstungen. Ihre Blicke waren auf die Stadt gerichtet. So sahen sie das tückische Gewürm nicht sofort, das zwischen Gras und Blättern über die feuchten Steinplatten huschte. Da richtete es sich auf, da biss es den Herold in die Ferse – und mit einem dumpfen Aufschrei des Entsetzens stürzte der Mann vom Pferd. Kaum begriffen die anderen, was geschah. Die Nachdrängenden stießen gegen die vorderen, ein wildes Gedränge entstand, als Echsen und Reiter in der Straßenbiegung aufeinanderstießen – und mitten hinein in dieses Gewirr fuhren die zischenden Schlangen! Sie hieben die Zähne in jedes erreichbare Stückchen Fleisch, griffen jedoch nur die Menschen an und verschonten die Tiere. In Panik geratene Pferde und Echsen stoben wiehernd und brüllend davon, trampelten mit erhobenen Hufen gegen die nachfolgenden Ritter. Da es zwischen den dicht geknoteten und geflochtenen Pflanzenmauern keinen Platz zum Ausweichen gab, griff die Verwirrung immer weiter um sich. Mann um Mann stürzte aufschreiend von seinem Reittier, wurde zu Tode getrampelt oder erlag den blitzschnell tötenden Bissen der giftigen Schlangen.

Fassungslos vor Staunen und Grauen beobachteten die Verteidiger das tödliche Schauspiel. Schrecklich schnell waren die kleinen Giftmörder. Getarnt im leuchtend grünen Gras, schossen sie vorwärts, zwischen den Hufen der Tiere hindurch, flitzten über die auf dem Boden zappelnden und brüllenden Männer und bissen sie in den Hals, ins Gesicht, in die Hände, so flink, dass die Opfer keine Zeit mehr hatten, nach ihnen zu schlagen, ehe die Krämpfe begannen, die Vorboten des raschen und schmerzhaften Todes.

Jemand tippte Miranda auf die Schulter, und als sie sich umwandte, sah sie die Zauberin Umbra hinter sich stehen. »Komm mit, Drachentochter!«, befahl diese. »Wyvern verlangt dich zu sehen. Eile! Du hast nicht viel Zeit!«

»Was ist geschehen?«, fragte Miranda erschrocken, aber da hatte die Frau schon ihre Hand gepackt und zog sie hinter sich her die schmale Wendeltreppe hinunter. »Ist ihr etwas zugestoßen?«

»Nein. Aber ihr müsst euch beeilen – ihr müsst sofort zu eurer Queste aufbrechen, da sonst die gute Stunde vorbei ist. Dem Urchulak in seiner Tücke muss es gelungen sein, selbst die Seherin zu verwirren. Sie hatte die Zeit falsch berechnet, und wäre nicht einer der Indigolöwen zu ihr gekommen – aber sprich jetzt nicht, lauf! Lauf!«

Abstieg in die Tiefe

Im feurigen Brunnen

Nie hätte Miranda gedacht, dass sie ihren Abstieg in die Tiefe auf eine so unfeierliche Weise begänne. In der Rundhalle angekommen, hatte sie gerade noch Zeit, ihrem Vater um den Hals zu fallen und sich von Wyvern und Tochtersohn segnen zu lassen. Da wurden sie auch schon alle geschubst und gestoßen, in den Brunnen hinunterzusteigen. Wie Umbra ihr unterwegs erklärt hatte, folgte dem guten Stern, der bereits gefährlich im Sinken war, eine unheilvolle Konstellation, in der das gelbe Leichenauge – der schlimmste aller Sterne am Himmel – an entscheidender Stelle stand. Zweifellos hatte der Urchulak alles darangesetzt, dass sie unter diesem bösen Stern ihren Abstieg beginnen müssten, um so in die schlimmsten Schwierigkeiten zu kommen. Er hatte jedoch nicht damit gerechnet, dass die Indigolöwen vor Ort wären und aufmerksam alle Konstellationen und mystischen Kombinationen verfolgten. So schafften sie es gerade noch, im Licht des guten Sterns in den Brunnen hinabzusteigen.

Wie Zelda vorhergesagt hatte, waren die feurigen Drachen weit in die Tiefe zurückgesunken, und der Brunnen hatte – davon abgesehen, dass es sehr warm war und keinerlei Moos auf den Mauern wuchs – nichts Bedrohliches an sich. Ein schwaches Dämmerlicht herrschte darin. Die uralte Treppe zum Heiligtum der Allmutter hinauf führte in gleichmäßigen Windungen an den Mauern entlang. Es gab sogar einen in den Stein gemeißelten Handlauf, an dem sie sich festhalten konnten. Miranda warf einen Blick hinunter und sah, dass tief, tief unten in dem steinernen Schlund ein rotes Flämmchen leuchtete. War es ein Willkommensgruß der Kaaden-Bûl? Sie musste daran denken, was Wyverns greise Zofe in der Bibliothek zu ihr gesagt hatte: ›Die Feurigen haben Euch lieb, Jungfer!‹ Auch Wyvern selbst hatte etwas Ähnliches zu ihr gesagt. Es war gewiss schmeichelhaft, dass ihr diese mächtigen und mysteriösen Geschöpfe Wohlwollen entgegenbrachten. Aber sie fürchtete sich doch sehr bei dem Gedanken, ihnen von Angesicht zu Angesicht gegenüberzutreten. Sie erinnerte sich noch sehr lebhaft an den Schrecken, als die riesige Schlange aus ihrem Kamin gefahren war und sich funkelnd wie ein Feuerrad im Zimmer gedreht hatte. Und diese Schlange war nur ein höchst unbedeutender Bote gewesen!

Als sie zurückblickte, bemerkte sie mit Erstaunen, wie hoch der Rand des Brunnens bereits über ihnen lag. Sie konnte nicht einmal mehr erkennen, ob ihr Vater und die beiden hohen Frauen ihnen noch in die Tiefe nachblickten oder ob sie bereits das Rundhaus verlassen hatten, um sich wieder dem Krieg zuzuwenden. Der Schmerz des Abschieds fuhr ihr plötzlich wie ein Messer durchs Herz, und sie seufzte unwillkürlich laut auf. Dann jedoch riss sie sich zusammen und begab sich an die Spitze des Trüppchens.

Auch die anderen schwiegen. Die warme, dumpfe Luft des Brunnenschachts drang ihnen erstickend schwer in Kehlen und Lungen und breitete sich wie ein Nebelschleier über das einzige Licht, das sie mit sich führten – einen blauen Karfunkel, den Tochtersohn ihnen überreicht hatte. Da die Feurigen nicht zuließen, dass in ihrem Reich irdische Lichter brannten, war das aus sich selbst heraus leuchtende Juwel das einzige Licht, das sie nicht ausgelöscht hätten. Mehr als die schwüle Wärme und das Zwielicht fühlte Miranda jedoch die Bedrückung der unglaublich langen Zeiträume, die bereits über das unterirdische Heiligtum hinweggegangen waren. Selbst die Indigolöwen hatten zugeben müssen, dass sie nichts über jene Zeit wussten, da Majdanmajakakis allein verehrt worden war. Sie vermuteten, das sei noch äonenlang vor dem Auftreten der Mutterjungfrauen gewesen, zu einer Zeit, da Chatundra von ganz anderen Wesen bewohnt gewesen war, von Wesen, die sogar noch wesentlich älter waren als die unsterblichen Mirminay, die Rosenfeuerdrachen.

An den Mauern fand Miranda Hinweise darauf, dass sie recht haben mochten. Hin und wieder waren Zeichnungen in den Stein geritzt, die die Umrisse völlig unbekannter Geschöpfe zeigten. Am ehesten ähnelten sie in Flammen gehüllten Schlangen, die sich zu Spiralen ineinanderkrümmten. Die Spirale war das Symbol der Allmutter, die beständig in sich selbst verschwand und aus sich selbst wieder hervorkam.

Bald darauf war der Brunnenrand zu ihren Häupten vollkommen unsichtbar geworden. Gleichmäßig stiegen sie tiefer. Es wurde immer wärmer, und in dem Zwielicht schwebte ein seltsamer, schwerer und berauschender Duft, als würden kostbare Hölzer verbrannt.

»Die Feurigen riechen gut«, bemerkte Graf Lubis. »Ich hoffe, sie sehen so liebenswürdig aus, wie sie duften.«

»Schweigt still!«, befahl Zelda. »Ihr habt ein loses Maul und könntet leicht etwas sagen, das sie verärgert.«

Daraufhin herrschte abermals Schweigen. Nur das sanfte Tappen der Schuhe auf der Treppe war zu hören.

Allmählich merkten sie, dass die Windungen der Treppe

immer enger wurden. Nach unten hin verengte sich der Schacht wie ein Trichter, erst kaum merklich, bald umso deutlicher. Immer öfter stießen sie aneinander und mussten Abstand halten, um genügend Platz zu haben. Schon spindelte die Treppe in einer so engen Drehung um die eigene Achse, dass sie befürchteten, bald auch einzeln keinen Platz mehr zu haben – da endeten die Stufen unvermittelt.

Um ein Haar wäre Miranda gestolpert. Sie stützte sich an der Mauer ab, richtete sich auf und blickte angespannt um sich. Drei mächtige steinerne Bogen öffneten sich vor ihnen, einer in der Mitte, die anderen zu beiden Seiten. Sie waren vollkommen schmucklos und schienen aus gewachsenem Fels zu bestehen. Doch irgendetwas hatte sie so glatt geschliffen, dass kein Baumeister sie hätte schöner polieren können. Auch die Gänge, die sich dahinter erstreckten, waren vollkommen glatt. Miranda hob den Karfunkel dicht an die Mauern und entdeckte mit Erstaunen, dass sie nicht aus Stein bestanden, sondern dass das jahrtausendelange Vorbeigleiten ungeheuer großer glühender Leiber den Fels zu Glas geschmolzen hatte.

»Und wohin jetzt?«, fragte Gynnevise und wandte den Kopf von einer Seite zur anderen. »Links, rechts oder in der Mitte?«

Es blieb ihnen erspart, die Frage beantworten zu müssen, denn plötzlich erschien ein roter Punkt in der Finsternis, der rasch größer wurde und die Gestalt eines spannenlangen Salamanders annahm. Er flog ihnen voraus, den mittleren Gang entlang. Er huschte so schnell vorwärts, dass sie ihm hinterherrufen mussten. »Halt, halt, warte, wir können nicht so schnell laufen!« Daraufhin schlug er allerlei Kapriolen, kehrte zu ihnen zurück, schnellte nach vorn, überschlug sich nach hinten. Dann ließ er sich zu Boden sinken, wo er auf seinem

Schwanz vorwärtshüpfte, wie ein Mensch auf einem Bein hüpft, und das tat er aufreizend langsam, wie um sie zu verspotten.

»Nun, worauf wartet ihr, Auserwählte?«, fragte er mit einem dünnen, kecken Stimmchen. »Wenn ihr nicht bald anfangt, euren Auftrag zu erfüllen, steht ihr in hundert Jahren noch hier, und bis dahin hat der Urchulak ganz Chatundra vernichtet.«

»Wer bist du?«, fragte Gynnevise kühn.

Aber Miranda brauchte nicht zu fragen. Als sie ihn sprechen hörte, wurde ihr klar, dass das derselbe Bote war, der sie in ihrem Schlafgemach aufgesucht hatte. Sie wusste auch genau, was geschähe, wenn sie ihm nicht auf der Stelle Gehorsam leisteten. »Ich kenne ihn!«, rief sie hastig. »Es ist Vlysch, der Bote der Feuerdrachen ... und wir sollten tun, was er sagt, wir haben keine Zeit zu verlieren. Wenn wir zögern, nutzt der Urchulak unsere Schwäche nur aus.«

»Gewiss! Gewiss!«, wisperte Vlysch und huschte ihnen voran. Wieder trieb er allerlei Schabernack, doch bei all seinen Narreteien führte er sie fürsorglich durch den Irrgarten der Stollengänge. Kaum waren sie in einen Gang eingebogen, spaltete dieser sich schon wieder in mehrere weitere, und jeder Bogen führte in Kammern, von denen verschieden runde Öffnungen den Weg in neue finstere Straßen freigaben. Ohne Führer wären sie in kürzester Zeit vollkommen verloren gewesen.

Süleymin flüsterte: »Sie haben das Labyrinth gebaut, damit kein Unkundiger und Ungläubiger den Altar der Majdanmajakakis finden kann – so hat es uns Mutter Wyvern erzählt. Alle, die versuchten, unerlaubt hier einzudringen, fanden ein schreckliches Ende.«

Dass Süleymin recht hatte, fanden sie bald darauf bestätigt, als sie in einer Nische an der Wand die beinernen Überreste von Menschen entdeckten. Es waren viele braune Schädel und Knochen, und teilweise hatten sie offenbar im Feuer gelegen, so spröde und verbrannt sahen sie aus. Jemand musste sie sorgfältig gesammelt und in der Nische aufgestapelt haben. Vielleicht, so dachte Miranda, waren die Feuerdrachen es leid gewesen, ständig über die Skelette erfolgloser Abenteurer hinwegzukriechen.

Der winzige Salamander umkreiste sie ungeduldig und gab ihnen zu verstehen, dass sie weiterlaufen sollten.

In der unterirdischen Welt der karfunkelblauen Dämmerung und des Schweigens, in dem nur die Geräusche laut wurden, die sie selber verursachten, wurde die Zeit unmessbar. Miranda hatte keine Ahnung, wie weitläufig das Labyrinth war und wie lange sie schon tief unter der Oberfläche der Erde dahinschritten. Allerdings merkte sie, dass sie müde wurde und ihr die Füße wehtaten. Wurde es oben auf der Erde schon Nacht? Würde der Kampf diese Nacht hindurch dauern? Oder hatten die Schlangen das Heer der Nordlinge zurückgeschlagen? War es den Verteidigern gelungen, die zauberischen Lettern auf dem Wall auszulöschen und ihre Kraft zu brechen? Oder hatten die Übeltäter gar keine Zeit gehabt, den bösen Spruch zu vollenden?

Vlysch führte sie durch das Labyrinth, bis sie schließlich in eine Kammer aus schwarzem Glasgestein gelangten, aus der es keinen Ausgang mehr gab – jedenfalls konnten sie keinen erkennen. Es war doch wohl nicht anzunehmen, dass das enge, viereckige Loch mitten im Fußboden einen solchen Ausgang darstellen sollte?

Miranda schlug das Herz bis zum Hals, als Vlysch auf genau dieses Loch deutete, ein Stück hineinfuhr, wieder auftauchte und ihnen schließlich mit seiner dünnen, halb menschlichen Stimme klipp und klar sagte, sie müssten dort hinein. Alle zögerten. Zelda, schmal und gelenkig, wie er war, schien es noch am wenigsten auszumachen, aber Graf Lubis biss sich auf die Fingerknöchel. Lilibeth verkrampfte die Hände ineinander, und die drei Kinder starrten furchtsam in die undurchdringliche Schwärze des Schachtes.

»Was ist da unten?«, fragte Gynnevise schließlich. Aber Vlysch wisperte: »Das nicht zu wissen ist ein Teil des Weges.«

Sie standen alle stumm da und versuchten ihre Furcht zu bezwingen. Seltsamerweise war es Graf Lubis, der sich als Erster überwand und ausrief: »Es wird nicht besser davon, dass wir hier stehen! Es wird uns schon nicht den Kopf kosten. Wenn wir verwandelt werden sollen, warum sollten die Feurigen uns dann in den Tod locken?«

Damit setzte er sich auf den Rand des Schachtes und wollte sich mit den Beinen voran hinunterlassen. Er musste aber feststellen, dass er bereits beim ersten Versuch mit den Stiefeln und seinem Spinnwebhemd hängen blieb.

»Hier müsst ihr eure Kleider ausziehen«, erklärte ihnen Vlysch. »Nur mit nackten Leibern könnt ihr den Gang überwinden.«

Wieder zögerten sie, aber was half es? Wenigstens war das Licht in der Höhle so schwach, dass ihre Schamhaftigkeit auf keine allzu harte Probe gestellt wurde. Rasch schlüpften sie aus den Kleidern und legten sie in sieben Häufchen zusammen.

Lilibeth, die immer noch ihren Schleier über dem Gesicht trug, bestand darauf, als Erste zu gehen. »Ich will nicht, dass sich etwa jemand umdreht und mich sieht, wenn ich beim Durchkriechen den Schleier verlieren sollte«, erklärte sie. »Deshalb nehme ich auch den Karfunkelstein an mich. Und ich bitte Euch sehr: Wenn ich diesen Schutz durch irgendeinen unglücklichen Umstand verliere – seht mich nicht an! Es geriete Euch und mir zum Unglück.« Mit diesen Worten schlang sie die Enden des schwarzen Schleiers im Nacken zu einem Knoten zusammen und ließ sich aufrecht in das Loch sinken, wie ein Taucher in schwarzem Wasser versinkt.

Mirandas scharfe Drachenohren vernahmen ein Knistern und Scharren. Offenbar führte der Gang nur ein kurzes Stück senkrecht in die Tiefe, denn kein Fall war zu hören; es klang eher so, als rutsche Lilibeth mit den Füßen voran eine schräge Ebene hinab. Nun, dachte sie, ich werde gleich selbst feststellen können, wie es in diesem Gang aussieht … Ich wünschte, ich hätte mich nie auf dieses fürchterliche Abenteuer eingelassen – aber hat mich jemand gefragt? Niemand!

Als der Feuergeist das Zeichen gab, es könnte jetzt der oder die Nächste absteigen, trat Graf Lubis mit raschem Schritt vor. »Wenn es schon sein muss, soll es rasch sein!«, stieß er hervor. Geschmeidig wie eine Eidechse ließ er sich, die Beine eng geschlossen und die Arme vor der Brust gekreuzt, in den Schlund hinabgleiten.

Miranda – überzeugt, sie werde schmählich die Flucht ergreifen müssen, wenn sie nicht sofort an die Reihe kam – folgte ihm. In den Schlund zu sinken war, als würde sie von einem riesenhaften Ungeheuer verschlungen. Sie passte gerade noch in den Schacht, der sie von allen Seiten mit unheimlicher Zudringlichkeit umschloss und nur zögernd passieren ließ. Das Blut dröhnte ihr in den Schläfen. Ihr Herz hämmerte. Sie war überzeugt, vor Entsetzen in Ohnmacht zu fallen, sobald ihr Kopf unter den Rand tauchte. Aber als es dann so weit war, fühlte sie sich besser als erwartet. Denn jetzt musste sie sich ganz darauf besinnen, wie es weiterging, und hatte keine Zeit mehr, sich ein gemächlich schluckendes Ungeheuer vorzustellen.

Ihre Füße hingen ein paar Herzschläge lang im Leeren, dann ließ der Schacht sie durchgleiten. Es fühlte sich an, als hätte er mit einer bewussten Bewegung den Weg freigegeben, damit sie hinunterschlüpfen konnte. Sie hielt den Atem an, voll Angst, unter ihr könne eine endlose Tiefe gähnen, in die sie halt- und hilflos hineinfiel. Aber da berührten ihre nackten Füße bereits den überraschend glatten Boden des Schachtes – einen steil nach vorn abfallenden Boden. Sie sank in die Hocke und tastete mit den Füßen voran, dann mit den Händen nach allen Seiten. Vor ihr öffnete sich ein Gang, nur wenig weiter als der Schacht, in den sie rücklings hinabrutschen konnte. Plötzlich überkam sie Panik – das Entsetzen, hier in der Tiefe lebendig begraben zu liegen, mit dem gesamten Gewicht des Grabsteins auf der Brust, der sich über ihr auftürmte, gekrönt vom »Kopf der Schildkröte«. Ihr Herz trommelte wie rasend, sie meinte zu ersticken und wollte in besinnungsloser Angst um sich schlagen, den Felsen mit ihren schwachen Händen wegdrücken, sich rücklings hinaufwinden durch den Schacht in die Höhle. In ihrer Verzweiflung rief sie Majdanmajakakis an, sie möge ihr die Kraft geben, ihren Weg zu vollenden. Und wirklich: Der überwältigende Schrecken ließ nach. Sie erinnerte sich, dass Lilibeth und Graf Lubis bereits ein ganzes Stück weiter in die Tiefe vorgedrungen waren, ohne den Verstand zu verlieren. Beschämt richtete sie alle ihre Sinne darauf, den Weg zurückzulegen.

Jetzt, da sie sich ein wenig gefasst hatte, erschien ihr der lichtlose Weg nicht einmal unbequem. Der Boden und die Wände des Ganges waren rund ausgehauen und sehr glatt, als wären sie durch reichliche Benutzung abgeschliffen worden.

Sie rutschte mühelos immer tiefer und tiefer, bis sie spürte, dass der Gang in einem weiteren Schacht endete. Inzwischen war ihr Körper von der schwülen Wärme und der angstvollen Erregung so dick mit Schweiß bedeckt, dass sie hinunterglitt, wie ein in Öl getauchter Bissen durch die Kehle rutscht. Unter dem Schacht befand sich ein Raum, der sich kugelförmig anfühlte und in einen Gang öffnete, den sie auf allen vieren durchkriechen konnte. Der Gedanke packte sie, wie sie jemals wieder zurückkehren sollte. Es war unmöglich, durch die hautengen Schächte nach oben zu gelangen. Wie sollte sie aus dem Labyrinth je wieder herauskommen?

Plötzlich hörte sie in der Finsternis vor sich Stimmen. In ihrer Freude, auf ihre Gefährten gestoßen zu sein, wollte sie sich bereits bemerkbar machen, als ein innerer Impuls sie zurückhielt. Wieder lauschte sie und merkte, dass die Stimmen von einer Stelle des Ganges an ihr Ohr drangen, an der es heller war. Vorsichtig kroch sie näher.

Die leuchtende Stelle erwies sich als ein tiefer Riss im Boden des Ganges, durch den sie in einen darunterliegenden Raum hineinsehen konnte. Von dem Raum selbst erkannte sie nichts, wohl aber von den beiden Wesen, die einander gegenüberstanden und in ihrem eigenen schwachen, unheimlichen Licht leuchteten.

Nie hatte sie etwas dergleichen gesehen.

Sie begriff plötzlich, dass die beiden Ungeheuer, die sich mit scharfen Stimmen im Flüsterton unterhielten, zwei der Rächer waren, die Ennewein aus dem Totenreich geholt hatte. Den Satz »Tod! Tod dem Urchulak!« verstand sie ganz deutlich. Es war schrecklich, ihnen zuzuhören, ja schrecklich, auch nur in ihrer Nähe zu sein. Die Indigolöwen hatten ihren Schülern beigebracht, dass die ruhelosen Toten, deren Seelen nicht in die äußeren Sphären aufsteigen konnten, in einem

Land der ewigen Dämmerung hausten. Dort aßen sie Steine und tranken den bitteren Tau, den sie von den Felsen leckten. Die Trostlosigkeit dieses Schattenlandes umgab die beiden schrecklichen Gespenster. In der Jenseitswelt waren es die Gedanken, die der abgeschiedenen Seele Gestalt gaben, und die Geschöpfe unter ihr mussten die Seelen von Zornigen sein. Miranda fühlte eine solche Finsternis im Herzen, dass sie kaum atmen konnte. Ihr war zumute, als würde ihr ein dumpfer, stickiger schwarzer Sack über den Kopf gezogen. Ihre Knie zitterten, und um ein Haar wäre sie flach auf den Bauch gefallen. Nur die Angst, sich durch den geringsten Lärm zu verraten, hielt sie aufrecht.

Miranda sah zwei Wesen mit dem Totenantlitz schöner und edler Männer, doch mit grauenhaft veränderter Gestalt vor sich. Sie waren rundum, sogar am Kopf und den Händen, mit stählernen Stacheln bewachsen, deren Spitzen wie weiß glühendes Metall funkelten. Ihre Rippen waren wie das Gitter eines Schmelzofens, hinter dem in zischender Glut ihre Herzen brannten. Bis zur Mitte waren sie Männer, mit Helm und Harnisch bekleidet, und hielten das lange Schwert in der Hand. Der übrige Körper der beiden war jedoch wie ein Skorpion gestaltet, der auf sechs Klauenbeinen ging. Er trug auch einen solchen gekrümmten, mit einem Giftstachel versehenen Schwanz am Ende des Rückens, sodass der Stachel über seinem Haupt schwebte. Es war unmöglich, ein solches Geschöpf zu berühren, ohne den Tod auf sich zu ziehen. Sein ganzes Wesen war Zorn und Vernichtungswille geworden.

Erleichtert stellte Miranda fest, dass die beiden Bewohner des Totenreiches sich nicht ständig in dem Raum aufhielten, sondern ebenfalls in den labyrinthischen Gängen unterwegs waren. Zischelnd schwankten sie langsam davon.

Miranda fühlte, wie ihr der kalte Schweiß über den Rücken rann. Die Nähe dieser Wesen war erstickend. Am liebsten hätte sie sich hingelegt und gewartet, bis der Schwindel vorüberging. Dann aber fiel ihr ein, dass Zelda und die drei Kinder dicht hinter ihr sein mussten und wahrscheinlich in Panik ausbrechen würden, wenn sie den Gang verstopft fanden. Also kroch sie eilig weiter.

Ein kurzes Stück jenseits der Lücke im Boden krümmte sich der Gang plötzlich nach rechts. Sie folgte der Krümmung und stellte fest, dass diese keine bloße Kurve war, sondern sich immer weiter fortsetzte, fast im Kreis herum, wobei der Boden sich deutlich senkte. Bei der zweiten Umdrehung wurde der Bogen so eng, dass sie Mühe hatte, ihren Körper hineinzupressen. Noch ein Stückchen weiter musste sie sich auf die Seite legen, den Rücken krümmen und den Bauch einziehen. Und ganz plötzlich begriff sie, wo sie sich befand: in einer immer enger werdenden Spirale!

Diesmal hätte sie vor Entsetzen beinahe geschrien. Schon war es so eng, dass ihre Stirn die Knie berührte, als sie sich schwer atmend durch die letzte Windung zwängte. Noch eine Krümmung, und sie würde stecken bleiben, würde hilflos ersticken! Panik durchströmte sie mit solcher Gewalt, dass sie nicht mehr an sich halten konnte. Sie schrie, trommelte mit den eng an die Brust gepressten Fäusten gegen den unbarmherzigen Stein, versuchte verzweifelt der Falle zu entfliehen. Aber sich in dieser verkrampften Stellung zugleich rücklings und nach oben zu bewegen war unmöglich. Das Blut schoss ihr in den Kopf und drohte die Adern zu sprengen, rote Funken tanzten ihr vor den Augen. Zweifellos wäre sie zusammengebrochen, hätte sie nicht im letzten Augenblick die Hilfe der Mutterjungfrauen aus der Gewalt der Verzweiflung befreit.

Plötzlich konnte sie wieder klar denken. Spiralen, die sich verengten und wieder erweiterten, waren das Symbol der Allmutter. Sie hatte den engsten Punkt erreicht, musste also kurz vor der Stelle sein, wo der Zugang sich wieder erweiterte. Das tobende Pochen in ihren Schläfen ließ nach. Sie konnte wieder atmen. Vorsichtig schob sie sich vorwärts, jetzt so eng in sich selbst verkrümmt wie ein Kind vor der Geburt. Und tatsächlich: Sie geriet in eine Spirale, die sich abwärts krümmte und spürbar breiter wurde.

So schnell sie konnte, robbte sie auf der Seite liegend vorwärts, schlängelte sich durch die erste Windung, dann durch die zweite, in der sie sich bereits auf Hände und Knie erheben konnte. Der Gang schien ihr weit, ja geradezu luftig nach der würgenden Enge. Dann war er ganz plötzlich zu Ende. Sie kroch durch eine Öffnung wie ein Brunnenmaul hinaus in eine gewölbte Kammer und sah Lilibeth und den Grafen Lubis vor sich, der sichtlich erschöpft auf dem Boden hockte und sich mit beiden Händen die Schläfen rieb. Vor ihnen auf dem Boden stand der Karfunkel und tauchte beide in seinen kalten blauen Schein.

Als der Graf Miranda entdeckte, begrüßte er sie mit den Worten: »Willkommen! Wenn ich vorher gewusst hätte, was mir bevorsteht, hättet Ihr mich bewusstlos schlagen, in einen Sack stecken und durchschieben müssen.«

»Es ist eine harte Prüfung für diejenigen, die das Heiligtum betreten wollen«, murmelte Lilibeth.

»Wer hat gesagt, dass ich das wollte?«, murmelte der Graf. »Ich hatte nur nicht den Mut, einem Heer von Drachen und Zauberinnen ins Gesicht zu sagen: Ich will nicht!« Dann wandte er sich an Miranda. »Es gibt hier Wasser – frisches Wasser. Ihr benötigt es gewiss ebenso dringend wie wir.«

Miranda atmete tief durch. Jetzt hörte sie das dünne Rieseln einer Quelle. Aquamarinblau gefärbt vom Schein des Kristalls, sprang das Wasser aus der Felswand in ein künstlich geformtes Becken. Sie trank gierig und kühlte ihr schweißbedecktes heißes Gesicht. Erst dann sah sie sich in dem unterirdischen Raum um.

Im Heiligtum

Es war ein archaischer Altarraum, dem man das ungeheure Alter ansah. Sein einziger Schmuck bestand aus grob in die Felsmauern gehauenen Spiralen und stellte die ewige Schlange dar, wie sie ihren Schwanz verschlang und sich zum Maul heraus selbst wieder gebar. In der Mitte der gewaltigen natürlichen Kaverne waren kantige Felsklötze zu einem Altartisch zusammengeschoben, der reichlich Raum für die Sieben bot. Miranda betrachtete ihn und stieß einen leisen Schrei aus: Sie erinnerte sich an den Traum, in dem sie diesen unterirdischen Tempel gesehen hatte!

Sie wollte gerade etwas sagen, da kroch Gynnevise aus der Öffnung in der Felsenmauer und gleich hinter ihm die beiden Mädchen sowie Zelda. Dem Mesri auf den Fersen folgte Vlysch. Kaum angekommen, stieg er zur Decke empor und hing dort wie eine rot leuchtende Ampel.

Die Kinder und der Mesri tranken gierig von der Quelle. Alle vier sahen müde und erhitzt aus, obwohl es ihnen viel leichter gefallen war, durch die engen Schlünde zu kriechen, als den größeren Erwachsenen. Gynnevise flüsterte: »Ich habe sie gesehen … die rächenden Toten … sie waren von schrecklicher Gestalt. Ich dachte, sie glichen toten Rittern, aber sie sahen grauenhaft aus.«

Die anderen nickten wortlos.

Jetzt, da sie ihr Ziel erreicht hatten, wussten sie alle nicht recht, was sie tun sollten. Zwar war der Befehl ganz klar – sich auf den Altar legen und darauf warten, dass die Verwandlung begann –, aber keiner wollte der oder die Erste sein. Sie wussten ja auch nicht, ob nicht irgendwelche Zeremonien vonseiten der Feuerdrachen notwendig waren. Also standen sie herum, gingen ein paar Schritte dahin und dorthin und fuhren mit den Fingern über die glatte Oberfläche des Altars. Kein Blutfleck verunzierte ihn, keine Brandstelle. Nie war der Allmutter etwas anderes geopfert worden als heilige Gesänge, Jubelrufe und die zärtliche Liebe ihrer Anhängerinnen. Die Stille des Tempels lastete auf ihnen, und doch wagte niemand ein Wort zu sprechen.

So erschraken sie alle, als der Salamander, der ihnen leuchtete, plötzlich wieder seine frühere Gestalt eines Feuerschweifchens annahm und sie ansprach. »Nun, Auserwählte, worauf wartet ihr? Habt ihr Angst vor dem kalten Stein? Oder Angst davor, was ihr sein werdet, wenn ihr wieder hinuntersteigt?« Dabei lachte er boshaft. Er schien sich an der Unsicherheit der Sieben zu weiden.

»Er hat recht. Fangen wir an«, murmelte Miranda.

Die Übrigen stimmten ihr zu, aber sie bewegten sich nur langsam und widerwillig auf den Steintisch zu. Graf Lubis raufte sich in stummer Verzweiflung das lange, fettige schwarze Haar. Zelda und Lilibeth schmiegten sich eng aneinander, und auch die drei Kinder hielten einander fest an den Händen. Keiner von ihnen wollte, und doch mussten sie alle – mussten gehorchen, weil sie ihr Wort gegeben hatten und weil Wyvern gesagt hatte, dass es kein Glück bringe, sich seinem Schicksal zu entziehen.

»Ersteigt den Altar!«, befahl der Salamander.

Miranda streckte die Hände nach beiden Seiten aus. Der Graf fasste ihre Linke, Gynnevise ihre Rechte, und alle fassten sich an den Händen und bildeten einen Kreis. »Im Namen der Mutterjungfrauen, des ersten, uralten Mesri und der Ehre der Stadt Thamaz!«, rief die Drachenjungfer, und gemeinsam erstiegen sie den Altar. Miranda fühlte, dass der Fels, auf dem sie sich niedersetzte, warm war. Als sie genauer hinsah, flimmerten goldene Fäden zwischen den Kanten der roh aneinandergefügten Steine. Tief unter ihnen loderte das Feuer der Salamander und sandte seine Wärme und seinen Glanz zu ihnen herauf.

Als sie es einmal geschafft hatten, den Altar zu ersteigen, war alles weitere nicht mehr so schwer. Miranda fühlte, wie ein starkes Bedürfnis sie überkam, sich niederzulegen und zu schlafen. Sie ließ sich auf den Rücken sinken und sah, dass der Mokabiter zu ihrer Linken lag, Gynnevise zu ihrer Rechten. Als sie den Blick hob, bemerkte sie, dass der Salamander an der Decke sich in Drehung versetzte, erst langsam, dann immer schneller und schneller, bis er als glühende Spirale einmal größer, dann wieder kleiner wurde. Funken sprühten nach allen Seiten. Miranda blinzelte, verwirrt von der raschen Bewegung. Ihre Augenlider wurden schwer wie Blei. Sie meinte auf den Flügeln eines warmen Südwinds zu schweben, der sie auf und nieder schaukelte. Auch die anderen sechs waren still geworden, nachdem sie sich ausgestreckt hatten. Ihr Atem wurde allmählich immer gleichmäßiger und tiefer.

Sie spürte, wie sie in eine Traumwelt hinüberglitt. Leicht und beschwingt fühlte sie sich, schläfrig entspannt – und zugleich sehr wach und sehr gelassen. Gedanken zogen ihr wie Wolken durch den Sinn, ließen sich aber nicht festhalten.

Das Gefühl des Wohlbehagens verstärkte sich, doch allmählich wurde es mehr ein körperliches Gefühl. Ihr Kopf schien immer schwerer zu werden. Angenehme Mattigkeit durchströmte ihre Glieder. Bilder formten sich in ihren Gedanken und verdichteten sich allmählich zu der Vision einer Wüstenlandschaft, in der alle Sieben nackt nebeneinander standen und mit einem Wesen sprachen, das den Körper eines Menschen, aber den Kopf einer mächtigen Schlange hatte. Es war in schwere Gewänder aus leuchtend rotem Damast gekleidet. Ein riesiger steifer Kragen umgab seinen Hals, und auf dem platten Schädel saß eine mit zahllosen Rubinen besetzte Tiara. Hoch am Himmel stand eine schneeweiße Mondin, zu drei Vierteln voll. Sobald Mirandas Augen sich daran gewöhnt hatten, die Landschaft in ihrem Licht zu sehen, entdeckte sie, dass sie am Rand einer breiten und tiefen Schlucht standen. Aus der schattenverhangenen Tiefe wuchsen Zinnen und Türme, Kastelle und Torbogen aus einem blassrötlichen Stein herauf, der im Mondlicht glasig schimmerte. Tiefes Schweigen lag über dem Ort wie über einer verzauberten Stadt. Das Schlangengeschöpf wies mit ausgestrecktem Zeigefinger auf einen Pfad, der sich kaum sichtbar über den Rand der Schlucht zog und zwischen den filigranen Türmen verschwand.

Miranda wusste nicht, ob es mit einer hörbaren Stimme oder nur in Gedanken zu ihnen sprach, aber sie verstand, was es sagte: Es sei eine Erscheinung, in der die rote Kaiserin, die Allmutter Majdanmajakakis, die keine fassbare Gestalt habe, ihnen entgegentrete, und sie sollten ihm ohne Furcht folgen.

Einer nach dem anderen stieg nun hinunter. Die Schlangenfrau hatte keine Lampe angezündet, also mussten sie im Licht der Mondin ihren Weg suchen. Vorsichtig setzten sie die Füße, denn immer wieder wand sich der Pfad am Rand gefährlicher Abstürze und tückischer, bröckelnder Kanten entlang. Zuletzt traten sie durch einen Torbogen und gelangten auf eine offene Fläche auf dem tiefsten Grund der Schlucht. Hier, wohin die beißenden Wüstenwinde keinen Zugang fanden, wuchsen einige Büsche aus dem sandigen Boden. Die Luft war still. Mildes, bläulich weißes Licht ergoss sich über die steinernen Mauern und Türme und zeichnete weiche Schatten auf den Sand.

Miranda erschauerte. Es war eisig kalt in der nächtlichen Wüste, und sie spürte, wie ihre Hände und Zehen klamm wurden und ein Schauder nach dem anderen über ihren Rücken lief.

Die Schlangenfrau entfachte ein Feuer und bedeutete den Sieben, sich um das Feuer zu stellen und dann niederzulegen, Arme und Beine abgespreizt. Der eiskalte, sandige Wüstenboden war eine unbequeme Liegestatt, und Miranda schämte sich, mit geöffneten Beinen dazuliegen. Sie wäre gern aufgesprungen und davongelaufen – aber wohin? Sie war gefangen, in einer bedrohlichen Wüste, einem geheimnisvollen Ritual. Es gab keinen Ausweg mehr. Als sie den Blick hob, schien es ihr, dass der eben noch so deutlich sichtbare Pfad zwischen den Felsgebilden verschwunden war und die Felsenmauern sich feindselig vor ihr verschlossen. Aus dem frostigen Boden ringsum stieg ein weicher, halb durchsichtiger Nebel auf, der sie einhüllte und die sechs anderen ihren Blicken entzog. Die Kälte verschwand aus ihren Gliedern. Erschrocken fragte sie sich, ob sie drauf und dran war, nackt und bloß in der nächtlichen Wüste zu erfrieren.

Die Erscheinung der roten Kaiserin stand hoch aufgerichtet vor ihr, von einer Aura umloht, die in Purpur, Rot und Orange leuchtete. Nicht nur ein Licht umgab sie, sondern auch ein Ton, ein Tremolieren wie der süße Klang einer Holzflöte. Sie griff in eine Urne, die sie im Arm trug, und bestreute die reglos hingestreckten Leiber mit deren Inhalt – samtbrauner Erde und getrockneten Orchideenblättern sowie den heißen Gewürzen des Makakau-Landes. Ein dumpfer, süßer Duft stieg aus der Urne auf.

Miranda blinzelte. Ihre Lider waren wie Blei. Ihr Kopf schwamm gleichsam, umnebelt vom süßen Geruch des Rauschkrauts und dem hypnotischen Summen, das die Erscheinung umgab. Sie meinte zu sehen, wie die phantastische Felsenlandschaft sich veränderte. Türme bröckelten, Kastelle sanken in den Staub, Torbögen knickten ein, während andere in die Höhe wuchsen und von Wind und Sonne neu geformt wurden. Felsen zerfielen zu Staub, Staub erstarrte zu Fels. Das Licht nahm immer deutlicher einen violetten Ton an und tauchte die Landschaft in ein kränkliches Glühen.

Als Miranda blinzelte, sah sie die Schlangenfrau über sich stehen, in der Hand einen langen eisernen Stab. Sie beugte sich vor und stieß den Stab in die Glut des kleinen Feuers, drehte ihn darin hin und her. Flammen züngelten. Funken sprühten. Als sie den Stab zurückzog, leuchtete die Spitze in einem grausamen Kirschrot. Die Erscheinung beugte sich über Miranda und berührte ihre Brust mit dem rot glühenden Stab.

Ein heftiger Schmerz durchfuhr sie, und sie schrie auf. Der Schmerz dauerte jedoch nur kurz. Die Schlangenfrau lächelte. Dann kniete sie neben Miranda nieder und salbte sie an fünf Stellen des Körpers: auf dem Scheitel, dem Sonnengeflecht und zwischen den Schamlippen, dann an der Stelle, wo der Hals in den Schädel überging, und unterhalb des Steißbeins. Sie küsste sie, und nun entsprangen aus diesen geheiligten und gepeinigten Stellen fingerlange, blutrot leuchtende Flammen. Miranda fühlte eine intensive, strömende Wärme zwischen diesen Punkten hin und her fließen, hitzig wie roter Pfeffer und süß wie Vanille. Sie fühlte das Herz an allen diesen Stellen klopfen. Und während sie so dalag, glaubte sie zu sehen, wie die violette Mondin aus dem Himmel herabsank. Schon war sie so nahe über ihr, dass die Jungfer sie mit den Händen hätte berühren können. Nun schwebte sie über ihrem Bauch – und Sekunden später war Datura in sie eingedrungen und durchströmte ihren Körper mit einem so unbeschreiblich wonnigen Gefühl, dass Miranda unbeherrscht aufbrüllte. Die Mondin, die tief in ihren Eingeweiden glühte, riss sie aus sich selbst heraus, aus allen Bindungen und Fesseln.

Der Himmel veränderte sich: Im Süden erschien knapp über dem Horizont eine Dunkelheit, wie Miranda sie nie zuvor gesehen hatte. Es war eine kleine tiefschwarze Scheibe am Nachthimmel, halb so groß wie die Mondin, um die herum die Sternbilder verzerrt erschienen. Sie glühten in einem fremdartigen, harten Türkisblau, das seltsam von der violetten Finsternis abstach. Die leuchtenden Sternbilder gerieten allesamt in eine langsame, aber deutlich sichtbare Bewegung. Es sah aus, als würden alle Sterne von einer unsichtbaren Kraft in eine Richtung gezogen, wo sie sich aneinanderdrängten, während die auf der anderen Seite der Kraft zu entfliehen versuchten – und diese Richtung wurde von der schwarzen Scheibe bestimmt.

Miranda fühlte, wie alles um sie herum in Bewegung geriet, angezogen von einer Energie, der sie nicht widerstehen konnten. Die schlaff daliegenden Leiber wurden hochgehoben und im Kreise gedreht, als lägen sie auf einer rotierenden Scheibe. Dann erhoben sich die Kinder, die am leichtesten wogen, und wurden nach Süden getragen, gleich darauf Zelda, und dann die drei Übrigen. Miranda, die das Fliegen gewohnt war, hatte dennoch nie ein solches Dahingleiten erlebt. Höher und höher hinauf in den Nachthimmel stieg sie auf. Sie hatte das Gefühl, dass sie im All kreiste, ein kleiner Planet, der seine

Bahn zog, wie es ihm bestimmt war. Ringsum sah sie andere Gestirne, manche riesenhaft und glühend, manche kalt und gelblich bleich und dazwischen irrende Sterne – nutzlose Klumpen, die aus der Bahn geworfen durch die Leere irrten. Oder hatten ihre erratischen Bahnen doch einen verborgenen Sinn?

Immer schneller flog sie nach Süden, der Scheibe entgegen, um deren Rand eine düster glühende Korona loderte. Gleichzeitig nahm die Verzerrung am Himmel zu, bis kein Sternbild mehr seine ursprüngliche Form hatte. Alles wendete und drehte sich der Scheibe entgegen, die Miranda nun als den Eingang eines pechschwarzen Schlundes erkannte. Sein Inneres schien zu wirbeln wie der tödliche Trichter des Gagoon, aber sie konnte nichts Genaueres darin erkennen als ein Flirren und Zucken. Es schien ihr, dass die am weitesten entfernten Sterne in dieses Maul hineingeschluckt wurden und spurlos darin verschwanden. Und es war wirklich so. Je näher sie kam, desto deutlicher sah sie, wie alle Arten von Gegenständen in den unersättlichen Schlund gesaugt wurden. Die Leere um sie wirbelte von Felstrümmern, Streitwagen, leeren Harnischen, Booten und ganzen Schiffen, und dazwischen flogen in einem langsamen, feierlichen Tanz die steif gefrorenen Kadaver riesiger urweltlicher Drachen. Aber was es auch war, es verschwand in dem Abgrund, dessen kreisförmigen Wirbel sie jetzt deutlich sah. Einige Herzschläge lang hüllte sie das missfarbene Licht der Korona ein, dann flog sie über den Rand, und sogleich umhüllte sie die Schwärze völligen Vergessens.

Die Verwandlung

Miranda erwachte aus Träumen, in denen eine riesenhafte glühende Schlange sie zwischen den Sternen des Alls hindurchwirbelte. Benommen schlug sie die Augen auf, nahm aber nichts als Finsternis wahr. Erschrocken setzte sie sich auf. Die lackschwarze, ungebrochene Finsternis der Höhle beängstigte sie ebenso wie die Grabesstille, die ringsum herrschte.

»Salamander?«, rief sie. »Vlysch? Salamander, bist du noch da?«

Zur Antwort glomm ein Funke an der hochgewölbten Decke auf. Rasch wurde aus dem Funken ein Flämmchen und zuletzt eine Flamme, die hin und her wieselte und immer deutlicher die Gestalt des Salamanders annahm.

Miranda dankte ihm von Herzen. Nie hatte sie gedacht, dass Finsternis und Stille so schrecklich sein konnten, wenn beide vollkommen waren. Ihre Augen leuchteten auf, als das schwache rötliche Licht den Altarraum erfüllte. Sie fuhr sich mit beiden Händen über das Gesicht, und bei der Bewegung fiel ihr ein, dass sie ja jetzt verwandelt war und vielleicht ganz anders aussah als früher. Der Schrecken kehrte zurück. Eilig betastete sie ihr Gesicht – Stirn, Nase, Mund –, doch alles fühlte sich an wie immer. Sie betrachtete ihre Hände und Füße, die in dem Zwielicht nur undeutlich zu erkennen waren.

Sie sahen aus wie immer. Anscheinend hatte sie sich äußerlich nicht im Geringsten verändert. Sie konnte auch hören, sprechen und sich bewegen wie zuvor. Vielleicht war der Versuch missglückt, und sie waren alle noch ganz dieselben wie ursprünglich?

Im Augenblick, da sie es dachte, spürte sie die Veränderung. Es war, als stünde sie mit einem Schlag auf einem hohen Turm und blickte von dort auf Chatundra hinunter, deren alte und neue Länder sich bis zum Horizont unter ihr dehnten. Jetzt begriff sie, dass sie sich als Kaiserin der Mitte erlebte. Plötzlich ruhte die Last der Herrschaft auf ihren Schultern, aber in ihr war auch die Kraft, sie zu tragen. Tiefe Feierlichkeit durchströmte sie. Sie spürte deutlich, wie die Mutterjungfrauen mit ihr sprachen – obwohl sie keine Stimmen vernahm, nur ein Wehen und Wispern, als hätte sich ein Windstrom in die unterirdische Kammer verirrt.

Langsam verblasste das innere Bild, und sie fand sich wieder in Majdanmajakakis' vergessenem Heiligtum. Neugierig ließ die Drachentochter den Blick über die Gefährten gleiten, die teils schlafend, teils allmählich erwachend neben ihr auf dem Altar lagen. Ihre Augen weiteten sich vor Staunen.

Lilibeth hatte im Schlaf den Schleier vom Gesicht gestreift – sie hatte keine Verhüllung mehr nötig. Ihr Gesicht wirkte wie das jedes anderen Menschen auch, und es war von eigenartiger Schönheit. Armdicke braune Haarflechten wanden sich darum. Auch die Handschuhe hatte sie abgelegt; ihre Hände waren schmal, weiß und zart.

Zelda, der sich gerade langsam aufsetzte und schlaftrunken vor sich hinstarrte, sah nicht anders aus als zuvor. Doch sein Gesicht hatte eine innere Veränderung erfahren, die deutlich machte, dass er den Hofnarren des König Korchas weit hinter sich gelassen hatte. Seine weichen Züge und goldenen

Augen strömten die Aura einer unendlich lange vergangenen Zeit aus. Der Mesri in ihm war stark und lebendig geworden. Miranda erkannte, dass der menschliche Anteil in ihm sich auf seine äußere Gestalt und seine Erinnerungen beschränkte. Sein Herz und sein Denken gehörten einem Wesen, dessen Rasse in der Morgendämmerung der Welt erschaffen worden war.

Neugierig blickte Miranda zu der Seite hinüber, wo Graf Lubis lag und soeben wie aus einem schweren Rausch erwachte. Sein Mund stand nicht mehr schief, und seine Zähne waren nicht mehr spitz wie die eines Hechtes. Seine fahle Haut hatte einen perlgrauen Ton angenommen, der an die Haut der Spinnenfrauen erinnerte. Der früher grob gescheckte Bauch war jetzt mit einer zierlichen, tintenschwarzen Arabeske geschmückt, die jedem Drachenbauch Ehre gemacht hätte. Kunstvoll verschlungen reichte sie vom Rippenbogen bis zu den Lenden. Wieder dachte Miranda an die Spinnenfrauen, die ihre Körper auf diese Weise bemalten. Offenbar hatte das Schicksal Graf Lubis dazu bestimmt, den Schönheitsidealen des Spinnenvolkes in jeder Hinsicht zu entsprechen. Auch das bislang pechschwarze Haar war jetzt schwarz und weiß gesträhnt. Zwar besaß er noch immer die gelben Augen eines Purpurdrachen, aber der böse und lüsterne Blick war verschwunden.

Miranda beobachtete, wie er sich aufsetzte, sich durchs Haar fuhr und dann mit einem jähen, erstickten Schreckensschrei beide Hände zum Gesicht hob und jeden Fingerbreit abtastete. Was er fühlte, beruhigte ihn. Er atmete tief durch und schloss erleichtert die Augen.

Nun drehte Miranda sich nach der anderen Seite um, wo die drei Kinder lagen. Unwillkürlich stieß sie ein lautes »Oohh« aus. Süleymin und Sela waren herangereift, waren zwei schöne Jungfrauen von etwa sechzehn Jahren geworden. Doch das war nichts im Vergleich zu der Veränderung, die mit Gynnevise vorgegangen war!

Miranda starrte atemlos den schlafenden Jüngling an.

Denn jetzt war er kein Knabe mehr, sondern ein Jüngling, so alt wie seine beiden Schwestern, und von Kopf bis Fuß ein Bild von einem Mann. Die leuchtend farbige, schuppenähnliche Zeichnung bedeckte mit Ausnahme des Gesichts, der Hände und Füße den gesamten Körper. Jede einzelne Schuppe schien eine Orchidee zu sein, jede in einer anderen Farbe und umrandet von Akanthusblättern und Ranken. Aus den ehemals buckligen Schultern sprossen zwei häutige, weinrote Flügel, die er – wie es schlafende Drachen tun – eng an den Körper gefaltet hatte. Das gesamte Rückgrat entlang lief eine Reihe von zierlichen hornigen Zacken. Das Gesicht allein war immer noch menschlich. Es war reif und männlich geworden; lockiges rotbraunes Haar fiel ihm bis auf die Schultern, und die Oberlippe bedeckte ein rotbraunes Bärtchen.

Miranda konnte nicht aufhören, ihn zu betrachten. Ein so wundervoller, so außergewöhnlicher Mann! Dann fiel ihr ein, dass das Schicksal sie dazu bestimmt hatte, ebendiesen Mann zu heiraten. Heiße Röte schoss ihr in die Wangen. Wie unglaublich! Wie er dalag, so edel von Gestalt und Angesicht, war er der geborene Kaiser der Mitte – nun, der geborene Ehemann der Kaiserin der Mitte, denn so war es der Wille der Mutterjungfrauen. Aber so schön, so schön!

Sie zuckte ein wenig zurück, als der Jüngling erwachte und sich bewegte. Die Schuppenzeichnung auf seinem Körper schimmerte und flimmerte wie farbig gewebter Brokat. Er setzte sich auf, stützte sich auf einen Arm und rieb sich die Nase. Dann sah er Miranda an, und seine Augen wurden groß.

»Du … du siehst ganz anders aus!«, stieß er hervor.

Unwillkürlich griff sie sich ins Gesicht, spürte aber nichts Besonderes. Dann durchfuhr sie der schreckliche Gedanke, dass vielleicht ihre Farben sich verändert hatten und sie einen grotesken Anblick bot. Aber Süleymin, die ebenfalls erwacht war, schüttelte den Kopf und sagte: »Nein, Bruder, das scheint nur so. Ihr Gesicht ist dasselbe, aber ihr Wesen ist anders geworden. Sie ist kein Mädchen mehr. Sie ist jetzt eine Frau und eine Kaiserin.«

Gynnevise antwortete nicht. Er hatte bereits entdeckt, dass er selbst sich ganz beträchtlich verändert hatte, und war dabei, sich von allen Seiten zu betrachten, soweit das ohne Spiegel zu bewerkstelligen war. Er kam nicht aus dem Staunen heraus, als er seine Zeichnung sah. Mit zitternder Stimme stammelte er: »Ich bin wirklich ein Orchideendrache geworden. Erinnert Ihr Euch, was Minneloise auf dem Konzil der weiblichen Wesen zu mir sagte? ›In dir steckt gewiss ein Orchideendrache, denn nur die sind so außergewöhnlich schön.‹ Wie ist das möglich? Ich bin zugleich ein Mensch und ein Drache, ein wirklicher Drache!« Dabei öffnete er den Mund und hauchte. Statt eines Flämmchens fuhr jedoch ein solcher Feuerstoß heraus, dass Graf Lubis sich gerade noch rechtzeitig auf den Bauch werfen konnte.

»Seid Ihr von Sinnen?«, schrie er. »Beinahe hättet Ihr mir die Haare vom Kopf gebrannt!«

Verlegen entschuldigte sich Gynnevise. »Verzeiht, ich wusste nicht, dass ich so viel Feuer im Leib habe. Aber Ihr … Ihr habt Euch auch sehr vorteilhaft verändert.«

Kokett drehte sich der Graf nach allen Seiten und ließ sich, da es keinen Spiegel gab, genau beschreiben, wie er aussah. Jetzt erst schien ihm klar zu werden, dass sein neues Äußeres bei den Spinnenfrauen – und vor allem natürlich bei Eunise – großen Anklang finden würde. Ein verträumter Blick trat in seine gelben Augen. Wenn sie ihn schon gern gehabt hatte, als er noch ein hässlicher Mensch war, wie anziehend würde sie ihn jetzt erst finden!

Der Salamander, der immer noch an der Decke schwebte, unterbrach die Träumereien. »Bekleidet euch!«, rief er. »Ihr habt keine Zeit, hier herumzulungern.«

»Womit bekleiden?«, fragte Gynnevise. »Wir haben unsere Kleidung am Eingang zurückgelassen.«

Der Salamander wies auf eine Stelle im rückwärtigen Teil des Altarraumes. Dort hingen an den Felszacken an der Höhlenwand sieben Rüstungen, zierlich und kunstvoll geschmiedet, und sieben Stäbe aus Ebenholz mit silbernen Griffen. Staunend betrachteten und betasteten alle die Rüstungen, denen anzumerken war, dass keine irdische Hand sie geschmiedet hatte. Sie waren weich, als sei das Metall noch glühend heiß, und so wunderbar fein gearbeitet, dass nur die Feuerdrachen der Tiefe selbst sie hergestellt haben konnten.

Alle sieben Rüstungen waren, wie sie da hingen, von gleicher Größe, aber als die Gefährten sie anlegten, formte sich eine jede nach dem Körper des Trägers und der Trägerin und saß dort so leicht und beweglich wie der natürliche Panzer eines Drachen. Sie waren auch nicht starr, wie von Menschen geschmiedete Harnische, sondern folgten dem Körper bei jeder Bewegung. Die bodenlangen, kunstvoll gefalteten, rostfarbenen Unterkleider, die daneben hingen, hätten sie kaum gebraucht.

Stumm vor Bewunderung sahen alle einander an.

Graf Lubis drehte den Stab in der Hand und betrachtete ihn mit einiger Vorsicht. »Was ist das?«, fragte er. »Eine Waffe? Oder ein Zauberstab?«

»Vielleicht beides«, antwortete Lilibeth. »Versucht nicht, es zu irgendetwas zu zwingen. Es scheint mir ein Ding zu sein, das sein eigenes Leben in sich hat und seine Kraft offenbaren wird, wenn die Zeit gekommen ist.«

Der Graf setzte den Helm auf, der wie die einander überlappenden Schuppen eines Drachenschwanzes geformt und vorn mit dem hauchfeinen Gitter eines metallenen Schleiers verschlossen war. »Nicht einmal Thamaz in ihrer Glanzzeit hatte solche Harnische in ihren Waffenkammern«, flüsterte er ehrfürchtig. »Welches Wunderwerk haben die Feurigen da vollbracht!« Er strich mit der flachen Hand zärtlich über den Brustpanzer. »Das Metall ist nicht kalt, sondern warm, und es fühlt sich eher wie etwas Lebendiges an als wie Eisen … Ich fasse es nicht!« Dann fügte er verlegen hinzu: »Aber so herrlich diese Rüstung ist und so zauberisch der Stab sein mag, so bin ich doch kein Ritter. Wir haben auf Macrecourt keine Waffenkünste gelernt, da wir dort keine Waffen schmieden durften.«

Die Übrigen nickten zustimmend. Keiner von ihnen – mit Ausnahme von Miranda, die von den Indigolöwen immerhin im Umgang mit Pfeil und Bogen unterwiesen worden war – verstand sich auf die Kampfkunst. Wyvern hatte keinen Wert darauf gelegt, den Kindern ritterliche Fertigkeiten beizubringen. Sie hatte sie zu Gelehrten und Weisen erzogen. Lilibeth hatte sich immer auf ihre drei Hunde verlassen.

Sie spürte jedoch, dass den Harnischen eine eigene Kraft innewohnte, und tröstete die anderen: »Majdanmajakakis war es, die den Befehl gab, diese Rüstungen zu schmieden. Sie wird uns innerlich zu Rittern machen, wie sie uns äußerlich dazu gemacht hat, damit wir nicht als aufgeputzte Taugenichtse zuschanden werden. Lasst uns einander an den Händen nehmen und beten, dass sie uns auch weiterhin ihre Gunst erweisen möge!«

Daraufhin nahmen sie einander an den Händen, bildeten

einen Kreis und beteten, während der Salamander sie von seinem Platz an der Deckenwölbung aus beobachtete.

Als sie fertig waren, rief er ihnen zu: »Ach, dass man euch ständig treiben und stoßen muss! Kommt jetzt, ihr habt noch einiges vor euch.«

»Müssen wir auf diesem schrecklich mühevollen Weg zurückkehren? Mit den Harnischen ist das doch unmöglich«, warf Süleymin ein.

Vlysch schüttelte den Kopf. »Nein. Schlagt mit den Stäben an die Wand hinter dem Altarstein.«

Miranda tat wie ihr geheißen, und der Fels verschwand. Er glitt nicht auseinander, sondern öffnete sich in einem ovalen Loch, als hätte etwas Unsichtbares seine Substanz verzehrt. Vlysch flog ihnen voraus durch die Öffnung, und als sie ihm folgten, fanden sie sich in einem ebenen, mannshohen Stollen, dessen Mauern ebenso wie die des Labyrinths am Eingang zu Glasgestein zusammengeschmolzen waren. Eine Weile schritten sie im Licht des Salamanders den Gang entlang, als Vlysch plötzlich haltmachte und rief: »Seht an! Die Rächer sind da, sie können es nicht erwarten, den Unhold in Stücke zu hauen!« Bei diesen Worten huschte er herum und wandte das Köpfchen in die Richtung, aus der sie gekommen waren.

Die Ankunft der Rächer

Dort erschien tatsächlich eines der Wesen, das Miranda durch den Spalt im Boden des Ganges gesehen hatte. Zur Hälfte war es ein Ritter in Harnisch und Helm, zur Hälfte ein giftiges Ungeheuer. Es bewegte sich lauernd auf sechs gepanzerten Skorpionbeinen und schwang den Stachel drohend in die Luft. Das menschliche Antlitz betrachtete sie bleich und mit brennenden Augen. Hinter ihm erschienen in schattenhafter Folge weitere von seiner Art.

»Seid mir gegrüßt, Fremde in der Unterwelt!«, rief der Tote mit schwacher, heiserer Stimme, die so klang, als käme sie aus großer Ferne. »Antwortet mir, antwortet schnell, ich flehe Euch an! Wo ist der Unhold, der meinen Tod auf dem Gewissen hat?«

Ehe die Sieben noch antworten konnte, nahmen weitere Stimmen den Ruf auf, und in mörderischer Gier flüsterte es ringsumher: »Wo ist er? Wo finden wir ihn? Wo hat er sich versteckt?«

Miranda nahm allen Mut zusammen und sprach das schreckliche Wesen an. »Wer wart Ihr im irdischen Leben?«

Es wandte ihr den Blick seiner tief in den Höhlen liegenden Augen zu und antwortete zögernd wie jemand, dem die Erinnerung entgleitet. »Mein Name war Ajolan, ich war ein Ritter am Hof der Kaiserin Tartulla ... der Unhold, der sich Kattebras nannte, hat mich getötet, voll List und mit unehrlichen Waffen.« Und sofort brach er wieder in seine Klage aus. »Wo ist er? Wo ist er? Wo kann ich ihn finden, damit ich mich an ihm räche?«

Zugleich erschienen in der Öffnung in der Höhlenwand weitere ruhelose Schatten. Sie waren alle auf dieselbe Weise entstellt wie der Ritter Ajolan und ebenso unfähig, sich auf irgendetwas anderes zu besinnen als auf ihren unbändigen Zorn. Augen glühten in der Dunkelheit, die Stacheln rasselten, und die Hornplatten ihrer Skorpionleiber klickten bei jeder Bewegung.

Miranda bedauerte sie, aber sie war auch sehr erleichtert, als der Salamander von seinem hohen Ausguck herabrief: »Hört mich an, Tote! Folgt dem Gang, der vor euch liegt, folgt ihm bis in die tiefsten Tiefen, so werdet ihr das Nest des Urchulak finden. Wenn die Feurigen ihn aus dem Standbild vertrieben haben, so wird er dort Zuflucht suchen. Dann seid mit euren Waffen bereit!«

Daraufhin brach ein heiseres Röcheln aus allen Mündern. Die Toten drängten in die Richtung, die er ihnen genannt hatte, und tappten auf ihren Klauenbeinen der Öffnung entgegen, die ihnen ein langer roter Feuerstrahl wies.

Der Kampf der Kaaden-Bûl

Flug nach Thurazim

Als der Letzte der Unglücklichen verschwunden war, wandte der Bote sich wiederum an die Sieben. »Kommt mit mir! Ihr sollt Zeugen werden, wie die Feuerdrachen ihr Wort erfüllen.«

Wieder flog er ihnen voraus. Sie folgten ein kurzes Stück weit einem der gläsernen Gänge, bis der Salamander ihnen innezuhalten gebot. Als er sein Licht aufleuchten ließ, sah Miranda mit Schaudern, dass nur wenige Felszacken sie von einem furchterregenden Schlund trennten.

Als sie hinabblickten, leuchtete darin ein rotes Feuer auf, das immer deutlicher sichtbar wurde und wie die Staubgefäße im Kelch einer monströsen schwarzen Blume wuchs. Es wallte höher und höher empor. Als es den größten Teil des Abgrundes ausgefüllt hatte, teilte es sich in sieben Schweife, die aufstiegen und auf dem felsigen Rand verharrten. Dann verwandelten sie sich in sieben geflügelte, scharlachrote Pferde von schrecklichem Aussehen, mit feurigen Mähnen und Schweifen.

»Steigt auf«, befahl der Bote, »und fürchtet nichts! Ihr steht unter dem Schutz der Feurigen, und die Lohe wird euch kein Haar krümmen. Die Pferde werden euch nach Thurazim tragen, damit ihr die Aufgabe erfüllt, die euch zugewiesen ist.«

Miranda war bange, als sie sich dem Pferd näherte. Doch das Tier kniete nieder und ließ sie aufsteigen. Beherzt fasste sie in die feurige Mähne. Die Flammen umloderten ihre Hand, und Funken sprühten ihr ins Gesicht, aber sie empfand keine Hitze. Dann saßen sie alle sieben auf den nackten Rücken der geflügelten Reittiere.

»Haltet euch fest«, riet der Bote, »denn wir reisen so schnell, wie ein Funke fliegt.«

Mit beiden Händen klammerte sich Miranda an die Mähne und duckte den Kopf auf den Hals des Tieres. Keinen Augenblick zu früh, denn das Feuerpferd stob so leidenschaftlich davon, dass es der Reiterin den Atem verschlug. Ohne einen Augenblick zu zaudern, jagte es durch die blinde Finsternis, einen Gang entlang, der sehr schmal sein musste, denn Miranda hörte den Hall der Hufe wie den Lärm eines großen Gongs. Immer schneller ritt sie durch pechschwarze Nacht. Bald merkte sie, dass es steil aufwärts ging. Es schien ihr, dass sie eine Rampe hinaufjagten, die sich in Spiralen zur Oberfläche der Erde bewegte. Dann tat das Pferd plötzlich einen gewaltigen Satz. Der jähe Übergang vom Dunkel des Erdinnern zum Licht der Außenwelt beraubte Miranda ein paar Herzschläge lang ihrer Sinne.

Sobald sie wieder zu sich kam, sah sie sich hoch in der Luft über den Purpursümpfen schweben, die Begleiter an ihrer Seite. Die Geflügelten trugen sie in Windeseile nach Thurazim.

Miranda, die die Ruinenstadt noch nie gesehen hatte, war erschüttert von der Zerstörung, die ihr ein Blick in die Tiefe offenbarte. In seiner Blütezeit, so hatten ihr die Indigolöwen erzählt, war Thurazim eine Stadt aus Gold und Glas gewesen, mit Türmen, so hoch und luftig, dass sie aus lauter Licht zu bestehen schienen. Jetzt waren die Türme zusammengestürzt, die prächtigen Häuser verbrannt, die Straßen mit Schutt bedeckt und von rauen Schlingpflanzen überwuchert. Die einst gepflegten Parks und die Alleen, die sternförmig auf den Palast des Kaisers zuführten, waren zu einer dornigen Wildnis geworden. Überall auf den gepflasterten freien Flächen bleichten die riesigen Skelette der Purpurdrachen und Eishörner, die einander im großen Drachenkrieg ausgerottet hatten. Zahllose Skelette von Menschen zerbröckelten auf den Steinplatten, zwischen denen das Gras hervorspross.

Mitten in dieser Szenerie von Elend und Zerstörung aber standen nach wie vor die riesigen goldenen Statuen der Kaiser der Sundaris, die diese ihrem Gott Phuram und sich selbst zu Ehren errichtet hatten. Es waren gewiss mehrere hundert. Stolz und starr blickten sie über das Ruinenfeld hinweg.

Der Salamander, der sie begleitete, wies sie an, sich auf das Dach des kaiserlichen Palastes zu begeben und von dort aus zu beobachten, was vor sich ging.

Sie gehorchten. Der Palast war ein zyklopisches Bauwerk gewesen, dessen Stufen sich bis zum Himmel auftürmen wollten; aber nur noch ein Teil davon war erhalten. Die Nebengebäude lagen in Trümmern, die mächtige Freitreppe war mit Teilen gestürzter Säulen und Mauerbogen übersät, die Fenster starrten hohl in die Landschaft. Auch das Dach, auf dem die Pferde landeten, wies gefährlich große Löcher auf, durch die man in die darunter liegenden Prunksäle und Treppenfluchten hineinblickte. Doch der Teil nahe der Balustrade war stabil genug, den leichtfüßigen Feuerpferden einen sicheren Halt zu bieten.

Gynnevise trat an Mirandas Seite und ergriff ihre Hand. Leise sagte er: »Ich weiß, dass du mich verabscheut hast, als ich ein Kind war, und auch ich mochte dich nicht. Aber jetzt bebt mein Herz, wenn ich dich ansehe. Und du? Empfindest du immer noch Widerwillen gegen mich?«

Sie errötete. »Nein«, erwiderte sie leise. »Du ... du bist mir ganz fremd und doch vertraut. Mein Schicksal erscheint mir längst nicht mehr so schlimm.«

»Meines auch nicht«, gestand er. »Und ich will dir nur sagen, dass sich nicht nur mein Äußeres verwandelt hat. Ich trage andere Gedanken in mir, andere Sehnsüchte und Hoffnungen. Ich bin kein kleiner Knabe mehr.«

»Ich fühle mich auch ganz anders.« Miranda wollte noch etwas hinzusetzen, schwieg aber, denn in diesem Augenblick sank die Sonne, und eine Veränderung ging mit der toten Stadt vor.

Eine blaugraue Dämmerung senkte sich über die Ruinen. Die Statuen, auf deren Kronen und Helmen die schwindenden Lichtstrahlen blitzten, wirkten unheimlich lebendig, als wollten sie jeden Augenblick von ihren hohen Podesten heruntersteigen und langen Schrittes durch die Ruinen wandeln. Kaum aber war der letzte Sonnenstrahl verschwunden und der Glanz am westlichen Horizont zu einem kalten Türkis geworden, als neues Leben in der Stadt erwachte.

Über die weiten, mit hellem Marmor gepflasterten Plätze rollten plötzlich Dutzende kugelförmiger grauer Büsche und wurden vom Wind hierhin und dorthin geweht. Doch Mirandas scharfe Drachenaugen erkannten, dass es Basilisken waren, die aus ihren unterirdischen Grotten emporgestiegen waren, um nach ihrer Gewohnheit die Häuser nach Gold zu durchsuchen. Sie hüpften wie Bälle und flogen dann und wann auch ein Stückchen durch die Luft, wenn ein kräftiger Windstoß ihre leichten, schwammigen Körper packte. Außer ihnen kroch auch anderes Ungeziefer aus seinen verborgenen Höhlen hervor – Nachtinsekten mit pelzigen Flügeln und unheimlichen Zeichnungen auf dem Rücken, missgestaltete Wesen, halb Fische, halb Säugetiere, und nackte, weißhäutige Asseln mit riesigen Scheren. All das Gelichter wimmelte in den Ruinen umher, und Miranda war froh, dass sie hoch oben auf dem Palastdach stand.

Während sie noch in die ehemalige Allee hinabblickte, wurde sie gewahr, dass ein rotgoldener Faden sich im Zickzack über deren ganze Breite zog. Sie wies die anderen darauf hin, da war der Faden bereits zu einem Gerinnsel geworden, dessen Glut die Umgebung erhellte. Die Basilisken hatten es bemerkt – sie flohen in Scharen von der Stelle und tauchten in die tiefen schwarzen Schatten zwischen den Häusern. Unbeirrbar wurde der Faden dicker und dicker. Ein Spalt öffnete sich, aus dem ein gleißend helles Feuer hervorloderte.

»Da ist noch einer!«, rief Gynnevise. Und Graf Lubis deutete auf einen in Schatten versunkenen Hof und rief: »Dort ebenfalls! Wollen die Feurigen die Stadt mit ihrer Glut überschwemmen?«

Es war ein Ehrfurcht gebietendes Schauspiel, wie die Zahl der funkelnden Ritzen zunahm und aus jeder Einzelnen ein Saum greller Flammen hervorsprang. Bald war die gesamte dämmrige Ruinenstadt von einem Netz glühender Linien überzogen. Aus diesen Spalten wehte es hervor wie lodernde Schleier: riesige, hell leuchtende Flammen stiegen daraus auf, die sich von ihrem Untergrund lösten und blitzschnell auf die nächsten Statuen zuschlängelten. Mit einem Zischen, das weithin zu hören war, krochen sie an den goldenen Kunstwerken empor und umschlangen sie, als wollten sie sie erwürgen.

Unter ihrer glühenden Umarmung schmolz das Gold. Bäche aus erhitztem Metall strömten an den Statuen hinunter, flossen über die Sockel und rannen als kochende Bächlein über die Straßen, den feurigen Spalten entgegen, in denen sie versickerten. Immer schmaler und dünner wurden die goldenen Götter, als die erweichte Substanz auf die Straße troff und von den Feuerzungen aufgeleckt wurde. Bald wankten die Statuen, neigten sich vornüber wie Kerzen in einem heißen Saal und fielen schließlich in sich zusammen. Die Feurigen, die sie umschlungen hielten, schlüpften zischend davon und wanden sich heißhungrig und in tödlicher Umklammerung an einer neuen Statue empor.

Stumm vor Staunen beobachteten die Sieben, wie die Salamander ein riesiges Standbild nach dem anderen in Pfützen aus kochendem Gold verwandelten. Die Basilisken, die das Werk der Vernichtung aus ihren Verstecken beobachtet hatten, kreischten und gackerten vor Zorn über den Verlust ihrer Schätze. Viele sprangen hervor, von besinnungsloser Wut getrieben, nur um augenblicklich aufzulodern und wie dürre Blätter zu verbrennen. Teiche weißer Glut breiteten sich in der Ruinenstadt aus. Die verdorrten Bäume knisterten und knackten wie Feuerwerke, als ihre Äste Funken sprühend zersprangen. Alle paar Schritte öffnete sich ein Schlund der Tiefe und saugte das fließende Gold in sich hinein. Weit dehnten sich die Spalten. Marmorne Sockel, von heißem Gold überzogen, stürzten hinein. Das Granitpflaster an ihren Rändern brach ab. Was immer von Gold bedeckt war, und sei es auch nur eine Fingerspitze voll, wurde von lebendigen Flammen wie mit Händen gepackt und in den Abgrund gezogen.

Alle Arten von Gestalten nahm das Feuer an. Da waren nicht nur die silbergoldenen Schlangen, die sich an den Statuen hinaufwanden wie feurige Hände, da waren auch Löwen mit flammenden Mähnen, Einhörner, die mit ihren lodernden Waffen in die Schatten fuhren und Basilisken aufspießten. Immer wieder leckten lange Drachenzungen in die Dunkelheit hinein und löschten Scharen wild umherspringender Tarasquen aus. Mehr als einmal erfassten sie auch einen Schatzgeist mit seiner Last, der gehofft hatte, sich im Schutz der Ruinenstädte an den goldenen Koloss anschleichen und sich an ihn heften zu können. Menschengestaltige Salamander sprangen in die schwarzen Fensterhöhlen und kehrten zurück, beide Arme beladen mit Pupulsac. Sogar in die Schornsteine fuhren die Flammen hinein, bis sie oben wieder herauszüngelten, um nur ja keine Krume des unheilvollen Metalls zurückzulassen.

Die ganze Nacht über dauerte das Werk der Reinigung an. Mehr als einmal huschten Feuerlinge über das Dach des Palastes und glitten über die Steinfiguren, die die Balustrade zierten. Sie leckten Blattgold von den Säumen der Kleider und der Helmzier und saugten es in sich auf. Miranda sah, wie sie das Pupulsac so sehr erhitzten, dass es beinahe verdampfte. Ein schwerer, in den Augen und im Hals beißender Brodem lag über der Ruinenstadt.

Endlich verkündete ein scharfer Windstoß den nahenden Morgen. Während im Westen noch die Sterne am schwarzgrauen Himmel standen, zeigte am östlichen Horizont ein schwacher, muschelfarbener Schimmer an, dass Phuram sich bereit machte, über den Himmel zu ziehen.

Die Salamander verdoppelten ihren Eifer. Noch einmal huschten sie durch die verwüsteten Straßen, Höfe und Häuser. Dann kehrten sie in aller Eile zu den Spalten zurück, schlüpften und sprangen hinein und waren verschwunden. Die Öffnungen schlossen sich so lautlos, wie sie sich aufgetan hatten.

Der Salamander, der die Sieben geführt hatte, erschien abermals auf dem Dach des Palastes.

»Ihr habt Großes gesehen«, erklärte er. »Aber in der kommenden Nacht werdet ihr noch Größeres sehen. Jetzt kommt mit mir, ich will euch mitteilen, was ihr zu tun habt. Kommt!«

Sie stiegen auf. Ohne auf einen Zuruf der Reiter zu warten, erhoben die sieben geflügelten Pferde sich in die Luft und flogen hinter dem Boten her.

Die Verwunschenen

Auf dem riesigen freien Platz vor dem Palast befahl der Salamander den Gefährten, sich in einer Reihe aufzustellen und die Stäbe zur Hand zu nehmen. Dann reichte er Zelda ein Pergament und forderte ihn auf, den Text vorzulesen.

Verwundert blickte der Jüngling auf. »Hier steht gar nichts«, erwiderte er. »Jedenfalls nichts, das ich lesen könnte.«

»Warte«, bat der Bote und hauchte das Blatt an. Sogleich erschienen darauf bräunliche Schriftzeichen, die rasch immer heller wurden und bald eine gleißende, fließende Schrift formten, als würde diese soeben mit einer feurigen Feder geschrieben. Zelda las laut die Worte, die vor seinen Augen erschienen, doch ergaben sie für die Zuhörenden keinen Sinn. Sie waren in der heiligen Sprache verfasst, in der die Mutterjungfrauen miteinander sprechen. Alle sahen jedoch, was die Worte bewirkten.

Aus dem Schatten eines Hauses schlurften zögernd zwei ungewöhnlich große Basilisken herbei. Gleich darauf gesellten sich zwei weitere zu ihnen, die aus einem Loch zwischen den Steinplatten herausgestiegen waren. Ein dritter hüpfte von einem Dach und schloss sich der Gruppe an.

»Lasst sie ruhig herankommen«, riet der Salamander, als er sah, wie die Sieben angewidert zurückwichen und ihre Stäbe abwehrend vor sich hielten. »Diese Wesen haben die äußere Gestalt von Basilisken. Aber es sind die Ritter Kaiser Viborgs, die Mannen des Ritters Coloban und die Mokabiter von Macrecourt, die im Kampf gegen die Ungeheuer in deren Gestalt verwandelt wurden. Sie werden euch keinen Schaden zufügen.«

Und wirklich schlichen die Gestalten unterwürfig herbei und knieten schweigend in großen Gruppen vor den Sieben nieder.

»Berührt sie mit euren Stäben!«, befahl der Bote.

Im Augenblick jedoch, da diese gehorchen wollten, ertönte ein Schwirren in der Luft. Sechs riesenhafte, gespenstische Schatten glitten aus dem Himmel hernieder.

Die Schar der Verwunschenen, die sich auf dem Platz versammelt hatte, floh heulend und winselnd in jedes erreichbare Loch. Miranda sprang voll Abscheu zurück, als sie sechs Totenkopflibellen vor sich sah, die je einen Reiter trugen. Drei Frauen waren es, jede so bleich wie eine Leiche, alle in giftig bunt schillernde Prunkgewänder gekleidet, und drei große, ebenfalls königlich gekleidete und gerüstete Basilisken, in denen sie mit Entsetzen die drei kleinen Könige Kju, Roc und Zan erkannte. Das Herz wollte ihr in der Brust erstarren, denn sie wusste gemäß den Lektionen der Indigolöwen noch zu gut, welch mörderischen Kräfte diese drei besaßen. Hatten sie nicht einst den gesamten Wald vernichtet, der in alter Zeit die Felsabstürze der Heulenden Berge bedeckt hatte, und an seiner Stelle die riesige Aschenwüste entstehen lassen? Hatten sie nicht das Netz der Bosheit vor den Bergen gespannt, damit kein edler Drache diese überqueren konnte? Schreckliches war damals geschehen: Unter den Blicken des Unholds verwelkte das Laub, die Stämme der Zykadeen verdorrten und fingen Feuer, der Boden sprang auf und zerkrümelte in der Hitze zu Sand. Rocs Stachel tötete zahlreiche Tiere, die in den Wäldern Zuflucht vor Phurams glühendem Angesicht gefunden hatten, und spie eine Seuche aus. Zan öffnete sein glutflüssiges Auge und tötete mit der Kraft seines Blickes die kleinen Lebewesen, bis nicht einmal mehr eine Ameise am Leben war. Und nun standen diese Ungeheuer der Unterwelt ihnen leibhaftig gegenüber!

Miranda spürte, wie sie der Mut verlassen wollte, als ihre Gefährten von den grauen Reittieren sprangen und auf sie zutraten. Mit zitterndem Arm hielt sie den Schild vor sich und erwartete schon, dass Zan sein drittes Auge öffnete und der tödliche Strahl sie niederschmetterte. Doch sie wich keinen Schritt zurück, als die drei, gefolgt von ihren mordlüsternen Weibern, immer näher herankamen. Rasch schloss sie das Helmvisier und umschloss mit harten Fingern den Stab, ihre einzige Waffe.

Graf Lubis erkannte die Königinnen der Mokabiter wieder und sprang mit einem Schrei des Zorns und Abscheus vor. »Verräterinnen!«, rief er ihnen entgegen. »Habt ihr euer eigenes Volk in die Sklaverei verkauft, um diese Ehemänner zu gewinnen? Edle Herren, fürwahr! Gewiss legt ihr sie des Nachts in einer Schüssel schlafen, damit sie ein Bett nach ihren Maßen haben, und tragt sie auf den Armen spazieren wie Säuglinge! Und ei, wie süß muss die Minne dieser schönen Herren sein!«

Der Hohn erbitterte die drei kleinen Könige. Der Graf musste blitzschnell zurückspringen, denn Kju riss das breite Froschmaul auf und hauchte ihm eine Wolke heißer, stinkender Luft entgegen. Augenblicklich wurde alles Grün braun und zerfiel wie verbranntes Papier. Aber der Schutz der Feuerdrachen bewahrte die Sieben. Er bewahrte sie auch, als Zan das seinen Scheitel krönende glutflüssige Auge aufriss. Die metallenen Schleier vor dem Helm schützten nicht nur vor Waffen, sondern auch vor dem tödlichen Auge. Zwar fühlten die Sieben sich von grellen Blitzen geblendet, und schmerzhaft empfanden sie den Schwall tödlicher Bosheit, den die Kreatur ihnen entgegenschleuderte, doch sie hielten stand. Dann drangen alle zugleich auf die Ungeheuer ein.

Es war kein leichter Kampf, obwohl die Basiliskenkönige so klein von Gestalt waren und die Sieben mehr als die doppelte Übermacht besaßen. Die mystische Verwandlung, die sie geistig erhöhte, hatte sie auch verletzlich gemacht gegen den schwarzen Hauch, der ihnen entgegenströmte. Wie die edlen Rosenfeuerdrachen wankten sie unter dem Ansturm des Übels. Ihre Augen wurden blind, ihre Ohren taub, und ihre Knie wurden weich, als die höllische Bosheit der drei Ungeheuer ihre Sinne verletzte und verdunkelte. Was sie früher kaum berührt hätte, drohte nun ihr Tod zu werden.

»Majdanmajakakis!«, rief Miranda verzweifelt, als sie spürte, wie ein rußiges schwarzes Spinnennetz sich um sie schlang und ihr die Pfeile der Niedertracht in die Brust drangen. Augenblicklich wurde ihr Blick klar, und die Bedrückung ließ nach.

»Bittet um den Schutz der Allmutter!«, rief sie ihren Gefährten zu. Als diese in ihre Rufe einstimmten, gewannen sie ihre Kraft zurück. Mit neuer Kühnheit drangen sie auf die Feinde ein. Die drei Königinnen hielten sich im Hintergrund. Sie beobachteten den Kampf, ohne einzugreifen, und ein heimtückisches Lächeln umspielte ihre schmalen, blutroten Lippen.

Miranda stürzte auf Roc los und stieß ihm das Ende des Stabes gegen die Brust. Zwar überwältigte sie die unmittelbare Nähe des Basilisken so sehr, dass sie atemringend zu Boden stürzte. Doch ihr Angriff gab Gynnevise die Gelegenheit, seinen Stab mit voller Wucht in dessen Ohr zu rammen. Obwohl die Spitze des Stabes stumpf war, fuhr die Waffe durch den Schädel des Tarasquen, als wäre es ein Klumpen Talg. Im selben Augenblick erglühte der Stab im bernsteinfarbenen Licht des Dreigestirns. Roc riss die roten Fischaugen auf und fletschte die Zähne, aber sein Ende war nahe: Das Licht der Mutterjungfrauen hatte sein Gehirn versengt. Hirnlos geworden, stolperte und rollte er wie von Sinnen umher, schnarrend und zischend wie ein Topf auf dem Feuer. Das böse Licht hinter den flachen, schillernden Augen erlosch, der Unterkiefer fiel kraftlos herab, und der plumpe kleine Leib kippte rasselnd nach hinten. Krampfhaft zog er die kurzen Arme und Beine an sich, zappelte und blieb wie ein monströser bunter Käfer tot auf dem Rücken liegen.

Gynnevise sprang herbei und half der gestürzten Miranda auf die Füße. »Bist du verletzt?«, fragte er besorgt.

»Nein.« Sie löste sich von seinem Arm. »Es war nur der böse Hauch … achte auf dich! Sie greifen abermals an!«

Kju und Zan schnarrten laut vor Wut, als sie den Untergang des Bruders mit ansahen. Die Hitze des Kampfes verdoppelte sich, als die beiden ihre Feinde mit dem Blick des glutflüssigen Auges und dem Hauch des Bösen zu vernichten suchten. Kju sprang hoch und wollte Gynnevise, an dessen Brust er hing, mit den dünnen, Saugnäpfe tragenden Fingern erwürgen. Da fuhr Mirandas Stab von unten in ihn hinein und spießte seinen Leib unter der Rüstung zwischen den Beinen bis hinauf zum Bauch auf. Ein Schwall giftigen, rauchenden Unrats schoss aus den aufgeschlitzten Eingeweiden hervor und verseuchte den Boden. Kju indes spürte wie alle seiner Art keinen Schmerz, sondern nur eine lähmende Schwäche, als der gräuliche Lebenssaft seinem Leib entströmte. Er ließ los, fiel rücklings zu Boden, und Miranda stieß ihren Stab von oben so heftig in seinen Körper, dass dieser, bernsteinfarben aufglühend, durch Harnisch und Leib hindurch in die Erde fuhr. Augenblicklich zerriss das Gewebe der dämonischen Existenz. Rauch stieg aus der Wunde auf, als die Innereien des kleinen Königs im tödlichen Licht der Mutterjungfrauen verbrannten. Sein Inneres schrumpfte und schmorte, und jämmerlich mit den dünnen Beinchen zappelnd verschied er.

Da nun zwei der Brüder den Tod gefunden hatten, war es nicht mehr schwer, auch den dritten zu vernichten. Alle sieben Stäbe richteten sich gegen Zan, der zu fliehen versuchte, doch umringt und gestellt wurde. Wie eine angreifende Kriegsechse senkte er den Kopf und rannte auf seine Feinde zu. Doch Süleymin streckte ihm ihren Stab entgegen, und dieser drang dem Heranstürmenden in den Scheitel, fuhr durch den gesamten Kopf der Missgestalt und endete in seiner Brust. Dann erst zog Süleymin den Stab zurück. Zan fiel zu Boden, und die Sieben sahen, wie sein Gehirn im Schädel schmorte. Stinkender Rauch quoll aus der Öffnung im Scheitel, den platten Nüstern und dem Maul des kleinen Ungeheuers. Zan sprang auf, aber völlig von Sinnen, wusste er nicht, wo seine Feinde standen, wusste nicht einmal mehr, was er überhaupt wollte. Er rannte hin und her wie eine Schabe im Feuer, überschlug sich, torkelte und kippte schließlich um. Graf Lubis trat einen Schritt nach vorn und nagelte ihn mit einem Stoß seinen Stabes auf der Erde fest, bis die Glut alle seiner Innereien zu Asche verbrannt hatte.

Voller Zorn wandten die Sieben sich den Mokabiterinnen zu, die von ihren Reittieren gestiegen waren und sie erwarteten. Graf Lubis vor allem wollte auf sie losstürmen. Da schob Kule mit beiden Händen ihren Umhang auseinander und zeigte den Feinden ihren gewölbten Bauch. »Ich bin guter Hoffnung, edle Damen und Herren«, sagte sie mit süßer Stimme voll gespielter Unterwürfigkeit, »und auch meine beiden Gefährtinnen sind es. Ihr wollt doch nicht etwa eine Schwangere töten?«

Die Sieben zögerten. Unsicher sahen sie einander an, als auch Bulte und Mersa die Mäntel öffneten und zeigten, dass sie ein Kind im Leib trugen.

»Es sind ungeborene Kinder, unschuldig an den Taten ihrer Mütter«, erklärte Süleymin und ließ den Stab sinken, den sie schon drohend erhoben hatte.

»Es sind Kinder von Verräterinnen«, rief Gynnevise aufgebracht, »und Bastarde der Tarasquen! Wenn wir sie leben lassen, werden sie zu Begründern eines Mischgeschlechts, schlimmer als alles, was Chatundra je erlebt hat – Kreaturen mit dem Aussehen von Menschen und den Herzen von Basilisken! Ich sage, tötet sie!«

»Tötet sie!«, stimmte Graf Lubis ein, der von allen den meisten Grund hatte, die drei bösen Weiber zu hassen.

Aber die Frauen und Zelda wehrten ihnen. »Wenn sie sich später selbst den Tod verdienen, so soll es sein«, sagten sie. »Aber wir wollen kein Kind für die Sünden seiner Mutter töten.«

Miranda merkte wohl, dass die drei Königinnen darauf gesetzt hatten, dass es so für sie ausginge. Ihr Blick war voller Hohn und ihr Lächeln voller Tücke. Dennoch brachte sie es nicht über sich, sie zu erschlagen. »Geht!«, rief sie ihnen zornig zu. »Geht und haltet euch fern von uns, denn ein zweites Mal wird es keine Gnade geben.«

Die drei stiegen auf und wisperten den Totenkopflibellen Befehle zu, worauf diese wendeten und mit rasselnden Flügeln in die Morgendämmerung davonflogen.

Vlysch, der aus einiger Entfernung zugesehen hatte, näherte

sich wieder und reichte Zelda wortlos von Neuem das Pergament.

Wieder las der Jüngling die zauberischen Worte. Die Verwunschenen kehrten zurück. Wie zuvor knieten sie in Gruppen nieder und warteten.

Zögernd streckte Miranda die Hand aus und tippte mit dem Ebenholzstab an die Brust des Tarasquen, der ihr am nächsten stand. Augenblicklich fuhr ein Schauder durch den missratenen Körper. Das fahle Fleisch begann zu brodeln wie kochender Teig. Es bildete mächtige Beulen und Buckel, bis die Kreatur jede Ähnlichkeit mit einem lebenden Wesen verloren hatte und sich als blubbernder, ächzender Haufen zähen Schleims auf dem Boden wand. Graf Lubis hatte die Verwandlung schon einmal gesehen und ertrug sie mit Gleichmut. Aber die sechs anderen standen starr vor Entsetzen und Abscheu da und betrachteten die stinkende Pfütze, die sich jetzt langsam wieder zusammenzog. Immer heller wurde die Farbe. Das brodelnde Fleisch kroch in sich zusammen, wurde fester, nahm Form an, Haar wuchs darauf, der tonnenförmige Körper streckte sich in die Länge. Deutlich entstand eine menschliche Gestalt. Das so entstandene nackte Wesen reckte und streckte sich und tat einen zögernden, unbeholfenen Schritt nach vorn. Es war ein fetter, borstiger Mokabiter mit einem kurzen Schwanz am Hinterteil und Sporen wie ein Kampfhahn an den Fersen.

Bei seinem Anblick schrie Graf Lubis erfreut auf. »Kobek! Mein guter Kobek! So sehe ich Euch wieder!«

Der Verwandelte blinzelte und starrte den Ritter mit gerunzelter Stirn an, dann begriff er plötzlich, wer dieser ernste, Ehrfurcht gebietende Mann war. Sofort warf er sich mit ausgestreckten Armen auf die Knie und hob vor lauter Unterwürfigkeit das blanke Hinterteil so hoch in die Höhe, dass er beinahe einen Kopfstand machte. »Herr Graf!«, rief er aus. »Edler Herr Graf! Ihr habt Euch aber, wenn ich so sagen darf, auch ganz beträchtlich verändert, man erkennt Euch ja kaum wieder! Als ich Euch das letzte Mal sah, hattet Ihr, mit Verlaub gesagt, ein so saures und gelbes Gesicht, als hättet Ihr Mispeln gefressen! Wie habt Ihr es denn zustande gebracht, dass man Euch ansehen kann, ohne das Kotzen zu kriegen?«

»Darüber wollen wir ein andermal sprechen«, wehrte der Graf ab. »Jetzt sind wir beschäftigt.«

Einer nach dem anderen traten nun die Verwunschenen vor und wurden wieder, was sie einst gewesen waren. Bald stand eine große Schar nackter Männer und Frauen auf dem Platz. Diejenigen, die vor hundert Jahren in die Purpursümpfe gekommen waren, fanden sich nicht gleich zurecht. Sie standen benommen da und konnten nicht abschütteln, was ihnen wie ein langer, schlimmer Traum erschien.

Schließlich, als auch der Letzte entzaubert war, rief Miranda sie zusammen und erklärte ihnen, was geschehen war und wie die Welt sich verändert hatte.

»Nun, da ihr durch die Gnade Majdanmajakakis' wieder Menschen seid«, sagte sie, »mögt ihr selbst entscheiden, welchen Weg ihr geht. Wenn ihr mit uns nach Fort Timlach kommen und uns im Kampf beistehen wollt, so kommt mit uns; wer von euch aber nicht will, mag nach Thamaz oder Thurazim gehen und sich dort als unser Untertan ansiedeln.«

Die anwesenden Mokabiter – die nach wie vor keine Kämpfer waren – stimmten einhellig und voll Freude dafür, auf der Stelle nach Thamaz zu eilen. Die Nordlinge waren uneins untereinander. Einige wollten mit den Sieben gehen. Andere fühlten sich Chiritai verpflichtet, wollten aber nicht für eine Kaiserin Twyfald kämpfen. So entschieden sie sich, nach Thurazim zu reisen und die Stadt neu zu besiedeln. Eine

Gruppe zog es vor, nicht länger zu diskutieren, sondern unauffällig in der Dunkelheit zu verschwinden. Das waren diejenigen, die es unter allen Umständen mit Chiritai halten wollten und die zukünftigen drei Kaiserinnen nicht anerkannten.

Miranda ließ sie ziehen. Sie wollte niemanden zwingen, sich auf ihre Seite zu schlagen. Wer ihr Feind sein wollte, mochte es sein.

Denen, die nach Fort Timlach wollten, befahl sie, sich in den Ruinen der Stadt von den reichlich herumliegenden Rüstungen und Waffen zu bedienen und so schnell wie möglich nach Norden zu ziehen.

Das Ende des Standbildes

Über all diesen Taten und Ereignissen war der größte Teil des Tages vergangen. Dennoch fühlten die Sieben weder Hunger noch Durst oder Müdigkeit nach der langen Nacht und dem seltsamen Tag. Als Miranda Vlysch danach fragte, sagte er ihr, dass es so bleiben werde, solange sie die zauberischen Harnische trugen. Erst wenn sie diese ablegten, würden sie wieder dieselben Bedürfnisse wie alle Menschen haben.

Er befahl ihnen, aufzusitzen und ihm zu folgen. Damit sie unbemerkt an das Standbild herankamen, mussten sie fliegen, solange Phuram noch hell am Himmel stand und die feurigen Pferde in seinem Glanz unsichtbar waren. Sie hielten sich dicht über dem austrocknenden Marschland, das vor Kurzem noch die Purpursümpfe gewesen war, und im Schatten des langgestreckten Hügels, der so viele Jahrhunderte lang als die Insel Macrecourt bekannt gewesen war. Schließlich sahen sie die mächtige Grenzmauer des Makakau-Reiches vor sich. Dorthin befahl der Salamander den Sieben ihre Rosse zu lenken. Sie konnten nichts ausrichten gegen den Schrecklichen und sollten nur Zeugen des Kampfes sein. Vlysch flog ihnen voraus, um sie anzumelden, damit die Wächter angesichts der seltsamen Gäste nicht erschraken. Als der Willkommensschrei eines Luftdrachen von der Haube des nächstgelegenen

Turmes erklang, flogen sie ihm nach und landeten auf der Mauer.

Gewaltig war das Staunen, mit dem die Soldaten sie betrachteten. Viele erinnerten sich an Maide Miranda von ihrem ersten Besuch her und konnten nicht glauben, dass die ernst und streng blickende junge Kaiserin dieselbe Person war wie das freundliche Mädchen, das eben seine ersten Schritte in die fremde Welt der Höfe und Königpaläste lenkte. Ehrerbietig begrüßten sie die Hauptleute und fragten, ob man sie mit gebührenden Ehren zum Bambuspalast geleiten solle.

Doch Miranda schüttelte den Kopf. »Später will ich dort gern einen Besuch machen und mich daran freuen, die Königsfamilie und den ehrwürdigen Ekoya Fayanbraz wiederzusehen. Doch jetzt ist die Zeit, da die Menschen stillhalten und die Drachen handeln. Vlysch hier« – dabei wies sie auf den Salamander, der sich auf ihre gepanzerte Schulter gesetzt hatte – »ist ein Bote der großen Feurigen, der Kaaden-Bûl in den Tiefen der Erde, und er wird zu euch sprechen.«

Zweifelnd betrachteten die Soldaten den Feuerschweif, der nicht größer war als ein Springwurm, und einige lachten und riefen: »Feurig ist er wohl – aber groß?«

Die törichten Worte ärgerten Vlysch, und er sprang von Mirandas Schulter auf den Boden. Dort drehte und drehte er sich wie ein Kreisel, wobei er zischte und sang wie eine Flamme im Kamin. Mit jeder Umdrehung wurde er größer, bis die Soldaten erschrocken zurückwichen. Bald war er so groß, dass er den mächtigen Leuchtfeuern ähnelte, die in Notzeiten als Signal auf den Turmhauben entzündet wurden. Und wäre nicht heller Tag und sein Feuer so rein, so ohne jede Spur von Rauch gewesen, so hätte er das gesamte Makakau-Land in kriegerische Erregung versetzt. Lodernde Fackeln stießen nach allen Seiten aus dem glühenden, unerträglich heißen Ball, zu dem er geworden war. Der Hauptmann, den um seine hölzernen Treppen und Dächer bangte, schrie angstvoll: »Aus, aus! Wachst nicht weiter, edler Herr! Ich lasse die Soldaten streng bestrafen, die Euch verhöhnt haben, aber werdet wieder kleiner, bevor Ihr alles in Brand steckt!«

Daraufhin schrumpfte der prasselnde Feuergeist zu einem niedlichen Schweifchen zusammen, das mit hoher Stimme sprach. »Schont die Soldaten für dieses Mal, und macht Eure Torheit gut, indem Ihr mir mit Respekt zuhört!«

Das taten auch alle, und so erzählte er ihnen, was bereits geschehen war und was noch weiter geschehen würde: In der Nacht würden die Kaaden-Bûl ihr unterirdisches Reich verlassen und das Standbild schmelzen. So würden sie den Urchulak seiner neuen Wohnung berauben und ihn zurücktreiben in das tiefe Nest, in dem die Rächer auf ihn lauerten. »Ihr aber, Menschenmänner und Menschenfrauen«, befahl er, »löscht alle eure Feuer, denn wo die Kaaden-Bûl unterwegs sind, darf keine irdische Flamme brennen. Dann legt eure Waffen ab und versammelt euch im Gebet zu den Himmlischen, damit der Urchulak euch keinen Schaden zufügen kann. Wenn das Werk der Feurigen getan ist, könnt ihr das eure ebenso wieder tun.«

Unter anderen Umständen hätten die Hauptleute sicherlich gezögert, dem Befehl des seltsamen Fremden zu gehorchen. Aber sie fürchteten, er könne abermals zu einem sengenden Feuerball werden, wenn sie sich ihm widersetzten. Der Kommandant wandte sich an Miranda. »Dies alles«, sagte er, während er sich auf ein Knie niederließ, »ist sehr seltsam und übersteigt den Verstand eines einfachen Mannes, wie ich es bin. Auch wage ich es nicht, etwas ohne den deutlichen Befehl der Eltern des Landes zu tun. Daher verzeiht mir, wenn ich Euch, Maide Miranda, und der schönen Dame hier« – dabei wies er auf Süleymin – »nicht die Ehre erweise, die ihr als der zukünftigen Kaiserin der Makakau zweifellos gebührt.«

Süleymin lächelte ihn an und sagte: »Ihr seid ein ehrenhafter Mann. Noch sind wir keine Kaiserinnen und Könige, sondern Kämpfer, und Ihr müsst nur tun, was Eure Pflicht ist. Versammelt Eure Männer in den Unterkünften und weist sie an, dort zu warten, bis die Feuerdrachen wieder verschwunden sind. Nur wir Sieben wollen auf der Mauerkrone stehen bleiben. Ihr habt nicht den Schutz der magischen Rüstungen, die wir haben, und würdet zu Tode kommen.«

Der Hauptmann legte die Hand auf die Brust und verneigte sich. »Ich höre und gehorche.«

Als Phurams goldener Wagen sank, standen die Sieben allein auf der gewaltigen Mauerkrone und starrten zu dem Standbild hinüber, dessen Schatten sich lang und unheilvoll nach Osten erstreckte. Es regte sich nicht, doch sie spürten, welche Kraft es ausströmte. Sie alle mussten ihren Mut zusammennehmen, um sich der Bosheit auszusetzen, die sich wie ein giftiges Netz um die Statue wob. Keiner von ihnen wagte sich auszumalen, was geschehen mochte, wenn der Urchulak genug Seelen an sich gezogen hatte, um sich zu bewegen – wenn es ihm gelang, die goldenen Hufe zu heben, und seine Riesengestalt über Chatundra hinwegschritt.

Plötzlich wies Sela mit ausgestreckter Hand auf die Marschen, über denen schwache Nebelfelder schwebten, und flüsterte: »Die Feurigen kommen.« Und wirklich war ein Glitzern zu sehen, das sich mit großer Schnelligkeit zu einem Netz feuriger Linien ausbreitete.

Wieder öffneten sich Ritzen in der Erde, aber diesmal nicht lautlos wie in der verlassenen Stadt, sondern mit einem drohenden Rumpeln und Donnern. Flammenwände stiegen aus jeder der Spalten und erleuchteten weithin die Nacht, bis der Koloss in allen Einzelheiten deutlich zu sehen war.

Die Spalten in der Erde brachen in Form eines Dreiecks auf, des alten heiligen Zeichens der Drachen. Von drei Seiten umhüllten gewaltige Feuerwände die Statue. Immer näher drängten sie heran, und schon schmolz die Außenhaut des Kolosses. Als würde er in der Hitze schwitzen, so liefen ihm perlende Bächlein über den goldenen Leib. Doch anders als die leblosen Statuen in Thurazim setzte er sich zur Wehr, als er sich angegriffen fühlte. Langsam, als erwache er aus einem tiefen Schlaf, drehte er den zweigesichtigen Kopf hin und her, wandte den Feurigen einmal sein schönes, dann sein hässliches Gesicht zu. Seine Hände hoben sich träge und versuchten nach ihnen zu greifen, aber die Salamander huschten hin und her und entwischten ihm. Miranda sah, wie der Urchulak alle seine Kräfte sammelte, um den Riesenleib zu bewegen. Aber sie merkte, dass er nicht genug Seelen angesaugt hatte, um es auch wirklich zustande zu bringen. Er hob einen der riesigen Hufe und stampfte damit so heftig auf die Erde, bis ein Krater zurückblieb. Er schaffte es sogar, einen Schritt vorwärts zu tun, konnte aber dem Ring aus Feuer nicht entkommen. Das Gold, aus dem er bestand, war trotz seines magischen Innewohnens nichts anderes als Gold. Es schmolz in der Hitze, als die Drachen der Tiefe sich wie ein Feuermantel um seine Schultern legten und seine Beine umloderten. Es wurde weich und verformte sich.

Voller Zorn gab der Urchulak dem schmelzenden Metall den Ausdruck seines Innern. Das schöne Gesicht fiel in sich zusammen. Es wurde flach und schlaff und wölbte sich dann als zweite grässliche Fratze nach außen. Die Hufe wurden zu klotzigen Klumpen, die die Erde stampften und zertrampelten, die Hände zu Klauen. Aber die Salamander erschreckte sein schauriges Aussehen nicht. Seine Hände konnten sie nicht greifen, seine Füße sie nicht zerstampfen. Sie sprangen um ihn herum und verhöhnten ihn.

Schließlich gab er den Kampf auf, als die Statue in sich zusammensank und ihren festen Stand verlor. Mit einem Geheul, das über den gesamten Süden des Kontinents hallte, fuhr er aus der Statue aus und zischte in seiner ursprünglichen Form zurück in den nahebei liegenden Eingang des südlichen Hauptes. Blitze zerrissen das Dunkel der Nacht, giftige Gase loderten in blauen Flammen auf, als sein unirdischer Leib sich von dem irdischen Metall trennte und knisternd und fauchend unter die Erde fuhr.

Er hatte wohl gehofft, sich dort in Sicherheit bringen zu können, da sein substanzloser Leib das Feuer ebenso wenig fürchten musste wie das Wasser, die Luft oder die Erde. Aber tödliche Feinde erwarteten ihn in der lichtlosen Tiefe. Aus dem Erdinnern drang ein unirdischer Schrei, so grässlich, dass er den Fels und die Erde über den unterirdischen Tunnels zerriss und in eine ungeheure Schlucht verwandelte, in der ein graues Gewitter sich zuckend wälzte. Im geisterhaften Schein seiner Blitze, die weithin die Nacht erhellten, sahen die Sieben, welcher furchtbare Kampf sich dort abspielte.

Hunderte rachsüchtiger Toter in der Gestalt stachliger Skorpione eilten aus den Gängen herbei, in denen sie auf ihn gelauert hatten, und stürzten sich in die Mitte des Ungeheuers. Obwohl der Urchulak seine ganze Kaft sammelte, konnte er ihrer nicht Herr werden. Nicht länger menschlich, aber immer noch mit dem Willen von Menschen begabt, drangen sie auf ihn ein und kämpften sich in die Mitte des grau leuchtenden Riesenwurms vor. Die Schreie des Urchulak prasselten wie Donnerschläge, seine Wut zerriss in tausend Blitzen die Luft. Doch er war machtlos. Seine Feinde drängten in Scharen an die Stelle heran, wo sich seine Mitte befand. Seine Substanz wurde immer dünner, als immer mehr zornige Tote den Platz einnahmen, den er brauchte, um ein zusammenhängendes Ganzes zu sein. Schließlich zerriss er, und sosehr er sich auch bemühte, sich zu sammeln, es misslang ihm, denn die Skorpione waren dicht an dicht aneinandergerückt und hinderten ihn daran, sich wieder zusammenzufügen.

In seinem wilden Bemühen, aus zwei Teilen abermals ein Ganzes zu bilden, hob er sich an beiden Enden in die Luft, und die beiden Häupter vermischten sich zu einem einzigen. Erst triumphierte er angesichts dieses Erfolgs. Aber er hatte nicht bedacht, dass er nun an der falschen Stelle verbunden war. Statt an beiden Enden befanden sich seine Häupter nun, zu einem schauerlichen Zweigesicht verschmolzen, in der Mitte des Körpers, während die kopflosen Enden ratlos in der Luft herumwedelten.

»Zieh hierhin!«, schrie eine Seite der zusammengewachsenen Häupter.

»Nein, zieh dahin!«, schrie die andere. Außer sich vor Zorn versuchten beide, ihren Willen durchzusetzen. Doch es gelang ihnen nicht, da sie keine Kraft hatten, ihrem Ende des Leibes zu gebieten. Wütend peitschten die Schwänze, doch konnten sie einander nicht schaden, wütend schrien die Häupter aufeinander ein, doch konnte keines dem anderen seinen Willen aufzwingen.

Miranda sah den schauerlichen Triumph der Skorpionwesen, die nun in wilder Wut versuchten, den grauen Urchulak noch weiter auseinanderzutrennen. Als er es merkte, drehte er sich und wühlte sich wie eine Krabbe tief in den Erdboden und hinunter in den Fels, bis er einen ungeheuren Schlund gegraben hatte. Gekrümmt wie der Schlauch eines Wirbelwindes führte er in die Eingeweide der Erde hinab. Die

Wände des Trichters waren spiegelglatt. Aber auf dem tiefsten Grund – den Miranda im roten Licht nur undeutlich sehen konnte – ragten wie die Fangzähne einer Bestie zwei scharfe steinerne Zacken hervor, an denen alles zerrissen werden musste, was in den Trichter fiel. In den zog der Urchulak sich zurück und versank in den feurigen Tiefen der Erde, ewig und unzerstörbar, aber auch ewig an sich selbst gefesselt.

Als die Toten sahen, dass ihr Werk getan war, hielten sie inne und blickten nach allen Richtungen, unsicher, was sie nun weiter tun sollten. Der Salamander flog hinab in die Schlucht und rief ihnen etwas zu, worauf sie anfingen, hinaufzusteigen und sich unterhalb der Wehrmauer des Makakau-Reiches zu sammeln. Der Feurige näherte sich den Sieben und sprach: »Steigt hinunter und berührt jeden dieser Tapferen mit euren Stäben, damit sie erlöst werden.«

Sofort schwebten die Pferde hinunter und setzten auf dem Erdboden auf.

Miranda graute vor den Skorpionwesen, obwohl sie ihrer Tapferkeit Anerkennung zollte. Es blieb ihr freilich nichts anderes übrig, als in feierlicher Würde an ihre Schar heranzureiten und vom Pferd zu steigen. Die Übrigen taten es ihr gleich.

Sie zog den Stab aus dem Köcher und rief den Toten zu: »Euer Werk ist vollbracht, eure Rache vollendet. Wollt ihr nun von eurem Zorn lassen und in Frieden in die höheren Sphären aufsteigen, so kommt herbei und lasst euch lösen von euren Ketten!«

Ajolan war der Erste, der sich näherte. Sie legte die Spitze des Stabes auf seine wie ein Ofen brennende Brust. Augenblicklich verdunkelte sich das schmerzhafte Feuer und erlosch. Die Gestalt eines Skorpions fiel von ihm ab. Vor Miranda stand, halb durchsichtig im lichten Schein der Stäbe, ein Ritter von vornehmer Gestalt und edlem Antlitz. Er dankte, indem er sich auf ein Knie sinken ließ und die Hand auf die Brust legte. Gleich darauf wurde er immer heller und nebelhafter, bis er auffuhr in die Höhe und wie eine Sternschnuppe in der Nacht verschwand.

Einer nach dem anderen kamen nun auch die Übrigen, und die Sieben taten ihr Werk der Erlösung an allen. Doch gab es auch einige, die sich weigerten, ihren Zorn aufzugeben, obwohl sie Rache geübt hatten. Diese blieben Skorpione und huschten in die Nacht davon, um irgendwo in der Wildnis über ihrer leeren Wut zu brüten.

Die drei schrecklichen Tage

Fort Timlach

Als die Sieben nach Fort Timlach zurückkehrten, fanden sie die Lage in der Stadt ruhig, aber angespannt. Die Nordlinge waren noch nicht zurückgekommen. Die Bürger hatten die dämonischen Glyphen von den Mauern gewaschen, und es hatten sich keine weiteren Risse und Spalten gezeigt.

Die Sieben wurden mit Jubel und Staunen empfangen, und man bewunderte ihre veränderte Erscheinung. Unter anderen Umständen wäre zweifellos ein Fest gefeiert worden. Aber zum einen war die Erinnerung an das missglückte Gastmahl noch zu frisch, zum anderen fürchtete man, mitten unter den Festlichkeiten von angreifenden Nordlingen überrascht zu werden.

»Lasst uns feiern, wenn wir den Kampf gewonnen haben!«, rief Miranda dem winkenden und jubelnden Volk zu. »Bis dahin aber will ich euch ein Geschenk machen. Lasst alle waffenfähigen Männer und Frauen von Fort Timlach zusammenkommen.«

Die wenigen Bürger, die sich noch nicht auf dem Festplatz befanden, wurden vom dumpfen Geheul der Echsenhörner herbeigerufen. Die drei Kaiserinnen nahmen im Arkadenhof auf prächtig gezierten Stühlen Platz. Nun befahl Miranda, die Frauen und Männer sollten in drei Reihen einzeln an ihnen vorübergehen. So wollten sie ihnen den Kampfesmut ihrer Vorväter und Ahnmütter geben. Als sie das taten, berührten die Frauen jeden und jede mit ihren Stäben. Sofort schossen Mut und Entschlossenheit in die trägen und furchtsamen Herzen der Städter. Darüber herrschte große Freude, denn die Leute hatten sich geschämt, dass sie so feige waren. Freilich, woher hätten sie den Mut nehmen sollen, da sie seit drei Generationen nur Früchte gepflückt, Knollen geerntet und ihre trägen Echsen auf die Weide geführt hatten? Jetzt liefen sie umher, warfen die Hüte in die Luft, tanzten auf den Straßen und liefen in den Regenwald, um sich dicke Knüppel zu schneiden.

Es gab aber auch viel ernsthafte Arbeit zu tun. Fliegende Drachen waren unermüdlich unterwegs gewesen, um alle Bewohner des Erde-Wind-Feuerlandes zu warnen, dass sie vom Neumond an drei Tage zu Hause bleiben sollten. Nicht alle, denen sie die Botschaft brachten, hatten ihnen geglaubt, aber die Boten hatten sich nicht damit aufgehalten, die Zweifler zu überzeugen. Es gab noch so viele, die sie warnen mussten.

Graf Lubis machte sich Sorgen um die Spinnenfrauen – vor allem natürlich um Eunise – und sandte zweimal einen Boten, der sie beschwören sollte, nur ja in ihren Nestern zu bleiben. Obwohl er nun so viel edler geworden war, war er immer noch so listig wie ehedem. Deshalb schärfte er dem Boten ein, er möge sagen: Es könnte Gefahr für die heiligen Spinnen bedeuten, wenn der Befehl der Feurigen nicht aufs Genaueste befolgt würde, denn die Erscheinung eines der riesigen Salamander könnte diese leicht töten. Sie müssten unbedingt vom ganzen Stamm bewacht werden, der sich zu diesem Zweck mit ihnen in die Nester zurückziehen sollte, bis Phuram wieder am Himmel erschien.

Er stellte mit Freuden fest, dass Eunise ausrichten ließ, es werde alles Nötige zum Schutz der heiligen Tiere unternommen, und sie danke Java-Tikkan sehr für seine zärtliche Sorge um diese. Daran erkenne sie, welch edler Mensch er sei.

Es war nun an der Zeit, sich auf die schrecklichen Tage vorzubereiten. Wenigstens brauchten sie während dieser keinen Angriff zu fürchten. Sie wussten zwar nicht, ob die Leute von Chiritai – denen man pflichtschuldigst auch ein paar Boten gesandt hatte – bereit waren, die Warnung zu beherzigen. Aber selbst wenn sie es nicht taten, wären sie nicht weit gekommen, also konnten die Wächter in der gefährlichen Zeit beruhigt in ihren Häusern bleiben.

Fleißige Leute liefen hin und her zwischen der Stadt und dem umliegenden Wald. Sie pflückten Früchte, Blätter und Knollen, Zuckerrohr und essbare Wurzeln und beluden ihre Echsen mit großen Körben voll Gemüse. Frauen und Kinder schleppten Wasser und füllten alle Gefäße in den Häusern. Schadhafte Fensterläden wurden repariert, damit sie sich nicht zum ungeschicktesten Zeitpunkt von selbst öffneten, Türriegel gerade geklopft und Gucklöcher in den Türen verklebt. Die Leute kneteten Teig und buken so eifrig, dass die Feuerstellen glühten. Alle bereiteten sich ernsthaft darauf vor, dem Befehl Folge zu leisten.

Miranda befahl, alle sollten ihre Festtagskleider anlegen und die drei Tage als hohe Festtage begehen, jetzt und auch in Zukunft. So sollten sie an den Triumph der Feurigen über den grauen Urchulak erinnern. Den Reichen wurde aufgetragen, nicht nur Brot zu backen, sondern auch Nusskuchen, Krapfen und was es an süßen, köstlichen Dingen mehr gab, und davon reichlich an die Armen zu verteilen. Alle sollten Butter und Rahm, Kuchen und Palmwein in Fülle haben, um feiern zu können, und die Tiere sollten das beste Futter bekommen.

Auch die Himmelsflügler trafen ihre Vorbereitungen. Die Stollenwürmer und Erdmolche, die sich in den Kellern einquartiert hatten, machten sich am wenigsten Gedanken. Ihnen wäre es ohnehin nie in den Sinn gekommen, ohne Not ihre gemütliche Finsternis gegen die grelle, in den Augen schmerzende Sonne der Oberwelt einzutauschen. Andere große Drachen machten es sich in den Hallen und Wagenschuppen der Paläste bequem und verkündeten, sie würden ein dreitägiges Nickerchen halten, um jedem Ärger aus dem Weg zu gehen. Den leichten, flinken und unternehmungslustigen Luftdrachen fiel es beträchtlich schwerer, sich gehorsam zu zeigen. Sie flatterten unruhig in den Speichern umher und jammerten, dass sie es jetzt schon nicht mehr aushalten konnten. Aber letzten Endes waren sie vernünftig und wussten genau, dass die kurze Gefangenschaft ein leichteres Schicksal war, als im Feuerstoß der Salamander gebraten zu werden.

Die Sieben versammelten sich im Palast des Stadtkommandanten, gemeinsam mit Wyvern, Tochtersohn und Vauvenal. Sie rückten Lehnstühle und Sofas zusammen und stellten Kuchen und Krapfen, Rahm, Butter und große Schalen mit Früchten und Gemüsen bereit. Sie holten auch viele Amphoren des kostbaren Weins aus den Kellern, der dort lagerte, seit die Sundaris das Fort aufgegeben hatten. Keiner der späteren Bewohner hatte sich in die tiefen Gewölbe gewagt, wo die Schatzgeister dicht an dicht nebeneinanderhockten wie Spinnen hinter einem alten Schrank.

Miranda war erleichtert, als sie hörte, dass die einstmals Verwunschenen von Thurazim rechtzeitig in die Stadt gekommen waren, um dort Schutz vor der dreitägigen Finsternis und den Salamandern zu finden. Sie ließ sie bei zuverlässigen Bürgern einquartieren und versorgen.

So kam der Abend des Neumondes heran. Letzte Vorbereitungen wurden getroffen, die Echsen von der Weide geholt und in ihren Ställen eingeschlossen, die Stadttore fest geschlossen und verriegelt.

Als die Torwächter sich eben entfernen wollten, um ihre Häuser aufzusuchen, ehe Phuram den Horizont berührte, hörten sie draußen vor dem Nordtor lautes Geschrei und flehentliche Bitten. Sie spähten durch die Luke und entdeckten mehrere alte Männer von würdigem Aussehen, die laut jammerten und um Einlass baten, ehe es zu spät sei. Man öffnete ihnen. Da sie aber Fremde waren, begleiteten die Wächter sie zum Palast des Stadtkommandanten und stellten sie den Sieben vor.

Die Geschichten der alten Männer

Die fünf Greise warfen sich auf die Knie, als sie vor die Kaiserinnen gebracht wurden, und dankten mit vielen wohlgesetzten Worten für die Gnade, die man ihnen erwiesen hatte.

»Wer seid Ihr, und woher kommt Ihr?«, unterbrach Gynnevise schließlich ihren Wortschwall.

Sie nannten ihre Namen. »Wir sind Männer aus Chiritai und mit viel Glück und Gnade der Mutterjungfrauen dem großen Gemetzel entkommen.«

»Gemetzel?«, rief Miranda erstaunt.

Churbain – so hieß der Vornehmste der fünf – nickte bekümmert und zerrte an seinem langen Bart, der ihm bis über den Gürtel hing. »Schreckliches ist geschehen in Chiritai, hohe Dame. Die Höfe und Straßen liegen voller Leichen, und viele sind geflohen, um Schutz vor der Gewalttat zu suchen. Dennoch sind wir die Einzigen, die es gewagt haben, in Fort Timlach Hilfe zu suchen. Wir sagten uns, wir sind alt und gebrechlich, wer fürchtet schon alte Männer? Die Jungen und Kräftigen aber sind in die Schluchten der Heulenden Berge geflohen, um sich dort zu verbergen.«

»Was ist geschehen, dass es zu einem solchen Massaker kam?«, wollte Süleymin wissen.

Miranda unterbrach den Alten, der antworten wollte, mit einer Handbewegung.. »Wartet noch. Ich sehe, Ihr seid erschöpft. Trinkt zuerst ein Glas guten Weins und esst, dann habt Ihr Atem genug, um von Anfang an zu erzählen.«

Das ließen sich die Flüchtlinge nicht zweimal sagen. Sie aßen und tranken, bis ihre Kräfte zurückgekehrt waren. Dann setzten sie sich auf Kissen auf den Boden, und Churbain begann im Namen aller zu erzählen.

»Ich bin ein Priester im Tempel der Mutterjungfrauen, und meine Begleiter sind der Kantor, die beiden Altardiener und der Schreiber. Wir hatten in den letzten Jahren nicht viel zu tun, da immer weniger Leute den Tempel aufsuchten. Zuletzt zogen wir uns zurück, lebten gemeinsam im Priesterhaus und dienten den Mutterjungfrauen, so gut wir konnten. Es war ein friedliches Leben, denn wenn uns auch niemand mehr ehrte, so verfolgte uns auch niemand. Man ließ uns leben, wie wir wollten, und lachte höchstens über unseren frommen Eifer. Als dann jedoch die schreckliche Twyfald mit ihrer Schwester die Macht übernahm, wagten wir uns kaum noch auf die Straße – wie übrigens die anderen Bürger auch. Alle ehrbaren Leute fürchteten sich vor den Basilisken, die durch die Stadt streunten und in die Häuser eindrangen, wo sie stahlen, was sie zu fassen bekamen, und besudelten, was sie nicht wegtragen konnten. Und nicht nur vor den Basilisken fürchteten wir uns, sondern auch vor den Rittern, die Kaiserin Tartulla einst zusammengerufen hatte und die nun den Pestschwestern dienten. Sie hatten überall das Sagen, jeder musste vor ihnen niederknien, wenn sie vorbeigingen, und die Taschen ausleeren, wenn sie es begehrten. Vor zwei Tagen jedoch erschienen – so hörten wir es später von anderen – am Stadttor viele Männer in altertümlichen Rüstungen und mit seltsamen Waffen, die grob und zornig Einlass begehrten. Sie überrannten die Wächter und betraten die Stadt. Augenblicklich begaben sie sich zum Palast, wo sie im Namen Kaiser Viborgs Einlass forderten. Als man ihnen den nicht gewährte, erschlugen sie die Wachen und drangen in die Kaserne ein, wo die Ritter der Kaiserin lagerten.

Wir fünf merkten erst, was sich abspielte, als laute Schreie und Waffengeklirr bis in unsere Abgeschiedenheit drangen und wir über die hohe Gartenmauer spähten. Da sahen wir, dass tote Männer auf der Straße lagen und andere hin und her rannten, schrien und ihre Waffen schwangen. Eine Schar Kämpfer traf auf eine andere, und ein schreckliches Schlachten begann, bis große Pfützen frischen Blutes auf den Straßen standen. Hier, seht!« Dabei hob er den Saum seines gestreiften Gewandes und zeigte den Zuhörern, dass er mit Blut getränkt war.

Als es immer schlimmer wurde, so berichtete er weiter, bekamen die fünf Alten Angst, die Kämpfenden könnten sie so kurz vor der Ankunft der Feurigen aus ihrem Häuschen vertreiben. Daher beschlossen sie, in Fort Timlach Zuflucht zu suchen. Heimlich flohen sie aus dem Tempelbezirk, durch ein Seitenpförtchen der Stadtmauer und eilten die alte Heerstraße entlang. Als sie sich einmal umwandten, sahen sie über der Stadtmauer Flammen lodern.

»Wir wissen nicht, ob nur ein Haus brannte oder ob es die ganze Stadt getroffen hatte«, erzählte Churbain betrübt. »Wir waren zu sehr damit beschäftigt, unser eigenes armes Leben zu retten. Als wir die Stelle erreichten, wo die Straße steil ansteigt und in den Nebelwald führt, blieben wir stehen und blickten zu der goldenen Stadt hinüber. Von der Stelle aus sahen wir auch, dass viele Menschen auf der anderen Seite geflohen waren und über die Bergwiesen auf die Heulenden Bergen zu rannten. Vielleicht suchten sie Schutz in der alten

Zitadelle, die einst König Kurdas Volk diente. Wir wissen es nicht.«

Miranda blickte stumm vor sich hin. Zum einen war es eine gute Botschaft, die die fünf Alten da brachten. Wenn Kaiser Viborgs Mannen und die Anhänger der neuen Kaiserin einander erschlügen, hätten die Nordlinge kaum die Kraft, Fort Timlach ein zweites Mal anzugreifen. Aber es erzürnte sie, dass die Recken nichts Besseres zu tun wussten, als einen Krieg anzufangen, kaum dass sie aus der hundertjährigen Verwünschung befreit worden waren. Hätten sie nicht mit Verstand handeln können? Wie die Alten berichteten, war in Chiritai die Stimmung immer feindseliger geworden. Die Bürger grollten der Kaiserin, die sie von Anfang an verabscheut hatten. Sie fürchteten sich vor den Basilisken und hassten die bösen Ritter, und mit etwas Umsicht wäre es wohl leicht gewesen, einen Umsturz herbeizuführen. Stattdessen hatten Viborgs Ritter ihre Kraft verschleudert, indem sie sich blindlings auf die Feinde stürzten und eigene hohe Verluste in Kauf nahmen.

Aber das alles konnte sie nicht ändern.

Lilibeth wandte sich dem Priester und seinen Begleitern zu. »Ist Twyfald noch Kaiserin von Chiritai? Und ist Twynneth noch bei ihr?«

Der Mann schauderte, und die vier anderen blickten zu Boden. »Das wissen wir nicht«, gestand er. »Von Anfang an haben sie sich niemals dem Volk gezeigt. Wir hörten nur, was die Diener des Palastes erzählten. Als sie ankamen, zogen die beiden sich in die kaiserlichen Prunkgemächer zurück und kamen nie wieder hervor. Bald drang ein so grausiger Gestank aus den Gemächern, dass die Diener sich noch viel weniger hinwagten und viele von ihnen heimlich die Flucht ergriffen. Dann wurden alle krank, die sich im Palast aufhielten, wenn es auch nur kurze Zeit war, und man wusste nicht, ob es von dem üblen Dunst kam oder ob die Miasmen von Krankheiten durch die Ritzen der geschlossenen Türen krochen. Niemand wollte den Palast noch betreten, und schließlich tat es auch niemand mehr. Nur die Basilisken wohnten weiterhin in den Schatzgewölben und suhlten sich im Gold.«

Gynnevise warf ingrimmig ein: »Sie werden sich nicht lange mehr suhlen, denn Phurams Schweif berührt den Horizont; die erste Nacht der Feurigen beginnt. Wehe allen, die in der Nähe des Pupulsac angetroffen werden!«

Churbain sagte, niemand wisse mehr, ob Twynneth und Twyfald sich noch in ihren verseuchten Kammern aufhielten oder ob sie den Palast unbemerkt verlassen hatten, nachdem alle menschlichen Diener daraus verschwunden waren. Der Gestank jedenfalls sei noch da und so arg, dass die Bürger inzwischen auch den Schlossplatz und die umliegenden Straßen nicht mehr betraten.

Die Nacht

Indessen rief Süleymin, die das Fenster beobachtet hatte: »Phuram versinkt!«

Die Übrigen sprangen auf und starrten angespannt durch das Holzgitter nach draußen. Tatsächlich sank in diesem Augenblick Phuram gänzlich hinter den Horizont, und nur ein schwacher Widerschein seines Lichts überzog den westlichen Himmel. Kein Mond erschien, nur die kleinen kalten Sterne blickten aus den Fenstern des Himmelspalastes. Es wurde finster wie in einer Gruft.

Da sprang im Norden ein neues Licht auf. Ein Rumpeln wie ferner Donner erhob sich, ein Zischen wie das eines Blitzes, und eine hohe Flamme schoss durch die Dunkelheit, einem irdischen Feuer so ähnlich, dass die Zuschauer erst nicht wussten, ob das ferne Chiritai brannte oder ob einer der feurigen Drachen aus der Tiefe aufgetaucht war. Bald jedoch wurde deutlich, dass es ein Drache sein musste, denn die Flamme drehte sich um sich selbst, wurde breiter, nahm die Gestalt eines geflügelten Wesens an und schoss südwärts davon. An derselben Stelle folgte ein zweites, dann ein drittes Wesen. Sie zogen lange Kometenschweife hinter sich her, aus denen sich Flammen lösten wie bei einem Vogel, der Federn verliert.

Überall in Chatundra mussten die Feurigen aus der Erde

gestiegen sein, denn allmählich färbte sich der schwarze Nachthimmel scharlachrot wie bei einem gewaltigen Brand. Die Sterne verschwanden in dieser Lohe. Die Luft hallte wider von Knattern, Prasseln und dumpfem Gepolter. Die Wesen, die aus dem glühenden Erdinnern auftauchten, hatten keine fest umrissene Gestalt, sondern waberten und wallten wie Flammen; sie waren einmal groß, einmal klein und ähnelten – wenn sie über den Himmel segelten – feurigen Wolken. Es war ein herrlicher Anblick, aber auch so beängstigend, dass Miranda froh war, im Schutz eines Daches zu sitzen.

Sie merkte, wie immer mehr Feuerdrachen sich in der Luft über Chiritai sammelten, und dachte daran, wie viel Gold wohl in den Gewölben dort lagerte. Da zuckte es auch schon wie ein Blitz herab, und ein furchtbarer Knall wurde hörbar. Der Blitz musste in ein Gebäude eingeschlagen und es dabei zerstört haben – vielleicht sogar in den kaiserlichen Palast, denn dort befanden sich ja die größten Schatzkammern. Ein Flammenschweif stürzte lodernd vom Himmel und fuhr in geringer Höhe über dem Gebiet, wo die Stadt sich befand, hin und her. Schon gesellte sich ein zweiter dazu, und es wurden immer mehr, die wieder und wieder tief hinabtauchten und dann erneut in die Höhe fuhren.

»Sie holen das Gold aus der Stadt«, flüsterte Sela und dämpfte die Stimme, als könnten die Feurigen sie selbst über die weite Entfernung hören. »Und sie stecken dabei viele Häuser in Brand.«

Wirklich waren bald Flammen zu sehen, die keine fliegenden Drachen waren, sondern die gewöhnliche Lohe eines in Brand stehenden Hauses. Das Feuer schoss so hoch in den Himmel hinauf, dass es über den schwarzen Wipfeln des Nebelwaldes deutlich erkennbar war. Ganz Chiritai schien zu brennen, denn ein Flammenmeer loderte hinter dem Wald in die Höhe und warf einen weithin leuchtenden, geisterhaften Schein über die Vorberge der Toarch kin Mur, der Heulenden Berge.

»Die Stadt verbrennt, und das Gold darin fließt in die Tiefe«, murmelte Gynnevise, der den Blick nicht von dem schrecklichen Schauspiel wenden konnte. »Niemand wird jemals mehr in Chiritai wohnen. Der Wille der Mutterjungfrauen erfüllt sich.«

Seine Schwester Sela fügte hinzu: »Ich bin froh, dass das Pupulsac von der Erde verschwindet und niemand mehr in seinen bösen Bann geraten kann. Denn wer weiß? Wenn die Menschen wieder nach Gold verlangen, so könnte der Urchulak abermals Seelen an sich ziehen, und das ganze Unheil begänne von Neuem.«

Als der letzte der drei schrecklichen Tage zur Neige gegangen war, stieg Phuram morgens in glänzender Frische aus den Nebeln am östlichen Horizont und erhellte die Welt. Kaum war er aufgegangen, da erhoben sich Miranda und Gynnevise, um nach Chiritai zu fliegen und zu sehen, welches Schicksal die Stadt getroffen hatte.

Die Luft unter ihren Schwingen war süß und kühl, Tau perlte auf den Blattwedeln des Nebelwaldes, aber der Brandgeruch hing noch in der Luft, bitter wie der Dunst eben ausgelöschter Kerzen. Als sie sich hoch in die Lüfte erhoben und auf das Land hinunterblickten, sahen sie überall in den Tälern und auf den Hügeln die schwarzen Spuren, die die glühenden Schweife der Feurigen im Gras und Moos hinterlassen hatten. Da und dort war auch ein einzelner Schuppenbaum in Flammen aufgegangen und lag als rauchendes Wrack quer über einen Weg. Ansonsten aber hatten die wilden Geschöpfe keinen Schaden angerichtet.

Schlimm jedoch sah es in der Stadt aus. Innerhalb der mächtigen Mauern war kaum ein Haus unbeschädigt geblieben. Die meisten waren von Blitzen zerschmettert und von Flammen verzehrt worden. Auf den Straßen dazwischen lagen die schmorenden Überreste der Kämpfer, die einander erschlagen hatten. Der Kaiserpalast vor allem war nur noch eine leere Schale, rundum Berge von Schutt. Alles, was sich darin befunden hatte, die Möbel, die Draperien, die mannshohen Leuchter, die Teppiche und der herrliche Thron aus Gold und Elfenbein, alles war verbrannt und in der Glut des Feuers zersprungen. Überall lagen verschrumpelte Klumpen herum, kaum größer als ein Kohlkopf. Die beiden Drachen erkannten darin die verkohlten Überreste der Basilisken, die sich in den Schatzkammern eingenistet hatten. Vom Inhalt dieser Kammern war keine Spur mehr zu finden. In der Mitte des Hofes klaffte ein pechschwarzer breiter Spalt, aus dem Rauchspiralen aufstiegen. Darin war alles verschwunden, Gold und Juwelen, Ringe, Armbänder und Diademe, prunkvolle Rüstungen und vergoldetes Zaumzeug, Kelche und Schalen. Ein schwaches Glänzen an den Rändern der Kluft verriet, dass die Feuerdrachen alle Schätze der Kaiser des Nordens hier in die Tiefe geschaufelt hatten, in den See aus glühendem Gold, der in alle Ewigkeit in den lichtlosen Kavernen brodelte.

Ein neuer Beginn

Das Konzil aller wohlmeinenden Wesen

Da der Feind geschlagen war und sich so viele Veränderungen ergeben hatten, berief Tochtersohn ein neues Konzil ein, an dem diesmal auch Männer teilnehmen durften. Deshalb wurde es das Konzil aller wohlmeinenden Wesen genannt. Es fand wiederum in Zorgh statt und sollte zugleich Anlass zur feierlichen Inthronisation Selas werden, der Kaiserin des Nordens. Deshalb beeilten sich die Abgeordneten, die seit vielen Jahrhunderten vernachlässigte Stadt in aller Eile ein wenig bewohnbarer zu machen.

Drachen reinigten den Palast von dem ganzen Schutt, der im Lauf der Zeit von der Decke und dem steinernen Zierrat herabgefallen war, indem sie ihn mit ihren Schweifen zur Tür hinaus fegten. Andere schleppten Felsbrocken von den Straßen weg und trugen aus den Koniferenwäldern große Mengen von Bauholz herauf, damit Fenstergitter und Türen sowie die nötigsten Möbel daraus gezimmert werden konnten. Sie lenkten die eisigen Bäche wieder in die steingemeißelten Rinnen, in denen sie in alter Zeit dahingeströmt waren, und bauten Brücken über die Lavaseen. Aus Fort Timlach kamen scheckige Echsen, die den kaiserlichen Hof mit Milch, Butter und Rahm versorgen sollten, und die Bäcker, Käser, Melker und Köche, denn die Garnisonsstadt war seit Langem berühmt für ihre süße Echsenmilch. Die Luftdrachen flogen ins Reich der Makakau, um die Geschenke abzuholen, die dort für die junge Kaiserin bereitlagen: Möbel, Tapisserien, Koch- und Essgeschirr sowie Kleidung und Schmuck. Noch war alles sehr schlicht und roh, aber Drachen und Menschen waren glücklich, dass wieder eine rechtmäßige Herrschaft nach dem Willen der Mutterjungfrauen und der Allmutter eingesetzt worden war.

Königin Lulalume beeilte sich, die Gelegenheit zu nützen, und beschenkte Sela mit sechs bildschönen jungen Sklaven, ihren eigenen Urenkeln, um von allem Anfang an enge Bande zwischen der Kaiserin und dem Reich der Ka-Ne zu knüpfen. Die Magierinnen brachten Amulette und Talismane in großer Zahl und bedeckten die Stadt so dicht an dicht mit Segenssprüchen, dass nichts Böses sich dazwischen einnisten konnte. Das vornehmste Geschenk aber kam von den Mlokisai, die einen ihrer besten Lehrer an den Hof entsandten, um die Kaiserin zu beraten. Und alle hohen Frauen, die Söhne oder Enkel im heiratsfähigen Alter hatten, brachten diese eilends herbei, in der Hoffnung, sich mit dem neuen kaiserlichen Geschlecht zu verschwägern.

Nach der feierlichen Zeremonie der Thronbesteigung berief Tochtersohn alle Abgeordneten ein, ihre Plätze einzunehmen, und legte ihnen dar, wie es nach den Umstürzen und Entscheidungen der letzten Tage im Erde-Wind-Feuerland aussah. Diesmal fand das Konzil bei Tag statt. Heller Sonnenschein fiel auf das weite Amphitheater, in dem Teilnehmerinnen und Teilnehmer wie gewohnt auf den Rängen Platz genommen hatten. Der frische Bergwind wehte über die gewaltigen Monumente drachischer Vergangenheit, die nun abermals zum Leben erwachen sollten. Die neue Kaiserin saß auf einem besonderen, erhöhten Platz, neben ihr die Sieben.

Lilibeths Hunde lagerten zu Füßen ihrer Herrin und wedelten mit den Schwänzen, sooft sie zu der erlösten Meisterin aufsahen.

»Frauen und Männer aller Länder, Völker und Geschlechter von Chatundra«, sprach die Hohepriesterin die Versammelten an, »vieles ist gut geworden in unserer Zeit. Das Pupulsac ist aus der Welt verschwunden, und möge es niemals wiederkehren! Der Urchulak ist in die Tiefe getrieben worden und mit dem Bann belegt, ständig mit sich selbst in Zwietracht leben zu müssen. Das Gezücht der Basilisken ist, wenn auch nicht gänzlich vernichtet, so doch stark vermindert. Die Verwunschenen sind erlöst. Twynneth und Twyfald sind verschwunden und mussten den Thron räumen, auf den sie sich gegen den Willen der Mutterjungfrauen gesetzt hatten. Die verfluchte Stadt Chiritai liegt in Trümmern und wird, solange die Herrschaft der rechten Kaiserinnen dauert, nie wieder besiedelt werden. Vielleicht wird man eines Tages vergessen, dass dort jemals eine Stadt lag.«

An dieser Stelle wurde ihre Rede von einem Geräusch unterbrochen, das alle Teilnehmer aufhorchen ließ. Es war ein lautes, melodisches Pfeifen, dessen Richtung anfangs niemand zu deuten wusste. Dann kroch aus einer der zahllosen Ritzen in den Ruinen des Amphitheaters eine Viper hervor. Sie schlängelte sich zu der Stelle, wo Tochtersohn auf der steinernen Kanzel stand, richtete sich auf und rief mit hoher, aber deutlich hörbarer Stimme: »Ehre, Ehre, Ehre der Königin der Schlangen, der Schönen, die im Ebenbild der Allmutter, der ewigen Schlange, erschaffen ist – macht Platz und hört, was sie zu sagen hat!«

»Sie möge kommen und sprechen«, erwiderte Tochtersohn feierlich.

Daraufhin krochen zahllose Nattern und Vipern, deren

Zeichnungen im Sonnenschein prächtig schillerten, aus den Ritzen und lagerten sich rundum. Zuletzt erschien eine gewaltige, große weiße Schlange, die ein Elfenbeinkrönlein auf dem Kopf trug. Sie richtete sich auf, bis sie beinahe Mannshöhe erreicht hatte, und wandte sich an Tochtersohn.

»Edle«, sprach sie, »meine Untertanen haben Euch geholfen, als Majdanmajakakis ihnen befahl, die Nordlinge zu vertreiben, die Eure Stadt angreifen wollten. Sollen sie ohne Lohn dafür bleiben?«

»Das sollen sie nicht. Welchen Lohn begehren sie?«

»Wir wollen in der Stadt wohnen, in der keine Menschen mehr wohnen dürfen«, erwiderte die Schlangenkönigin. »Dort gibt es viele trockene Gewölbe, in denen wir unbeschadet von Wind, Nässe und Kälte hausen können. Dort gibt es Gärten voll Erde und Sand, in denen wir unsere Eier vergraben und unsere Jungen aufziehen können, und dort gibt es viele gepflasterte Terrassen, auf denen wir uns sonnen können. Überlasst uns die Ruinen von Chiritai, so wollen wir alle Menschen daraus vertreiben.«

»Findet dieser Vorschlag Zustimmung?«, fragte Tochtersohn die Versammelten.

Daraufhin hoben alle die Hände zum Zeichen, dass sie einverstanden waren, und es wurde ein feierlicher Vertrag aufgesetzt. Er wies der Schlangenkönigin und ihrem Volk für ewige Zeiten die Ruinen der Stadt Chiritai als Wohnort zu, mit dem Recht und der Pflicht, jeden Menschen zu töten, der einen Fuß in die Stadt setzte. Als den Schlangen ihr Wunsch erfüllt worden war, eilten sie augenblicklich von dannen, um ihren neuen Wohnort in Besitz zu nehmen.

Danach sprach Tochtersohn weiter. »Viel Gutes ist geschehen, aber auch viel Böses. Dem Urchulak ist es gelungen, einen teuflischen Plan zu verwirklichen: Die drei Königinnen der Mokabiter, die die Könige der Basilisken zu ihren Ehemännern nahmen, sind schwanger. Sie werden Mischlinge von schrecklicher Art gebären, die das Äußere von Menschen und das Herz von Basilisken haben.«

Daraufhin erhoben sich Jammerschreie aus zahllosen Kehlen, und Flüche über die Tücke des Urchulak wurden laut. Viele der Anwesenden wollten wissen, ob es nicht möglich sei, die Frauen ausfindig zu machen und zu töten, ehe sie ein unheilvolles Geschlecht in die Welt setzen konnten.

Da erhob sich Miranda. »Wir waren es«, sagte sie, »wir Sieben, die die Gelegenheit gehabt hätten, Kule, Bulte und Mersa zu töten, und es nicht getan haben.«

Niemand antwortete, aber das Schweigen, das sich über das Rund des Amphitheaters breitete, war unfreundlich.

Die Drachentochter fuhr fort: »Als ich meine Berufung erhielt, lebte ich für kurze Zeit im Haus der Sphinx Wyvern, und sie gab mir eine Lehre mit, die ich niemals vergessen werde. Sie sagte mir, sie sei bereit, die Basilisken zu töten, da sie dämonische Wesen und keine Geschöpfe der Mutterjungfrauen seien. Sie wolle aber kein Wesen töten, das von den Mutterjungfrauen geschaffen worden sei, und sei es noch so schlecht und böse. So handle sie aus Respekt nicht vor dem Geschöpf, sondern vor den Schöpferinnen. Dem will ich hinzufügen: Ich werde nicht einmal ein Wesen töten, das nur zur Hälfte von den Mutterjungfrauen geschaffen wurde.«

Gynnevise erhob sich. »Miranda hat recht gehandelt«, sagte er. »Obwohl uns damals unser Herz dazu drängte, die List des Urchulak zunichtezumachen und die Mischlinge noch ungeboren auszulöschen, haben wir es nicht getan. Denn zum einen ist es feige, ein schwangeres Weib zu erschlagen. Zum anderen schien es uns keine gerechte Tat zu sein, sondern ein Mord, ein noch nicht geborenes Kind für etwas zu töten, das es einmal tun und sein könnte.«

»Gut gesprochen!«, rief Vauvenal, der seiner Tochter und seinem zukünftigen Schwiegersohn beistehen wollte.

Trotz des Respekts, den Miranda und die Sieben sowie ihr edler Vater genossen, kam es zu einem heftigen Streit, denn nicht alle hielten die Entscheidung für klug und gerecht. Sie hielten den Sieben entgegen, sie hätten mühelos ganz Chatundra vor einem Unheil bewahren können, das nun zweifellos über das Land hereinbrechen werde. Denn wie sollte man Basilisken entgegentreten, die sich unter der Hülle von Menschen versteckten? Wem sollte man noch trauen, wenn man nicht wusste, ob der Freund, der Gefährte nicht im Herzen ein grausamer und hinterhältiger Tarasque war? Viele machten ihnen heftige Vorwürfe und riefen, sie hätten sich an zukünftigen Geschlechtern schuldig gemacht, die nun mit einem Unheil fertig werden mussten, das leicht hätte abgewendet werden können.

Da sie sich nicht einigen konnten, erklärte Tochtersohn schließlich das Streitgespräch für beendet und entschied: »Es gibt hier zweierlei Meinungen, und jeder von euch möge nach seiner Meinung verfahren. Wer den drei bösen Königinnen begegnet und sie verschonen will, der tue es; und wer ihnen begegnet und sie erschlagen will, der tue es, und die künftigen Generationen werden darüber richten, wer das Gute und wer das Schlechte getan hat.«

Diese Entscheidung wurde mit heftigem Applaus aufgenommen, und Tochtersohn konnte sich dem nächsten Punkt zuwenden.

»Wir haben gesehen, dass der Wasserfürst Drydd sich mit seinen Schwestern einigte und ihnen das Land zurückgab, das er sich zu Unrecht angeeignet hatte. So gibt es auf Chatundra nun viele weite Ländereien, die von uns noch nicht erforscht, geschweige denn besiedelt sind. Von den Sieben haben die drei Kaiserinnen und Mirandas Gatte, Gynnevise, schon ihre Herrschaft erhalten, die anderen – Zelda, Lilibeth und Graf Lubis – aber noch nicht, und mit euer aller Einverständnis will ich diese drei auch noch beschenken.«

Alle waren einverstanden, also wandte Tochtersohn sich an Zelda und Lilibeth. »Wollt Ihr eines der neuen Länder als Euer zukünftiges Reich entgegennehmen, damit es in Zukunft Euch und Euren Nachfahren gehört?«

Die beiden blickten einander an, und Lilibeth legte mit einer unwillkürlichen Geste – die bei den alten Frauen viel bedeutungsvolles Getuschel auslöste – die Hand auf den Bauch. Dann nickten sie beide.

Die Hohepriesterin sagte: »Wir wollen einen großen fliegenden Drachen bitten, mit Euch über alles Land und Meer zu fliegen, damit Ihr Euch die neuen Länder ansehen könnt. Welches Euch am besten gefällt, das sollt Ihr haben.« Und da sie auch gesehen hatte, wie Lilibeth die Hand auf den Bauch legte, fügte sie zärtlich lächelnd hinzu: »Es wird eine Freude für ganz Chatundra sein, wenn es wieder ein Reich der Mesris gibt wie in den ältesten Zeiten.«

Dann wandte sie sich an Graf Lubis. »Was Euch angeht, Graf, so weiß ich nicht, wie ich Euch lohnen soll. Ich habe erfahren, wie sehr die Mokabiter an ihrer Stadt Thamaz hängen – wollt Ihr dorthin zurückkehren und König Eures Volkes werden?«

Aber der Graf schüttelte den Kopf. »Ich danke Euch für Euer Angebot, werde es aber nicht annehmen. Gebt die Stadt meinem Volk und ernennt die Vernünftigsten von ihnen zu Königen oder Königinnen. Was mich betrifft, so will ich bei denen bleiben, die mich aufgenommen haben, als ich heimatlos, elend und im Dschungel verirrt war. Wenn sie mich haben wollen, so möchte ich von heute an nicht mehr Graf Lubis, sondern Java-Tikkan sein. Und wenn Ihr mich beschenken wollt, Hohepriesterin, so bitte ich nur um eines: Ich möchte die Sprache dieser Menschen verstehen wie meine eigene, damit ich ihnen selbst sagen kann, wie sehr ich sie – kitun mai kama pac simaca ...« Er unterbrach sich mitten im Satz, verblüfft über die fremden Laute, die ihm plötzlich aus dem Mund drangen.

Tochtersohn lächelte ihn schelmisch an. »Fragt die Spinnenfrauen selbst, ob sie Euch aufnehmen wollen.«

Unter den kleinen grauen Frauen brach eine ungeheure Aufregung los, als sie Java-Tikkan in ihrer eigenen Sprache fragen hörten, ob er bei ihnen bleiben dürfe. Sie zischten und schnatterten wild durcheinander, während sie von ihren steinernen Sitzen aufsprangen, um über die Größeren hinwegsehen zu können. Eunise vor allem geriet außer sich. Die beiden Königinnen, die links und rechts von ihr saßen, zerrten sie auf ihren Sitz zurück und bedeuteten ihr, es gehöre sich nicht, wegen eines bloßen Mannes eine solche Erregung an den Tag zu legen. Tochtersohn aber rief die Prinzessin zu sich und fragte sie mit leiser Stimme ein paar Worte, worauf Eunise errötete und verhalten nickte.

Nun sprach die Hohepriesterin. »Dann hört, Java-Tikkan, was die Mutterjungfrauen beschlossen haben. Eunise wäre bereit, Euch zum Mann zu nehmen. Ein fliegender Drache wird Euch über Land tragen, und Ihr sollt Euch ebenfalls eines von den neuen Ländern aussuchen, ein weites und reiches Land, das sich gut für einen Tempel der heiligen Spinnen eignet. Das Land, das Euch beiden gefällt, soll Euch gehören – und Euren Nachkommen.«

Die Entscheidung fand allgemeinen Beifall.

Zuletzt wandte Tochtersohn sich an Miranda und Gynnevise. »Was Euch beide angeht, so brauche ich nicht viel zu sagen, denn sobald das Konzil beendet ist, werden wir Eure Thronbesteigung und Hochzeit feiern.«

Die Kaiserin der Mitte

Nicht einmal in der Zeit der sundarischen Kaiser hatte Fort Timlach eine so herrliche Zeremonie erlebt, wie es die Hochzeit und Thronbesteigung des jungen Kaiserpaares war. Nie zuvor hatte sich eine solche Schar von Drachen aller Ordnungen in einer einzigen Stadt versammelt, um ein Fest zu begehen. Die Einwohner und die vielen fremden Abordnungen waren außer sich vor Staunen und Bewunderung. Das Stadttor und alle Gebäude der Stadt waren mit grünen Zweigen geschmückt, und die Tribüne vor dem feierlich-düsteren Palast des Stadtkommandanten verschwand beinahe unter einer Decke der herrlichsten Blumen, die im Regenwald wuchsen. Aus allen Fenstern, die den Zug des kaiserlichen Paares säumten, wurden Kerne und Samenkörner geworfen, um Glück und Wohlstand zu sichern. Frauen und Kinder liefen neben dem Zug her, um Blumen und Kuchen zu verteilen, und die Echsenhörner stimmten an allen vier Ecken der Stadt in den fröhlichen Lärm ein.

Miranda schritt feierlich einher, in kurzem Abstand gefolgt von ihrem Gatten. Sie und Gynnevise trugen beide den magischen Harnisch der Kaaden-Bûl. Sie spürte, wie sehr sie sich verändert hatte seit dem Tag, da sie von der Wehrmauer des Makakau-Reiches aus den Kampf der Gespenster beobachtet hatte. Sie war nicht nur erwachsen geworden – sie war auf eine innerliche Weise alt geworden, in derselben Weise, wie die Sphinx Wyvern und die Hohepriesterin Tochtersohn alt waren, obwohl beide den Anblick lebensvoller, junger Frauen boten. Der würdige Ernst, mit dem sie den beiden hohen Frauen folgte, war mehr als nur eine Anpassung an die Zeremonie. Sie spürte die Last der Kaiserkrone, noch bevor sie ihr aufgesetzt worden war.

Zu ihrer großen Erleichterung hatten ihr nicht nur Wyvern und Tochtersohn versprochen, ihr immer zur Seite zu stehen. Auch ihre Lehrer, die Mlokisai, hatten einen der Ihren an den Hof der Mitte entsandt, damit sie von guten Ratgebern umgeben war – nicht zu reden von ihrem Vater, der stets an ihrer Seite wäre. Es war nicht länger die Furcht eines jungen Mädchens, sich ungeschickt zu benehmen, die sie bedrückte. Sie spürte die Verantwortung, die auf ihr – der Höchsten in ganz Chatundra – lastete. Es war ihr, als hätten die Himmlischen diese Welt in ihre Hände gelegt, damit sie sie bewahre und pflege. Sie würde viele ernste Entscheidungen treffen müssen, denn jetzt schon zeichneten sich zukünftige Schwierigkeiten ab. Als Kaiserin der Mitte würde sie nachforschen müssen, was aus den Siedlern in Thamaz und Thurazim geworden war. Zwar hatten beide Gruppen versprochen, sich ihrer Macht zu unterwerfen, aber Miranda kannte inzwischen sowohl die Mokabiter als auch die Sundaris gut genug, um zu wissen, dass solchen Versprechungen nicht zu trauen war. Einmal unbeaufsichtigt, würden sie rasch der kaiserlichen Macht trotzen. Sie würde Mittel und Wege finden müssen, mit den Widerspenstigen umzugehen. Gleichzeitig bedrückte sie wie eine dunkle Wolke am Horizont die Erwartung des bösartigen Hybridengeschlechtes, das aus den Bäuchen von Kule, Bulte und Mersa ans Licht kriechen würde. Die unbeantwortete

Frage quälte Miranda, ob sie das Richtige getan hatte, als sie die drei Hexen laufen ließ. Zum ersten Mal stand sie vor der Erkenntnis, dass nicht alles, was ihr Herz für richtig erkannte, auch politisch klug sein mochte.

Dann stieg sie auf die Tribüne und empfing aus den Händen der Hohepriesterin die Krone – einen breiten Ebenholzreifen, den drei Bernsteingemmen schmückten, das Symbol der drei Mutterjungfrauen, und eine aus Juwelen gebildete Spirale, das Symbol der Allmutter. Jubel brandete von allen Seiten auf, als Tochtersohn ihr den feierlichen Segen erteilte.

Die Priesterin segnete auch Gynnevise und setzte ihm eine Krone aufs Haupt von derselben Art, wie sie auch die Könige und Königinnen der Inseln tragen sollten. Dieser Ebenholzreif hatte sieben Zacken, und in das Holz eingelegt waren drei Gegenstände: ein Schwert, ein Hirtenstab und ein Rebmesser, zum Zeichen, dass der Gatte der Kaiserin die Schwertgewalt über das Reich hatte, dass er seine Untertanen weiden sollte wie ein Hirte und die Blüte und Frucht seines Reiches mehren wie ein Gärtner. Gynnevise nahm die Krone entgegen und sank dann zu Füßen seiner Ziehmutter Wyvern nieder, um ihr für alles Gute zu danken, das sie ihm erwiesen hatte.

Miranda schlang die Arme um den Hals ihres Vaters. Jetzt, da die tiefgründigen Zeremonien vorbei waren, fühlte sie sich plötzlich erschöpft und ratlos, ja ihr war zum Weinen zumute. Es tat ihr gut zu wissen, dass seine Weisheit und Güte sie auch in Zukunft beschützen würden, und dass er, anders als andere Väter, niemals alt und gebrechlich werden, sondern immerzu der strahlende Mirminay bleiben würde – weit über ihre eigene Lebensspanne hinaus.

Vauvenal bemühte sich, sie aufzuheitern, indem er sagte:

»Welch wundervollen Schwiegersohn du mir gebracht hast, liebste Tochter! Ich weiß, dass dich der Gedanke an die Hybriden bedrückt, aber bedenke: Auch wenn im Süden ein böses Volk entsteht, so wird deiner Ehe ein Volk entsprießen, in dem edle Menschen und edle Drachen aufs Wunderbarste vereinigt sind. Neben diesen beiden großen Völkern wird es in Zukunft ein drittes geben. Ich vertraue auf dich und deinen Mann, dass in ihm alle Vorzüge beider Rassen noch mehr vereinigt sein werden, als sie es schon in euch beiden sind.« Er hob ihren Kopf hoch und lenkte ihren Blick auf Gynnevise, der in seiner ganzen strahlenden Schönheit zwischen den hohen Gäste stand. »Erinnerst du dich«, fragte er lächelnd, »wie sich dein Gesicht vor Abscheu verzog, als du ihn das erste Mal sahst und er mit einem ›Oh,bäh!‹ aus dem Zimmer stürzte?«

Ihre trübsinnige Stimmung verflog, und sie musste lachen. »Oh, Vater, damals war er aber auch hässlich!«

Während sie so sprachen, riefen die Gongs der Stadt zu dem Festmahl, das für die Vornehmen im Hof des Arkadenpalastes, für das Volk aber an allen Straßenecken und in den kleinen Höfen stattfinden sollte. Überall brodelten Kessel mit Suppe, überall liefen Männer und Frauen umher, die große hölzerne Bretter mit Gemüsen, Früchten und Schösslingen trugen. Der Duft frisch gebackener Krapfen hing in der Luft.

Gynnevise trat zu seiner Frau und ergriff ihre Hand, wobei er sich gleichzeitig höflich vor seinem Schwiegervater verneigte. »Ein neues Zeitalter hat begonnen«, sagte er. »Chatundra hat wieder rechtmäßige Herrscher nach dem Willen der Mutterjungfrauen, und das Böse ist Vergangenheit.«

»Das Böse ist niemals Vergangenheit«, erwiderte der weise Vauvenal. »Aber ich stimme dir zu, dass eine neue Zeit angebrochen ist. Kommt, lasst uns zum Festmahl schreiten und mit Speisen und Gesang den Tag beschließen, an dem die erste Kaiserin der Mitte ihren Thron bestiegen hat.«

Er ging ihnen voraus, und die beiden jungen Leute folgten ihm Hand in Hand.

Inhalt

Julia Conrad

Die Drachen

Roman. 512 Seiten. Serie Piper

Einst lebten Menschen und Fabeltiere einträchtig nebeneinander in einer Welt voller Wunder und Magie. Doch dann verkündete ein düsterer Stern den Untergang: Der Sonnengott Phuram stürzte das herrschende Dreigestirn der Drachen in den Abgrund. Doch nun, nach langer Zeit des Schreckens, machen sich neun Auserwählte auf den Weg in die Tote Stadt, um Phurams Taten zu rächen. Und der letzte Angriff der Drachen beginnt … Dieser ungewöhnliche und farbenprächtige Bestseller schickt die faszinierendsten Geschöpfe der Fantasy in ihr größtes Abenteuer.

»Epische High-Fantasy, wie man sie sich wünscht!«
Mr. Fantastik

05/1979/01/L

Jo Walton

Der Clan der Klauen

Ein Drachen-Roman. Aus dem Amerikanischen von Andreas Decker. 384 Seiten. Serie Piper

In einem viktorianischen Zeitalter, einer Welt der Kirchenmänner und Könige, Ränkespiele und Intrigen: Nach dem Tod Agornins gerät die Familie in einen Erbschaftsstreit. Daverak, der mächtigste Magnat der Stadt, hat unrechtmäßig das Vermögen des Verstorbenen an sich gerissen und den Leichnam Agornins verspeist. Dessen Sohn Avan zieht Daverak vor Gericht und beschwört damit ein feuriges Duell herauf, das ihn und seine Familie in Lebensgefahr bringt – denn sie alle sind Drachen, bewehrt mit roten Fängen und Klauen …

Jo Waltons großartiger Roman: ungewöhnlich, farbig und von feinem Humor – ausgezeichnet mit dem World Fantasy Award.

05/1977/01/R

Tolkiens Geschöpfe

Von Orks, Zwergen, Drachen und anderen phantastischen Wesen. Herausgegeben von Franz Rottensteiner und Erik Simon. 672 Seiten. Serie Piper

Tolkiens Jahrhundertwerk »Der Herr der Ringe« hat Millionen von Lesern und Kinogängern in seinen Bann gezogen. Es gibt kaum einen, der sich nicht von den gefräßigen Orks erschrecken oder den liebenswerten Hobbits verzaubern lässt. Die erfolgreichsten Fantasy-Autoren haben sich von diesen magischen Wesen inspirieren lassen und nähern sich ihnen auf ihre ganz eigene Weise. Und so mancher Elf und Zwerg zeigt sich von einer überraschenden Seite ...
Markus Heitz, Ursula K. Le Guin, George R. R. Martin und andere machen da weiter, wo ihr Vorbild aufgehört hat. Unverzichtbar für alle Fans des weltberühmten Magiers.

05/2125/01/L

Tolkiens Zauber

Von Hobbits, Zwergen und Magiern. Herausgegeben von Karen Haber. Aus dem Englischen von Michael Koseler. 272 Seiten mit Illustrationen von John Howe. Serie Piper

Was haben Terry Pratchett, Ursula K. Le Guin, George R. R. Martin, Poul Anderson und Orson Scott Card gemeinsam? Sie alle lieben J. R. R. Tolkiens »Der Herr der Ringe«. In »Tolkiens Zauber« erzählen sie von ihren ganz persönlichen Begegnungen mit Mittelerde und seinen Bewohnern. Dabei bieten sie nicht nur verblüffende Einblicke in Tolkiens Welt, sondern lüften auch die verborgenen Geheimnisse des größten Werks der Fantasy. Ob humorvoll wie Pratchett oder actionreich wie Anderson – jeder der Autoren nähert sich Tolkien auf seine Weise. Ein Buch zum Schmökern und zum Verschlingen, unentbehrlich für alle, die Fantasy mögen.

»Dieser Band setzt einen hohen Standard für alles, was über Mittelerde geschrieben wird.«
Booklist

05/2126/01/R